작가의 신화
한국소설과 이야기의 사회문화사

작가의 신화

한국소설과 이야기의 사회문화사

유임하

역락

머리말

1

'책을 읽지 않는 시대'에 그간의 글들을 모아 책 한권을 낸다.

코로나 이후, 이런저런 연유로 생각이 많아졌다. 내가 선망했던 '문학'이라는 판타지와, 대학에서 배웠던 '문학'의 지식 정보와, 연구자로서 독해하고 분석하며 해석해온 '문학'의 차이는 과연 무엇인지를 반문해 보았다.

40년 전 배웠던 문학관은 낡아 짓무르고 터지면서 그 효용을 다했다. 그 생각이 확신으로 바뀐 지금에도 내 문학관은 변함없이 예전 그대로다. 클래식 음악 장르처럼 여전히 애호하고 몰입하나 현대음악의 흐름에서는 배제된 것과 처지가 같다.

새삼 '문학'이란 무엇인지 다시 생각하게 된다. '다시 생각하는 문학'에 대한 의문은 최근 십년 동안 '한국 사회문화에서 작가는 어떤 존재인가', '한국 소설 속 이야기는 어떤 사회문화적 맥락과 가치를 갖고 있는가' 이런 문제들을 주된 관심사로 삼게 만들었다.

이번 책의 제목을 '작가의 신화: 한국소설과 이야기의 사회문화사'라 붙인 이유이다.

그간 내가 읽어온 한국의 작가와 그들의 소설세계는 '신의 강림'으로 설명하는 근대 이전의 '작가 신화'와는 대체로 거리가 멀었다. 한국사회에서 작가는 당대의 사회문화 속에 늘 깨어 있는 존재였고 시대의 본질이 무엇인지를 아는 통찰력을 지닌 지식인이었으며 그 시대의 상처와 아픔을 껴안는 드넓은 사회적 개인이었다.

작가가 만들어낸 소설은 배경과 사건 속에 인물이 살아 움직이도록 만들고, 인물을 통해 인간과 세계가 지향해온 또는 지향할 만한 가치를 이야기라는 오래된 문화 관습으로 구현해낸 결과물이다.

이야기는 사회문화적으로 흥미로운 현상이다. 살아 있다는 증거는 인간의 이야기 생산능력과 직결된다. '이야기 만들기'의 본능은 '이야기하기'라는 풍경을 만들어낸다. (어린 시절 늦은 밤까지 서늘하고 인상 깊은 이야기에 얼마나 매혹되었던가) 이야기 속에 등장하는 작은 일화들은 그 사회와 인간이 겪은 오랜 경험과 낯선 문화 체험들을 담고 있다.

작가들은 고귀한 열정으로 뼈를 깎고 피를 말리는 글쓰기의 고통을 감내하면서 자신이 '살았던/살고 있는' 사회에 '작품'이라는 사회문화적 결정체를 내놓는다. 이 작지만 귀한 결정체는 '거울'과 '등불'처럼 꼭 그만큼, 어두운 시대를 살아가는 자신을 밝혀주고 그 시대를 헤쳐나갈 지혜를 발휘한다. 작가는 가야 할 행로를 가늠했던 저 신화시대의 예언자, 제의를 수행했던 사제의 잔영을 품고 있다. 그런 맥락에서 작가는 어두운 시대와 고통 받는 이들에게 가야 할 길을 인도하고, 상처받은 마음을 위로해주는 밤하늘에 빛나는 별들과 같은 존재다.

작가는 그 자신을 포함해서 '말할 수 없는 존재'들이 딛고 선 세계의 상처와 고통을 마주한다. 그는 예민한 시선과 감각으로 굳어진 통념을 해체한 뒤 새로운 생각에 걸맞는 새로운 언어로 인류애를 확장시키는 인간정신의 총화를 보여준다. 이렇게 작가는 자신이 경험한 체험과 세계에서 접한 스캔들과 추문을 반죽해서 만들어낸 이야기를 말하는 존재이기도 하지만 수많은 사회적 약자와 고통 받는 자들이 겪은 혹독한 일화들을 '대신 말하는 존재'이다.

근대문학의 초석을 다진 이광수와 '신으로서의 작가' '작가신'을 표방한 김동인, 빈자貧者들의 일상으로 들어가 식민지 수탈경제 속에 상처받고 몰락해가는 노동자와 소작인들의 절규를 껴안으며 연대하고 제휴하려 했던 조명희와 최서해가 그러하다. 해방 직전 거대한 제국과 맞서는 저항적 주체로 거듭나는 김사량의 자전적 산문이 그러하고, 장인정신으로 무장하고 심미적 세계를 구축한 황순원의 소설세계가 그러하다. 또한, 전후세대작가 중 대표주자인 오상원의 소설세계와, 60년대 안수길의 신문소설에서 당대 현실을 포착하는 작가의 안목을 확인해볼 수 있다. 70년대에서부터 90년대에 걸쳐 있는 조정래의 소설세계, 한글완역본 대하장편인 김석범의 『화산도』는 미해결의 역사를 서사화하는 필생의 노력과 헌신을 보여준다. 그들의 이야기에서 한국사회의 역사적 현실과 사회문화사적 안목을 확인할 수 있었다. 작가들이 가진 역사에 대한 통찰은 늘 자신이 살아가는 시대와 자기정체성에 대한 회의와 성찰로 나타난다. 1930년대 초반 동만주 소비에트에서 벌어진 동족학살인 반민생단투쟁을 추체험한 김연수의 장편에서, 김소진의 작품들에서, 김원일·공선옥·정지아·손홍규의 작품집에서, 『객주』의 작가 김주영과의 대담에 이르기까지.

내가 읽은 작가들과 작품들은 글쓰기의 고투를 거쳐 깊이 있고 아름다운 통찰력을 담은 이야기의 세계를 보여주었다. 이들 동시대 작가의 소설로부터 인간과 세계에 대한 깊은 이해와 드넓은 공감의 실체를 보았고 근현대사의 흐름과 함께 장대한 이야기의 육체를 경험했다.

이렇듯 작가는 아버지와 어머니의 삶과 기억을, 또 그 아버지와 어머니의 역사를, 그리고 아들딸들의 이야기를 고안해내기 위해 헌신하는 사회문화적 개인들이다. 작가 개인이 하나의 세계이고 문화이며 한편의 이야기이고, 작가들이 창안해낸 이야기는 당대를 살아가는 이들의 삶이 가진 고통과 환부인 셈이다. 이들의 이야기는 당대로만 예속되지 않으려 스스로 성찰하고 전망하며 상상해낸 디스토피아와 유토피아를 모두 담아내고 있다. 이것이 이야기의 진실이자 사회문화사적 맥락이라 여겨졌다.

1부에 묶은 글은 비교적 최근 논문들로 단행본에 걸맞게 가독성을 높이고 논지를 보강했다. 세편의 글은 분량 자체가 책의 1/4에 육박한다. 특히 최서해와 황순원의 글은 '개작과 검열'이라는 키워드에 입각하여 '미적 글쓰기의 정치성'(최서해) 또는 '검열의 심미화'(황순원) 문제를 다루었다. 2부는 일반 독자들을 위한 작품해설 위주로 엮었고, 3부에는 학술회의 발표원고와 다소 긴 평문을 한데 모았다. 4부에서는 짧은 분량의 미발표원고와 계간소설평, 작가 대담을 모았다. 논문과 평문들, 미발표 원고들을 다시 읽으면서 성근 부분을 메우고 뒤엉킨 생각의 매듭을 풀어가며 표현을 가다듬었다. 그래도 남아 있는 부정확한 표현과 논리는 온전히 저자의 부족함일 수밖에 없다.

3

코로나 이후 삶의 규범과 기준들이 얼마나 약하고 부질없는가를 절감했다. 재난의 고립된 시간은 우리의 삶이 가진 육체성을 얼마나 덧없는지를 절감하도록 만들었다.

팬데믹은 인간의 무한한 욕망이 만들어낸 재난이다. 이 재난은 '인류세'가 불러들인 것이며, '지구라는 행성'의 유한함을 절감하게 만들었고, 거대한 한몸인 가이아로서의 자연생태계에 대한 이해와 실천을 촉구한다는 사실을 절감했다.

이번 책에도 어김없이 소중한 인연이 작용했다. 원고를 고쳐 실을 수 있게 허락해주신 소명출판과 박문사에 감사드린다. 부족한 원고를 보기 좋고 읽기에도 편안한 책으로 만들어주신 역락출판사의 사장님 이하 담당자님들께 감사드린다. 일일이 거명하지 못한 내 학문적 도반과 나의 오래된 인연들께 고마움을 전한다.

가까이에서나 멀리서 사랑과 기도로 늘 성원해주는 가족과 친지들께 감사드리면서, 이 책을 하늘나라에서 계신 부모님께 바친다.

2022년 12월

저자

차례

1부

개작의 미적 행로와 자기검열의 글쓰기

최서해 소설의 정치성

1. '검열'의 관점으로 최서해 문학 다시 읽기

『동아일보』 1924년 11월 14일자 3면(경제) 좌상단에는 영문 박스 기사가 게재되어 있다. 「CENCORSHIP」라는 제명의 기사 하단에는 '영문란 검열에 대하야'라고 부기되어 있다([그림 1] 참조).[1] 영문 기사에도 복자 처리된 검열의 흔적이 있다. 영문 기사는 검열이란 '국가적 비상사태 하에서나 용인될 수 있다'는 전제 아래 '국가에 심각한 위험을 초래할 경우'를 제외하고는 검열과 탄압이 정당화될 수 없다고 주장한다. 또한 기사에서는 법적 기소조치로 문제 해결이 가능함에도 불구하고 신문 잡지의 빈번한 압수, 정간, 게재중지, 판매금지 등과 같은 물리력을 강제 행사하는 관행이 과연 정당한가를 반문한

---

[1] 1924년 한해 동안 검열에 항의한 영문 박스 기사는 『동아일보』 경제란에 연속해서 실렸는데, 「Exorbitant Suppression(過酷한 압박)」(동년 6.26), 「Stuggle for Liberty of the Press(언론자유분투)」(동년 7.02. 3면), 「Results of Suppression(압수의 결과)」(동년 8.28) 등이다. 한기형 편, 『미친 자의 칼 아래서1』, 소명출판, 2017, 454-456면. 이 책에 영어기사 원문과 편자의 한글번역이 함께 수록되어 있다.

THE DONG-A ILBO.

SEOUL, KOREA, FRIDAY, NOVEMBER, 14, 1924.

CENSORSHIP.

Suppression of news is, as was mentioned here some time ago, justifiable only in the presence of a national emergency. No other condition should justify high-handed suppression, without incurring grave dangers. Censorship exists for the same raison d'etre that self-defense exists for. In the latter, the justification is found in the presence of immediate and irremediable danger from which no way out is possible except by forcibly removing the agent of such a danger. One is not justified in killing an assailant, from whom an escape is found to have been in any way possible. Despatching one's neighbor for a grievance that can be leisurely remedied at a law court has been, and justly has been, meted out with punishment almost as severe as is extended to an aggressive homicide. So with a censorial ban. A government is provided with this weapon only to safeguard itself against a particular publication in connection with a certain national crisis, the baneful results whereof would be past redress, if left alone. No virulence of language, however biting, on the part of the press constitutes an adequate reason for suppression. The public is as good a judge as any. Let it judge. And even if the unfavourable news be false and unfounded the government can make good for the intended harm through the same means of publication or can go so far as to get the matter straightened, if necessary, by legal prosecution. Applying force in these cases is cowardly and over-sensitive even for a government all made up of the same-tempered.

In view of the above analysis, recent censorial prohibitions are utterly indefensible, one might almost say, outrageous. In the editorial of the Monday issue we gave a little scrutiny to those economical statistics Japan takes so much pride in, and its sale was prohibited On Tuesday last, we only discussed the causes of "our universal poverty," in a dispassionate and inoffensive way, and yet the paper was seized again. What is the justice of these stops? Where do the authorities mean to drive us Koreans to? Here the words of O'connel may well be recalled: "But should it prove otherwise, should Parliament still continue deaf to our prayer, x x x x x, we will enter the fastnesses of our mountains and take counsel out of our energy, our courage, and our despair." It must be reminded that we still have fastnesses of our desperate hearts, if not of our mountains.

英 文 欄

야 광 할 에 閣 檢

[그림 1]

다. 기사에 담긴 논조는 1920년 이후 '문화정치'를 표방해온 총독부를 향해 민족계열 언론들이 검열에 반발하는 수준을 넘어 조직화된 저항의 움직임에 해당한다. 연속된 영문기사들은 '문화정치'의 허위를 비판하고 검열의 혹독한 현실을 폭로하며 이를 국제사회로 발신하는 구체적인 결행의 모습을 보여준다.

1924년 내내, 언론계는 '언론압박탄핵회'를 내걸고 항일 언론투쟁을 전개했다. 그해 4월부터 언론계는 친일단체를 규탄하면서 언론탄압 사례를 조사하고 총독부의 과도한 언론탄압을 탄핵하는 대규모 집회를 계획했으나 일제 경찰에 의해 무산되고 말았다.[2] 저명한 언론학자의 한 사람인 정진석은 일제의 언론 통제가 변화된 추세를 감안하여 그 언론의 대총독부 투쟁 양상을 시기별로 나누어 '감정적 독립 갈망시기(1920년-1924년)', '이론투쟁시기(1924년-1929년)', '합법적 논쟁시기(1929년-1931년)'를 거쳐 '친일 강요시기(1931년 이후)'로 명명하였다.[3]

근대의 제국주의가 구축한 검열체제는 피식민국가와 민족, 사회를 통제하고 관할하는데, 지배권력의 의지를 관철시키는 차원을 넘어 주체의 호명까

---

2 정진석, 『언론총독부』, 커뮤니케이션스북스, 2005, 112-126면; 한기형, 『식민지문역』, 성균관대 출판부, 2019, 5장 '대중매체의 허용과 문화정치의 통치술' 153-194면.

3 정진석, 『극비 조선총독부의 언론검열과 탄압-일본의 침략과 열강세력의 언론통제』, 커뮤니케이션북스, 2008개정판, 39면.

지도 가능한 국가 이데올로기장치다. 3.1운동 후 헌병경찰제도가 폐지되고 경무 총감부가 경무국으로 개편되었고 1919년 8월부터 1926년 4월 도서과가 출범하면서 일제의 검열기구가 모습을 드러냈다.[4]

근대 이후 검열체제의 최종 지향은 국가시스템이 호명하는 주체의 창출에 있었다. 일제의 검열기제는 식민지적 주체의 의도를 검열하는 수준을 넘어 스스로를 검열하는 한편 제국의 호명에 응답하는 개인 주체를 주조鑄造하는 것을 최종 목표로 삼았다. 일제의 검열체제는 강점기 내내 지속되었다. 총력전 체제로 진입하기 전까지, 신문과 잡지에서는 검열체제로의 순응을 거부하고 저항하는 대항적 글쓰기가 실재했던 셈이다.

일제의 검열체제는 제도적 자의성과 불투명성의 기초 위에서 운영되었는데, 그 근거는 구한말 제정된 신문지법(1907)과 출판법(1909)이었다.[5] 일제는 이들 법에 근거하여 검열을 거쳐 신문과 잡지의 출판이 가능하도록 통제 관리했다. 특히 일제는 검열지침의 법적 근거가 모호한 상태를 유지하면서 검열처분 조치를 내렸기 때문에 잡지 편집자나 출판업자들은 제도적 부당성을 제기하며 검열체제에 맞서는 사태로 이어졌다.

검열의 완강한 장벽은 검열관에 따라 그 처분이 달라지는 '자의성恣意性'과 검열기제의 불투명성으로 만들어진 셈이다. 검열기제의 이런 속성 때문에 작가들은 검열장치를 우회하거나 통과할 기술적 요소를 파악하고 대처하는 것이야말로 작가로서의 생존과 작품의 성취와 직결된다는 점을 잘 인식하고 있었다. 작가는 이러한 시대적 조건 속에서 검열체제에 대처할 방안을 스스로 체득해야만 살아남을 수 있었다.

이런 현실 조건은 식민권력의 가시적 위협과는 별개로, 검열을 효과적으

---

4   정근식, 「일제하 검열기구와 검열관의 변동」, 『식민지 검열, 제도·텍스트·실천』, 소명출판, 2011, 25면 이하.

5   한기형, 「식민지 검열장의 성격과 근대 텍스트」, 『민족문학사연구』 34, 2007, 416-433면.

로 우회하거나 무력화시킬 글쓰기의 전략을 탄생시킨다. 창작의 과정에서 작가는 검열기제를 어떻게 통과할 것인가를 놓고 다양한 서술전략과 장치를 고안하고 이를 텍스트에 반영하는 한편, 텍스트의 표면을 정형화하거나 의례적인 표상들을 고착시켜 나가며 검열에 대비하고 검열기제를 통과하려 한다.

"지배하는 자와 지배받는 자의 권력 차이가 크며 클수록, 그리고 권력이 보다 자의적으로 행사될수록 피지배집단의 공식대본은 정형화되고 의례화된 모습을 띠는 경향"과 함께 "권력이 위협적일수록 가면이 더욱 두꺼워"[6]진다. 또한 자기검열은 "스스로에게 제한을 두는 자유로만 작동"하지 않는다. "실질적인 검열의 위험 앞에서 내린 (텍스트 맥락화의−인용자) 결정"은 자기검열의 현실적 판단이다. 자기검열은 "역사적으로 볼 때 국왕, 국가, 종교 등이 억압과 입막음을 강제했을 때"[7] 출현하는 글쓰기의 양상이다.

이 글에서는 '자기검열'을 검열에 맞서는 저항적 글쓰기 전략과는 달리, '검열의 강고함에서 비롯된 정신적 위축과 회피심리'를 넘어선 글쓰기, 서술의 불온성을 최대한 보존하기 위해 명징하고 투명한 글쓰기 대신 '암시와 생략', '내용의 분할', '맥락의 변경' 같은 '가면신사'(이토 세이伊藤整)의 포장술에 주목하고자 한다. 텍스트의 저항성을 보존하고 생존을 도모해 나가는 글쓰기의 전략과 기제를 통칭해서 '자기검열'이라는 표현으로 사용하기로 한다.

'검열에 저항하는 글쓰기(전략)'와 '자기검열적 글쓰기'의 길항은 검열체제에서 생성된 독특한 현상이다. 이때 글쓰기는 이중나선형 구조처럼 검열체제에 맞선 저항성과 자기검열을 통한 글쓰기 효과의 최대치를 쟁취하려는 모습을 취한다. 이 글쓰기의 차원은 이야기 담론의 정치적 사회문화적 맥락

---

6 제임스 C. 스콧, 전상인 역, 『지배, 그리고 저항의 예술−은닉대본』, 후마니타스, 2020, 29면.
7 에마뉘엘 피에라, 권지현 역, 『검열에 관한 검은 책』, 알마, 2012, 88면.

과, 검열관의 시선을 의식하며 검열의 감시망을 교란시킨다. 이 국면이야말로 일제강점기를 거쳐 지금껏 온존해온 사상검열이라는 검열기제의 여러 조건을 가시화해주며 한국근대문학사의 지평을 확장시킬 미답의 영역이 아닐까 싶다. 개작, 검열 또는 자기검열이라는 상충되는 기제작동과 작가의 창작과정을 전개하는 심리적 현실에 주목하는 작업은 일제 강점 초기인 1920년대 한국 근대소설을 다시 읽어볼 여지를 만들어준다.

검열 문제와 관련해서 서해 최학송(1901-1932)은 여러 면에서 표본이 되는 작가의 한 사람이다. 그는 검열에 저항하는 글쓰기, 자기검열과 관련해서 유의미한 사례이기 때문이다. 최서해는 근대 초기 작가들처럼 잡지편집자, 신문기자를 겸한 언론인 작가였다.[8] 그는 『조선문단』『현대평론』등의 잡지를 편집했을 뿐만 아니라 『중외일보』 정치부장, 『매일신보』 학예부장으로 있으면서 창작을 병행했다. 그의 문학적 사회적 활동은 일제 검열체제와 길항하면서 소설 창작 또한 검열장과 무관할 수 없는 위치였던 셈이다.

1924년 처녀작 「토혈」(『동아일보』, 1924.1.23-2.4)과 추천 데뷔작인 「고국」(『조선문단』 1호, 1924.10)부터 장편 『호외시대』(『매일신보』, 1930.9.20-1931.8.1.)에 이르기까지, 대략 8년의 기간 동안 동화, 번안, 번역소설을 제외하고 60여 편의 소설을 발표했으나 '게재금지' 처분으로 서문만 있거나 원고 압수 사례는 8편에 이른다.

「살려는 사람들」(『조선문단』 7호, 1924.4, 게재금지, '서문'만 있음), 「그 찰나」(『시대일보』, 1926.1, 미완, 게재금지), 「농촌야화」(『동광』 4호, 1926.8, 게재금지), 「가난한 아내」(『조선지광』 64호, 1927, 미완), 「이중」(『현대평론』 4호, 1927.5, 게재금지), 「박노인 이야기」(『신민』, 1927.5, 압수), 「폭풍우시대」(『동아일보』, 1928.4.

---

8   박용규, 「식민지시기 문인기자들의 글쓰기와 검열」, 『한국문학연구』 29, 동국대 한국문학연구소, 2005.

4-12, 미완, 게재중지), 「용신난1」(『신민』 40호, 1928.8, 미완, 게재중지) 등 모두 8편이다. 검열과의 연관이 불분명한 미완작인 「가난한 아내」를 제외하면, 게재금지('게재중지' 포함)된 작품이 6편, 압수 1편 등으로 검열의 피해를 입었다. 검열 피해의 기간이 1924년 1편, 1926년 2편, 1927년 3편, 1928년 2편 등으로 나타나고 있어서 그의 활발했던 작품활동 시기와 겹친다.

2. 개작의 윤곽과 지향

최서해가 등단한 『조선문단』은 동인지 시대를 마감하고 신문학사상 처음 등장한 대중문예지였다. 동인지 시대와 완연히 다른 『조선문단』만의 특징은 '문학의 폐쇄성과 자족성을 벗어나 문학의 대중적 정체성'을 시도한 점, '대중문예잡지'라는 선언과 함께 '흥미 중심적 편집' '신진작가 등용' 등으로 정리된다.[9] 『조선문단』 동인들에게 최서해는 창간 취지에 가장 적절한 신진작가의 한 사람이었다.

최서해는 체험과 감상을 근대소설의 양식으로 변전시키며 당대에 가장 주목받는 작가의 한사람이 되었다. '감상(문)' 「탈출기」를 '소설' 「탈출기」로 개작했듯이, 「토혈」을 「기아와 살육」으로 개작하면서 신예작가로서의 입지를 다졌다. 이 일련의 개작 행보는 '체험수기에서 기록서사로의 이행 과정'이었고, 1920년대 중반 리얼리티를 기조로 한 경험기록의 산물을 바탕으로 '근대소설의 육체'를 구비해나가는 대표적 사례였다.[10]

'기록의 소설화'를 위한 최서해의 개작에서 내적 동력만큼이나 외적 견인

---

9   이경돈, 「『조선문단』에 대한 재인식」, 『상허학보』 7, 2001, 64-68면.

10 이경돈, 「최서해와 기록의 소설화」, 『반교어문연구』 15, 2003, 124-138면 및 이경돈, 「1920년대 기록서사와 근대소설」, 『상허학보』 8, 2002, 134-138면.

력은『조선문단』이라는 순문예지의 공론장을 주도한 유학생 출신 동인들이 제공했다. 유학생 출신이 주축이 되어 순문예지를 표방한『조선문단』은 '조선문학 건설'과 '조선의 참된 예술'이라는 지향을 통해 '문학어로서의 조선어 정립'과 '조선어문학', '세계문학의 지방문학으로서의 국민문학'을 모색했다.[11] 이광수가 내건 '추천소설' '입선소설'의 기준 하나는 '민족 재현의 리얼리티'였다.[12]

최서해는『학지광』『청춘』시절부터 이광수와 서신을 주고받으며 사숙했던 사이였다. 그런 인연으로 그는『조선문단』합평회에 참석하면서 신참작가에서 잡지 편집자, 유망작가로 발돋움할 계기를 마련했다(신지영이 정리한 '사건일지'에서 춘파 박달성의 글「다사한 계해 경성 일월을 들어(시골 게신 M형에게 부치노라 1월 22일)」(『개벽』, 1923.1)의 내용은, 신문과 잡지사 편집부의 궁상과 건강을 잃어가는 K군을 다룬 최서해의 소설「같은 길을 밟는 사람들」(『신소설』 1호, 1929.9)과 상당부분 겹치는데, 신문 잡지 경영자들의 방만한 일상과 월급도 제대로 못받는 사원들의 울분과 탄식이 대조적이다).[13] 그는 잡지편집자의 경험을 바탕으로 개작의 효과적인 방향을 가늠하며 자신의 작가적 입지를 확보해 나갔다. 그의 개작은 '감상(문)'(『조선문단』창간호, 52면. 최서해의 '감상'「여정에서」,「탈출기」등 두 편이 '선외選外 가작'으로 기재돼 있다)의 체험기록을 재맥락화하는 것이었다. 이는 근대소설의 양식을 이해하고 그 조건을 충족시킨 사례이기도 했다.「토혈」(『동아일보』, 1924.1.28, 2.4)의 표제를 '소설'로 소개했으나 최서해가 개작하여 발표한「기아와 살육」의 제목은 편집자가 임의로 붙였을

---

11   조은애,「이광수의 언어공동체 인식과『조선문단』의 에크리튀르」,『비평문학』34, 2009, 308-309면.

12   조은애, 같은 논문, 309면.

13   신지영,『부/재의 시대─근대계몽기 및 식민지 시기 조선의 연설·좌담회』, 소명출판, 2012, 135-137면, 138-218면, 489-496면.

가능성이 높다.[14] 같은 시기에 이광수는 『동아일보』 편집국장으로 있었기 때문에 그러한 개연성이 충분하다.

「토혈」 개작과, 「탈출기」가 '감상(문)'에서 근대소설로 개작되는 과정과 그 소설사적 의의는 선행연구에서 충분히 언급되었다. 최서해의 「토혈」 개작 양상을 일별해보면, 서사구도 자체는 차이가 없으나 작품의 분량과 서술전략 변경에 따른 서술효과는 큰 차이를 보인다. 개작의 표면적 양상은 시점과 배경과 인물 변경에 한정되지만, 개작 내용을 살펴보면 1인칭 세계인식이 가진 강점이 약화되고[15] 대사회적 전언을 부각시키는 변화를 확인할 수 있다.

「토혈」은 38자×250행, 9500자 내외로 200자 원고지 기준 약 48매 분량이고, 「기아와 살육」은 38자×354행, 13,450자 내외로 200자 원고지 기준 67여 매 분량이다. 개작의 결과 「기아와 살육」에서는 200자 원고지 기준 약 30매 분량이 늘어났으나 '축약'과 '내용의 대체'를 감안하면 개작 범위를 늘어난 분량만 가지고 섣불리 논단하기 어렵다.

[표 1]에서 보듯, 「토혈」 도입부의 회상 장면은 「기아와 살육」에서 대부분 삭제되었다. 또한 「기아와 살육」에서는 3인칭 관찰자 시점에서 인물의 행동을 관찰하고 인물의 내면심리 세부묘사로 대체되면서 서술의 맥락 자체가 변경되었고 서술 내용도 보충된 양상을 보인다.

[표 1] 개작과 서술상 변화1 – 삭제된 회상 대목과 추가된 세부묘사

	「토혈」(『전집 상』, 111면)	「기아와 살육」, 『조선문단』, 27면
서술 양상의 비교(회상 대목의 삭제, 땔감	이월의 북국에는 아직 봄빛이 오지 않았다. 오늘도 눈이 오려는지 회색 구름은 온 하늘에 그득하였다. 위질령을 스쳐오는 바람은 몹시 차다./ 벌써 날이	1. 경수는 묽은 나뭇짐을 짊어졌다./ 힘에야 부치거나 말거나 가다가 거꾸러지더라도 일기가 사납지 않으면 좀 더하

14 이경돈, 「최서해와 기록의 소설화」, 『반교어문연구』 15, 2003, 134면.
15 이경돈, 같은 논문, 134면.

<table>
<tr><td rowspan="2">을 마련하고 하산하는 경수의 세부묘사, 심리적 현실 추가됨)</td><td>기울었다.(밑줄-삭제된 공간 시간 배경 묘사 대목) 나는 가까스로 가지고 온 나뭇짐을 진 채로 마루 앞에 펄썩 주저앉았다. 뼈가 저리도록 찬 일기건마는 이마에서 구슬땀이 흐르고 전신은 후끈후끈하다. 이제는 집에 다 왔으니 한즉 나뭇짐 벗을 용기도 나지 않는다./ 나는 여태까지 곱게 먹고 곱게 자랐다. 정신상으로는 다소의 고통을 받았다 하더라도 육체의 괴로운 동작은 못 하였다. 그런데 나는 형제도 없고 자매도 없다. 아버지는 내가 강보에 있을 때에 멀리 해외로 가신 것이 우금(于今) 소식이 없다./ 그러니 나는 이때까지 어머니 덕으로 길리었다. 어머니는 내가 외아들이라 하여 쥐면 꺼질까 불면 날을까 하여 금지옥엽같이 귀여워하셨다. 또 어머니는 여장부라 할 만치 수완이 민활하여 그리 큰 돈은 못 모았어도 생활은 그리 군졸치 않았다. 그래 한닙 두닙 모아서 맛있는 것과 고운 것으로 나를 입히고 먹였다. 나는 이렇게 평안하게 부자유가 없이 자라났다. 이렇게 나뭇짐 지는 것도 시방 처음이다. 지금 입은 이 남루한 옷은 이전에는 보기만 하였어도 나는 소스라쳤을 것이다.(밑줄-삭제된 회상 대목)</td><td>려고 하였으나 속이 비고 등이 시려서 견딜 수 없었다./ 키 넘는 나뭇짐을 가까스로 진 경수는 끙끙거리면서 험한 비탈길로 엉금엉금 걸었다. 짐바가 두 어깨를 꼭 조여서 가슴은 뻐그러지는 듯하고 다리는 부들부들 떨려서 까딱하면 뒤로 자빠지거나 앞으로 곤두박질 할 것같다. 짐에 괴로운 그는/ "이놈 남의 나무를 왜 도적해가니?"/하고 산임자가 뒷덜미를 집는 것같아서 마음까지 괴로웠다. 벗어버리고 싶은 마음이 여러 번 나다가도 식구의 덜덜 떠는 꼴을 생각할 때면 다시 이를 갈고 기운을 가다듬었다./ 서북으로 쏠려오는 차디찬 바람은 그의 가슴을 창살같이 쏜다. 하늘은 담북 흐려서 사면은 어득충충하다./ 오리가 가까운 집까지 왔을 때, 경수의 전신은 땀에 후질근하였다. 몸을 움직일 때마다 의복 속으로 쾨지근한 땀냄새가 물신물신난다. 그는 부엌 방문 앞에 이르러서 나뭇짐을 진 채로 펑덩 주저앉았다.
(밑줄-표현 수정, 서술 첨가 부분)</td></tr>
</table>

「토혈」을 개작한 결과 「기아와 살육」에서는 서술전략의 변화에 따른 서술내용의 변화가 일어났다. 「토혈」 서두에서는 집안 내력과, 모친의 사랑과 근검한 생활상을 강조하다가 가장이 된 지금에 와서 궁핍한 처지로 전락했다고 회상하는 대목은, 「기아와 살육」에서 대부분 삭제되고, 그 자리에 서술자가 경수의 행위를 따라가며 청년가장의 무게를 힘겨워하는 심리적 현실을 초점화한 세부묘사가 채워져 있다. 개작의 결과, 경수의 행동을 객관적 시선

으로 좇아가며 그의 내면을 엿보는 방식을 취하면서 서술의 일관성과 통일성을 동시에 확보한다. 개작을 통해 서사구도와는 별개로 경수의 행위와 내면에 집중하는 셈이다.

「토혈」과 이를 개작한 「기아와 살육」의 내용을 비교해 보면, 제목에서 서사의 주제 및 구도에 이르기까지 그 지향과 효과의 차이가 분명하다. '토혈'이라는 제명은 '1인칭 화자 중심의 서술'로 '피를 토하듯' 빈궁상과 좌절'을 초점화하겠다는 의도가 담긴 명명이다. '기아와 살육'이라는 제명은 '기아'의 현실과 '살육'의 환상으로 확장시켜 개인의 차원에 머물지 않고 사회적 연계를 강화해서 사회상의 한 단면으로 확장시킴으로써 지향과 결이 다른 이야기임을 드러내려는 의도가 담긴 명명이다. 「기아와 살육」에서 시점과 인물명 변경도 그런 의도에 부합된다. [표 2]에서 보듯, 두 작품 간 심리적 현실의 서술 격차는 확연하다. 환상의 양상이나 효과 자체가 다르기 때문이다.

[표 2] 개작과 서술상 변화2－삭제와 축약, 구체화된 환상 장면

	「토혈」, 『전집 상』, 112-113면	「기아와 살육」, 『조선문단』, 30-31면
1. 심리적 현실의 서술차- 삭제와 축약	나는 그만 몽주를 어머니에게 보내고 목침을 베고 누웠다. <u>눈을 꼭 감았다. 배가 아프다. 나는 수년 되는 복통이 지금 낫지 않았다. 그러나 나는 아픈 모양을 보이지 않았다.(삭제된 부분-밑줄 필자)</u> 악독한 마귀가 염염한 화염을 우리 집으로 향하여 뽑는다. 집은 탄다. 잘 탄다. 우리 식구도 그 속에서 타 죽는다. 나는 몸살을 치며 눈을 번쩍 떴다. 그것은 한 환상이었다. (밑줄-삭제된 환상 대목 강조-인용자)/ 나는 다시 눈을 감았다. 마음이 진정되지 않는다. 머리맡에 있는 오랜 신문을 집어들고 읽어 보았다. 그러나 그것도 의식 없이 읽었다. 온갖 생각이 뒤숭숭한 머리로는 이해할 수 없었다. 나는 그	그는 학실이를 보고/ "내가 자겠다. 할머니 있는 데로 가거라"/하면서 부엌에서 불을 때는 어머니를 가리켰다. 그리고 그는 그냥 드러누웠다. 그는 이 생각 저 생각 끝에, 모두 죽어라! 하고 온식구를 저주했다. 모두다 죽어주었으면 큰짐이나 벗어놓은 듯이 시원할 것 같다. '아니다. 그네도 사람이다. 산 사람이다. 내가, 내 삶을 아낀다 하면 그네도 그네의 삶을 아낄 것이다. 왜 죽으라고 해! 그네들을 이땅에 묻어? 내가 네리고 이 북만주에 와서 그네들을 여기다 묻어놓고 내 혼자 잘 살아? 아아 만일 그러라 해보자! 무덤을 등지고 나가는 내 자곡자곡에 붉은 피가! 저주의 피가 콸작콸작 괴일 테니 낸들 무엇이 바로 되랴? 응! 내

	신문으로 낯을 가리우고 눈을 감았다. 처의 신음소리가 점점 높아진다.(밑줄 -삭제 부분) 모두 죽었으면 시원하겠 다고 나는 생각하여 보았다. 어머니도 죽고, 처도 죽고, 몽주도 죽고……. 만 일 그렇다 하면 그 모든 시체들을 땅에 넣고 돌아서는 나는 어찌 될까? 모든 짐을 벗었으니 자유롭게 행동할까? 아! 아니다, 아니다! 그네들도 사람이다. 생을 아끼는 인간 이다. 그네의 생명도 우주에 관련된 생 명이다. 내가 내 생을 위한다 하면 그네 들도 나와 같이 생을 석(惜)할 것이다. 그네들도 인류로서의 권리가 있다. 왜 죽어? 왜 죽으라 해? 나는 부지불식간 에 주먹을 부르쥐었다.(밑줄-삭제 부 분)	가 왜 죽으라고 했을까? 살자! 뼈가 부서 져도 같이 살자! 죽으면 같이 죽고!' 그는 무서운 꿈이나 본듯이 눈을 번쩍 떴다가 다시 감으면서 돌아누웠다. *서술이 축약되고 계급적 관점이 삭제 됨. 환상 장면은 두 문장이었으나 삭제 됨. 저주의 내용 축소, 생에 대한 의욕을 부가함.
2. 구체화 된 환상	「토혈」, 『전집 상』, 116-117면	「기아와 살육」, 『조선문단』, 35-36면
	집으로 돌아온 나/아내의 물음/ 차마 약을 지어오지 못했다고 말하지 못함/ 아내의 상태를 묻고 어머니의 행방을 물음/ 아내는 나와 함께 외출했으나 아 직껏 오지 않았다고 답함/ 마음이 쓰이 는 나/ 몽주는 어미 곁에서 잠들어 있 음/ 왼손을 동여맨 까닭을 묻는 아내/ 아내의 물음에 그 이유는 드러나지 않 고 낫에 다쳤다고만 대답함/ 밖에서 이 웃의 이씨가 나를 찾음/ 정신 잃은 어 머니를 들쳐 방에 눕힘. (환상 대목 없 음)	집에 돌아온 경수/ 희미한 집안 풍경과 아내 곁에 앉는 경수/ 약을 지어오지 못 한 것을 차마 알리지 못함/ 아내에게는 지금 약을 짓고 있다고 거짓으로 답함/ 아 내는 돈 없다고 무시하지 않더냐고 반문 함/ 흥, 하며 가슴이 막힌 경수(밑줄-아 내의 반문과 내면 심리 세부묘사)/ 어머 니의 늦은 귀가에 불안해 하는 경수/ 부 뚜막을 노려보는 경수/ 괴물 환상 ―"그는 모들뜬 눈을 점점 똑바로 떠서 부뚜막을 노려보고 있다. 그의 눈에는 새 로 보이는 괴물이 있다. 그 괴물들은 탐욕 의 붉은 빛이 어리어리한 눈을 날카롭게 번쩍거리면서 철관(鐵管)으로 경수 아내 의 심장을 꼭 찔러놓고는 검붉은 피를 쭉 쭉 빨아먹는다. 병인은 낯이 새카맣게 질 려서 버둥거리며 신음한다. 그렇게 괴로 위할 때마다 두 남녀는 피에 물든 새빨간 혀를 내두르면서 '하하하' 웃고 손뼉을 친다. 경수는 주먹을 부르쥐면서 소름을 쳤다. 그는 뼈가 째릿째릿 하고 염통이 쏙

| | 쏙 찔렸다. 그는 자기 옆에도 무엇이 있는 것을 보았다. 눈깔이 벌건 자들이 검붉은 손으로 자기의 팔다리를 꼭 잡고 철관으로 자기의 염통 피를 빨면서 홍소를 친다. 수염이 많이 나고 낯이 시뻘건 자는 학실이를 집어서 바작바작 깨물어 먹는다. 경수는 악 소리를 치면서 벌떡 일어섰다. 그것은 한 환상이었다. 그는 무서운 사실을 금방 겪은 듯이 눈을 부비면서 다시 방안을 돌아보았다. 불빛이 어스름한 방안은 여전하다.(밑줄-구체화된 환상 대목) |

　「토혈」에서는 1인칭 시점으로 서술되는 생활고와 심리적 현실이 주를 이룬다. 「기아와 살육」에서는 표2에서 보듯 계급적 관점이 삭제되고 불과 두 문장이었던 '환상-꿈' 장면이 뒤로 배치되어 서술이 한층 구체화된다. 이 과정에서 아내의 반문이 삽입되고 표현과 의미의 강도는 높아진다('무시하지 않더냐'라는 아내의 반문에 경수가 거짓으로 답하는 장면은 경수의 심리적 좌절감을 고조시키는 효과를 불러온다-인용자). 또한, '환상-꿈' 장면에는 괴물이 등장하여 이미지를 보다 선명하게 재현하는 효과를 발휘한다. '환상 속 괴물'은 병든 아내의 심장을 철관으로 찔러 피를 빨아먹고 아이를 씹어먹는다. '환상의 감각화'는 현실의 비극상을 선명하게 제시하며 방안의 절망적 분위기를 고조시킨다. 또한 '가족이 모두 죽었으면' 하는 파괴적 심리도 보다 적극적으로 장면화된다.

　「기아와 살육」에서 '환상의 감각화와 파괴적 심리의 장면화'는 빈궁한 현실의 비극상을 고조시키려는 서술전략이자 심리적 현실을 전경화하는 장치에 가깝다. '환상'은 심리적 동요, 좌절의 깊이를 효과적으로 재현하고 있기 때문이다. 소설 속 '환상'은 가난과 궁상이 개인적 무능력이 아닌 구조적 현실을 정치적 의미로 환유하는 한편, 아내와 모친, 아이의 죽음을 바라는 파괴심리를 사회적 현실 차원으로 확장하는 효과를 확보한다. 환상 장면이 5장 끝부분으로 옮겨간 것은 '내용의 재배치'를 통해 인물의 행위와 심리적 현실에 대한 일관성, 통일성을 획득하려는 '서술의 조정'에 가깝고, 장면의 구체화는 비극의 사회적 효과를 강화했다. 이런 점은 개작의 '선택과 집중'을 잘 보여주는 대목이다.

1인칭에서 3인칭으로의 시점 변경, 구체적인 지명 삭제, 인물명 변경('명주'에서 '학실'로) 등은 '작품 완성도'와는 별반 관련 없는 요소이다.[16] 다만, 3인칭 관찰자 시점으로 바뀌면서 1인칭 시점이 발휘하는 생생한 현장성과 인물 내면에 담긴 절망과 분노의 역동성이 사라졌다. 리얼리티의 문제에 관한 한, 픽션/논픽션을 묶어 동일 장르로 이해하는 것은 논리적으로는 다소 무리일지 모르나, 최서해의 경우 상상적 허구가 아니라 '경험의 실사화實寫化'라는 기록성을 감안할 때 '체험의 역동성' 상실은 근대소설의 개념 성립이나 형성과정에서 빚어진 독특한 일면에 해당한다.[17]

시점을 변경하면서 약화된 서술효과를 상쇄시켜주는 부분은 과연 무엇이었을까. 그 의문은 1920년대 중반 제기된 '문학'과 '예술', '소설'의 정체성과 관련될 뿐만 아니라 최서해 소설이 가진 '개작의 사회문화사적 맥락'을 되묻는 물음이기도 하다.

원본이 없는 탓에 추론의 수준을 넘지 못하지만, '감상' 「탈출기」를 '소설' 「탈출기」로 개작하고, 「토혈」을 「기아와 살육」으로 개작하는 과정에서는 '감상(문)'에서 '소설'로 이행하는 면모가 뚜렷하다. 개작을 거치며 서술의 일관성과 통일성, 서술의 축약과 내면의 세부 묘사, 심리적 현실의 감각화 등, 표현의 구체성을 강화하고 있기 때문이다. 이들 특징이야말로 최서해가

---

16   이경돈, 「최서해와 기록의 소설화」, 『반교어문연구』 15, 2003, 134-135면.
17   이경돈, 같은 논문, 138면.

지향했던 '근대소설 양식'의 형식적 조건이자 내용인 셈이다.

최서해의 소설 개작은 넓게 보면 '1920년대 문화정치'라는 시대 변화에 부응하는 일이었다. 그는 '예술의 창작' '참된 예술'을 표방한 『조선문학』의 문화 이념과 기획이 추구한 '조선적 현실의 재현'에서 대표적인 사례이다. 그의 개작은 1910년대 계몽적 논설에서 근대의 학지를 습득하고 '정치화된 대중'의 출현과 함께하는 맥락을 담고 있을 뿐만 아니라 1920년대 기록서사와 신경향문학, 국민문학이 한데 중첩된 지점에 놓여 있다. 「토혈」을 개작한 「기아와 살육」이나, '감상문' 「탈출기」 또한 1인칭 시점의 기록서사에 가까운 서간체 소설 양식을 구축한 것으로 보기도 한다.

『개벽』에 소재한 박달성의 사례에서 보듯, 기록서사는 1910년대 계몽적 논설을 거쳐 1920년대 중반 최서해의 신경향문학, 프로소설과 연결된다.[18] 1920년대 중반 전성기를 구가한 최서해 소설은 '근대소설 양식의 충족'이라는 형식적 요건 외에도 내용적 측면을 강화하는 과정에서 일제의 검열체제와 마주서게 되는 것은 필연적이었다.

「토혈」의 개인적 서사가 「기아와 살육」에서처럼 3인칭 시점으로 맥락화될 때 거기에는 계급과 제도에 대한 각성이 '기입되는/기입되어야' 했기 때문이다. 최서해의 체험서사는 '세상'을 향한 적의(완화시킨 표현으로 '반항 심리')를 표출하며 현실 재현의 핍진함을 넘어 비로소 식민지조선에서 정치성을 획득한다. 정치성의 획득은 필연적으로 검열기구와 마주서는 것을 의미하기 때문이다. 최서해는 잡지 편집과는 별개로, 창작과 개작의 과정에서 자신이 지향했던 근대소설의 민족적 현실(그의 표현대로라면 '조선적 현실'), 곧 '민족 재현의 소설화'를 거쳐 검열이라는 현실과 검열 기제를 의식하는 '자기검열의 미적 글쓰기'라는 현실로 나아갔다.

---

18   최수일, 「『개벽』 소재 '기록서사'의 양식적 기원과 분화」, 『반교어문연구』 14, 424-425면.

3. 작품집 수록작의 선별 기준과 검열기제와의 연관

최서해는 8년간의 문학적 생애에서 소설집 『혈흔』(1926)과 『홍염』(1931)을 간행했다. 두 작품집은 그가 성취한 소설세계의 윤곽을 보여준다. 『혈흔』이 초기 대표작 10편을 망라한 신경향소설의 우뚝한 정점이라면 두 번째 작품집 『홍염』은 카프 탈퇴 후의 작은 정점에 해당한다.

『혈흔』에 수록된 작품(「탈출기」, 「향수」, 「기아와 살육」, 「보석반지」, 「박돌의 죽음」, 「기아」, 「매월」, 「미치광이」, 「고국」, 「13원」 등)을 일별해 보면 평판작 위주로 작품을 선별했다는 특징이 두드러진다. 「탈출기」, 「향수」, 「기아와 살육」, 「박돌의 죽음」, 「미치광이」, 「고국」 등은 간도와 북방지역 일대를 유랑하는 민족 유랑의 일화라는 점에서 '민족 재현의 리얼리티'와 '근대소설로의 도정'에 부합한다. 물론, 계층차로 인한 낭만적 사랑의 좌절을 그린 「보석반지」도 있고, 여성의 신분적 한계와 절망을 다룬 「매월」이나 노동조직 속 연대감을 소재로 한 「13원」처럼 '신경향'으로만 포괄하기 힘든 사례도 있다.

두 번째 작품집 『홍염』(1931)은 첫 소설집 『혈흔』과는 여러 모로 대조적이다. 이 작품집은 표제작 「홍염」(『조선문단』 18호, 1927.1, 「홍염」의 창작일자는 '1926.12.4 오전 6시작'으로 부기돼 있다.)[19]과 「저류」(『신민』 18호, 1926.10), 「갈등」(『신민』 33호, 1928.1) 등, 단 3편만 수록했다. 작품집은 '단편집'이라는 표제만큼이나 단출하나, 1928년 후반 카프 탈퇴후 문단에서 배제된 정황을 감안하면 의미심장하다.

작품집의 수록작 선별기준을 살펴보면 소설세계의 연속성을 강조하려는 의도가 뚜렷하다. 수록작 중 표제작인 「홍염」은 '이도백하'를 배경으로 한 빈궁서사이다. 작품은 중국인 지주와 소작인인 문서방 일가의 갈등이 딸을

---

19   곽근, 『탈출기-최서해단편선』, 문학과지성사, 2004, 428면.

빼앗기고 아내가 병들어 죽은 뒤 지주를 도끼로 살해하는 비극으로 끝나는, '최서해식 신경향'에 속한다. 또한 「홍염」은 「기아와 살육」, 「박돌의 죽음」, 「이역원혼」 등과 같은 계열에 놓이는 작품이라는 점에서 그 자신의 작가적 정체성을 부각시키고자 했음을 시사해준다. 하층민에 대한 연민과 자기성찰을 보여주는 「갈등」과, 아기장수 설화로 환담을 나누는 농촌의 저녁 일상을 스케치한 「저류」를 수록한 것은 자신의 소설 세계가 지닌 지속과 변화를 함께 담아내려 한 의도로 읽혀진다.

최서해가 두 권의 작품집에 수록한 작품수가 13편에 그친다는 점은 검열 통과 여부와 직접적으로 관련된 것으로 추정해볼 수 있다. 전체 작품이 60여 편이나 작품집 수록작 13편은 20%에 불과하기 때문이다.

불가항력적인 홍수와 해산후 병든 아내를 다룬 「큰물 진 뒤」(『개벽』 64호, 1925.12), 활극적 요소가 강한 「설날밤」(『신민』 9호, 1926.1), 경수의 항일운동과 모친의 귀향을 다룬 「해돋이」(『신민』 11호, 1926.3)(이 작품이 작품집에서 배제된 것은 주인공의 만주 활동 및 투옥 부분에서 복자 처리된 부분으로 인해 생겨난 검열의 부담 때문으로 보인다),[20] 간도 이주 후 중국인 지주와 갈등하다가 살해된 재만 조선인의 비극을 다룬 「이역원혼」(『동광』 7호, 1926.11), 서울살이의 팍팍함을 전하는 서간체 소설 「전아사」(『동광』 9호, 1927.1), 상조회 활동과 노동자의 가난한 서울살이를 다룬 「먼동이 틀 때」(『조선일보』, 1929.1.1-2.26 연재), 월급도 제대로 못받아 밀린 월세로 참담한 잡지사 직원의 일상을 그린 「무명초」(『신민』 52호, 1929.8) 등은 평판작임에도 작품집에는 수록하지 않았다. 이런 측면은 작품선별 기준을 놓고 고심한 흔적이라 보아도 무방하다. 최서해가 세운 작품집 수록작의 선별 기준 하나는 '신경향'으로 통칭되는 작가적 위상을 구축한 1924-1926년 사이의 평판작이 1차 대상이었을 가능성이 높

---

20   최서해, 「해돋이」, 『전집 상』, 207-209면.

다. 이를 문단과 세평에 호응한 것으로 볼 여지는 별로 없어 보인다. 게재금지를 당한 「살려는 사람들」(『조선문단』 7호, 1924.2)의 사례는 그래서 더욱 시사적이다.

검열 통과 여부를 작품집에 수록할 작품을 결정하는 외부적 요인의 하나로 삼는 까닭은 검열기구의 변화와 검열의 시대적 추이, 검열관의 업무가 가진 몇겹의 감시체계에서 연유한다. 실제로, 단행본 검열에서 납본 검열, 교정쇄 검열 등의 업무를 수행하는 검열관 자신들도 이중삼중의 감시체제 아래에 있었다. 검열 중에서도 단행본이 가장 강력한 규제를 받았다.[21] 작품을 신문이나 잡지에 발표, 게재하는 현실과, 작품집으로 발행하는 현실이 크게 달랐던 것이다.

신문 잡지에서는 작품의 연속 게재 도중에 게재 중단조치가 내려지면 경제적 손실이 크므로 사전, 사후 검열을 병행하는 방식을 취하며 후속책을 마련하기가 가능하다. 하지만, 작품집의 경우 납본과정에서 검열 통과 여부가 불투명할 경우 작품 전체의 생존이 위협받는다. 검열의 자의성과 불투명한 검열 기준을 유지하는 일제의 노림수 하나는, 검열 장치를 통과할 만한 작품들로만 선별하거나, 정치성을 배제한 '예술로서의 소설'이라는 기준을 충실히 지키도록 만드는 데 있었다. 이런 측면에서 보면, 최서해가 수록한 두 작품집은 애착을 보인 '평판작'이라는 선별기준 외에도 '검열 통과라는 기준'을 주요 고려사항의 하나로 삼았다고 추론할 수 있다. 실제로 작품집 『홍염』에서 '김이라는 자가 자식의 병을 낫게 하기 위해 인육을 먹었다'는 표제작 「홍염」의 문구가 '치안방해' 혐의로 검열로 인해 삭제되기도 했다(4장 [표 3] 참조).

두 권의 작품집에서는 '최서해식 신경향의 지속'이라는 최소조건은 잘

---

21   한만수, 『허용된 불온』, 소명출판, 2015, 87~226면.

드러나는 반면, '계급적 시야의 확장'이라는 충분조건은 분명하게 포착되지 않는다. 이 특징은 '참된 예술의 이념'에 충실한 '조선어와 조선문학'이라는 필요조건을 충족시키면서도 신경향문학으로서 작가적 입지를 공고하게 해준 작품들을 선별했음을 뜻한다. 다른 한편으로, 이 선별기준에는 검열 조건을 충족시킨 '공식대본(public Script)'('공식대본'이라는 개념은 '지배자와 피지배자 사이의 공개된 상호작용을 기술하기 위한 일종의 약칭'으로, 스콧은 이 말이 권력관계를 호도하지는 않으나 모두 말하지는 않는다는 전제 아래, (소설을 포함한) 모든 '허구적 진술'은 권력관계에서 공모하는 형태를 띤다고 본다)[22]의 면모도 두드러진다. 검열이라는 제도는 검열관과 검열기구가 출현하면서 지배 권력자와 피지배자의 관계가 형성된다. 이 기준에 따르면, 검열을 통과한 텍스트가 '공식대본'이고 검열에서 배제되거나 삭제된 텍스트는 모두 비공식의 은닉대본인 셈이다. 최서해 소설세계에 이 기준을 적용해 보면 두 권의 소설집과 그 이외에 작품 사이에는 '검열을 의식한' '작품집의 수록작 선별기준'에 따라 '공식대본'과 '비공식적 은닉대본'의 경계선이 그어져 있는 것이다.

4. 최서해의 검열 관념과 검열 피해상

최서해가 검열을 명시적으로 언급한 것은 단 한번, '문인 앙케이트'인 「문단 제가諸家의 견해」(『중외일보』, 1928.8.2)에서였다. 설문은 1항 '당면과제의 중대문제', 2항 '창작의 제재 문제', 3항 '대중 획득의 문제', 4항 '추천도서' 등이었다.[23]

---

22 제임스 C.스콧, 전상인 역, 『지배, 그리고 저항의 예술―은닉대본』, 후마니타스, 2020, 28면.
23 최서해, 「제재 선택의 필요」, 『중외일보』 1928.8.2, 곽근 편, 『최서해전집 하』, 문학과지성사, 1987, 344면. 이하 표기는 『전집 하』 등으로 표기함.

당면한 중대 문제는 한두 가지가 아니외다. <u>생활 문제도 중대문제이요 검열 문제도 중대 문제이요 수양 문제도 중요문제외다.</u> 이 여러 가지 문제는 모두 중대하여서 어느 것이 더 중대하고 어느 것이 중대치 않다고 할 수 없습니다. 생활 문제가 해결되었더라도 수양이 부족하면 역시 그 꼴이 그 꼴이 될 것입니다. (생활이 안정되었다고 반드시 수양에 힘쓰는 것은 아닙니다. 어떤 경우에는 도리어 타락되는 수가 많습니다.) 또 설사 <u>생활이야 안정되고 수양이 충분하여 훌륭한 작품을 낳았다 하더라도 검열이 잔혹하면 그 작품은 무참한 주검이 되고 말 것입니다.</u> 그러니 모든 문제는 똑같이 현하 조선의 문단이 전체적으로 당면한 중대문제라고 생각합니다.(밑줄 강조–인용자)

인용에서 '당면한 중대문제'가 '자신만이 아니라 식민지 조선 문단 전체가 당면한 현안'이라는 육성肉聲에 가까운 발언에 유의해볼 필요가 있다. 최서해는 '문단이 당면한 중대문제'로 '생활(생계)'과 '검열'과 '(작가의) 수양' 등 세 가지를 꼽고 있다. 첫째로 꼽은 '생활 문제'는 그를 끊임없이 괴롭힌 가난과, 생계수단이 되지 못하는 열악한 원고료에 매달려야 했던 궁벽한 현실을 쉽게 떠올려준다. 그는 생활 다음으로 '검열 문제'와 '작가의 수양'을 거론하는데, 이 대목은 이광수의 「문사와 수양」을 연상시켜준다. 검열을 두 번째 항목에 배치하고 있어서 논지에서 비껴난 듯하다.

'생활'과 '문사의 수양' 사이에 '검열'이라는 문구를 끼워놓은 것은 의도적인 배치에 가깝다. 그는 생활과 수양 문제에 이어, 검열의 폭력을 대놓고 비판하고 있기 때문이다. 최서해는 '검열의 폭력적 환경'이라는 현안을 직접적으로 문제 삼고 비판한다. 그는 생활과 수양이라는 문제가 충족된다고 해도 '검열이 존재하는 한, 뛰어난 작품의 생존이 불가능하다'고 본다. 이같은 전제 아래 검열이 자행하는 폭력은 작품을 '무참하게' '난도질하여' '주검', 곧 '죽은 텍스트'를 만들어버린다고 발언하고 나서 서둘러 봉합한다.

[표 3] 단편집 『홍염』의 검열[24]

그의 발언은 생활의 안정과 작가의 수양만큼이나 검열의 폭력적 환경을 '조선문단의 중대한 당면문제'라고 본다.

실제로 최서해가 받은 검열의 피해는 작품집 『홍염』의 검열에서도 확인된다. 「홍염」 중 특정 문구가 치안방해 혐의로 삭제 처분을 받았다. 일제의 대표적인 검열자료의 하나인 『조선출판경찰월보』에는 「홍염」 중 "김이라는 부호가 자신의 자식의 병을 치료하기 위하여 고용인을 죽여서 그의 인육을 약으로 사용하였다고 하는 문구"가 1931년 2월 21일 '치안방해' 혐의로 '삭제' 처분을 받았다고 기술돼 있다[표 3] 참조). 이는 작품집 선별기준에서 자신의 문학적 특성을 수렴하는 기준만큼이나 검열 저촉 여부가 문제라는 추론을 뒷받침한다.

김경수의 논의에서도 확인되었듯이, 최서해는 『현대평론』(1927.5)에 수록한 작품 원고를 압수당했다. 윤기정의 「빙고氷庫」와 최서해 「이중二重」, 『신민』(1927.5)에서 「박노인 이야기」는 인쇄 직전에 원고 전체를 압수당한 경우였다. 목차와 본문, 편집후기에도 언급하지 못한 채 투고자에게 양해를 구한다는 내용만 기술되어 있다. 『현대평론』에서 「빙고」가 19혈, 「이중」이 15혈 삭제되었다고 기술한 내용을 바탕으로 추정해

---

24 『조선출판경찰월보』 30집, 1931.3, 8면.

보면, 200자 원고지로 「빙고」가 약 92매 분량이고 최서해의 「이중」이 약 73매 분량이며 「박노인 이야기」도 그에 준하는 분량이었던 것으로 보인다.[25]

검열자료인 『朝鮮の言論よ世相』[26]에서는 삭제된 작품 줄거리를 대략 파악할 수 있다. 한강의 얼음 채취를 둘러싸고 전개되는 조선인 인부들과 일인 사업자 간의 임금 투쟁을 다룬 윤기정의 「빙고」, 재조일본인 전용 목욕탕에 조선인의 입장을 불허하는 세태를 비판한 최서해의 「이중」, 조선청년이 일본인 행세를 하는 양복신사를 응징하며 민족적 각성을 촉구한 「박노인 이야기」는 '배타排他' 항목 중 '반일감정 조장' 혐의로 '삭제 처분'된 경우다(1926년 『동광』 8월호에 수록할 예정이었던 「농촌야화」 또한 같은 혐의로 삭제 처분을 받은 경우이다).[27] 연재가 중단된 「폭풍우시대」(『동아일보』, 1928.4-12)도 『언문신

[표 4] 「폭풍우 시대」의 검열[28]

---

25   김경수, 같은 논문, 11-12면.

26   朝鮮總督府 官房文書課, 『朝鮮の言論よ世相－調査資料集 21輯』, 大海堂, 1927.10.

27   김경수, 같은 논문, 11면.

28   朝鮮總督府 警務局 圖書課, 『諺文新聞不穩記事槪要』, 1928, 31, 33면(부분).

문불온기사개요』에서는 '치안방해' 혐의로 '게재중지' 조치를 내렸다고 기술해 놓았다([표 4] 참조).

만주와 북방 일대에서 전개된 사회운동과 야학활동을 다룬 작품(「폭풍우시대」), 재조일본인과의 갈등을 초점화한 작품(「이중」), 일본인 행세를 질타하고 민족의식을 고취시킨 작품(「박노인 이야기」), 열심히 일해도 소용없다는 농촌의 절망과 탄식을 다룬 작품(「농촌야화」) 등이 검열의 직접적인 피해를 입었다.

최서해의 소설에서 자기검열의 양상은 검열의 피해 여부와는 상관없이 저항의식을 피력하거나 정치적 저항성을 교묘하게 은폐하는 다양한 면모를 가지고 있다. 1920년대 근대소설의 장에서 활발하게 활동했던 그는 단순히 '신경향'으로 포괄되지 않는 폭넓은 소설세계를 보여주었다.[29] 이 다채로움은 검열의 폭력적 기제와의 길항관계에서 '침묵'이나 '결여된 서술'(침묵 또는 부재처리), '순응'과 '우회' 같은 자기검열적 글쓰기의 다양한 전략을 재독해볼 여지를 만들어준다.

「폭풍우시대」의 경우처럼, 만주와 북방 일대의 사회운동을 의욕적으로 담아내려 했던 작가의 의지와 달리 평면적인 회상에 그치고 만 것은 검열을 의식한 결과였고, 그마저도 농촌야학을 다룬 작품 내용의 불온성 때문에 작품 연재가 중단되고 말았다. 검열체제가 주관하는 검열 행위의 자의적이고 불투명한 특성은 작가의 에크리튀르를 사건의 일관성과 통일성, 치밀한 재현을 방해하는 견고하고 거대한 장벽 앞에 마주서도록 만든다. 그로 인해 재현하는 인물과 배경과 사건을 축소하거나 약화, 왜곡해서 서술하도록 제

---

29 박상준은 최서해의 소설세계를 동시대 소설과 비교 대조하면서 최서해의 소설세계가 가진 극단적 행위의 특징을 살핀 바 있다. 이 작업을 통해 박상준은 최서해의 소설 전반이 '자연주의'와 '비자연주의', 사회주의적 자연주의 소설과 알레고리 소설에 이르는 폭넓은 범역을 가지고 있음을 확인했다. 박상준, 『한국 근대문학의 형성과 신경향파』, 소명출판, 2000, 328-395면, 455면.

도적 심급과 심리적 심급을 동시에 작동시킨다.

최서해의 소설세계는 식민지 조선인의 생존과 직결된 제도적 모순과 가난을 전면화했음에도 불구하고 방화와 살인, 죽음과 투옥으로 귀결되는 경우가 많다. '서사의 극단적 결말'이 미적 완결성을 확보하는 방향으로 진전되지 못한 데에는 검열의 사회문화적 조건과 맥락이 가로놓여 있었던 셈이다.

두 권의 창작집에 수록된 작품들과 미수록 작품 사이에 가로놓인 간극에는 사회적 평판과 작품의 미적 완성도를 전제로 한 검열 통과 여부 등이 한데 결합된, 작가 자신이 마련한 검열 통과 여부를 숙고한 판단기준과 자기 검열의 기준이 희미하게 드러난다. 설문조사에서 그가 피력했듯이, 가난과 수양과 검열 문제는 그 자신과 식민지조선 문단 전반에 걸쳐 있는 절실하고 불리한 조건들이었다. '문인 기자'로서는 태부족인 작가 수양의 문제나 가난이라는 사회경제적 요인이 태작을 낳는 환경적 요인이나, 그의 소설적 한계로 지적되는 완결성의 결여, 소품화 경향, 작품 소재의 반복성, 미완작의 양산은 모두 검열기제와의 직간접적 연관을 보여준다.

「살려는 사람들」의 경우, 『조선문단』 7호(1925.4)에 수록될 예정이었으나 검열로 게재금지 조치를 받아 작품 서문만 남아 있다. "오늘은 갑자 11월 15일" 환갑을 맞은 모친을 위한 "소설(「살려는 사람들」)을 쓰기 위해 붓을 잡았다."(『전집 상』, 119면)라는 서문 내용을 감안하면 「해돋이」는 게재금지된 「살려는 사람들」과 동일작이라 추론해볼 수 있다. 「해돋이」 말미에 부기된, "어머니 회갑 갑자 11월 15일 양주 봉선사에서"라는 내용과 창작일자(곽근 편, 『전집 상』, 223면)는 「살려는 사람들」 서문에 명기된 창작일자와 일치한다. 이를 토대로 「해돋이」는 게재 금지로 유실된 「살려는 사람들」과 동일작이라 추정해볼 수 있다. 탈고일자가 아닌 창작일자를 부기한 것이나 서문 내용을 앞뒤로 재배치한 것은 검열에 통과되지 못한 작품을 다른 매체에 수록하기 위한 전형적인 '작품의 생존술' 또는 '검열우회'[30]의 사례이다.

「살려는 사람들」의 게재금지 단서가 무엇이었는지는 「해돋이」의 복자 처리 부분에 담긴 검열의 맥락을 살펴보면 추론이 가능하다. 「해돋이」는 두 개의 이야기 구도를 가지고 있다. 어머니 '김소사'가 손자 '몽주'를 데리고 함께 고향으로 귀환하는 이야기가 액자의 외부서사이다. 액자 내부서사는 작품 3-7장에 걸쳐 전개되는 아들 '만수'의 행로이다. '만수'는 사회운동과 투옥, 출옥후 간도로 건너갔다가 경찰에 체포당해 압송된다. 「해돋이」는 1926년『신민』에 수록되면서 5장의 '만수'의 행적을 뼈대로 한 액자 내부서사를 집중적으로 삭제[복자 처리]당하면서 검열을 통과할 수 있었다.

서문만 남은 「살려는 작품」의 존재를 「해돋이」와 관련지어 보면, 제목을 바꾼 뒤 작품 말미에다 부기한 '창작일자'와 '모친의 환갑일'을 함께 기록함으로써 작가 스스로 '동일작'임을 암시하고자 했던 셈이다. 최서해의 '창작일자 부기'는 검열관의 자의적인 검열 처분에 대응하기 위한 방편으로, 원고의 창작일자나 탈고일자를 명시함으로써 이후 검열과정에서 일어날지도 모를 여러 상황을 감안하는 기억술의 하나였다. 이태준의 「오몽녀」는 '『조선문단』 문예응모 입선작'으로 뽑혔으나『시대일보』로 발표되었다. 이같은 사례는 신문과 잡지의 검열 기준이 서로 달랐고, 허가, 불허 판정의 근거 또한 매우 불확실했기 때문에 작가나 편집자는 작품 발표 과정에서 매체를 달리하는 것도 선택지로 고려할 수밖에 없었음을 보여준다.[31] 이런 사실을 감안

---

30 1930년대 텍스트에서 '검열우회'의 양상을 거부, 우회, 수용 등으로 구분하고 그 주체를 '인쇄자본의 외적 검열'과 '작가의 내적 검열'(자기검열)로 나누기도 한다. 한만수,『허용된 불온』, 소명출판, 2015, 297-424면.

31 검열 원칙이 엄격한 기준이나 지침에 따라 지적 생산물인 문학작품에 균등하게 적용되었기보다 검열관의 기분, 환경, 컨디션 등에 좌우된 경우가 많았다는 검열관의 기록도 있다. 박광현은 검열의 자의성과 불투명성의 예를 岸加四郞의 글 「출판검열여적出版檢閱餘滴」(『국민문학』, 1941.11)을 예로 들고 있다. 박광현, 「검열관 니시무라 신타로에 관한 고찰」,『한문국문학연구』 32, 동국대 한국문학연구소, 2007, 98면.

하면 창작일자나 탈고일자를 원고 앞뒤에 표기하는 관행은 개작을 비롯한 다양한 가능성을 염두에 둔 기록행위였던 셈이다.

검열로 게재되지 못한 작품을 훗날 제목을 바꾸어 다른 매체에 수록하는 데 성공한 케이스도 있다. 「탈출기」와 함께 '선외가작'으로 부기된 '감상' 「여정에서」를 개작한 작품이 「살려는 사람들」일 개연성이 높다. '선외가작' '감상(문)'을 개작한 소설 「탈출기」가 수록된 시기와 멀지 않은 점으로 미루어볼 때 '여정'을 담은 작품은 「살려는 사람들」일 가능성이 높다.

원고의 앞뒤에 창작일자나 탈고일자를 부기하는 습관은 작품의 생존 여부를 확신하기 어렵다는 현실적 판단과, 검열에 따른 작품 유실을 우려하면서 생겨난 기록행위다. 황순원의 사례에서 보듯,[32] 탈고일자의 명기는 '일제말이라는 예외적 환경'(총력전 체제 속에 모국어로 쓴 작품의 발표가능성이 봉쇄된 상황)과, 해방 이후 반공체제와 검열기제의 등장을 우회하기 위한 개작(그는 1948년 전향계를 제출하며 '반공국민'임을 스스로 증명하기 위해 작품의 탈고일자를 자신의 알리바이로 적극 활용했다)의 중요한 알리바이가 되기도 한다. 곧, 작품에 부기한 창작일자나 탈고 일자의 명기는 그 자체가 창작과정에서부터 작품 발표에 이르는 사회문화적 환경에 대응하는 '자기검열의 흔적'이기도 하다.

작가가 작품의 창작일자나 탈고일을 기록해 둠으로써 원고에다 사회적 시공성을 '기재'하는 의도적 행위는 자기검열의 특징과 절차를 고스란히 보여준다. 육필 원고가 검열로 인해 삭제되거나 산실될 우려가 있을 때나 원고들과의 차별성을 부각하기 위한 개작이 필요할 때에도 창작 개시일이나 탈고일은 유용한 표시다. 곧, 창작일자나 탈고일자를 부기하는 습관은 원고를 둘러싼 유동적 상황과 작가 자신의 우려, 나아가 원고 자체가 갖는 시공간적 물성物性을 보존하려는 행위이다. 이렇게, 원고의 창작일자 또는 탈고일자를

32　조은정, 「1949년의 황순원, 전향과 『기러기』 재독」, 『국제어문』 66, 2015, 40-45면.

기록하는 습관은 '검열'에서 비롯될 미래의 모든 불확실성에 대비하며 생겨난 '자기검열'의 면모를 가지고 있다.

5. 검열과 주름, 저항성, 미적 글쓰기: 「저류」와 은폐된 정치성

최서해 소설이 지향한 '조선적 특수성'은 민족 집단의 유랑성과 궁핍한 사회경제적 면모에 기초해 있으나 그 서사적 현실은 최저계층의 일상에 범람하는 가난과 궁상에 집중되는 경향으로 요약된다. 최서해의 소설 세계는 가난과 궁상을 구체적으로 재현하나 그 대척점에 놓인 파괴적 힘은 전혀 언급하지 않거나 불가항력적인 것으로 표기해두고 이외의 구체적 현실들에 관해서는 침묵하는 특징을 가지고 있다.

서술 자체가 생략되거나 침묵하는 국면은 홍수와 같은 자연 재난에만 해당되지 않는다. 재난의 국면에서조차 '제도의 희생자'들이 겪는 일상의 면면만 재현될 뿐 재난과 불행을 초래한 구조적 현실은 언급 자체가 드물고 미약하며, 그나마 지나쳐 버리는 경우가 그의 소설세계 전반에 걸쳐 있다. 최서해 소설이 관심을 보이지 않고 생략하듯 지나쳐버리는 대표적인 사례로는 근대 문물과 근대의 국가장치를 꼽을 수 있다.

「탈출기」에서 재현되는 것은 연명조차 힘든 일가족의 비참한 일상이다. 이러한 서술 상황은 근대국가의 사회경제적 기구로부터 배제된 현실에서 비롯된다. 땔감을 하다가 발각되고 산주인이 고발하면 불문곡직하고 수색과 구타에 시달리는 일상은 경찰 또한 국가장치의 본질 자체가 폭력적이라는 점을 환유한다. "호소할 곳이 없"(「탈출기」, 전집 상, 22면)는 '말할 수 없는 주체'가 바로 이들의 지위이고 일상적 현실인 셈이다.

이들이 힘겹게 살아가는 일상의 거처는 남루하고 보잘것없는 문간방이며

(「탈출기」, 「기아와 살육」, 「큰물 진 뒤」, 「보석반지」, 「갈등」, 「부부」 등), 이와 대척점에 놓인 공간은 신작로 공사 현장, 경찰서, 병원과 약국(「향수」, 「기아와 살육」, 「박돌의 죽음」), 시장통(「박노인 이야기」)이다. 연이서 등장하는 우체국, 기차역과 항구(「전아사」, 「무서운 인상」, 「해돋이」), 재조일본인 주거지역 목욕탕(「이중」), 잡지사와 신문사(「서막」, 「전기」, 「같은 길을 밟는 사람들」 등)와 같이, 빈궁한 일상을 구획하고 배제하는 공간은 근대국가 장치가 작동하는 식민지 조선의 정치경제적 공간이다.

최서해의 소설세계에 가해진 검열의 깊은 상처와 주름은 결과적으로 이들 '근대의 국가 장치'를 세심하게 관찰하고 있으나 이를 보다 사실적으로 재현하지 못하게 차단하는 장애물이었던 셈이다. 데뷔작 「토혈」로부터 연재장편 『호외시대』에 이르는 서사의 공간에서 근대장치들은 폭력적이고 할 만큼 폐쇄적이다. 이 장치들은 「고국」이나 「향수」에서처럼 '만주의 찬바람을 맞는 모친을 위해서라도 바람에 익숙해져야 한다'는 주인공의 결의와는 무관하게 곁을 내주거나 호의를 베풀지 않는다. 가난에 기댄 자전적 서사 속 주인공들은 한결같이 혹독한 자연 조건보다 중국인 지주나 경찰, 일본인들이 장악한 근대적 국가기구나 장치에서 배제되고 희생되며 죽음을 맞기 일쑤다.

근대 장치들이 보여주는 차별과 폭력은 식민지배에서 연유하는 경제적 수탈을 본질로 삼은 만큼, 간도와 북방이라는 지역적 공간성을 감안하더라도 식민체제를 환유하기에 충분하다. 비록 제국 일본의 국가장치가 서술 지평에서는 물러나 있어서 부재나 침묵의 특징이 우세하지만, 일상의 국면에서는 가난과 궁상이 제국의 국가장치와 길항하며 파열하는 격렬함이 이야기의 풍경을 이룬다.

이들 서발턴은 몰래 땔감을 구하다가 경찰에 고발당해도 항변조차 못한 채 매를 맞고(「탈출기」), 굶주림을 해결하기 위한 도둑질의 절박한 처지에도 인류와 가족 사이에 주저하며(「기아와 살육」), 짝사랑마저 보석반지에 팔려가는 것을 바라볼 뿐 별다른 방도가 없다(「보석반지」). 이들은 약값조차 없이 치료받지 못한 채 병들어 죽어가고(「박돌의 죽음」), 끼니 때문에 아이를 부유한 집 대문 앞에 유기하면서 먹거리 걱정 없는 삶을 간절히 소망한다(「기아」). 또한, 신분의 넘어설 수 없는 한계 때문에 상전의 추근거림에 죽음으로만 저항이 가능한 처지로 내몰리고(「매월」), 끼니를 잇지 못해 순사들의 성화에 눈 치우는 시늉을 하며 힘없이 쓰러진다(「고국」).

이런 서술상황을 감안하면 서발턴을 재현하는 서사 자체가 저항의 의미를 갖는다고 말할 수 있다. 「토혈」을 개작한 「기아와 살육」에서처럼 저항의 윤곽과 그것의 특징은 개인과 사회의 차원으로 확장된다고 정리해볼 수 있다. 그런 까닭에, 개작을 통해 서사의 지속성과 통일성은 선명해졌으나 정치성의 재현이 결여되어 있다는 말은 수정될 필요가 있다. 재현의 결여는 표면적일 뿐 그 결여 안에 담긴 함의를 좀더 적극적으로 살펴볼 필요가 있는 것이다. '철관' 이미지에서 보듯,[33] 이 경로에서는 환상을 꿈의 차원으로 머물지 않고 계급적 각성과 현실적 공포를 동시에 체감할 수 있도록 장치를 활용하고 있기 때문이다.

「기아와 살육」에서 강화된 환상에 등장하는 '괴물의 철관鐵管' 이미지는 병든 아내와 자신의 피를 빨아먹는 도구, '식민지근대의 수탈경제'라는 장치를 환유한다. 장치와 환상의 관계에서 환상은 저항성을 담아내는 장치로 볼 여지가 충분하다. 환상은 직접 서술 대신 꿈과 이미지로 된 애매성ambiguity의 영역에 밀어넣어 검열을 우회하거나 통과하는 데 요긴할 뿐만 아니라 정치성을 감추는 우회통로의 역할도 담당한다.

하지만, 꿈과 환상은 재현되지 못한 근대 국가 장치를 대체하기는 다소

---

33   이 글의 2장에 있는 [표 2] 참조.

약화된 이미지라는 점에서 약점을 안고 있다. 꿈과 환상 너머에 있는 근대 국가장치는 침묵과 잉여의 지점으로 처리되면서 서사의 결여를 불러오기 때문이다. 최서해 소설에서 서사의 구조적 취약함 또는 균형의 결여는 반복되는 강도와 살인, 방화와 같은 극단적인 행위의 표출에서 보듯, 개인의 절망과 극한적 분노, 파탄으로 귀결되면서 절규 그 이상의 의미를 획득하지 못하는 형국으로 나타난다. 환상은 그런 맥락에서 검열의 불투명하며 비가시적인 장벽에 맞서는, 정치경제적 수탈을 '절망과 분노와 공포'로 반죽하여 '감정-꿈'으로 재현해낸 저항의 유력한 서술전략이긴 하지만 그 효과는 제한적이라는 한계도 있다.

검열장에서 『호외시대』는 자기검열의 글쓰기 특징을 잘 보여준 사례로 읽을 만하다. 이 작품은 간도 일대에서 사회운동과 야학활동을 감행한 세 청년의 이야기인 「폭풍우시대」(『동아일보』, 1928.4.4-12)의 대중화 버전으로 보기도 한다. 배정상은 검열로 '게재금지'된 점에 착안하여, '야학활동'을 제재로 삼은 『호외시대』와의 연관에 주목하고 대중서사를 활용하여 검열을 회피했다고 본다.[34] 또한 『호외시대』에서 양두환이 활동했던 '삼우회'에 대한 설명 부재, 홍재훈이 거액을 신문사에 투자하면서 몰락하는 사태(홍재훈의 몰락은 여러 면에서 최남선의 인쇄소와 신문관 경영으로 인한 가세 몰락을 연상시키는 한편, '야학'의 중요성을 강조하는 효과를 낳는다-인용자)가 초래된 경과, 정애 아버지의 신원에 대한 침묵 등은 모두 검열을 의식한 결과로 보기도 한다.

이렇게, 신문연재소설과 검열과의 연관성을 감안해 보면 『호외시대』는 식민지 조선을 배경으로 삼고 있으나 '야학활동'만 다룰 뿐 다른 현실 문제를 철저히 함구한 점, 작품 속 식민주체인 일본인과 식민 지배시스템의 재현

---

34   배정상, 「『호외시대』 재론-『매일신보』 신문연재로서의 특성을 중심으로」, 『인문논총』 71-2, 서울대 인문학연구원, 2014, 143면 이하 참조.

자체를 보기 어려운 점은 검열을 의식한 자기검열, 검열을 우회하는 글쓰기의 구체적인 증거에 해당한다.[35]

인과관계에 따른 연관성이 부재하거나 서술이 뚜렷하게 결핍된 대목들은 신문연재라는 여건상 검열로 인한 연재중단 사태를 방지하려는 자기검열을 거친 결과 의도적으로 누락시킨 서술 부분에 해당한다. 결국, 이 신문연재 장편은 검열을 의식한 자기검열 속에서 사회운동과 야학활동에 매진하며 식민지 자본에 유린당하는 청년들의 연대와 제휴와 저항을 그리고자 했던 본래의 의욕과는 달리, 창작의도가 위축되면서 작품성에도 미달되는 결과를 낳았다. 인물 구성과 사건 전개가 대중서사로서의 흥미를 유발하는 데는 일정 부분 성과를 거두었으나 평면성을 극복하지 못하는 직간접적 요인이 되었던 셈이다.

사회운동을 적시함으로써 '치안방해'로 게재중지된 미완작 「폭풍우시대」나 「용신난(1)」 같은 사례에서 보듯, '마르크스레닌주의' '공산주의' '민족' '혁명' '해방' 같은 특정 금제어들이 복자 처리되는 양상은 텍스트상 검열의 상흔이나 훈장과도 같은 효과를 낳기도 하지만 사상에 대한 공포와 금제의 효과를 각인시키려는 식민권력과 검열자들의 교활한 책략을 보여준다. 검열장에서 소설은 '무엇을 은폐하려 했는가'라는 관심과 별개로, 작가는 검열을 우회하며 무엇을 (어떻게) 보여주려고 했는가(혹은 생존시켰는가)가 주요한 고려사항이 되는 것도 그런 연유에서다.[36] 그 사례 하나가 『홍염』에 수록된

35　배정상은 1930년 2월 『매일신보』의 개편과 함께 정식사원이 된 최서해에게 보낸 비난에 가까운 세평과는 달리, 사회조망력을 확보한 장편 연재를 시작한 점에 주목한 경우다. 그는 소품 「쥐 죽인 뒤」가 『매일신보』에서 16회에 이르는 단편으로 개작되면서 인물의 심리를 섬세하게 다루고 가난한 일상을 계급적 차원으로 끌어올리는 한편 에로틱한 분위기를 담아 대중성을 확보한 경우로 제시한다. 이러한 사례를 통해, 최서해의 대중소설 시도는 문인출신 기자로서 신문 연재에 의욕을 보인 것으로 해석했다. 배정상, 같은 논문, 2014, 150-157면.

36　최경희, 「출판물로서의 한국 근대문학과 텍스트의 불확정성」, 『식민지 검열체제의 역사적

「저류」(1926)다.

「저류」는 가뭄 속 농민들의 탄식과 웅얼거림과 같은 대화만으로 구성된 작품이다. 그의 소설에서 애용되어온 서간체 양식과도 확연히 구별되는 작품이다. 작품에는 뚜렷한 사건 전개가 없는데, 정작 작품에서 주목해야 할 부분은 담화가 빚어내는 풍경 그 자체의 문제적 측면이다.(『홍염』에 함께 수록된 「갈등」은 '어멈'을 들이면서 이들 하층민과 구별 짓는 자신을 성찰하는 일상을 소재로 한 작품으로, 그들의 행색과 일치하지 않는 계급적 위선을 대상화하는 수작에 해당한다. 이 작품은 흡사 이태준의 「토끼이야기」처럼 사회경제적 안정 속에 소시민성을 바탕으로 삼고 있으나 계급성과 관련한 새로운 지평의 확장 가능성을 보여주는 사례이기도 하다. 이 지점은 또한 개작을 포함한 최서해의 글쓰기가 검열의 피해를 받았으나 검열을 우회하는 방식을 스스로 체득하며 소설사적 과제에 나름대로 부응하려는 태도를 엿볼 수 있게 해준다.) 작품은 "모깃불가에 민상투바람으로 모여 앉아 담배를 피우며 끝없는 이야기"(「저류」, 전집 하, 27면)를 나누는 장면으로 이루어져 있다. 백석의 시 「모닥불」을 연상시키는 이 작품은 농민들을 등장시켜 심상한 듯 가뭄을 걱정하며 대화를 나누는 평범한 저녁 일상을 연출해낸다.

김도감 영감이 무릎에 앉힌 잠든 손자를 안고, "간도로 멀찍하니 ○○가는 게 해롭지 않지… (한참을 끊었다가) 어서 빨리 ○○이 뒤집히구 ××이 나야 하지……."하는 발언이나, 신틀과 삼던 신을 밀어놓고 담뱃대를 털며 모깃불에 다가앉으며 "괜히 시방 젊은 아이들은 철을 모르고 덤비지만 세상이 바루 돼두 때 있는 게지 어디 그렇게 됨메?"(전집 하, 29면) 하며 대꾸한다. 이들의 주고받는 대화에는 당대의 민감한 사안에 대한 감정을 슬쩍 삽입하거나 '아기장수 설화'로 정치성을 담아내는 방식이 발견된다. 이렇게 함으로써 작품

성격」, 성균관대 동아이사학술원 연례학술회의 발표문, 2004, 66-67면, 한기형, 「식민지 검열장의 성격과 근대 텍스트」, 『민족문학사연구』 34, 2007, 435면 재인용.

은 서술의 표면에 의미를 모두 드러내지 않는다. 대화의 풍경은 맥락의 불투명함을 전제로 풍부한 암시를 생산해내는 서술장치인 셈이다.

"홍길동과 소대성 같은 장수도 다 때를 기다렸다"는 구절에는 '딱지본' 속 일화가 등장하고, "시방두 충청도 계룡산에는 피난가는 사람이 많다는데…… 정도령이 언제 나오나?"(29면)하는 구절에서는 『정감록』이 인유引喩되기도 한다. 이와 함께 등장하는 삽화가 아기장수 설화이다. 대화의 중간중간에 소에게 여물을 주라는 노인의 성화가 이어지고, 주고받는 대화 속에 김서방은 등에 붙은 모기를 쫓아내는등, 일상의 소소한 소음들이 텍스트의 맥락을 오염시켜 놓는다. "아 그 ○○놈들이 장쉬 나는 곳마다 쇠말뚝을 박아서 못 나오게 하는데……. 저 설봉산에서두 땅속에서 장쉬 나거라구 밤마다 쿵쿵 소리나더라오. 그런 거 ○○놈들이 말뚝을 박았다 빼니 피 묻었더라는데……."(31면)하고 말을 건네는 방식이 그러하다. '쇠말뚝'이 일제의 측량행위에 대한 민간신앙에 바탕을 둔 두려움을 담은 매개물이고, '설봉산'이 함경도 성진 일대의 적색농민조합 투쟁을 환기하는 장소성을 갖는다면 맥락과 함의는 크게 달라진다.[37]

「저류」의 서술 풍경은 전형적인 '놀이(play)'로서의 대화의 장을 보여주며 정치성을 은폐하는 글쓰기 전략의 전형 하나를 보여준다. 린다 샤브리는 '모든 문학 텍스트가 완전함에 도달할 수 있다'는 고전주의적 개념에 비추

---

37 「저류」의 발표 시기와 '송하살인사건'의 불일치는 오해의 소지가 있을 수 있다. 이 글에서는 최서해 자신의 고향 근처에서 전개되었던 농민조합에 대한 관심을 우회적으로 표명한 것이라는 점과 '설봉산'이 갖는 장소성의 의의를 지적한 것이다. 한설야의 『설봉산』(1956)은 1932년 5월에 일어난 '송하 살인사건'을 모티브로 삼아 성진 일대에서 전개된 적색농민조합의 반일투쟁을 다룬 작품이나 김일성의 항일무장투쟁과 연계시켰다. 일제는 '송하 살인사건'을 사회주의자 아들에 대한 어긋난 사랑으로 밀정이 된 어머니를 아들이 살해한 비극적 사건으로 이슈화하며 의도적으로 사회주의 운동의 의미를 조롱하고 격하시키는 미디어 전략을 펼쳤다. 임경석, 『독립운동열전2』, 푸른역사, 2022, 337-346면.

어, '무질서와 과잉의 징후'들을 고발하는 임무와 '즉흥적이고 우연한 생각', '스토리라인의 상실' 같은 현상에 주목하여 이 모든 것이 '담화의 전략적 소산'이라는 입장을 편다.[38] 이렇게 보면 「저류」 속 대화는 특히 '의뭉스러운 말놀이'의 외양을 '담화의 전략'으로 삼아 식민지현실과 검열을 의식하는 '저항적 글쓰기'의 '정치성'을 담은 경우로 주목해볼 만하다.

「저류」는 대화의 장 안에서 아기장수 설화를 쪼개서 조금씩 그 일부를 드러내는 방식을 취한다. 이 과정에서 신성가치를 부여받은 영웅의 탄생이 좌절되는 서사구도를 비틀어지지만(검열관의 시선에는 일상의 대화로만 비추어지는 우회의 전략적 효과가 발생한다), 가뭄과 궁상맞은 농촌의 팍팍한 현실에서 미래를 소망하는 정치성과 결합하면서 전망의 구체적인 윤곽을 조금씩 드러내 보인다. 그 정치성은 "허허, 동경 근처는 말이 아닐세! 이거 참 세상이 다시 개벽할라나? 이렇게 큰 지진은 말도 못 들었지."(「13원」,『혈흔』, 전집 상, 104면)하며 신문을 보면서 툭, 내던지는 K의 불온한 웅얼거림을 닮아 있다.

'동경대지진'(1923.9.1)에 대한 소설 속 발언이 새삼 주목되는 것은 작품 속 언급 자체가 검열의 주요 항목 중 하나였을 만큼 예민한 금제어였기 때문이다.[39] 이 점을 감안하면 대화의 장에서 '일탈을 가장한 웅얼거림'과 잇대놓은 '아기장수 설화'는 대단히 문제적이다. 일본 본토에서 일어난 대지진의 재난을 대화 속에 슬쩍 끼워넣은 담화의 풍경은 '스쳐가듯 일어난' 발화에 지나지 않는다. 그러나 이 발화에는 사회변혁의 이미지를 연상시키는 설화를 원용하여 '여전히' '개벽'을 꿈꾼다는 의지를 담는 '담화의 풍경'이 포착된다. K의 발언은 이런 암시의 맥락을 품고 있다는 점에서 '지극히' 불온하다. 이렇게, 미래의 전망을 열어놓는 설화의 문제적 측면은 인물들의 대화

---

38 린다 샤브리, 이충민 역,『담화의 놀이들』, 새물결, 2003, 10면.

39 강덕상·야마다 쇼지,『관동대지진과 조선인학살』, 동북아재단, 2013; 성주현,『관동대지진과 식민지조선』, 선인, 2020.

속에 설화 내용을 잘게 나누어 기술한다는 점에서 검열 우회의 기술적 특징을 보여준다. 서술의 풍경은 설화의 전언인 '새로운 세상을 염원하는 민중의 소망과 기대'를 새로울 것 없는 일상적 대화 속에 끼워 넣어 맥락을 의도적으로 오염시켜 독자 스스로 암시와 연상으로 '감추어진 의미'를 헤아리도록 만든다.

작품 속 '아기장수 설화'에 대한 담화의 풍경을 보자. 서술자는 "그래서 인재人材라는 인재는 다 죽이고……. 이늠의 나라이 안 망하구 어찌겠음메 글쎄!"(「저류」, 전집 하, 35면)라고 탄식하면서 적극적으로 담화에 개입한다. 서술자는 설화를 '아기장수'가 '원님'을 죽이고 옥에 가둔 부모를 구해내는 이야기로 비틀어버린 뒤 의미심장한 장면 하나를 덧붙인다. "이메 보오마는 때는 꼭 있을게요"(「저류」, 36면)라며 말한다. 서술자는 김서방의 빛나는 눈과, 달을 쳐다보는 노인들의 눈길을 서술한다. 이 부가된 서술은 '아기장수 설화'의 중의성을 미래의 어떤 현실을 환유하는 정치성으로 증폭시켜 놓는다.

「저류」는 옥문을 깨뜨리고 새로운 질서를 구현하는 '아기장수 설화'의 함의와 이를 은폐하는 '능청스러운 담화의 풍경'을 재현하며 농민들의 집단 심성을 살린 사례다. 최서해는 자신의 평문 「노농대중과 문예운동」(『동아일보』, 1929.7.5-10)에서 '오늘날 조선의 무산 문예'의 소임을 강조하였는데, 그러한 논점이 잘 구현된 작품으로 「저류」를 대표적인 사례로 꼽을 만하다. 같은 평문에서 언급한 '생에 대한 욕망', '신세계의 동경', '반항 등의 심리'가 '노농대중'에게서 '빛나는 생과 새로운 세계와 줄기찬 힘'을 제시해야 한다는 언급을 잘 용해시킨 실현한 사례가 「저류」이기 때문이다.

최서해의 소설세계는 서발턴의 삶에 주목하며 '제도' 자체를 언급하지 않는 대신 희생되는 서발턴의 삶을 사실적으로 재현했고, 그 대척점에다 근대문물과 국가장치를 향한 소략한 적대감과 폭력성을 기입해놓는 방식을 취했다. 「저류」에서와 같이 그 배면에는 정치성을 담아놓으며 담화의 풍경으로 은폐하는 글쓰기 양상은 확실히 새롭게 주목하고 적극적으로 평가해볼 대목이다.

「저류」는 저항적 글쓰기와 적극적인 자기검열, 검열 우회를 위한 노회한 서술전략이 잘 조화된 국면을 보여준 작품이다. "노한 바다 소리같이 우ー하고 서북으로부터 쓸려내려올 때면 지진 난 것처럼 집까지 흔들흔들하다는 듯하였다."(「향수」,『혈흔』, 40면,『전집 상』, 26면)라는 구절에서 보듯, '동경대지진'의 맥락을 민중의 저항의식으로 전유하며 검열체제를 한껏 비틀어버린다. 이 대목은 검열에 적응하면서도 검열장을 벗어나는 글쓰기의 효과를 잘 발휘한 국면에 해당한다. 이러한 담화의 전략과 저항의 에크리튀르는 비판의 기세가 '삭제'된 「박노인 이야기」를 경험 삼아 작품의 죽음을 되풀이하지 않으려는 '작품 생존술'과 작가의 '자기검열의 미적 행로'를 특징적으로 보여준다.

6. 최서해 문학연구와 사회문화라는 지평

지금까지 최서해의 소설을 중심으로 개작과 검열의 여러 국면을 살펴보았다. 먼저, '개작의 윤곽과 지향'에서는 최서해라는 비문해자 출신 작가의 출현이 갖는 문화사적 의미를 정리했고, 「토혈」의 개작에 주목하여 작품의 서술전략과 환상이라는 장치가 거둔 성취를 살펴보았다. 그의 개작에서는 서술의 일관성과 통일성, 인물 서술의 효율화, 환상의 구체화를 통해 당대 문학 이념에 충실하게 부응하며 1920년대 근대소설의 신체성을 확보하는 면모를 확인해 보았다.

또한, 두 권의 작품집 간행에 담긴 수록작 선별기준에 주목하여 평판작과 검열 통과를 위한 자기검열이 작동한 사실을 검토했다. 두 권의 작품집 발간에 담긴 작품선별 기준의 함의에 주목하며 당대 문학장에서 작가의 자기정체성과 검열체제를 의식한 자기검열의 작동 흔적을 살펴보았다. 이 과정에서 「살려는 사람」과 「해돋이」가 동일작이라는 추론과 함께, 검열을 통과하기 위해 창작일자를 명기하고 작품명을 바꾼 '작품생존술'의 한 사례에 주목했다. 또한 검열에 관한 최서해의 관념은 어떠했는지, 그의 소설 세계 전반에서 검열의 피해는 어떠했는지 짚어보았고, 「저류」를 사례로 삼아 '대화의 기술적 전략'을 통해 자기검열과 검열을 우회하는 양상을 살펴보았다.

최서해라는 작가는 1920년대 문화정치와 검열이라는 장 안에서 표본적 사례로 논의할 여지는 남아 있다. 그의 사회적 활동과 소설세계는 1920년대의 신문잡지라는 영역에 놓여 있기 때문이다. 민족진영과 친일 신문, 다양한 잡지와 국내외 사회운동에 걸쳐 있는 그의 글쓰기는 '신경향'의 범주를 초과하는 잉여의 지점을 가지고 있다.

최서해는 1928년 카프 탈퇴 이후 문단으로부터 매도에 가까울 만큼 철저히 배제되었다. 그러나 그는 죽기 전까지도 농촌과 야학 등 조선의 현실에 관심을 놓지 않은 작가였다. 그의 르포 「모범 농촌 순례」(『매일신보』, 1930.8. 29-22)에서는 야학의 필요성과 낙후된 농촌 개조의 모범이 제시되어 있다. '현실 개조'의 맥락 안에는 1920년대 초반 그가 소망했던 현실의 낙토를 꿈꾸는 시선과, 그가 겪은 다양한 사회문화운동과의 연계가 복잡하게 혼재한다. 최서해는 생활의 한계를 넘어 잡지 편집의 풍부한 경험을 바탕으로 기생의 사회적 발언을 위한 잡지 『장한』 발간에 관여한 것 또한 그의 개방적 태도와 문화적 실천으로 볼 여지가 충분하다.

1930년대 이후 그의 문학은 가난과 지병으로 인해 서발턴에 대한 일관된 관심과 부단한 새로운 모색을 너무 일찍 마감했다. 최서해 문학이 가진 하층민에 대한 일관된 시선과 그 정치성, 검열에 대응하는 '드러난 국면'과 '은폐된 국면'에 대한 해명, '드러난 정치성과 부재하는 정치성' 같은 형용모순의 이야기 국면은 사회문화사적 맥락 안에서 세심하게 재독해해야 할 과제이다. 최서해 문학에 대한 이해는 매도와 폄훼, '신경향'으로 수렴시킨 문단 평가에서 과감하게 벗어나 사회문화적 맥락과 연계시켜 더욱 세심하게 재해석할 필요가 있다는 것이 소략한 결론이다.

(출전: 원제는 「최서해의 개작과 검열」, 『현대소설연구』 82, 2021)

『노마만리』와 자전적 글쓰기
서발턴 탐색에서 제국주의와의 길항으로

1. 『노마만리』(1945)의 가치

'항일 중국기행'이라는 표제가 달린 김사량의 『노마만리』[1]는 해방 직전 중국 태항산에 있는 항일유격대 산채로 들어가는 여정에서 느끼는 소회와 견문을 담은 산문 텍스트이다. 이 텍스트는 식민지 내지에서 일본어로 작품 활동을 했던 한 조선인작가가 제국 안의 피식민 하위주체를 탐색해온 경로를 벗어나 중국대륙에서 제국과 길항하는 주체로 전환하는 변곡점을 보여준다는 점에서 흥미롭다.

텍스트는 "신생 조선의 기획에서는 만들어지지 않은 미래의 민족국가와 민족문화를 상상하면서, 그것이 식민지 이전에 존재했다고 가정되는 '민족적인 것'으로의 귀환을 통해 가능하다는 역설"[2]을 담고 있다고 언급되기도

---

1   텍스트는 이상경 편, 『노마만리』(동광출판사, 1989). 이 텍스트는 1947년 양서각에 간행된 것으로 『김사량선집』(평양, 국립출판사, 1955)은 양서각본에다 서문만 덧붙여 발간된 것이다. 2002년 실천문학사판은 김재용의 주석을 달아 간행한 것이다. 이 글에서는 동광판의 면수만 기재함.

하지만, '식민통치에 저항하는 문학적 실천'을 직접 보여준다는 점에서 문제적이다.

곽형덕의 언급처럼,[3] 1939년부터 1942년까지, 소위 '고메신테 시대'에는 특히 소설 창작이 활발했다. 이 시기 김사량 소설이 보여준 것은 재일조선인과 조선인들의 서발턴적 위치와 그 비참상이었다. 그의 소설 세계는 치밀한 사전답사는 물론 에세이로 쓴 뒤 작품화하는 절차를 병행했다. 사실과 체험에 바탕을 둔 그의 사실주의적 창작 방식(수필「북경왕래」,『박문』, 1939.8이나 수필「에나멜 구두와 포로(일문)」,『문예수도』, 1939.9가 그의 소설「향수(일문)」,『문예춘추』, 1941.7에 수록된 것도 같은 맥락이다)은 일제의 총력전 체제와 함께 벽에 부딪친다.

태평양전쟁 발발 이틀 후, 그는 예비검속과 함께 가마쿠라경찰서에 구금되고 일본인 지인들의 탄원에 힘입어 석방되지만, 그는 서둘러 일본생활을 정리하고 평양으로 귀환한다. 김사량의 평양 귀환은 식민내지(일본) 문단에서 정점을 찍은 뒤 새로운 경로를 모색하는 과정이기도 했다. 평양 귀환 후 그의 문학적 행로는『노마만리』로 이어졌기 때문이다. 해방 후 김사량이 '조선어'로 된 희곡을 다수 창작한 점을 감안할 때,『노마만리』는 일본어 창작에서 조선어 창작으로 이행하는 분기점을 이룬다.[4]

『노마만리』는 '해방 전에 기록해둔 자료더미'에 바탕을 둔 것이다. 하지

---

2   정종현,『제국의 기억과 전유－1940년대 한국문학의 연속과 비연속』, 어문학사, 2012, 30면.

3   이 시기 김사량 소설은 현실에서 멀어지는 행로를 밟고 있었다. 장편『태백산맥』(『국민문학』, 1943.2-10)과『바다의 노래』(『매일신보』, 1943.12.14-1944.10.4)가 당대 현실에서 비껴나 있기 때문이다. 곽형덕,「김사량의 일본 문단 데뷔에서부터 '고메신테 시대'까지(1939-1942)」, 김재용·곽형덕 편역,『김사량, 작품과 연구2』, 역락, 2009, 656-657면.

4   곽형덕,「김사량과 1941년 도쿄」, 김재용·곽형덕 공편역,『김사량, 작품과 연구3』, 역락, 2013, 421면. 이재명,「김사량의 희곡 '더벙이와 배뱅이' 연구」,『현대문학의연구』36, 2008, 415면.

만, 텍스트는 해방의 혁명적 시공간에서 다시 기술되어 발표한 텍스트이며 '미완의 텍스트'임을 감안하지 않으면 안 된다.[5] 1947년 평양 양서각에서 간행된 판본이 가장 체계를 갖춘 것으로 알려져 있지만 현재로서는 구할 수 없다. 대부분의 출처는 1955년 평양 국립출판사에서 간행한 『김사량선집』에 수록된 텍스트를 저본으로 삼고 있다.

「서문」에서 김사량은, "일본이 투항하면서부터 장가구 승덕으로 삼천 리를 등에 지니고 나온 이 기록의 뭉치 속에는 <u>탈출 노상기</u>를 비롯하여 <u>산채 생활기</u>며 <u>귀국 일록</u> 등이 들어 있"(밑줄 강조―인용자)고, "여기에는 (탈출) 노상기만이 수록되었"기 때문에 '상편'에 해당한다고 부언했다.[6] 이렇게 『노마만리』는 상권에 해당하는 '탈출 노상기'만 발표되었고 '하권'은 미완으로 남았다.

1939년 시작된 김사량의 문학적 행로는 1950년 10월, 인천상륙작전으로 전세가 역전되자 인민군 퇴각행렬을 뒤따르던 중 원주 부근에서 낙오하여 생사를 알 수 없게 되면서 종결된다. 해방을 전후로 한 10년 가까운 기간 동안 그의 문학세계는 『노마만리』를 전후로 많은 변화를 보였다. 『노마만리』는 본래 식민지 후반에 기록되었던 '초고'였다. 그러나 초고는 해방공간(1945-1948)에서 다시 쓰여지는 과정을 거치며 '탈식민'의 시대적 특징을 선취하는 각별한 함의를 지니게 된다.

텍스트의 미완성은 '해방'이라는 시대의 분기分岐가 빚어낸 탈식민 이후 급변한 정세와, '하권'에 해당하는 '산채 생활기'와 '귀국일록'의 시의성을

---

5   『민성』(1946.1-1947.7)에 7회에 걸친 연재에서 첫째 연재분인 「연안망명기―산채기」에는 문학적 자의식과 작가로서의 내밀한 욕망이 잘 드러나 있다. 그러나 이후 연재본에서부터는 그러한 경향이 축소되고 혁명의 길에 나선 작가의 면모가 점차 강조되는 경향을 띤다. 고인환, 「김사량의 '노마만리' 연구―텍스트에 반영된 현실 인식의 변모양상을 중심으로」, 『어문연구』 59, 2009, 231-254면.

6   김사량, 김재용 편주, 『노마만리』, 실천문학사, 2002, 29면.

재배치하며 발표할 계기를 마련하지 못한 불가피함이 한 원인이었다고 보는 게 온당하다. 한반도에 세계냉전구도가 빠르게 관철되면서 단일국가 수립이 남북으로 분립하게 되었고, '국토완정 조국해방'을 내건 전쟁이 발발하자 김사량은 다음날인 1950년 6월 26일 자원해서 종군작가로 나섰다. 그는 「종군기」를 연재하던 10월 중순 무렵, 인천상륙작전으로 전세가 역전되는 상황에서 인민군과 함께 후퇴하다가 낙오하여 생사를 알 수 없게 되었다.

해방을 전후로 한 시기에 항일빨치산 본거지로 탈출한 작가의 자전적 글쓰기는 '자아의 서사'라는 근대문학의 전통에 바탕을 두고 있어서 '탈출 노상기'로만 머무르지 않는다. 텍스트에는 중국대륙이라는, 동아시아의 더 넓은 공간에서 작동하는 식민지 말기의 정세와 깊이 관련된 작가의 내면이 풍부하게 기술되어 있다. 중국대륙에서 일본 제국과 각축하는 국민당정부와 중국공산당, 항일전선에 나선 조선의용군과의 조우를 통해서 글쓰기 주체는 제국의 경계 바깥에서 전개되는 복잡다단한 현실에 대한 이해와 각성, 지난날 자신의 연약한 삶에 대한 고백과 성찰, 회상을 감행한다. 텍스트의 이같은 다채로운 서술 국면은 동아시아라는 지평으로 좀더 넓혀 탈식민적 맥락에서 읽을 수 있게 해준다.

이 글에서는 다양한 의미와 맥락을 가진 『노마만리』를 대상으로 삼되 특히 작가 자신의 '자전적 글쓰기'(기행문으로서 '자아의 서사'인 통일성과 체계적인 '자서전'에는 이르지 못했으나, 자전적 요소에 바탕을 두고 있어서 허구적 산문인 '자전적 소설'과 구별하기 위한 용어로 사용한다-필자)에 주목하여 이 산문이 제국 일본의 경계를 벗어나 '식민/탈식민의 중간지대'에서 어떤 문화적 실천을 감행했는지를 살펴보기로 한다.

2. 『노마만리』와 '자전적 글쓰기'의 성격

이제 와서 돌이켜 보면 이것도 옛날의 아련한 하나의 꿈결처럼밖에 생각되지 않는다. 딴은 그래도 내게 있어서는 생명을 바치자는 혁명에의 지향이며 줄려였던 것이다.

도도한 탁류 속을 숨가삐 헤엄치던 생활이며 그야말로 도시 인텔리의 습속으로 무난한 살림살이에만 급급하려던 태도와 양심의 나래 아래 안한히 누워 있으려는, 그러쥐면 보스러질만치 연약함이 유리알같은 정신⋯⋯. 이런 것에 대한 내 자신의 결별을 의미함이었다.

말하자면 이 길이 내게 있어서 탈피의 길이며 비약의 길이기를 원했던 것이다.[7]

『노마만리』에서 중심적 서술공간의 하나인 '태항산'은 김사량의 문학에서 평양, 큐슈, 북경, 도쿄 등지와 함께 문학적으로는 각별한 의미를 갖는 장소다. 김사량의 장소성이 각별한 의미를 갖는 것은 현장답사를 거친 충실한 취재와 창작이 깊은 연관을 맺고 있기 때문이다.[8]

'태항산'은 "조국을 찾으려 싸우는 이 전쟁 마당에 연약한 몸을 던짐으로써 새로운 성장을 얻어 나라의 조그마한 초석이라도 되고자" 하는 결행의 공간이고, 중국 해방구역내 농민 생활상과 인민군대의 형편, 신민주주의 문화의 건설면도 두루 살필 수 있는 공간이다. 또한 태항산은 "나중에 돌아가는 날이 있다면 건국의 진향進向에 조금이라도 이바지함"이 가능한 역사적

---

7   김재용 편주, 『노마만리』, 실천문학사, 2002, 25면.
8   곽형덕, 같은 논문, 653면. 장소성과 관련된 논의로는 다음 논문도 참조할 만하다. 이정숙, 「김사량과 재일조선인의 문학적 거리」, 『국제한인문학연구』 창간호, 국제한인문학회, 2004; 이정숙, 「김사량문학과 평양의 문학적 거리」, 『국어국문학』 145호, 국어국문학회, 2007.

현장이다. 이곳은 "이국 산지에서 조국의 광복을 위하여 적들과 싸워 나가는 동지들의 일을 기록하는 일에 작가로서의 의무와 정열"(이상, 『노마만리』, 265면)을 발휘할 수 있는 공간이다. 그의 태항산행은 해방을 두 달 앞둔 시점이긴 하지만 여러 모로 천태산인 김태준의 「연안행」을 떠올려준다.[9]

『노마만리』는 제국의 경계를 벗어나 항일무력투쟁의 대열에 가담한 작가의 자전적인 글쓰기이자 제국에 저항한 문화적 실천의 사례이다. 「서문」에서 보듯, 작자의 소회는 태항산행 전후로 자신의 삶을 나누면서 부여하는 가치를 뚜렷하게 대비시킨다.

스스로 고백하기를 식민지 시기의 삶은 "도도한 탁류"를 거슬러 헤엄치는 도시 인텔리의 무난한, 그리고 양심에 따라 살고자 했던 삶이었다는 것과, 그러면서도 그 삶은 '유리알처럼 부서지기 쉬운 정신'으로 지탱되었음을 밝히고 있다. 이것이 '태항산행' 이전의 삶이다. 자전적 화자는 연약하고 소시민적인 양심에 따라 살아간 굴곡 없는 삶을 서술의 전면에 부각시키며, 태항산행이야말로 연약한 소시민적 삶과 결별하는 결행이었음을 천명한다. 그는 과거의 삶을 부정적인 것으로 처리함으로써 태항산행을 생의 전환점으로 삼아 '혁명을 지향한 비약'으로 표현하면서 "스스로 자신의 신화"[10]를 구축해간다.

비밀공작원과 함께 노새를 타고 가는 태항산 행로는 민족독립을 향해 진군하는 모습으로 장식되면서 민족 제의의 양상을 띤다. 그 제의성은 연약했던 과거와 단절하는 전환점으로 삼은 것과, 제국 일본, 국민당 정부를 타자화하며 자신이 보고들은 모든 체험들을 민족을 위한 '새나라 건설'에 기여하겠다는 결의가 빚어낸 일종의 '후광효과'이다.

---

9   김윤식, 『해방공간 한국작가의 민족문학 글쓰기론』, 서울대출판부, 2006, 76-87면.
10   유호식, 『자서전』, 민음사, 2015, 14면.

'자전적 글쓰기'가 허구적 산문과 차별화되는 가장 큰 특징은 "자기를 객관적으로 서술하고자 하는 '진실의 담론'과 자신이 옳았음을 증명하고자 하는 '정당화의 담론'"[11] 때문이다. '자신만의 신화 만들기'라는 특징이야말로『노마만리』를 지배하는 이야기의 속성을 이룬다. 텍스트의 이야기 구성은 '복마전'으로 표현되는 북경호텔을 떠나 평한로를 거쳐 일본군의 봉쇄구역을 돌파하고 유격지구로 진입하는 시간대를 순차적으로 밟아나간다(1부 '탈출기'와 2부 '유격지구').

북경을 벗어나 일본군의 봉쇄선을 통과하는 도중에 비밀공작원과 함께 경유하는 관문은 피아가 대치하며 유격전을 벌이는 전투지대이다. 그는 유격대 초소에서 소년병을 만나고 그곳에서 하룻밤 유격전을 펼치는 등, 많은 고초를 겪고 나서야 항일근거지로 접어든다. 이렇듯 봉쇄선을 거쳐 전투지역을 가로질러 팔로군 점령지에 들어선 다음에야 태항산채에 이르게 되는 것이다(3부 '항일근거지'와 4부 '노마 지지'). 이야기 진행은 '탈출 노상기'라는 제명에 걸맞는 시간적 순차성을 보여주지만 그 내용까지도 순차적이지는 않다.

텍스트의 시공간은 장면마다 역사화되고 그 안에 등장하는 인물과 사건은 '자아의 서사'로 재구성된다. 서술화자가 북경에서부터 태항산 항일근거지로 탈출하는 과정에서 마주하는 현실은 제국 일본과 맞선 중국대륙의 정세다. 대륙 정세는 당대 조선사회에서는 접하기 힘든 제국의 변경지대를 살아가는 다양한 인간군상과 대면하도록 해준다.

무직자와 불량배, 고아 등과 같은 '피카레스크 소설'의 주인공이 '지상순례'에서 수행하며 체험하는 공간인 '병원과 감옥, 벽촌과 수도원, 인디언과 흑인들의 세계'와 마주서는 것처럼,[12] 화자는 '복마전'으로 표현되는 북경반

---

11   유호식, 같은 책, 13면.

점에서, 화중, 화북의 여러 도시와 오지에서 찾아들어 북적이는 조선인들을 면밀히 관찰한다. 화자가 목격하고 관찰하는 인간군상은 일본이 패전한다면 제국의 운명과 생사를 같이해야 할 "옆구리에 피묻은 돈이 수두룩한 사람들"(259면)이다. 이들은 배불뚝이 아편장수, 갈보장수, 송금브로커, 군 촉탁, 총독부 촉탁, 헌병대나 사령부 밀정 같은 특무 같은, 제국 경영에 참여하고 있는 온갖 종류의 인간들이다. 이들의 면면을 보면, 제국의 퇴락을 보여주는 말기적 증상을 은유적으로 재현하는, 현실에 불안해하며 축재와 축첩 등으로 각자도생各自圖生에 여념이 없는 '변방의 타자들'이다.

화자 또한 불과 10일 전, 서주와 남경에서 일본군의 지배에서 벗어나려던 탈출계획을 실패한 타자의 한사람이었다. 화자 역시 일본군대에 끌려간 학도병들의 연이은 탈출 풍문을 접하면서 자신도 그런 처지에 가깝다고 공감했으나 몇 번의 시도 끝에 운좋게도 비밀공작원을 만나 태항산으로 향할 수 있게 되었다. '제국의 타자'인 '하위주체'에서 순례의 길에 들어선 존재가 된 것이다.

이제 화자는 '타자들을 타자화하는 주체'이자 그것을 '이야기하는 주체'가 되어 자신의 시선에 들어오는, 제국의 변방에서 제국의 패망과 함께 사라질 군상들을 타자화한다. 화자는 이제 이들을 관찰하는 근대의 개인이 된 것이다. 그리하여 그는 우왕좌왕하는 제국의 수행원들의 혼돈을 그들과는 다른 지점에서 바라볼 수 있게 된다.

화자는 흔들리는 제국 일본의 점령지에서 각자도생에 여념 없는 타자들과 결별하고 난 뒤 제국의 변경에서 넘쳐나는 새로운 풍정風情으로 눈을 돌린다. 화자가 관망하는 중국대륙 정세는 '새로운 태양'(265면)이라는 표현에 걸맞

---

12   티모시 브레넌, 「형식을 향한 국가의 열망」, 호미 바바 편, 류승구 역, 『국민과 서사』, 후마니타스, 2011, 101면.

게 희망찬 현실이다. 중국공산당의 팔로군은 항일투쟁 속에 장개석의 국민당정부와 맞서 싸우며 점령지에 인민정부를 속속 세워나간다. 그곳에서 인민정부는 농민을 해방시키고 인민들을 도탄에서 구원하는 유력한 반제국적 주체로서의 면모를 보여준다. 팔로군에는 인민정부를 조력하는 조선의 혁명가와 애국청년들이 있다.

화자는 이들 조선혁명가와 애국청년들이 싸우는 해방구역의 산채를 떠올리면서 자신의 태항산행을 '정의로운 길'이라 결론을 내린다(265면).

> "쓰시오, 쓰시오. 모두 기록으로 남겨 두시오. 이 화북 땅에도 조국을 찾기 위해 목숨을 바치고 피를 흘린 동무들이 있었다는 것을 때를 만나 돌아가거든 국내 동포들에게도 알려야지요. 이 관내의 중국땅에서는 그래 총을 들고 왜적과 싸우기는 우리들입니다. 중경서 영감쟁이들은 책상머리에 대신(大臣) 말뚝이나 세워 놓고 서로 으르렁거리고 있군요. 일본이 망하면 돌아가서 한자리씩 해볼 궁리만 앞서지 왜놈들과 싸울 생각이야 날 뻔하오? 하기는 실지 공작을 하는 가운데서 동무로 더 절실한 기록을 쓰게 되리다."(333면)

인용에서 보듯, 화자는 항일유격대원들의 입을 빌려 새로운 시대의 흐름을 기록하는 '글쓰는 주체'로서의 소명을 떠올린다. 그의 기록은 허구를 창조하는 작가의 몫이 아니라 역사의 진실을 전달하는 기록자의 소임이라 정의된다. 기록자의 임무는 항일전선에 국한되는 것이 아니라 '때를 만나 귀환한 뒤 조국의 현실'에서 기여할/해야 할 부분까지 암시한다는 점에서 서술의 지평은 멀지 않은 미래에 올 해방공간으로 확장시킨다.

제국주의가 쇠퇴하는 시대 변전 속에서 이 주체는 작가로서의 자신의 역할을 성찰하며 일본 내지에서 재현했던 식민지 하위주체들의 비참상을 다루던 허구적 현실에서 벗어난다. 그와 함께, 중국대륙에서 펼쳐지는 반反 제국주의 투쟁에 동참하려 한 자신의 행위를 민족과 새나라 건설과 접합시킨다. 그리하여 화자는 제국의 영토에서 벗어나 제국과 맞서고자 한다. 태항산행 도정에서 보고 듣고 느낀 것들을 '역사적 시공간'[13]에 재배치하면서 '자아의 서사'는 '네이션-스테이트의 서사'로 전유된다. 이 지점이야말로 '해방'이라는 시대적 분기가 가진 역동성이자 선취된 미래가 작동하는 대목이다.

화자가 응시하는 현실은 인민정부를 수립해 나가며 새로운 역사를 써나가는 팔로군의 활약과 해방구 내 농민들의 생활상, 모택동 노선이 보여주는 인민군의 사정과 위세, 신민주주의 문화이다. 중국대륙에서 전개되는 이 역사적 현실은 '새로운 성장을 거치며 세우려는 나라의 조그마한 초석'을 이루며 '새나라 건설에 기여하겠다는 의지'(265면)를 만들어낸다. 그는 자신의 결의를 "작가의 낭만"이라 명명한다.

'작가의 낭만'은 "이국 산지에서 조국의 광복을 위하여 적들과 싸워나가는 동지들의 일을 기록하는 일"에서 찾아내는 "작가로서의 의무와 정열"(265면)을 지칭한다. '(역사적 현실에 대한—인용자) 기록자로서의 작가적 의무감과 정열'이야말로 『노마만리』를 이끌어가는 이야기의 주된 동력인 셈이다. 나아가 화자는 중국의 혁명적 정세에서 체험한 것들을 조선의 미래 현실로 대입시킨다. 그는 해방구역의 산채마다 펄럭이는 '조국의 깃발'을 바라보며 미구未久에 올 독립의 현실을 꿈꾼다. 소설이 '허구를 통한 이야기의 구조화'라면, 이 자전적 글쓰기는 자기성찰과 새로운 세계에 눈뜨며 확장되는 의식과, 이를 바탕으로 자기 정체성을 새롭게 구성하는 경과에 집중하는 에크리튀르인 셈이다.

---

13   호미 바바 편, 앞의 책, 462면.

3. 『노마만리』와 자전적 이야기의 문법

'정치적 망명'과 관련된 어휘는 문학적 표현과 정치적 맥락으로 나누어진다. '유형流刑 대 국외추방', '망명자 대 이민자', '방랑객 대 피난민', '대이동 대 대탈출' 등, 문학과 정치의 대립적 도식에는 망명이 민족주의와 연관을 맺으며 '패자와 승자, 거절과 축하'라는 느낌이 짙게 배어 있다는 인상을 지우기 어렵다.[14]

『노마만리』에서 '정치적 망명'은 이런 맥락과는 확연히 다른 의미를 가지고 있다. 제국의 질서에서 벗어나 항일근거지로 탈출하는 '망명'의 과정은, '패자의 감정'과 '거절의 느낌'이 아니라 '승자의 감정'과 '축하의 느낌'으로 재구성되고 있기 때문이다. 해방 직후의 현실을 반영한 '다시쓰기'의 효과임에 분명한 이 모든 맥락은, 일본군대의 봉쇄선과 항일유격지구에서 벌어지는 격전에서 목격한 제국의 쇠퇴한 면모와, 임박한 해방에 대한 예감, 국가와 언어와 문학적 정체성에 대한 자기발견을 가능하게 만든 계기에서 비롯된다. 화자는 제국에서 이탈하면서 저항적 주체로서의 자기를 발견하고 기록하고 있다.

유격지구에서 만난 항일혁명군들은 화자에게 식민지 조선의 상황을 묻는다. 화자는 이들에게 살인적인 물가와 기아적인 임금, 더욱 강화된 경제적 수탈 때문에 고조되는 반일 감정을 말해준다. 또한 화자는 징용과 보국대로 노무를 강제 공출당하고, 농민들은 노예와 같이 공장과 광산으로 붙들려 나가며, 청년들은 징병으로 학병으로 전장에 내몰리고 깊은 산중에는 탈주병과 기피자들이 무리지어 숨어다니는 형편이라고 답한다.

이제 화자는 "국내 유격전의 전야"와 같은 상황에서 "이러니만치 국외에

---

14   티모시 브레넌, 앞의 글, 같은 곳.

서 있어서 무기를 들고 적에게 육박하는 반일혁명군의 존재는 국내 동포에게 커다란 희망과 용기와 자신감"(293면)을 북돋아줄 것이라 말한다. 화자는 북경반점에서 태항산 항일근거지 산채에 이르는 제국의 경계 안팎에 걸쳐 경험한 것들을 바탕으로 혁명의 전야와 같은 현실을 기술하고 있는 셈이다. 화자는 제국의 수행자인 타자들로부터 제국에 맞서는 팔로군과 조선인 항일 빨치산과 탈주한 학도병, 아들의 죽음으로 실성한 이름 없는 노파에 이르는 대항 주체들과 대면하는 경계의 지대, 제국의 변경에 위치해 있다.

화자는 '군복만 입지 않았으면 분명 여학생일 군복의 여자병사가 탁자 위에서 연설하는 모습'(313면)을 바라보며, 팔로군과 모택동선생, 주덕 장군을 되뇌는 것이 정치연설 아니면 시사해설임을 직감한다. 화자는 청중들의 박수와 폭소를 보고 들으면서 "정말로 새로운 땅, 미지의 나라에 왔다는 느낌", "새로운 정의의 세계에 연결되는 이 땅이요, 새 시대의 올리닫는 역사와 결부되는"(313면) 혁명의 시간대임을 체감한다. 이 시공간은 '국민국가의 시간'으로 확정된 세계가 아니라 '제국의 시간'과 '혁명의 시간'이 중첩된 시간대이며, 팔로군과 국민당군대, 일본군과 조선인 항일유격대가 서로 대치하며 공존하는 혼돈의 시간대이다.

『노마만리』의 화자는 이 혼종적 시공간 안에서 일제가 저지른 군사적 만행과 크게 대비되는 중국공산당 팔로군의 엄격한 규율에 탄복한다. 화자의 시선은 팔로군이 민가 부근에 숙영할 때 민폐를 삼가는 광경을 응시한다. 화자는 팔로군의 군대규율을 "나라를 위해 목숨을 내건 이네들이 이렇게까지 돌봐주고 아끼니 인민이 이 군대를 아니 따르고 아니 받들 이유가 없을" "그들 자신이 인민"(325면)이라 결론짓는다. 그리하여 화자는 "나라를 아끼고 평화를 사랑하는 노동자, 농민, 지식으로 이루어진 인민의 전위대, 중국 인민이 외적의 침략을 받고 있는 한, 봉건의 쇠사슬이 풀리지 않는 한, 제국주의의 착취가 없어지지 않는 한, 장개석의 독재자 무너지는 날까지 끊임없이 일어나고 또 일어나고 단결하여 영원히 저항하며 진격할 인민의 군대"(326면)라고 인정한다.

화자는 중국공산당과 팔로군의 정책과 규율을 공감하고 인정하는 태도를 넘어 '값진 경험과 교훈'으로 삼는다.

> 단시일이나마 나는 벌써 여기서 새로운 세계를 보았으며 새로운 백성의 대지를 거닐고 있으며 새로운 사람들을 대하였으며 새로운 하늘을 우러러보고 있는 것이다. 원수를 물리치고 인민을 건지고자 다같이 일어나 우렁찬 혁명의 함성 속에 빛나는 새날을 맞이하는 세계였다. 그것은 가장 고귀한 정의와 진리의 힘이 밑바닥에 뿌리를 박고 인민을 키우는 대지였다. 그것은 피와 굶주림의 지루한 어둠 속을 지나왔기 때문에 새로 맞이하는 광명을 온 대지 위에 펼쳐 넓히기 위하여 싸울 줄을 알게 된 사람들이었다. 여기서 새 정신, 새 생활, 새 문화가 이룩되는 것이다. 그리고 그것은 진리의 별이 빛나고 자유의 깃발이 퍼득이는 세계의 6분지 1에 연달린 하늘이었다./ 인민의 최하층에서 일어난 혁명!/ 최악의 조건과 환경 속에서 키워진 싸움!/ 이러하여 각고(刻苦) 반반 세기 동안 인민의 환호와 지지 아래 대하처럼 저지할 줄 모르고 외적의 철조망을 뚫고 전제계급과 군벌의 쇠사슬을 끊으며 나가는 힘! 드디어 중국인민은 일어난 것이다. (중략) <u>인민이 일어나 제 나라를 다시 차지하게 된 민족은 얼마나 행복스러운 것인가? 모름지기 이 중국의 혁명과정은 거의 같은 단계에 처해 있는 우리 조선에 무한한 경험과 교훈을 제공하는 바다.</u>(밑줄 강조–인용자)/ 우리의 조국을 쇠사슬로 얽어맨 파쇼 일본의 팔죽지에서는 이미 맥박이 사라져가며, 우리 3천만의 가슴동아리를 내리 밟고 있는 놈들의 모진 흙발에서는 거의 기력이 잦아 가고 있지 않는가./ 일어나라 조국의 겨레여!/ 동무들이여 앞으로 나서라!(365-366면)

다소 긴 인용이나, 여기에는 중국대륙을 '반제국' '탈봉건' '탈식민'의 역사적 현장이 기술되어 있다. 이곳은 그가 본 '새로운 세계'이며 향후 건설돼야 할 조선의 미래 진로를 함축한다. '거의 같은 단계에 처한 식민지조선에 필요한 경험과 교훈을 제공해준다는 것'은 탈식민의 질서 구축이 가진 유용성을 포착했음을 의미한다. 중국의 혁명과정은 국가 건설을 위해 참조해야 할 정치적 실천의 방향이다. 그런 측면에서 '조국의 겨레를 향해 독려하는 외침'은 중국 인민과 조선인들이 연대, 결속하여, 곧 도래할 민족해방을 확신하는 태도에 가깝다. 자주적 네이션-스테이트 수립에 대한 언급은 해방 이전에 발화된 영토 회복을 위한 저항이긴 하지만 해방 직후 전개된 남북체제의 경합과정을 감안할 때 역사를 선취한 자의 일면을 보여준다.

이 과정에서 화자는 전망 가득한 미래를 끌어오면서 "유격전의 전야"를 '해방의 혁명 전야'로 바꾸어놓는다. "마침내 원수를 향하여 열명 스무명씩 이렇게 일어나 싸움의 칼을 들기 시작하였다."(286면)라는 구절에서 보듯, 연이은 학병 탈출과 탈출학도병들의 무리가 항일근거지를 향하는 것을 그 징표라고 언급한다. 정치적 망명을 결행한 화자가 탈식민적 징후들을 선취하며 서발턴을 역사적 주체로 인준하는 과정 다른 한편에서는 '자기성찰'이 감행된다. 자전적 글쓰기 또는 자서전에서 '나는 누구인가'라는 문제 제기는 존재론적 질문인 동시에 자기 인식의 욕구에 대한 내밀한 근거를 찾으려는 자전적 자아의 욕망을 반영한다.

자전적 글쓰기의 주체는 자신의 과거를 적극 해명함으로써 자신의 정체성을 규명하는 한편, 실재했던 과거의 사건을 드러내는 것은 물론, 자신의 이상과 비전을 피력하며 자기 삶에 의미를 부여하고 전망을 제시하기도 한다.[15] 화자는 먼저, 태평양전쟁 이튿날 예비검속으로 구금하며 자신을 회유하고 협박했던 제국의 수행자들을 떠올린다. 그런 다음 화자는 "남방군에 따라다

---

15   유호식, 같은 책, 102면.

니면서 '황군'을 노래하고 전첩을 보도할 결심만 한다면 당장이라도 풀어놓으리라"(294면)는 종군작가가 되라는 제안을 거절했던 자신을 저항적 주체로 다시 구성한다. 제국에 맞선 저항적 주체를 구성한 순간 화자는 민족주의적이면서 동시에 민족주의를 넘어선 탈식민적 주체로 바뀐다.

유격지구로 찾아든 화자에게 유격대원들은 쌀의 시세와 화폐의 가치를 묻기도 하고, 징병과 징용과 보국대의 형편이 어떤지, 떠날 때 어떤 꽃이 피었는지를 묻는다(293면). 화자에게 이어지는 유격대원들의 질문공세는 제국의 경계 바깥에서 발화되는 서발턴의 소박한 세계, 저항의 주체들이 바라는 삶의 범속성을 환기하는 질료가 무엇인지를 새삼스레 확인시켜준다. 그것은 전시이든 평시이든 살아가야 할 일상적 삶의 토대에 해당한다.

북경을 벗어나 일본군의 봉쇄선을 탈출하는 경로를 거쳐 항일유격대가 출몰하는 유격지대, 항일근거지를 거쳐 태항산 산채에 도착하기까지 서발턴들과 함께 공유하고 회상하는 '과거'는 화자에게 자기구원을 위한 이야기의 질료이다. 화자는 이 질료들을 버무려 하위주체들을 '피식민적 서발턴'에서 '주체적인 인민'으로 다시 맥락화한다. 화자는 태항산의 항일전선으로 향하는 길에서 접한 일본군의 온갖 만행들을 열거한다. 투옥과 고문으로 죽은 아버지를 이야기하는 소년 유격대원, 일본군대에 아들과 며느리를 빼앗겨 실성하고만 배장수 노파의 슬픈 사연을 접하면서 화자는 자기와 하위주체들을 역사적 주체로 다시 기입한다.

역사적 주체로 자신을 기입하는 화자의 여정을 마무리하는 마지막 공간은 태항산중의 항일 산채이다.

침침한 이 거리를 지나 밭두렁길에 다시 올라서니까 우리들의 걸음발은 자연 빨라진다. 죄악과 허위와 노예의 세계를 두루 헤매기 30유여 년, 가슴이 술렁거렸다. 난만히 꽃을 피운 황하밭 가를 지나노라면 그윽한 향기가 바람결에 흐뭇이 퍼져 흐른다. 멀리서 우리 의용군의 나팔소리가 대기를 흔들며 유량히 들려온다. 수수밭 사이 밭두렁길을 농부들이 연장을 메고 집으로 돌아가며 노래를 부르고 황하밭 속에서는 젊은 아가씨가 한아름 흰꽃을 안고 서서 우리 일행을 유심히 바라본다. 낙조가 물들기 시작한 전원에는 소리없이 저녁 안개가 내려 덮히고 있었다.(391-392면)

화자는 군정학교 대문이 마주보이는 곳에 숙소를 얻는다. 그는 이 여정에서 받은 감회를 기술하며 자신이 벗어난 어두운 거리와 '죄악과 허위와 노예의 세계'를 헤매었던 30여 년의 과거와 결별한다. "이제 빛을 섬기는 싸움의 길을 찾아 머나먼 노정을 끝내고서 몽매간에도 그리던 곳에 당도"한 화자는 "형용할 수 없는 감회 속에" '강가의 밭과 꽃향기가 바람결에 흐르는 전원', '젊은 처녀가 꽃을 한껏 안고 노래 부르고 수수밭 밭두렁길을 농부가 연장을 메고 집으로 돌아가는 마을의 목가적인 풍경'을 하나하나 서술해 나간다.

태항산이야말로 대원들의 군사 조련과 군가를 부르는 소리로 가득한 탈식민의 저항 거점이다. 이제 태항산은 "왜놈들이 하나도 없는, 사철 꽃이 만발하고 땅은 기름지며 바다에는 굴, 조개, 고기 수북한 꿈 같은 섬"으로 변주된다. "의인들이 많이 모여 나라를 찾으려고 무술을 닦고 있다는" 이상향인 '남풍도'(387면)가 바로 그곳이다. 구전 속 낙토인 '남풍도'가 '태항산중 본거지'로 대체되는 맥락은 에드워드 사이드의 표현을 빌리면, '지리적 영토 회복에 앞선 문화적 영토 회복의 상상적 실천'에 가깝다.[16] 태항산에다 포개놓은 남풍도는 제국에 대한 저항에 앞서 '저항의 문화적 실천'을 위해 떠올리는 이상화된 공간이다.

---

16 "탈식민화의 핵심인 느리면서 종종 격렬하게 논의되는 지리적 영토의 회복보다 ─ 제국의 경우처럼 ─ 문화적 영토 회복이 선행되는 작업이다." 에드워드 사이드, 김성곤·정정호 공역, 『문화와 제국주의』, 도서출판 창, 1995, 369면.

화자는 당산농장에서 이곳으로 들어서는 노인의 행적처럼 화자 자신의 정치적 망명을 패배자, 피억압자의 위치에서 해방된 존재로 끌어내어 승리와 축하의 의미로 바꾸어 놓는다. 화자는 패배자, 억압받는 자들을 과거로부터 불러내어 이들을 부활시킨 다음, 시공간의 경험을 공유하며 무너진 고향과 뿌리 뽑힌 친족 공동체의 빈 공간을 '민족 해방'의 전망으로 채워나가는 것이다. 이상화의 거점이 바로 태항산 의용군 산채이고 상상된 낙토가 '남풍도'이다.

4. 탈식민적 주체와 문화적 실천

사이드는 제3세계의 탈제국주의 작가들에게는 '자신들의 가슴 속에 간직한 자신들의 과거' "그 과거는 굴욕적인 상처의 자국으로써, 탈식민지 미래를 향해 가는 잠재적으로 재수정된 과거의 비전으로서, 긴급하게 재해석될 수 있는 경험(여기에서 그 전에는 침묵을 지키던 토착민들이 총체적인 저항 운동의 일부분으로서, 식민주의자에게서 반환된 영토 위에서 말하고 행동한다)으로 나타난다"[17]고 언급한 바 있다.

『노마만리』에서 인상적이고 아름다운 대목의 하나인 '4부 노마 지지'의 1장은 그러한 재수정된 과거의 비전을 보여준다. '어서 가자 나귀여!'에 서술된 어머니와 가족, 그리고 고향에 대한 회상은, 서발턴의 질료들을 주조하여 회복되어야 할 곡진한 과거의 속성을 보여주는 대목이다. 화자는 글의 서두에서 칠순 노모를 걱정하고 생계에 골몰할 아내에게 미안함과 염려를 내비친 다음 '나귀 위에서' 어린 시절 추억을 불러낸다.

---

17   에드워드 사이드, 같은 책, 373면.

나귀에 앉아 풀려나오는 상념의 실타래는 화자를 어린 시절로 이끈다. '두루섬'에 대한 화자의 회상은, 여름방학 때 그곳에서 보낸 행복한 기억으로 충만하다. 회상의 시공간은 제국의 침탈로부터도 자유로운 세계이다. 아름다운 자연의 풍광, 고모집에서 보낸 고기잡이, 구운 감자를 먹던 추억, 고모의 무릎을 베고 누워 옛이야기를 듣던 달도 없던 캄캄한 밤과, 살갑게 굴던 사촌누이, 수놓는 섬처녀의 환대 속에 밤늦도록 수다를 떨며 까불어대던 번화한 광경들이 회상의 세목들이다(366-368면). 어린 시절을 회상하는 저변에는 어린 장남을 섬에 남겨두고 중국으로 떠난 화자의 애틋한 심정이 자리하고 있다.

어린 시절의 아름다운 회상과 대비되는 것은 고통스럽고 황량한 식민지 조선의 현실이다.

떠나기 얼마 전 나는 평양 길가에서 우연히 이 섬동네의 사촌누이를 만났었다. 묻은 무명저고리를 후줄그레하니 걸친 채 등에는 어린애를 업고 머리에는 짐을 잔뜩 이고 있었다. 그 옛날의 탐스럽게 빛나던 검은 머리는 흩어지고 호수처럼 맑기 바이없던 눈은 정기를 잃었으며 언제나 그칠 줄을 모르는 웃음이 터져나오려던 도톰한 입술이 핏기 하나 없었다. 화려하고도 슬기롭던 인상은 고생에 지치고 또 지치어 그 자취도 알아볼 길이 없었다./ 사랑하는 남편까지 일본의 어느 탄광으로 잡혀갔기 때문에 더욱이나 간고해진 살림살이를 꾸려 나가노라고 날마다 밤을 새워 사며 열두 새 무명을 짜가지고 나왔노라고 하였다. 눈에는 이슬이 방울방울 맺혔다. 벙어리 아빼네는 벌써 전에 만주로 떠났고 나를 놀려 주기 좋아하던 쌍겹눈의 색시는 남편을 공출놀음에 때워 놓고 고생한다고 하였다. 아- 어째서 이런 일이 그대로 있어 될 것인가? 사촌누이의 얼굴 속에 또다시 어여쁜 웃음빛이 떠오르고 아빼네도 다시 제 고향으로 땅을 찾아 들어오는 날이 와야 할 것이다. 쌍겹눈의 색시의 남편도 감옥에서 나오고 누이의 사랑하는 이도 생지옥에서 솟아나올 날이 하루라도 빨리 와야 할 것이다. 오직 이 날을 맞이하기 위하여 살아 돌아갈 생각을 하느니 목숨을 바치고 싸워야 하리라. 싸우리라! 어서 가자 나귀여!(369면)

평양을 떠나기 얼마 전, 우연히 거리에서 마주친 섬동네 사촌누이의 일화는 수탈적 식민체제가 빚어낸 하위주체들의 가난과 황량한 현실을 압축적으로 보여준다. '노상'에서 마주친 섬동네 사촌누이의 남루한 행색에서, 화자는 참혹한 식민지 조선의 현실을 절감한다. 화자는 '나귀 위에서' 사촌누이의 행색을 떠올리며 식민체제의 가혹한 권력 기제와 맞서는 결의를 다진다. 그는 징용 간 남편 때문에 모진 생계살이에 밤새워 무명을 짜서 나온 사촌누이의 처지를 뒤늦게 알고 남루한 행색을 애틋하게 바라본다. 그 시선은 식민체제를 향한 공분과 하위주체들에 대한 연민을 담고 있다. 만주로 이주한 '벙어리 아빼네'의 귀향과, 함께 놀아준 '쌍겹눈 색시' 남편의 무사귀환을 염원하며 화자는 '나귀 위에서' '제 고향을 되찾는 그날'을 앞당기기 위해 싸우겠다고 결의한다. '나귀 위'에서 화자의 내면은 식민지조선의 비참상을 환기하며 '탈식민의 저항적 문화 실천'을 위한 '기억의 영토화'를 실행하고 있다.

에드워드 사이드는 '제국의 식민 지배에 저항하는 탈식민의 경과'를 다음과 같이 언급한 바 있다.[18] '외부 침입에 대항해서 싸우는 일차적인 저항의 시기를 거친다. 그런 다음, 식민체제의 모든 억압에 저항하여 공동체 사회에 대한 감각과 의미를 구출해 내거나 회복하기 위해, 해체된 공동체 사회를 재구성하려는 노력을 기울인다, 그 노력은 지도자, 시인 소설가, 예언자들, 역사가들을 비롯한 저항적 지식인들에 의해 주도된다, 이들 지식인이 주도

---

18   에드워드 사이드, 정정호·김성곤 공역, 『문화와 제국주의』, 도서출판 창, 1995, 369면.

하는 이데올로기적 저항과 공동체 사회를 재구성하려는 과정은 개인적 과거에서 발견해낸 목가적인 세계에 한정되지 않는다, 이들 지식인은 식민주의의 굴욕에 반응하며 이전에 알려진 것보다 더욱 광범위한 이데올로기적 토대를 찾아내고 이를 학습할 필요성을 느끼며 공동체 문화를 재발견하고 복구하려 노력한다.'

사이드의 이러한 언급은 「노마만리」의 일단이 수탈적 식민체제가 파괴한 공동체 사회의 복원을 위한 노력의 일단으로 재해석할 수 있게 해준다. 「노마만리」라는 텍스트는 개인의 과거를 통해 탈식민적 문화 실천을 엿볼 수 있기 때문이다.

『노마만리』는 식민체제의 수탈과 억압에 직접적으로 반응하며 개인들의 과거로부터 그 수탈과 권력의 오남용에 고통 받는 현실과, 저항하는 대륙의 현실을 서로 중첩시켜 식민체제와 저항하는 문화적 영토를 구축해나가는 경과를 기술하고 있다. 텍스트가 소환해낸 과거는 수탈적 식민체제에 대한 공분과 해방을 위한 투쟁의 당위성을 재배치하는 질료에 해당한다. 또한, 텍스트에서 패색 짙은 지금의 일본 군대를 서술하는 행로는 제국 일본군대의 잔혹성과 팔로군의 너그러운 포로 관리방식을 대비하고, 교화된 포로들이 민주시민으로 거듭나기를 바라는 기대와 소망으로 이어진다. 특히 이 기대와 소망은 제국군대를 포함한 국가 건설에 요긴한 참조틀이 되리라는 전망과 결합하면서 '탈식민적 문화 실천과 영토화'라는 국면 하나를 드러낸다.

일본군 포로의 교화사업에 공들이는 팔로군의 정책은 "이네들도 굴개를 벗어 던지고 바른 정신이 든다면 머지않아 새 세계를 이룩할 역군이 될 것이며 민주일본 건설의 귀중한 주석"(350면)이 되리라는 기대를 품도록 한다. 그러나 화자는 이런 기대를 잠시 접어두기로 하면서 잠시나마 가졌던 감정이 '적에 대한 분개심을 넘어선 팔로군의 넉넉하고 우람한 사상 때문'(350면)이었는지 반문한다.

허나 다음 순간엔 저도 모르게 혼자 소스라치게 놀라는 저 자신을 의식하였다. (중략) 30여 년간 우리의 기름진 국토를 타고앉아 우리 겨레의 목줄기를 비틀며 사랑하는 부모형제를 감옥 속에서 썩이고 우리의 동생들을 총칼로 위협하여 죽음의 전쟁판으로 몰아내고 심지어는 어린애들의 소꿉노래까지 빼앗은 이놈들이다. 참지 못할 분노와 억제 못할 적개심의 전위로서 끊임없이 싸워 왔던가?/ 조국의 깃발은 나의 가슴에 안기기 전에 나의 몸뚱이를 두드리며 묻는 것이다. 충실하였느냐 조국 앞에? 그동안 내가 찾아 헤매던 것이 무엇이냐? 안일이었다. 하찮은 자기변호의 그늘 밑이었다. 자포자기의 독배를 들며 나날이 여위어가는 팔다리를 주물던 일이 결코 자랑일 수 없으며 깊은 골짜기로 찾아들어가 삼간초옥에서 나물을 먹고 물 마시며 팔을 베고 도사인양 주경야독晝耕夜讀하며 누웠대서 결코 아름다울 수 없을 것이다. 아니 엄정히 말할진대 도리어 놈들의 총칼 앞에 무릎을 꿇기가 일쑤였던 치욕의 반평생- 뉘우침이 스며들어 치가 떨렸다. 이러한 시기에 허구한 오랜 세월 총칼을 들고 이 나라 우수한 아들딸들은 적들과 죽기로 싸워 왔거늘. 적을 가장 옳게 미워할 줄 아는 사람이 제 나라를 가장 잘 사랑할 줄 아는 사람이다. 나는 무엇보다도 적을 좀더 미워할 줄 아는 마음부터 배워야 할 것이다.(350면)

인용에서 "자신을 죄인처럼 제시하면서 스스로를 비난하고 죄의 고백을 통해 구원을 얻고자"[19] 하는 장면에 주목해 보자. 미셸 푸코의 표현을 빌려 말하면 이 장면은 '자기와 양심의 검토',[20] '자기에 대한 심문'에 해당한다. '마음의 법정'에 선 '자기'라는 주체는 '모든 것을 수탈당한 적 앞에서 적개심의 전위로서 싸워왔는가'라는 물음을 던지며 자신에게 결여된 적의를 고

19   유호식, 앞의 책, 104면.
20   미셸 푸코 외, 이희원 역, 『자기의 테크놀로지』, 동문선, 1997, 63면.

백하며 스스로 참회한다. 또한, 자포자기와 은둔의 길은 결코 아름다운 것이 아니며, 자신의 모든 생은 총칼 앞에 무릎을 꿇은 "치욕의 반평생"이었다고 참회한다. 고백과 참회를 거쳐 탄생한 자기라는 주체는 이제 '적을 가장 옳게 미워할 줄 아는 사람, 제 나라를 가장 잘 사랑할 줄 아는 사람이 되기 위해' '적을 좀더 미워할 줄 아는 마음부터 배우리라' 다짐한다. 고백과 참회를 거쳐 다짐에 이르는 경로는 '탈식민의 저항적 주체'를 탄생시키는 자기심문의 절차이기도 하다.

이 탈식민적 저항 주체가 탄생하는 경로에는 국가가 호명하는 주체로 다시 태어날 가능성도 잠재되어 있다.

> "여기에도 또한 우리 조국의 깃발이 있는 것이오."
> 대표 동지는 이렇게 부르짖었다.
> "이 깃발을 우러러 멀리 조국으로부터, 적지구로부터 사선을 넘어 친애하는 이 동무들이 달려온 것이오, 우리의 깃발은 이렇게 외칩니다. 멀지 않아 내 조국의 강토 위에, 민중의 가슴 위에 펴득이리라!"
> 소리 없이 나는 울고 또 울었다.(397면)

'조국의 깃발' 아래 터져나오는 화자의 '소리 없는 울음'은 고백과 참회와 결의를 통해 주제가 탄생하는 순간의 신체언어를 보여준다. 화자는 울음을 터뜨리며 일본군포로가 내뱉는 태평양전쟁의 명분과 중국대륙에서 치르는 전쟁의 명분을 타자화하는 존재로 다시 태어난다. 그 존재는 "서양민족과 동양민족의 싸움"(348면)이라 내건 태평양전쟁의 명분과, "우리 일본은 어디까지나 동양민족의 맹주로서 힘을 모아 백색종을 때려눕히자는 것"(348면)이라는 발언을 제국의 남루한 강변으로 바꾸어버린다. '소리없는 눈물'은 주체의 공분이나 적의와는 다른 맥락을 갖는 셈이다. 이 울먹임은 고해성사 끝에 탈식민 이후의 미래를 선취하는 신체반응이다. 탈식민 저항의 본산인 태항산 산채에서 "조국의 강토"와 "민중의 가슴위에" 펄럭일 국기 앞에 자신을 위치시킴으로써 일어난 탈식민 주체의 신체 반응이다. 다른 한편으로 그 울먹임은 고백과 참회에 그치지 않고, 양심의 역사 법정에 선 '자기'의 재생을 표시하는 신체언어이다.

사이드는 '탈식민지화의 문화적 저항'에는 세 가지 커다란 주제가 등장한다고 말한다.[21] 문화적 저항의 첫 번째 주제는 제국에 침탈당한 공동체사회의 역사를 전체적으로 일관성 있게 종합적으로 보는 권리에 대한 주장이 문화적 저항이고, 저항이 제국주의에 대한 단순한 반동이 결코 아닌 인간의 역사를 생성하는 대안으로서의 방법이라는 생각이 두 번째 주제이며, 인간의 공동 사회와 해방에 대한 좀더 통합적인 견해를 지향하여 분리주의적 민족주의에서 해방되는 문제가 세 번째 주제이다.

첫 번째 주제가 환기하는 것은, 베네딕트 앤더슨이 인쇄자본주의와 관련지은 민족어 개념과 민족문화의 실천 문제이다. 민족문화는 공동의 기억을 조작하고 지탱하는 데 활용되는 그것은 삶, 영웅, 여걸에 대한 복원된 방식을 활용함으로써 과거의 풍경을 되살려내고 또 이용하는 국면이며, 이를 통해 문화적 저항과 민족적 긍지의 표현과 정서를 구축해 나간다. 식민지조선인들의 비참상과 재일조선인 같은 하위주체의 주변적인 위상에 대한 내러티브(이것은 김사량의 문학이 가진 특징이기도 하다), 자서전과 수감에 대한 회고록 등이 서구 열강들의 기념비적 역사나 공식적인 담론, 총괄적인 유사학문적 관점에 대한 대칭면을 형성한다고 본 것은 사이드의 탁견이다.

문화적 저항의 두 번째 주제는 '인본주의'라는 인류 보편의 가치와 연관된다. 『노마만리』에서는 국제주의적 연대와 제휴를 통해 하위주체들이 정치적

---

21   에드워드 사이드, 같은 책, 379-381면.

시민으로 재탄생하는 것, 더 나아가 민족의 독립과 해방이 꿈꾸는 신생국가 기획의 저변을 이룬다. 이 주제는 대도시문화에 저항하는 글쓰기, 동양과 아프리카에 대한 유럽적 내러티브를 교란하기, 그러한 것들을 좀더 흥미 있고 좀더 강력한 서술체로 대체하기 등등을 통해서 유럽과 서구의 담론에 개입하고, 그것과 혼합하며 그것을 변형시키고, 주변화되었거나 억압되었거나 망각되었던 역사를 알게 하려는 노력이라는 점에서, 사이드는 이를 '안으로의 여행'(380면)이라 표현한다.

문화적 실천의 세 번째 주제는, 탈식민지화된 기간 동안 제국주의적 세계를 통해 항거와 저항과 독립운동이 하나 또는 다른 민족주의에 의해 점화된 것은 자명하지만, 탈식민 이후 '제국주의를 복제한 수탈적 정치체제'의 등장을 극복해야 하는 문제이다.

김사량이 탈식민 해방 이후 선택한 북한체제는 비교적 성공적인 토지개혁과 민주개혁 조치를 거쳐 정권을 수립했으나 이후 점차 국제주의적 연대와 제휴의 흐름에서 벗어난다. 북한체제는 스탈린주의에 입각한 일인 우상화정책과 인종적 민족주의 성향이 강한 절대유일체제로 퇴보했다. 이로 인해 그의 문학은 더 이상 설 자리를 잃고 만다. 『노마만리』는 하위주체들의 역사적 주체로서의 위치와, 이들이 역사의 주역이 되는 인민의 국가 건설이 가진 혁명적이고 보편적 가치를 모색한 텍스트였던 것이다. 자전적 산문 텍스트에 담긴 그의 행로는 '양심적인 민족지식인 작가'라는 타이틀 안에 봉인되고 말았다.

5. 텍스트의 탈식민성과 저항성

"모든 문화의 역사는 문화적 차용의 역사"[22]라는 에드워드 사이드의 명제처럼, 『노마만리』에는 중국대륙에서 펼쳐지는 항일무장투쟁이 상이한 문화를 차용하여 전유와 공동 경험으로 치환하는 생생한 상황이 잘 드러난다. 김사량은 식민지조선에서 소위 '제국대학 엘리트'라는 네트워크에 속한 작가로서 식민당국의 시혜와 압력을 동시에 받았다. 그는 제국의 영토 안에서 제국대학 출신 엘리트 작가로서 「해군행」 같은 기행르포를 강요받은 상황을 역이용하여 정치적 망명을 결행할 수 있었다.[23] 제국의 영토 안에서 이루어지는 회유와 압력이 가진 선택지는 넓게 보면 제국의 수행자에 지나지 않는다. 중국 연안으로 탈출한 뒤, 김사량은 중국공산당이 추구했던 혁명의 현실을 면밀히 관찰했다. 그는 혁명 과정에서 인민이 중심이 되는 공동체 사회의 복원을 체감했고, 그러한 역사 변동에 동참하는 조선인 항일무장세력의 활약상에서 식민지 조선에 임박한 해방의 전조를 간파했다.

『노마만리』에 담긴 '자전적 글쓰기' 또는 '자아의 서사'는 궁극적으로 자기성찰과 자기정당성의 확보를 지향했다. 그러나 텍스트 안에 담긴 '탈식민적 주체의 형성'과 '저항의 문화적 실천'이라는 맥락도 마땅히 함께 주목해야 한다. 이 탈식민적 주체는 그간 서발턴들의 비참상에 주목했던 그간의 문학적 행로에서 벗어나 탈식민의 지평을 스스로 열어젖히며 제국과 맞선 순간을 동아시아의 지역성 안에서 포착하고 있기 때문이다.

'자전적 이야기'의 성격과 '자아의 서사'가 가진 문법을 논의하는 과정에서 누락되었던 논점은 탈식민적 주체와 동아시아라는 지역성을 기반으로 삼는 문제들이다. 이런 역사의 경험은 북한 정권 수립 이후 동북지역 중심의 항일무장투쟁을 국가의 혁명전통으로 고정시키면서 배제되었다. 『노마만리』에 등장하는 중국의 대장정 역사나 1941년 5월 무정, 김두봉을 비롯한 화북

---

22   에드워드 사이드, 『문화와 제국주의』, 381면.

23   김재용, 『협력과 저항－일제 말 사회와 문학』, 소명출판, 2004, 260-261면.

독립동맹 의용군이 일본군의 포위망을 뚫고 구사일생으로 살아남은 태항산의 호가장전투, 3.1운동 직후부터 1931년 만주사변에 이르기까지 전개된 재중 한인들의 민족 항일운동, 1937년 7.7사변을 거쳐 항일연합전선을 결성하는 경과 등, 국공합작과 함께 전개된 항일전쟁 같은 중국 영내에서 시도된 재중 한인들의 민족해방투쟁담은 제국의 경계와 경계 바깥에서 벌어진 역사적 기억과 접합되면서 탈식민의 저항의 기억을 담은 텍스트라는 의의를 갖는다.

『노마만리』가 제국의 영토를 넘어 인본주의의 보편적 이념을 획득하는 탈식민적 저항 텍스트로서의 면모는 태항산중 어느 동네에서 목격한 아동극단의 공연 장면에서도 잘 확인된다(382면). 해방구 내에서 연행된 야외극을 통해서 화자는 봉건지주와 군벌의 억압 밑에 노예생활을 강요받던 농민대중이 바로 그 선전과 계몽의 대상이라는 점에 깊은 인상을 받는다. 이들의 계몽된 의식과 일상은 김사량에게 향후 설립될 국가의 외양만이 아니라 인민민주의의 구체적인 제도와 일상 속 미시정치의 국면들을 선취할 수 있게 해주었던 것이다. 인민이 정치에 참여하고 글도 배우고 생활수준도 날로 높아가는 면면은 신생국가의 활력으로 각인되었다. 그런 까닭에 그는 출판물보다 해설사업과 연예공작 같은 방법을 원용한 선전과 계몽의 효과를 인상적으로 받아들였다(383면). 이같은 모습은 훗날 북한에서 왕성하게 시도한 희곡 창작과 무관하지 않았다. 이렇게, 『노마만리』는 탈식민의 문화적 실천을 위해 결행한 정치적 망명이라는 의의와 함께, 서발턴의 재현에서 제국주의와의 대결로 선회하는 변곡점을 담아낸 텍스트이다.

(초출: 「김사량의 『노마만리』 재론: 서발턴의 탐색에서 제국주의와 길항하기」, 『일본학』 40, 동국대 일본학연구소, 2015)

개작의 심미화와 작가주의 신화

황순원과 『카인의 후예』 다시 읽기

1. 개작과 검열과 '작가주의'의 상호연관

작가 황순원(1915-2000)은 평생토록 시와 소설 이외에, 어떤 글이나 인터뷰에서조차 자신의 문학관이나 신변에 관한 어떤 정보도 노출하지 않았다. 이 유별난 결벽증은 작가와 관련된 자료의 태부족을 낳았고, 문학 연구자들에게는 텍스트 속 편린을 통해서만 자신의 문학을 탐구하도록 강제하는 위력을 발휘했다.

그의 문학에서 작가 특유의 문학관과 작품의 의도를 찾아내려면 정교한 작품 독해가 필수적인 조건이 된 것도 이런 연유에서다. 작가 개인에 관한 자료의 태부족은 역설적으로 작가의식을 찾기 위해 작품 안에 담긴 자전적 요소에 주목하는 경향을 만들어냈다.

황순원 문학을 연구하는 과정에서 개작도 난제 중 난제다. 그의 문학에서 개작은 작가 스스로 늘 '마지막 판본이 완결판'이라고 말한 점에서 알 수 있듯이, 완결성에 주목하려면 마지막 작품을 검토대상으로 삼아야 하나, 연구자의 관점에서는 엄밀하게는 그의 개작된 작품 하나하나가 논의대상이 된다. 작가가 수정을 통해 완성도를 제고하는 방식은 개작과정을 주목하면서 작품을 해독해 나가야 하는 높은 난이도를 갖기 때문이다. 황순원 문학의 '개작' 문제는 근현대사의 역사적 문화적 조건 속에 구축해온 '작가주의'라는 신화와 깊이 연계되어 있다.

황순원은 작품 구상을 완료한 뒤 작품을 대학노트에 집필하는 습관을 가지고 있었다. 작가는 집필 노트에 무수한 퇴고의 흔적을 남겼을 뿐만 아니라,[1] '문학지 발표-작품집-전집 수록'에 이르는 과정에서도 직접 교정을 보았다.[2] 그의 교정은 '원고 교열'의 외양을 가지고 있으나 때로 내용의 전면적인 변화를 가한 경우도 있었다. 이는 교열이 아닌 개작을 의미한다. 개작 과정에서는 인물과 사건, 표현의 삭제 및 보충과 같은 조정이 일어났기 때문이다. 『카인의 후예』의 경우, 대표적인 개작의 사례로 꼽힌다.

『카인의 후예』의 경우, 교열의 차원이라기보다 판본마다 많은 개작을 거쳤다. 작품의 인물 구성, 사건의 변화를 시도하는 한편, 단어와 구절의 교체와 삽입, 쉼표의 삭제와 추가와 같은 의미론적 수정(교열)과, 1인칭 시제의 3인칭 시제로의 통합, 간접화법의 직접화법으로의 대체 같은 서술상황의 변경 등, 표현 전반에 걸쳐 인물과 배경과 사건의 개연성 강화, 복선 구도의 설정, 표현의 구체성과 정확성 강화 등, 개작의 양상은 다양한 층위에 걸쳐 있다. 작품에서 '안경잽이 골뎅양복 청년'이 '개털오바 청년'으로 바뀐 것도 잘 알려진 예의 하나다.

황순원은 『34문학』 동인으로 시를 발표하며 소설 창작을 병행해온 작가다. 그는 도쿄에서 시집을 발간했다가 검열을 회피한 혐의로 구류 처분을

---

1   원응서, 「그의 인간과 단편집 『기러기』」, 『황순원연구』, 황순원전집 12권, 문학과지성사, 1985/1993.

2   황순원·심연섭 대담, 『신동아』, 1966.3, 176-177면; 강진호, 「작가의 정체성과 개작, 그리고 평가―황순원의 『움직이는 성』의 개작을 중심으로」, 『현대소설연구』 59, 2015, 31-32면.

받기도 했다. 또한 그는 해방 직후 짧은 '사상검열로부터의 해방'을 맞이한 시공간에서 현실성 강한 소설 몇몇을 '좌익 매체'에 발표했다.[3] 단정 수립기에 강력한 반공 검열기제가 출현하면서[4] 황순원은 조선문학가동맹에 가입한 전력이 문제되자 1949년 12월 전향서를 제출하고 보도연맹에 가입했고 '냉전국민'(조은정)의 일원이 되었다. '1949년 이후' 황순원은 작품 발표 외에 문단기구나 대중매체와의 거리를 유지하며 비정치적 색채가 강한 작품 창작에만 진력했다. 『카인의 후예』는 '전향 이후' 전쟁의 기간을 거치면서 '작가주의 신화'를 만들어내는 원점에 해당하는 작품이다.

이 글에서는 '순수문학' 작가 신화의 형성 배경에 주목하여 일제강점기의 검열 피해, 해방 이후 존속해온 검열체제, 1950년대 문화적 환경 등을 고려하면서 검열과 개작의 관점에서 『카인의 후예』를 다시 읽어보고자 한다. 2장에서는 『카인의 후예』의 판본 비교를 통해 개작의 윤곽과 추이를 정리한다. 3장에서는 1950년대 문화장과의 연관을 심화시켜 작품 구상과 집필, 개작의 정치성 등을 살피는 한편, 이데올로기와의 연관과 자기검열, 서술의 수위 조절과 냉전의 경계를 살펴보고, 4장에서는 소설의 시공간과 삽화의 역사성에 담긴 민족지의 특성을 짚어보기로 한다.

---

3   이봉범, 「잡지 『신천지』의 매체 전략과 문학」, 『한국문학연구』 39, 동국대 한국문학연구소, 2010, 203-206면.

4   조은정, 「1949년의 황순원, 전향과 『기러기』 재독」, 『국제어문』 66, 2015, 37-67면; 강성현, 「한국 사상통제기제의 역사적 형성과 '보도연맹 사건', 1925-1950」, 서울대 박사논문, 2012; 이봉범, 「단정수립후 전향의 문화사적 연구」, 『대동문화연구』 64, 성균관대 대동문화연구원, 2018; 조은정, 「해방 이후(1945-1950) '전향'과 '냉전국민'의 형성 − 전향성명서와 문화인의 전향을 중심으로」, 성균관대 박사논문, 2018.

2. 개작의 윤곽과 추이

『카인의 후예』는 휴전 직후인 1953년 9월부터 이듬해인 1954년 3월까지 『문예』에 5회 분재되었다가 잡지 폐간으로 연재가 중단되었고(이하, '연재본' 또는 '1953'),[5] 그해 12월 중앙문화사에서 단행본으로 출간되었다(이하 '중앙문화사본' 또는 '1954'). 이 과정에서 상당한 개작이 있었다. 잡지 연재분은 1장에서 5장 절반으로, 200자 원고지 기준 460매 분량이다. 작품 전체가 200자 원고지 기준 860매 분량임을 감안하면, 첫 단행본 중앙문화사본(1954)에서는 400매 분량을 보충하는 개작이 이루어진 셈이다.

잡지 폐간 전의 상황과 작품 원고를 완성해놓는 작가의 집필 관행을 감안하면 400매 가량을 보충한 개작은 전면적인 수정에 가깝다. 5개의 판본 중 연재본과 첫 단행본 사이에서 개작 정도가 가장 진폭이 크고, 그 중에서도 첫 단행본에 분재 수록된 5장 절반까지가 개작 정도가 가장 큰 셈이다. 이러한 특징은 발표 당시의 문화적 환경 속에서 개작과 자기검열이 중첩되었을 가능성을 전제할 수 있게 해준다. 잡지 연재본, 중앙문화사본(또는 '1954'), 민중서관판 한국문학전집본(이하 '민중서관본' 또는 '1959'), 1차 전집인 창우사판(이하 '창우사본' 또는 '1964'), 2차 전집인 1973년 삼중당판을 거쳐 3차 전집인 1981년 문학과지성사본(1981/1993개정판, 이하 '문지사본' 또는 '1981')에 이르기까지 개작은 지속적으로 전개되는 양상을 보인다(1995년 간행된 동아출판사본('한국소설문학대계 황순원편')은 '문지사본'을 저본으로 삼았기 때문에 판본 대조

---

5   이 기회에 『문예』 연재본의 서지사항을 바로잡는다. 박용규, 「황순원 소설의 개작과정연구」, 서울대 박사논문(2005) 등 많은 논자들이 『카인의 후예』 『문예』 연재를 1953년 9월호에서 1954년 1월호까지로 기술해 놓고 있으나 확인한 바로는 『문예』 1953년 9월호(통권 17호, 창간 5년 기념호, 1회 분재), 1953년 11월(통권 18호, 4권 4호, 2회 분재), 1953년 12월호(송년호-4권 5호, 3회 분재), 1954년 1월(신춘호, 5권 1호, 4회 분재), 1954년 3월호(통권 21호, 5권 2호, 5회 분재)이다.

를 생략했고, 삼중당본(1973)은 시간상 제약 때문에 판본 대조에서 제외했다).

먼저, 잡지연재본(1-5장 절반)과 중앙문화사본(1954) 사이의 개작을 정리해 보면 다음과 같다.

1장에서는 '야학 접수 장면'을 추가하며 '토지개혁의 시공성'이 강화되고, '도섭영감·개털오바 청년·오작녀' 등 각각 인물 성격을 보강하는 면모가 두드러진다.[6] 2장에서는 '우익테러'와 그로 인해 고조되는 긴장감, 박훈의 '탈향 의지'와 '고향 공간의 세부 묘사'가 개작의 주된 내용을 이룬다.[7] 3장에서는 '농머리' 묘사, '오작녀가 들불을 수습하는 장면'의 서술 추가, '홍수의 감시자 성격' 추가, 오작녀남편이 불출이어멈에게 수수께끼를 낸 '설화' 삭제, 오작녀와 오작녀남편 등 인물구성 및 그에 관한 서술을 강화했다.[8] 4장에

---

6   야학접수 대목 추가함(1954, 3문장); "토지개혁이란 걸 앞둔 요지음"(1954, 구문 추가, 시점 구체화); 밤길, 밤중의 시공성 강화; 훈을 미행한 삼득이에 탄식하는 오작녀(1954, 3문장 추가); 도섭영감의 마름 신분과 토지개혁 후 행태 변화, 오작녀의 불만(1954, 4문장 추가); 인물 묘사의 구체화(홍수, 명구, 골뎅양복→개털오바청년(1954)); 계급교육 연설 어조 강화 (~것입니다.→것이올시다!)(1954, 표현 강화); 야학당 철거(1954, 1문장을 3문장으로 늘려 구체화함); 큰아기바윗골 뻐꾸기, 오작녀의 꿈꾸는 얼굴빛(1954, 문장 대체 및 추가)

7   남이아버지 죽음을 전하러온 사촌 혁(1954, 1문장 추가); 혁의 흥분과 훈의 공감(1954, 2문장 추가); 남이아버지의 죽음과 "일이 시작됐다는 느낌" "억울한 죽음"(1954, 3문장으로 된 단락 추가, 서술의 구체화); <u>도섭영감이 군당부 공작대 책임자 개털오바 청년과 만남(1954, 한 단락 추가)</u>; 보안서 위치 구체화된 서술; 박훈이 여성과 교제하다가 오작녀의 눈보다 못하다는 생각에 약혼도 파기함(훈과 오작녀의 관계 서술 강화); 훈이 세찬 감기를 겪은 후 그의 병구완을 위해 오작녀가 훈의 건넌방에 머물게 됨(훈과 오작녀의 관계 및 복선 강화); 도섭영감의 돌담장 작업 방치(1954, 1문장 추가); 옷골과 한천 방면 도로, 순안 방향의 도로 풍경 구체화; 도섭영감의 집안 내력(1954, 내용 보강); "고장을 떠나야 한다,"(1954, 문장 추가) *밑줄은 개작 정도가 큰 경우를 나타냄(이하 같음 - 인용자)

8   농머리 세부묘사 보강(1954, 1문장 추가); <u>참외를 주고 달아난 오작녀 일화 삭제 후, 이른 봄철 불장난과 오작녀의 불끄기로 개작(1954, 단락 대체)</u>, '오작녀의 불타는 눈빛'(1954, 강조); 오작녀남편 최동무의 심정을 달래는 홍수의 대화(문장 추가); 용제영감의 저수지 조성 노력과 '마음에 끌리면 무엇이든 하고야 마는 성격'(서술 추가); "나라도 서기 전에 토지개혁을 한다는 건 민족을 분열시키는 시초라는 점이다."(문장 추가)/ <u>오작녀남편이 불출이어머니에게 수수께끼를 낸 설화(단락 전체 삭제)</u>/ 불출이 어머니의 어색한 웃음(4문장

서는 큰애기바윗골 전설과 홍수의 성격 보강이 개작의 주된 내용이다.[9]

잡지연재본의 개작을 거쳐 중앙문화사본(1954)에서는 '현재형 시제'와 '속도감 있는 사건 전개'를 '과거 시제'로 통일하여 서술의 일관성을 확보했다는 점, '골뎅양복 청년'을 '개털오바 청년'으로 바꾸어 '체제수행자'의 비타협적 이미지를 강화한 점, 도섭영감이 숙직실에서 개털오바 청년과 은밀히 만나 과거를 불문에 붙이는 대신 지주 숙청에 적극 나서도록 제안하는 밀약 장면을 한 단락 분량이나 추가한 점 등이 두드러진다(문지사본, 177-178면). 개작은 '토지개혁의 제도적 정당성'을 수긍하는 대신 토지개혁과 일어난 밀약과 같은 어두운 이면을 고발하는 국면을 강화하는 방향성을 갖는 셈이다.

또한 두 판본 간의 개작에서는 현재형 시제의 빠른 전개에서 누락되었거나 개연성이 미흡한 대목들을 집중 보완하고 있으며 오작녀의 역할을 강화하기 위한 복선을 추가한 것도 인상적이다. 특히, '오작녀남편 최동무'에 대한 인물 묘사가 보완되고, 5장 전반부에서 이루어진 '큰아기바윗골 전설'과 '오작녀의 인물 형상[눈빛]'에 대한 개작은 민중서관본(1959)에서도 지속된다.

> "이 산줄기가 **동쪽 모서리에 큰아기바윗골 벼랑을 만들고,**"(1959, 삽입)(문지사본, 247면); "**창백해진 얼굴에서 눈이 <새로/다시(1959, 대체)> 빛을 발했다. 그리고 이 눈만이 이제 남편이 어떠한 말을 하더라도 그것을 감당해 나가려는 것 같았다.**"(1954, 1문장 추가)(문지사본, 265면); "오작녀**가/는 이제는 더

추가); 오작녀남편의 팔굽 흉터(1문장 추가)/ 오작녀남편의 사동 탄광 노동자 사연(추가); 불출이 사건을 입막음시켰다는 오작녀남편의 발언(3문장 추가); 북어 안주를 시킴(1문장 추가); 홍수가 놀랐다는 오작녀남편의 말을, 오작녀남편이 담판 짓겠다는 말로 대체; 가슴을 내주지 않는 오작녀(3문장—6문장으로 확대); 홍수가 민청위원장이라는 것 실감(문장 추가)

9   "……아, 큰애기바윗골 뻐꾸기가 우네요…… 큰애기가 우네요…… 큰애기가 불쌍해요, 큰애기가…… 선생님……."(1964, 문장 추가)(문지사본, 238면)

오래 서 있을 수도 없겠는 것이리라.(1959, 삽입) 어깨숨을 쉬면서 훈의 발밑에 풀썩 주저앉아 버리고 말았다. **그러는 그네의 핏기 걷힌 입술에 알지 못할 가냘 픈 미소의 그늘이 어리어있었다.**(1959, 추가)(문지사본, 266면)

오작녀의 인물 형상 강화가 1950년대 후반부터 1964년본에 걸쳐 있다는 것은 흥미로운 현상이다. 이는 잡지연재본과 첫 판본 사이에 재현된 오작녀 의 인물구성이 지속적으로 확장되고 심화됨을 의미한다. 재산 몰수 직전 박훈을 지켜내는 데에 한정되었던 그녀의 대담한 사랑은 남성 가부장제의 통념과 속박을 넘어서고 체제와 권력, 이데올로기를 넘어선 인간다움의 심 화와 확장으로 이어지기 때문이다.

다음으로, 잡지연재본 외에, 5장 후반부에서 9장에 이르는 개작 내용을 살펴보면, 잡지연재본-중앙문화사본 간의 개작 비중이 상대적으로 크다는 점을 확인하게 된다. 작품 후반부(5장 후반부-9장)의 개작은 첫째, 오작녀남편 최씨의 성격 변화와 '더꺼머리 총각 설화' 전체 삭제(문지사본에 오면, 6장에서 오작녀남편의 호칭이 '사내'에서 '오작녀남편' '최가'로 바뀐다. 이는 오작녀남편의 인 물 형상을 연재본과 첫 단행본 이후 지속적으로 완화시킨 결과이다. 특히 문지사본에서 는 훈과 오작녀의 관계를 힐난하기 위해 불출어멈에게 수수께끼로 낸 더꺼머리 총각 설화 전체를 삭제한다. 이 역시 오작녀남편 최가의 성격 변화와 연계된 것으로 오작녀 가 훈을 부부라 선언하는 대목도 순순히 받아들이는 태도와 맞물려 있다. 이렇게 보면 오작녀남편은 폭력적이고 신랄하고 잔인한 성격에서 문지사본에 가까와질수록 오작녀 에 대한 인정, 소극적인 훈을 질타하는 자유인의 면모, 낭만적 사랑을 추구하는 면모로 바뀐다), 오작녀의 눈빛과 인물구성의 변화(오작녀 눈빛에 대한 개작은 훈과의 친밀성, 상호관계를 강화하기 위함이다),[10] 도섭영감의 반성과 생에 대한 의지

---

10   이철호, 「반공 서사와 기독교적 주체성 – 황순원의 『카인의후예』(1954)」, 『상허학보』 58,

피력 등이다(9장 결미에서 도섭영감이 생의 의지를 피력하는 장면, "그러는 도섭 영감의 심중은, 차라리 '<오늘>(1959, 추가) 훈의 칼에 자기가 죽는 게 옳았을는지도 모른다는 생각이었다.(1981, 삭제)/ 그래두 살 수 있는 데꺼지는 살아야디!"(문지사본 추가, 353면)도 생을 긍정하는 '온정적 휴머니즘'의 강화라는 궤적과 맞닿아 있다).

둘째, 5장 후반부-9장에 이르는 개작에서는 서술 전반에 영향을 줄 정도는 아니지만 표현이 지속적으로 수정되고 있다. 개작은 단어 및 구문 보완, 문장 삭제 등과, 쉼표, 행간 조정, 외래어 표기 변화의 반영 등, 교열에 가깝다고 할 만큼 표현의 정확성과 서술 효과를 높이는 특징을 보인다. 서술 효과와 관련하여, 간접화법을 직접화법으로 전환하거나 단어, 구문 교체를 통해 표현의 정확도와 구체성을 확보하려는 지속적인 노력이 관찰된다.

외래어의 경우, <u>헷드라잍이(1954)/ 헤들라이트가(1959)/ 헤드라이트가(1964)</u> <u>(문지사본, 1995, 319면),</u> 언어 세공의 사례는, "여러 군데 <u>째뎄는데요(연재본)/</u> <u>째넜는데요(1954)/째뎄는데요(1959)/째디셌는데요(1981/1995).</u> 그리구 식은땀을 막 흘리시구…… 요새 <u>신상이/얼굴이(1981/1995)</u> 더 <u>안돼시요(1954)/못되셌이요(1981/1995)."(같은 책, 183면)</u> 등과 같이, 판본들 간에 '시대 변화를 반영한 외래어 표기 변화'가 잘 드러나 있다. 특히, 대화 부분에서 구어체의 묘미를 담아내려는 장인적 언어 세공 노력이 지속적으로 엿보인다.

또한, 지역색이 뚜렷한 서북방언이 표준어로 이행해 가는 모습을 작품 도처에서 찾아볼 수 있다. '걸대-암퇘지', '해양한-별바른', '헤던거리다-허청거리다', '영창-문', '나무가장지-나무가장이-나뭇가지', '담벽락-담벼락', '담끼-땀끼-땀기', '숨을 태우다-숨을 몰아쉬다' 등에서 보듯, 최종본으로 올수록 어휘는 지역어에서 표준어로 이행하면서 '대화에서는 구어체, 서술에서는 표준어 표기'라는 기준이 가시화되고 있다.

2020, 457-462면.

개작 과정 전반에서는 인물들의 '대화' 부분에서 지역방언의 고유성과 구어체의 묘미를 실감나게 만들기 위한 수정과 보완이 지속되지만, '지문'이나 '서술상황'에서는 많은 고유어와 지역어들을 표준어로 대체하면서 지역성을 품고 있는 많은 평안방언들이 탈락하고 그에 따라 지역성이 탈색되는 손실도 일어난다. 이렇게, 개작에서 나타나는 표기상 특징은 외래어 표기의 시대적 변화를 지속적으로 반영하고(이는 작가의 성실성을 잘 보여주는 지점이다—인용자), 지문과 서술에서는 표준어 중심 표기로 수정되면서 평양의 지역성을 벗어나 서울중심주의로 안착하는 모습이다.

미시적인 차원에서 보면, 개작은 판본별 편차상 잡지연재본-중앙문화사본(1954) 사이에서 이데올로기적 편향과 오작녀의 성격 강화가 일어나고 있으나 나머지 판본들(창우사본-문지사본) 간에는 개작의 편차가 표현의 국면에 머물러 있어서, 개작의 효과 또한 정확성과 세부 묘사에 치중하면서 개작은 '표현의 심미화'라고 할 만큼 그 성격을 달리한다.

지금까지 판본 대조를 통해 개작의 윤곽을 살펴보았으나 다음에는 개작으로 인한 의미 변화의 국면을 살펴보기로 한다(개작된 부분은 밑줄 표시—인용자).

	*연재본/1954년본(개작 전)	개작 내용
인용.1[11]	*연재본 별이 쓸리는 밤이었다. 바람이 꽤 세었다. 서북 지방의 밤공기가 아직 찰 대로 찼다. 삼월 중순께였다. 산막골 고갯길을 넘어오는 사내가 있었다. 박훈이었다. 거나하니 술이 취한 듯 걸음이 허청거렸다.	별이 쓸리는 밤이었다. 바람이 꽤 세었다. 서북 지방의 밤공기가 아직 찰 대로 **찬(1954)** 삼월 중순께였다. 산막골 고갯길을 넘어오는 사내가 있었다. 박훈이었다. **엔간히(1954)** 술이 취한 듯 걸음이 허청거렸다. **그는 지난 넉달 동안이나 어떤 보람을 느껴가면서 <경영해/운영해>(1981) 오던 야학을 어제 당에서 나온 공작대원에게 접수를 당한 것이었다. 아무런 예고도 없었다. 훈이 야학 시간이 되어 가보니, 벌써 낯모를 청년이 교단을 점령하고 있었다. 오늘 저녁 이렇게 술이 좀 지**

		나친 것도.(1959, 쉼표 삭제) 그 허전감에서 온 것인지도 몰랐다.(1954, 문장 추가)
인용-2[12]	*연재본 훈은 뜻 않았던 때, 뜻 않았던 곳에서 느끼곤 하는 어떤 강박감이 어떤 구체성을 띠어가지고 신변 가까이 닥쳐왔음을 느꼈다. 새로이 온몸에 소름이 끼쳐지면서 술기운도 다 사라지는 심사였다.	훈은 **소위 토지개혁이란 걸 앞둔 요지음(1954)/요즈음(1959),(1964, 쉼표 삭제)** 뜻않았던 때, **(1964, 쉼표 삭제)** 뜻 않았던 곳에서 느끼곤 하는 어떤 강박감이 **어제 오늘에 와서는(1954)** 어떤 구체성을 **띠워(1964)**가지고 신변 가까이 닥쳐왔음을 느꼈다. **<어제밤(1954)/어젯밤(1964)>에는 야학을 접수당했다. 이제 무슨 변이 몸에 와 닿을는지 모르는 것이었다.(1954)** 새로이 온몸에 소름이 끼쳐지면서 술기운도 다 사라지는 심사였다.
인용-3[13]	*연재본 "요새 아버지가 박선생한테 너무해요. 디나간 일두 생각해야 디 나빠요. 어머니가 좀 말을 해요. 어머닌 왜 아버지한테 말 한마디 못하구 삽네까?"	"요새 아버지가 박선생한테 너무해요. 디나간 일두 생각해야디 나빠요. **이제 토디개혁인가 뭔가 된다구 해서 그럴 수가 <이시요(1954)/있이요?(1981)> 어머니/오마니(1981)**가 좀 말을 해요. **어머닌/오마닌(1981)** 왜 아버지한테 말 한마디 못하구 삽네까?" **오작녀 아버지 도섭영감은 이십여년 동안이나 훈네 토지를 관리해 온 마름이었다. 그동안 웬만한 지주 못지않게 잘 살아왔다. 그것이 요즈음 토지개혁이란 걸 앞두고는 모든 행동에 있어서 달라진 것이었다. 그게 오작녀에게는 못마땅했다.(1954)**
인용-4[14]	*연재본 명구청년이 가까이 오며, 오늘로 야학이 마지막이라고, 한다. 불출이 청년이 마지막 치움질이라도 하듯이, 걸상들을 한옆으로 몰아 놓는다.	명구청년이 가까이 오며, 오늘로 야학이 마지막이라고 **속삭였다.(1954)[15]/속삭였다.(1959)** 불출이가 걸상들을 한옆으로 몰아놓기 시작했다. 이 사람은 또 저녁마다 난로에 불을 피우고 뒷거둠을 해주고 하는 사람이다. 그런데 오늘 밤 불출이의 뒷거둠질은 꼭 마지막 치움질을 하는 그런 거둠질이었다.(1954)
인용-5[16]	*1954년본 도섭 영감은 얼마를 어깨숨을 쉬면서 그렇게 고개를 떨구고 있었다. 그러다 생각난 듯이 쌈지에서 담배를 꺼내어 옆구리에 붙였다. 그리고는 말없이 쌈지를 아들에게로 던졌다.	도섭 영감은/의 온몸에서 맥이 탁 풀려 나갔다. 그러는 그의 심중은 차라리 오늘 훈의 칼에 자기가 죽는 게 옳았는지도 모른다는 생각이었다.(1981) 얼마를 어깨숨을 쉬면서 **그렇게(1981, 삭제)** 고개를 떨구고 있었다. 그러다 **퍼뜩(1981, 삽입)** 생각난 듯이 쌈지에서 담배를 꺼내어 옆구리에 붙였다. 그리고는 말없이 쌈

| | 그러는 도섭 영감의 심중은, 차라리 훈의 칼에 자기가 죽는 게 옳았을는지도 모른다는 생각이었다. | 지를 아들에게로 던졌다.**(1959, 행바꿈)** **그러는 도섭 영감의 심중은, 차라리 <오늘 (1959, 삽입)> 훈의 칼에 자기가 죽는 게 옳았을는지도 모른다는 생각이었다.(1954)/ 그래두 살 수 있는 데꺼지는 살아야디!(1981)** |

인용1에서 보듯, 개작과정에서 도입부의 단문 두 개를 하나의 복문으로 묶어놓았다. 이로 인한 의미 변화의 폭은 의외로 크다. "별이 쓸리는 밤이었다. 바람이 꽤 세었다."라는 도입문은 윤동주의 「서시」 마지막 구절 "오늘밤에도 별이 바람에 스치운다."를 패러디한 것으로 보아도 좋을 만큼 그 의미가 각별하다. 또한 도입문 다음의 두 문장 "서북 지방의 밤공기가 아직 찰대로 찼다. 삼월 중순께였다."도 "서북 지방의 밤공기가 아직 찰 대로 찬, 삼월 중순께였다."와 같이 복문으로 만들어, 토지개혁이 고조되는 시공간의 구체성을 확보하고 시대의 세찬 분위기까지 함께 '시적인 암시 효과'를 획득한다.

개작에서는 격렬한 감정 표현 대신 의도적으로 온건한 어휘를 취함으로써 정치색 강한 직설적 비판을 제한하고 일상에서 일어난 현실 고발에 무게 중심을 두는 특징이 포착된다. 야학당 접수 조치에 대해 '허전함'을 표현하는 감정적 언사나 '세월탓'이라며 침묵하는 주인공 박훈의 소극적인 태도가 그러하며, 침묵하며 응시하는 박훈의 온건한 자세가 그러하다.

---

11 황순원, 『별과같이 살다/카인의 후예』, 전집 6권, 1981/1993 재판(이하 문지본), 173면.
12 위의 책, 177면.
13 위의 책, 179면.
14 위의 책, 181-182면.
15 '속사겼다'라는 표기는 활판 제작과정에서 활자를 오식誤植한 결과인지 1950년대 한글맞춤법상 표기와 관련 있는지 다소 불분명하다.
16 앞의 책, 352-353면.

침묵하는 인물 설정과 온건하고 절제된 표현을 통해 작가는 '배제당한 자'의 소외상태와 '적대적 타자의 폭력성'을 더욱 부각시켜 '비판 없이 비판'을 강화하는 역설적 효과를 확보한다. 이 효과야말로 '고발과 증언'의 특징이기도 하다. 인용2에서 보듯 토지개혁을 즈음하여 절감하는 공포와 '강박증'은 고립, 유폐된 심리적 현실과 연계되어 제도개혁보다 제도의 폭력적 추진에 주목하도록 만든다.

인용3은 개작에서 추가된 부분으로, 훈의 집안 마름이었던 도섭영감의 달라진 행태를 오작녀가 비판하는 대목이다. 이 대목은 소극적이며 침묵하는 박훈을 대신하여, 토지개혁의 현실에 맞서며 박훈을 보호하는 복선에 해당한다. 훈은 발진티푸스에 걸린 오작녀를 간병하면서 유년의 기억을 회상하면서 그와의 친밀성을 회복하고 관계를 강화해 나간다. 설화의 내용 보강 또한 훈과의 애정이 상호적 관계로 진전하는 원점 역할을 수행하면서 오작녀와 훈의 변화된 관계로 이끄는 복선으로 기능한다. 인용3은 개작과정에서 복선과 개연성 강화를 통해 오작녀의 역할을 강화하는 모습을 보여주고 있다.

인용4는 몰수당한 야학당의 마지막 날 풍경이다. 개작은 현재형 시제를 과거 시제로 바꾼 것, 야학에 대한 그간의 경과를 구체화한 것, 남이 아버지를 살해하는 명구와 불출이의 활동상을 구체적으로 보완 서술한 점 등이다. 특히 명구와 불출이의 서술 보완은 이 둘을 등장시켜 야학에서 테러를 모의, 실행하도록 조종한 주모자가 훈이라는 혐의를 받도록 개연성을 강화한 경우다.

인용5는 9장 마무리 대목에서 개작을 통해 도섭영감의 성격이 어떻게 변화했는지를 보여준다. 개작과정에서는 도섭영감이 훈의 칼에 찔린 뒤 잠시 '훈의 칼에 죽는 게 당연할지도 모르겠다'라고 생각하는 대목을 앞 문장에 추가했고, 이어서 "그래두 살 수 있는 데까지는 살아야디!"하는 문장을 덧붙임으로써 도섭영감에게 생의 의지를 한층 부각시켜 놓았다. 개작과정에서

부가된 이 대목은 최근본으로 올수록 휴머니즘을 강화하며 오작녀, 오작녀 남편, 도섭영감 등의 인간미를 부각시키는 특징을 확인시켜준다.

잡지연재본과 중앙문화사본(1954) 사이의 개작 양상은 반공의 관점에서 보면 현실 고발의 강도를 높여놓은 특징을 가지고 있다. 이에 비해, 중앙문화사본과 민중서관본(1959), 창우사본(1964), 문지사본(1981)에 이르는 개작은, '멀컬크롬(1953)/마큐롬(1959)/마키룸(1964)/머큐롬(1981)', "두레박 물을 부어팽개친다(1953)/부어팽개치는 것이었다(1954)/홱 끼얹어버리는 것이었다.(1959)" (밑줄은 개작 부분-인용자)에서 보듯, 표기와 표현의 명확성을 강화해가는 특징은 뚜렷하고 지속적이다. 민중서관본(1959)에서 문지사본(1981/1993)에 이르는 개작 양상을 요약해 보면 반공주의적 색채는 다소 엷어지고 언어적 세공을 지속한다는 표현이 가능하다. 이 경향은 달리 말해 '체험적 반공' 관점에서 감행된 현실 고발이 점차 남북체제나 근대국가의 폭력마저 넘어서 문명사적 차원과 결부된 '온정적 휴머니즘'에 다가서는 외연의 확장에 가깝다. 문지사본에서 오작녀남편 '최씨'의 인물 구성을 '무서운 사람'('홍수'의 전언)에서 '낭만적 유랑인'으로 바꾼 점, 도섭영감의 인간적 회오와 생에 대한 의지 표명을 부가한 점이 그 증거이다.

판본 대조를 통해 드러나는 개작의 전체 윤곽은 개털오바청년의 적대적 이미지 변화, 도섭영감과 개털오바청년의 보안서 밀약 등, 부정적 현실 고발이 하나의 흐름을 형성하고 있다면, 다른 한편에서는 오작녀의 역할과 큰아기 바윗골 전설, 훈과의 상호적 관계 등, 여러 지점에서 복선과 사건의 연계성을 강화하는 또하나의 흐름을 이룬다는 점이다. 중앙문화사본 이후, '내용상 구성상 개작'에서 '표현상 개작'으로 이행하면서 표현의 미시적 국면에 대한 개작 비중이 더욱 높아진다. 이는 개작의 지향이 '토지개혁에 따른 현실 고발'에서 '표현의 심미화를 통한 작품의 완성도 제고'로 분화했음을 의미한다.

연재본과 중앙문화사본(1954) 사이에 이루어진 개작은 '토지개혁조치를 심리적 현실로 담아내기 위한 면모'가 두드러지고, 이후 판본에서 개작은 '문장 부호에서부터 단락에 이르는' 전 서술 층위의 수정을 통해 현실 고발 경향보다는 표현의 구체성 강화라는 심미적 경향이 두드러진다. 그런 측면에서 개작은 '북한 토지개혁의 현실 고발'에서 '장인정신으로 표상되는 신화 구축'으로 개작의 초점과 중심이 바뀐 셈이다.

3. 1950년대 문화장과 자기검열, 개작의 정치성

『카인의 후예』는 동시대의 가장 민감한 주제의 하나였던 북한의 토지개혁을 다루었다는 점에서 '순수'라는 수식어가 적절하지 않은 반공 텍스트이다.[17] 이 텍스트는 앞서 살핀 대로, '반공'과 '순수'라는 잘 어울리지는 않는 두 개의 이념을 포괄하고 있기 때문이다. 개작의 한편에서는 반공의 색채를 강화하지만, 다른 한편으로 '개작을 심미화하며' 장인정신을 담은 '작가주의 신화' 구축이라는 형용모순의 경과도 그러하다.

『카인의 후예』에게 '아시아자유문학상'의 영예를 안긴 아시아재단은 반둥회의 개최와 함께 부상한 비동맹외교에 맞서, 일본을 전면에 내세워 아시아지역 냉전체제를 구축하기 위한 반공 문화냉전 기구였다.[18] 황순원의 단편 「소나기」가 『카인의 후예』에 이어 문학상 입선작으로 선정되고 『엔카운터』 (1959.5)에 번역 수록된 것 또한 제29차 도쿄 국제펜대회(1957)에서 합의한 문화원조의 산물이었다. 이렇게 황순원의 문학은 문학적 성취와 함께 1950

17 　김한식, 「해방기 황순원 소설 재론－작가의 현실 인식과 개작을 중심으로」, 『우리문학연구』 44, 2014, 512면, 509-533면.

18 　박연희, 「제29차 도쿄 국제펜대회(1957)와 냉전문화사적 의미와 지평」, 『한국학연구』 49, 인하대 한국학연구소, 2018, 201-206면, 189-220면.

년대 문화장, 아시아 문화냉전의 장에서 호명되었다. 『카인의 후예』가 아시아자유문학상을 수상한 것을 계기로 황순원은 '공산주의 체제를 떠난 월남작가', '반공과 자유의 가치'에 부응한 '순수문학'의 대표적 인물로 부상했다. 이런 상황은 그에게 '순수문학'의 작가 정체성을 구축하는 계기를 제공했다.

『카인의 후예』는 발표 직후 1950년대 미디어로부터 '부류가 다른 반공소설'이라 호평받았다. 1950년대 문화장에서는 『카인의 후예』가 세부적으로 다룬 심리적 현실을 두고 리얼리즘 기법을 통해 "이 소설의 주제는 공산당 치하에 살아 있다는 것은 어떠한 것인가라는 문제"[19]를 천착했다고 높은 평가를 받았다. 1950년대 미디어 장에서는 『카인의 후예』가 지닌 반공소설로서의 새롭고 고유한 특징과 가치에 주목했다. 작품은 일률적이고 정례화된 반공서사의 문법을 거부한 신선한 성취로 받아들여졌다. '박훈'이라는 청년지주 인텔리라는 인물 설정, 서북지역 출신의 '월남지식인'[20]의 자기정체성,[21] '북한의 토지개혁'[22]이라는 주제 자체가 뜨거운 관심과 폭발력을 내장하고 있었던 것이다.

흥미로운 점은 소설의 설정 자체가 1949년 이후 그가 밟아온 '정치성 배

19　김광식, 「황순원의 카인의 후예」, 『동아일보』, 1955.1.7.

20　김귀옥, 『월남민의 생활경험과 정체성』, 서울대출판부, 1999; 김귀옥, 『이산가족, '반공전사'도 '빨갱이'도 아닌─이산가족 문제를 보는 새로운 시각』, 역사비평사, 2004; 김성보 편, 『분단시대 월남민의 서사─정착, 자원, 사회의식』, 혜안, 2019.

21　황순원은 1946년 5월 월남하여 그해 9월 서울중학 국어교사로 부임하는데, 여기에는 평양고보 출신의 인적 네트워크가 포착된다. 서울시 교육감을 역임한 김원규(평고 13회)는 평고의 스파르타 교육방식을 서울중고에 도입하여 많은 대학진학자들을 배출함으로써 입시 명문으로 만든 인물로 '평고' 출신들은 자제들을 이곳에 진학시켰다는 일화가 있다. 이주희, 「평양고보 출신 엘리트의 월남과정과 정착지」, 김성보 편, 『분단시대 월남민의 서사─정착, 자원, 사회의식』, 혜안, 2019, 210-215면.

22　김성보, 『남북한경제구조의 기원과 전개』, 역사비평사, 2001.

제'와 '비정치적 소설 쓰기'라는 흐름과는 배치된다는 점이다. 황순원은 1949년 12월, 전향서를 제출하기 직전, 김동명을 위원장으로 안수길, 박영준, 구상 등과 함께 스무 명이 발족한 '월남작가회'에 이름을 올렸다.[23] 이후 황순원은 전향을 선언한 다른 문화인들처럼 보도연맹 '문화부'에 소속되었으나 각종 행사에 참석하는 활동상은 거의 포착되지 않는다.[24] 전향서 제출 이후 황순원은 '전향한 자의 국민됨'을 작품으로만 증명하겠다는 원칙을 세웠을 것으로 추론될 뿐이다. 전향 이후 황순원이 『기러기』 개작, 해방기 작품 개작, 작품 구상에 주력했다는 것이 중론이지만,[25] 이같은 추론도 『기러기』 개작에 주력하던 1949년 12월 이후, 황순원의 창작 방향이 6.25전쟁 발발 이후 반공의 정체성을 전면화한 연유를 모두 설명해 주지는 못한다.

전쟁 발발 후부터 1954년까지 발표한 황순원의 작품과 발표 지면을 정리해 보면 다음과 같다.

> *전쟁 발발 후, 피난지 수도 부산에서 보낸 시기(1950.6-1953.8): 「메리 크리스마스」(『영남일보』, 1950?); 「어둠 속에 찍힌 판화」(『신천지』, 1951.1); 작품집 『기러기』(명세당, 1951.8); 「곡예사」(『문예』(1952.1); 「목숨」(『주간문학예술』, 1952.5); 작품집 『곡예사』(명세당, 1952.12); 「과부」(『문예』, 1953.1): 「학」(『신천지』, 1953.3): 「소나기」(『신문학』 4집, 1953.3)
>
> *환도후(1953.9-1954): 『카인의 후예』 연재(『문예』, 1953.9-1954.3, 5회), 「여인들」(발표시 「간도 삽화」, 『신천지』, 1953.10), 「맹아원에서」(발표시 「태동」,

---

23 전소영, 「월남 작가의 정체성, 그 존재태로서의 전유–황순원의 해방기 및 전시기 소설 일고찰」, 『한국근대문학연구』 32, 한국근대문학회, 2015, 81-87면.

24 조은정, 「'1949년'의 황순원과 『기러기』 재독」, 198면.

25 조은정, 「해방 이후(1945-1950) '전향'과 '냉전국민'의 형성–'전향성명서'와 문화인의 전향을 중심으로」, 성균관대 박사논문, 2018, 195-202면.

『문화세계』(1953.11)),「왕모래」(발표시「윤삼이」,『신천지』, 1954.1),「사나이」
(『문학예술』, 1954.2),『카인의 후예』(중앙문화사, 1954.12) 등

　1950년대 문화장에서 황순원의 발표 지면은『신천지』『문예』『주간 문예』
『문학예술』『신천지』등으로 한정되어 있다. 문단 교유 또한 청문협 인사들
(서정주, 김동리, 조연현 등)과 중앙문화사 관련 인사들에 국한되고 있는 것이
다. 전쟁 발발 후로부터『카인의 후예』발간에 이르는 기간 동안, 그는 '일제
말기에 써두었던 작품들'을 모은 작품집 발간, 피난지에서 일상화된 곤경을
다룬 작품들을 발표하는 데 주력하였다.

　이와 관련해서 1950년대 문화장에서 주목해야 할 인물은 전국문화인총연
합회 결성을 주도했던 오영진이다. 그는 해방 직후 남북의 냉전상황을 모두
경험한 인물로, 여순사건 이후 실체를 드러낸 소위 '1948년체제' 또는 '단정
수립기'에 등장한 반공 문화기획자였다. 그는 미국공보원과 연계하여 문화
냉전을 기획하고 수행한 독특한 이력의 소유자였다.[26]

　오영진은 남북간 군사적 긴장이 고조되었던 1948년, '한국문화연구소'를
설립, 운영하면서 국민보도연맹에 버금가는 좌파 색출과 포섭을 위한 내부
평정작업에 주도했고, 남한사회에서 체제의 정당성과 우월성을 선전하기 위
한 각종 문화사업을 기획하고 실행했다. 오영진의 활동 영역은 월남인반공
단체인 조선민주당, 평남청년회, 서북청년단 등과 공조하는 정치조직에까지
폭넓게 연결되어 있었다. 뿐만 아니라 그는 '문총 비상국민선전대'를 조직하
여 사상전을 수행했고 '평양문총'과 '문총 북한지부'를 결성하여 문총 북한
지부의 기관지『주간문학예술』을 발간하기도 했다. 이밖에도 그는 중앙문화

26　이봉범,「냉전과 월남지식인, 냉전문화기획자 오영진－한국전쟁 전후 오영진의 문화활동」,
　　　『민족문학사연구』 61, 2016; 김옥란,「오영진과 반공 아시아 미국－이승만 전기극「청년」
　　　「풍운」을 중심으로」,『한국어문학연구(동악어문학)』 59, 2012, 5-55면.

사를 설립하여 『문학예술』을 발간했다.

이렇게 오영진은 정치 사회문화 분야 전반에 걸쳐 50년대 반공미디어 장을 주도하는 위치에 있었다. 오영진의 인적 네트워크는 원응서, 김이석, 김동명, 박남수, 조벽암, 최상덕 등 1.4후퇴 때 월남한 문인들과, 일본을 거쳐 월남 전향한 한재덕, 김수영까지 포함했다. 김수영을 제외하고는, 오영진의 문인 네트워크에는 『34문학』과 『단층』파 동인, 1.4후퇴 후 월남한 문인들이라는 공통점을 가지고 있었다. 이 인적 네트워크에는 원응서를 매개로 황순원 또한 연계돼 있었다.

월남작가들이 만든 매체들과 청문협 인사들이 포진한 1950년대 미디어장이 황순원 소설의 주요 발표창구였음을 감안하면, 연재본과 중앙문화사본(1954) 사이의 개작에서 강화된 반공의 색채는 십분 이해된다. 다만, 『카인의 후예』에서 드러난 '체험적 반공', 좀더 정확히 말해 '사회주의체제 수립과정에서 폭력적 배제를 직접 체험한 이들의 반공적 관점'은 전향 이후 스스로 배제해온 정치성과 일견 배치되기도 하지만 대부분 반공체제를 강화하는데 기여한다. 반공체제를 강화하는 보수적 일면과도 거리를 두었던 황순원은 『카인의 후예』에서 '이북 정체성'을 매개로 한 '비정치성의 부각'을 전제로 개작을 지속했다.

월남민의 '이북 정체성'[27]은 1947년까지만 해도 강조되었다. 같은 해에 국회에서 발의한 임의선거법에서 '특별선거구 제정' 문제가 부각되자 이북 출신 의원의 선출에 따른 블럭화를 경계하며 발의된 법안은 폐지 수순을 밟았다. 이 법안의 발의를 계기로 월남민에 대한 '국민/비국민의 경계'가 선명하게 드러났던 것이다.

비상전시령과 비상사태하에서 '범죄처벌특별조치령'이나 1950년 7월,

---

27   전소영, 「해방 이후 '월남 작가'의 존재방식」, 『한국현대문학연구』 44, 2014, 389-393면.

6.25전쟁 발발 직후 공포된 '언론출판에 관한 특별조치령' 때문에 언론기관은 국방부 정훈국의 사전검열을 받은 상황에서만 출판이 가능했다. 이런 상황을 고려하면, 『카인의 후예』 잡지 연재는 당시 정훈국의 검열 아래 있었다는 주장도 일견 가능하다.[28] 하지만 정훈국을 비롯한 문단검열기구가 검열자였다는 점에서 법적 제도적 검열장치 아래에 놓여 있었던 현실을 강조하는 것만으로는 개작에서 강화된 반공 내용을 '체험적 반공'에서 연유한다고 설명하는 것이 충분하지 않다. 그의 전향 이력과 월남민이라는 문화적 위치를 감안할 때 '전시 검열'을 조건으로 놓고 '월남민의 위치'와 '개작 및 자기검열'을 함께 고려하는 것이 좀더 타당하다.

'월남민의 위치'에서 발화되는 '체험적 반공'의 정치성이란 1948년 이후 출현한 법적 제도적 장치와, 검열자로 등장한 청문협 인사들, 그리고 이들이 장악한 1950년대 문화장에서 반공 문화냉전 수행에 동조하고 합류하면서 공유하는 지점이다. 하지만 이 공유점은 반공체제에 안착하고 생존하기 위한 모종의 타협점일 뿐이다. 반공인사들과의 문화적 냉전을 공유하면서도 그것과 거리를 두는 모순된 태도는 이중적 감각을 시사한다. 이 감각은 개작과 검열의 상호연관을 보여주는 단서에 해당한다. 그런 관점에서 개작은 반공 검열기구를 의식하는 자기검열이라는 특징을 갖는다.

김현은 황순원 문학이 받은 전쟁의 충격을 "죽음에의 위협과 굶주림을 통해 깊게 뿌리박은 체험적인 것"이라고 요약하면서 그 체험이 반영된 세계가 『카인의 후예』와 『곡예사』라고 언급한 바 있다.[29] 또한 김윤식은 『곡예사』의 세계를 가리켜 "모더니즘 감각으로 포장된 균형감각" "균형감각의 줄타기

---

28 전소영, 「월남작가의 정체성, 그 존재태로서의 전유―황순원의 해방기 및 전시기 소설」, 『근대문학연구』 32, 2015, 97-99면.

29 김현, 「소박한 수락―『별과 같이 살다』」, 『황순원연구』, 황순원전집 12권, 문학과지성사, 1993, 92면.

놀음"이라 명명했다.[30] 김윤식이 언급한 '모더니즘적 감각'이 월남민의 자의식과 정치성을 비정치성으로 포장하는 데 요긴하게 활용된 기법이었다면, 김현이 주목한 것은 월남민이 처한 공산주의의 위협과 전쟁으로 인해 절감했던 난민상태였다. 황순원의 월남민으로서의 자의식과 감각은 '월남 이후' 황순원이 걸어온 문학적 삶을 언급했던 원응서의 글에서 얼마간 단서를 구할 수 있다.

1946년 5월, 이른 월남 후 서울중학 교사로 자리잡았던 황순원은, 월남 결행 전 원응서조차 모를 만큼 은밀하게 월남했다. 그러다가 황순원은 1.4후퇴 때 가족을 두고 단신 월남한 원응서와 피난지 임시수도 부산에서 재회했다. 이들의 재회는 전쟁의 현실에서 다시한번 월남한 '난민'으로서의 처지를 고양시켜 『카인의 후예』를 구상하는 직접적 계기로 이어졌을 가능성이 높다.

> 인용1. 6.25라는 민족적 비극 속에서 (…) 황형은 여전히 작품 쓰는 작업만은 게을리하지 않고 있다. 실로 그는 근(勤, 근면)했다. 언어 감각에 천재적 자질을 타고나 있으면서도 그렇게도 깨를 볶듯이 문장을 고소하고 함축 있게 담는 노력을 나는 이전부터 지금까지 보아왔고, 그의 초고를 노트에다 깨알처럼 쓰고 지우고 섰다가는 또 지워버린 자신도 후에 읽고는 무슨 말인지 몰라할 정도의 숙제 잉크로 까맣게 뭉개진, 그의 초고 노트를 나는 지금 한 권 간직하고 있다.[31]

> 인용2. 부산 피난지에서 원은 나와 그 많은 술을 마셔가며, 민족상잔의 비극을 도발한 자에 대한 비난, 월남 전후의 갖가지 고난, 어떻게든 전쟁이라는 비인간적 행위는 즉각 저지돼야 한다는 소신 등등을 꽤나 열띤 심정이면서 차분한

---

30 김윤식, 『신앞에서의 곡예―황순원소설의 창작방법론』, 문학수첩, 2009, 172면.
31 원응서, 「그의 인간과 단편집 『기러기』」, 『황순원연구』, 문학과지성사, 1983, 261면.

어조로 펴곤 했다.[32]

인용3. *밑줄은 개작 관련 부분

개작 전	개작 후
술잔을 기울이는 손이 흐르르 **떨리었다**. 훈은 **어쩐지** 이 윤주사의 흥분에 **따라가고 있지 않은 자기를 느꼈다. 그것은 자기로서도 차 보이는 자신이었다. 아마 아버지가 살아 있어 같은 말을 했대도 그럴 밖에 없었을 자신이었다. 결국 자기 손수 모아들인 재물이 아니어서 그런 것인가**	술잔을 기울이는 손이 흐르르 **떨렸다(1981, 대체).** **그러나(1981, 삽입)** 훈은 **훈대로(1954, 대체)** 이 윤주사의 흥분**과는 달리 가슴을 끓게 하는 게 있었다. 그것은 아직 나라도 서기 전에 토지개혁을 한다는 건 민족을 분열시키는 시초라는 점이었다.(1954, 대체)** (문지사본, 222면)

인용1은 황순원의 근면한 창작습관과 퇴고의 치열함을 담은 원고노트를 인상적으로 기술한 대목이다. 인용2는 원응서와의 우정을 담은 자전적 소설 「마지막 잔」의 한 장면이다. 인용1과 인용2를 겹쳐 보면 어떤 계기로 『카인의 후예』를 구상되었는지가 짐작된다. 황순원은 전쟁이 발발하자 난민으로 내몰리며 거대한 비극에 직면했다. 그는 1946년 3월 중순 전격 시행된 토지개혁을 분단과 전쟁의 비극을 낳은 기원으로 지목하며 작품을 구상했을 것으로 추정된다.

인용3은 토지개혁에 대한 박훈과 윤주사와의 입장차를 보다 분명히 드러내려는 개작의 지향점 하나를 보여준다. 개작과 관련해서 '민족상잔의 비극을 도발한 자들에 대한 비판', '월남 전후의 고난', '전쟁이라는 비인간적 행위의 저지'라는 소신과 '열띤 심정과 차분한 어조' 등의 구절은 작품 구상의 결정적 표현이기도 하지만, 중앙문화사본(1954)에서 '반공의 색채'를 강화했던 개작의 의도에 부합한다.

---

32   황순원, 「마지막 잔」, 전집 5권, 문학과지성사, 1976/1990 3판, 189면.

『카인의 후예』는 토지개혁의 현실 비판과 고발을 심리적 현실로 재현해낸 점이 인상적인 작품이다. 이는 반공 텍스트가 가진 반복적인 규범성과 의례화를 벗어난 작품의 독자적 특징이 있었기 때문이다. 주체가 작중 현실을 응시하면서도 이를 철저히 침묵하는 방식, 곧 주체의 내면이라는 여과장치를 거친 재현 자체가 검열을 우회하는 소설적 장치인 셈이다. 검열장치의 속성을 감안할 때, 작중현실에서 서술되지 아니한 대목들은 자기검열로 생략, 삭제, 누락시킨 '은닉대본'에 해당한다.

인용3에서 보듯 '아버지의 입장을 고려하는 대목'이 삭제된 것, 아버지의 심장발작과 어머니의 발진티푸스 발병으로 돌연히 여읜 사연이 생략된 것은 '서술 수위의 조정'에 해당된다. 부모세대에 대한 직접적 언급이 통제 또는 조절되는 모습은 '어른 없는 세대'를 환유하는 한편, 현실 자체를 뿌리뽑힌 '도덕적 아노미' 상태로 전제한다. 모친과 '오작녀'가 모두 '발진티푸스' 발병이라는 공통점을 가진 것도 모성의 친연성을 강화하고 우연성을 가장한 풍부한 암시성과 복선의 효과를 불러온다. 해방 전후 북한 지역에서 실제로 발진티푸스의 발병 사례가 있었음을 감안할 때,[33] 작중현실은 허구보다 사실에 기초한 상황을 암시해준다.

'인텔리 출신 청년지주'라는 인물 설정 또한 자기검열과 연계돼 있다고 보는 편이 온당하다. 지주계층을 향한 정치적 압력과 우익테러와의 연관을 의심받는 처지에서 이야기 구도는 현실정치와의 중첩된 연계성을 차단하는 한편, 존재의 고립상태를 보다 효과적으로 드러내는 방향으로 부각될 개연성이 높다. 서사공간이 '샘막골'과 '평양' 두 곳으로 한정된다는 것, 토지개혁의 현실이 '지주-소작인', '지주-마름-소작인'의 갈등구조로 드러나지 않고 '지주-마름-마름의 딸'을 갈등요소로 삼고 있다는 것도, 박훈의 행동 반경을

---

33   김종문 편, 『구월산』, 국방부 정훈국, 1955, 150면.

곧 토지개혁의 현실을 철저하게 자전적 체험 범위 안에서 재현하려는 의도에 부합한다. 심리적 재현방식의 채택은 서사의 확장이 불러들일 검열의 시선을 사전에 차단하거나 이를 효과적으로 회피할 장점을 고려한 것이라는 심증을 갖게 한다.

심리적 재현의 범위를 자전적 범주로 제한한 데에는 다른 맥락도 있다. 야학을 접수당한 뒤 한층 적막해진 집과 퇴락한 과수원과 선산 외에, 그에게 호의적인 인물들(사촌동생 혁, 오작녀와 당손이할아버지)의 축소된 입지가 그 연유를 다소간 설명해준다. 좁은 사회적 인적 관계망은 '지주인 자전적 화자'에 대한 감시와 억압을 설명해주고 좁아진 행동반경의 연유를 설명해준다.

심리적 현실로 제한된 서사 공간을 채우는 것은 '자명한 체험들'로 구성된 사건과 정황들에 대한 '세부묘사detail'다. 사촌 혁이 전하는 남이아버지 살해 현장의 구체적인 정황(문지사본, 186면), 토지개혁의 풍문을 듣고 실감나지 않는다는 표정과 설렘, '죄스러움'에 대한 묘사(문지사본, 205면) 등등의 세부 묘사에 대비되는 것은 월남 전후, 타자를 향한 적대성과 분노가 아니라 비극적 현실을 바라보는 도저한 절망과 상처이다.

작품 속 심리적 현실은 '친밀한 근경近景'과 '적대적 원경遠景'으로 분할된다. '야학당 접수'와 '야학활동 금지', 풍문으로 떠도는 '토지소작제 지분 변화', 격변하는 세태에 재빨리 적응하는 도섭영감의 행태, 도섭영감과 '개털오바청년'의 밀약, 홍수의 감시, 소작인들의 소유욕, 면 인민위원장인 남이아버지에 대한 '우익테러', 그로 인한 긴장 고조와 훈에 대한 심문과 감시, 농민대회와 지주계층에 대한 적대감이 심리적 현실 바깥을 채우고 있다. 그 적대성은 용제영감의 저수지 완공 의지마저 꺾어버리고, 삯바느질로 마련해온 땅을 몰수당한 분딧나뭇골 할머니를 자살로 내몬다. 사태의 면면은 토지개혁의 대의보다 개혁을 진행하는 와중에 벌어지는 경계의 폭력적 구획과 그로 인한 비극을 초점화한다.

‘개작’과 ‘자기검열’은 월남민의 위치에서 냉전의 경계선을 선명하게 드러내면서도 다른 한편으로는 기이할 만큼 ‘침묵과 응시’의 태도를 서술의 장치로 활용한다. 박훈은 윤주사 앞에서조차 토지개혁에 대한 입장차를 토로하지 않는다. 그는 토지개혁 시행과정에서 충만한 정치집단의 폭력을 문제 삼을 뿐 다른 국면들에 관해서는 철저히 침묵한다. 그 침묵은 공작대원 개털오바청년의 적의와 배타성, 개인의 자유 박탈 등등, 작품 도처에 산재한 공산주의자들에 대한 반감과 적의만이 아니라 감시의 눈빛들로 둘러싸인 세계를 향한 두려움과 떨림을 한층 부각시킨다. 박훈은 서로에 대한 오해와 적의에 일체 반응하지 않으면서 모든 비극적 사태를 ‘세월탓’으로 얼버무린다. 훈이 삼득이의 보호를 감시의 눈길로 오인하거나, 삼득이가 용제영감의 장례를 도왔다는 핑계로 지주 숙청에 활용했던 도섭영감을 숙청하려는 것도 ‘세월탓’이라 언급한다.

　작품은 ‘어제의 공동체’가 토지개혁으로 무너지면서 모습을 드러낸 인간의 남루한 소유욕과 파렴치한 권력의지를 고발하면서, 전쟁으로 치달아간 민족 균열의 원점을 비판적으로 초점화한다. 이렇듯, 심리적 재현이라는 방식으로 권력과 인간 욕망을 고발한 국면은 1950년대 문화장에서는 ‘체험적 반공’으로 번역된다.

　한편, 이 지점은 자기검열의 기제가 작동하는 지점이기도 하다. 폭력적 권력과 인간욕망, 비극적 현실에 대한 고발을 주된 내용으로 삼는 ‘체험적 반공’에다 작가는 비극적인 현실을 넘어서는 인간다움의 가치를 겹쳐 놓는다. 인간다움의 가치는 피의 보복을 끊고 인간다움을 드러내는 문화적 대척점이자 작품의 또다른 성취이다. 1950년대 문화장에서는 ‘체험적 반공’이 표상하는 이데올로기적 편향의 축 하나와, ‘큰애기바윗골 전설’과 박훈을 지켜내려는 오작녀의 헌신이 만들어낸 또다른 축은 보수화된 경향으로 언급되었다.

이 두 축은 1950년대 문학과 문화적 연관을 설명해줄 작지만 의미 있는 단서이다. '설화성 강화'가 '민족의 통합성'에 대립되는 '계급적 분열성'을 전제로 한 것이며 전시 상황에서 확대 재생산되는 내셔널리즘과 연관된다고 보기도 한다.[34] 그러나 개작을 통한 설화성 강화는 1950년대 문화장에서 작동한 반공의 문화냉전기구가 호명해낸 주체에 응답하는 고발과 증언에 겹대 놓은 '순수문학과 작가주의라는 신화'를 전유하기 위한 복선이라고 보는 것이 좀더 타당하다. 이 관점은 1955년 이후 지속된 개작이 작가주의 신화를 구축하는 경로를 보인다는 점에 근거한다.

『카인의 후예』의 경우, 반공 텍스트로 전유되었던 1950년대 중반의 문화장에서 개작을 심미화하는 첫 행보에 해당한다. 작가는 중앙문화사본(1954) 이후 판본들을 개작하는 과정에서 비판과 고발보다는 표현의 정확성과 심미적 가치에 공을 들인다. 또한 「소나기」와 같은 비정치적 성향의 창작을 병행하며 작가는 '순수문학의 장인'이라는 이미지를 구축하기 시작한다.

이데올로기적 호명과 국가적 전유에 맞서는 대척점이자, 고발과 비판이 이데올로기적 편향으로 고정되지 않도록 만드는 소설적 장치가 바로 '순수'로 명명되는 마름 딸 오작녀와 큰애기바윗골 설화인 셈이다. '오작녀'와 '큰 아기바윗골 설화'를 '현실관련성이 미약한 폐쇄적 자립공간' '초월적 현실회피적 성격', '순수의 시공간 진입'으로 보기도 한다. 또한 1950년대 남한 문단의 지형도에서 리얼리즘도 모더니즘도 아닌, 반근대적 전통주의의 입장으로 보수화된 것으로 규정하는 경우도 있다.[35] 오작녀에게서 윤리적 주체의 가능성,[36] '디아스포라의 귀환 욕망과 심상지리'[37] '유년기억의 장소이자 모

---

34 김종욱, 「희생의 순수성과 복수의 담론」, 『현대소설연구』 18, 2003, 286-288면.
35 임진영, 「황순원 소설의 변모양상 연구」, 연세대 박사논문, 1998, 119-163면.
36 이재용, 「국가권력의 폭력성에 포획당한 윤리적 주체의 횡단−황순원의 『카인의 후예론』」, 『어문론집』 58, 중앙어문학회, 2014, 301-324면.

성성의 공간'으로 보기도 한다.[38] 해석의 다채로움은 '오작녀'와 설화의 연관이 발휘하는 두터운 의미층에서 비롯된다. 분명한 것은 '오작녀'와 설화가 수행하는 정치성은 그것이 비정치성을 무기 삼아 정치성의 무력화를 시도한다는 점이다.

오작녀는 『별과 같이 살다』에서 익히 보아온 '곰녀'의 재생의지, 「여인들」(「간도 삽화」)에서 일본경찰의 추격을 따돌리며 독립단원 남편과 이동휘 장군을 구한 무명의 여인이 가진 담대한 기지와 강인함에 그 맥이 닿아 있다. 그녀는 토지개혁의 폭력적 현실에도 매몰되지 않는 강인함을 발휘하는 인물이다. 오작녀가 아버지에 저항하며 남성가부장적 질서에서 벗어나 '박훈'과 동거하면서도 '지주-마름딸'의 관계에 머물러 있다. 이를 여성 주체의 실현 가능성이 차단된 퇴행이라 보기도 한다.[39]

오작녀는 어린 시절부터 연모해온 훈을 스스로 선택한 주체이고 야학당에서는 근대지식을 익히는 학습자이며, 아버지와 공작대원들의 가부장적 폭력에도 굴복하지 않는 존재이다. 그녀는 가산몰수에 맞서 훈과의 부부관계를 만인들 앞에 공표함으로써 고립된 훈을 지키는 수호자를 자처한다. 이 문제적 주인공은 식민/탈식민의 국면, 냉전/열전의 현실에서도 자신의 신념을 실행하는 존재이고, 탈식민 이후 진영화된 권력 이 일삼는 배제와 분할이나 권력 수행자들의 남용된 권력을 무력화하는 불온한 주체다. 그녀는 신분적 한계 속에 비극적으로 끝나버린 '큰아기바윗골 설화'를 전복시켜 폭력적인 현실에 맞서면서 온몸으로 '훈'을 보호하며 낭만적 사랑을 실현한다.

오작녀는 설화의 비극적 주인공이 아니라 남북 체제를 넘고, 과거와 현재

---

37 노승욱, 「황순원 소설에 나타난 디아스포라의 지형도」, 『한국근대문학연구』 31, 2015, 121-158면.

38 오태영, 「냉전-분단체제와 월남서사의 이동문법」, 『현대소설연구』 77, 2020, 410면.

39 송승철, 「따뜻한 휴머니즘과 전쟁이 업보」, 『실천문학』 2001봄, 222-244면.

를 가로질러 지속되는 인간다움을 표상한다. 이 존재는 냉전의 경계를 가로질러 난민의 일상을 살아내는 의지적인 월남민의 내면을 이룬다. 오작녀는 분단과 전쟁의 광풍을 평화의 원리로 맞서는 대행자이자 생존의지와 인간에 대한 신뢰를 버리지 않는 균형감각을 체득한 경계인, 작가의 여성적 분신인 '아니무스'이다.

4. 『카인의 후예』 다시 읽기: 개작, 자기검열, 증언의 민족지

『카인의 후예』를 다시 읽어 보면, 작품 속에 명기된 시간과 공간, 삽화들은 특별한 지리적 장소성과 역사적 배경을 가지고 있음을 알게 된다. 그 역사성은 허구적 서사의 개연성과는 별개로 증언에 육박하는 민족지의 면모를 가지고 있는데, 이 점은 알려진 바가 거의 없다.

『소군정하의 북한』이 오영진 특유의 기록주의와 왜곡 없는 사실에 부합하는 특징을 보이는 것처럼,[40] 『카인의 후예』 속 시공간과 삽화들은 '허구가 아닌 사실을 기록한다'는 '기록주의'에 입각한 증언의 요소를 가지고 있다. 작품 7장의 소련군 일화들 중에는 『소군정하의 북한』에서 빌려왔거나 유사한 일화를 그대로 차용한 경우도 눈에 띤다. 7장에서 '훈'은 소련군의 추행과 강도행각을 막기 위해 담벼락에 두른 철조망과 매달아둔 깡통의 소음을 두고 '밤의 오케스트라' 운운하며 '약소민족의 비애'를 드러낸 사례로 언급한 대목이 바로 그것이다.

소설 속 일화는 체험 없이는 재현될 수 없는 '자명한 체험의 대체불가능성'을 보여준다. 체험의 자명함은 '원초적 장면primal scene'처럼 '체험했으나 사

---

40   이봉범, 같은 논문, 229면.

건의 전모를 알 수 없다'는 점에서 곤혹스러운 내상內傷이다. 자명한 개인적 체험의 파편들은 폭발력을 내장한 '고발과 증언'의 민족지民族誌, ethnography를 만들어내는 원체험이다.

작품은 1946년 3월 중순이라는 시간대, 평양에서 40리쯤 떨어진 산골마을을 배경으로 삼고 있으나 좀더 정확히 말하면 '해방 직후 북한 사회'의 단면을 기록하고 증언하는 특징도 여럿이다. 서술의 치밀함은 '기억 속 시공간의 재구再構'라고 불러도 좋을 만큼, 월남을 결행한 공간에 대한 '증언의 기록'에 가깝다. 주인물 박훈은 '부모를 갑작스레 잃은 청년 지주', 당손이할아버지에게는 '교사'로 불리운다. 그는 북한의 보수 경향 인텔리가 직면한 토지개혁의 생생한 현장을 체험한 현장과 풍문에 입각하여, 이를 작품 속 현실로 기록, 증언하는 주체이다.

'1차 지주숙청'과 '2차 지주 숙청'이라는 표현에서 보듯(지주 숙청이 여러 단계에 걸쳐 진행되기는 했으나 이에 대한 체계화된 논의는 없었다는 점에서 『카인의 후예』에 서술된 '1,2차 지주숙청'에 관한 언급은 일반 독자나 역사학자들에게는 별도의 해석이 필요한 대목이다),[41] 작품은 처음부터 토지개혁을 전면화하지 않는다. 작중 현실은 해방 직후부터 3월 하순까지 '산막골'이라는 면 단위 산골마을과 '평양'에 한정된다. 서술 공간의 제한성은 증언하는 주체가 가진 정직성에 기초하여 작가 자신이 체험한 인상적인 광경과 떠도는 풍문을 가미했음을 시사해준다. 또한, 작중 현실은 지주계층에 국한되지만, 그것은 자전성의

---

41 '1,2차 지주 숙청'은 별도의 기준보다도 1946년 3월 한달 간의 토지개혁 시행의 미비점을 검열하고 보완하여 토지 재분배, 지주 이주 조치 등을 진행한 과정을 언급한 것으로 보인다. 한모니까는 1946년말에서 1947년 봄에 이르는 시기에 부정몰수와 분배 사례에 대한 검열과 재분배 조치가 있었다는 점을 밝히고 있고(한모니까, 『한국전쟁과 수복지구』, 푸른역사, 2017, 154면), 김재웅은 1948년 농촌지역의 과열된 계급투쟁을 가리켜 제2차 토지개혁으로 명명했으나(김재웅, 『북한체제의 기원』, 역사비평사, 2018, 244-252면) 작품 속 '1,2차 지주 숙청'의 언급과 다소 차이난다.

한계일뿐 '사실의 기록'이라는 증언의 범주에서 벗어나지 않는다.

예전과 달리 훈의 집 담장을 수리하지 않는 도섭영감의 변심에서 보듯 산막골의 세태가 급속히 변해가는 시점은 토지개혁의 풍문이 돌기 시작하는 1945년 10월말로, 당시의 역사적 정황과 부합한다. 조선공산당 북조선분국과 소련주둔군이 토지개혁을 적극적으로 정책화하며 '지주의 토지몰수'와 '농민의 경작권 분여'를 공식적으로 언급하는 시기는 1945년 11월 제2차 확대집행위원회 회의에서이다. 회의에서 김일성이 발언한 것이 공식적인 시발점이지만 항간에는 10월말부터 토지개혁의 풍문이 돌기 시작했다.[42]

작품의 증언적 요소는 토지개혁에 대한 주인물의 무기력함과 무저항적 태도에서도 잘 나타나 있다. 토지개혁의 대의를 수긍하는 박훈의 태도나, 용제영감이 폭력적인 토지 및 재산몰수에 저항하려는 아들 혁을 만류하며 재산몰수조치를 수용하며 순순히 연행되는 것도, 용제영감이 노역하다 탈출하는 '사동탄광'도 지역색을 잘 드러내며 사실에 기초한 이야기 설정에 해당한다. 사동탄광은 1903년 개발을 시작한 우리나라 최초의 석탄 탄광으로 유서 깊은 곳으로, 1910년 총독부 산하 '평양광업소'로 운영되다가 1922년부터 일본 해군 소속으로 이관되어 '해군연료창 평양광업부'로 명칭이 바뀌었다.[43] 이곳은 '오작녀남편 최씨'가 일제 말기에 일했던 곳이기도 하고 한설야의 『대동강』(1950)에서 일제말 '점순아버지'가 탄광 노동자로 있다가 죽음을 맞은 장소이다.

지주계층의 적극적인 저항이 소극적으로 바뀐 것은 1945년 11월 23일 발생한 신의주사건 이후의 정세 변화와 관련이 깊다. 역사학계의 논의를 참조해 보면,[44] 신의주사건은 조선민주당과 우익정파의 정치적 입지를 축소

---

42   김성보, 『남북한 경제구조의 기원과 전개』, 역사비평사, 2001, 122-123면.

43   https://ncms.nculture.org/coalmine/story/3726(2021.10.15. 검색)

44   김성보, 같은 책, 151-168면.

시키는 전환점이기도 했다. '무상몰수 무상분배'라는 원칙에 따른 전격적인 토지분배 조치는 토지개혁 지지 추세를 확산시켜 토지개혁에 반발하는 세력들의 조직적인 테러와 저항을 급속히 위축시키는 효과를 낳았다. 박훈과 용제영감의 위축된 태도와 침묵은 사리원에서 토지개혁을 거부하며 김일성을 비판하는 전단지 살포사건이 발생했다는 풍문과는 배치되고, 토지개혁의 실패와 반전을 기대한 경우이다(사리원 삐라 살포 사건은 윤주사가 훈을 찾아와 사리원에 미군이 들어온다는 풍문으로 언급한다, 문지사본 6장, 220면). 토지개혁에 저항하는 사례들은 강원도 김화를 제외하면 황해도, 평안남북도의 서부평야지대에서 주로 발생했고 지주소작제가 발전한 지역에서만 상대적으로 저항의 강도가 높았다. 대다수의 지주는 조직적인 저항 대신 월남을 택했고 일부의 지주는 임시위원회의 시책을 수용하기도 했다. 이런 현실을 감안할 때 청년지주 '박훈'과 '용제영감'의 소극성은 서북지방 일대 지주계층의 세태를 정직하게 반영했을 뿐만 아니라 직간접적으로 '체험과 사실'에 기초했음을 시사해준다.

유의해볼 작중현실의 하나는 '농머리' 개간(문지사본, 212-215면) 부분이다. '농머리'는 수리조합 서기로 있었던 '홍수'의 전력이 잠시 언급되고 오작녀가 훈을 구하려 들불을 끄는 장소이다. 이 장소는 일제와 민족 사이에 줄타기한 인물의 변신을 용인하는 한편(곧 홍수가 수리조합 업무를 보았던 친일 부역의 이력은 은폐된 셈이다), 개간사업 중 계층의 민족적 단합을 발휘했던 기억을 배제하는 이중성을 내포한 장소이다. 용제영감과 당손이할아버지가 언급한 일제 때 수리조합의 폐해 속에서 지주작인이 상호부조한 일화(문지사본, 293면)는 언급되는데, 이는 탈식민의 격변 속에 일제강점기의 과거와의 연속/단절의 문제를 전면화한다. 수리조합 일화는 용제영감과 당손이할아버지에게는 좌우 연정과 민족 통합의 기억으로 작용하지만 체제 수행자들에게는 토지개혁의 비타협성과 경직된 체제수행자를 비판하는 근거로 활용되고 있다.

일제가 미곡증산을 명목으로 전개했던 수리조합 사업이 농촌경제 수탈에 목적을 두고 있었던 것은 잘 알려진 사실이다.[45] 수리조합의 폐단에 대응하기 위해 서북지역 일대에서는 협동후원조직이 구성되기도 했다. 이같은 전례는, 작품에서 수리조합과 개간사업, 저수지 조성사업을 두고 소작인 가족의 징용 회피에 일조하며 작인들의 구휼을 도왔다는 윤주사의 항변과 용제영감의 의중(문지사본, 254-257면)과 깊이 연계되고 있다. 이는 곧 『카인의 후예』 속 일화들이 서북지방 일대의 역사적 경험과 문화사적 이해를 동시에 요구한다는 점을 일러준다.

작품 전반에 걸쳐 해방 직후부터 1946년 3월에 이르는 기간 동안 일어난 다양한 사건들은 풍문으로 슬쩍 거론되지만 삽화에서는 언급조차 되지 않는 경우가 비일비재하다. 훈의 평양 방문 때 등장하는 삽화들은 그의 동선 안에서 마치 점묘화처럼 아무런 설명 없이 삽입해 놓고 있다. 지역문화에 대한 깊은 이해가 없다면 스쳐가듯 서술된 삽화와 풍경의 맥락은 가늠조차 어렵다.

7장에서 훈이 사촌 혁의 부탁을 받고 평양 친구집에 가서 월남할 날을 연기하러 가는 도중에 서술되는 '평양 인상' 또한 민족지의 특징을 뚜렷하게 보여주는 경우이다. 이들 삽화는 1946년 3월 중순과, 해방 직후 세 번에 걸친 평양 분위기의 변화를 실제에 가깝게 증언하고 있다고 해도 좋을 만큼 묘사가 세밀하고 그만큼 구체적이다.

예컨대, 해방 직후 평양에 들어선 훈이 부청앞 거리를 지날 때 비행기에서 삐라가 뿌려지는 광경과 일본어로 된 삐라를 줍는 일본인들의 모습, 일본인 거리를 지날 즈음 집집마다 현관문에 붙은 스탈린 초상화에 대한 언급(309

---

45 박성섭, 「193년대 중후반 일제의 수리조합 정책을 통한 농촌통제 강화」, 『한국독립운동사연구』 60, 2017, 249-283면; 박수현, 「누구를위한 개발인가―수리조합사업의 실체」, 『내일을 여는 역사』 76, 2019, 184-199면; 이애숙, 「일제하 수리조합의 설립과 운영」, 『한국사연구』 50·51 합집, 1985, 319-362면.

면), 혁의 부탁을 받고 친구집을 찾아가는 도중에 거명되는 구체적인 장소와 지명들(선만고무공장, 숭인통 서점, 숭인학교, 장댓재교회, 일본인 거주지 등), 평양 번화가 네 거리에서 소련 여군이 교통지도를 하는 광경, 숭인통을 거쳐 장댓재교회 담벼락을 따라 언덕 골목을 오르는 경로(305면) 등등은 단순한 배치가 아니다. 이 장소와 풍경은 그 지역에 거주했던 월남민들에게는 특정한 시간대와 구체적인 내력을 환기시켜 주기에 충분하다. 이 '장소성'은 전쟁의 와중에 폭격으로 폐허가 되어버린 평양의 이전 기억을 떠올려준다는 점에서, '부재하는 공간'을 기록하고 증언하려는 문화민족지文化民族誌의 특징을 가지고 있다.

삽화 속 평양의 특정 장소들은 해방 직후 탈식민의 함의와 소군정하에서 일어난 '반소반공사건'들과 직접 연루돼 있다는 점에서는 이데올로기적 기표이기도 하다. '장댓재교회 반공투쟁사건'[46] '소련군과 시비가 붙어 오작녀 남편 최씨가 살해된 사건'이나 '팔뚝시계를 네 개씩 찬 소련장교와 그에게 시간을 물어보며 감사하는 장면'(문지사본, 311면) 등은 직접 체험했거나 풍문이 아니면 접하기 힘든 증언의 기록적 가치를 갖는다. 평양 방문 후 선만고무공장 근처의 골목길은 실제로 평양에 고무공장이 많았다는 증언에서 보듯,[47] 평양의 거리와 골목, 일본인 거주지를 둘러보며 기아 속에 죽어가는 일본인 아동의 장례 장면 등은 주변 풍경을 눈에 담는 것 이상의 기록적 가치를 갖는다. 사건과 장면 자체가 기록의 가치를 지닌 증언에 육박하는 셈이다.

"어쩌면 마지막일지도 모르는 이 기회에 모란봉과 능라도를 한번 보아두

46　'평양 장대현교회사건'은 장대현교회의 젊은 목사 황은균의 주도로 조만식의 연금에 항의하는 시위였는데, 1946년 3.1절 '반소규탄대회'를 표방한 항의시위가 3천명으로 추산될 만큼 대집회로 발전하자 소련군정 당국은 일단 구슬러 집회를 해산시키고 나서 주모자들을 검거하고 탄압했다. 한국통일촉진회 편, 『북한반공투쟁사』, 1970, 178-184면.

47　김수진, 「산정현교회 오윤선 장로」, 『한국장로신문』, 2010.3.20.

지 못한 게 서운하기 짝이 없었다."(문지사본, 310면)라는 구절에서 보듯, 주인공 화자가 삽화 안에 담아내려는 평양의 지리적 공간에 대한 태도는 월남을 결심한 자가 고향을 떠나기 전 평양의 풍경을 기억의 저장고에 담아 마음 속 깊이 간직하려는 의례를 주관하는 모습에 가깝다. '증언의 민족지적 성격'은 당대에 풍미했던 다른 수기들과 대비해 보아도 쉽게 확인된다. 『카인의 후예』에 담긴 '서북 출신 월남지식인의 민족지'라는 측면은 김동석의 「북조선 인상」(『문학』 8호, 1948.7), 오영진의 『소군정하의 북한』(1952), 현수의 『적치9년의 북한문단』(중앙문화사, 1952), 서광제의 『북조선기행』(청년사, 1948), 온낙중의 『북조선기행』(조선중앙일보출판부, 1948) 등, 해방기 '증언의 에크리튀르'가 가진 기록의 가치[48]에 뒤지지 않는다.

한편, 작품에서 고발과 증언에 제동을 거는 자기검열의 징후도 엿보인다. 자기검열은 주로 작품 속 삽화로 기입하는 과정에서 발견되는 특징이다. 삽화들은 점묘화처럼 하나하나가 지주의 시선으로 관찰되는 토지개혁 당시의 착잡한 시대풍경을 이루지만, 서사의 흐름 안에는 '증언의 자기검열'이라는 기제가 작동하는 모습도 발견된다.

'자기검열'의 인상적인 국면은 장소에 깃든 반공반소운동의 정치적 함의를 철저히 침묵하고 지나쳐버리는 서술상 특징에서 잘 확인된다. 훈이 걸어가는 산정현 고갯길, 숭인통 골목, 장댓재교회 담벼락 등, 이들 장소에 담긴 물산장려운동의 흔적이나 신사참배 거부운동의 역사성, 반소반공운동의 맥락은 철저히 함구된다. 침묵의 의도와 효과는 서술의 수위를 한껏 낮추어 '카인적 현실의 서사'의 집중시킬 뿐만 아니라 반공 텍스트의 낮은 규범성과 차별화해준다.

48　신형기, 「해방 직후 반공이야기와 대중」, 『상허학보』 37, 2013; 이봉범, 「상상의 자주적 통일 민족국가, 북조선, 1948년 체제」, 『한국문학연구』 47, 2014; 이행선, 「해방공간 소련·북조선 기행과 반공주의」, 『인문과학연구논총』 34-2, 명지대 인문과학연구소, 2013.

평양에서 산막골로 돌아오는 도중에 훈은 '검열자'(감시와 미행)를 의식하며 침묵 속에 거리를 배회하기 시작한다. 그는 평양 방문후 자신을 미행하는 감시자의 존재를 알아차린 후, 담배를 사서 물고 거리와 골목을 돌아다니다가 식당에 와서는 손에 쥐었던 약도를 변소에 집어넣는다(문지사본, 308-309면). 이 장면은 귀가 도중 기찻간에서 행색을 분간하기 어려운 용제영감을 발견하고서도 그를 찾아나서지 않는 태도와 맞물려 있다(문지사본, 311-312면). 골목을 배회하거나 용제영감을 알아차리고도 그를 방관하는 태도는 감시 또는 검열을 회피하는 구체적인 신체언어에 해당한다. 그의 방관은 용제영감을 찾아나선 순간 사로잡힐 것이라는 점과 자신의 안위마저도 보장할 수 없음을 잘 알고 있기 때문이다. 하지만, 방관은 행동 대신 침묵과 응시로 일관하는 태도이고 폭력적 현실 속에 본능적으로 자신을 보존하려는 자기검열에 가깝다.

『카인의 후예』는 서북지방 출신 인텔리 지주라는 위치에서 토지개혁 자체가 아니라 토지개혁으로 인한 부정적 현실을 고발하고 증언하는 반공의 텍스트다. 훈은 사촌 혁과 당손이할아버지, 오작녀를 제외하면 격리, 유폐된 상태에서도 적대적 현실에 침묵과 응시로 대응할 뿐이다. 훈이 침묵하며 응시하는 눈길은 '지주의 집에서 몰래 물건을 훔치는 누추한 욕망'과 '대오를 이루며 깃발과 함께 쇠스랑과 낫날' 같은 적의로 향해 있다. 현실에서는 지주/농민의 계급의 경계, 사상의 경계, 과거/현재의 경계, 남/북에 걸쳐 '냉전의 분할선'이 폭력적으로 구획되는 상황이다. 훈은 그 경계의 어느 한쪽에 감금된 정치적 난민에 불과하다. 그는 온몸을 던져 자신을 지켜주는 오작녀와 함께 마침내 고향을 떠나기로 마음먹는다.

『카인의 후예』의 작품 구상은 피난지 수도 부산에서, 월남민이 된 비극의 출처를 더듬어가다, 토지개혁을 비극과 슬픔의 발화점으로 삼은 것이다. 그러나 작품은 '반공소설'의 정형화된 방식을 따르지 않고 '고발과 증언'의 심리적 재현방식을 취하는 한편, 서북지역 월남지식인의 민족지를 지향했다. 이같은 특징에는 '체험적 반공'이 가진 분열적 관점이 드러나 있다. 관점의 분열은 1950년대 문화장에서 검열체제에 부합되지만 돌아갈 수 없는 고향의 기억을 환기하며 인간다움이라는 가치를 대척점으로 설정함으로써 남북체제 모두에 거리를 두는 월남민의 균형감각에서 비롯된 것이다. 작가는 개작을 통해 남북의 체제와 이념과 거리를 둔 채 인간애를 강화해 나감으로써 개작과 자기검열마저도 심미화하며 작가주의의 신화를 구축해 나갔다.

5. 결론: 월남민의 감각과 냉전의 분할선 넘어서기

개작과 검열의 관점에서 『카인의 후예』를 다시 읽어본 이 글은, 여러 판본들을 대조하여 개작의 윤곽을 살피는 한편, 개작과정에 담긴 다양한 함의를 짚어 보았다. 작가는 개작과정에서 연재본과 중앙문화사본(1954) 사이에 이데올로기적 편향을 느낄 만큼 비판적인 관점을 반영하는 흐름 하나를 부각시켰으나, 오작녀의 역할과 설화성을 강화하며 이념과 체제를 넘어선 인간애를 고양시키는 다른 흐름도 있다는 점을 확인했다. 두 방향의 개작은 외형적으로는 1950년대 문화장 안에서 이데올로기적 연관을 강화하는 것이었으나 민중서관본(1959)과 창우사본(1964), 최종본인 문지사본에 이르기까지 체제와 이데올로기를 넘어 가치의 확장을 보여준다. 개작의 미시적 국면에서는 단어와 구문 등 표현의 영역에서 지속적인 변모를 확인할 수 있다. 개작의 미시적 국면에서는 특히 '장인적 노력'으로 대표되는 표현의 정확성과 구체성을 확보하며 '심미성'을 강화해 나감으로써 '작가주의 신화'를 만들어진 기원적 의미가 드러난다.

개작의 이러한 특징을 바탕으로 1950년대 문화장 속에서 황순원의 문학적 위상 변화와 관련한 문화적 조건을 살펴보면서 『카인의 후예』가 아시아 문화냉전에 어떻게 호명되었는지에 주목했다. 오영진과 월남문인들의 인적 네트워크, 전쟁으로 인한 황순원 문학의 여파와 변모, 작품 구상과 집필 배경 등을 짚어보았고, 검열과의 연관에 주목하여 서술자의 침묵과 응시라는 특징을 확인하며, 서북지방의 역사성과 토지개혁 전후의 현실과 연계된 점을 살폈다. 이와 함께 지주의 위치에서 토지개혁 자체보다 그것이 초래한 부정적 현실을 고발하고 증언한 민족지적 특징에 주목했다. 전향과 검열(자기검열)의 관점에서 텍스트를 다시 읽어 낸, 다양한 판본에 깃든 서술층위의 다채로움이야말로 검열에 맞선 작가주의의 성실성으로 판단했다.

작가의 개작 행위는 해방 이후~1950년대에 걸친 문화사의 궤적을 보인다. 그의 작가로서의 독자성은 그 특유의 성실한 창작습관과 지속적인 개작으로 만들어진 신화이다. 그러나 이 신화가 만들어지기까지 일제와 해방기의 검열장치와 월남민이라는 경계인의 문화적 위치를 유의해서 살펴볼 필요가 있다. 작품 외에는 대사회적 발언을 삼갔던 작가 특유의 경계인 의식은 남과 북 어디든 속하면서도 어디에도 속하지 않는 월남민의 문화적 위치를 견지했다. 이런 작가의 존재방식을 감안하면 『카인의 후예』는 월남민 작가의 경계의식이 만들어낸 원점에 해당하는 작품이었던 셈이다. 그는 토지개혁의 대의는 긍정하나 근대국가 수립 전에 토지개혁이 시행됨으로써 민족 분열과 전쟁을 초래했다는 것을 비판하고 증언하고자 했다. 이 과정에서 작가는 체제와 이데올로기, 인간 욕망을 고발, 증언하는 민족지Ethnography를 지향했고, 판본들마다 개작을 지속함으로써 자기검열과 개작 행위를 심미화하며 '작가주의'라는 신화 하나를 만들어냈다.

(초출: 「월남민의 균형감각과 냉전의 분할선 ─ 개작과 검열의 관점으로 『카인의 후예』 다시 읽기」, 『한국문학연구』 66, 2021)

2부

연애와 계몽

이광수의 『무정』

1

한국사회에서 이광수(1892-1950)라는 인물은 단순히 『무정』의 작가로만 통용되지 않는다. 그에 대한 평판의 진폭은 실로 크다. 그는 1919년 와세다대 졸업을 앞둔 2월초, 동경 유학생 모임에서 독립선언문을 기초한 뒤 중국 상해에 건너가 독립신문의 주필을 맡았다. 2여 년 후 귀국한 그는 「민족개조론」을 발표하며 격렬한 사회적 반향을 불러일으켰다. 그는 부르주아적 계몽주의자를 표방한 당대의 논객이자 언론인, 저명한 대중작가였다.

그는 실력 양성을 통해 민족의 문화 역량을 점진적으로 강화하며 독립을 쟁취해야 한다고 주장한 도산 안창호의 사상을 계승하며 '수양동우회'를 이끌기도 했다. 그러나 계몽주의자로서의 모습은 1930년대 중반까지로 한정된다. 이광수는 1917년(그의 나이 26세 때이다) 『매일신보』에 1월 1일부터 그해 6월 14일까지 『무정』을 연재하며 당대의 자유연애 사상을 기조로 한 계몽적 필치로 사회적 관심을 불러일으키며 문명文名을 떨쳤다. 당대의 논객으로서 또한 작가로서 폭넓은 영향력을 발휘하며 근대 초기 선각자의 한 사람으로

부상했다.

이광수는 일본이 중국대륙을 지배하기 위해 노골적으로 군국주의의 야욕을 드러내는 1938년말부터 도산 안창호의 검거, 수양동우회 사건으로 옥고를 치른 뒤 적극적인 친일인사가 되었다. '타야마 고로香山光郎'로 창씨개명을 한 그는 일본의 중국대륙 공략과 태평양 권역으로까지 확산시킨 '대동아전쟁大東亞戰爭'의 취지에 적극 찬동했고 동조동근설同祖同根說을 앞세워 징용과 학병 지원을 독려하는 친일주의자로 전락하고 만다.

미국과 소련 연합군에 의해 일제의 식민지배에서 해방되는 1945년 이후, 그는 서울 인근의 한적한 시골에서 농사를 지으며 칩거했지만 일제에 협력한 이력 때문에 반민족주의자로 지목되어 옥고를 치르기도 했다. 6.25전쟁 기간에 인민군에게 납북 당한 이광수는 1950년 12월 북쪽 고원지대에서 동상과 폐렴 끝에 생을 마감한 것으로 알려져 있다(전하는 바에 따르면 이광수는 한국전쟁이 발발하던 1950년 집에서 납북되어 12월 중순경 함경도 고원지대에서 심한 동상을 입은 채 끌려가다가 북한의 부수상이었던 홍명희에게 발견되어 그의 배려로 치료를 받았으나 곧 운명한 것으로 전해진다. 1990년대 초반 이광수의 장남이 평양 방문 후 애국열사묘역에 묻힌 그의 묘소를 참배한 뒤 묘역의 실체가 알려졌다). 19세기말에 태어나 1950년에 이르는 이광수의 삶은 한국사회가 같은 기간 경험한 식민지의 역사와 해방, 분단의 비극과 깊이 연관되어 있다.

이광수가 태어난 19세기말의 시기는 20세기 초반까지 이어진 '밑으로부터의 사회개혁'에 대한 열망에 분출했으나 이에 부응하지 못하고 중국, 일본, 미국, 러시아 등 주변 열강의 각축 속에 국운이 급속히 쇠퇴하는 때였다. 근대로의 이행이 전 세계적으로 파급되는 '비동시적 동시성'을 가진 현상이라면, 1910년대 한국사회는 새로이 전개된 전제적인 식민지배의 상황에서, 서구 근대문명을 통한 식민지배의 극복을 열망하며 근대 국가 수립에 대한 기획을 마련하고자 했다. 바로 이러한 현실 속에 이광수의 문학과 계몽사상이 자리잡고 있다. 『무정』역시 이런 사회적 맥락과 무관할 수 없는 것은 물론이다.

2

『무정』은 문학사에서 작가의 자전적인 요소를 반영한 계몽사상을 잘 보여 준 최초의 근대소설로 기록하고 있다. 그러나 이 작품은 문학사적 평가로만 그치지 않고 근대 초기 한국사회가 당면한 현안이 무엇이었는지를 숙고하게 만든다. 당대의 현안은 일제에 의해 잃어버린 국가를 어떻게 회복할 것인가 하는 문제에 집중되었다. 『무정』은 청년들의 '연애'와 '결혼'이라는 문제를 중심으로 사회계몽의 이야기를 풀어낸 소설이었다.

『무정』의 이야기는 등장인물 모두가 민족 전체의 삶에 어떻게 기여할 것 인가라는 문제로 귀결된다. 이런 측면에서 작품은 남녀의 자유연애와 낭만 적 사랑을 표방하나 그에 머물지 않고 조혼의 폐단, 남성 중심의 기생문화, 낙후한 현실을 문제 삼는다. 이야기에 등장하는 청춘남녀는 무엇보다도 어 떻게 민족의 삶에 광명을 던지는 사회적 존재로 성장할 것인가를 쟁점화한 '문제적problematic 개인'들이다. 이야기는 표면상 청춘남의 '연애amour'라 는 테마를 취하고 있다.

작품의 줄거리는 장편 분량에 비해서는 다소 간략하다. '영채'는 옛 약혼 자를 찾아 '형식'의 하숙을 방문하고, 그 시간에 형식은 장안의 재력가 '김장 로'의 집에서 정신여학교를 올해 졸업한 딸 '선형'에게 영어를 가르치고 있 다. 저녁 무렵 하숙을 다시 찾아온 영채는 형식을 만나 그간의 사연을 전하며 기생이 된 자신과 가족 몰락의 사연을 차마 말하지 못한 채 형식의 하숙을 나온다. 다음날 영채는 청량사에서 경성학교 교주 아들 '김현수'와 학감 '배명식'이 합세하여 겁탈하려 하지만 형식의 친구 '신우선'의 도움을 받아 가까스로 위기를 벗어난다.

형식은 다음날 영채를 찾아갔으나 영채를 만나지 못하고 그녀가 남긴 편지를 읽게 된다. 그는 영채가 자살을 결심하고 평양으로 떠났음을 알게 된다. 형식은 평양을 방문했으나 영채를 찾지 못하고 경성에 돌아온다. 그후 형식은 평양기생과 연애하고 있다는 풍문이 학교에 퍼지면서 배학감과 동료교사, 평소 그를 따르던 학생들에게도 비난받는 처지로 내몰린다. 사직을 결심한 형식은 영채의 시신만이라도 찾으려 신문기자인 친구 우선에게 도움을 청한다. 그 무렵, 김장로는 인편으로 선형과 약혼하여 함께 미국 유학을 권고한다. 형식은 선형과 약혼식을 올리면서 영채에게 가졌던 죄책감을 벗어던지고 미국 유학의 부푼 희망을 품는다.

한편, 평양행 기차를 탄 영채는 정조를 지키지 못한 신세를 한탄하며 대동강에 몸을 던질 결심을 한다. 기차 안에서 영채는 바이올린을 전공하는 동경 유학생 '병욱'을 만난다. 병욱은 좌절에 빠진 영채에게 미래에 대한 소망을 갖도록 설득하며 자신의 집에 머물게 한다. 병욱의 지원과 감화로 영채는 생의 의욕을 되찾고, 병욱의 오빠 '병국'의 도움으로 영채 또한 유학길에 오른다. 병욱과 영채가 탄 기차가 경성에 당도했을 때 약혼한 형식과 선형 또한 기차를 타고 미국 유학길에 오른다. 기차에서 상면한 이들 일행은 수해 때문에 삼랑진에서 멈추자 즉석에서 음악회를 열어 수재민들을 돕는 모금행사를 연다. 이후 이들은 모두 교육, 언론, 음악 등 사회 각 분야에서 활약하는 '위인'으로 성장한 후일담을 전하며 이야기가 마무리된다.

『무정』은 '무정한 현실'을 벗어나 민족을 계몽으로 인도하는 지도자를 꿈꾸며 성장해 나가는 청년들의 이야기이다. 경성학교 영어 교사인 형식, 그의 은사였던 박진사의 딸 영채(그녀는 감옥에 갇힌 아버지와 두 오빠를 구원하기 위해서 기생이 된 전통적인 여성이다), 여학교를 졸업한 선형을 중심인물로 삼고,

그 주변에 형식의 친구인 신문기자 신우선, 영채의 아버지 박진사, 선형의 아버지 김장로, 자살을 결심하고 평양행 기차를 타고 가던 영채를 새로운 삶으로 인도하는 병욱, 병욱의 오빠 병국, 기생 월화, 평양집 주모 등과 같은 인물을 배치하고 있다.

　작품의 배경이 되는 시간은 6월 28일에서부터 6월 30일까지, 그리고 그 한달여 뒤인 7월 초순까지이다. 사건은 크게 세 개의 이야기 단위로 이루어져 있다. 이야기 하나는 형식이 김장로의 집을 찾아 선형에게 영어를 가르치는 시간부터 선형과 약혼하여 미국 유학길에 오르는 경로이다. 두 번째 이야기는 영채가 형식을 찾아왔다가 자신을 구원해줄 것을 간절하게 바라지만 그 뜻을 이루지 못한 채 경성학교 교주의 아들 김현수 일행의 음모에 말려 정조를 잃고 나서 절망 끝에 자살을 결심했다가 병욱을 따라 일본 유학길에 오르는 경로이다. 병욱에게 이끌린 영채는 자신의 과거를 벗어나 새로운 길을 나선다. 세 번째 이야기는 부부가 된 형식 내외와 영채·병욱이 기차 안에서 만나 삼랑진 수해 현장에서 함께 자선음악회를 연 뒤 민족의 앞날을 선도하는 마무리 부분까지이다. 이렇게 『무정』의 세 개의 이야기는 형식-선형-영채 사이에 '연애'를 매개로 한 사건을 주축으로 삼고 있다.

3

　『무정』이 취한 '연애'라는 소재는 근대 초기 한국사회가 조혼과, 미신과 인습, 가난의 굴레, 전근대적 가치를 폐기하려는 혁명적 급진성과 열정과 동일한 맥락을 가지고 있었다. '연애'는 단순히 사회적 추문이 아니라 당대 청년들에게는 '자유사상의 실천'이라는 의미를 함축하고 있었다. 곧 '연애' 와 '자유' 곧 '인습과 기성 질서의 속박으로부터 해방'을 뜻했다.

스웨덴의 사상가이자 교육자인 엘렌 케이(1849-1926)와 러시아의 여성작가 알렉산드라 콜론타이(1872-1952)의 자유연애와 결혼 사상에 열광한 것도 기성질서에 대한 반발에서 연유한다. '과거의 관습을 벗어나 평등한 개인들의 결합으로서의 결혼'을 주창한 콜론타이의 소설 『붉은 사랑』은 식민지로 전락한 청년들에게 '전대사회의 모든 관습과 질서에 대한 불신과 거부'로 읽혀지면서 '앙샹 레짐Ancien Régime'의 타도를 외친 혁명과 등가적인 의미를 가졌다. '자유'라는 말이 '연애'라는 단어와 결합하면서 인습의 굴레로부터 해방을 꿈꾸는 개인들이 등장하게 된 것이다. 『무정』도 예외가 아니다.

고매한 인격자로 알려진 형식의 평판이 추락한 것은 기생과 연애한다는 풍문이 학교에 돌면서부터이지만, 실상 그 풍문은 교주 김남작의 아들과 학감의 기생집 출입에서 비롯된다. 호방한 성격의 기자 신우선과, 형식의 유학 동창이자 병욱의 오빠인 김병국 역시 애정 없는 결혼생활을 유지하는 데는 '기생과의 연애'가 필수적이다. 자세히 들여다보면, 이들 남성들의 난봉질이나 기생과의 스캔들에는 어린 나이에 나이 많은 아내를 맞아들인 조혼 풍습이 자리잡고 있다.

이광수는 「조혼의 악습」에서 조혼으로 인해 사회계몽의 활력이 소진되는 현실을 매섭게 질타한 바 있다. '중등 정도 이상 학생에 '아버지'가 반수나 되고 코 흘리는 보통학교 1년급 중에 서방님이 적지 않으니, 조선은 실로 세계의 조혼국으로 인도 다음이라고 지적한 바 있다(『이광수전집』 1권, 삼중당, 1971, 542-545면)라고 발언하고 있다. 그 자신도 조혼의 희생자였던 이광수는 조혼으로 너무 일찍 삶의 에너지를 이성에게 탕진함으로써 사회 발전의 부진이 초래되었다고 보았다.

'연애'라는 추문과 스캔들은 이야기의 일반적인 현상이다. 이야기의 이런 국면은 문화인류학에서는 '평온한 삶에 이는 격랑'이거나 '격랑 속에 빠진 현실을 타개하며 평온을 되찾는 구조'를 제의화한 것이라는 주장과 통한다.

추문과 스캔들은 비단 한국사회에만 한정되지 않고 세계 도처에 있는 문화 전반에서 혼돈을 불러일으키는 인간과 사회의 일화들이다. 추문과 스캔들이 빚어내는 충격은 기성 질서의 혼돈과 전복을 초래하기보다는 '찻잔 속 태풍'처럼 호사가들의 관심을 끄는 일시적 풍파에 가깝다. 추문과 스캔들은 그 사회에서 떠도는 풍문으로서 그 사회의 관심사를 반영하기에 적절한 소재이다. 헨리크 입센은 신문기사에서 읽은 여성주부의 가출을 소재 삼아 '여성의 자기정립'을 다룬 희곡 「인형의 집」을 창작했다. 이처럼, 추문과 스캔들은 온 세상을 가득 채우는 입소문에 지나지 않지만 그 사회의 환부, 그 사회의 전망 부재의 현실과 깊이 연루되어 있다.

문화인류학자이자 연극이론가인 빅터 터너의 말을 빌려 말하면, 추문과 스캔들의 문학화는 그 '사회적 공동체 안에서 어떤 중요한 계기를 만들어내는 극적인 사건화'이다(이것은 빅터 터너가 말하는 '사회극social drama'의 본래 의미이다. 빅터 터너, 이기우·김익두 공역, 『제의에서 연극으로』, 현대미학사, 1996, 23면). 이런 맥락에서 보면, 이광수의 『무정』은 연애 사건을 바탕으로 사회계몽의 과제를 자각해 나가는 당대 청년들의 가치관과 지향을 담은 이야기이다.

주인공 형식은 가족 잃은 천애의 고아로서 독지가의 도움을 받아 일본 유학을 하고 돌아와 경성학교 영어 교사로 부임하여 학생들을 가르친다. 그는 여성에 대한 애정보다는 학생들에게 미래에 대한 비전을 제시하는 역할, 계몽가로서 인간다움이 무엇인지를 가르치는 교사가 되고자 하나 여의치가 않다.

가난한 지식인 형식은 선형과의 만남 속에서 영채의 방문을 받고 나서 둘 사이를 오가며 갈등한다. 그 갈등의 핵심은 '영채로 대변되는 과거'에 속한 윤리와 의무를 수행할 것인가, 아니면 선형으로 '상징되는 미래'로 펼쳐진 희망─사회적 기여와 삶의 행복─을 취할 것인가에 있다. 형식의 갈등은 과거문화에 매인 윤리적 의무와 서구 근대문명을 통해서 욕망하는 미래를 양자택일하는 상황에 직면한 한국사회의 행로를 비판적으로 그려낸 1910년대 계몽지식인의 고심을 대변한다.

『무정』이 말하려는 메시지의 요체는 '지금 여기'의 '무정한 사회 현실'을 넘어서기 위한 방책이 무엇이고 어떤 미래상을 만들어나갈 것인가라는, '근대 기획'의 구체적 내용과 선택지를 환기하는 데 있다. 『무정』이 연애를 소재로 삼아 사회 계몽을 소설화한 것임에도 불구하고, 한국문학사에서 최초의 근대소설로 평가할 수 있는 것은 단순히 현실성reality에서 연유하는 것만은 아니다.

작품의 특징은 '부모 잃은 천애고아'라는 등장인물의 처절한 조건과 철도를 통해 보여주는 '이동성'에서도 잘 확인된다. 부모가 없다는 것은 '홀로 남겨진 고독한 주변인'으로서 '경계에 위치한' 존재를 의미한다.

형식은 오래전 부모를 여읜 고아이다. 그는 오직 자신의 능력과 노력만으로 교사의 지위를 확보하고 김장로의 사위로 선택되는 인물이다. 형식은 물론 이광수 개인의 자전적인 요소를 반영한 인물이면서도 가족 없이 고독한 존재로만 그치지 않는다. 그는 본질적으로 '아버지의 권위', 더 나아가서는 '전통적 가치'에서 해방된 자유로운 존재이다. 그는 스스로 가치를 찾아내고 이를 신념으로 삼아 자신의 삶을 만들어가는 '근대적 개인'이다.

이를 두고 한국문학사에서는 근대인의 '고아의식'이라 표현한다. 십수년 전 그는 아버지를 여읜 뒤 개화사상가인 박진사에게 의탁하여 사 오 년 동안 양육받으며 새로운 세계에 눈뜨는 존재이다. 이렇게 보면 이형식은 사고무친四顧無親의 고아였으나 '무정한 현실'에서 오직 자신의 능력을 인정받으며 성장해 나가는 개인이다. 그의 삶에 상존하고 있는 불안과 불확실성에는 매순간마다 선택의 기로에서 선 채 고심하는 자의 잔영이 어른거린다. 하지만, 이 갈등은 근대 기획을 놓고 벌이는 담론의 경합일 뿐만 아니라 '과거'와 '미래'를 놓고 고심하는 1920년대 한국사회의 선택지이기도 했다.

『무정』의 이야기는 형식의 내면에서 일어나는 추론과 상상에 초점을 맞춘다. 특히, 영채와의 과거를 회상하고 상상하는 경로나 그녀의 정절에 대한 회의 등은 모두 그의 심리적 현실을 서술한 것이나 이야기의 주요 내용을 이룬다. 형식은 기생이 된 영채에게 탄식하면서도 그녀와 결혼하고자 한다. 그의 결혼 의지는 약혼이라는 관행의 이행, 그녀와의 가정을 이루는 결혼 제도에 대한 윤리와 의무감 이상은 아니다. 영채와의 결혼은 스스로 수립하고 또한 추구해온 사회적 이상인 '무지한 대중을 계몽하는 교사의 역할'을 온전히 포기함으로써만 가능하다. 이것이 과거의 질서가 가진 본질이다.

고심 끝에 형식은 자신이 품은 사회 계몽의 의지와 욕망이 어떤 가치를 갖는지를 깨닫는다.

> "그는 항상 말하기를, 우리 조선 사람의 살아날 유일의 길은 우리 조선 사람으로 하여금 세계에 가장 문명한 모든 민족, 즉 우리 내지(일본) 민족만한 문명 정도에 달함에 있다 하고, 이리함에는 우리나라에 크게 공부하는 사람이 많이 생겨야 한다 하였다. 그러므로 그가 생각하기를, 이런 줄을 자각한 자기의 책임은 아무쪼록 책을 많이 공부하여 완전히 세계의 문명을 이해하고 이를 조선 사람에게 선전함에 있다 하였다."
>
> (『이광수전집』 1권, 삼중당, 1971, 24면)

형식의 계몽의지와 욕망은 영채만으로는 달성하기 어렵다. 그녀는 낡은 문명 속에 속한 자이기 때문이다. 반면, 장안의 대부호이자 미국 공사를 지낸 김장로의 딸 선형은 형식의 이상을 충족시키기에 합당한 여성이다. 그녀는 정신여학교를 우등으로 졸업한 18세의 인텔리여성이다.

영채와 선형을 놓고 번민하는 형식의 고뇌는 두 사람 모두 출중한 아름다움에 있으나 그것은 다만 표상에 지나지 않는다. 형식은 두 여인을 '선녀仙女

와 창녀娼女의 차이'로 규정하지만, 이는 달리 보아 '과거'라는 후광後光과 '미래'의 후광後光 사이에서 갈등하는 근대적 개인의 면모이기도 하다.

두 여성 사이에서 형식은 낡은 질서에 편입되어야 하는가, 아니면 빛나는 미래의 가능성을 선택할 것인가를 놓고 고심을 거듭한다. 형식의 번민은 개인의 풍부한 내면성interiority을 만들어낸다. 풍부한 내면성은 영채에게서도 발견된다. 그녀는 몰락한 양반 가문의 딸로서 『소학小學』과 『열녀전烈女傳』, 『시전詩傳』 같은 유교 경전을 배운 전통 여성이다. 그녀는 아버지와 두 오빠를 구원하기 위해 스스로 기생이 된다.

기생은 한국의 문화 전통에서 남성 중심의 가부장적 사회에서 예술적 교양을 훈련받은 전문집단이었다. 지금으로 말하면 서비스업 종사자이나 천민 계층으로 분류되지만, '황진이'나 '매창'을 떠올려 보면, 한때 한국문화에서 뛰어난 기예를 소유한 전문인 집단이었다는 사실이 무색해진다. 나라 잃은 시대에 와서 기생은 더이상 연희집단의 전문성을 갖춘 존재들이 아니다. 19세기말 대한제국 시절, 일본인 위주의 공창公娼 제도를 허용하면서 기생들은 이익단체인 권번을 조직하여 권익보호에 나섰으나 1920년대에 이르면 더는 전통적 가치를 유지 보존할 수 없는 상황이 되었고 그로 인해 기생은 퇴락일로의 계층이 되었다.

양반의 딸에서 매음녀로 전락한 영채의 고난 역시 병욱의 절대적인 조언과 감화, 병국의 경제적 지원에 힘입은 것이기는 해도 소망하는 미래를 지향하고 있다. 영채는 전통적 가치에 놓여 있으면서도 자신의 정신적 지주였던 기생 월화가 인간다운 삶을 갈망하는 모습을 받아들이기도 하지만 정절을 잃은 후 자살을 결심한다. 그러나 그녀는 계몽된 여성 병욱의 설득으로 무정한 세계관과 결별하며 삶을 새롭게 설계한다.

사고무친의 고아인 형식과 영채 두 사람은 더 이상 관습이나 전통의 권위에 좌우되지 않고 개인 스스로가 설정한 가치 기준에 따라 윤리와 의무라는 습속으로 족쇄 채워진 '무정한 가치'와 결별하면서 '인간의 가치'를 확보해 나간다.

형식이나 영채, 병욱 같은 근대인의 초상은 지금의 현실에서는 새롭지 않다. 하지만 1910년대 한국사회에서는 대단히 이채로운 존재들이었다. 이들 존재들이 보여주는 전통적인 가치에 대한 전면적인 회의와, 성찰을 통한 '가치의 자기정립', 근대 문명을 수용하여 사회를 선도하려는 이상은 당대 사회의 현안과 직결되어 있어서 신문연재 소설로서는 드물게 강력한 전파력을 발휘했다.

베네딕트 앤더슨이 『상상된 공동체』에서 말하는 '민족이라는 공통감각'의 창안에 근접하는 사회현상, 곧 신문과 잡지 같은 매체를 통한 상상된 공동체를 출범하도록 한 소설의 위력이 『무정』에서 실현된 셈이다. 작품은 근대인의 고뇌하는 자아의 공간, 곧 내면성을 실감나게 서술한 이야기였다. 또한 이 작품은 한 개인의 상상 범위가 과거, 현재를 넘어 미래까지도 적극적으로 포괄하며 민족 전체의 삶을 계도하고 적극적으로 환기했다. 이로써 식민지배의 초기였던 1910년대 한국사회에서 민족 공동체의 공통감각을 만들어냈고 그것의 결속을 촉발하는 소설의 힘을 발휘했다.

'근대인'이란 자신이 살고 있는 시대의 불확실성을 스스로 타개하는 데 필요한 새로운 가치를 창조하는 자이다. 그들에게는 자신에게 운명이라는 이름으로 부여된 사회적 조건과 한계를 몸소 헤쳐나가지 않으면 안되는 용기와 상상력이 필요하다: 지식과 열정만 있을 뿐 남루한 처지인 형식이 그러하고 기생으로서 남성들의 성적 욕망의 대상이 되었던 영채가 그러한 것처럼, 집안의 온갖 반대를 무릅쓰고 동경 유학을 통해 음악도의 길을 걷는 병욱이 그러한 것처럼, 그리고 영어 가정교사로 등장했던 남성과의 결혼을 놓고 번민하는 선형이 그러한 것처럼.

청년들은 모두 자신에게 부과된 불확실함과 반대를 극복하며 무한히 펼쳐진 미래의 소망으로 몸을 던지고 있다. 용기있는 미래로의 투신은 마르크스가 「공산당선언」에서 말한 것처럼, "단단한 모든 것은 녹아 대기 중으로 사라진다All that is solid melts into air"는 표현에 합당하다. 뿐만 아니라 마샬 버먼이 근대성의 본질적 속성이라고 본 용해溶解의 이미지와 증발蒸發 이미지를 모두 담고 있다(마샬 버먼, 윤호병 이만식 공역, 『현대성의 경험』, 현대미학사, 1995개정판, 22면).

전통적 가치가 내면에서 증발되는 모습은 평양에 간 형식이 계향을 따라 박진사의 무덤에 갔을 때이다.

> 그러나 형식은 그렇게 이 무덤을 보고 슬퍼하지는 아니하였다. 형식은 무슨 일을 보고 슬퍼하기에는 너무 마음이 즐거웠다. 형식은 죽은 자를 생각하고 슬퍼하기보다 산 자를 보고 즐거워함이 옳다 하였다. 형식은 그 무덤 밑에 있는 불쌍한 은인의 썩다가 남은 뼈를 생각하고 슬퍼하기보다 그 썩어지는 살을 먹고 자란 무덤 위의 꽃을 보고 즐거워하리라 하였다. 그는 영채를 생각하였다. 영채의 시체가 대동강으로 둥둥 떠나가는 모양을 생각하였다. 그러나 형식은 슬픈 생각이 없었고, 곁에 섰는 계향을 보매 한량없는 기쁨을 깨달을 뿐이다.
>
> (『이광수전집』 1권, 삼중당, 1971, 64면)

형식이 '슬퍼하지 않고 즐거워하는' 양가적인 감정 상태는 이미 윤리의 속박에서 벗어나 욕망이 지배하는 내면을 보여주기에 족하다. 영채의 죽음을 떠올리며 그는 슬퍼하는 것이 아니라 아리따운 계향의 모습에 취해 즐거운 마음을 갖는다. '마음의 부조화'는 윤리 도덕으로는 용인될 수 없는 모순된 감정상태이지만, 인간의 욕망이 윤리나 도덕보다 우세한 근대인의 내면을 잘 묘사하고 있다. 이미 형식이라는 개인의 의식은 영채가 속해 있던 충과 효의 명분에 사로잡히지 않은 감정의 자연스러움을 드러내고 있는 것이다.

형식의 태도는 영채의 죽음을 두고 삼라만상에 스민 로고스를 발견하는 자의 생명의 지고함에 대해 역설하는 서술자의 모습에 부합한다. 그 결과 형식은 영채가 "과연 부모에게 대하여 효孝하지 못하였다. 지아비에게 대하여 정貞하지 못하였다. 그러나 그도 자기의 의지意志로 그러한 것이 아니요, 무정한 사회社會가 연약한 그로 하여금 그리하지 아니하지 못하게 한 것"(『이광수전집』1권, 삼중당, 1971, 53면. 이하 인용 면수만 기재함)이라 판정한다.

형식의 판단은 영채의 죽음에 대한 윤리적 채무에서 벗어나는 계기 하나를 보여준다. 평양에서 서울로 올라오는 기차 안에서 느끼는 형식의 터질듯한 기쁨은 영채와의 윤리적 속박, 과거의 모든 가치와의 결별에서 오는 감정이다. 기차의 궤도 소리가 음악으로 변하고, 굴을 통과하는 소리에 흥분된 그의 감정상태는 "슬픔과 괴로움과 욕망과 기쁨과 사랑과 미워함"(65면)이 한데 녹아 뭉치는 '용해의 이미지'로 나타난다. 비유해 말하면 이 정신 작용은 "한 솥에 집어넣고 거기다가 맑은 물을 두고 장작불을 때어 가며 그 솥에 있는 것을 홰홰 뒤저어서 온통 녹고 풀어지고 섞여서, 엿과 같이 죽과 같이 된 것과 같"고 "좋게 말하면 가장 잘 조화한 것이요, 좋지 않게 말하면 가장 혼돈한 상태"(65면)이다. 이것은 마치 전근대의 압력을 관통하며 새로운 세계로 진입하는 데 필요한 창조적 혼돈, 즉 창조를 예비하는 내면의 카오스모스 chaosmos 상태를 가리킨다.

『무정』이 보여주는 또다른 특징 하나는 '도시'와 '기차'라는 근대문물의 물성에 있다. 형식이 영채를 찾아 평양으로 간 뒤의 모습은 화륜선, 번화한 거리의 유리창과 인력거, 수많은 상점 건물들이다. 근대 풍물에 매혹된 형식이 어린 기생 계향의 손을 잡고 영채를 잃은 슬픔보다도 쾌미快味를 느끼는 것도 전통적인 윤리 감각에서 벗어나 근대문물에 매혹당한 행동거지를 일러준다. 형식의 혼돈스러운 감정상태가 분출되는 공간이 '기차 안 객실'이라는 것도 대단히 상징적이다.

기차는 한국사회의 경우 제국주의 침략의 역사와 함께 하지만 근대 문물의 기술과 속도, 이동성과 편의성을 상징하는 물성을 가지고 있다. 기차로 대변되는 근대문명의 활력은 이미 서구 모더니즘에서 자주 애용된 품목의 하나이다. 한데, 기차의 이동성mobility은 근대인의 생활공간이 무한 확장되는 표상이기도 하다. 『무정』에서 평양과 서울과 삼랑진, 동경과 미국과 유럽이라는 세계는 기차와 화륜선으로 연결되는 '근대 표상'의 공간이기도 하다.

4

『무정』은 '연애'라는 소재가 가진 시대적 함의를 활용하여, 추문과 스캔들의 문학화를 시도한 작품이다. 여기에는 인물의 풍부한 내면성과 이동성이 잘 드러난다. 그러나 이와 함께 지나쳐 버릴 수 없는 것은 인물들의 면면에서 그들의 열정passion이다. 이 열정은 영채의 아버지 박진사, 패동학교 함교장, 경성학교 영어교사 이형식과 그의 제자 이희경, 동경유학생 김병욱, 평양기생 월화, 신문기자 신우선 등에게서 고르게 발견되는 특징이다. 이들은 모두 신구가치의 갈등을 겪으면서도 자신이 세운 '내적 준거체계internally referent system'를 충실히 따른다는 점에서 근대적 개인이다.

『무정』은 단순히 한편의 허구적인 이야기가 아니다. 이 이야기는 1910년대 일제의 식민지배를 겪고 있던 한국 사회의 고뇌와 다양한 관심사를 반영하고 있다. 이광수는 이 이야기에서 청년들의 연애담을 내세워 '신구가치의 틈바구니에 고뇌하며 개인의 행복에 안주하지 않고 민족 구성원을 어떻게 인간답게 살게 할 것인가'에 대한 선택지를 선택하도록 했다.

아아, 우리 땅은 날로 아름다워 간다. 우리의 연약하던 팔뚝에는 날로 힘이 오르고 우리의 어둡던 정신에는 날로 빛이 난다. 우리는 마침내 남과 같이 번적하게 될 것이로다. 그러할수록에 우리는 더욱 힘을 써야 하겠고, 더욱 큰 인물…… 큰 학자, 큰 교육가, 큰 실업가, 큰 예술가, 큰 발명가, 큰 종교가가 나야 할 터인데, 더욱더욱 나야 할 터인데 마침 금년 가을에는 사방으로 돌아오는 유학생과 함께 형식, 병욱, 영채, 선형 같은 훌륭한 인물을 맞아들일 것이니 어찌 아니 기쁠가. 해마다 각 전문학교에서는 튼튼한 일꾼이 쏟아져 나오고 해마다 보통학교 문으로는 어여쁘고 기운찬 도련님, 작은아씨 들이 들어가는구나! 아니 기쁘고 어찌하랴./ 어둡던 세상이 평생 어두울 것이 아니요, 무정하던 세상이 평생 무정할 것이 아니다. 우리는 우리 힘으로 밝게 하고, 유정하게 하고, 즐겁게 하고, 가멸게 하고, 굳세게 할 것이로다.

(『이광수전집』 1권, 삼중당, 1971, 126면)

인용은 『무정』의 끝부분이다. 작품에서 설정된 서구 근대문명에 대한 낙관적인 수용태도가 얼마나 소박하고 관념적인지를 잘 보여준다. 서구 문명의 세례를 받은 자들에 의해 선도되는 조선의 미래에 대한 찬사는 과거에 대한 자기부정과 함께 서구 문명을 전유專有, appropriation함으로써 조선의 점진적인 발전을 도모할 수 있음을 은연중에 드러낸다. 이런 생각은 식민지 초기 한국사회가 일제에게 식민 지배를 허용했던 원인을 내부에서 찾기보다 외부로부터 수용한 문명의 힘으로 자신들의 역사를 치유하겠다는 부르주아적 계몽주의자의 특징이자 한계이다.

『무정』은 최초의 근대소설이었지만 '한국사회의 식민지 근대성colonial modernity in Korean society'의 본질을 진지하게 통찰하지 못한 채 청년들을 내세워 그들의 열정으로만 이루어진 근대를 만들어내고자 했다. 그만큼, 작품에는 당대사회를 구원하고자 하는 열정으로 가득하다.

『무정』은 이광수 특유의 인간관과 세계관, 사회계몽을 위한 근대의 기획을 잘 보여주는 작품이다. 작품은 멀리 「열녀전」을 비롯하여 조선조 소설의 전통을 이어받고, 가까이로는 새로 등장한 근대적인 신소설의 기법을 물려받았다.

인물의 삼각관계는 비단 한국소설의 전통만은 아니다. 잘 알려진 것처럼 서구와 동양사회 모두 애정에서 경쟁관계를 설정하는 데 삼각관계만큼 익숙한 구도는 없다. 이광수는 한국 고전의 하나인 「춘향전」에서 빌려온 남녀의 삼각관계에서 두 남자를 사이에 둔 춘향의 정절 문제를 영채와 형식에게 분담시켜 그들에게 새로운 시대에 걸맞는 과제를 실현하도록 독려했다. 춘향의 정절에서 영채의 인간적 소망을, 형식에게는 영채와 선형 사이에서 고뇌하며 사회계몽의 사명을 수락하게 만들었던 것이다.

그러나 사회계몽을 표방한 『무정』은 신구가치를 너무 대립적으로, 너무나 선악구도로 구성했고 서구 근대문명을 이상화시킴으로써 자기정체성에 대한 깊은 성찰을 놓쳤다는 비판을 면하기 어렵다. 그런 점에서 『무정』은 한국인들에게는 한 선각자의 열정과 오류를 함께 보여주는 반면교사이다.

(2007, 미발표)

'작가'라는 신神

김동인의 소설세계

1

한 인간 존재로서 작가를 이해하는 일은 그가 살았던 시대와 문화를 이해하는 것과 별반 다르지 않다. 작가 역시 사회적 성원이자 그 시대가 만들어낸 문화의 산물이기 때문이다. 작가는 그가 살아가는 동시대의 현실을 통찰하고 선도하며 문화의 경계를 넓혀가는 지식인의 한 사람이다. 김동인(1900-1951)도 그런 사례에 속하는 근대 초기의 문인이다.

김동인은 평양에서 태어나 유복한 환경에서 성장했다. 그가 태어나고 자란 평양은 서울과 달리 기독교 문화가 일찍 수용되었고, 수려한 자연 풍광과 향락적인 도시 분위기가 한데 어울러진 서북지방의 중심지였다. 평양의 이같은 풍토는 김동인 문학에서 전통에 대한 완강한 부정의 정신과 유미주의적 취향을 빚어냈다. 평양의 전형적인 토호였던 그의 집안은 8대에 걸친 만석꾼이었다.

아버지 김대윤은 개화사상에 일찍 눈을 떠 '신민회'에도 깊이 관여했으며 '대동서관'을 경영한 상공인이었다. 그는 평소 자식들에게 중국 혁명가의 삶과, 『월남망국사』(이 책은 베트남 독립운동가 판보이쩌우潘佩珠와 중국의 사상가인 양계초梁啓超의 대화록을 번역한 것이다)를 들려주며 민족의식이 강한 가정교육에 힘쓴 가장이었으며 당대의 신망 높은 사회지도자인 도산 안창호, 남강 이승훈과도 깊이 교유한 지식인이었기도 했다. 전처 소생이었던 이복형 동원은 후처 소생의 첫아들인 동인보다도 16세나 연장年長이었다. 김동원은 아버지의 영향을 받아 1911년에 일어난 105인 사건에 연루되어 투옥되기도 했고 이후에도 사회운동에 몸담은 인물이었다. 동인에게 동원은 맏형이라기보다는 아버지와 다를 바 없이 드높은 사회적 존재였다.

동인은 이처럼 근대적 지식인의 풍모를 지닌 아버지와 맏형의 후광, 생모의 한없는 보살핌 속에서 귀공자처럼 성장했다. 그는 유아독존의 기질과 반기독교적 성향 때문에 '평양숭실학교'를 자퇴한 뒤 홀로 도쿄로 건너갔다. 그는 '동경학원'에 입학하여 먼저 도일한 주요한의 영향 속에 문학에 눈을 떴다.

김동인은 주요한에게서 러시아문학을 소개받아 톨스토이를 접하는 한편, 탐정소설, 영화 등을 섭렵하면서 '다이쇼 데모크라시'의 문화적 세례를 받았다. 아버지의 죽음으로 일시 귀국했던 그는 평양 갑부의 딸과 결혼한 뒤 다시 도일하여 '가와바타미술학교'에 적을 두었다. 그러나 서양미술을 익히기보다는 일본의 낭만주의 화가인 후지시마 타케지藤島武二에게서 서구 근대 미학을 사숙하는 데 더 많은 노력을 기울였다.

1919년 1월, 그는 도쿄에서 주요한 등과 의기투합하여 최초의 근대적인 문학전문잡지 『창조』를 발행하였다. 또한 2월 24일 유학생 독립선언 행사에 참가했다가 피검되기도 했다. 귀국한 다음에도 김동인은 아우 동평의 3.1운동 격문을 작성해준 혐의로 3개월간 감옥생활을 하기도 했다(이때의 감옥 체험을 소재로 한 것이 「태형」이다).

부친의 죽음으로 막대한 유산을 물려받은 동인은 『창조』 관련 업무를 보며 서울과 평양을 오가며 방종에 가까울 만큼 호화 사치의 극단적인 향락을 일삼았다. 언제나 최고급품만을 선호하는 사치벽, 밤낮이 따로 없이 기생들과 질펀한 유흥을 즐기는 습벽, 시도 때도 없이 만주, 경주, 동경 등지로 여행을 떠나는 호화로운 생활이었다. 절제 없이 이어진 방탕의 생활은 20대 후반 막대한 유산을 탕진하고서야 끝난다. 그의 사치와 방종은 아이러니하게도 정치와 사상과 무관하게 탐미적 취향의 작품을 양산하는 밑거름이 되었다.

30대 초반부터 그의 삶은 급전직하한다. 가산 탕진과 사업 실패, 계속되는 여성 편력을 못견딘 부인은 일본 도쿄로 떠나면서 그의 결혼생활은 실패로 끝나고 만다. 아내의 출분出奔은 그에게 커다란 충격을 안긴다. 이 사건은 그에게 여성을 냉소하며 부정적으로 바라보는 계기로 작용했다. 실제로 그의 소설에서 여성에 대한 시선은 냉소와 편견으로 가득하다. 여성들은 한결같이 무지하고 성적으로는 방종하며 사회적 약자로서 좌절과 몰락을 경험하는 주변적인 존재로 그려지고 있다.

이후, 김동인은 평범한 여성과 재혼한 뒤 전업작가로서 생계를 꾸려야 하는 고단한 가장의 길을 걷게 되었다. 그러나 전업작가의 길은 그 스스로 설정한 순수문학의 이념이나 자신의 자부심과는 거리가 먼 행로였다. 생계를 위해서 그는 대중적인 역사소설 연재는 물론, 기행문, 문단회상기, 비평문, 기타 잡문에 이르기까지 온갖 장르의 글을 마다않고 쓸 수밖에 없었다. 급기야 건강을 잃은 그는 약물 남용과 불면증에 시달리면서도 글쓰기의 고단함에서 벗어나지 못하는 자신의 비참한 처지를 자주 한탄했다.

해방후 김동인은 친일 부역문인으로 몰려 많은 고초를 겪었다. 그러나 그는 친일의 과오를 고백하고 참회하는 대신, 자신의 심경을 변명조로 일관하는 「망국인기」(1947), 「속 망국인기」(1948)를 발표하면서 작가로서의 소명의식이나 민족에 대한 역사의식이 부재하는 난맥상을 드러내기도 했다. 6.25전쟁이 터지자 와병 중이었던 그는, 가족들을 피난지로 떠나보내고 쓸쓸히 생을 마감했다. 그의 나이 52세 때였다.

　막대한 유산상속자, 사치와 방종을 일삼은 화려한 귀공자 작가에서 가난한 전업작가로 전락한 굴곡진 생애에도 불구하고, 김동인이 근대 초기 문학사에 남긴 공과는 결코 가볍지 않다. 무엇보다 그는 근대 초기에 문단의 대선배인 이광수를 비롯하여 염상섭, 현진건 등과 어깨를 나란히 하며 근대문학의 초석을 함께 놓은 작가였다. 이들 동시대의 문학인은 모두 '최초'라는 수식어가 따라붙을 만큼 문학사에서 차지하는 비중은 실로 크다. 최초의 근대소설 「무정」을 쓴 이광수, 초기 삼부작을 통해서 '최초'로 근대적 인간의 내면과 암울한 시대현실을 담아낸 염상섭, '최초'의 자유시 「불놀이」를 쓴 주요한 등등, 이들의 면면을 보면 근대문학사에서 차지하는 비중은 간단히 지나쳐버릴 정도가 아니다. 김동인도 이 '최초'의 한 자리를 차지한다.

　김동인은 우리나라 최초의 순수문예지인 『창조』를 간행한 잡지 발행인이었고 순수문예를 주창한 '창조파' 동인의 한 사람이었다. 그는 김환의 소설 「자연의 자각」을 두고 염상섭과 최초의 문학 논쟁을 벌이며 근대 초기의 문단을 뜨겁게 달구기도 했다. 김동인은 창조파와 함께 순문예운동과 언문일치운동을 주도하며 '순수예술'로서의 문학을 제창하였다. 이와 함께 그는 단편소설의 엄격한 형식미를 추구하며 문제작들을 발표했고 다른 한편으로는 소설 평론을 쓰며 비평가의 재능도 십분 발휘했다. 대표적인 비평서로 이광수의 소설을 비판적으로 분석한 『춘원연구』가 있다. 그는 근대초기에 문학잡지 발행인, 작가, 비평가로 활동하며 근대 초기의 문학 발전에 기여했다.

　김동인은 근대 초기에 자신의 사명과 신념, 활발한 창작을 통해 거둔 자신의 선구적 역할에 큰 자부심을 가졌다. 자화자찬식 서술이긴 하지만, 그가 '창조파' 시절을 회고한 글을 많이 썼던 것도 이런 맥락에서이다. 「문단회고」·「속 문단회고」(1931)와 「문단 15년 이면사」·「나의 문단 생활 20년 회고기」

(1934) 등과 같은 회고담에서, 그는 자신의 선구적인 역할을 부각시키기는 했지만 근대 초창기 문단의 구체상을 이해하는 데 귀중한 증언이다. 굳이 그의 회고담에 기대지 않아도, 문학의 예술적 가치를 표방하며 내걸었던 순문학에 대한 문학사적 의의, 이광수의 소설을 매섭게 질타한 평문에서 보게 되는 매서운 논리가 근대 초기 문단에서 시의적절했다는 점은 잘 알려져 있다.

김동인은 작가로서 오연傲然한 자의식으로 문학예술에 대한 미적 가치를 견지하고자 했다. 하지만 그의 논리 대부분은 일본 유학시절에 습득한 비체계적이고 불완전한 지식에 바탕을 두고 있었다. 문학예술에 대한 지식 일반의 비체계성은 근대초기 문인의 일반적인 현상이었기 때문에 폄하할 필요는 없다. 그가 근대 문학을 섭렵하는 과정에서 습득한 서구 예술 미학은 민족사상이나 계급사상과는 달리 미적 가치를 중심에 둔 문학예술관을 주장하는 토대가 되었기 때문이다.

김동인은 인생 너머에 있는 예술의 창조적 욕구를 피력하며 작가의 지위를 신의 반열에 올려놓고자 했다. "예술은 인생을 위하여도 아니고 예술 자신을 위하여서도 아니요 다만 예술가 자신의 막지 못할 예술욕 때문"이라는 것이 그의 지론이었다. 그는 1920년대 초반에 풍미했던 계몽성이나 문학의 정치성과 궤를 달리하며 예술적 미에 독자적이고도 절대적인 가치를 부여하고자 했다.

「자기의 창조한 세계」에서는 '작가'라는 존재가 '자기가 그린 인생(작품)을 자유자재로, 마치 인형을 놀리듯이 자기 손바닥 위에 놓고 놀리는' 대표적인 작가로 톨스토이를 거론했다. 톨스토이의 위대함은 '작중인물을 완벽하게 통제하는' 모습에 있었다. 김동인은 도스토예프스키나 빅토르 위고마저도 통속적인 작가로 보았다. 그가 톨스토이에 매료된 것은 먼저 일본 유학길에 올랐던 주요한과 함께 러시아 문학에 깊이 심취했기 때문이기도 하지만,

내용 중심의 소설이 아닌 '인형조종술'이라는 마법을 유감없이 발휘한 톨스토이의 작가적 역량을 흠모했기 때문이었다. 실제로 김동인은 많은 소설평에서 기교를 중시했고 작품 내용보다는 형식에 많은 비중을 두었다.

김동인의 '인형조종설'은 그의 소설세계 전반에 작동하는 내적 원리이지만, 다른 한편으로 그의 소설이 다채로운 형상을 갖추는 데 크게 기여한 미적 원리이기도 했다. 그의 소설이 가진 다채로운 형상은 한국문학사에서 서양의 숱한 문예사조와 결부시켜 논의하도록 만들었다.

그의 소설세계에서는 전락하는 인간의 사회 일화를 냉연한 문체로 포착하고 부감俯瞰하는 초월적 존재이자 예술화의 원리를 추구하는 '신적 존재'인 작가(작품에서는 '서술자')에 주목해야 한다. '작가야말로 사회의 공동선共同善보다 미의 가치를 우선하는 존재'라는 김동인의 선언은, 그의 문학이 예술지상주의 또는 유미주의의 이념과 먼 거리에 있지 않았음을 잘 보여준다.

근대 초기 김동인의 순수문학 지향논리는 당대 문학에 신선함을 불어넣는 시의적절한 역할을 수행했다. 그는 이광수 류의 계몽문학이나 카프의 계급문학을 부정하고 문학예술의 미적 가치와 고유성을 진작시키려 노력했다. 그의 노력은 순문학의 전통이 크게 미흡했던 근대초기 문단에 '예술로서의 문학'이라는 존재양식을 재고하게 만들었다. 그는 '단편소설의 개척자'라는 명성에 걸맞게 시제와 인칭, 시점, 상상과 허구화 등등의 기법을 소설 양식의 조건에 포함시켜 근대소설 발전에 필요한 준거를 제공해 주었다. 특히, 문학의 사상적 사회적 연관보다도 '문학의 미적 가치'를 완성해야 한다는 그의 주장은, 당대 문학에서 크게 미흡했던 형식미와 기법의 중요성을 깨닫도록 하는 동기를 제공했다는 점에서 문학사적인 의의가 크다. 그러나 이 모든 공과는 서구와 일본에서 근대문학을 수용하는 근대 초기라는 특수한 조건에 힘입은 바가 크다.

3

이 책(김동인,『감자』, 글누림 한국소설전집, 2007. 인용한 텍스트의 면수만 기재함)에 수록된 김동인의 소설 12편은 가장 널리 읽히면서도 그의 문학적 개성을 잘 드러내는 사례이다.

「약한 자의 슬픔」(1921)은『창조』창간호에 실린 그의 첫 작품이다. 작품 내용은 신학문을 공부하는 여학생 '강 엘리자베트'의 전락에 관한 이야기이다. 여주인공은 한 남학생을 연모한다. 하지만 그녀는 가난한 집안 환경 때문에 가정교사 생활을 하던 중에 집주인인 남작에게 정조를 잃고 만다. 그녀는 임신한 몸으로 고향 친척집에서 요양하다가 자신의 삶을 망쳐놓은 남작에게 소송을 건다. 소송이 기각되자 그 충격으로 여성 주인공은 낙태하고 권력없는 자의 한계를 절감하며 재생의지를 다진다는 것이 줄거리이다.

첫 작품이긴 해도 1920년대 초반 문학에서 여성을 내세워 사회적 약자와 남성 권력자를 배치한 이야기 구도는 당대 식민지 조선의 현실에 대한 은유로 읽어낼 여지가 충분하다. 「약한 자의 슬픔」에서는 '그/그녀'의 인칭을 처음 사용한 점, 근대 사법제도에 대한 이해를 도입한 점, 심리 묘사가 돋보이는 점, 사회적 한계에 대한 좌절의 운명을 겪는 김동인의 관점 등등이 잘 드러나 있다. 여성의 사회적 전락은 훗날 「김연실전」에서 다시 변주된다. 사회적 약자가 남성의 가부장적 권력 때문에 좌절하고 절망한다는 이야기 설정은 동인 특유의 허무주의적 기질과 결합하여 여성의 삶에 대한 냉소와 부정적인 묘사로 변주되어간다. 온천휴양지를 무대로 가난한 여성의 삶을 그려낸 「대탕지 아주머니」도 마찬가지이다.

성격적 결함과 비극적인 운명에 좌절하는 인간 군상은 사실 김동인의 소설에서는 낯설지 않게 반복해서 등장한다. 오해에서 비롯된 아내와 동생의 관계를 의심하던 서술자가 아내의 죽음과 동생의 잠적으로 이어지는 사태를 낳게 만들고 속죄하는 마음으로 동생을 찾아 끝없이 유랑하는 삶을 그린 「배따라기」, 돈 앞에 도덕 윤리가 무색해지고 인성이 마멸되어가는 현실을 냉연하게 그려낸 「감자」, 방종과 타락, 허세로 얼룩진 신여성의 전락을 그린 「김연실전」, 여성노동자가 가난의 늪에서 헤어나지 못하는 모습을 그린 「대탕지 아주머니」 등등이 바로 그러하다. 등장인물은 신여성, 주부, 기생, 가복, 회사원, 노동자에 이르는데, 이들은 한결같이 전락을 거듭하며 삶의 누추한 삶을 살아간다는 공통점을 가지고 있다.

김동인 소설에서 작중인물들의 운명적 비극성은 인형조종설에 입각한 관조자로서의 작가적 위치, 공상과 그에 수반된 미적 태도에서 연유한다.

> 인용1. 평양 사람인 여는 수천 년래로 우리의 조상의 하는 일을 본받아서 그 장청류의 대동강을 내려다보면서 한 가지의 공상을 날려 볼까.
>
> (「대동강은 속삭인다」의 서두)

> 인용2 샘물! / 저 샘물을 두고 한 개 이야기를 꾸미어 볼 수가 없을까. 흐르는 모양도 아름답거니와 흐르는 소리도 아름답고 그 맛도 아름다운 샘물을 두고 한 개 자미있는 이야기가 여(余)의 머리에 생겨나지 않을까. 암굴을 두고 생겨나려던 음모 살육의 불쾌한 공상보다 좀더 아름다운 다른 이야기가 꾸미어지지 않을까.
>
> (「광화사」의 서두)

인용1에서 보듯, '공상'은 김동인의 소설에서 반복해서 등장하는 서술 국면의 하나이다. 공상은 허구적인 이야기인 소설을 낳는 원동력이다. 인용2에서처럼, 서술자는 '장청류長淸流의 대동강'(또는 '샘물')을 바라보며 이야기를 만들어내는 창조자이며 또한 관조자이다. 그는 강물(또는 샘물)을 바라보면서 눈앞에 펼쳐지는 유장한 흐름을 삶의 흐름으로 바꾸어 허구적인 이야기를 만들어내고자 한다. 이때 공상은 부침을 거듭하는 인간사에 관한, 이야기를 만들어내는 발단과 과정 자체를 조종하는 서술자의 능력과 특징을 가리킨다.

'몽상'은 인물을 배치하고 사건을 전개하는 행로를 고안하는 상상력의 한 국면인 셈이다. 이야기를 만들어내는 과정을 스스럼없이 드러내는 작가의 의도는 공상과 현실과의 객관적인 거리를 유지하려는 데 있다. 그 결과 이야기는 안과 밖으로 나누어지고, 만들어진 내부 이야기는 형식적으로 안정성을 확보하게 된다.

허구화 과정을 숨기지 않는 서술자의 위치는 강물과 샘물을 '내려다보는' 지점에 있다. 이 위치는 작가 자신이 절대적 권능을 행사할 수 있는 유리한 지점이다. 망원경이나 카메라 같은 근대 문명의 도구를 사용하지는 않고 있지만, 관조자의 모습에는 대상과 미적 거리를 유지하는 예술가의 면모가 담겨 있다. 관조자의 시선 아래에 놓인 대동강과 샘물은 '조상의 일을 본받으려는' 기개와 '음모와 살육의 불쾌한 공상' '그 불쾌한 공상보다 좀더 아름다운 이야기'를 '만들어내려는' 의지를 가동하는 외적 계기이다.

관조자의 모습에서는 자연을 완상하며 인생의 의미를 발견하는 전통적인 관점과는 확연히 구별되는 특성이 발견된다. 그 특성은 자연을 '있는 그대로의 것'으로 취급하지 않고 이를 대상화하며 인간의 알 수 없는 삶을 이야기로 구성해내려는 사유방식이다. 이렇게 되면 자연은 서술자의 내면에 자연물 본래의 성질인 '여기 있음'이 아니라 연상을 거쳐 허구적인 이야기를 만들어내는 재료가 된다. 자연은 관조자의 자유로운 몽상을 가능하게 해주는 대상이자 질료들에 지나지 않는다.

김동인의 소설에는 인간의 전락과 생의 온갖 파멸마저도 한낱 삶의 누추한 본질에 지나지 않는다는 냉소적이고 허무주의적인 관점이 있다. 이광수의 「무명」에 비견되는 가장 김동인다운 작품으로 꼽는 「태형」에서도 그러한 면모가 발견된다. 「무명」이 계몽적 민족주의자의 면모를 보여주었다면, 「태형」은 3.1운동 직후 체험한 감옥을 배경으로 삼았으나 민족과는 무관한 개개인들의 위악한 욕망에 주목한 작품이다. 「태형」은 3.1운동 직후의 시대 현실과 감옥을 공간적 배경으로 삼았으나 사회적 연관보다는 이기적인 인간상을 여과없이 보여주고 있다. 이같은 특징은 개인주의에 입각한 객관적 묘사와, 인간의 위악한 욕망을 재현하는 미적 가치가 주된 관심사였음을 확인시켜준다. 사실 이러한 관점은 동인의 소설 이전에는 존재하지 않았던 예술적 관점이다. 인간의 욕망이 가진 부도덕함은 「배따라기」나 「감자」, 「광염소나타」, 「광화사」, 「김연실전」 등등에서도 결코 예외가 아니다.

김동인은 관조자의 관점과 객관적 묘사를 통해 작가의 위상을 신의 지위에 버금가는 존재로 격상시켰다. 그의 소설에서 많은 인간사는 모두 수수께끼이며 우연과 불행으로 중첩된 운명으로 이야기된다. 그는 소설 속에 등장하는 인물을 인형처럼 조종하며 인간사를 지켜보는 '작가 신作家神'이고자 했다. 그의 소설에서 사랑과 죽음, 생활의 고단함, 더 이상 나빠질 수 없는 상황에서 일어나는 모든 비극의 운명적 계기들은 작중인물들이 항거할 수 없는 힘에 속해 있다. 이 힘의 개입 정도에 따라 인물들은 전락을 거듭하는 것이다. 「약한 자의 슬픔」의 '엘리자베트'가 그러하고, 「배따라기」의 형과 동생의 관계가 그러하며, 「감자」의 복녀, 「붉은 산」의 '익호' 또한 그러하다. 이렇게 인상 깊은 인물들의 창안은 분명 김동인의 몫이다.

한편, 김동인 소설의 인물들은 대부분 돌연한 전락으로 내몰리지만 사건의 전말은 생략되어 있다. 이 국면은 극도로 절제된 냉연한 문체의 효과와 맞물려 있다. 인물들은 '자동인형'처럼 사건의 전개에 따라 수동적으로만 움직일 뿐이다. 여기에는 압축되고 요약된 진술만 나타날 뿐 인물들이 고심하는 내면은 잘 드러나지 않는다. 그의 소설에서는 주저하는 평범한 일상인의 모습보다 파탄을 초래하는 인간의 '운명적 결함'[hamartia, 아리스토텔레스는 그

의 『시학』에서 고귀한 인물의 비극성을 '과녁을 빗나간 화살'이라는 뜻으로 표현했다]
이 작위적인 비극성과 극적인 반전 효과를 통해서 부각되고 있는 것이다.

「배따라기」의 인상적인 장면 하나를 떠올려보자. 작품에서 동생과 아내의
친밀했던 관계는 형의 질투와 포악한 성격과 부딪친다. 어느날 쥐를 잡으려
했던 사소한 일이 형에게는 두 사람의 불륜 행각으로 오해되면서 걷잡을
수 없는 파탄을 불러들인다. 아내는 바다에 몸을 던져 주검으로 발견되고
동생은 잠적한다. 죄의식 속에 동생을 찾아나선 형과 동생의 끝없는 유랑이
대비되면서 운명의 비극성과 삶의 무상함은 증폭된다. 아련히 들리는 배따
라기 타령은 이를테면 비극을 승화시킨 가인歌人의 음성이다. 이 완미한 예술
가소설은 김동인이 추구한 예술성과 형식성을 잘 보여주는 사례이다.

「감자」는 한 사내가 남은 재산으로 인륜을 배우며 자라난 복녀를 사서
아내로 삼는, 전 생애를 건 투기가 이야기의 서두이다. 복녀의 남편은 생계를
꾸리는 일에는 전혀 관심 없는 파락호破落戶이다. 복녀는 궁핍을 견디다 못해
평양 성문밖 빈민굴에서 구걸과 매춘으로 연명하며 환경의 힘에 굴복한다.
그녀는 지상의 열락과 말류의 타락에 감염되자마자 멈출 줄 모르는 전락으
로 치달아간다. 복녀는 그 이름과 달리 송충이잡이 감독과의 매춘을 시작으
로 중국인 왕서방에게 자신을 맡겼다가 왕서방의 손에 비참한 죽음을 맞는
다. 한 인간의 전락과 몰락 과정은 객관적 시선과 냉연한 문체, 과감한 생략
과 압축을 통해 빠른 템포로 된 위압적인 이야기로 만들어졌다. 이 성취는
20년대 소설에서는 매우 드문 사례에 속한다.

「감자」의 언저리에 「붉은 산」이 있다. 이 작품은 흔히 민족주의적 성향이
강한 것으로 이해되지만 실상은 그렇지 않다. 만주를 여행하는 의사의 시선
으로 이야기되는 이 작품은, 중국인 지주에게 소작을 붙여 연명하는 조선인
농민들의 고단한 삶이 주된 테마이다. 독자들은 '만보산 사건'이나 중일전쟁
의 가파른 정세를 떠올릴지 모른다. 그러나 작품은 시대 현실과는 무관하다.

의사의 시선으로 관찰되는 익호라는 인물은 '삵'이란 별칭에 걸맞게, 동포의 고단한 일상에 얹혀 살아가며 도박과 주벽으로 나날을 보내는 암종 같은 존재이다. 그러나 그는 소작료를 내지 못해 중국인 마름에게 심한 고초를 겪고 돌아온 늙은 소작인 동포의 곤경을 방관하던 중에 서술자의 비아냥거림과 냉소를 듣는다. 그후 익호는 들끓는 부락 사람들의 울분을 대신해서 중국인 지주집에 항의하러 나섰다가 피투성이가 되어 돌아오고 서서히 죽어간다.

「붉은 산」은 죽어가는 익호에게서 인간의 불가해함을 대면하고 침묵할 뿐이다. 절제된 서술 뒤에 감추어진 약소민족의 애환을 감안한다고 해도 작품의 주된 메시지는 한 인간에 대한 냉소와 관찰에 집중되고 있다. 여기에는 제국 일본과 맞서 싸우는 중국인과 조선인의 제휴와 연대, 가령 만주에서의 항일무장투쟁에 대한 최소한의 이해조차 관심의 대상이 되지 못한다. 일관된 이야기의 흐름은 불우한 환경 속에 내던져진 암종같은 한 존재가 공동체의 분노를 대신해서 저항하다가 죽음을 맞는다는 이해할 수 없는 인간 본성에 대한 의문으로 귀착되고 있다.

「감자」나 「붉은 산」에서 발견되는 중국인 상은 김동인의 문학이 당대 현실에 대한 최소한의 이해조차 미흡한 사례일지 모른다. 「붉은 산」을 두고 민족주의 성향을 띤다고 성급하게 말하는 것은 작품의 일면만 보는 오독에 가깝다. 익호에 대한 독자들의 이해가 교란되는 현상은 인간 존재에 대한 허무주의적 냉소를 바탕에 두고 미적 가치를 포착하는 관조자의 위치를 감안하지 못한 데 있다. 때문에 김동인의 소설은 미적 가치의 전제를 늘 염두에 두고 감상하는 균형감각과 지혜로운 판단을 필요로 한다.

「명화 리디아」(1927)는 김동인의 대표작은 아니나 「광염소나타」, 「광화사」에 이르는 탐미주의의 요체를 해명해줄 단서를 제공하는 소품이다. 이야기는 300여 년 전 남유럽을 무대로 '벤트론'이라는 대 화가의 죽음 이후 사건을 내용으로 삼고 있다. 벤트론 부인은 죽은 남편을 향한 그리움과 슬픔 때문에 유작을 모두 팔아치우려 한다. 그러던 어느날 벤트론 부인 집에 대공작과 당대 최고의 미술비평가가 방문한다. 부인의 안내로 화실에 들어간 대공작과 미술비평가는 구석에 방치된 제자의 우작愚作 '리디아'를 그의 대표작이라 극찬하자 벤트론 부인은 영문을 몰라한다. 그후 이 그림은 대공작에게 거금에 팔리고 소유주가 여러 번 바뀐 끝에 300년이 지난 지금, 박물관의 '벤트론 실' 정면에 걸려 가장 귀한 대접을 받는 '명화'가 된다.

「명화 리디아」는 '예술' 개념과 미의 개념에 대한 김동인의 사유 일단을 잘 보여준다. 김동인의 관점에서 '예술'은 미적 가치의 새로운 창안에 의해 얼마든지 전복 가능하고 또한 끝없는 갱신으로 이룩되는 미적 지평이다. 제자가 그린 「명화 리디아」는 벤트론에게 평가받지는 못했지만 미술애호가인 대공작과 비평가에게서 그 가치가 새롭게 발견된 경우다. 이런 점에서 명화 '리디아'는 복잡 기묘한 미, 미의 척도가 유동적이고 새롭게 평가받는다는 생각을 보여준다. 이야기는 김동인이 규정하는 미적 가치가 어떤 윤곽을 가지고 있는지를 짐작할 수 있게 해준다. 작품에 근거해서 말한다면, 미적 이념이 절대화하면 화석화될 뿐이다.

제자의 그림은 벤트론의 미학을 따르지 않았지만 미적 가치의 갱신을 이룬 그림이었던 것이다. 벤트론과 그의 부인에게 포착되지 않았던 미적 가치가 대공작과 미술비평가에게 새롭게 발견되듯, 예술 이념은 고정된 실체가 아니라 끝없이 갱신된다는 것을 말해준다. 훗날 벤트론의 대표작으로 숭앙받는 명화가 실은 벤트론의 것이 아니라는 이야기 설정은 세인들의 평가와는 무관한 예술적 진실의 후광 효과와 함께 '해 아래 새것은 없다'는 명제를 떠올려준다.

미의 끝없는 갱신, 곧 예술적 미의 '영구 혁명'에 대한 김동인의 관심은 예술지상주의, 탐미주의적 경향을 드러낸 「광염소나타」와 「광화사」에서 좀

더 구체화된다. 「광염소나타」는 천재적 예술의 가치와 인간 윤리 사이의 모호한 경계境界에 초점을 맞춘 이야기다. 이야기의 많은 부분은 백성수의 고백이 아닌, 그를 바라보는 음악평론가, 정신과 의사의 시선과 대화들로 채워져 있다. 이들의 시선과 논리는 「명화 리디아」와 같은 관찰자, 관조자의 그것이다. 범죄를 통해서만 야성적 영감을 발휘하는 백성수의 예술적 천재성은 전통이나 윤리의 관점에서는 도저히 용인될 수 없다. 「광화사」 또한 「명화 리디아」와 「광염소나타」의 전제와 멀리 떨어져 있지 않다. 화가인 솔거는 자신의 예술적 성취 욕망을 위해 눈먼 여성의 목숨도 빼앗는다. 백성수와 솔거 이야기는 윤리나 도덕 같은 현실원칙을 넘어 미적 가치는 과연 무엇인가라는 질문을 극한까지 밀어붙인 사례이다. 여기에는 일반인들의 삶, 상식이라는 척도는 도무지 끼어들 틈이 없다.

김동인은 "예술은 개인 전체이고 참 예술가는 인간의 영혼이며 참 문학작품은 신의 섭(囁-소근거림)"(「소설에 대한 조선 사람의 사상을…」, 1919)이라고 한 바 있다. 그는 현실의 원리보다 예술의 가치를 더 중시했던 셈이다. 이렇게 보면 백성수의 천재성이나 솔거의 예술적 성취 욕망은 살인이나 시체 모독 같은 엽기적인 범죄행각까지도 상쇄하는 것은 미의 가치를 절대화한 허구적 상상의 산물이라고 말할 수 있다. 되풀이되는 범죄행각과 함께 탄생하는 백성수의 야성野性 가득한 음악이나, 솔거의 살인과 함께 창조된 화폭 속 '원망하는 미인도'는 탐미주의의 예술적 명제라기보다는 김동인 자신이 추구했던 미적 이념의 구현물이었던 셈이다.

4

근대 초기문단에서 김동인은 예술과 삶의 일치를 결행하면서 스스로 '악마적'이라고 표현할 만큼, 자신의 문학적 자부심을 감추지 않았다. 그는 문학의 미적 예술적 이념을 확장시켜 모든 금기와 억압, 현실의 윤리적 차원까지도 벗어난 절대적 가치로 삼았다. 김동인의 이같은 문학의 예술적 미적 순수가치 이념은 정치와 사상, 사회와의 연관까지도 부정하는 급진성을 띠었다.

김동인은 단편소설의 미학을 정립하기 위해서 소설의 형식성과 관련된 이론을 제시하면서 스스로 소설 창작에 심혈을 기울였다. 그의 소설은 개화기에 등장한 단형서사체나 계몽소설이 가진 교훈성을 배격하고 비극적인 세계관을 바탕으로 삼아 일상적인 삶을 묘사하는 데 주력했다. 과거시제와 시점, 인칭 표현, 내부이야기를 기술하는 방식 등등은 작위적인 느낌을 주기는 하지만, 새로운 소설의 전통을 만들어낸 시도 그 자체만으로도 충분한 가치를 갖는다.

김동인의 문학은 미적 가치의 완결성, 그에 따른 문학사적 기여만큼이나 아쉬움 또한 적지 않다. 그가 일군 문학의 순수가치 또는 문학 중심주의는 사회와 역사에 대한 총체성을 구비하는 경로로 나아가지 못한 채 자신이 그토록 경멸했던 대중문학으로 전락하고 말았다. 때문에 그의 문학적 위상도 1930년대 후반에 와서는 크게 퇴조한다. 사회역사적 시야의 맹목성은 식민지 후반기에 이르러 친일적 성향의 역사소설로 나타났고, 해방기에는 몰역사적인 변명을 담은 소설로 표출되었다. '작가 신'을 지향했던 그의 오연한 미의식은 파행하고 되고 말았다.

김동인의 소설은 극적인 사건 구성, 속도감 있는 스토리 전개, 객관적이고 냉정한 문체의 효과를 느낄 수 있다는 점에서 재미와 매력 또한 적지 않다. 독자들은 그의 소설에서 한 시대를 풍미했던 작가의 패기와 창조에 대한 치열한 욕구를 접할 수 있을 것이다.

(출전: 김동인, 『감자』, 글누림 한국소설전집, 2008)

어두운 시대와 문학의 응전

최서해와 조명희의 소설세계

1

'인간다운 삶'을 위한 행복 추구의 권리와 자유가 폭넓게 주어지고 용인되는 현실이 누구에게나 바람직한 사회일 것이다. 하지만 그러한 사회는 우리가 소망하고 쟁취하며 함께 만들어가야 할 유토피아의 그림자일지 모른다. 세계불황이 다시 찾아든 지금(이 글의 발표 시점은 2007임 — 필자) 하층민들의 시름과 곤경은 더욱 깊어지고 있다. 이와 관련해서 1920년대 소설은 새로운 의미로 다가온다. 90년 가까운 거리를 둔 1920년대의 소설이 왜 의미가 있다는 것일까. 무엇보다 이들 소설은 상상으로 만들어낸 허구가 아니라 절대궁핍의 사회적 체험을 근거로 삼았기 때문이다.

1920년대 조선 사회는 식민체제 안으로 강제 편입된 지 10여 년이 지난 시점이었고 수많은 계층을 하층민으로 내몰았던 때이기도 했다. 땅도 없는 소작농이나 호구지책을 구해 거리로 나선 도시 빈민들에게는 소망 없는 굶주림의 나날만이 가로 놓여 있었다. 그들은 가난과 질병에 노출된 채 방치된 인간 이하의 삶을 강요받고 있었던 것이다.

최서해와 조명희의 1920년대 소설은 바로 이 어두운 시대의 현실을 핍진하게 담아낸 의미 있는 텍스트이다(최서해·조명희, 『고국/낙동강』, 글누림 한국소설전집 20, 글누림, 2007. 이하 인용은 이 텍스트의 면수만 기재함). 두 작가는 자신들의 삶과 떼어놓고 생각할 수 없었던 가난과 사회적 빈궁에 주목했다. 이들은 이광수·최남선의 2인문단 시대를 지나 움을 틔운 동인지시대를 잇는 세대이기도 했다. 최서해와 조명희는 김동인·현진건·염상섭·나도향과 같은 근대 초기의 작가들이 대표작을 산출하는 시기에, 채만식·한설야·박화성·이기영·이태준·계용묵·주요섭·방인근 등과 함께 등장하여 '신경향' '프로문학'의 전범으로 거론되는 작품들로 작가적 명성을 얻었다.

최서해는 자전적 체험과 사실성을 기반으로 극한적 가난에서 오는 절망과 분노를 담아냈다. 조명희 또한 지식인의 빈궁한 삶을 소재로 한 창작을 거쳐 곤궁한 식민지 농촌에 주목하면서 자신의 문학적 입지를 다졌다. 두 사람은 가혹하리만치 혹독한 가난의 부피를 몸소 체험했고 또 그 체험의 뿌리가 식민지 조선의 현실과 연루돼 있다는 것을 절감하며 억압적 현실 인식과 현실 타개를 위한 실천의 문제를 주요 테마로 삼으면서 1920년대 소설사에 새로운 작풍을 불러일으킨 작가들이었다.

2

"경험 없는 것은 쓰지 않으려 한다."는 언명에서도 알 수 있듯이, 최서해는 자신의 모진 빈곤과 절망을 딛고, 만주 일대를 유랑했던 체험을 바탕으로 근대소설의 육체를 만들어내며 새로운 경향을 선보였다.[2] 1901년 함경북도

---

1   최서해, 『?!?!?!』, 『조선문단』 통권 7호, 1925.1, 19면.

성진에서 태어난 그는, 1932년 때이른 죽음을 맞이하기까지 소설 60편, 수필 74편, 평론 19편을 발표하며 왕성한 필력을 보여주었다.

소년 시절 그는 아버지로부터 한학을 수학했으나, 1910년 이후 집을 떠나 만주 일대에서 독립운동에 가담했던 아버지 때문에, 소학교도 제대로 마치지 못할 만큼 극심한 가난을 겪었다. 이런 와중에도 그는 핍절한 집안일을 도우며 『청춘』『학지광』 같은 잡지를 구독하는 한편, 장거리에 나가 신구소설을 읽으며 문학의 꿈을 홀로 키워나갔다. 그는 이광수의 『무정』이 『매일신보』에 연재되었을 때 거의 매일 성진 읍내를 오가며 신문을 빌려 읽고 돌아올 만큼 문학에 대한 남다른 열정을 소유하고 있었다. 이광수의 『개척자』가 연재되자, 그는 춘원에게 편지를 보내 서신을 주고받을 정도였다. 1918년 그의 산문이 춘원의 소개로 『학지광』에 실리기도 했다.

이 시기에 최서해는 흑룡강 일대에서 활동한다는 아버지에 대한 풍문을 듣고 모친과 함께 만주의 궁벽한 산촌 빼허白河로 건너갔다. 그러나 그는 중국인 지주의 소작을 얻어 겨우 연명할 수 있었다. 두해째가 되던 1920년부터 그는 간도 일대를 유랑하며 남의 음식점 점원, 인부, 나뭇꾼, 두부장수, 노동판의 십장에 이르기까지 온갖 직업을 전전했다. 1923년 그는 북간도의 얼따오꼬우二道溝를 거쳐 귀국길에 올라 회령으로 돌아와 노동자 생활을 시작했다. 「귀국」은 바로 이때를 배경으로 삼은 자전적인 작품이다.

회령에서 잠시 노동자 생활을 했던 최서해는 이 시기에도 시조와 단편을 신문과 잡지에 꾸준히 투고하였다. 그의 처녀작 「토혈」은 1923년 1월 『동아일보』 독자란에 게재되기도 했다. 그가 함북 종성에 머물고 있었던 김동환과 만나 우정을 쌓기 시작한 것도 이즈음이다. 이광수의 추천을 받은 첫 작품 「고국」이 1923년 『조선문단』 창간호에 게재되자 최서해는 가족은 그대로

---

2   신춘호, 『최서해-궁핍과의 문학적 싸움』, 건국대출판부, 1994.

두고 홀로 상경을 결심한다. 상경은 하였으나 마땅한 거처나 아는 이도 없던 그는 한동안 이광수의 집에 식객 노릇을 하다가 이광수의 주선으로 양주 봉선사에서 두달 가량 머물면서 문학공부에 매진하며 평문을 발표하기도 했다(그는 일본서적을 통해 근대 러시아문학과 영미문학, 독일문학을 섭렵하면서, 『조선문단』에 「근대 노서아문학 개관」, 「근대 영미문학 개관」, 「근대 독일문학 개관」 등의 평문을 게재했다).

이후 최서해는 승려와의 사소한 다툼으로 봉선사를 박차고 나와 방인근의 집에 기식하면서 1925년 「탈출기」(『조선문단』 3월호)를 발표했다. 이 작품으로 작가적 역량을 인정받은 뒤, 문제작 「박돌의 죽음」, 「기아와 살육」을 속속 발표하며 문단의 주목을 받았고 김기진의 권유로 카프에 가담하였다. 1926년 첫 번째 창작집 『혈흔』을 간행한 뒤 문단의 후한 평가를 받으며 1927년 한해 동안 단편 20여 편을 발표할 만큼 왕성하게 작품활동을 했다. 그러나 왕성한 작품활동과는 별개로 최서해 개인의 경제적인 사정을 별반 나아지지 못했다. 경영난에 빠진 『조선문단』이 폐간되자 그는 여러 잡지사와 신문사를 전전했으나 생활기반이 전혀 없던 경성에서 타지생활의 가난을 벗어나지 못했다.

1928년 두 번째 창작집 『홍염』은 김기림으로부터 "근대문학의 최고봉"[3]이라는 찬사를 받았다. 이듬해 『매일신보』 편집장이었던 이익상의 추천으로 같은 신문사 학예부장에 취임하며 비로소 경제적 안정을 얻게 되었다. 경제적 안정 속에 그의 문학은 인도주의적인 경향을 띠면서 그러한 변모를 비판해온 카프에서 탈퇴하였고 문단의 관심에서 멀어졌다. 그는 1930년 장편 『호외시대』를 연재한 뒤 간도 시절에 얻은 지병으로 때이른 죽음을 맞았다.

최서해의 문학에 대한 평가로는 오랜 지인이었던 김동환의 발언이 있다.

---

3   김기림, 「문예시평 – '홍염'에 나타난 의식의 흐름」, 『삼천리』, 1931.9.

김동환은 최서해의 문학을 평하여 「홍염」과 「저류」, 「탈출기」가 걸작이며 「그믐밤」, 「큰물 진 뒤」가 가작이고, 장편 『호외시대』와 「갈등」은 태작(駄作, 졸작)이라고 발언하였다.[4] 폄훼에 가까운 동료 문인들의 야박한 평가는 1930년대 문단에서 비제도권 출신 작가에 대한 편견을 가진 몇몇 견해 중 한둘에 지나지 않는다. 「고국」을 가작으로 추천했던 춘원의 경우, 기교와 문체 등 작품의 미학은 떨어지지만 정신의 치열성에 많은 기대를 걸었고, 서해는 그 기대에 부응하여 많은 문제작을 발표했다.

최서해의 문학은 1925년부터 문단에서 체험에서 연유하는 소설의 핍진성과 그것이 가진 독자적 가치를 '신경향'으로 지목할 만큼 활발하게 논의되었다. 「탈출기」, 「박돌의 죽음」, 「기아와 살육」 등이 처절한 작중현실이 당대 조선사회와 조선인들의 고뇌를 반영하고 있다는 점, 러시아 문학의 영향과 대륙적인 기질이 돋보이며 주제가 다른 작가들과 현저하게 다르다는 점, 문체의 진정성과 매력을 가지고 있다는 점 등에 대체적으로 동의하는 일치된 견해를 보여준다.

최서해 문학 전반에 대한 평가는 계급주의와 민족주의로 분열되는 면모가 존재한다는 지적도 있다. 가령, 「기아와 살육」은 염상섭이나 박종화, 현진건 같은 민족주의 성향의 작가들에게는 실패작으로 거론되었으나 프로문학 진영의 대표이론가였던 김기진에게는 좋은 작품으로 평가되는 등, 많은 견해 차를 보인다. 이 편차는 그의 문학이 전반기에 계급적 각성을 담은 경향적인 면모에서 연유한다. 책에 수록된 최서해의 단편 9편(「고국」, 「탈출기」, 「박돌의 죽음」, 「기아와 살육」, 「큰물 진 뒤」, 「홍염」, 「전아사」, 「갈등」)은 인도주의 성향을 보여주는 「전아사」와 「갈등」을 제외하고 나면, 모두 식민지 조선의 하층민들의 혹심한 가난과 참혹한 기아의 현실을 다룬 이야기다.

---

4   김동환, 「살풍경한 짧은 생애」, 『조선중앙일보』, 1934.6.14.

「고국」은 최서해의 첫 번째 소설로, 만주를 유랑하다가 회령으로 귀국한 운심이 거리의 노동자로 연명하며 곤궁한 삶을 살아간다는 자전적 요소를 담은 작품이다. "큰뜻을 품고 고국을 떠난" 주인공 '나운심'은 "노수가 없어서 노동으로 걸식하면서(…) 첫째 경제 문제"(10면)에 직면하여 '시대의 패자'라는 생각에 사로잡힌 상태이다. 그의 경제적 곤경은 삶의 소망마저 갉아먹는 근원적인 불행으로 그려진다. 그러나 운심은 큰뜻을 품고 건너간 간도에서 산골 동리의 조선인 아이들을 가르치며 "유위有爲한 청춘이 속절없이 스러져 가는 신세"(13면)를 안타까워한다. 그는 마침내 '불행'을 끊어내기 위해 독립군에 가담하여 투쟁하기로 결심하고 마을을 떠난다. 이별에 눈물짓는 아이들에게 운심은 훗날 돌아와 함께 살 날을 소망한다. 그의 선택은 경제적 궁핍과 시대적 절망이 개인의 차원이 아니라 민족의 유랑하는 현실과 연관되어 있는 셈이다.

「탈출기」 또한 시대의 궁핍상과 도저한 절망을 편지 양식의 '탈가脫家 이유서' 안에 담아낸 작품이다. 편지 내용 안에는 "농사를 지어서 배불리 먹고 뜨뜻이 지내"고 "깨끗한 초가나 지어놓고 글도 읽고 무지한 농민들을 가르쳐서 이상촌을 건설하리라"(19면)는 자전적 화자의 이상과 소회가 담겨 있어서 주목된다. 그러나 주인공 화자의 소박한 이상은 빈땅도 없는 간도에서는 실현될 여지가 전혀 없다. 가족들의 생계를 마련하려면 닥치는 대로 자신의 품을 팔아야만 겨우 연명할 수 있을 형편이다. 늙은 모친과 아내를 먹여살리기 위해 주인공 화자는 구들 놓는 노역이나 고기장사, 두부장수 등, 온갖 궂은일을 마다하지 않고 일하지만 생활은 '더 나아지지 않는다. 생활이 개선되지 않는 것은 식민지 현실의 수탈구조 때문이다.

최서해 소설에서 가난과 궁핍은 병고와 죽음을 연상시키는 '피'와 '불'의 붉고 강렬한 이미지로 반복해서 등장한다. 「박돌의 죽음」에서 주인집에서 버린 상한 고등어 머리를 삶아먹고 식중독에 걸려 죽어가는 '박돌'이나 아들의 죽음으로 실성한 모친이 약방 김첨지를 올라타서는 그의 얼굴을 물어뜯는 끔찍한 장면도 같은 이유에서이다.

「기아와 살육」에서 산후풍에 걸려 죽어가는 아내의 모습을 고통스럽게 지켜보는 주인공의 처지 또한 극한적인 가난을 잘 보여준다. "뻘건 불 속에서는 시퍼런 칼을 든 악마들이 불끈불끈 나타나서 온 식구들을 쿡쿡 찌"르는 환상(「기아와 살육」, 69면)에 시달린다. 주인공은 "괴로워하는 삶"(「기아와 살육」, 같은 면)을 면하게 하고자 식구들을 모두 죽인 뒤 중국인 경찰서로 달려가 스스로 죽음을 맞는다. 「큰물 진 뒤」에 재현된 비극 또한 그러하다. 홍수로 터전과 아내를 잃고 망연자실하던 윤호는 공사장 인부가 되었으나 그마저 여의치 못해 작업장에서 쫓겨나 강도행각에 나선다. 비극적인 사연만큼이나 처절한 것은 이 비극이 한 개인이나 가족의 힘만으로는 벗어날 수 없는 상황이라는 데 있다.

「매월」은 예전 봉건사회를 배경으로 삼은 소품이지만 주제가 제기하는 이야기 내용은 평범하지 않다. 재색을 겸비한 몸종 '매월'은 상전인에게서 벗어날 수 없는 운명을 절감하고 절망 끝에 강물에 몸을 던진다. 그녀의 선택은 이광수의 『무정』에 등장하는 주인공 '영채'와 기생 '월화'를 닮아 있다. 매월의 비극적 선택과 대비되는 것은 그녀의 정조를 빼앗기 위해 온갖 핑계로 모사를 벌이는 양반 박생의 부도덕한 욕망이다. 양반과 노비의 신분 대비는 욕망과 죽음으로 맞선 계급적 저항이라는 의미를 갖고 있다는 점에서, 식민지 이전의 봉건사회 속에서 취한 일화 안에는 계급적 인식이 내장되어 있는 셈이다. 매월의 모습 또한 「기아와 살육」, 「큰물 진 뒤」와 같은 비극적 이야기와 그리 멀리 떨어져 있지 않다.

최서해 소설에서 인물들의 죽음과 살인, 방화와 같은 극단적 행위가 저항의지와 연계되면서 정점을 찍는 작품의 하나는 「홍염」이다. 작품은 중국인 지주 인가에게 흉년 때문에 소작료를 내지 못해 닦달당하던 문서방 가족의 가난과 깊은 절망을 제시한다.

중국인 지주는 무남독녀 용례를 소작료 대신 빼앗듯 데려가 첩으로 취하고 만나는 것도 허용하지 않자 문서방 아내는 몸져누웠다가 끝내 죽고 만다. 아내가 죽자 문서방은 지주의 집을 불태우고 나서 빼앗긴 딸을 되찾는다. 문서방이 택한 극단적인 저항은 근원적인 해결이 아니라는 측면에서는 무모하나 어떤 소망도 기약할 수 없는 시대현실에 맞선다는 의미를 갖는다. 폭력과 살인의 이미지는 현실의 억압과 폐쇄된 구조에 맞선다는 측면을 차용한 소재이다. 이야기의 강렬함은 식민지 조선의 절망과 비극상을 구체적으로 재현해낸 작가의 노력과 무관하지 않다.

최서해의 초기소설에서 살인과 방화와 강도 같은 범죄행위가 시대의 비극과 절망적인 현실을 각성하고 저항한다는 의미를 가지고 있다는 것은 주목해볼 대목이다.

"이때 내 머릿속에서는 머리를 움실움실 드는 사상이 있었다(오늘날에 생각하면 그것은 나의 전 운명을 결정할 사상이었다). 그 생각은 누구의 가르침에 일어난 것도 아니려니와 일부러 일으키려고 애써서 일어난 것도 아니다. 봄 풀싹같이 내 머릿속에서 점점 머리를 들었다.

−나는 여태까지 세상에 대하여 충실하였다. 어디까지든지 충실하려고 하였다. 내 어머니, 내 아내까지도 뼈가 부서지고 고기가 찢기더라도 충실한 노력으로 살려고 하였다. 그러나 세상은 우리를 속였다. 우리의 충실을 받지 않았다. 도리어 충실한 우리를 모욕하고 멸시하고 학대하였다. 우리는 여태까지 속아 살았다. 포악하고 허위스럽고 요사한 무리를 용납하고 옹호하는 세상인 것을 참으로 몰랐다. 우리뿐 아니라 세상의 모든 사람들도 그것을 의식하지 못하였을 것이다. 그네들은 그러한 세상의 분위기에 취하였었다. 나도 이때까지 취하였다. 우리는 우리로서 살아온 것이 아니라 어떤 험악한 제도의 희생자로서 살아왔

었다."

(「탈출기」, 29-30면)

'머릿속에 깃들어 고개를 드는 사상'이란 절망을 체험하면서 깨닫는 저항의 인식을 가리킨다. 그 '사상'은 누구의 가르침도 아니다. 이는 핍절한 가난과 궁상에서 비롯된 자각이라는 점에서 중요한 의의를 갖는다. 충실한 삶을 살아가려는 자에게는 모욕과 멸시와 학대를 가하는 세상에 적대감을 품는다. 그 적의는 '포악하고 허위스럽고 요사한 무리를 용납하고 옹호하는 세상'이라는 깨달음에서 시작되어 자신의 곤궁한 삶이 그러한 세상과 '그 어떤 험악한 제도의 희생자'라는 생각을 낳는다.

이때 '세상'은 식민지의 현실만이 아니라 인간의 자유와 행복을 침탈하며 끝없는 희생을 강요하는 폭력적이고 비인간적인 조건 일반을 뜻한다. 「탈출기」의 주인공은 개인과 가족의 차원을 넘어 사회에 넘쳐나는 비인간적인 조건을 자각하면서 이를 저항의지로 바꾼다. "자기 피를 짜 바치면서도 깨지 못하는 사람을 그저 볼 수 없다."(30면)라는 대목이나 "나는 이곳에서도 남의 집 행랑어멈이나 아범이며, 노두에 방황하는 거지를 무심히 보지 않는다."(「탈출기」, 31면)라는 표현이 그것을 잘 말해준다. 이는 인간과 사회로 확장된 궁핍한 현실 이해의 보편적 가치를 담아낸 성취로 보아도 크게 무리가 없다.

「탈출기」와 함께 편지글 형식으로 된 「전아사」는 특유의 가족애를 돋보이게 해주는 자전적인 작품이다. 서술자에게서 드러나는 작가의 내면은 기미운동 때 만세를 부르지 않았다고 해서 친구들에게 미움 받고 형님에게도 질책당했다는 구절에서처럼, 나라보다 어머니가 더 큰 존재라는 소년시절의 애틋함이 잘 나타나 있다. 가족애가 사회의식으로 열리는 시기는 서술자의 나이 스물한 살 때이다. "나의 존재와 사회적 관계"(145면)에 대한 생각으로 이어지고 다른 한편으로는 적자생존과 자연도태설을 통해 "불공평한 사회"(145면)와 "불공평한 제도"(145면)에 눈뜨는 것이다.

「탈출기」에는 저항의식이 가난과 궁핍이라는 사회적 환경을 통해서 스스로 각성했다는 발언이 등장한다. 각성은 체험에서 우러난 자각을 거쳐 '어머니는 나의 큰 은인인 동시에 큰 적이다.'(146면)라는 명제와 함께 혈육애를 넘어선 가치를 실현하겠다는 결의를 낳는다. 구두닦이를 하면서도 허위와 안일을 위해 살지 않겠다는 결의(162면)가 바로 그것이다. 「갈등」은 '허위와 안일'에 대한 내적 결의를 담은 생활을 소재로 삼은 작품이다. '모(어떤) 지식계급의 수기'라는 부제처럼, 내면을 담담히 서술하며 성찰적이고 인도주의적인 취향을 드러낸다. 특히, 작품은 「부부」와 함께 카프 진영으로부터 비판받으며 1929년 카프를 탈퇴하는 계기가 되기도 했다.

작품에서는 '어멈'이라는 계급이 언젠가는 사라지리라는 사상적 신념에도 불구하고 늘어난 식구와 집안일을 위해 '어멈'을 두자는 아내의 제의를 수락하고 마는 주인공의 갈등을 주된 내용으로 삼고 있다. '갈등'은 집안일을 위해 '행랑어멈'을 들이는 문제에 대한 계급적 환경을 성찰하는 지식인의 내면인 셈이다.

주인공은 면접을 보는 사람마다 모두 법정의 죄수나 시험장에 든 어린 학생 같이 채용해 주십사하는 마음의 불안함을 내비치는 모습에 안타까워한다. 그러면서도 그는, 행랑어멈의 "꼭 집어 형용할 수 없는 쓰라림"(172면), "그 몰인격적이요, 굴종적이요, 아유적인 그네의 행동, 언어, 표정, 웃음은 그네 외의 다른 사람으로서는 누가 보든지 상스럽고 얄밉게 보일 것"(172면)이라는 양가적인 태도를 보인다. "오히려 우리네는 지식계급이라는 간판 아래서 갖은 화장과 장식으로써 세상을 속이지만 그네들은 표리를 꼭 같이 가지고 있지 않은가"(173면)라는 자기반성과 함께, "내 가슴속에 새로 움이 트는 새 사상과 아직도 봉건적 관념의 지배를 받는 감정과의 갈등을 풀려면서도 못 풀었다."(201면)라는 지식인의 이중성도 드러난다. 이는 계급적 시각의 일탈이 아니라 하층민에 대한 이해가 더욱 깊어진 모습이다.

> "한 귀퉁이 벤치에 거취 없이 앉은 '어멈'은 어깨를 툭 떨어뜨리고, 힘없는 눈으로 이 모든 인생극을 고요히 보고 있다. 찬란한 전깃불 아래 핼쑥한 그 낯에는 슬픈 빛도 보이지 않고 기쁜 빛도 어리지 않았다. 무어라 형용할 수 없는 빛– 마치 자기의 운명을 이미 달관한 후에 공허를 느끼는 사람의 낯에서 볼 수 있는 것 같은 구름이 엷게 건너갔다. 축 처진 어깨, 힘없는 두 눈, 두 무릎에 던진 손, 소곳한 머리는 어디로 보든지 활기가 없었다.
>
> 그의 머릿속에는 어떠한 생각의 거미줄이 얽히었는가? 알지도 못하는 사람의 편지 한 장에 몸을 맡기려는 한낱 젊은 여자! 그의 눈앞에는 그가 밟을 산 설고 물 선 곳이 어떤 그림자로 떠올랐는가? 그가 평생 잊지 못할 남편, 열네 살부터 열아홉까지 하늘인가 땅인가 믿고 그 품에 안겨서 온갖 괴롬을 하소연하던 그 남편, 고생이 닥치면 닥칠수록 생각나는 남편의 무덤을 뒤에 두고 가는 가슴이 어찌 고요한 물결 같으랴? 끓고 끓어서 이제는 모든 감정이 마비되었는가? 남의 눈이 어려워서 몸부림을 못 하는가? 서리 아래 꽃 같은 그의 앞길을 생각하니 컴컴한 청루 홍등의 푸른 입술이 떠오르고 장마 때 본 한강의 시체도 떠오른다. 이 순간 그를 보내는 것이 꺼림하였다. 나는 내 이익만을 이해서 그를 보내는 것이 꺼림하였다. 그렇다고 그를 둘 수도 없는 사정이다. 오오, 세상은 어찌 이러한가? 남을 살리려면 내가 희생해야 하고 내가 살려면 남을 희생해야 하는 것이 사람이 밟을 바른 길인가?"

(「갈등」, 202-203면)

서술자는 떠나가는 행랑어멈의 모습에서 무력한 하층민의 슬픔과 운명을 통찰한다. 그의 시선은 단순히 계급에 대한 이해를 넘어 인간 운명에 대한 슬픔과 그에 대한 연민으로 확장되고, 세상살이에서 이해관계가 상충하는 모순에 마음 아파한다. '무어라 형용할 수 없는 빛'은 계급적 각성으로는 포섭되지 않는 인간사에 대한 깊은 연민을 말해준다. 서술자는 "오오, 그네(어멈)의 세상이 되어야 일만 사람의 고통이 한 사람의 영화와 바뀌일 것이다."(205면)라고 혼자 분개하고 혼자 탄식한다. 그 내면은 「기아와 살육」에서 보게 되는 악마의 환상을 보며 칼을 들고 경찰서로 들어간 주인공의 절규와 폭력와는 결이 확실히 다르다. 그러나 그 내면이 확보한 시야는 일상에 스민 도저한 비극을 반추하며 인간에 대한 좀더 넓고 깊어진 모습을 보여준다. "모두 죽여라! 이놈의 세상을 부수자! 복마전 같은 이놈의 세상을 부수자! 모두 죽여라!"(「기아와 살육」, 69-70면)라는 격렬한 저항이 사라진 대신 부각되는 인도주의적 성향을 범용하다 말할 근거는 어디에도 없다. "세상은 어찌 이러한가? 남을 살리려면 내가 희생해야 하고 내가 살려면 남을 희생해야 하는 것이 사람이 밟을 바른 길인가"(「갈등」, 203면)라는 탄식에는 인간에 대한 더욱 깊어진 이해가 자리잡고 있기 때문이다.

최서해 소설의 문체에 관해서는 그다지 거론된 바가 없다. 하지만 그의 문체는 체험과 관찰에서 비롯된 활력을 가지고 있어서 가난과 사회적 궁핍을 핍진(逼眞, 그럴듯함)하게 부각시킨 장점을 발휘했다. 또한 그의 소설 문체는 상상에 기댄 기술과 질적으로 다른 체험의 육체성을 지니고 있어서 당대의 지식인소설과는 확연히 구별된다. 빈궁의 극한치를 가장 실감나게 보여주는 리얼리티는 "그을음과 빈대피에 얼룩덜룩한 벽"(「큰물 진 뒤」, 72면)과 같이 절대적 궁핍을 떠올려주는 선연한 이미지와 적확한 표현에서 생겨난 것이다. 출산하자마자 홍수로 마을 방죽이 터지면서 갓난아이를 잃고 망연자실하는 윤호 아내에 대한 「큰물 진 뒤」의 묘사는 재난 속에 새 생명 탄생의 축복도 허용되지 않고 어떤 희망도 봉쇄된 곤궁의 극한치를 보여준다.

최서해의 소설은 가난의 사회 풍경을 생생하게 담아내었으나 단순히 신경향파나 프로문학의 범주 안에 가둘 수 없는 작가였다. 카프를 탈퇴한 사정에서 짐작할 수 있듯, 최서해는 문학을 특정 이념이나 사상의 테두리 안에 한정시키기를 거부했다. 그는 빈궁의 개인적 체험을 사회적 시대적 지평으로 확장시키는 과정에서 가난의 개인적 차원만이 아닌 민족적 차원에 걸쳐 있는 식민지조선의 현실과 제도에 주목했다. 특히, 그는 일제의 검열 때문에 국내 상황을 배경으로 삼지 못하는 한계를 벗어나기 위해 의식적으로 간도를 배경 삼아 살인과 방화와 강도 같은 범죄행각을 동원하여 절규하듯 현실에 저항했고, 간도 이주민의 극한적 궁핍상을 민족의 고통스러운 삶과 절망으로 환유하는 방식을 취했다.[5] 최서해의 소설은 체험을 바탕으로 한 박진감 넘치는 문체로 빈궁의 개인적 사회적 차원을 열어젖힘으로써 동인지 시대 소설의 습작 수준을 넘어서는 계기를 마련했다.

3

「낙동강」의 작가 조명희[6]에게는 '계급문학의 전범'이라는 명명 외에도 '소련 한인문학의 선구자'라는 또다른 칭호가 붙여진다. 그는 1894년 충북 진천군 진천면 벽암리에서 태어났다. 구한말 관직에 물러나 낙향한 사대부였던 부친의 때이른 죽음으로 인해 작가는 모친의 사랑과 맏형의 가르침을 받으며 자랐다.

어린 시절 그는 서당에서 한학을 수학하다가 고향에 신설된 사립 문명학교에 입학하였고 모친을 따라 성공회 교회에 나가면서 서양 신문물을 접하게 되었다. 그는 1907년 13세의 어린 나이로 네 살 연상인 여흥 민씨와 결혼

---

5   곽근, 「최서해연구사의 고찰」, 『반교어문연구』 22, 2006, 184면.
6   이명재, 『조명희 - 그들의 문학과 생애』, 한길사, 2008; 최서해 외, 『최서해·조명희·이북명·송영』, 한국소설대계 12권, 동아출판사, 1995.

하였으나 애정없는 생활로 고민하기도 했다(이에 관한 자전적인 편모는 「땅속으로」와 「R군에게」에서 엿볼 수 있다). 그는 서울의 중앙고등보통학교에 진학하였다가 중퇴하였고, 가출하여 중국의 무관학교에 들어가려 했으나 집안의 반대로 뜻을 이루지 못했다. 이후 성공회에서 세운 신명학교에서 교편을 잡으며 동서양의 문학작품을 탐독하는 생활을 했다. 작가의 길로 들어선 것은 훨씬 뒤의 일이다. 조명희는 1919년 고향 진천에서 3.1만세운동에 가담한 혐의로 투옥되었다가 풀려난 뒤 친구의 도움으로 도일하였다. 그는 도요대학東洋大學 인도철학윤리학과에 입학하여 고학생활을 하며 어렵게 공부했다.

조명희는 대학 시절 김우진과 절친하게 지내면서 그와 함께 극예술협회를 창립하였다. 그는 1921년 희곡 「김영일의 사死」를 발표하면서 회원들과 전국 순회공연에 나서기도 했다(희곡집 『김영일의 사』, 동양서원, 1923).(이 희곡은 『근대희곡사』에서 김영보의 『황야에서』(조선도서주식회사, 1921) 다음으로 간행된 작품집으로 근대극을 수용한 연극운동과 깊은 관련을 맺고 있다는 점에서 높이 평가받는다.)[7] 하지만 경제적인 사정 때문에 1923년 대학졸업 직전 귀국하여 진천 본가에 칩거했다.

1924년 조명희는 가족과 함께 상경하여 잠시 『조선일보』 학예부 기자로 있으면서(신문사의 근무 경험을 소재로 무력한 직장 생활에 대한 회의와 곤궁한 일상을 그려낸 「저기압」이 있다), 투르게네프의 「그 전날 밤」을 번역하며 진보적인 청년들을 후원하기도 했다. 또한 동경 유학시절에 만난 이기영을 적극 후원하면서 그를 『조선지광』에 취직시켜 주었고 잠시나마 한 집에 기거하기도 했다. 그는 유학시절 동료였던 김우진의 도움을 받아 개업한 팥죽장사도 했으나 곤궁한 처지에서 벗어나지는 못했다. 이 시기를 전후해서 시집 『봄 잔디밭 위에』(춘추각, 1924)(이 시집은 근대시사에서 김억의 『해파리의 노래』, 이학

---

7   이두현, 『조선신극사연구』, 서울대출판부, 1966, 104면.

인의 『무궁화』에 이어 세 번째 간행한 것이지만 '등단 후 미발표 작품을 모은 시집을 처음 간행한 시인'이라는 기록을 세웠다)를 출간하였고 1925년에는 첫 번째 단편 「땅속으로」를 『개벽』에 발표하면서 소설 창작에 매진하기 시작했다.

카프 결성 당시 창립회원으로 참여한 조명희는, 이기영, 한설야와 함께 사회주의 사상을 학습하는 소모임을 주도하며 창작에도 매진했다. 1926년 발표한 단편들만 해도 「R군에게」, 「마음을 갈아먹는 사람들」, 「저기압」, 「새 거지」 등이었다. 이 시기에는 조선공산당 재건사업에 혈안이 된 일경의 감시가 심해지자 불면증에 시달렸고 이때부터 소련 망명을 꿈꾸기 시작했다.[8]

1927년, 연극단체 '불개미극단'을 조직한 조명희는 「낙동강」을 발표하면서 작가로서의 명성을 얻었다. 이후 창작집 『낙동강』(백악출판사, 1928)을 간행하고, 「농촌사람들」, 「동지」, 「한여름밤」 등을 발표했으나 일제의 가혹한 검열과 탄압에 절망하여 1928년 여름 소련으로 망명했다.

소련의 조명희는 블라디보스토크에 소재한 한인마을 '육성촌'에서 학생들에게 문예를 지도하는 교사로 재직하였다. 그는 1928년 창간한 재소在蘇 한인신문 『선봉』의 주필로 활동하며 많은 시를 발표하였다. 1934년에는 소련작가 파제예프의 추천을 받아 소련작가동맹에도 가입하였고 블라디보스토크의 한글신문 『선봉』의 문예면 편집을 자문하기도 했다. 1935년 조명희는 하바로프스크의 '작가의 집'에 이사한 뒤 조선사범대학 교수로 재직하면서 '고려인 문학'의 건설에 크게 기여했다.

조명희는 1937년 장편 『만주 빨치산』을 집필하던 중에 러시아 비밀경찰에 연행되어 '일본스파이' 혐의를 받고 1938년 하바로프스크 현지 감옥에서 총살당하는 비극을 맞았다. 작품은 만주 일대를 중심으로 항일무장투쟁 활동을 소재로 삼은 것으로 추정되는데,[9] 당시 민족주의 성향을 불온시한 스탈

---

8   이명재, 같은 책, 93-107면.

린 체제에 희생되었던 것이다. 1956년 소련 당국은 스탈린 사후 1938년 4월 조명희에게 언도된 죄목 결정을 파기하여 무혐의 처리하고 그를 복권시켰다.

해방 후 조명희의 문학은 북한에서 그의 인척인 시인 조벽암의 주도로 복권되고 재조명되면서 '재소련 한인문학의 개척자'로 언급되기 시작했다. 1959년 '조명희문학유산위원회' 명의로 『조명희선집』(소련과학원 동방도서출판사)이 발간되었다.

이 책(『고국/낙동강』, 글누림 한국소설전집, 2007. 이하 인용은 이 텍스트의 면수만 기재함)에 수록된 조명희의 단편들은 크게 두 부류로 나누어진다. 한 부류는 지식인의 일상을 다룬 작품들인 「땅속으로」, 「R군에게」, 「저기압」이다. 이들 작품들은 자전적인 요소가 가미된 가난의 궁핍상을 주로 다루고 있다. 또 한 부류는 「농촌사람들」과 대표작 「낙동강」이다. 이들 작품은 피폐한 식민지 농촌을 배경으로 계급적 각성을 담아낸 경우이다.

「땅속으로」는 작가 자신의 자전적인 요소가 짙게 배어 있는 작품이다. 작품 내용은 일본으로 유학하였으나 경제적인 어려움 때문에 대학 졸업을 앞두고 귀국길에 올라 귀향한 시절을 다루고 있다. 주인공 화자는 고학으로 어렵사리 학업을 이어왔으나 그마저 포기한 채 고향으로 돌아온다. 하지만 가족은 오랜 궁상에 시달린 나머지 귀국하는 그에게 많은 기대를 건다. 가족의 그런 기대 때문에 주인공 화자는 더욱 우울해진다. 가족의 생기없는 모습과 끝없는 다툼은 "'산지옥' '아귀 수라장'을 연상"(209면)시킬 만큼 미래없는 참혹한 현실이 아닐 수 없다.

주인공 화자는 "'땅 위의 모든 것은 다 어둠의 운명으로 꽉 잠겨 버렸다.' 하는 느낌"(216면)으로 자신의 앞날을 궁리해 보지만 달리 방도가 없다. 20만 서울인구 중에 직업 없는 빈민이 18만이라는 신문의 기사 내용을 떠올리는

---

9   우정권 편, 『조명희와 '선봉'』, 역락, 2005, 15-18면 참조.

주인공은, "나도 물론 이 거대한 걸식단 가운데 신래자新來者의 한 사람"(222면)임을 절감한다. 이 자조적인 표현은 식민지 경성(서울)의 암울한 정상情狀이 바로 전 조선의 현실이며 "빈사상태에 빠진 기아군"(223면)이라는 절망적인 현실 진단에 바탕을 두고 있다.

가난과 기근 때문에 더욱 피폐해진 주인공은 무산계급의 고통을 절감하며, "비로소 외적 생활의 무서운 압박으로 인하여 내적 생활을 돌아 볼 여지가 없는 온 세계 무산군의 고통"(225면)을 깨닫고 '사상생활의 전환 동기'를 마련하기 시작한다. 「땅속으로」는 그러한 사상적 전신을 보여주는 작품이다.

> "이때껏 '식, 색, 명예만 아는 개, 도야지 같은 이 세상의 속중들이야 어찌 되거나 말거나 나 혼자만 어서 가자, 영혼 향상의 길로'라고 부르짖던 나는 나 자신 속에서 개를 발견하고 도야지를 발견한 뒤에는 '위로 말고 아래로 파들어 가자─온 세계 무산 대중의 고통 속으로! 특히 백의인의 고통 속으로! 지하 몇 천 층 암굴 속으로!'라고 부르짖었다."
>
> (「땅속으로」, 225면)

'개와 돼지'로 비하되는 자신의 모습은, 세상과 무관하게 영혼의 고결함을 가꾸는 예전의 자기에 대한 전면적인 부정으로 이어진다. 실제로, 작가는 이전까지 타고르류의 정신주의와 고리끼류의 리얼리즘을 놓고 번민하였다. 시집 『봄 잔디밭 위에』는 명상과 서정이 주를 이루는데, 작품에서는 이같은 정신적 취향마저 전면 부정하며, "세계 무산 대중의 고통 속으로! 특히 백의인(조선인)의 고통 속으로! 지하 몇 천 층 암굴 속으로!"라고 외치며 사상적 전환을 시도해 나간다(실제로, 작가는 '갈대피리'라는 서정적이고 목가적인 의미를 가진 노적(蘆笛, 갈대 피리)이라는 필명을 버리는 대신, '돌을 껴안는다'라는 의미의 포석(抱石, 돌을 껴안다)으로 바꿀 만큼, 가난과 궁핍을 강요하는 '견고한 식민지의 수탈

구조'을 껴안고 대결하겠다는 의지를 필명에 담았다).

하지만, 「땅속으로」에서 주인공의 나날은 '견디어내기'로 표현할 만큼 혹독한 가난과 궁핍한 삶으로 얼룩져 있다. 그는 아이들을 고아원에 맡기고 아내는 남의 집 안잠자기로 들여보낼 궁리를 하고 강도질에 나섰다가 순사를 찔러대는 악몽에 시달리다가 깨어날 정도이다. 최서해가 가난 속에서 자신의 처지를 넘어선 계급적 각성을 민족의 차원으로 진전시키는 것처럼, 조명희 또한 자신을 포괄하는 하층민들의 절박한 처지를 수용하면서 암울한 시대 현실 안으로 들어선다.

「R군에게」는 서간체 양식을 빌린 회상기이다. 작품은 감옥에서 친우에게 보내는 편지를 통해서 생활고와 아내에 대한 애증이 교차하는 자전적 화자의 심리를 잘 담아내고 있다. 앞서 언급한 「땅속으로」처럼, 이 작품도 자전적인 요소를 반영하고 있다. 특히 이야기는 미션 계통 사립학교에 재직했던 시절 종교에 환멸하며 사상의 전환을 이루게 된 계기를 서술해놓았다. 화자는 학교 내부에서 벌어진 동료 여교사와의 염문 때문에 교장인 목사와 불화한 뒤 사직한다. 그러나 화자는 그 사건을 주인공 스스로 동료 여교사에 대한 연모가 아니라 인간적 연민이었다고 밝히면서, 풍문과 교장 목사의 종교적 아집에 환멸하여 마침내 사직을 결심하고 동경 유학을 결행하기까지 착잡했던 내면을 토로한다.

작품에서는 교사 시절 작가의 편모만이 아니라 동경 유학시절에서 변곡점을 맞이한 작가의 내면도 짐작할 수 있다. 자전적 화자는 동경시절 "동지와 동지 사이에 믿고 사랑하는 마음"으로 모임에 발을 들여놓으면서 "어떠한 무서운 사회악이 더러움이라도 이 뜨거운 불길 앞에는 다 타고 녹을 듯싶"(262면)은 정열로 가득 찼다고 회상하는 한편, 이때부터 "'니힐리스틱(허무적)'하고 '테러리스틱(테러리스트와 같은)'한 경향을 띠게"(262면) 되었다고 술회하고 있다.

그러나 작품의 주된 이야기는 작가의 자전적 고백보다 사상 전환을 거쳐 단련되는 지식인의 내면에 무게 중심이 놓인다.

> 자기의 양심을 붙들어 나가기에도 엎치락잦히락 하고 힘없고 약한 걸음으로 걸어오던 나란 사람이 오랫동안 싸워 나온 끝에 자기의 뼈가 튼튼하게 되어가는 것일세. 이번에 그 일로 인하여 경찰서에 붙들려 들어가 그 무서운 악형과 고문을 당하면서 죽을지언정 자기를 속이고는 싶지 않네.
>
> (「R군에게」, 270면)

주인공 화자는 사상 문제로 피검되어 온갖 고초를 겪으면서도 여린 감수성을 지닌 자신과 힘겹게 싸워가며 사상적으로 성장하고 있음을 이야기한다. 그 싸움은 자신의 목숨까지도 담보 삼아 외적 압력과 맞서면서 정신적 나약함을 극복하려는 치열함을 보여준다. 1920년대 지식인들은 식민지 조선을 침탈하고 억압하는 일제권력에 저항하기 위해, 하층민의 비참한 삶을 응시하며 사상적 탄압을 무릅쓰며 사회운동에 나섰던 것이다.

「저기압」 또한 자전적인 작품이다. 이야기는 동경에서 고학하다가 중도에 유학을 포기하고 귀향한 작가가 고향을 떠나 상경한 다음 신문사에 잠시 근무했던 경험을 토대로 곤궁한 생활상을 주조로 삼고 있다. "생활난과 직업난으로 수년을 시달려"(274면) 온 주인공은 "'십 년 만에야 능참봉 하나 얻어 걸렸다'는 격으로"(274면) 겨우 신문기자라는 직업을 갖는다. 그러나 박봉과 제때 지급되지 않는 월급 때문에 해결되지 않는 생활난은 무기력과 소망 없는 권태를 낳는다. 기자실은 진열품처럼 늘여 앉아 있고 의자에 앉은 정치부장은 멀끔한 신수에 살아 오른 모습으로 자리를 지키고 있다. 화자는 신문사의 무기력한 풍경을 '수채에 내어던진 썩은 콩나물 대가리'(276면) 같다고 표현한다.

몇달치 월급이 지급되지 않자 주인집의 성화는 날로 높아가고, 급기야 어느날. 주인공은 이른 아침에 난데없이 이삿짐이 꾸역꾸역 들어오는 사태를 맞는다. 주인집과 다툼 끝에 주인공 화자는 자신에게 향하는 아내의 잔소리와 아이들 울음소리를 온통 뒤집어쓴다. 집주인이 아예 사글세를 다른 사람에 양도해버린 것이다. 이처럼, 쓰디쓴 가난은 주인공에게 자기 생활의 훌륭한 체험으로 여겨왔던 정신적 여유조차 빼앗아버린다. 화자의 궁핍상은 집식구들이 마치 아귀와도 같이 육신과 정신을 뜯어먹은 것처럼 여겨진다. 작품에 이야기된 사회적 가난은 이미 현진건의 작품에서도 쉽사리 접할 수 있지만, 「저기압」은 정신적 체모마저 여지없이 파멸로 치닫는 극한 상황 속에 가족의 기대심리, 자신의 정신을 아귀처럼 갉아먹는 현실이 내면을 자욱하게 만든다.

「땅속으로」, 「R군에게」, 「저기압」에서, 자전적인 요소는 결코 공상으로 지어낸 허구가 아니라 깊은 절망을 동반한 현실체험의 무게를 담고 있다. 여기에는 경제적 궁핍을 절감하며 일상을 힘겹게 견디어내는 모습과 함께, 일제의 감시와 탄압 속에 나날이 사상적으로 견고해지는 지식인의 내면이 고스란히 드러나 있는 것이다. 그런 측면에서 '빈궁의 소설화' '가난을 이야기하기'는 1920년대 식민지 조선의 남루한 경제적 현실과 맞물리는 한편, 사상적 전환을 통해서 가난과 궁핍상에 굴복하지 아니하고 삶의 개선으로 시야를 확장하는 치열함을 담고 있다.

조명희의 소설은, 비록 궁핍을 강요하는 식민지 현실을 언급하고 있지 않지만 무력한 직장 풍경과 일상에 범람하는 가난을 부각시켜 당대 사회의 궁핍한 현실상을 조감하는 특징을 가지고 있다. 조명희 소설에 드러나는 '사상적 전환'이 현실 극복의 방편으로 선택한 사상이 사회주의라는 점을 감안하면 '사상'이라는 말과 양심에 어긋나지 않고 죽음을 무릅쓴 '자기 성장'의 단어를 그냥 지나쳐서는 안된다. 그가 선택한 사회주의는 망명한 소련

땅에서 당대 식민지 조선에 대한 조감틀, 일제의 야만적인 식민지배와 맞서는 데 필요한 비판적 인식의 근거였기 때문이다. 이렇게 볼 때, 「농촌사람들」과 대표작 「낙동강」은 '지하 몇 천 층 암굴 속으로!'라는 구호처럼 구체적인 실천을 이야기한 작품이라 해도 결코 지나친 말이 아니다.

「농촌사람들」은 식민지 조선 농촌의 가뭄과 흉년으로 생계를 잇기조차 막막한 소작인들의 현실을 담고 있다. '원보'의 전락과 죽음으로 이어지는 비극은 식민권력의 폭력에서 비롯된다. 십년 전 단란한 가정을 꾸리고 살아가던 '원보'가 현재 모친과 불화하는 것도 그의 인성 때문이 아니다. 그는 헌병보조원인 김참봉 아들과 논에 물대는 문제로 다투었다가 징역살이를 하게 된다. 이 와중에 아내는 김참봉 아들에게 빌붙어 원보를 떠나고 출옥한 원보는 자포자기의 심정으로 술과 노름에 빠져든다. 원보의 전락은 식민권력의 수탈 속에 절망하고 전락하는 소작농들의 처지를 극적으로 환기해준다. 작품의 말미에는 원보가 김참봉 집에 잠입하여 강도질하다 감옥에 간다. 그는 감옥에서 목을 매고 만다. 원보의 비극이 간략하게 기술되어 있으나 '원보'라는 인물의 전말은 농촌 가정 파탄에 개입한 식민권력의 폭력성을 생생하게 보여줄 뿐만 아니라 농민들의 소망없는 삶을 재현한 비극적인 사회 일화의 하나라는 점에서 충격적이다.

조명희의 대표작 「낙동강」은 농촌문제에 관심을 기울이며 소작농들의 슬픔과 삶의 전락을 비판적으로 천착한 것에 그치지 않은 파급력을 가진 작품이다. 작품을 두고 프로문학 진영에서는 부정적인 견해를 피력하기도 했지만, '프로문학의 선구적인 작품'이라고 격찬받았다. 이 고평은 종래의 신경향파 소설이 가진 살인과 방화, 강도 등 파괴적 충동과 폭력을 정당화했다는 비판을 넘어선 뚜렷한 목적의식을 담고 있기 때문이다.

낙동강 하구의 '구포' 마을을 배경으로 삼은 이야기의 주인공 박성운은 근대교육을 받은 지식인으로 군청 농업조수 생활을 하고 있다. 그는 3.1운동으로 투옥된 후 민족주의자로 변모한 뒤 간도로 이주하여 연해주, 중국 일대를 전전하면서 독립운동에도 투신한다. 하지만, 성운은 귀국한 뒤 실천적인 사회주의자로 다시 변모한다.

고향으로 돌아온 성운은 농촌계몽 활동에 투신하여 소작조합을 조직하였다가 일제 경찰에게 피검되어 옥살이 끝에 병을 얻어 죽어가는 차에 고향에 돌아온다. 두번의 투옥생활을 한 성운의 행로는 농민의 자식에서 민족주의 운동가로, 다시 사회주의자로 살아가며 많은 굴곡을 겪는다. 그의 사상적 변모는 비록 죽음을 앞두고는 있으나 자포자기하지 않는다. 그의 삶은 낙동강의 넘실대는 풍성한 생명력과 겹쳐지면서 인간계몽과 역사의 발전의 한 부분으로 은유된다.

> 낙동강 칠백 리 길이길이 흐르는 물은 이곳에 이르러 곁가지 강물을 한몸에 뭉쳐서 바다로 향하여 나간다. 강을 따라 바둑판 같은 들이 바다를 향하여 아득하게 열려 있고 그 넓은 들 품안에는 무덤무덤의 마을이 여기저기 안겨 있다./ 이 강과 이 들과 저기에 사는 인간—강은 길이길이 흘렀으며, 인간도 길이길이 살아왔었다.
>
> (「낙동강」, 306면)

낙동강 이미지는 인간의 육체에 비견되며 '바다'로 넘실대며 흘러간다. 강물이 바다로 흘러드는 방향성과 유장한 흐름은 '역사 발전'에 대한 굳건한 믿음을 반영한다. 또한 강물을 따라 이어진 들판과 마을과 인간 존재에 대한 묘사는 유구한 삶을 시적으로 떠올려준다. 이 서정적인 대목은 오랜 문명사를 환기하며 자연을 '민족의 현실'로 번역해 놓는다. 서술의 특징을 감안하면 박성운의 때이른 죽음은 자연사가 아니라는 것, 그의 죽음을 계기로 발전하는 사회운동의 흐름이 '한몸에 뭉쳐서 바다로 향하듯' 새로운 역사의 진전을 이룬다는 점을 강력하게 암시한다.

박성운의 죽음으로 인해 그가 기획한 '선전, 조직, 투쟁'의 프로그램은 잠시 멈춘다. 하지만, 소작인들은 농촌 야학으로 농민의 교양에 힘쓰고 교화를 통해 일구어낸 소작조합의 필요성을 누구나가 절감한다. 그의 죽음은 소작인들의 각성을 낳고 성운을 따라 조합운동을 실천하려는 의지를 더욱 진작시킨다. 성운의 유지遺志는 로사에게로 계승된다. 로사는 성운의 감화를 받아 여성동맹원이 된다. 그녀는 백정 출신 형평사 회원이었던 부모에게 몇천 년이나 학대 받아온 삶을 살아오면서 가졌던 '썩어빠진 생각'을 버리고 '참사람 노릇'(321면)을 하겠다며 외치고 나서는 성운에게 하소연한다. 그러면 성운은 로사에게 다음과 같이 격려한다.

> "당신은 최하층에서 터져 나오는 폭발탄 같아야 합니다. 가정에 대하여, 사회에 대하여, 같은 여성에 대하여, 남성에게 대하여, 모든 것에 대하여 반항하여야 합니다. (…) 당신은 또 당신 자신에 대하여서도 반항하여야 되오. 당신은 그 눈물-약한 것을 일부러 자랑하는 여성들의 그 흔한 눈물도 걷어 치워야 되오…… 우리는 다 같이 굳센 사람이 되어야 합니다."
>
> (「낙동강」, 322-323면)

성운이 로사에게 건넨 격려는 그녀에게 사랑의 힘과 사상의 힘을 함께 부여하고 그녀를 더욱 강하게 만든다. 그녀는 폴란드 출신의 독일 혁명가 로자 룩셈부르크(1871-1919)를 빌려 자신의 이름을 '로사'로 고친다. 새로운 이름에 담으려는 자기정체성은 '로사'가 나약한 여성이 아니라 성운의 사상적 동반자임을 분명하게 보여주는 데 있다. '성운'의 상여 뒤를 따르는 행렬 속에서 로사는 부모의 반대를 무릅쓰고 각성한 자의 모습으로 그의 사상을 따른다. '성운'의 사상적 실천과 열정은 죽음으로 끝나지 않고 로사에게 고스란히 옮겨간 셈이다.

조명희의 대표작 「낙동강」은 초기작과 달리 자전적 요소에 머물지 않고 (성운의 사상적 전환은 조명희 자신의 사상적 행보와 그리 다르지 않다), 농촌의 대중 속으로 들어가 벌인 사회운동의 실천과 좌절을 동시에 보여주며 그것이 역사발전의 한 단계가 전진하는 이야기, 사상과 정신을 굳건히 승계하는 이야기를 만들어낸 경우다. 작품의 진가를 놓고 카프 내부에서는 대중문화운동으로 방향을 묻는 논쟁을 촉발시켰다. 「낙동강」은 조합운동과 야학활동, 소작쟁의를 통해 노동자와 농민의 권익을 조직화하여 실질적인 생활 개선의 방향과 그 필요성을 이야기로 담아냄으로써 식민지 조선의 사회문화동의 방향과 실천의 문제를 열어놓았다.

4

오늘의 시점에서 최서해와 조명희의 작품을 읽는다는 것이 과연 어떤 의의를 갖는 것일까. 문제 제기의 의미와 답변은 작품을 모두 읽어보아야만 가능하다. 하지만, 80여 년의 시간적 상거相距를 둔 소설 텍스트의 뜻을 온전히 헤아린다는 것은 결코 쉬운 일이 아니다.

텍스트를 잘 읽어낸다고 해도 쉽게 채워지기 어려운 부분이 있다. 그것은 바로 작가의 생애에 깃든 무수한 고통과 사유, 그리고 작품을 만들어낸 시대의 맥락이다. 그것은 마치 한 인간이 지금의 위치에서 내 앞에 출현했다고 해서 그를 곧바로 이해할 수 없는 것과 같은 이치이다. 작가의 생각과 발언과 행동을 통해서 성격과 살아온 내력을 알게 되고, 그의 가치관을 통해서 인간됨을 판별하는 것과 같이, 작품 또한 마찬가지의 과정을 거쳐야 한다. 작품을 만든 작가의 삶과 시대가 빚어놓은 그의 가치관, 그의 체험과 사유가 어떻게 작품으로 만들어졌는가를 헤아리는 것은 마치 한 인간을 입체적으로 살피는 일과 무관하지 않은 셈이다.

최서해나 조명희는 19세기 말에 태어나 일제 강점기를 거치면서 3.1운동을 계기로 삶의 전환점을 마련한 작가들이었다. 이들은 시대적 조건이 부여한 절대적 빈곤 속에 만주를 유랑했거나 고학하며 동경 유학을 하였던 인물이었다. 그러나 이들은 문학을 통해서 자신들의 쓰라린 빈곤과 그것이 강요하는 비인간적인 조건에 저항하며 어두운 시대를 비추는 정신의 등불 역할을 자처했다. 이들의 등불 역할이 성공했는지의 여부와 상관없이, 자신의 체험을 사회적 차원과 민족의 현실로 확장시켜 사유하고 실천하는 방책으로 문학을 선택했던 것은 값진 일임에 틀림없다.

오늘의 시대가 지난 식민지의 현실과 동일하다고 말해서는 안 되지만, 그 시대의 어두운 현실을 통해서 오늘의 그늘진 사회에 비추어보며 지혜와 사유의 힘을 키우는 거울의 성찰적 의미는 충분하다. 식민지의 현실에서 강요당한 하층민들의 곤고한 삶과 무수한 슬픔들이 되풀이되지 않도록 하기 위해서라도 마땅히 그러하다. 역사는 교훈을 주지만 소설이라는 텍스트는 그 교훈을 넘어서 당대를 살아가는 자들의 비극과 상처를 헤아리게 만들면서, 우리의 나날에 깃든 교만과 무지를 여지없이 깨뜨린다. 그런 점에서 시대의 오래된 환부인 최서해와 조명희의 문학은 오늘에도 여전히 요긴한 성찰의 대상이다.

(출전: 최서해·조명희, 『고국·낙동강』, 글누림 한국소설전집, 2007)

풍자와 비판적 리얼리즘의 한 극점

채만식의 소설세계

1

백릉 채만식白菱 蔡萬植은 49세라는 길지 않은 일생을 살았다. 그는 식민 지배의 위기가 고조되던 1902년 중농 집안의 다섯째 아들로 태어나 1950년 6.25전쟁이 발발하기 보름 전에 폐결핵으로 사망했다. 그의 문학이 식민지의 모순을 질타하고 해방기의 부정적인 현실에 비판적인 입장을 보인 것은 그의 삶이 '구한말'로부터 식민지시대와 해방을 거쳐 분단을 경험하는 근현대사의 격동기에 걸쳐 있는 것과 무관하지 않다.

비교적 유복한 어린 시절을 보냈던 채만식은 경성의 중앙고보를 마친 뒤 곧이어 일본 유학길에 올라, 1922년 와세다대 부속 제일 와세다고등학원을 다녔다. 이후 군산 미두에 손댄 아버지의 경제적 몰락과 관동대지진의 여파 속에서 그는, 학업을 중단하고 이듬해인 1923년 귀국길에 오른다.

1924년 이광수의 추천을 받아 단편 「세 길로」를 『조선문단』 12월호에 발표하며 작가의 길로 들어선 그는, 잠시 강화의 한 사립학교에서 교원으로 있다가 『동아일보』, 『개벽』, 『별건곤別乾坤』, 『혜성』, 『제일선』, 『신여성』,

『신동아』,『중앙일보』등의 신문 잡지에서 기자로 지냈다. 기자의 경험은 훗날 소설 창작에도 많은 자양분을 이루며 시대현실에 대한 지식인의 예민한 감각과 고뇌, 식민지 사회경제에 대한 날카로운 안목을 마련하는 바탕으로 작용했다.

1936년 그는 『조선일보』기자직에서 물러나 "노둔한 머리와 병약한 5척 단구를 통째로 내매껴 성패간成敗間에 한바탕 문학이란 자와 단판씨름을 하리라는 비장한 결심"[1]으로 전업작가의 길로 들어선다. 그의 전업작가로의 선택은 새로 이룬 가정[2]에서 철저한 문학인으로 살아가겠다는 결연한 의지의 소산이었다. 예나 지금이나 전업작가의 길은 대중적 환호를 받는 몇몇 작가들을 제외하고는 고단하기 짝이 없다. 경제적 빈곤과 수도자의 인고를 함께 요구하기 때문이다. 채만식도 예외는 아니었다.

채만식은 본부인과 고향과 등지면서까지 새 가정을 꾸리지만 평생 가난과 병고에서 벗어나지 못했다. 그는 개성의 가형家兄 집, 경성, 안양, 광나루 인근을 전전했고, 해방 직전 일제의 전시 소개疏開 정책에 따라 낙향하였다. 작가로서는 원숙한 경지에 도달해야 할 사십대를 채 넘기지 못한 원인도 따지고 보면 평생을 괴롭혔던 가난과 피폐해진 육신 때문이었다.

1948년 그는 자신의 죽음을 예감이나 한 듯, 후배에게 사정이 허락하는 대로 원고용지 20권을 구해달라는 부탁의 편지를 보낸다. "이제 임종의 어느

---

1   채만식, 「자작안내」, 『청색지』 5집, 1939.5, 74면.

2   채만식은 중앙고보 재학중인 18세(1919년 4월)에 한 살 위였던 고향 인근의 처녀 은씨와 결혼한다. 그녀는 두 아들을 낳았으나 남편의 불고(不顧)와 시대의 박대로 친정으로 돌아간다. 그러나 그녀는 끝내 이혼절차는 밟지 않는다. 초혼에 실패한 후 채만식은 1936년 숙명여고 출신의 개화여성 김씨와 가정을 새로 꾸린 뒤 1945년 이후 낙향했던 그는 병마 속에 은씨 소생의 두 아들을 그리워하지만 끝내 함께 살지 못한다. 첫결혼 실패의 경험은 그의 초기작품 속에 방종과 안정 사이의 갈등을 드러내는 자전적인 요소로 작용한다. 송하춘, 『채만식』, 건국대출판부, 1994, 17-23면.

예감을 느끼게 되는" 지금, "죽을 때나마 한번 머리 옆에다 원고용지를 수북이 놓아두고 싶"[3]다고 그는 편지에 썼다. 원고지 스무 권은 그에게 창작에 대한 열의와 글쓰기를 위한 정진의 다짐이기도 했으나 작가로서 겪었던 물질적 궁핍에 대한 최소한의 염원을 담은 물건이었다. 생활의 핍절 속에 채만식은 6.25발발 보름 전인 6월 11일, 영면에 들었다.

채만식은 1924년부터 1950년까지의 작가 이력에서, 10여 편의 장편, 80여 편의 중·단편, 30여 편의 희곡·촌극·시나리오, 30여 편의 평론, 140여 편에 이르는 수필과 잡문을 남겼다. 시를 제외하고 거의 모든 문학 장르를 섭렵했다는 것은 그만큼 작가로서의 열정과 다방면에 걸친 재능을 일러주는 면모이다. 그는 프로문학의 취지에 동조하는 동반자작가로서 좌우 문단에게서 칭송을 받았고 해방 후에도 좌우로 갈려 대립한 상황에서 중도적 민족주의자의 입장을 견지했다.

2

채만식의 문학은 대표작 산출 시기를 감안하면 1930년대 후반기 문학에서 차지하는 비중이 적지 않다. 『탁류』가 『조선일보』에 연재된 것이 1937년 10월 12일에서 1938년 5월 17일까지 총 198회, 『천하태평춘』 연재가 1938년 『조광』 1월호부터 9월호까지, 「치숙」이 『동아일보』에 연재된 것이 1938년 3월 7일부터 14일까지이다.

1937~1938년은 일본 파시즘의 대륙침략이 구체화되면서 본격적인 전시체제로 진입하는 시기였다. 일본 제국주의자들은 1937년 7월 노구교사건을

---

3   김용성, 『한국 현대문학사 탐방』, 현암사, 1984, 171-172면.

일으킨 뒤 이를 빌미로 전장戰場을 중국 전역으로 확대시켜 나갔다. 그해 12월에는 남경에서 30만 중국인을 학살하는 만행을 저지르며 중국대륙을 유린했다. 한반도의 상황은 '내선일체'를 표방하며 일본어 상용정책과 창씨 개명創氏改名, 학병지원제를 실시하고 민족어와 민족문화의 말살을 강행하는 등, 병참기지로 전락하고 있었다.

이런 정세 속에서는 작가 자신이 가진 문제의식의 치열성과 예각화된 관점이 전제되지 않고서는 비판적 현실 조감과 풍자 감각을 발휘하기가 난망하다. 정치적 검열 속에 민족 문화의 몰락이 한 가능성으로 떠오르는 위기감이 고조되었던 만큼 1930년대 후반 문학은 절박한 처지에 있었던 것이 사실이다. 이런 점을 감안하면 『탁류』와 『태평천하』, 「치숙」이 감행한 현실의 냉철한 조감과 풍자를 통한 비판적 리얼리즘의 작가의식은 1930년대 후반 문학이 맞이한 위기를 타개해 나간 선례라고 보아도 좋다.

채만식은 그 누구보다도 능란하게 풍자를 잘 활용한 작가였다. 식민지 교육의 모순을 신랄하게 비판한 「레디메이드 인생」(1934)을 시작으로, 그의 풍자는 부정적인 인물, 무식꾼, 때로는 지식인의 고뇌하는 내면을 희화적으로 드러내는 우회적인 방식을 취한다. 자녀교육을 둘러싸고 지식인 부부가 다투는 「명일明日」(1936), 식민지시대를 '태평천하'로 여기는 매판자본가의 좌절을 희화화시킨 『태평천하춘』(1938, 이후 『태평천하』로 개작됨), 무식꾼인 조카가 사회주의 운동으로 옥고를 치른 지식인 삼촌을 조롱하는 「치숙」 (1938)에서 한껏 고조되다가 여름날 겨울 외투를 입고 종로거리로 나선 지식인의 시대적 고민을 아내의 담론으로 투과시켜 사회적 무기력을 조롱한 「소망少妄」(1938)에서 침체된 국면으로 접어든다. 그러나 해방 이후의 부정적인 현실에 풍자의 칼날을 들이대면서 그는 외세에 결탁한 모리배의 전락을 희극적으로 표현한 「미스터 방」, 해방의 참된 의의를 떠올리며 이기적인 농꾼의 심리를 그린 「논 이야기」, 친일 전력을 애국자로 바꾸어 선거에 출마한 정치인 일가의 부도덕함을 냉소한 「도야지」(1948) 등을 발표한다. 채만식 소설의 이러한 지향은 "허위의 세계 속에서 진정한 가치를 위한 타락된 추구의 이야기"[4]('진정한 가치'란 소설 속에서는 명백하게 제시되지 않지만 소설 세계의 전체에 내재하는 가치를 뜻한다)라는 루시앙 골드만의 근대소설에 대한 정의를 떠올려준다.

식민지시기와 해방기 현실에서 보여준 풍자와 냉소를 통한 작가의 현실 비판은 단순히 소설의 기법 차원으로만 그치지는 않는다. 『탁류』는 풍자가 가진 제한된 효과, 곧 반어에 의한 비판과 공격성에 머물지 않고 식민지 사회상의 전체적인 조감에서 일정한 성과를 거둔 사례이다. 이 작품은 군산항의 미두장을 중심으로 한 사회구성원들의 전락을 거듭하는 삶의 예정된 식민지 자본의 횡포가 결탁한 여러 계층에 깃든 윤리 불감증, 뻔뻔스러운 배금주의적 탐욕을 가진 일상적 개인들을 이야기함으로써 부정적인 사회의 총체상을 드러낸다. 이런 까닭에 그의 문학에서 풍자란 일제 파시즘이 비판을 허용하지 않는 현실에서 감행된 글쓰기의 우회전술로서 "비판정신의 간접화법"[5]이자 '비판적인 리얼리즘의 한 극점'에 올려놓는 양식적 특질이라할 수 있다.

채만식 소설의 묘미는 식민지 사회상을 풍자적으로 반영한 데 있음을 부인할 수 없다. 풍자의 효과는 그의 독특한 문체에서 온다. 독특한 그의 소설 문체는 지역 방언과 많은 계층들의 어휘들을 발굴하여 살아 숨쉬는 듯한 효과를 지니고 있다.[6] 문장은 다소 난삽해 보이나 대화와 지문의 구어체 표

---

4 루시앙 골드만, 조경숙 역, 『소설사회학을 위하여』, 청하, 1982, 17면.

5 홍기삼, 「풍자와 간접화법 – 채만식의 작품론」, 『문학사상』, 1973.12, 303면.

6 임무출 편, 『채만식 어휘사전』, 토담, 1997. 채만식의 문체 및 언어 활용의 특징에 관해서는 한국문학회 편, 『채만식 문학연구』, 한국문화사, 1997의 제2부 「문체 특성」 및 제4부 「언어 특징」을 참조.

기, 첩어의 다양한 활용을 통한 사실성 강조, 감탄사와 비속어의 빈번한 활용, 상용구나 속담 사용 등[7]을 통해 사실성을 확보하며 풍자 효과를 극대화시키고 있다. 그가 구사한 "어휘의 방대함과 다양성" '어휘의 정확성'은 벽초 홍명희의 『임꺽정』에 필적한다는 평판이 있을 정도이다.[8]

채만식은 대화, 생략을 통한 암시 등 말하기telling의 서술효과를 능숙하게 구사한 작가였다.

인용1. "아 글씨, 누가 즈더러 부자루 못살래서 그리여? 누가 즈것을 뺏었길래 그리여? 어찌서 그놈덜이 그 지랄이여?…… 아, 사람사람이 다아 제가끔 지가 타구난 복대루, 부자루두 살구 가난허게두 살구, 그러기두 다아 하눌이 마련헌 노릇이구, 타구난 팔잔디…… 그래, 남은 잘살구 즈덜은 못산다구, 생판 남의 것을 뺏어다가 즈덜 창사구(창자)를 채러 들어? 응?…… 그게 될 말이여?(이하 생략)"

(『태평천하』, 채만식전집 3권, 창작사, 1987, 91면)

인용2. 속이 상하길래 읽어보자던 건 작파하고서 아저씨를 좀 따잡고 몰아셀 양으로 그 대목을 차악 펴놨지요.

"아저씨?"

"왜 그러니?"

"아저씨가 여기다가 경제 무어라구 쓰구, 또 사회 무어라구 썼는데, 그러면 그게 경제를 하란 뜻이요? 사회주의를 하란 뜻이요?"

"뭐?"~

---

7   이태영, 「언어특징」, 한국문학회, 『채만식 문학연구』, 한국문화사, 1997.

8   정해렴, 「채만식 전집 편집·교정을 마치고」, 채만식전집 10권, 창작과비평사, 1989, 636면.

"아저씨…… 경제란 것은 돈 모아서 부자 되라는 거 아니요? 그런데 사회주의

란 것은 모아둔 부자 사람의 돈을 뺏어 쓰는 거 아니요?"

　"이애가 시방!"

(「치숙」, 채만식전집 7권, 창작과비평사, 1989, 271면)

　인용1에서는 윤직원 영감의 물욕과 사회주의에 대한 피해의식과 물욕이

두드러지게 나타난다. 그의 발언은 주관적인 견해와 일방적인 흐름을 가지

고 있다는 점에서 신념화된 가치관을 연상하기에 충분하다. 이 발언에서

구사된 방언에는 사회주의에 대한 편견만이 아니라 윤직원의 방약무인한

고집스러움이 묻어난다.

　인용2의 대화 장면에서 추론이 가능한 생략 부분은 화자인 조카가 아저씨

를 향한 공격적인 질문 의도가 무엇이고 그의 인물됨은 무엇인가 하는 것이

다. 진심으로 대답을 구한다기보다는 몰아세우며 아저씨를 공격하려는 의도

가 충분하게 드러난다. 사회주의에 대한 매도는 아저씨에 대한 몰아세우기

로부터 시작된 의견의 표명이자 그의 편견과 천박한 인물됨을 충분히 연상

시켜준다. 서술자의 힐난과 공격이 일방적인 만큼, 그리고 아저씨의 얼버무

림 속에 담긴 소극성은 풍자의 효과를 한껏 느끼게 해주는데, 그 효과는

과감한 생략을 낳은 절묘한 문체의 힘에서 나온다. 문체의 힘은 쉽게 확보되

는 역량이 아니다. 그가 대화의 함축성을 감안하여 구어의 광범위하고도

효과적인 활용을 통해서 성취한 요설체 문장은 각고 끝에 얻어진 결실이자

그의 독특한 문학적 결에 해당한다.

　채만식은 식민지 말기 일제의 압력에 굴복하여 친일 성향의 「여인전기」를

쓰게 되면서 오점을 남긴다. 논자에 따라서는 친일작품으로 알려진 「여인전

기」조차 일제의 검열을 피하려는 의도를 가진 작품으로 보기도 한다. 채만식

은 일본의 중국 경략에 찬동하는 「대륙경륜大陸經綸의 장도壯圖, 그 세계사적

의의」(『매일신보』, 1940.11.22-23), 일제의 국민으로서 징병제 실시를 찬양하는 논설 「홍대鴻大하옵신 성은聖恩」(『매일신보』, 1943.8.3) 등, 총력전 체제 속에서 군국주의 정책의 취지를 수긍했다는 점에서 친일의 과오로부터 그리 자유롭지 못하다.

해방 후 그는 자신의 친일에 대해 상황의 불가피함을 역설하는 어설픈 변명 방식을 취하지 않았다. 「민족의 죄인」(1948)은 친일 부역이라는 자신의 역사적 과오를 민족의 법정 앞에 내세우는 착잡한 내면을 그린 자전적인 작품이다. 이 작품에서 채만식은 해방 이후 제기된 친일 부역의 문제를 특유의 윤리 감각으로 대상화하면서 자신의 과오를 '민족이라는 법정'에 세운다. 그의 죄인의식은 '민족을 위해서 친일을 했노라'는 이광수의 강변이나 친일을 부정한 김동인에 비하면, 개인과 민족의 차원을 아우르는 참회의 본질에 근접한 성찰 내용이었다. 참회를 통한 민족 통합의 필요성을 제기했던 그의 역사적 차원에서의 반성은 민족의 정신사적 차원으로까지 나아간 드문 사례이다.

그의 죄인의식은 해방기 현실이 미소 냉전의 새로운 식민지적 질서로 변환되는 정치적 변화 속에서 강력한 현실 비판의 인자로 작용한다. 그는 '치숙'의 시대가 여전히 지속된다는 비판적인 현실관으로 해방기를 미·소 강대국에 의한 새로운 식민지 상황의 재편기로 보았고, 그 결과 민족의 자주적 독립과 근대국가 수립에 필요한 이념과 지도자를 대망하며 해방의 참된 의미를 모색하게 된다. 해방 이후 그의 문학이 다시금 풍자의 기법으로 간상모리배, 친일 성향에서 반공주의로 이행해 나가는 맹목적인 집단심성의 형성을 통렬하게 비판해 나간 것도 일제 청산과는 거리 먼 외세의 재등장과 아첨 세력, 친일분자들의 애국자 행세, 반공주의의 횡행에 대한 공분公憤에 바탕을 둔 것이다. 그는 해방 후 좌우대립의 현실에서 중도적인 자주적 민족주의를 견지하면서 유고작 「소년은 자란다」에서 해방의 참된 의미를 되새기는 한편 풍자와 역설에 바탕을 둔 부정적인 차원에서 벗어나기 위해서 개화기를 조감하며 역사의 새로운 주체 세력의 가능성을 탐색하는 『옥랑사』와 같은 역사소설을 창작하기도 했다.

3

채만식은 연재 당시 「작가의 말」(『조선일보』, 1937.10.9)에서 "우리 주위에서 흔히 볼 수 잇는 지극히 선량한 녀자 하나"를 중심으로 "세상이 탁함으로써 억울하게도 가추가추 격는 기구한 '생활'을 중심으로 시방 세태의 아주 적은 몃 귀탱이"를 그리겠다고 결의하고 있다. 이 글에서는 『탁류』에서 중심인물은 전통적인 여성인 '초봉'이며, 그녀를 불행과 파멸로 이끄는 "생활"의 면면을 그려내겠다는 작가의 의욕이 엿보인다.

작품의 배경인 군산 미두장은 1930년대 일제의 미곡반출이 이루어지는 중심 장소이다. 이곳은 식민지 경제 수탈의 생생한 현장이다. 작품의 전체 설정은 소극적이나 수세적인 전통여성상인 초봉의 일대기를 중심으로 전개하고 있다. 그러나 초봉을 중심으로 서술상황은 선악의 이분 구도 안에 배치된 위악한 인물들이 보다 우세한 위치에서 초봉의 삶을 하나하나 허물어뜨려 나간다.

초봉은 "집안 걱정을 하다가 신세를 망치는 인물로서" "시대의 희생제의적 특징"[9]을 가진 전통적 여성상이자 대안 없는 일상의 하위주체이며, 수탈 구조의 현실을 이해하는 데 요긴한 작품의 관문에 해당한다. 초봉의 주변에는 시대 변화에 적응하지 못한 채 미두장에서 전락을 거듭하는 정주사 부부

---

9   우한용, 『탁류』, 서울대출판부, 1997, 601면.

가 있고, 미래에 대한 어떤 희망도 없이 그날그날 쾌락에 몸담고 살아가는 금융회사 직원 고태수가 초봉의 삶을 에워싼다.

초봉의 삶에는 초봉과의 결혼 후에도 쾌락에 빠져 고태수를 탐하는 탑삭부리 한참봉의 첩실 김씨와 친구 정주사의 딸 초봉을 탐내는 파렴치한 이기주의자 박제호만 배치된 게 아니라 한탕주의와 돈에 대한 끝없는 탐욕을 가진 부랑자 장형보 등이 빼곡하게 배치되어 그녀의 삶을 파탄으로 내몰아간다.

언니 초봉의 연약한 성정과 달리, 작은딸 계봉은 비판적이며 자신의 행로를 적극적으로 개척하며 일가의 전락을 지켜보는 인물이다. 계봉은 따뜻한 인간애로 현실을 힘겹게 헤쳐나가는 예비 의사 남승재와 함께 수탈경제의 위악함을 이루는 거대한 혼돈의 현실 속에 여리지만 빛을 던지는 긍정적인 인물이다.

선악의 인물구도에서 악한 인물들의 큰 비중은 '탁류적 현실'이 가진 압도적인 우위와 그 극복 가능성의 부재에서 비롯된다. 채만식의 대부분의 소설에서 부정적인 인물 구도는 언제나 긍정적인 인물 구도에 비해 우위에 있으며 긍정적인 인물은 언제나 언급되는 대상, 암시적 내용으로만 남는다는 특징을 보여준다. '부정의 적발'을 통한 풍자성은 그의 소설세계 전반을 지배하는 요소였던 셈이다.

작품 전반부는 정주사의 경제적 궁핍화에 따른 거듭되는 전락, 고태수와 초봉의 결혼에 이르는 사건이 중심을 이루고 있다. 여기에서 드러나는 세태는 가산의 몰락과 도시 빈민으로 전락하는 정주사 일가의 궁핍화, 딸을 빌미 삼아 경제적 이득을 챙기려는 정주사 부부의 탐욕, 그로 인한 초봉의 불행한 전락, 미래에 대한 어떤 희망도 없는 고태수의 횡령과 끝없는 여성 편력, 박제호의 초봉에 대한 탐욕, 우정과는 상관없이 돈에 탐욕스러운 장형보의 위악함 반대편에 의사 지망생 남승재의 선하고 무력한 휴머니즘, 계봉의 독립적인 삶의 개척 의지로 크게 대비된다. 인물 상호간의 역학 구도는 서로를 향한 물질적 욕망, 돈을 매개로 한 도덕적 정신적 타락, 더 나아가 이러한 전락을 강요하는 것이 식민지 경제 수탈의 하부 구조를 부감하는 것으로 향한다. 초봉과의 결혼을 앞둔 고태수가 남승재를 방문하여 화류병을 치료받는 대목에 이르기까지, 생활의 구체적인 면모들이 빚어내는 혼탁한 현실, 말류적 인간상이 빚어내는 암울한 세태는 한계치에 도달한다.

작품 후반부는 우연의 빈발, 충격적 사건 전개 때문에 전반부에 비해 상대적으로 응집력이 떨어지는 모습이다. 후반부의 내용은 고태수의 외도와 죽음, 초봉을 유인하여 서울에서 살림을 차리는 박제호의 파렴치, 장형보의 초봉 겁탈, 초봉의 절망과 그녀의 장형보 살해, 계봉과 남승재의 자수 권유로 이어진다. 특히 초봉이 남승재에게서 연애 감정을 되살리며 미래에 대한 희망을 소생시키는 것이 통속적으로 간주될 수도 있다. 이런 점에 대해서 평자들은 통속성에 함몰된 신문연재의 한계라고 비판적 관점을 취하기도 한다.

초봉의 끝 모를 전락에 대한 계봉과 남승재의 도움은 단순히 통속적인 결말이 아님을 시사한다. 그런 점에서 이 대목은 전망 부재의 현실에 대한 작가의 고심의 흔적을 담고 있다. 요약하자면, 작품 전반부가 초봉을 둘러싼 말류적 세태 조감과 그것의 비판에 주력했다면, 작품의 후반부는 인물들 내면에 담긴 각자의 욕망이 충돌하면서 초봉의 비극적인 전락의 끝까지 몰아가는 사건들의 연쇄로 채워지고 있는 것이다. 초봉의 철저한 파멸과정을 서술하는 처절함 속 속에서 계봉과 남승재는 소생의 희망과 출구를 찾아나서는 셈이다. 계봉과 승재가 상상하는 전망과 결의가 '새로운 출발'로 이어진다. 작품 마지막 장을 '서곡'이라 이름 붙인 것도 그런 작가의 의도를 담아낸 것이다.

『태평천하』는 『탁류』와 함께 채만식의 또다른 대표작이다. 이 작품은

1930년대 지주 출신의 유한계층 가정을 배경으로 그들의 윤리적 무감각과 극심한 이기주의를 풍자하고 있다. 주인물인 윤두섭은 역사에 대한 맹목성과 시대착오적인 가치관을 가진 인물로 등장하고 있다.

『태평천하』에서 성취한 채만식다운 풍자와 요설은 구어체와 능란하게 담아낸 전라 방언에 힘입어 등장인물이 가진 역사에 대한 무지와 천박한 인격성을 여지없이 폭로하는 데 기여한다. 작품 배경은 구한말로부터 일제 식민지에 이르기까지 선친(윤용규)－조부(윤두섭)－아버지(창식)－손자(종수·종학) 등 사대에 걸쳐 있다. 그러나 작품의 중심은 윤두섭 영감의 시대착오적인 가치관으로 집중된다.

윤영감의 선친은 횡잿돈으로 치부하였으나 부패 관료의 토색질을 수없이 겪기도 하다가 화적패의 약탈로 죽음을 당한다. 선친의 주검 앞에서 윤두섭은 "이놈의 세상이 어느날에 망하려느냐!" "오냐, 우리만 빼놓고 어서 망해라!"하고 절규한다. 윤두섭 영감의 속악함은 「치숙」에서 '나' 역시 사회주의자 삼촌과 대립된 부정적인 인물상의 하나로서 식민지시대가 배태한 부정적인 인물 표상이다. 망해가는 나라의 부패권력과 혼돈스러운 치안상황을 체험했던 아버지 윤용규의 시대를 헤쳐나온 윤두섭이 식민지시대에서 활개치는 것은 매우 역설적인 의미를 갖는다.

윤두섭은 식민지 체제의 보호하에 소작료, 장리벼 놓기, 사채놀이를 통해서 안락한 삶을 구축한다. 재산 축적과 안락한 삶을 보장하는 것은 식민지의 수탈구조에서 연유한다. 식민지 시대에 들어온 윤두섭 영감은 양반족보 만들기, 향교 벼슬 사기에 그치지 않고 가짜의 신분과 명망을 취한다. 더구나 두 손자를 각각 군수, 경찰서장으로 만들어 출세시킨 뒤 자신의 권세를 더욱 확고히 다진다.

윤두섭의 노탐老貪은 아들 창식의 무능함과 첩실 두기 같은 방종 속에 '가문의 보존과 영달'이라는 소망과는 무관하게 흘러간다. 손자 종수가 임시직

고원에서 군수가 되어야 한다며 운동자금을 갈취하는 행실, 일본까지 유학 간 종학이 사회주의 사상 관계로 경찰에 검거되면서 자신의 소망은 산산이 부서지고 자신의 사회적 지위마저도 위협받는 처지로 전락한다.

> 화적패가 있어나아? 부랑당 같은 수령(守令)들이 있너냐…… 재산이 있대야 도적놈의 것이요, 목숨은 파리 목숨 같던 말세(末世)년 다— 지나가고오 자— 부아
> 라 거러거리 순사요 곡골마다 공명헌 정사(政事) 오죽이나 좋은 세상이여……
> 남은 수십만 명 동병(動兵)하여서 우리 조선놈 보호하여 주니 오죽이나 고마운
> 세상이여? 으응?…… 제 것 지니고 앉어서 편안허게 살 태평세상, 이걸 태평천
> 하라구 허는 것이여 태평천하!
>
> (『태평천하』, 채만식전집 3권, 창작과비평사, 1989, 398면)

시대착오적이고 편견으로 가득 찬 윤두섭의 발언에는 시대의 정당성과는 아랑곳없이 자신과 가족의 안위, 입신출세를 지향하는 가당찮은 논리가 담겨 있다. 이 소시민적 안락을 가능하게 하는 것은 무정견과 이기주의는 1930년대 이후 고조되는 민족의 위기 상황과 대비시켜 보면 속악한 반민족적 심리의 맹목성에 가깝다. 비속한 자를 들어 그 비속함을 공격하는 효과가 반어이지만, 『태평천하』는 반어에서 한발 더 나아가 무반성적 맹목성을 식민지 현실의 모순과 결부시키는 전도된 리얼리즘의 일단을 보여준다.

『태평천하』의 윤두섭 일가의 반민족적 몰역사적 면모는 「치숙」의 '나', 해방 후에 쓰여진 「미스터 방」의 방삼복, 「논 이야기」의 한생원, 「낙조」의 황주댁에서 다시 접할 수 있다. 「낙조」의 황주댁은 윤두섭의 재현이라고 할 만큼 반복적으로 등장하는 부정적 인물 유형의 하나다. 그녀는 큰 아들 박재춘을 경무보까지 출세시켜 일제 말기에는 권세를 자랑하며 자식농사에 성공한 듯하지만, 해방과 함께 큰 아들 내외가 재산을 몰수당하고 뭇사람들

에게 몰매를 당해 죽고 마는 비극을 겪으면서 월남한 인물이다. 그러나 황주댁은 자신의 평생사업이었던 자식농사가 수포로 돌아간 원인을 되돌아보는 성찰적 개인이 아니다. 그녀는 가족사에 가해진 비극을 북녘의 공산주의자들 탓으로 돌리며 저주를 퍼붓고 철두철미 반공주의자로 변신하는 부정적 개인이다.

「레디메이드 인생」에서 시작된 풍자가 식민지 현실에 범람하는 온갖 부정적 사회 현상에 대한 날카로운 비판을 담고 있는 것이라면 『태평천하』는 채만식 특유의 문제의식이 언어, 문체로 빚어낸 농익은 세계이다. 이 세계는 부정적 시대와 부정적인 시대가 낳은 인물의 여러 세대에 걸친 서로 다른 생활상에도 불구하고 사회와 민족과 무관하게 안락과 세속적인 출세만을 이기적으로 욕망하는 것이 얼마나 남루한지를 되묻는 현재성을 지니고 있다.

『태평천하』에서 꽃피운 풍자의 묘미는 채만식 특유의 문학적 성취임이 분명하지만 그 안에는 현실에 대한 비판이 역사감각으로 무장하고 있다는 점을 간과해서는 안된다. 채만식은 일생 동안 낙관적인 미래를 예견하기 어려운 상황에서 섣부르게 몽상적이거나 이상주의로 윤색된 전망을 모색하는 대신 그 부정적인 현실과 그 안에 흐르는 허위와 반역사성에 주목했던 작가이다. 그런 점에서 그의 풍자는 현실과의 비판적 거리를 유지하며 부정적인 현실의 모순을 적발하는 리얼리즘의 원리이자 개성적인 작가의식의 표현양식이다.

4

채만식은 동반자작가로 활동하기도 하였으나 이념적으로는 중도적인 입장을 견지했다. 이는 지식인 내면의 고뇌, 현실의 비판적 조감, 풍자성 짙은 소설 세계가 우파 민족주의 소설이나 좌파의 사회주의 경향소설, 모더니즘 계열의 소설 어디에서 속하지 않는 독자적 위치를 확보하고 있는 점으로도 잘 알 수 있다. 그의 문학은 계보상 비판적 리얼리즘에 속하며 기법상으로는 풍자와 반어, 방언과 구어체를 활용한 '말하기telling'의 전통을 계승하고 있다. 내용상으로 보면 그의 문학은 19세기 말부터 전개되어온 한국 근현대사의 격랑 속에 놓인 근대적 주체의 자기발견으로부터 전근대적 인습과 충돌하며 고뇌하는 여성과 지식인의 고민에 이른다. 그의 문학은 '일본 식민지배와 민족 수탈에 대한 사회경제적 조감', '풍자와 반어를 통한 현실 비판'을 시도하며 문학적 역량을 발휘했다.

채만식 문학의 특질은 서술기법에서 대해서는 많은 진전을 보았으나 세부적인 사항들에 대한 깊이 있는 천착이 여전히 미흡하다. 『탁류』의 플롯과 성취도만 해도 찬반 양론이 팽팽하게 맞서 있는 형편이다. 그의 유일한 탐정소설 『염마艶魔』는 대중문학 분야에서 조명되어야 하며, 친일 논란이 많은 작품들에 대한 논의 또한 본격화되지 못한 상태이다. 세부적으로 그의 문학은 인물과 서술자의 특징, 전통예술의 수용 문제, 서민적 미의식과 풍자, 작품의 시공간, 표현의 상투성과 언어 활동 특질, 구비서사 전통과의 관계, 고전소설의 패러디, 당대 현실문제와의 연관성, 동학 및 개화기 역사와의 관련성, 조혼 실패로 인한 작가의 자전적 요소 등이 앞으로 심도 있게 논의되어야 할 부분이다.

(출전: 상허학회 편, 『새로 쓰는 한국문학 작가론』, 백년글사랑, 2002)

식민지의 그늘과 상처를 넘어서

김사량의 생애와 문학

1

김사량(본명 時昌, 1914-1950)은 식민지 조선의 어둠을 세심하게 부조한 열정적인 작가였다. 그의 문학적 삶이 문제적인 것은 식민지 말기 파시즘체제로 치달아가는 현실에서 시작된 작가의 도정이 제국 일본과 식민지 조선의 틈바구니에서 일본어와 조선어를 함께 사용하는 '이중언어 작가'로서 식민지 조선의 비극적인 현실을 포착하는 것으로 그치지 않는다. 그는 식민지 조선과 일본 문단에서 작품의 수준을 인정받으며 소설, 희곡, 평론, 번역 등 다방면에 걸쳐 활발한 작품활동을 펼치다가, 해방을 불과 몇 달 앞둔 상황에서 중국 항일무장투쟁 근거지로 들어가 항일무장투쟁의 전선에서 민족 독립의 열기를 생생하게 기록하고자 한 열정적인 지식인의 한 사람이었다. 또한 그는 해방과 함께 중국에서 귀환하여 서울을 거쳐 고향인 평양으로 돌아가 북한 초기문단에서 활동했으며, 전쟁 발발과 함께 종군작가로서 활동하다가 행방불명된 작가이다.

평양의 부유한 상공인의 집안에서 태어난 그는, 일찍부터 식민지 조선

현실에 눈뜬 조숙한 소년이었다. 평양고등보통학교 재학 시절에는 광주학생 의거에 동조한 평양 학생들의 소요에 가담했고 일본인 교사의 폭행에 맞서 학생들의 동맹휴학을 주도했다. 이 때문에 그는 졸업을 불과 몇 달 앞두고 퇴학당하고 만다.

이후 김사량은 학업을 계속하기 위해 도일한다. 구제舊制 사가佐賀 고등학교 문과 을류과정을 마치고 나서 곧바로 동경제국대학 독문학과에 입학한 그는, 대학 재학 시절에 일본인 문우들과 함께 동인을 결성하여 동인지 활동을 펼치며 작가의 길로 들어섰다. 그가 작가의 길을 택한 것은 자연스러운 행보였다. 소년기부터 동시와 서정시를 잡지와 신문에 투고해왔던 그는, 고등학교 시절부터 소설을 습작했기 때문이다.

김사량이 작가로 이름을 알린 계기는 단편 「빛 속에」(일문, 『문예수도』, 1939.10)가 아쿠다가와芥川 문학상 후보작에 오르면서였다. 이 일로 인해 그는 일본문단과 식민지 조선 문단에서 주목받는 신진작가로 이름을 알리기 시작했다. 하지만 그가 활동하는 1930년대 후반이라는 시기는 중일전쟁이 발발하고 제국 일본이 전시 총력전 체제로 진입하면서 더욱 강압적인 정책을 펴나가는 초입이었다. 일본은 군국주의에 바탕을 두고 제국의 영토를 만주에 국한하지 않고 중국 본토로 확장해나가며 총력전 체제에 돌입하기 시작했던 것이다. 그가 일본에 머물던 도중, 태평양전쟁이 발발한 바로 다음 날 '사상범 예방구금법'으로 경찰서에 구금된 것도 식민지 조선 출신 작가의 비애를 온몸으로 느끼기에 충분한 사건이었다. 김사량은 한글과 일본어로 작품을 썼다고는 하나, 작품의 주된 색조는 매우 어둡고 우울하다. 이는 식민지 현실에 고심하는 인물의 절망과 고뇌 가득한 심리를 담아내는 데 주력한 문학적 관심사가 무엇인지를 잘 말해준다.

김사량 문학에서 두드러지는 특징 하나를 꼽는다면 식민지 조선인들의 얼룩과 생채기를 담아 조선어와 일본어로 작품을 써내는 일이었다. 그의 처녀작 「토성랑」은 평양 빈민촌의 절대적 빈곤을 소재로 삼아 홍수와 함께 죽음으로 내몰리는 하층민들을 그려낸 작품이었고, 출세작 「빛 속에」는 식민지의 현실에서 민족의 정체성을 되물은 작품이었다. 그의 '이중 언어의 글쓰기'는 식민제국과 피식민인의 경계에 놓인 인종적 정체성과 그들의 음울한 삶을 부조하는 특징을 가지고 있다.

1945년 2월, 그는 국민총력 조선연맹 병사후원부의 제안에 따라 '재지在支 조선 출신 학도병 위문단'의 일원으로 중국에 파견되어 임무를 마친 뒤 베이징에 머문다. 3개월 동안 그는 북경에서 사태를 관망하다가 그해 5월, 일본군의 삼엄한 경계선을 뚫고 옌안지구 태항산에 있는 화북조선독립동맹의 본거지로 들어갔다.

그의 태항산행은 과연 어떤 배경에서 이루어진 것이었을까. 북한에서는 그가 김일성의 항일무장투쟁 활동에 감화받은 것이라고 선전하고 있으나 이는 사실과 다르다. 제국 일본의 위세가 정점에서 파국으로 치닫는 시기에, 그가 택한 태항산행은 적어도 제국의 광포한 위세에 맞서 민족의 해방을 꿈꾸는 지극히 불온하고 과감한 결행이었다. 그는 중경에 피난 간 임시정부 인사들이 독립운동에 매진하지 못하는 모습에 환멸했고 마침내 태항산의 항일투쟁 근거지로 향했던 것이다. 그의 표현대로라면 이 결단은 작가의 한 사람으로서 독립과 해방을 위해 싸우는 이들과 함께하는 것이었고 그들의 활약상을 글로 담아내려는 '문학적 열정' 때문이었다. 그의 뜨거운 열정이 『노마만리』에 고스란히 담겨 있다.

해방과 함께 그는 화북조선독립동맹의 선발대 자격으로 귀국길에 오른다. 철원, 포천을 거쳐 근 2달을 넘겨서 그는 서울로 들어왔다. 그는 아서원에서 열린 남북작가 좌담회(12.12)와 봉황각에서 개최된 문인좌담회에도 참석한다. 봉황각 좌담회에서 그는 식민지 말기에 일본어로 창작되어 발표된 작품의 윤리문제를 놓고 이태준과 논전을 벌였다. 이 시기에는 특히 훗날 발간할

『노마만리』의 초고의 일부였던 「산채담」을 『민성』에 연재했다. 그런 다음 그는 1945년 12월 말 고향 평양으로 돌아갔다.

평양에서 김사량은 좌파문인들이 득세한 북한의 초기문단에서 건국사업에 참여하며 왕성하게 활동했다. 1946년 3월 북조선예술총연맹이 결성되면서 그는 집행위원과 국제문화부장에 선임되었다. 또한, 동년 6월, 평남예술총연맹 위원장에 피선되었고 북조선문학예술총연맹의 중앙상임위원, 북조선문학동맹 서기장 및 중앙상임위원, 북조선연극연맹 중앙위원 등의 직책을 연달아 맡았다. 1946년 11월부터는 북조선문학동맹 서기장 자격으로 김일성대학에서 독문학 강의도 했던 것으로 전해진다. 동년 12월말에는 '시집 『응향』 사건'의 진상조사위원 및 탄핵위원 자격으로 원산을 방문하기도 했다.

6.25전쟁이 발발하자 그는 1차 종군작가단에 지원하여 남하하는 인민군을 따라 전장으로 내달았다. 그는 한반도에서 일어난 열전熱戰 한 가운데로 자신을 밀어 넣었다. 시시각각 변하는 급박한 전황을 알리는 보고문학인 「종군기」를 통해서 그는 전쟁의 생생한 현장과 급박하게 돌아가는 전황을 알리며 북한에서는 인기 있는 작가의 한 사람으로 부상한다.

인천상륙작전과 함께 순식간에 전세는 반전한다. 그는 인민군의 1차 퇴각 때 후퇴에 올랐으나 지병 때문에 원주 부근에서 낙오하여 생사를 알 수 없게 되었다. 이후 김사량은 북한문학사에서는 거의 거론되지 않는 잊혀진 문인이었다. 그러다가 그는 1980년대 후반에 '민족주의 성향을 가진 양심적인 인텔리 작가'로 복권되었고 90년대 이후에 간행된 북한문학사에서는 식민지 시기와 해방기의 작품들과 함께 전쟁기에 쓰여진 「종군기」가 본격적으로 거론되기 시작했다.

2

이 선집(『김사량작품선』, 한국문학전집, 글누림, 2007. 이하 인용은 책의 면수만 기재함)에 수록된 김사량의 작품은 미완의 장편 『낙조』를 포함해서, 「유치장에서 만난 사나이」, 「지기미」, 중편 「칠현금」 등 모두 4편이다. 그의 초기 대표작의 하나인 「토성랑」, 「빛 속에」, 「천마」와 같은 단편이나 장편 『태백산맥』, 기행문 『노마만리』, 『종군기』 같은 작품이 지면 관계상 누락된 것은 매우 아쉬운 일이다. 하지만, 이 책에 수록된 작품들도 아쉬운 대로 김사량의 소설세계를 나름대로 잘 설명해주는 사례이다.

『낙조』(『조광』1940.2-1941.1)는 한글로 쓰여진 김사량의 첫 장편이다. 이 장편은 조선조 말기의 타락한 관료 집안을 배경으로 식민지 초기의 사회상을 소재로 삼았으나 아쉽게도 1부만 끝낸 채 미완으로 남았다. 미완에도 불구하고 작품이 문제적인 것은 매국노 노릇을 하며 일제로부터 남작 지위를 받은 윤대감의 아들 윤성효 집안을 무대로 몰락양반, 첩실들의 암투가 비판적으로 그려지고 있기 때문이다.

이야기는 1910년, 윤대감의 암살 급보가 전해지면서 아들 윤성효가 기생 산월을 버려두고 이른 새벽 황망히 대동문을 빠져나가는 장면에서부터 시작된다. 친일 관료 윤성효의 사랑방은 첩실 해주댁과 놀아나는 처남 김대감의 부도덕한 행각과 금광으로 일확천금을 꿈꾸는 박대감의 허황된 욕망들로 범람한다. 이들은 유습에 젖어 사회변혁과는 하등 관계없이 살아가는 몰역사적이고 부정적인 인간 군상이다.

윤성효는 산월과 아들 수일을 집으로 불러들여 자신의 대를 잇고자 하나 혼탁한 집안 분위기와 친일파에 대한 일반 민중들의 분노와 소동 속에서 연약한 성품의 산월은 차츰 피폐해져 간다. 아들의 양육권을 빼앗기다시피한 산월은 또다른 첩실 김천집과 해주댁의 해꼬지 통에 아들 걱정은 커져만

간다. 3.1 만세날 군중들이 집안을 둘러싸고 시위하자 산월은 집에 불을 지르고 자신도 부상을 입고 유폐된 채 죽어간다.

한편, 수일은 학교에서 친일파 자식으로 냉대받는다. 그는 사상가의 아들이라는 자부심을 가진 석순철과 사귀며 사상가를 꿈꾸지만 여전히 나약한 소년에 불과하다. 이런 수일을 돌보는 이는 김천집의 딸 귀애다. 그녀는 수일을 위로해주며 학업에 매진하도록 권고하는 꿈 많고 조숙한 여학생이다. 그녀는 윤성효 집안이 사회적으로 지탄받는 친일파라는 사실도 잘 아는 당찬 여성이기도 하다.

수일의 모친 산월이 사회와 집안의 흉흉한 분위기에 압도되어 실의와 좌절 속에 방화를 하고 그 후유증으로 죽어가는 희생양의 모습을 보여준다면, 귀애는 씩씩하고 독립적인 사고의 소유자이다. 그녀는 윤씨 집안 이야기를 소설로 써서 세상을 계몽하겠다는 꿈을 품고 있다. 하지만 어머니 김천집의 욕심 때문에 윤성효에게 겁탈당한 후 가출한다. 윤성효의 시대착오적인 권세와 그 주변에 부나방처럼 떼지어 사랑방에 몰려든 부정적인 군상이나, 첩실들 간의 암투, 저주와 증오로 가득한 안채의 모습은 영락없이 식민지로 전락해간 한국사회를 축약한다. 윤성효의 집안 안팎에 친일파의 부도덕함과 완고한 봉건성을 비판적으로 담아내는 이야기의 주된 무대인 셈이다.

일제가 신체제론과 총동원사상을 유포하며 언론탄압과 검열을 강화해가는 현실에서 『낙조』의 연재는 중단되고 만다. 그러나 미완의 이야기 다음 내용은 충분히 짐작 가능하다. 일신상 권세와 재물 축적에만 골몰하는 매국적 상류집단의 부도덕함을 드러낸 1부의 이야기는, 권세가에 줄을 대어 일확천금을 꿈꾸는 탐욕가들과, 기복과 주술에 기댄 첩실들의 암투, 3.1운동 전후로 하여 전개되는 독립지사들의 활약과 친일파의 공포, 소작농들의 움직임 등, 당대사회의 문제적인 상황을 망라한다. 이런 특징을 감안하면 아마도 다음 이야기는 식민지 조선에서 승승장구하는 친일파 권세와 독립운동 사이에서 자신의 의지와 소망을 실현하고자 하는 청년들의 일화로 채워졌을 것이다. 그 이야기의 주역들은 우유부단하고 의지할 곳 없는 수일의 성장과 조숙한 귀애의 동반자적 역할, 꿋꿋한 석순철이 한데 어울려 관료와 자본가, 노동자와 농민들이 빚어내는 개인들의 이야기였을 것이다. 이야기가 1부로 끝나고 만 것은 이들의 당당한 삶이 이야기될 수 없었기 때문이다.

「유치장에서 만난 사나이」(『문장』, 1941.2)와 「지기미」(『삼천리』, 1941.4)는 『낙조』 2부에서 펼쳐보이려 했던 수일과 석순철 같은 인물의 흔적이 부분적으로 확인된다. 「유치장에서 만난 사나이」는 신문기자를 서술자로 삼아 예비검속으로 유치장에 갇혀 있을 때 만난 '자칭 사상가' '왕백작'을 회상하는 방식을 취하고 있는 작품이다.

왕백작은 『낙조』에서 사상가가 되겠다는 석순철과 우유부단한 수일을 뒤섞은 듯한 인물이다. 그는 독립운동에 나설 용기도 없고 수감생활에서 스스로를 위안하는 기이한 행각의 소유자다. 서술자는 그런 그를 이주민들로 가득한 만주행 열차 안에서 다시 만난다. 그는 "동경의 동지!" 하면서 서술자 앞에 나타나서는, 이주민 행렬을 슬퍼하며 울음을 터뜨리고 정신을 잃어버린다. 그의 비탄과 혼절은 이주를 결심할 수밖에 없는 힘없고 가난한 약소민족의 비애에 괴로워하는 지식인의 격렬한 신체반응이다. 그후 서술자는 강원도 산속에서 물에 빠져 구해달라는 양복장이의 목소리에서, 방공연습하는 서울 거리에서 경방단원을 훈시하는 사내의 뒷모습에서 왕백작을 떠올린다. 왕백작은 식민지배의 강고한 체제 안에서 저항하지 못하고 괴로워하면서도 때로는 권력에 아부하거나 앞장서서 식민정책을 옹호하는 나약한 내면의 소유자들을 비판하는 '거울'과도 같은 인물이다. 이주민 무리를 보며 통곡하던 존재가 식민 지배체제 안에서 간절히 도움을 청하며 무기력하게 편입되어가는 정경은 당대 사회 도처에 존재한다. 그런 점에서 왕백작의 뒷모습은 식민지민으로 살아가는 이들의 누추함과 같은 표현이다.

「지기미」는 늙은 아편쟁이로 늘 "지기미 지기미 지기미" 하며 중얼거리는 인물의 별칭이다. 그는 청년 시절 구한국 병정 삼정위였으나 망국과 함께 영락하여 동경만 빈민굴에 있는 함바(집단 임시숙소)에서 지낸다. 그는 큰 뜻을 품은 화가인 서술자 '나'와 친하게 지내지만 서로가 외로울 적이면 찾아와서는 함께 아편을 함께 먹으며 친해지기를 눈물로 간청하는 못난 위인이다. 아편에 대한 유혹이 전혀 없지 않는 서술자는 지기미를 때려주기도 하지만 용서를 구하기도 한다. '종교는 아편'이라는 명제를 비틀어, 암울한 현실에 눈감고 자기위안에 빠져들며 무기력한 욕망과 타협하는 모습이 곧 '아편하기'이다. '아편'은 절망과 현실 회피의 다른 이름이다.

지기미는 절망적 현실을 향해 욕설을 퍼붓고 최소한의 저항의지만 피력할 뿐이다. 그는 루쉰의 「아Q정전」에서 '아Q'처럼 부당한 현실에 맞서지 못하는 즉자적 존재이다. 지기미에게는 왕백작처럼 처절한 밑바닥 삶이 가진 비극을 구원할 능력도 그 어떤 희망도 없다. 서술자가 꿈을 품고 건너온 일본에서 화가의 꿈을 이루지 못한 인물이라면, 지기미는 구한국 군인으로서 망국과 함께 떠돌다 아편쟁이가 되어버린 인물이다. 이들의 대비를 통해 이야기는 가장 밑바닥에 처한 삶의 전락을 부각시키고 있다.

중편 「칠현금」(1949)은 건국의 활력을 담아 식민지 상처를 치유하는 모습을 담은 작품이다. 북한에서는 이 작품을 두고 '폐인이 되였던 한 인간의 재생'을 그린 작품으로 언급하며 '인간을 다면적으로 그리며 그의 내면세계를 깊이있게 파고드는 작가의 재능'과 '로동계급의 고상한 사상과 기풍을 배우며 문학의 새싹들을 키워내는 당적 작가의 슬기로운 모습'을 보여주었다고 평가한 바 있다. 국영제철소에 파견되어 노동자들의 문화적 품성을 교양하고 지도한 작가의 현장 경험을 바탕으로 한 작품(실제로 김사량은 1949년 황해도 송림제철소에 현지 파견되어 약 반년을 보내면서 「칠현금」을 창작하였다)에서도 서술자는 작가 S이다. 그는 공장 현장에 파견되어 노동자의 문화소양을 지도하는 임무를 수행하는 인물이다. 그는 현지지도가 "새 시대를 맞이한 새나라 작가로서의 새로운 삶의 길을 찾으려는" 자신의 내적 요구에 부합한다고 보았다. S는 현지지도 도중에 한 노동자의 응모작을 보고는 "그 소재가 공장의 실생활과 로동자의 생동한 감정에 토대를 둔 적절한 내용"이라는 점에 새삼 놀라 작가를 발굴하고 그를 작가로 키워내겠다고 마음먹는다.

윤남주는 6년간이나 병원에서 누워 지낸 불구환자이다. 그는 "왜놈들이 며칠 안으로 죽을거라고 손 한번 대지 않고 그냥 내버려두었기 때문에" 폐인이 되어버린 인물이다. 남주는 식민체제가 그 신체까지도 파괴해버린 상처를 드러내는 역사의 증인이다. 그러나 그는 자신이 쓴 동화가 방송되는 것에 위로받으며 열심히 습작하는 작가지망생이기도 하다.

신체적 불구와 생활감각의 결여에도 불구하고, 작가로서의 새로운 출발을 열망하는 윤남주에 대한 S의 깊은 관심은 그 자신의, 해방 이후 새로운 인간상과 문학의 존재 의의를 놓고 고심하는 것과 무관하지 않다. 작가 S는 남주의 작품에서 빈구석이 없는 단단한 문장과 부드러운 어감을 접하며 작가로서의 무한한 가능성을 발견한다. 병든 노동자출신 작가 지망생과, 명성은 있으나 '친일'의 흠결을 지닌 작가 S와의 교감이 이야기의 주된 테마의 하나이다. S는 지식인의 결여된 생활감각에서 비롯된 위축된 창작의지를 타개하고자 노동의 현장에서 노동자의 현실과 이들의 감각을 이해하고자 한다. '훼손된 정신'의 소유자인 작가 S와 '손상된 육체'를 가졌으나 작가의 길을 택한 윤남주는 동일한 주체를 분리시켜 만들어낸 시대의 일화이다.

병실에 찾아간 S는 상상보다 위중한 환자의 상태를 보고 놀라지만 소설을 쓰려는 남주의 의지에 감화된다. 하지만 남주는 자신을 "제철소의 하나의 쓰지 못할 녹쓴 나사못"이라고 여긴다. 윤남주를 통해 발견한 문학적 가치와 행로는 열악한 신체적 조건이 아니라 정신적 갱생으로 이야기의 초점이 모아진다.

S는 남주에게 노동자 작가의 빛나는 사례가 소련에 있다는 점, 그들이 경험을 바탕으로 혹독한 시련을 이겨내는 역사를 작품으로 담아내는 길이 바로 남주의 몫이라고 이야기해준다. S는 소련의 노동자작가 아브덴코가 그려낸 비참하고도 불우한 광부일가의 이야기와, 극심한 육체적 불구를 이겨내며 『강철은 어떻게 단련되는가』를 쓴 오스트로프스키의 삶이 작가로서의 표본으로 제시한다. S의 위로와 격려는 윤남주를 새로운 세계로 인도한다. 남주에게는 열악한 신체적 불구가 문제되는 것이 아니라 문학이 가져다주는 역할과 효용이 가진 원대한 소망과 빛, 그리고 이를 가능하도록 이끄는 활력이 문제인 셈이다.

S는 노동자들의 시낭송에서 "그들의 기쁨과 자랑"을 발견하고 "조국 인민들의 새힘"과 "기름내가 풍기며 열정에 넘치는 글줄"을 느끼면서, "이를 새로 피어오르는 인민 예술로 꽃망울"이라 여기며 윤남주를 떠올린다. 남주가 가진 풍부한 감정과 천부적 재능과, 6년 세월을 병원 침상에서 쇠진해가는 상태를 대비한 구도 안에는 김사량이 모색하는 문학적 방향이 함축되어 있다(윤남주의 상처와 불구성은 식민지 시대에 친일적인 작품을 쓴 바 있는 김사량의 상처이기도 하다. 그 내상이 윤남주의 정신적 육체적 상처로 투영되어 있는 것이라고 보아도 크게 무리가 없다).

작가 S는 사회변화의 새로움을 반영하는 것이 소설의 과제라고 생각한다. 그런 까닭에 그는 "역시 작가란 자신이 제일 잘 알고 깊이 느낀 일을 제일 잘 쓰게 마련"이라고 남주를 격려한다. 남주 또한 "덧없는 공상"이 아니라 "새로운 태양 아래 새로운 욕망"으로 새로운 현실에 참여하여 작가로서 새로운 삶을 살아가고자 한다.

윤남주와 작가 S의 관계가 정신의 치유를 통한 작가로의 재생을 이야기한 것이라면, 불구의 윤남주를 간호해온 신 간호사의 일화는 그를 곁에서 지켜본 역사의 증인의 면모를 보여준다. 그녀는 보호시설이나 안전장치도 없었던 식민지의 제철소에서 윤남주가 부상을 입고 폐인이 되자, 자원해서 부상당한 윤남주를 간호해 왔다. 해방 후 그녀는 윤남주 곁을 지키기 위해 간호사가 된다. 윤남주와 상처 난 식민지 기억을 공유한 그녀는 마침내 희생과 헌신으로 윤남주와 사상적 동반자가 된다.

병원은 신 간호사의 헌신적인 조력과 새 시대에 변화된 관계는 윤남주의 갱생과 맞물리면서 밝은 미래를 예고하는 '국가' 또는 '사회현실'을 환유하는 공간이다. '병원'은 새시대로 나아가기 위해 상처입은 자의 정신과 훼손된 육체를 치유하는 활력을 담은 '재현된 국가'에 가깝다. 이곳은 노동자 환자를 수용하고 치료하는 공간일 뿐만이 아니라 그의 정신적 육체적 갱생까지도 이끌어주는 공적 세계이다. "생산계획 초과달성과 기간단축운동의 최후 돌격기에 들어간 공장"의 활력처럼 병원을 통해 암울했던 식민지시대에서 벗어난다.

'식민지/새시대'의 대비는 '감옥이었던 공장'에서 '재생의 활력이 가득한 공장'으로, '환자를 방치한 비인간적인 병원'에서 '갱생으로 이끄는 병원'으로 이미지를 바꾸어놓는다. 윤남주와 신간호사의 관계가 식민지 시기의 증언자와 조력자 역할에서 새로 태어난 국가와 인민의 관계를 새롭게 설정되듯, 병원에는 선진의료 기술을 가진 소련의사들과 의료인들이 환자들을 예우하며 그들의 '오래된 상처'를 고치려는 의지들로 충만하다. 인민들에게 남겨진 식민지의 상처와 그것의 치유의지는 국가의 활력이기도 하다.

남주는 소련인 의사의 선진의료 기술로 몇 차례에 걸친 수술과 재활을 거쳐 정상인으로 살아갈 수 있다는 희망을 갖게 된다. S는 수술의 성공 여부와 관계없이 지금의 현실이 식민지의 과거와는 전혀 다른 세상이라 여기며 행복감을 만끽한다. 국가는 모멸과 학대와 굶주림 속에 살아온 생명 하나하나가 소중히 보살핌을 받고 새로운 세상에서 살아갈 수 있게 만든 헌신과 갱생으로 인도하는 대주체이다. 국가의 이런 이미지는 식민지의 상처와 암울함에 비하면 '치유자'에 가깝다. 식민지의 고난으로 상처받은 노동자 환자를 새 시대의 밝은 세상으로 인도하는 치유자 이미지야말로 작가 김사량이 상상한 근대국가의 이상적인 면모였다.

3

김사량 문학의 전반적인 분위기와 색채는 음울하고 어둡다. 식민지시대에 쓰여진 그의 소설 속 배경은 평양의 빈민촌과 산촌, 3.1운동 당시의 서울 매국노의 집안, 일본의 감옥이나 빈민가, 만주행 이주 열차 안에 걸쳐 있다. 이야기된 공간은 식민지 조선의 어둠과 상처에 해당한다. 그의 소설세계 또한 식민지의 어둠과 그늘에 많은 관심을 보인다. 매판적이고 봉건적 인습이 횡행하는 식민지 현실의 모순과 중첩된 비극에 고통받는 하층민들의 절망은 그의 소설이 되풀이해서 보여준 소재였다.

김사량은 일본에서는 몰락한 프롤레타리아 문학의 문제적인 작가로서 재일조선인 문학의 기원에 해당하는 작가였고 식민지 조선에서는 일본 문단과 어깨를 나란히 한 작가로서 그의 성가聲價는 식민지 후반에 더욱 빛났다. 해방을 몇 달 앞둔 때, 중국의 항일무장투쟁 전선에 가담한 그의 결단과 용기는 작가로서 한 시대를 기록하려는 실천적 의지의 소유자였음을 보여준다. 해방 이후 그는 자신의 고향에서 새롭게 등장하는 북한의 문학과 문화에 기여하고자 했다.

그러나 김사량의 문학적 생애는 분단된 한반도 현실에서 사실 남과 북 어디에서도 뿌리내릴 수 없게 되었다. 그는 '국토완정 조국해방'을 표방한 전쟁이 발발하자마자 바로 다음날 종군에 나섰다. 이 두 번째 결행은 조국을 되찾기 위한 태항산행에 비해 훨씬 처절한 행로였다. 그는 한반도에서 모든 외세를 축출함으로써 단일한 민족국가 건설을 앞당기려 했으나 그 뜻은 실현되지 못했다. 북한에서는 김일성의 영도 아래 그의 문학이 활로를 찾았다고 말하지만, 김사량의 문학은 근대국가 수립과정에서 식민지의 상처를 어떻게 해소하며 자신이 바라는 이상적인 사회를 건설할 것인가를 고심하고 있었다. 「칠현금」이 분명한 증거이다.

「칠현금」은 당시 북한사회가 보여주는 소련문화에 대한 호의적인 태도를 반영한 작품이다. 김사량은 해방 이후 북한사회에 불어닥친 '소련배우기 문화 열풍' 속에 자신이 추구해야 할 인민문학의 전범을 소련 문학의 전통에서 발견했다. 김사량은 자신에게 크게 부족했다고 생각한 인민들에 대한 이해와 새로운 시대의 활력을 함께 담아내고자 했다. 북한의 초기문학에서는 시대적 활력과 낙관적인 전망을 피력하며, 김사량이 이야기한 민족의 식민지 트라우마를 어떻게 치유할 것인가라는 문제를 비판했으나 자신의 문학적 모색을 멈추지 않았다.

식민지 조선과 일본, 중국과 일본에 걸쳐 있는 김사량의 문학은 남북의 분단 현실이 지속되는 현실에서 여전히 문제적이다. 김사량은 드물게도 동아시아의 시야 안에서 식민지 조선의 어둠과 상처를 응시하며 단일국가 수립 문제를 고민한 작가의 한 사람이었다.

(출전: 『김사량작품선』, 글누림 한국문학전집, 글누림, 2011)

전쟁체험과 시대의 문학적 증언

오상원의 소설세계

1

'지금 여기 hoc tempus'의 위치에서 50년대와 전후세대의 문학을 함께 살피기에는 근본적인 어려움 하나가 가로 놓여 있다. 그 어려움은 단순히 시간적 거리에서 오는 것이 아니다. 전쟁체험은 무엇보다도 우리의 상상이나 이해 범위를 넘어서기 때문이다. 그런 까닭에 50년대와 전후문학을 '전쟁체험'이라는 말로 뭉뚱그려 버리는 것은 온갖 중첩된 체험의 수준을 단일화시켜 전혀 다른 의미로 재구성해버리는 '전후경험의 물화'를 초래할 위험이 상존한다.[1]

문학사에서는 50년대를 공백기 또는 혼돈의 시기로, 전후문학을 '미달의 상태'로 규정하고 있다. '과연 그러한가?'라는 의문은 위에 언급한 맥락에서 생겨난 것이다. 결코 균질적이지 않은 수많은 절망의 전쟁체험들을, 그리고

---

[1] 후지타 쇼조, 「전후논의의 전제」, 이순애 편, 이홍락 역, 『전체주의의 시대경험』, 창작과비평사, 1998, 168-181면.

절망과 맞선 문학의 치열한 담론들을, 그 체험과 단절된 다른 지점에서 절편하고 단일화시켜 혼돈과 미달상태로 규정한 것은 아닌가 하는 의문이 그것이다. 이 의문에 제한적이나마 답을 구하려면 오상원의 경우가 적절한 사례가 될 수 있다.

오상원은 스스로를 '6.25세대 작가'라고 명명하며 '전쟁체험과 시대의 문학적 증언'이라는 명제를 내걸었다. 그는 자신의 세대가 "상처투성이"이며 "혼돈과 갈등, 저주와 증오, 그리고 가치 기준을 상실한 이념과 실제의 상극이 강한 저항과 반항"하며 "시대의 증인"이라는 문학적 사명감에 따라 절망과 대결했다고 표현한다.[2] '전쟁체험과 시대의 문학적 증언'이라는 기치를 문면 그대로 받아들이면, 오상원의 글쓰기 지평은 전쟁의 여파로 무력해진 이념과 현실의 절망에 저항하고 극복하기 위한 노력이었다는 뜻이 된다.

신세대 작가들에게 50년대는, 최인훈의 표현을 빌려 말하면 "시대적 혼란과 청년기의 혼란이 중복된"[3] 상황이었다. 다시 말해 전후문학에는 30년대 문학의 풍요로움이나 60년대 문학의 자기성찰이 부재한다. 이러한 상황을 가리켜 우리는 '전후성'이라고 말해도 좋다. 그러나 전후 신세대작가들이 "기성인에게서 볼 수 없는 자존심과 패기"[4]를 가졌다고 했을 때, 이들은 전쟁을 경험한 기성세대와는 달리 적극적으로 기존의 관념이나 가치들과 결별하고 자신들의 문학적 정체성을 확보해 나갔다는 사실을 확인하게 된다. 기성세대의 문학이 기존의 가치관에서 사회 불행의 일화들을 그대로 소설장르 안에 수용하는 무력함을 보였다면, 전후 신세대작가들은 전쟁체험과 가치 혼돈의 현실을 자신들의 문학적 동기와 시대적 소명으로 삼았던 것이다.

하지만 오상원을 포함한 전후 신세대 문학은 4.19세대 비평가들에 의해

---

2   오상원, 「상처투성이의 가방」, 한국현대문학전집 31권, 삼성출판사, 1978, 152면.

3   최인훈, 「상아탑」, 『유토피아의 꿈』, 최인훈전집 11권, 문학과지성사, 1994재판, 25면.

4   백철, 「신세대적인 것과 문학」, 『사상계』, 1955.2.

부정된다.[5] 4.19세대는 전쟁체험 세대들에 대한 비판을 통해서 자기세대의 정체성을 마련하는 발판으로 삼았다. 김현은 「테러리즘의 문학」(1971)에서 전후문학을 폭넓고 심도 있게 조감, 비판하며,[6] 20대를 전후로 6.25를 체험한 세대의 특수성에 주목했다. 55년을 전후로 등장한 작가세대의 언어의식은 해방 이전까지 일본어를 문장어로 사용했으나 해방과 함께 다시 한글로 사고와 표현을 학습해야 하는 상황(241면)이었다. 이들 전후세대는 "일본어로 사고하고 한국어로 표현하는 절망적인 현상"(이하 242면)에 놓여 있었고, 이는 "국적 불명의 언어로 소설을 쓴 개화 초기의 비극과 맞먹는" 국면이었다는 것이 김현의 판단이다. 김현은 6.25세대가 "20세를 전후해서 해방과 전쟁을 맞이"함으로써 "논리적으로 사태를 파악할 수 없"는 현실에서 "감정적인 제스처만이(을) 극대화"함으로써 "구체적인 사실에 대한 냉철한 인식·판단보다도 추상적인 당위에 대한 무조건의 찬탄"을 초래했다고 본다. 그는 이러한 현상을 "논리적 야만주의"(242면)라고 이름붙였다.

김현의 전후문학 비판이 6.25세대의 특수한 역사적 조건과 언어의식, 감정구조의 특징, 문학이론의 정황을 적절하게 분석했을지는 모르나 '지금, 여기'의 관점에서 행해진 '전쟁체험'의 단일화와 그에 따른 예단의 흔적을 벗어나지는 못한다. 그 비판 안에는 체험과 기억 사이의 거리를 소거한 채

---

5   오상원의 전후소설에 대한 평가는 다소 부정적이다. 진지한 주제를 쉽게 결론맺고 서구문학의 어설픈 모방과 감상성을 드러낸다는 견해(김우종, 「오상원론」, 『문학춘추』, 1965.2, 54-56면), 구체적·역사적 인식의 결여와 함께 과장된 감정의 제스처를 보여준다는 견해가 있다(이동하, 『우리 문학의 논리』, 정음사, 1988, 280면).

6   김현, 「테러리즘의 문학 ─50년대문학 소고」, 『사회와 윤리』, 김현문학전집 2권, 문학과지성사, 1991. 이 글은 50년대 문학이 생성된 세대의 한계와 언어의식, 감정구조, 문학이론의 정황을 근대초기 계몽주의 문학과 유비 관계 안에서 조망하고 있다. 김현의 논지에서 50년대 문학이론의 정황은 근대 초기 계몽주의와 같은 뚜렷한 가치를 찾아내지 못한 실패한 상태로 규정되면서 보편주의와 세계주의의 미로를 헤매면서 전통단절론과 인정적 휴머니즘론을 제출하는 데 그쳤다고 본다(이상 243면).

10대에 전쟁을 체험한 4.19세대의 빛나는 등장과 성과를 논리 안에 예비해 놓고 있기 때문이다.

확실히 오상원의 전후소설 안에는 김현이 비판적으로 조감한 이중언어의 고통과, 사태 파악은 차단된 채 추상적인 당위로 이끌리는 요소가 강하게 작동한다. 오상원 소설에 반영된 전쟁체험의 맥락화가 한계상황에 직면한 인간 내면의 충격에 집중된다는 점에서 그러하다. 이런 경향은 다른 각도에서 보면 6.25세대가 가진 '직접 체험의 무서운 애매성'[7]이 가진 강한 자장이라고 말할 수 있다. 「유예」에서 단적으로 나타나는 포로체험이나 낙오병사의 극한상황은 전쟁체험을 전유하는 핵심 인자의 하나이다. 이 시공간은 일상과는 철저히 단절된 세계이고 아무런 주저도 없이 방아쇠를 당기는 절박한 현실이며 죽음의 공포에서 심각하게 억압받는 인간 개개인이 직면한 불투명한 상황을 특징으로 삼는다.

이 한계상황에서는 공포와 불안, 잔혹성보다도 사태의 본질은 역사가인 에릭 칼러Erich Kahler가 말하는 '인간의 제반 판단기준의 희미해짐the fading away of any human criterion'이라는 두려운 현실이 펼쳐진다는 것이다. 오상원의 소설에서 반복적으로 장면화되는, 인간으로서의 위엄을 더 이상 지탱할 수 없고 그 어떤 관습이나 가치판단도 무력해지는 한계상황은 그래서 주목을 요한다. 이 특성은 6.25세대가 가진 트라우마에서 생성된 일종의 유형화된 체험에 해당하기 때문이다.

조연현이 적절하게 지적했듯이, 당대의 시점에서는 전쟁에 대해서 체험의 기록에 머무를 뿐 전쟁 경험을 재현하는 것은 불가능하다.[8] 오상원이 말하는

---

7   원래 표현은 '직접적 경험의 무서운 애매성the terrible ambiguity of direct experience'이다. 블랙머(R. P. Blackmur)가 칼 융으로부터 차용한 이 개념은 에드워드 사이드가 에이츠의 시를 분석하는 데 사용했다. 에드워드 사이드, 김성곤·정정호 공역, 『문화와 제국주의』, 창, 1995, 405면.

'전쟁체험과 시대의 문학적 증언'은 '체험의 기록'이라는 원리를 바탕으로 전쟁의 참화로 인한 '비극의 산문적 상황'을 충실하게 포착하기 위해 객관성을 확보하고 고통의 기술에 주력하는 방향성을 지칭하는 자신의 문학적 표현이었다. 이는 60년대 이후 시대의 상처들이 눈앞에서 사라지고 기억으로 편입되면서 증언의 필연성이 소멸하자 55년 이후 60년까지 무려 21편이나 창작했던 활력 또한 급속히 쇠퇴하고 만 내력과 무관하지 않다.

2

오상원 소설은 1955년부터 1960년에 집중되고 있다.[9] 그의 소설에서 드러나는 전반적인 특징은 글의 서두에서 거론했던 부정적 견해에서 그리 멀지 않다. 거친 문장, 제한된 소재의 반복성, 서사의 결여, 구성의 도식성 등이 많이 발견된다. 그러나 이러한 요소들이 그의 소설을 판별하는 기준이 되기는 어렵다. 오상원은 '의식의 흐름' 수법을 애용하면서 사실의 재현보다 장면화와 내면 의식을 묘사하는 데 치중했던 작가였기 때문이다.

오상원의 소설 세계 전반을 세밀하게 살펴보면 몇 개의 '이야기 도식 formula'으로 간추려진다. '전쟁의 충격'(「유예」, 「증인」, 「죽음에의 훈련」, 「피리어드」, 『백지의 기록』 등), '좌우정파의 이념 갈등과 반목, 그에 대한 환멸과 고뇌'(「모반」, 「균열」, 「죽어살이」 등), '전후 사회의 상처와 절망'(「난영」, 「증인」, 「부동기」, 「보수」, 『백지의 기록』, 「황선지대」 등) 등이 바로 그것이다. 그러나 「모반」과 「균열」의 이야기 도식은 해방 직후 정치의 난맥상과 개인의 고뇌

---

8   조연현, 「한국전쟁과 한국문학─체험의 기록과 경험의 형상화」, 『전선문학』, 1953.5.

9   김상태, 「1950년대 소설의 문체 연구」, 한국현대문학연구회 편, 『한국의 전후문학』, 태학사, 1991.

로 집중되지만 「황선지대」에서 잠시 회상될 뿐 미완의 제재로 남는다. 이 이야기 도식은 언뜻 전쟁체험과 무관해 보일지 모르지만, 해방 직후 좌우대립과 혼돈을 전전 체험을 시대의 고통으로 담아냈다는 점에서 재조명되어야 할 부분이다. 의미상 「유예」와 「모반」을 중심으로 한 두 개의 이야기 도식은 「황선지대」의 절망적인 전후사회상으로 통합되면서 하나의 극점을 형성하는 모습이다.

이 글에서는 '전쟁의 충격'과 '전후사회의 상처와 절망'만을 거론하기로 한다.

1) 전쟁의 충격: 오상원의 전후소설에서 전쟁은 개인의 극한적인 체험으로만 제한되는 양상을 보여준다. 낙오병사의 극한적인 상황과 죽음을 앞둔 포로체험(「유예(1955)」, 「죽음에의 훈련(1955)」, 「현실(1959)」 등), 전투를 앞둔 병사들의 서로 다른 불안심리(「사상(思像)」, 1957), 육체의 불구화와 정신적 상처를 낳은 계기(『백지의 기록』, 1957) 등의 면모가 그러하다.

전쟁의 장면화가 이렇게 제한된 것은 작가의 역량과 무관하다. 낙오병사나 포로, 전투를 앞둔 병사들의 착잡함과 미래에 대한 불안이라는 심리적 현실로 축소된 데서 비롯되는 특징이기도 하다. 오상원을 비롯한 전후문학 전반에서 전쟁의 전모에 대한 이해는 처음부터 기대하기 어려울 뿐만 아니라 기대해서도 안 된다. 한반도 정세에서 지금처럼 전쟁의 여파가 장기 지속되는 현실에서는 더더욱 전쟁의 전모를 밝힌다는 것이 불가능에 가깝다. 첨예하게 대치하는 남북한의 전쟁관을 감안하면 정치제와 이데올로기 차원을 비판하는 전쟁 조감을 1950년대에는 기대해서 안된다. '지금 여기'의 관점도 현재적 국면에서 성찰 가능한 기대지평에 가깝다.

인간의 관점에서 6.25를 파악하기 시작한 것은 1960년대 박경리의 『시장과 전장』에서부터였고, 6.25의 전모는 70년대 홍성원의 『남과 북』에서 그

편모를 드러냈을 뿐이다('광주사태'가 훗날 민주화과정을 거치면서 '피해자의 관점'에서 '광주민주항쟁'으로 증언되는 것도 90년대 초반 임철우의 『봄날』에 와서야 가능했다는 점만 상기해보아도 쉽게 수긍된다). 오상원의 작품에서 보여주는 심리적 현실은 전쟁의 압도하는 위력 앞에 위축된 인간 존재의 한계상황에 가깝다. 적진에 투입되기 전의 심리상태(「사상」), 미군포로 사이에 혼자 국군이라는 점 때문에 받는 이중의 고통(「죽음에의 훈련」), 낙오병사들이 민간인을 주저없이 사살해버리는 일화(「현실」) 등에서 알 수 있듯이, 사활이 걸린 전장에서 인간윤리의 부재에 대한 절망과 회의, 인간다움을 보존하는 행동의 명분찾기에 대한 고뇌가 지배하고 있다.

「유예」의 작중현실은 총살당할 처지에 놓인 피해자를 구하려다 자신도 죽음에 이른다는 간략한 사건을 줄거리로 삼고 있지만 그 안에서 제기되는 것은 이타적인 행동을 통해서 전쟁의 비정함에 굴복하지 않는 인간의 실천적 행위라는 명분이다. 낙오한 소대장인 서술자는 적의 후방에서 부대로 복귀하는 퇴로를 차단당한 채 피로와 굶주림으로 소대원들을 잃으면서 홀로 산속을 헤맨다. 이 와중에 그는 적에게 총살될 위기에 놓인 포로 한 사람을 구출하기 위해 총을 든다.

작품이 실존주의의 영향을 받았는가의 여부보다도 더 중요한 대목은 바로 주인공의 이타적 결행에 있다. 그는 총살을 앞둔 피해자를 바로 "나 자신"으로 동일시한다. 그가 피해자를 구원하기 위해 몸을 던진 것도 이 때문이다. 일견 무모해 보이는 그의 행동은 실존철학이 가진 상황철학으로서의 면모, 곧 '실존주의는 휴머니즘'이라는 기치 아래 지향하는 '행동으로서의 철학'이 가진 본질에 토대를 두고 있다.

"내일을 위해 오늘의 싸움을 피한다는 것은 비겁한 수단"(124면)[10]이라는

---

10   텍스트는 오상원, 「유예」, 한국현대문학전집 31권, 삼성출판사, 1978. 이하 인용은 면수만

각성과 실행은 전쟁이라는 세계 악에 대한 인간 윤리의 실천을 통한 저항이라는 의미를 갖는다. 요컨대, 죽어가는 마지막 순간에서조차 자신의 결행을 포기하지 않는 앙드레 말로 식의 행동주의적 실존주의와 통하는 셈이다. 그 증거는 작품의 말미에 등장하는, 끝까지 자기를 잊지 않으려는 모습에서도 잘 확인된다. "사수 준비! 총탄 재는 소리가 바람처럼 차갑다. 눈앞엔 흰 눈뿐, 아무것도 없다. 인제 모든 것은 끝난다. 끝나는 그 순간까지 정확히 끝을 맺어야 한다. 끝나는 일초 일각까지 나를, 자기를 잊어서는 안된다."(「유예」, 125면) 이 부분은 앙드레 말로의 『왕도』에서 페르캉이 죽음에 직면해서 "죽음이란 없다. 다만 죽어가는 나 자신이 있을 뿐"이라는 통렬한 깨달음과 흡사하다.

오상원의 소설이 '전쟁체험'에서 유형화시킨 행동주의 이념은, 비록 상황 논리와 개인의 체험으로 축소시켰다는 한계를 가지고는 있지만, 인간적 가치의 훼손에 따른 충격과 저항이라는 원리를 담고 있다는 점에서 재검토되지 않으면 안된다. 이 원리는 삶과 죽음의 경계선에서 온갖 가치들의 무력화를 낳는 전장의 현실에 대한 저항의 몸짓을 명분으로 삼는다. 낙오병사, 총살을 앞둔 포로 등 존재의 결락缺落상태, 절망을 강요하는 전쟁의 극한적 상황은, 정상적인 상황에서는 인식이 불가능한 개인의 선택을 요구한다는 점에서, 저항을 통해서 자신의 존재 가치를 확인하는 전제이다. 따라서 그의 소설에서 나타나는 이타적 실천행위와 명분은 한계상황이라는 전제 안에서만 통용가능한 전후성의 일단이다.

2) 전후사회의 상처와 절망: 전쟁체험과 함께 오상원의 소설에서는 전후사회의 상처와 절망을 모티프로 삼은 경우가 많은 비중을 차지한다. 치욕스

기재함.

럽고 위악함으로 얼룩진 극한적인 전쟁 이후의 상황에 절망하는 「난영」(1956), 상이군인으로 귀환했으나 도망쳐버린 아내, 아이의 죽음 때문에 삶의 의욕을 상실한 내면을 스케치한 「잊어버린 에피소드」(1957), 소년의 시선에서 가족 구성원에게 가해진 전쟁의 상처를 그려낸 「부동기」(1958), 부상자로 돌아와 사회에 적응하지 못하는 고뇌를 토로하는 「사이비」(1959) 등은, 모두 전후사회의 암울한 분위기를 포착한 공통점을 가지고 있다.

이들 작품이 가진 상처의 면면은 모두 『백지의 기록』(1957)에서 다시 한번 되풀이되면서 극복과정으로 수렴된다. 「난영」에서 『백지의 기록』에 이르는 이야기 안에는 전후사회의 상처와 고통의 기록 외에도 가정 파괴와 남녀관계의 파탄, 부상자의 사회 귀환과 부적응문제 등을 소재로 전후사회의 환부를 충실하게 담아내는 공통점을 가지고 있다. 실직자, 양공주, 낙태시술로 돈버는 의사, 미군부대 군무원, 신문팔이 소년, 실의에 빠진 가장, 정치판에 휩쓸린 청년 등이 바로 그 주역들인데, 이들은 전쟁의 여파로 전락을 거듭하며 앓고 있으며 상처의 생생한 현장성을 가지고 있다.

「난영」은 그 중에서도 치욕과 절망으로 얼룩진 위악한 삶의 국면과 그에 대한 절망을 토로한 작품이다. 양공주의 낙태비용을 마련하려는 미군의 도둑질 때문에 한국인 군무원인 주인공 '민'이 해고되고 병원 의사는 양공주를 낙태시켜 돈을 번다. 주인공은 의사 친구 '박'에게서 빌린 아내의 약값과 생계비가 양공주의 낙태 비용인 것을 알고 절규한다.

> "치욕과 경멸과 조소와 악 속에서 살 수 없다면은 아내는 죽어야 하고 애새끼들은 굶어죽어야 하고 나는 또 나대로 쓰러져야 하는 것이다. 그리하여 내가 이룩하였던 가정은 이 사회에서 형체도 없이 사라져 버려야 한다."[11]

---

11 오상원, 「난영」, 한국소설문학대계 36권, 동아출판사, 1995, 446면.

주인공의 외침은 전쟁의 현실과 구별되지 않는 극한적인 처지에 놓인 상황에 맞서서 현실과 타협하기를 거부하는 양심을 작동하게 만드는 심리적 반응이다. 현실의 극한적 상황은 「부동기」에서도 마찬가지이다. 아버지는 옛날 직원이었던 술집 주인에게서 용돈을 얻어 술을 마시고 딸은 거리의 여자로 전락한다. 딸이 외박하고 몸파는 여자임이 드러나자 어머니는 자살하고 큰아들은 이러한 아버지를 비난하며 정치판에 뛰어들어 자신을 방임하고 있다. 여기에서 드러나는 것은 전쟁이 가한 가족의 절망적인 일상이다. 그 일상은 앞서 살펴본 전쟁의 충격을 담은 이야기 도식과 크게 다르지 않다.

「난영」 후반부에서 드러나는 삶을 긍정하는 태도, 「잊어버린 에피소드」에서 집나간 아내와 아들의 죽음 때문에 복수심에 불타던 부랑자가 어머니의 재혼을 방해하지 않으려고 집 나온 소년을 위로하는 장면처럼, 오상원의 소설에서 전후사회상을 취급한 경우, 타자들의 상처를 이해하면서 소박한 휴머니즘에 빠지는 한계를 드러낸다.

장편 『백지의 기록』은 절망과 상처의 토로와 함께, 상처의 극복이라는 이야기의 도식성을 가지고 있다. 꿈 많던 의사지망생인 중섭은 군의관으로 참전하여 전장에 남겨진 부상병을 구출하려다 불구로 제대한다. 그는 과거로 돌아갈 수 없다는 절망감에 자살을 결행하고 미수에 그친 뒤 정신병원에 입원하게 된다. 한편 동생 중서 또한 정신적 상처를 입고 제대한 뒤 방황하는 인물이다. 그는 중섭이 입원한 정신병원에서 기억상실증에 걸린 옛애인 정연과 재회한다. 이렇듯 정신병원은 전쟁으로 상처입은자들의 집결지이자 수많은 전쟁 피해자들의 상처 난 내면과 기구한 사연들을 대비시켜 전쟁으로 훼손된 일상과 비극성을 드러내는 공간일 뿐만이나 정신적 육체적 상처를 대상화하며 치유하는 공간이기도 하다. 상처의 극복은 중섭이 상이군인 재활촌을 방문해서 그들의 충만한 재생 의지에 감화 받으며 치유되고, 동생 중서가 애인 정연을 간호하며 그녀의 육체적 고통과 상처를 이해하고 보듬는 과정으로 전개된다.

『백지의 기록』은 상처의 극복과정보다 전쟁으로 인한 육체적 정신적 상처를 보여주는 데 많은 공력을 기울이고 있지만, 형제의 서로 다른 상처를 대비시킨 구성의 도식성과 상처 극복의 안이한 처리가 한계로 지적된다. 상처와 고통이 전쟁 때문이라는 감상적 판단으로 귀결되면서 일어나는 현상은 상처 극복의 당위성을 전제로 한 성급한 결론에서 비롯된다. 이 결론은 그 해결과정이 타자들에 대한 이해와 교감으로 전개되면서 개인의 상황논리가 전후의 일상 안에서 용해되는 것과 무관하지 않다. 요컨대 전장의 극한적 상황의 표현불가능성은 일상의 감각으로는 수용되기 어렵다는 점에서 거대한 장벽으로 작용하며 서둘러 관념적 결론을 불러들인다.

「황선지대」[12]는 오상원 소설이 관념벽이나 손쉬운 해결방식을 벗어나 이야기의 극점을 형성한 경우이다. 작품은 소재와 양식의 반복성에도 불구하고 전후사회의 절망을 형상화하는 데 일정부분 성공을 거둔 사례에 해당한다.

'황선지대'란 "전쟁과 함께 미군 주둔지 변두리에 더덕더덕 서식된 특수지대"를 가리킨다. 작품은 이 특수지대를 배경으로 피폐한 전후경제와 암울한 일상을 그려내고 있다. 전쟁이 가한 상처와 절망의 구체성은 무엇보다 그 어떤 과거와도 유리된 채 하루하루를 살아가는 '전후의 인간의 사회상'이다. 선악의 구별도 정지된 세계에서 불안과 상처를 안고 살아가는 인물들의 구체성이 일정한 성취를 이룬 셈이다.

작중현실에서는 선악의 구별이나 과거와의 어떤 연관도 없는 전락한 자들의 상처로 얼룩진 삶이 펼쳐진다. 해방 직후 우익정치단체에 잠시 가담했던 전력을 가진 '때장 정윤', 갈 곳 없는 제대군인 청년 '두더지', 부랑자 '곰새끼', 양공주 '영미'와 어린 남동생, 영미에게 빌붙어 군표를 빼앗아 도박과

---

12   오상원, 『현대한국문학전집』 7권, 신구문화사, 1981중판. 이하 면수만 기재함.

술로 탕진하는 '짜리' 등, 모두 전락한 채 밑바닥 삶을 살아가고 있는 자들이다. 인물들은 모두 본명보다 별명처럼 훼손된 채 그날그날을 연명하듯 살아간다.

인물들의 도저한 절망은 "죽을 힘을 다하여 포복을 해 갈 만한 그렇게 생명에 벅찬 적의 고지 같은 목표는 하나도 없"(109면)다는 데 있다. 이들은 '때장'의 주도로 미군부대 창고를 털기 위해 땅굴파기를 실행에 옮긴다. '미군부대 창고'는 삶이 파괴된 자들에게 부재하는 일용할 양식과 풍부한 물자를 환유한다. 순한 계집을 얻어 조용한 시골로 가서 살고 싶어하는 곰새끼, 몸 파는 처녀를 구해서 새로운 삶을 살아보려는 '두더지', 양공주와 남동생을 구해내려는 때장은 모두 자신과 황선지대의 상처난 삶을 벗어나기 위해서 땅굴을 파나간다.

그러나 황선지대 사람들이 가진 일확천금의 꿈은 텅빈 미군창고와 함께 사라지고 만다. 땅굴파기로 대변되는 '출구 없는 현실', 텅빈 창고와 함께 '사라진 꿈'은 전후사회의 도저한 절망을 상징한다. 이야기에서 접하게 되는 것은 낮고 음습한 기지촌의 정경 안에 포착된 전락한 하위주체들의 절망과 욕망, 탈출의지이다. 이들이 내몰린 극한적인 상황은 전후사회 전반에 편만한 앓고 있는 상처와 질병이 무엇인지를 재현한다. 작품은 뒤틀린 욕망과 절망 속에 소망하는 너무나 소박한 꿈, 꿈에서 드러나는 소박한 일상 복귀의 꿈 등등의 실체를 효과적으로 포착함으로써 격절한 전장심리 속에 작동했던 행동주의를 넘어, 사회현실을 조감하는 토대를 마련했다.

3

오상원의 전후소설에서 발견되는 특징 하나는 전쟁이라는 현실에서 고립된 존재의 절망을 응시하며 그 절망에 굴복당하지 않기 위해서 인간 윤리의 실천을 유일한 방책으로 삼았다는 것이다. 그가 이끌렸던 실존주의의 요체 역시 "행동에 가담함으로써 (상황을) 뛰어넘는 것"[13]이라는 단순한 명제에 불과했다.

상황논리에 입각한 행동방식은 압도하는 절망의 시대상황에 굴복당하지 않으려는 주체의 의지적 결단이었던 셈이다. 「유예」, 「죽음에의 훈련」, 「현실」 등 그 제목에서 짙게 풍기는 한계상황의 분위기에서도 잘 확인된다. 이러한 점이 자주 추상적 관념성으로 오독되는 것은 구체적인 일상과 유리된 이질성 때문이다. 그러니까 이 행동주의 이념은 주어진 상황의 절박성이 일상과 단절되면서 생성되는 애매성을 가지고 있다. 전쟁이라는 세계 악에 맞설 수 있는 가치가 행동의 확실성 외에는 없을 때, 그 행위의 명분을 단순히 관념 조작으로만 간주하는 것은 소박한 견해에 지나지 않는다.

절박한 상황에서 모든 인간적 가치가 무력화되고 행동 이외에는 인간의 가치를 보존하는 길이 차단되었을 때, 행동의 이념은 유일한 가치로 남는다. 그러나 전쟁과 절연된 일상의 세계에서 그 이념은 극한적 상황이 소거되면서 유토피아적 담론으로 비추어질 뿐이다. 이러한 이중성을 감안해야만, 오상원의 소설이 가진 이념의 특징을 정당하게 판별할 수 있다.

오상원 소설에서 작중현실은 문학의 모든 가치, 현실의 모든 윤리를 무화시켜 버리는 전쟁의 위력과 흡사한 밀도를 가지고 있다. 따라서 '행동주의 이념의 관념성'은 일상의 위치에서 비판적으로 해석된 것일 뿐 상처와 고통이 가진 한계상황으로 환원될 수 없다. 이런 관점에 서면, 오상원 소설의 추상성은 일면적으로만 해석된 혐의가 짙다. 그의 소설은 전쟁과 전후사회

13　제임스 D. 윌킨슨, 이인호·김태승 공역, 『지식인과 저항─유럽, 1930~1950년』, 문학과지성사, 1984, 64면.

를 감상과 허무주의로 침몰했던 것이 아니라 충격과 도저한 절망을 심리적 현실로 객관화했기 때문이다.

체험의 생생한 반영이 극한적인 상황논리로 제한되는 한계에도 불구하고, 오상원의 소설은 전쟁의 충격, 전후사회의 상처와 절망을 증언한 체험세대의 육성으로서 10대 성장기에 전쟁을 체험한 다음 세대 작가들에게 세계악의 전모를 성찰하는 원체험을 제공했다. 작가가 표방했던 '전쟁체험과 시대의 문학적 증언'이라는 명제는 '체험의 기록'으로만 간주해버릴 것이 아니라 '비극이 압도하는 산문적 현실'과 응전한 '전후문학의 존재방식'의 하나였다는 점에서 그 의의를 재고할 필요가 있다.

(초출: [전쟁체험과 시대의 문학적 증언－오상원론], 동서문학 2003 가을)

60년대 청년의 사랑과 결혼*
안수길의 장편『내일은 풍우』와『구름의 다리들』

1

안수길은 죽을 때까지도 신문연재를 손에서 놓지 않았던 전업작가였다. 생전에 그는 작품성을 유지하며 특유의 성실함으로 창작에 임했다. 그는 많은 장편을 신문과 잡지에 연재한 다산성의 작가이기도 했다. 신문과 잡지에 연재된 안수길의 장편은 미완을 포함하여 모두 28편에 이른다.[1]

안수길은 평소 전업작가로서 신문소설에 대한 견해를 명확하게 피력한 바 있다. "신문소설을 가장 건전한 방향으로 이끌어 나가는 방향은 '통속소설이면서 순문학'의 길"[2]이라고 여겼던 그는, 시사적이고 대중적인 소재를 취해 작품을 구상하는 방식에서 '재미있는 줄거리'와 함께 '작가의 강력한

---

*   이 글은 『내일은 풍우·구름의 다리들』(안수길문학전집 10권, 글누림, 2011)에 수록한 「작품 해설–청년들의 사랑과 가족 재건의 서사」에 기초해 있으나 전면 개고한 미발표 원고임.
1   상세한 작품서지는 안수길, 『수필집–명아주 한포기, 북간도에 부는 바람』, 안수길전집 16권, 글누림, 2011. 말미에 첨부된 작가연보 참조.
2   안수길, 「창작 여담」, 『수필집: 명아주 한 포기/북간도에 부는 바람 외』, 안수길전집 16권, 글누림, 2011, 184면.

문제의식'을 꼽았다. 작가는 매일매일 독자가 흥미를 가지고 읽는 동안 작가가 제시한 문제와 구성을 문학적 감흥으로 끌어올릴 수 있어야 한다고 보았다.[3]

1950년대 중반부터 1970년대 중반까지 신문잡지 매체에 게재한 그의 연재 장편으로는 『사상계』에 분재된 『북간도』가 단연 압권이다. 『북간도』가 불러 일으킨 반향에서 보듯, 안수길의 신문연재 장편들은 인쇄매체와의 관련성 외에 변화하는 당대 사회상과 밀접한 연관을 맺고 있다는 점에서 별도의 논의가 필요하다. 안수길 소설에 대한 관심은 중단편들과 『북간도』, 『성천강』, 『북향보』와 같은 몇몇 장편에 국한되고 있어서 여타 작품들에 대한 논의 자체가 태부족이다. 안수길 문학의 실체를 온전하게 복원하는 일이 아직 본격화되지 못한 것이다.

이 글에서는 몇몇 장편에 국한된 관심을 벗어나 두 편의 장편 『내일은 풍우』(『한국일보』, 1965-1966, 총 285회)와 『구름의 다리들』(『전북일보』, 1969. 8.14-1970.7.1, 총 260회)을 중심으로 1960년대 중후반 사회변화를 대중적 이야기로 구성해낸 점을 살펴보기로 한다.[4]

『내일은 풍우』의 경우, 작가는 "평소 쓰고 싶었던 주제"인 "현실이 소설보다 더 소설적인 현실 속에서 오히려 건전한 상식과 순박한 범속이 빚어내는 조화"를 초점화한 것이라 운을 뗀 뒤, "풋내기 봉급청년과 재주가 발랄하나 순박한 여대생 남매를 주축으로 하는 젊은이들의 드라마"[5]를 쓰겠다고 밝히고 있다. 작가의 의도에 걸맞게 작품에서는 1960년대 중후반 청년들의 풋풋

3　이하 내용은 앞의 글, 같은 면.

4　텍스트는 안수길, 『내일은 풍우·구름의 다리들』, 안수길전집 10권, 글누림, 2011. 이하 인용은 면수만 기재함.

5　안수길, 「"내일은 풍우"를 쓰던 무렵」, 『수필집: 명아주 한 포기/북간도에 부는 바람 외』, 안수길전집 16권, 글누림, 2011, 196면.

한 사랑과 당대 사회상을 풍부하게 접할 수 있다. 『구름의 다리들』은 '한일수교'라는 시대상황을 배경으로 삼되 부자父子의 사랑을 병치시켜 60년대 후반의 사회변화를 다루고 있다. 두 장편이 인상적인 것은 청년들의 사랑을 초점화하여 작가의 특장이기도 한 섬세한 심리 묘사와 독자들에게 궁금증을 낳는 복선으로 극적인 긴장을 유지하고, 빠른 장면 전환으로 속도감 있는 이야기 전개를 보여준다는 점이다. 이런 특징은 신문 연재 장편으로서의 대중적 흡인력과 문학적 완성도를 갖추었음을 뜻한다.

2

『내일은 풍우』는 청년들의 삶과 사랑을 제재로 한 대중소설의 전형 하나를 보여준다. 작품은 청춘남녀의 만남과 관심, 오해와 갈등 해소, 사랑과 결혼으로 이어지는 경로를 이야기의 근간으로 삼되 전쟁의 여파와 무너진 가족의 복원 문제도 주요 테마로 삼고 있다. 이야기는 전쟁으로 훼손된 가정의 모습, 양공주와 전쟁고아 문제, 고학과 가정교사 문제와 같은 대학생 문화, 소설 번역과 관련된 상업출판의 추세변화도 나타난다.

주요 인물은 오화상사의 신입사원 '정태로'와 그의 직속상사 '김영주'이나, 태로의 여동생인 대학생 '태희', 태희의 남자친구 '김종우', '태희'의 대학선배 '황미라', 출판사 상무 '송일'과 이종사촌 '강경애' 등이 있다. 이들 인물군에서 드러나듯, 사건은 남녀 주인공의 사랑과 연애에 한정되지 않고 잦은 장면 교차 속에 자잘한 사건이 일어나고 다양한 계층의 인물들이 등장과 퇴장을 반복하며 교체된다. 사건이 일어나는 서울 시내의 술집과 다방, 거리와 식당, 서울 근교 사찰, 태희와 종우가 다니는 시내 대학이다.

신입사원 정태로는 영문과 출신으로 주로 외국에서 온 편지나 외국잡지를 번역하는 업무를 맡고 있다. 태로의 선임 김영주는 뛰어난 업무능력을 가진 전문직 여성으로, 태로의 실력을 인정하여 그에게 영문소설 번역을 제의하고 난 뒤 서로 호감을 갖는 관계로 발전한다. 정태로와 김영주 사이에 조성된 호감은 능력주의가 옹호되는 60년대 중반의 사회 분위기를 잘 반영한다. 영주의 능력주의는 신입 부하직원이 남성이라는 점에서 여성 전문인의 사회 진출이 뚜렷한 사회현상으로 자리잡는 징후를 보여준다. 작가가 외국어 구사능력이 필요한 전문직종 중에서도 굳이 출판계를 선택한 데에는 60년대 상업출판문화의 사정을 잘 알고 있고 이를 반영하고자 하는 의도가 담겨 있다.

한편, 태로가 영주에게서 제안 받은 '선정적이고 폭력적인 영문소설'의 번역은 상업적 성공의 성패에 매달린 60년대 중후반 번역문화의 일단을 알려준다. 그의 번역 일거리인 '미국편 통속소설'은 열권으로 된 '세계대중소설전집'(129면) 기획의 일부이다. '영미권 통속소설' 번역이 가진 함의는 한국 출판시장이 미국문화의 선정적 대중성을 받아들인다는 구체적인 변화를 읽을 수 있다는 점에서 흥미롭다.[6]

정태로는 10일간 휴가를 내서 서울 근교 사찰에 머물며 번역에 매진한다. 태로가 번역 원고를 마무리할 즈음, 영주가 아버지 기일을 맞아 태로가 머문 같은 사찰을 방문하고 서로 호감을 갖는다. 그러나 이들의 연애와 사랑은 순조롭게 전개되지 않는다. 그 경로는 '호감-장애-위기-난관의 극복'이라는 전형적인 사랑의 도식을 보여준다. 태로는 영주와의 대화에서 그녀의 곡절

---

6   1950년대 반공과 반일을 정책 기조로 삼았던 이승만 정권이 4.19혁명으로 붕괴하자 해방 이후 금기시되었던 일본문화가 유입되기 시작했다. 60년대 초반 군소출판사들은 선집과 전집, 단행본 출판을 가리지 않고 번역에 뛰어들었다. 출판시장은 60년대 중반 이후 일본 번역문학의 2차 번역 패턴에서 벗어나 서구 통속문학의 1차 번역으로 재편되어 갔다. 이종호, 「1960년대 일본번역문학의 수용과 전집의 발간」, 『대중서사연구』 21-2, 2015, 7-37면.

많은 가족사를 접하고 친밀감을 갖지만, 이들의 애정관계는 진전되기도 전에 좌초될 위기를 맞는다. 대화가 이어지며 분위기가 무르익었을 때 태로가 애정 표현을 시도했다가 거부당하고 서로 어색해진 것이다. 애정관계의 지연은 신문연재와 같은 대중서사에서는 자주 애용하는 복선이다. 복선의 능란한 활용은 애정의 진행과정을 순탄하게 만들기보다 지연과 역전을 통해 독자들의 관심을 붙들어놓는 작가의 수완에 해당한다.

작가는 둘 사이에 지연된 애정 다음 장면에 영주의 상처난 가족사를 배치해 놓는다. 불교 신자인 영주 아버지와 기독교 신자였던 어머니의 종교적 불화, 이혼 후 신앙촌으로 들어간 어머니, 병든 아버지를 시골에 남겨둔 채 상경한 자신, 미국인 한국주재원에게 한국어를 가르치며 고학으로 대학을 마친 일, 아버지의 임종을 지키지 못한 죄의식 등, 입사 전 영주의 사연이 소개된다. 영주의 사연을 들으면서 태로 또한 전쟁통에 남편을 잃고 자신과 여동생을 뒷바라지해온 어머니의 고단한 삶을 떠올린다. 60년대 중반 청년들의 사랑 앞에는 전쟁으로 훼손된 부모세대의 삶이 가로놓여 있는 셈이다. 그 풍경 중에는 전후의 황폐한 현실에서 생겨난 '박태선 전도관'과 종교공동체인 '신앙촌'[7]이 비판적인 시각으로 등장하고 있어서 흥미롭다.

태로-영주의 관계가 서먹해진 사이, 두 사람 사이에 출판사 송전무의 이종사촌 강경애와 태희의 대학선배 황미라가 나타난다. 이들이 태로에게 접근하자 영주는 태로를 오해하고 서로 갈등한다. 이야기의 묘미는 서사적 긴장도가 완급을 조절하며 이야기의 재미를 증폭시킨다는 데 있다. 남녀 주인공

---

7   1955년 4월 설립된 박태선의 대한예수교전도관부흥협회는 전국 각지에 생필품공장 100개, 중화학공장 수십 개, 교회(전도관) 최소 600개 이상을 설립 운영하며 신앙공동체를 소사와 덕소, 기장 등지에 세웠으며 자녀들의 교육기관도 설립했다. 전성기에는 최대 70만 교인들이 집단생활을 했다. 허병주, 「한국천부교전도관부흥협회의 초기 역사와 이단 교리 및 역선교 방안」, 총신대 대학원 박사논문, 2022.

이 오해로 서로 부딪치며 서로의 사랑이 어긋나는 동안 이들 사이에는 다양한 사건들이 일어나면서 서사는 흥미를 더한다. 이 점이야말로 서사적 긴장과 재미를 더하는 작가의 역량이 아닐 수 없다.

정태로를 둘러싸고 김영주와 강경애, 황미라 사이에 벌어지는 오해와 갈등은 격렬한 질투와 보복의 방식이 아니라 전쟁의 여파로 훼손된 가정의 복원 문제와 깊이 결부되어 있다. 청년 세대가 확보해야 할 가정 복원이 이야기의 한 축을 형성하며 전통적 가치와 변화된 결혼 관념을 날카롭게 대치시키지만 실상 그 핵심은 사회문화의 변화에 따른 '결혼 관념의 변화'를 일상적 사건으로 재현하는 데 있다.

남녀간 사랑이 새로 등장한 여성들과 경합하면서 오해와 갈등으로 요동치다가, 결혼과 가족구성 문제로 옮겨가는 과정을 주도하는 인물은 태로의 여동생 태희이다. 태희는 태로의 '예비신부'들을 가까이에서 지켜보는 관찰자이자 가족의 입장에서 도덕관념의 기준을 제시하며 오빠의 배우자 자격을 심문하고 판정한다.

태희는 김영주 주변을 떠도는 추문과 의혹을 독자들에게 폭로하며 둘의 관계를 긴장된 이야기로 몰고가는 사랑스럽고 흥미로운 매개자이나 태로와 영주의 결혼을 반대하는 반反 주인공이기도 하다. 태희는 오빠에게 자신의 대학 선배 황미라를 며느리의 자격을 갖춘 이로 주장하며 그녀와의 결혼을 권유한다. 태희의 주장은 아버지 결손의 사회적 배경과 가정에서 높아진 여성들의 위상을 함께 보여준다.

여성들의 높아진 위상만큼이나 이야기의 매력은 태로 주변의 여성들이 태로와 영주의 관계를 서먹서먹하게 만든 뒤 자신들의 개성을 마음껏 뽐내며 경합하는 면모에서 찾을 수 있다. 갈등하는 태로-영주의 애정전선에 나타난 주변여성들은 비록 오해와 갈등을 증폭시키기도 하지만 이는 달리 보아 사회변화에서 생겨난 이야기 현상에 가깝다. 많은 여성들의 등장은 전통사회에서는 부모가 주도하는 중매결혼이 퇴조한 것만이 아니라 개인의 사회활동에서 여성들과의 접촉 빈도가 그만큼 높아졌다는 현실을 반증한다.

작품에는 60년대 중반 이후 한국사회가 전쟁의 여파에서 벗어나면서 적극적인 여성 젠더상이 부상하는 징후가 이야기의 도처에서 산견된다. 이들 여성상은 남성 가부장제에 걸맞는 '현모양처'를 벗어나 가족내에서나 사회관계에서 생각과 의지를 적극적으로 피력하는 변화된 여성 젠더상을 보여준다. 이는 태희만이 아니라 영주도 마찬가지다.

영주는 부친의 친구였던 종우의 의붓아버지(종우의 모친은 전쟁 때 남편을 잃고 나서 재혼했다) '이혁두'에게서 후원을 받으며 고학으로 대학을 다닌다. 영주는 고학 중에 미국인에게 한국어 개인 교습을 하면서 영어 실력을 장착한다. 영주의 영어능력 습득과정은 변모하는 60년대 중반의 사회경제적 문화적 조건을 징후적으로 보여준 경우다. '출판계 전문직'이라는 영주의 입지는 전시경제로부터 탈피한 국면과 함께 '번역'을 기반으로 한 '상업출판문화'가 활성화된 사회적 배경을 보여준다. '병든 아버지'로부터 벗어나 아버지 후배인 영문학 교수의 후원을 받으며 대학을 고학으로 마친 60년대식 전문직 여성의 능력주의는 1950년대 신문소설에 나타난 아프레 걸(1950년대 아프레 걸의 부정적 이미지는 남성적 지위 약화와 여성의 사회적 약진 속에 등장한 '위험한 여성'의 이미지가 주를 이룬다)[8]과는 판이하다.

'영주'의 이같은 특징은 태희의 대학 선배인 황미라도 공유하는 지점이다. 황미라는 태희가 오빠의 배필로 점찍은 여성이다. 생활미술학도인 황미라는 효심 많은 여성이고 전공지식을 살려 나염가게를 열고자 하나 경제력 부재

---

8   최미진, 「1950년대 신문소설에 나타난 아프레 걸」, 동국대 한국문학연구소 편, 『한국 근대 문학과 신문』, 동국대출판부, 2012, 307면; 이임하, 『여성, 전쟁을 넘어서다』, 서해문집, 2004; 김은하, 「전후 국가 근대화와 아프레 걸(전후 여성) 표상의 의미」, 『여성문학연구』 16, 2006, 191면.

로 꿈을 이루지 못한다. 황미라에게서는 여성적 지위와 사회적 진출의 한계가 엿보인다. 1950년대 여성들의 관심이 생계에 집중된 것이었다면 1960년대 여성들은 사회경제적 자립이 절실한 관심사였던 셈이다. 태로의 눈에 비친 황미라는 '평범하고 양순한 규수'에 지나지 않는다. 황미라에 대한 태로의 무관심은 60년대 청년세대들이 전통적 여성상에게 갖는 관심이 크게 퇴조했음을 의미한다.

황미라에 비해 강경애는 매우 자립적인 여성이다. 그녀는 태로가 번역한 '세계대중문학전집'의 상업적 성공을 계기로 송전무(송일)와 함께 출판사업에 뛰어든다. 버스 안에서 봉변을 겪으며 태로에게 강한 인상을 받았던 강경애는 태로의 사랑을 쟁취하려는 과단성 있는 여성이다. 그녀는 호황을 누리는 출판업계에 뛰어들어 이종오빠 송일의 허세와는 달리 실리적 안목으로 실무를 장악하고 경영 수완도 발휘하는 직장여성이다. 그녀는 김영주와는 다른 방식으로 황미라의 한계를 뛰어넘어 사회 진출에 성공한 여성상이다.

이야기에는 60년대 중반 한국사회가 안고 있는 가족 해체라는 가정의 환부가 드러나 있다. '애정의 경합'을 '감추어진 가족문제'로 바꾸어놓으며 사건의 변화를 이끄는 인물은 태로의 동생 태희이다. 태희는 독문학을 전공하는 대학생으로서 친구인 종우, 종우의 친구 '신군'을 비롯한 60년대 대학생 문화의 매력을 발산하는 개성 강한 여성이다. 그녀는 자신의 힘으로 리포트를 작성하고 매사에 원칙을 고수하며 학생다운 풋풋함을 가진 당찬 여성이다. 태희는 의붓아버지와 영주의 관계를 의심해서 가출한 종우에게 귀가를 종용하고 종우를 가족에게 인도하며 모성적 역할을 자임하고 나설 만큼 적극적인 여성상이다.

작품에서 긴장을 유지하는 복선의 최종지향은 태로-영주이다. 영주는 어린 아이를 몰래 키우는 수수께끼 같은 삶을 산다. 이 사실은 작중인물 모두에게 충격과 오해를 불러일으키는 원인이다. 심지어 태희의 남자 친구 종우는 영주의 비밀스러운 삶을 의붓아버지와의 불륜이라 오해하여 가출을 결심한다. 종우의 가출은 전쟁과부였던 생모의 재가와 맞물려 있다. 태희의 비밀스러운 삶과 태희에 대한 오해, 종우의 가출 같은 삽화는 전쟁의 여파로 훼손된 가정이 봉합되기는 했으나 60년대 중반에도 여전히 치유되지 못한 점을 보여준다.

작품 후반부에서는 인물 간 갈등이 정점으로 향하면서 태로-영주의 위태로운 관계에 못지않은 긴장을 낳는다. 종우의 의혹과 가출은 영주와 의붓아버지의 불륜 여부와 맞물려 영주에 대한 궁금증을 더욱 키운다. 이야기 초반에 태로와의 애정관계를 어색하게 만들었던 이야기 구도는 어색해진 관계의 틈으로 여성들을 등장시켜 태로를 놓고 경합하게 만들었다가, 이야기 후반부에 이르러 영주의 비밀스러운 삶을 소재로 다시한번 혼돈과 긴장으로 몰아가는 것이다. 태희 친구인 종우의 가출은 영주의 삶에 잠복해온 가정 문제로 이행하도록 만들고 있다. 이야기의 심화된 전개는 독자들의 예상을 훨씬 넘어선다.

태희는 영주의 아이 양육을 의심하며 태로와 영주의 사랑을 방해하고 저지하는 존재이기도 하다. 태희의 방해는 전통적 여성상에 대한 집착과 가족 질서의 완강한 습속의 힘을 연상시킨다. 태희의 소망은 전쟁통에 아버지를 여의고 가족의 생계를 도맡아온 홀어머니를 감안했다는 점에서 어머니의 대리자로서 오빠 태로가 온전한 가정을 만들어 장자의 의무를 순조롭게 수행하기를 바라는 사회적 무의식을 반영한다. 그러나 영주에 대한 태희의 집요한 방해는 곡절 끝에 수포로 돌아간다. 태희의 바람이 바람으로 그친 것은 60년대 중후반 사회는 전통적인 가족 윤리나 가치관이 위력을 상실하는 변화를 겪고 있었기 때문이다.

영주가 키우는 아이가 '불륜'의 소산이 아니라 '이복동생'임이 밝혀지면서 추문의 여진은 가라앉는다. 영주에 대한 오해와 불신이 해소되었으나 그녀의 처지는 태로와의 평범하고 상식적인 결혼을 가로막는 혼사장애로 바뀐다. 김영주는 자신의 처지 때문에 처음에는 태로의 청혼을 거절한다. 구혼을 거절당한 태로가 갑작스레 교통사고를 당하면서 영주와의 관계는 극적으로 반전한다. 영주의 문병과 함께 둘의 관계는 전보다 더 견고해지는 것이다.

태로와 영주의 관계는 만남과 장애, 애정 회복과 구혼으로 이어지는 일반적인 경로이나 이들에게는 50년대 부모세대의 환부가 결정적인 혼사장애로 작용한다는 점은 유의해볼 대목이다. 태로와 영주 둘다 아버지 부재(또는 결여)의 가정에서 성장하여 서로의 상처를 공명한다. 태로를 제외한 가족의 입장은 태희에 의해 언급되듯 전쟁통에 아버지를 여읜 장자이자 가장으로서 역할, 홀어머니의 헌신적인 뒷바라지에 보답하는 의무 때문에 다소 곤혹스럽다. 김영주의 구혼 거절은 아버지와 이혼 후 신앙촌으로 들어간 어머니를 대신하여 어린 이복동생을 양육해야 하는 가장의 역할이 둘만의 결혼에 장애가 된다는 판단에서 비롯된 것이다. 전문직 여성인 영주와의 사랑 이야기를 '혼사장애담'으로 바꾸어놓은 것은 부모 세대에 훼손된 가정의 재건 문제가 청년세대의 주요 과제로 부상했음을 뜻한다.

작품 말미에서는 태로가 홍콩지사로 발령나면서 영주와 새로운 삶을 꿈꿀 수 있게 된다. 이 대목은 여러 모로 의미심장하다.

"여러 가지로 고맙습니다"

"별로……."

하더니 김영주는 무겁게 이었다.

"벌써 얘기하려던 거였는데, 병상에 누워 계신 동안은 기회가 아니라 싶어서 미루었어요."

(중략)

"호, 호, 평범과 상식이 왜 모욕이에요? 더구나 애정 문제에 있어서…… 한 걸음 더 나아가 결혼에 직면해서……. 나와의 결혼, 있을 수 없는 건 아니에요. 그러나 그건 평범한 결혼은 아니에요. 그리고 그것은 또 미스터 정의 자질로 보아, 마침내는 불행을 가져오기 마련일 거예요. 그것보다도 내 편에서……. 난 애초부터 결혼을 단념해야 하고 포기해야 할 사람이에요. 그리고 그렇게 결심했어요."

"남동생을 위해서요?"

"그렇게 생각하셔도 좋고……."

"그게 말이 됩니까? 풍우, 비가 올지 바람이 불지도 모르는 어린애의 내일을 위해……."

"어떻게, 피워보지 못한 청춘의 꽃을 시들게 하겠느냐는 말씀이죠?"

"그렇게 생각 안 되세요? 김 선생."

"그건 평범하고 상식적인 생각이에요."

"평범? 상식? 그 평범, 상식적이 되시란 말입니다."

"호, 호, 미스터 정, 금시 평범, 상식적인 모욕이라고 했으면서…… 호, 호, ……."

(『내일은 풍우』, 540면)

영주는 어린 남동생 때문에 평온한 결혼 생활이 어려워질지 모른다며 태로의 청혼을 정중히 거절한다. 태로는 평범하지 않은 결혼이 난관을 극복하며 새로운 삶을 개척하는 것이 '의미 있는 도전'이라 답한다. 인용에서 보듯, 전쟁의 상처로부터 자유롭지 않은 이들 청년세대는 서로 다른 입장과 시각으로 갈등하고 균열을 일으킨다. 해외주재원으로서 새로운 삶을 앞둔 남자 주인공과, 전쟁의 상처를 껴안고 가장으로서 자립적인 삶을 살아가려는 여주인공의 모습에서 사랑과 결혼을 둘러싼 60년대 한국사회의 풍경 하나가 그려진다. 태희가 말하는 '평범하지 않는 결혼'과 '남성성의 (가부장적) 자질로 보건대 불행하리라는 예단'은 60년대에도 잔존하며 위력을 발휘하는 상식이라는 힘과 변화하는 세대가 길항하는 지점이다. 어린 이복동생을 품으면서 영주와의 결혼을 결심하는 태로의 면모는 전쟁의 여파 속에 등장한 새로운 형태의 가족 구성의 사례일지 모른다. 인용에서 보듯, '내일은 풍우'란 아직 도래하지 않은 미정형의 현실을 앞에 놓고 60년대 청년들은 주저하고 있으나 작품은 지금의 결단과 노력으로 얼마든지 새로운 미래를 구축할 수 있다는 낙관을 피력하며 태로와 영주의 결혼을 미완으로 처리함으로써 독자들의 판단에 맡기고 있다.

『내일은 풍우』가 보여주는 청년들의 사랑 이야기는 '아버지 부재'라는 현실을 봉합하며, 1960년대 청년들의 유연하고 자립적인 생각에서 가족 구성의 새로운 가치와 가능성을 예고한다. 이 대중서사에 담긴 메시지는 지난 시절 겪은 상처를 딛고 성장해온 청년들에게 새로운 가정을 꿈꾸는 사랑과 결혼에서 가족 재건의 요건들을 두루 성찰하라는 권고로 읽혀진다.

3

『구름의 다리들』(1969-1970)은 한일수교(1965)나 경인고속도로 개통(1967. 12.21) 개통과 경부고속도로 개통(1970.7.7) 등, 60년대 후반과 70년대 초반의 사회 변화를 배경으로 부자父子의 사랑을 병치시킨 신문연재 장편이다. 이야기는 중년인 아버지와 회사원 아들은 각각 재일동포 자매와 사랑을 나눈다. 아버지의 사랑은 결실을 맺지만 아들의 사랑은 좌절되고 만다. 특이하게도 부자간에는 상대편 이성이 자매지간이라는 사실을 알지 못한 채 이야기가 마무리된다.

두호 아버지 전태규는 Y시에서 열린 동창생 화가의 비문 제막식에 참석했다가 그곳에서 음악감상실을 경영하는 여란을 만나 서로에게 호감을 갖게 된다. 한편, 두호는 아버지에게는 효심 깊고 믿음직한 아들로, 애인인 애란에게 결혼을 재촉당한다. 정작 두호는 애란의 자유분방함과 흡연 때문에 결혼 후 아버지를 모실 상황에 부담을 갖는다. 애란의 자유분방함이 가부장적 관념과 전통적 가정에 조화되지 못할 것이라는 불안감은 60년대 후반 전문직 여성을 바라보는 남성들의 불편한 관점을 드러낸다.

여란·애란 자매의 아버지는 해방후 본처인 일본인 아내를 버린 후, 사치하는 젊은 여자와 살림을 차렸다가 가산을 탕진하고 거듭된 사업 실패로 늙고 병들어간다. 여란 자매의 생모는 친정이 있는 일본으로 떠난다. 여란은 첫결혼을 실패한 뒤 Y시에서 음악감상실을 경영하며 늙고 병든 아버지를 부양하는 가장이다.

전태규는 여란을 만난 뒤 애란에 대한 아들의 신중한 사랑과 달리, 새로운 삶을 꿈꾸며 둘만의 관계를 빠르게 진척시켜 나간다. 둘은 호젓하게 여행을 하는가 하면, 서로의 애정을 확인한 전태규는 불국사에서 예불을 드리면서 여란과 결혼의 언약을 맺는다. 중년의 사랑이 깊어가는 것과 달리, 두호는 여란이 애란과 자매임을 알고 고민에 빠진다. 그런 와중에 일본에서 생모의 소개로 건너온 재일교포 청년사업가 박두식이 애란에게 호감을 가지면서 두호와 애란의 관계는 혼전混戰 양상을 띤다. 두호는 언니 여란과 함께 박두식과 애란의 결혼을 성사시키려 한다. 그러나 애란은 두호와의 사랑을 포기하지 않으면서 두호의 번민은 커진다. 서사의 밀도와 긴장도 그만큼 높다.

일본인 생모의 설정, 아버지의 방탕과 병든 노후, 병든 아버지의 생계를 실질적으로 책임진 여성 가장인 여란의 위치, 재일동포 사업가 박두식의 출현 등의 이야기 구성은 '한일수교'라는 정치사회적 변동을 담아 인물과 사건으로 풀어내려 한 작가의 의도와 맞물려 있다. 자매의 가족사는 식민지를 거쳐 분단과 전쟁을 경험한 과거와 현재를 연상시켜준다. 조선인 남성과 일본인 여성 사이에서 태어난 이들 자매의 본래 이름은 일본식인 기미코[君子]와 하루에[春江]이나, 전태규 부자는 여란과 애란으로 부른다. 전태규 부자는 한일관계의 애증을 인물로 재현해낸 여란의 부모세대에서 벗어나 새로운 이름으로 새롭게 삶을 살아가도록 이끄는 존재이다.

『구름의 다리들』에서 여란 자매에게 부과한 '식민지 기억의 가족사적 구성'은 전태규 부자와의 애정관계에서나 한일 수교를 전후로 한 사회 변화에 적극 부응하는 모습으로 재현된다. 삽화들은 한일기본조약 체결(1965.6.22)과 '국교 정상화'라는 현실 속에 '경인고속도로 착공과 개통'(1967.3-1968.12)이 열어젖힌 '전국 일일생활권의 도래'를 배경으로 삼는다. 일본대학 야구단 초청 경기와 함께 등장하는 재일코리안 실업가 박두식, 여란 자매의 생모 이야기, 여란의 전 남편 등은 작가가 현실 변화를 파악하고 이를 이야기 구성에도 적극 반영한 인물과 사건이다.

한편, 아버지의 '중년의 사랑'이 아들 두호-애란의 사랑을 파국을 면치 못하는 이야기 설정에서 보듯, 여란 자매의 존재 자체가 애증의 한일 역사와 관련하여 문제적이다. 작품은 한일수교와 문화교류라는 문제들을 놓고 역사의식을 강조하는 방식을 택하지 않는다. 작품에서는 당대 사회가 직면한 문제들을 인물과 사건으로 직조해내며 개연성을 높이기 위한 삽화들을 배치한다. 한일 대학친선 야구경기에 등장한 재일동포 선수의 존재나, 애란에게 호감을 갖는 재일 청년실업가 박두식의 존재는 재편되는 한일관계에서 스포츠 교류와 경제 협력이 가시화되는 현실을 고려한 설정이다.

이러한 이야기 설정에서 여란의 삶은 한일수교와 함께 부상한 여러 일화들로 채워진다. 해방후 일본인 생모가 친정이 있는 일본으로 건너간 일, 뒤따라 일본에 밀항한 여란의 전 남편이 사업가로 성공한 뒤 여란과 이혼한 사연, 이혼녀가 된 여란이 전 남편의 위자료로 한적한 시골도시에서 음악감상실을 열어 병든 아버지의 생계를 책임지게 된 경위, 거기에다 동생에게 구애하는 청년사업가 박두식의 등장 등은 당시 대중의 호기심과 눈높이에 맞춘 일화의 특징을 가지고 있다. 전태규-여란의 사랑과 이들의 새 출발은 여란의 굴곡진 삶을 감안할 때 한일수교의 알레고리로 읽을 여지가 충분하다. 여란이 전태규와 새로운 삶을 설계하는 구체적인 계기는 한일 국교수립이 사회적 관심으로 부상하는 현실에 걸맞게 창안된 이야기 설정이기 때문이다.

아버지의 사랑은 아들의 사랑을 파탄으로 내몬다. 아버지 태규-여란의 관계는 급속히 진전되는 반면, 아들 두호와 애란의 관계는 크게 흔들린다. 기성세대의 사랑은 한일관계의 변화로 급속히 진전되면서 국교수립과 일본의 경제지원, 그로 인한 우호관계를 급속한 밀월로 이어지지만 아들의 사랑은 아버지의 밀월 상대가 자신의 애인 애란의 언니임을 알고 '이루어질 수 없는 사랑'으로 판명난다. 이같은 이야기 설정은 경제력을 가진 재일코리언 실업가의 등장과 함께 아력산업이 기사회생하나 그 회사의 일원인 두호-애란의 관계는 흔들리는 모습으로 나타난다. 이 대조적인 부자간 사랑의 추이는 '한일국교 수립'이라는 현실을 앞에 놓고 기성세대와 청년세대 간에 타협 불가능한 간극이 있음을 우회적으로 보여준다.

경인고속도로 개통으로 생겨난 '고속행락'이란 신조어에 걸맞게, 전태규와 여란은 일본과의 수교, 경제원조와 함께 구축된 온갖 교통산업 인프라의 시혜를 누린다. 이들은 서울을 벗어나 Y시와 인천과 대전, 경주를 오가며 데이트를 즐기며 환호작약한다. 인천에서 둘만의 호젓한 시간을 보내는 광경은 식민지의 불행한 기억을 간직한 가족사의 풍파를 딛고 여행이 일상화되면서 거침없는 향락소비문화 풍조가 가시화되었음을 보여준다. 상처한 의사와 이혼녀의 사랑은 청년들처럼 명분을 문제 삼지 않는다. 중년의 사랑은 각자가 가진 사회경제적 토대와 개인의 욕망에 충실하게 따른다는 점에서 청년들의 사랑과는 크게 구별된다. 이 현실적 맥락은 인천 호텔에서 벌이는 거침없는 전태규와 여란의 애정 행각에서도 잘 드러난다. 이들의 애정행각은 현실정치에서 1960년대 후반 한일 국교 정상화가 가진 몰윤리적인 현실정치에 대한 비판적 알레고리로 읽혀지는 측면도 있다. 사회적 지위와 명망을 가진 지식인과 이혼녀의 만남은 과거에 대한 부담을 벗어던지며 동반자로 격상시킨 밀월은 청년세대에게는 비판적일 가능성이 높기 때문이다.

1965년 이후 구축된 한일수교와 한일경제 협력체제는 광복 이후 단절돼 있던 한일관계를 새롭게 설정하며 압축적 근대화를 가능하게 한 측면도 있지만, 미국의 주도로 일본경제에 종속되는 분기점이 되기도 했다. 제1공화국 몰락 후 한일관계 수립 논의가 가시화되면서 1960년대 초반까지도 비공식적인 교류에 국한되었다가 1962년 이후 한일협정 체결과 문화교류가 실질적인 진전을 보이기 시작했다.[9] 이런 맥락에서 보면 '한일수교'는 중년의 사랑처럼 한일 양국의 필요에 의해 맺어진 것임을 직간접적으로 보여준다.

부자의 사랑을 등장시킨 이 대중서사가 중년의 사랑을 새 출발로, 청년들의 사랑을 파국에 이르도록 설정된 것은 한일관계를 두고 벌이는 세대간의 서로 다른 시야를 감안한 것이다. 청년세대의 사랑이 감내하는 일방적인 좌절은 기성세대의 현실적 필요(전태규와 여란의 순탄한 결합)와는 달리, 한일관계에 대한 명분과의 대립과 갈등을 우회적이고 암시적으로 처리하고 있다. 이는 신문연재의 특성상 검열의 문제와 깊이 연관돼 있다. 이야기의 우회적 암시적 설정은 1965년에 발생한 '「분지」 필화'를 떠올려 보면 반공적 검열기구와 검열을 의식한 것임을 짐작할 수 있다.

두호-애란의 사랑이 파국의 정점에 이르는 것은 아버지 전태규와 언니 여란의 약혼식 자리에서이다. 태규-여란의 약혼식장은 애란의 혼절로 엉망이 되어버리는데, 이 사태는 청년실업가 박두식이 결혼을 전제로 한 맞선에

9　김성환 외, 『1960년대』, 거름, 1984, 301-342면.

대한 반발, 두호 친구 '인수'의 여동생인 '인숙'과의 관계를 의심한 애란의 질투를 훨씬 넘어선다. 애란의 혼절은 두호와의 사랑이 파국임을 확인할 뿐만 아니라 자신들의 사랑을 일생 동안 비밀에 부쳐야 하는 정신적 부담에 따른 신체반응이다. 두호와 애란에게 닥친 현실은 자신들의 사랑과 결혼을 한꺼번에 포기해야 할 만큼 녹록치 않다. 두호와 애란이 서로가 바라는 차선의 결합, 곧 두호에게 인숙이, 애란에게는 박두식이 차선의 선택지임을 애써 거부하는 것도 그러한 고심의 결과이다.

두호는 외국 유학을 결심한다. 『구름의 다리들』이 보여주는 청년세대의 사랑과 삶은 중년의 사랑 앞에 철저하게 좌절하는 구도를 보여준다. 이 구도는 한일수교라는 사회 변화 속에 기성세대의 현실 정치를 넘어서 새로운 길을 개척해야 하는 과제를 제시한 셈이다. 두호와 애란의 이별이 아버지의 삶에 대한 도전이 아니라 그 삶을 존중하며 새로운 삶을 개척하는 해피엔딩으로 설정된 것은 이야기의 대중성과 교양적 측면 때문이다. 사랑과 결혼이 세대 간에 걸쳐 있고 시대적 함의를 갖는다면, 거침없는 기성세대의 사랑을 축복하는 것은 한일관계에 보다 현실적인 의미를 부여하는 것이 작가의 의도라고 할 수 있다.

『구름의 다리들』은 세대를 달리하는 사랑과 새로운 출발, 여란 자매의 새로운 삶의 모색이 갖는 의미, 60년대 후반 한국사회가 직면한 한일관계의 재정립 등과 같은 문제들을 개인들의 사회 일화로 구성해 놓은 대중서사의 한 사례이다. 작품은 한일 관계의 재설정, 고속도로 건설, 일일 관광생활권의 도래 같은 사회 변화가 중년세대에게는 풍요와 향락으로 이어지는 것을 경계하는 한편, 좌절한 청년들에게는 이 변화된 정치경제적 실재와 사회문화적 조건을 인정하도록 위로하며 더 넓은 시야로 새로운 삶을 개척하도록 독려하고 있다.

4

안수길의 신문소설인 『내일은 풍우』와 『구름의 다리들』은 그의 대표작인 『북간도』에 비견될 수는 없으나, 현실반영론의 관점에서 보면 60년대 중후반 사회문화상을 잘 포착해낸 '대중서사'이다. 그만큼 두 장편은 청년들의 사랑이라는 테마를 사회변화의 추세에 맞게 잘 반영하고 있기 때문이다. 『내일은 풍우』는 전쟁의 비극이 눈앞에서는 사라졌지만 남겨진 가정 파탄의 비극적 여파가 남아 있다는 것, 그렇게 때문에 청년세대가 전쟁의 상처를 보듬으며 어떤 가정을 이루며 가족 질서를 재건할 것인가를 해결해야 할 주역이라는 사실을 절감하도록 만든다.

『내일은 풍우』에 부각된 청년세대의 주도적인 역할 중 산업화과정에서 전문직 여성들의 사회 진출과 관련된 여성들의 적극성은 인상적이다. 어린 이복동생을 키우며 실질적인 가장인 전문직 여성 영주, 자신의 전공지식을 살려 경제적 자립을 시도하려는 황미라, 대학생이나 주도적인 삶을 살아가는 태로의 여동생 태희, 출판업에 뛰어드는 강경애 등이 바로 그들이다.

『구름의 다리들』에서 청년세대는 아버지를 포함한 기성세대에게 주도권을 양도한다. 60년대 중반만 해도, 아버지 부재 상황에서 청년들의 사랑에 기대를 걸었던 이야기 구도였음을 감안하면 적지 않은 변화이다. 『내일은 풍우』에 이야기된 청년의 사랑과 가족 재건이라는 문제는 『구름의 다리들』에서 중년의 사랑으로 귀결되고 아들의 사랑은 파국에 이르기 때문이다. 이 낙차는 한일관계로 인한 사회변화가 초래한 사태이다.

두 장편은, 민족 서사를 구현한 『북간도』에 비견될 수는 없는 대중서사이나 태작駄作은 결코 아니다. 이들 작품은 인물과 구성면에서 전쟁고아와 혼혈아, 국산품 애용운동 같은 당대성을 반영한 풍부한 삽화들을 통해 시사성을 확보하는 한편, 인물 간의 오해와 의혹을 둘러싼 이야기 구성으로 플롯의 단단함을 보여준다.

안수길의 두 장편은 대중성을 구비하고 사회 교양의 역할까지 떠안으며 통속소설과 순문학의 영역 확장, 문학수용층 확대에 기여한 드문 사례이다. 작가는 '통속적인 소재를 문학적으로 구상 표현하는 방법'으로 '신문 연재' 라는 방식을 택했다. 평소 신문소설의 행로를 '통속소설이면서 순문학'이라 규정했던 그는,[10] 사회적 관심사와 직결된 소재들로 활용했고 시대변화에 따른 요구를 담아내는 순문학적 대중서사를 표방했다.

(2012, 미발표)

10　안수길, 「통속소설과 순문학」, 『수필집: 명아주 한포기/북간도에 부는 바람 외』, 안수길전집 16권, 글누림, 2011, 265면.

3부

'한의 문학화'와 한국전쟁

21세기에 다시 읽는 『태백산맥』

1

한국 현대사에서 최대 비극은 한국전쟁이다. 전쟁의 규모와 여파는 너무나 커서 그 전모를 알 수 없다. 어느 누구도 전쟁의 전모를 이해하기에는 역부족이다. 전쟁을 이야기한다는 것은 한국사회에서 정신사의 차원에 속하는 문제이다. 전쟁은 과연 무엇이었는가, 누가 일으켰고 왜 일어났는가를 질문하는 자체가 불온한 것이었다. 이 질문은 반공주의의 억압과 금기와 마주서야 하는 일이었을 뿐만 아니라, 필연적으로 민족의 내부, 좌우이데올로기와 진영을 넘어 한반도에 관철된 외세 개입과 냉전구조에 대한 전면적이고 비판적인 성찰을 필요로 했기 때문이다.

『태백산맥』은 해방과 전쟁, 전쟁과 분단의 문제를 전혀 다른 시각에서 다룬 80년대 분단서사의 정점을 이루는 작품이다. 1989년 완간 이후, 이 작품은 문학의 영역에 한정되지 않는 전사회적 반향을 불러일으켰다. 단적인 예로, 90년대 초반 보수우익 진영에서 작품의 용공성 시비나 검찰의 국가보안법 및 반공법 적용 여부는, 역설적이라고 할 만큼 작품이 반공주의가 구획해놓은 사회 통념과 제도적 실정력의 경계를 무력화했다는 구체적인 반증이 아닐까. 작품의 성가聲價는 문학작품이라는 차원을 넘어 지하서클의 의식화 교재로도 사용될 만큼 정치사회적 파급효과가 컸을 뿐만 아니라 크게 미진했던 해방 이후 현대사와 6.25전쟁에 대한 학술적 논의를 촉발시켰다는 것은 공인된 사실이다.

30여 년을 넘긴『태백산맥』에 대한 독자들의 관심은 그 자체로도 논의될 만한 가치가 충분한 사회현상이 아닐 수 없다. 지금의 관점에서 보더라도 작품은 공공기억에 담을 수 없는 하위주체들의 삶과 목소리를 충실하게 재현해냄으로써 6.25전쟁 전후의 역사적 기억을 풍성하게 만들었기 때문이다.

이 글은 '지금 여기'의 관점에서『태백산맥』의 현재적 의의는 무엇인지를 간략하게 살펴보기로 한다.

2

『태백산맥』이전이든 그 이후이든 간에, 조정래의 소설세계는 민족 성원들의 고난을 재현해내는 경향이 강하다. 데뷔작「누명」(1970)에서부터 1983년『태백산맥』연재 때까지 십여 년에 걸친 그의 전반기 소설 세계나,『태백산맥』(1983-1989) 연재 이후 소설세계도 이러한 경향이 일관되기는 마찬가지이다.

일제 강점기의 민족 수탈과 이주 이주를 다룬『아리랑』(1993-1995)처럼 민족수난의 하위주체들, 해방 이후 오늘의 한국사회를 만든 산업화의 주역들이 다루어진다(『한강』, 1999-2002). 다른 경우도 있다. 동구 몰락과 소비에트 연방 해체 속에서도 사상의 신념을 견지해온 장기복역수를 다룬『인간연습』(2006), 강대국의 틈바구니에 희생되는 조선인의 비참한 인생유전을 그린

『오 하느님』(2007), 중국 대륙 공략기인 『정글만리』(2013), 부정부패로 얼룩진 오늘의 대한민국을 성찰하게 만드는 『천년의 질문』(2019)에 이르기까지 그의 소설에서 일관된 흐름 하나는, "쓰라린 민족의 역사"와 "약한 자들의 아픔에 이끌리는 의식"[1]이다.

초기소설의 세계는, 카투사의 병영체험을 통해 주한미군의 부정적 행태를 신랄하게 고발한 「누명」, 학교를 배경삼아 70년대 사회와 정치의 폭력성에 포착한 「선생님 기행」, 「이런 식이더이다」 등에서 보듯, 작가의 시선은 폭력과 모순으로 점철된 사회의 어두운 구석을 응시한다. 부정적 세태로 향한 작가의 시선은 「20년을 비가 내리는 땅」, 「어떤 전설」, 「청산댁」에 이르러, 인물들의 곡진한 슬픔과 좌절을 낳은 분단현실의 비극으로 점차 확장, 이행한다. 전쟁의 상처가 세대를 넘겨 반복되는 처절한 현실(「20년을 비가 내리는 땅」), 월북자 가족이 겪는 연좌제의 고통(「어떤 전설」), 6.25때 남편을 잃고 아들마저 월남전에서 잃은 여성의 가족사적 비극(「청산댁」) 등이 그런 사례다.

초기소설에서 재현되는 상처와 비극이 인고하는 수준을 넘어선다는 점에서, 그 문학적 특징은 누적된 사회 모순을 비판적으로 성찰하는 '한의 문학화'라고 부를 만하다. '민중적 한'은 70년대 후반에서 80년대까지 이어진 군사독재에 저항한 민중운동에 연원을 둔다는 견해도 있다.[2]

'한'은 억압받고 수탈당해온 민중의 내면에 축적된 욕구불만의 응어리이고 그 에너지가 승화되어 분출될 때 사회변혁의 추진력으로 전환된다는 특징을 가지고 있다. 한은 민중의 내면 깊숙이 뿌리내린 "좌절의 복합체"(한완상·김성기)이자 슬픔이고 힘이며 절망이자 희망으로 통하는 관문이다. 한편, 한의 '불의에 대타적 인식과 저항정신'에 주목하여 한을 '정신적 저항의 언

---

1   조정래, 『누구나 홀로 선 나무』, 문학동네, 2002, 198면.
2   천이두, 『한국문학과 한』, 문학과지성사, 1993, 89-98면.

'한의 문학화'와 한국전쟁   239

어'로 규정하기도 한다. 주어진 조건이나 상황이 자연스럽고 도덕적 하자가 없다면 한의 감정이 생성되지 않는다는 점에서 "한에 대한 인식의 밑바닥에는 평등주의와 역사적 정통성이 없는 위계적 사회질서에 대한 저항이 자리하고" 있으며 "억압받고 있다는 사실에 대한 인식과, 동일한 경험으로 고통받는 사람들 사이의 강한 연대감을 촉진"한다. 이런 경우, '한'은 "비록 계급언어는 아니지만 (…) 그것이 품고 있는 사회정의에 대한 예민한 정서를 통해 계급인식과 계급감정을 고양할 수 있다."[3]

'한'의 문학화는 그만의 예술적 전유물은 아니지만, 사회역사적 차원에 주력한 '한'의 성격화는 조정래 소설이 가진 득의의 영역이다. 「누명」의 주인공 '강태준'은 미군병사의 오만한 행태에 저항하다가 고초를 겪지만 소박한 심성의 소유자인 '서점동'에게 위로받는다. '서점동'은 극한의 갈등과 대립을 특유의 활달함으로 완화시키는 민중의 유연하고 건강한 의식을 내장하고 있는 인물이다. 그는 도처에 편재한 사회악을 판별하고 이를 극복하려는 『태백산맥』의 '하대치'를 연상시킨다.[4]

「누명」의 '강태준'이나 '서점동' 같은 인물로부터 『오 하느님』의 '신길만'에 이르는 다양한 삶은 '희생의 논리'로 포장된 국민의 역사, 교훈을 전수하는 역사의 장으로는 포섭되지 않는 잉여의 지점에 놓인다. 카투사 사병에서 견습교사, 남편 잃은 과부, 도시 빈민, 농촌 소작인에 이르는 넓은 계층을 가리켜 역사의 희생자로만 규정하기는 곤란하다. 이들의 삶은 식민지 시기로부터 해방과 분단, 전쟁과 산업화를 거쳐온 주역으로서 공적 기억에서는 잊혀진 존재이긴 하나 역사의 생채기를 환기하기에 적절한 구체적 개인의 개별상이기 때문이다. 작가는 이러한 구체적 개인들의 세부 일상을 통해

---

3   구해근, 신광영 역, 『한국 노동계급의 형성』, 창비, 2002, 202면.

4   서경석, 「작지만, 그러나 큰 이야기들―조정래의 초기작들」, 『상실의 풍경―조정래문학전집』 3권, 해냄, 1999, 333-339면.

소박한 소망마저 여지없이 배반하며 온갖 비인간적 처사와 야만성, 희생을 강요하는 잔혹하고도 폭력적인 조건과 상황을 오래된 '민족모순'과 '계급모순'이라는 관점에서 고발하고 비판하고자 한다.

하층민들의 개별적 삶에 주목하는 작가의 일관된 시선은 희생과 이주, 죽음과 가난으로 점철된 까닭에 국가의 공공역사에 대해 의문을 품는다. 그 의문은 국가의 공적 기억인 역사가 과연 인간적 삶을 고양시킬 영광의 전통인가를 반문하도록 만든다. 조정래 소설에서 역사는 영토 팽창에 골몰했던 제국의 시대에서 소외되었던 '역사의 망령'을 불러내는 작업의 대상이자 제국의 근대가 보여준 야만성을 고발하는 질료다. 그 역사는 발화되지 못한 희생자들의 죽음과 고통을 불러내어 이들의 소박한 인간적 소망을 현재화하며 제국과 길항해온 민족의 역사를 성찰하도록 만드는 제재일 뿐이다. 이런 점에서 '한의 문학화'는 민족의 고난의 역사를 위력적으로 재현하는 그의 유력한 소설미학에 해당한다.

'한'의 차원에서 보면, 조정래 소설의 인물들은 역사의 부당한 조건 속에 편입된 이들이 대부분이다. 이들은 불의와 모순이 범람하는 사회현실에서 위악한 권력가들과 맞서는 형국이다. "평생 살기가 요리도 험하고 기구헐수가 있당가."(「청산댁」)하는 '청산댁'의 장탄식처럼 '즉자적 민중'은 한많은 자신의 생에서 저항의 언어와 행동으로 자신을 '대자적 민중'으로 스스로를 변화시킬 여지를 품고 있다. 남도사투리에 담아낸 한 많은 여성의 장탄식은 희생과 가난, 죽음과 전락을 강요하는 운명을 즉자적으로 인식하고 판정하는 하위주체임을 일러준다. 그러나 이들은 『태백산맥』 같은 역사의 지평 안에서는 '무당 소화'나 '외서댁'처럼 자신을 역사의 장에 밀어넣어 새로운 주체로 변신할 준비가 된 인물들이다. 이런 점을 감안하면, 해방 직후 '혁명의 시간대'를 다룬 『태백산맥』 제1부가 왜 '한의 모닥불'로 명명되었는지를 짐작할 수 있게 된다.

3

분단과 전쟁의 기억에 관한 한, 한국소설의 형세는 『태백산맥』이전과 이후로 나누어진다고 해도 결코 허언이 아니다. 우리 현대사에서 망각된 기층민들의 각고만난刻苦萬難을 수많은 인물들로 재현해낸 대하장편의 세계는 80년대의 시대정신을 담아낸 분단소설의 정점을 형성하기 때문이다.

작가는 『태백산맥』을 통해서 비로소 분단의 허다한 금기들을 허물어나갔다. '반공주의'의 잉여, 부산물이라고 할 괴물 형상의 '빨갱이' 또는 사회주의자가 아니라 인간의 체온을 가진 공동체 성원을 재현해냈다. 그간의 분단소설은 전쟁에 관한 한, 전쟁 발발의 원인과 배경에 관해서나 전쟁 자체를 그려내는 과정에서 '반공주의의 내면화'와 '자기검열' 때문에 '수난자의 피해의식'에서 벗어나지 못했다. 반면, 『태백산맥』은 '민족 내부'라는 골짜기에서 산봉우리로 거슬러 오르는 미시적 재현 방식을 취함으로써 민중적 시각에서 '평등세상'을 향한 꿈과 주장을 민중들의 격렬한 몸짓에 담아 풍요롭게 펼쳐 보일 수 있었고 그 방대한 이야기의 공간을 구축해 나갈 수 있었다.

『태백산맥』은 그간 미흡했던 해방 이후 현대사에 대한 이해의 지평을 확대시킴으로써 역사학의 수백 편 논문보다도 더 큰 파급효과를 낳았다. 무엇보다도 이 대하장편은 분단과 전쟁으로 이어진 현대사에 대한 냉전 반공의 시각을 벗어나, '하위주체'들이 겪은, '발화되지 못한 수많은 개인적 기억'을 활성화했다는 공과를 부정하기 어렵다.

작품은 여순사건(1948.10)을 전후로 시작된 분단과 전쟁의 이야기 행로를 휴전체제 성립까지로 한정시켜 놓았다. 작품은 6.25전쟁을 '거대한 비극'으로 재현하는 방식을 취하지 않는다. 작품의 서사구도는 전쟁 발발에 이르는 내전의 상황, 곧 6.25전쟁의 전사前史를 아래로부터 탐색하는 가운데 동학농민 혁명과 일제강점기의 기억까지도 불러낸다. 이 과정에서 작품은 전쟁 발발의 원인을 농지개혁의 지지부진함 속에 민족모순과 계급모순이 폭발한 민족 내부의 문제로 보는 시각을 관철시켜 나간다. '새로운 관점이 새로운 내용을 낳는다'는 표현에 걸맞게, 작품은 전쟁을 다룬 다른 장편대작들, 예컨대 『남과 북』(홍성원)이 재현하고자 한 사회적 변화의 조망, 『불의 제전』(김원일)이 재현해낸 1950년 한해의 시대 풍정 복원, 『지리산』(이병주)이 그려낸 남로당의 정치적 실패와 비판과는 전혀 다른 질감의 이야기 지평을 열어젖힌다.

『태백산맥』의 서사 경로는 눈 밝은 독자들이라면 충분히 의문을 가질 만한 대목 하나가 있다. 작품에서 전쟁 발발은 왜 6권 제3부 11장에 가서야 등장하는가 하는 점이다.[5] 10권 중에서 절반을 넘는 이야기의 분량이 6.25전쟁의 전사인 여순사건과 그로 인한 여파인 민중들의 호응과 전남 일부 지역 해방구, 입산에 이르는 경과에 할애되고 있기 때문이다. 그럼에도 불구하고 작품은 6.25전쟁을, 내전의 상황을 거쳐 유엔군 참전과 함께 비화된 국제전의 성격까지 아우른다.

작품은 전라도 보성 일대를 이야기의 거점으로 삼아 6.25전쟁의 전황을 겹쳐 놓음으로써 입산자들의 삶과 입산자 가족들의 고초에서부터 거창양민학살, 군통수권을 미군에게 이양한 뒤 겪는 약소민족의 비애, 미군의 횡포, 종군기자들의 한국에 대한 편견, 반공세력의 부도덕과 타락한 전시경제 등을 포착하는 방식을 취하고, 마침내 빨치산 잔비소탕을 거쳐 절름발이 불구가 된 김범우의 귀향, 하대치의 염상진 묘 참배와 역사투쟁을 다짐하는 것으로 마무리한다.

이야기는 전쟁 발발과 전세 추이를 따라가면서도 '보성 일대' 입산자들의 투쟁과 입산자 가족들의 고초를 일관되게 그려낸다. 『태백산맥』은 6.25전쟁

---

5   한길사본, 초판, 269면; 해냄 개정판, 270면.

의 상당부분을 여순사건과 그것의 사회적 여파를 기층민중의 일상, 사회주의 당원들의 해방구 확보투쟁과 입산투쟁을 배치하고 있음을 알 수 있다. 이를 통해 이야기는 분단과 전쟁에 대한 통념을 뒤집으며 '억압당한 자의 시선', '아래로부터의 시선'을 통해 평등세상을 염원하며 하층민들의 한恨을 역사투쟁으로 승화시키고 있다.

작가의 시선과 이야기 방식은 생존자들의 증언채록과 현지답사에서 확보한 높은 성취인데, 90년대 이후 전쟁 구술사 연구의 성과를 앞질러 확보한 득의의 영역이기도 하다. 작품에서는 신문이나 잡지, 역사자료에서도 접하기 힘든 구체적 질감에 찬탄하게 만드는 대목도 여럿 있다. 여성들의 질곡과 입산자들의 생생한 일상이 그러하고, 소작인들의 입에서 풀려나오는 질박한 담론들이 빚어내는 해방 직후의 곡진한 현실과 생동감은 반공 냉전의 공공 기억에서는 배제되고 침묵할 수밖에 없는 개인들의 수많은 기억이다.

반공의 서슬 퍼런 통념은 분단과 전쟁에 대한 의문이나 전면적인 성찰을 차단하고 이에 대한 접근 자체를 불온한 것으로 만들어버린다. 공공 기억에서 반공이라는 통념이 금기와 망각을 구조화했다면, 여기에서 누락된 입산자와 입산자 가족들의 '말할 수 없는' '서발턴'의 수많은 개별기억들이 『태백산맥』의 이야기를 생동감 있게 만드는 뼈와 살에 해당한다.

작품의 무대는 전쟁과 함께 한반도 전역으로 퍼져나가지만 늘 공간의 중심은 벌교다. 김윤식의 지적처럼, 벌교의 인물들은 '번역 불가능한 언어'를 구사한다. 작품에서 남도 방언은 식민지 수탈의 흔적과 그로 인한 한의 계층성을 담아내는 언어적 우주의 그릇에 해당한다. 그만큼 벌교는 기억에 바탕을 둔 묘사로 인물과 사건이 생생한 활력을 확보하는 구체적인 역사의 공간이자 일상의 처소다.[6] '벌교'에 담긴 일제 수탈의 역사는 전근대적 소작제가

---

6   김윤식, 「벌교의 사상과 내가 보아온 '태백산맥'」, 고은 외, 『문학과 역사와 인간』, 한길사,

빚어낸 절대적인 궁핍과 '땅'을 둘러싸고 벌어진 사회운동사의 사례 하나로 삼을 자격이 충분하다. 이곳의 토지 수탈사는 분단의 기원을 재해석하는 내인론內因論의 구체적인 근거로도 활용된다.

'벌교'는 "일인日人들에 의해서 구성, 개발된 읍"(1:140)이다. 이곳은 일제 가 식민지근대가 낳은 산물로써 민족모순과 계급모순을 설명해주는 표본적 공간이다. 식민지시기의 벌교는 갯가 빈촌에서 순천과 보성을 잇는 교통의 요충지로 변모하며 식민지 수탈경제 안에 편입된다. 그렇게 벌교는 "잘못된 개명"을 한 지주들과 "귀와 눈이 밝은"(1:140) 농민들이 모여 사는 땅이 된다.

농사꾼에게 땅은 "살아생전에 안 되면 저승에 가서라도 풀고 잡은 소 원"(1:143)의 대상이다. 땅은 가난의 운명을 벗어나려는 간절한 소망의 대상 이자 생존이 걸린 생계의 거점이고 지주들에게는 자신과 가족의 복락을 이 어갈 토대가 된다. '벌교'라는 배경의 역사성을 환기하며 작품은 '식민지 수탈경제'라는 '기본모순'이 해방 이후로 이월되어 부진한 '농지개혁'을 거 치면서 소작농들의 불만이 폭발하는 경과를 실감나게 담아내고 있다. 소작 농들의 내면을 통해 땅을 둘러싸고 벌어진 식민지수탈의 '계급모순'과 해방 이후 폭발한 '민족모순'의 중첩을 구체적으로 보여주며 파열하는 분단의 또 다른 이야기 지평을 열어젖힌 것이다.

『태백산맥』은 분단 및 전쟁에 대한 보수적인 시각 대신 억눌린 자, '하위 주체의 시선'을 채택했다. '억눌린 자들의 시선'에서 보면 친일 부역세력은 해방과 함께 재등장하면서 예전의 지위를 회복하며 새로운 나라 건설의 열 망을 편취, 왜곡했고, 이러한 왜곡과 편취가 좌우 이념 대립과 중첩되면서 분단과 전쟁으로 폭발한 것이라는 견해를 가능하게 만든다. 작품에 재현된 인물구도나 이들의 담론 지향은 하위 주체들이 주류이며 이들의 평등세상을

1991.

향한 염원과 실행이 늘 이야기의 중심을 이루고 있다. 작품에서 분단의 역사적 진실에 대한 해명의지가 80년 '서울의 봄'과 '광주의 비극'을 통해서 민주화의 열망과 인간 권리의 신장과 결부되어 있다는 것은 상식에 속하지만, 분단문제를 현재화시켜 정치적 억압과 이념적 편향성을 극복하려는 역사적 계기로 삼았다는 것은 『태백산맥』이 성취한 독자적 가치이다.

인물 분포상 보수와 중도, 진보에 이르는 양심적 비양심적 인물들이 폭넓게 등장하는 것과는 별개로 작품이 좌편향이라는 비판도 일견 가능해 보인다. 전쟁관의 새로운 지평만큼이나 반공주의의 통념을 균열내는 작품의 의도는 인물구도에 잘 반영돼 있다. '지주/소작인', '보수적 친일세력/진보적 지식인'이라는 이항대립적 인물 배치는 작품의 결함으로 지목되기도 했으나,[7] 이 대립 구도는 해방 직후 당대사회에 편만했던 반공주의의 흑백논리를 전복시킨 것이고 '부정적 현실의 반영'이라 보면 비판의 근거는 그리 타당해 보이지 않는다. 해방과 전쟁 전후 현대사에서 타협적인 중간파의 입지가 남북체제 어디에서나 배척되었던 점을 감안하면, 이야기의 두드러진 '선악 구도의 이중성'은 하층민의 역사인식을 반영한 것을 넘어 당대 현실의 강고한 진영논리를 담아낸 것으로 보아도 좋다. 그런 까닭에 '선악의 구도'는 작품의 결함이 아니라 분단체제의 강고함을 전형적으로 보여주는 폭력적인 '흑백논리의 비판적 반영'으로 보는 게 좀더 온당하다.

작가가 공들여 묘사한 것은 기층민중의 평등 세상을 향한 소박한 염원이다.[8] 작품에 재현된 현실정치의 가혹한 국가폭력만큼이나 기층민중의 수난

---

[7] 김병익, 「80년대: 인식 변화의 가능성을 향하여」, 『열림과 일굼』, 문학과지성사, 1991, 21-22면; 「새로운 지식인 문학을 기다리며」, 같은 책, 179-180면. 김병익은 작품에서 반미주의를 택한 김범우의 행로가 "지식인이기를 포기"했고 "우리의 역사와 현실을, 비판이라기보다는 스스로를 할퀴는 듯한 자학증과 그리 먼 거리에 있는 것이 아닐 것"이라고 지적하면서 또하나의 "닫힌 이데올로기"(180면)라고 본다.

[8] 「박토의 혼」, 「그림자 접목」, 「회색의 땅」, 「길」, 『불놀이』에서는 전쟁 중 가해자이자 피해

은 처절하다. '염상진'의 처 '죽산댁', '강동식'의 처 '외서댁', '무당 소화', '들몰댁', '목포댁' 같은 입산자 가족들의 고초는 입에 올리기 어려울 만큼 참담하다. '외서댁'은 '염상구'에게 겁탈당한 뒤 입산하여 저항하는 주체로 성장한다. 하층민들의 곤고한 일상은 죽음보다 생존이 시급한 만큼 어떠한 굴욕도 감내해야 하는 절박한 처지에 놓여 있다.

이들의 희생과 고초, 축적된 분노와 슬픔은 '한'의 '저항과 도덕적 언어'로 전환된다. '억압받는 자', '하층민의 시선'은 '김범진', '염상진', '하대치' 같은 인물을 '영웅적 개인'으로 격상시켜 놓는다. 하층민의 입장에서 이들은 평등세상을 구현해줄 '역사투쟁의 대리자'이기 때문이다. 입산한 '외서댁'이나 '소년전사 조원제'의 경우처럼, '억압당한 자의 시선'에서 보면 빨치산들은 하층민들의 소박한 염원과 좌절과 분노를 대행하며 그 소망을 실현하려는 전위前衛에 해당한다.

한편, 우익의 인물군으로는 '염상구', '최익승', '서운상', '백남식', '정현동', '남인태' 등은 부와 권력에 대한 욕망을 가진 인물군으로 '해방기의 부정적 현실'을 재현한다. 이들은 광포한 시대가 낳은 악인들이다. 이들 반공 우익세력은 양심적인 인물인 지주 '김사용', '법일 스님', '전원장', '심재모', '서민영', '이근술' 등의 온건한 성향과 사리판단을 왜소하게 만들고 시대의 폭력성을 증폭시킨다.

'양심적인 민족주의자'들의 왜소함은 당대의 사회적 부정성이 그만큼 비대했음을 반증한다. 이렇게 보면 작품은 좌파적 관점에 선 것이 아니라 하층민들의 시선에서 분단의 원인과 전쟁에 대한 시각을 취함으로써 부정적인 현실, 사회개혁의 자정력을 상실한 현실 비판을 감행했다는 표현이 가능하다.

자였던 이들의 회한을 주조로 삼은 만큼, 『태백산맥』의 선악 대립구도는 분단과 전쟁에 대한 하층민들의 관점을 차용한 결과로 보는 편이 옳다. 류보선, 「민중적 염원과 상상의 세계, 혹은 전쟁의 기원」, 『그림자 접목』, 조정래문학전집 8권, 해냄, 1999, 297면.

『태백산맥』에서 '역사와 허구의 경계'는 이야기라는 틀 안에서는 허구이지만 생생함에 있어서는 역사의 진실에 육박한다. 그 구체성은 어디서 연유하는가.

작가는 성장기인 해방의 현실에서 좌우대립과 전쟁의 참상을 직접 목격했고 계급적 불평등과 가난을 몸소 체험했다. 해방 직후 좌우대립 속에 공산분자로 몰려 고초를 겪은 대처승이었던 아버지를 통해 그는 좌우대립의 폭력성을 일찌감치 경험했고 전쟁으로 가족의 삶은 고통의 나락으로 빠졌다. 그는, 가족사의 불행까지는 아니었으나 피난 도중에 수많은 시신들을 목격했고, 코를 찌르는 시취屍臭, 굶주림과 가난 속에 입산자와 그 가족들의 곤경을 직접 겪었다. 작가의 어린 시절, 머슴방 마실에서 들었던 많은 일화들은 분단과 전쟁의 세월을 거치며 마주한 '이야기의 숨은 대본'이자 '원초적 풍경'이었던 셈이다.

『태백산맥』에서는 해방 직후에서 여순사건 발발에 이르는 1부의 이야기가 특히 박진감이 넘친다. 이야기의 특징은 근대 초기 '최서해'가 겪은 하층민의 유랑 체험이 근대소설 양식 안으로 진입한 '기록화'의 전례에 비견될 만큼 높은 문학사적 성취를 이룬 경우다. 김윤식은 이러한 성취를 '벌교의 사상'이라 명명하며 농지개혁과 소작쟁의를 소설의 테마로 끌어오는 데 오랜 시간이 소요되었다고 상찬했고,[9] 김현은 '8만 넘는 빨치산의 문학화'를 그의 소설적 공이라 언급했지만[10] 그것만으로는 작품의 성취를 언급하기에 다소 부족하다.

9   김윤식, 「벌교의 사상과 내가 보아온 '태백산맥'」, 『문학과 역사와 인간』, 한길사, 1991.
10   김현, 『행복한 책읽기』, 문학과지성사, 1992.

작품이 보여준 또다른 성과는 6.25전쟁의 다양한 국면인 내전, 남북 전면전, 국제전으로 확산된 과정에 중첩시킨 '곤경에 처한 민중들의 일상과 그들의 시선'이다. 이 대목은 앞서 거론한 것처럼 그의 성장기에 겪은 '체험의 직접성'이 중요한 인자였음을 인정하지 않을 수 없다. 작가에게 전쟁은 해방 직후 새나라 건설 과정에서 배제되고 누락된 기억인 기층민중들의 열망이 한 축을 이룬다. 전쟁의 관점은 그러니까 피난길과 머슴방 마실에서 목격하면서 잉태된 비극에 대한 질문에서 시작하여 '민중들의 생존을 위한 현실투쟁'을 거쳐 '역사투쟁'이라는 장구한 경로로 이어진 셈이다.

작가 조정래에게 '민족의 역사'는 사회적 역사적 인간적 인식지평을 확장하고 심화시키는 문학적 질료이자 일관된 테마다. '민족'이라는 단어가 삭제되고 '민족문학'이라는 개념과 범주 자체가 폐기되는 오늘의 문화적 현실에서도 그는 '민족'과 '민족문학'을 포기하지 않는다. '세계화'라는 말은 그에게 '전지구적 자본주의'의 또다른 구호에 불과하다. 중심과 주변, 국경과 도시를 가로지르는 전지구적 현실에도 불구하고, 그는 문학의 거점을 '민족과 민족의 역사'에 두고 '사회적 역사적 인간적 진실'을 지향한다. 작가는 스스로 유행과는 거리 먼 '촌놈 근성'이라고 표현하지만, 이 근성이야말로 작가의 개성이 아닐 수 없다.

『태백산맥』은 이제 한국사회의 반향을 넘어 영어와 일어, 러시아어와 불어로 번역되면서 세계 독자들을 만들어내고 있는 중이다. 이 방대한 장편대작의 이야기는 외국인의 시각에서는 도저히 포착할 수 없었던 역사의 진상을 이해하는 경로가 될 것이고, 세계 도처에서 벌어지는 '민족모순과 계급모순의 동시대적 동시성'과 관련된 '번역불가능한 지역성과 역사성'을 담아낸 역작으로 거론될 것임에 분명하다. 자국인들에게 읽혀진 800만 부라는 이야기의 역량은 지금도 여진처럼 남아 있는 해방기 좌우 진영의 이데올로기적 주술과 흑백논리를 무력화시킬 통찰력을 발휘하고 있다는 점을 말해준다.

역사는 공공의 기억만큼이나 무수한 개별적 개인 기억들과 경합하며 단단한 문화적 기억을 형성한다. 이런 측면에서 『태백산맥』은 휴전 이후 화해와 군사적 긴장을 반복해온 한반도에서 '평화의 텍스트'로 다시 읽을 필요가 있다.

(출전: 「'한의 문학화'와 한국전쟁—21세기에 다시 읽는 『태백산맥』」,
『춘천 '전쟁과 일상' 국제문학포럼 2021—한국전쟁과 문학 발표요지집』,
강원대 지역사회연구원, 2021)

전쟁을 이야기한다는 것

6.25전쟁에 대한 문학적 단상

그들의 이야기를 듣는다……

그들의 침묵도 듣는다……

그들의 이야기도 침묵도 나에겐 모두 텍스트이다.

−스베틀라나 알렉시예비치, 『전쟁은 여자의 얼굴을 하지 않았다』

1

김훈의 장편 『공터에서』[1]는 식민지시기를 거쳐 해방과 분단, 전쟁의 파고를 헤쳐나온 부모 세대와의 별사別辭에 가깝다. 작품에서는 "1910년 경술생 개띠로, 서울에서 태어나 소년기를 보내고, 만주의 길림, 장춘, 상해를 떠돌았고 해방 후에 서울로 돌아와서 6.25전쟁과 이승만, 박정희 시대를 살고, 69세로 죽"(7면)은 아버지의 죽음과 둘째아들 마차세의 결혼 이후 "몸이 빠르게 무너"(237면)져내린 어머니의 삶이 추체험된다.

---

1   김훈, 『공터에서』, 해냄, 2017, 이하 인용은 면수만 기재함.

연필을 꾹꾹 눌러가며 서술된 건조한 단문들 속에는 가파른 시대에 휩쓸리며 부모세대가 겪어야 했던 만난각고萬難刻苦가 부조되어 있다. 가난과 궁상으로 얼룩진 그들의 힘겨웠던 삶의 행로 끝에 오랜 병고로 무너져 내리는 생의 끝자락이 두 아들의 삶과 겹쳐지고 있다. 부모세대가 치른 삶의 난경은 근현대사의 무거운 하중과 그로 인한 고통의 부피에 걸맞다. 문장의 건조함은 '무섭고 달아날 수 없는 세상'에서 힘겹게 살아남는, 잃어버린 자식을 가슴에 묻고 남은 자식을 연명하도록 힘겹게 살아가야 하는 엄혹한 현실에 많이 닮아 있다.

『공터에서』에서 이야기되는 담론에는 국가가 내건 전쟁의 명분이나 공적 기억이 끼어들 여지가 별로 없어 보인다. 개인들의 삶 자체가 어디에나 가득했던 죽음과 상처와 불행들 속에 '살아남는/살아남아야 하는 전쟁'이었기 때문이다. 지금의 시대에는 '민족공동체나 국가가 재현된 것, 상상의 공동체'라는 통념이 지배적이다. 그런 만큼 전쟁의 대의와 명분조차 사라졌다. 국가의 공적 기억 대신, 광포했던 전쟁의 현실에서 찢긴 일상의 면면과 상처난 삶이 공공 기억의 장을 에워싸는 형국에서,『공터에서』가 '전쟁을 이야기하는 방식'은 징후적이고 그래서 흥미롭다. 그 징후들이 시사하는 바는 이제 전쟁기억에 관한 한 '단일한 공공기억', '단일한 스토리텔링'이 끝났다는 것이다. 이 추세는 수많은 개인들의 기억을 봉인해온 문화체계와는 결별했다는 사실을 넘어 또한 '공적 기억의 퇴조'로 인해 생긴 여백을 수많은 개인들의 기억들로 채우는 것이 중요한 흐름을 형성할 것이라는 점이다.

『공터에서』에서 서술되는 식민지 무력투쟁 활동이 전통적인 독립운동의 공적 자료에 기대지 아니한다. 아나키스트의 활동과 수많은 독립운동가들이 변절하는 경로를 짚어가는 이야기의 행로, '마동수'가 인민군 치하의 서울에서 지내는 장면이나 그가 수복후 그대로 남아 '광석라디오'를 다루면서 남북의 전시방송을 듣는 장면도 그런 특징을 잘 보여준다. 이들 대목은 공적 기억이 '다루지 못한/다룰 수 없는' 지점일 뿐만 아니라 공공 기억의 균질적인 단일성과는 더더구나 차별화되는 지점에 해당한다. 여기에는 침묵하거나 기억의 망각을 초래하는 반공의 국가이데올로기장치가 더는 실정력을 발휘하지 못하는 현실이 전제돼 있다.

'이름 없는 개인들'에게는 '형언할 수 없는 슬픔과 고통'이었고 '아물지 않는 상처'였던 '전쟁 기억'을 침묵과 망각으로부터 불러내는 일이야말로 문학이 자임해온 소명이었다. 이는 문학이 가진 본연의 인간학적 측면이기도 한데, 90년대 이후 한국문학에서 민중적 전통과는 무관하게 개인의 단자적 삶으로 치달아간 문학의 경과와도 적절히 부합한다. '근대문학의 종언'(가라타니 고진)이라는 말이 떠도는 것도, 문학이 국가와 민족의 이야기를 지향하기보다 단자화된 개인, '스스로는 말할 수 없는' 하위주체들의 작은 서사, 대중적인 관심과 흥미를 추종하는 추세에서 비롯된다. 문학의 이러한 변화는 국민으로서의 공통감각을 창출해낸 미디어환경 자체가 크게 변화한 데도 그 원인이 있을 터이다.

얼마 전 서울국제문학포럼에 참석했던 벨라루스의 여성작가 스베틀라나 알렉시예비치(그녀는 2015년 노벨문학상 수상자이다)는, 오늘날의 전쟁은 수십 년에 걸친 아프가니스탄전쟁, 방사능 피해가 수만 년 지속되는 체르노빌 사태나 후쿠시마 원전사태처럼 전통적 정의와는 전혀 다른 양상을 보인다는 점에 주목한다고 발언했다. 문학은 '전쟁'의 이런 국면에 어떻게 대응해야 할 것인가라는 것이 그녀의 오래된 문제의식이다.

스베틀라나 알렉시예비치의 장편 『전쟁은 여자의 얼굴을 하지 않았다』[2]에는 노벨문학상 수상작이기도 하다. 이 작품 도입부 「사람이 전쟁보다 귀하

---

2   스베틀라나 알렉시예비치, 박은정 역, 『전쟁은 여자의 얼굴을 하지 않았다』, 문학동네, 2013. 이하 인용은 면수만 기재함.

다 ─ 일기장에서」에서 작가는 "전쟁이 아니라 전쟁터의 사람들을 이야기"하고, "전쟁의 역사가 아니라 감정의 역사"(14면)를 쓰고자 했음을 밝히고 있다. '이름 없는 전쟁의 목격자나 참전자를 통해 살아나는 역사', '영웅도 장군도 아닌 평범한 젊은이들의 역사'를 문학으로 만드는 소망을 담아내고자 했다. 그녀는 수많은 이들의 인터뷰를 통해 남성 중심의 정복적 전쟁기억과는 질적으로 판이한 전쟁의 기억을 불러냈다. "나는 그저 녹취만 하는 게 아니다. 나는 고통이 작고 연약한 한 사람을 크고 강인한 사람으로 빚어내는 곳에서 인간의 영혼을 모으고 그 자취를 좇는다."(14면)

스베틀라나 알렉시예비치의 전쟁이야기는 여성들의 내면에 잠복한 전쟁의 상처를 추적해가는 방대한 과정이다. 전쟁을 정치적 대의로 포장하고 적대적 타자를 악마화하는 거대서사와는 달리, 그녀가 인터뷰한 여성들의 전쟁이야기는 여성들의 사연을 경청하고 그들의 침묵이 가진 의미까지도 헤아려가며 여성들의 수많은 고통과 상처난 기억의 편모를 담아내고자 했다. 그런 까닭에 그녀의 텍스트 안에는 국가검열관이 삭제했던 전쟁의 잔혹한 장면들을 포함하여, 유난히 많은 생략부호와 파편처럼 느껴지는 생생한 증언들로 가득하다.

이 여성작가는 전통적인 작가와는 다소 다른 모습이다. 그녀는 "'사건'을 체험하였고, 그 '사건'의 내부에 있었기 때문에, 그래서 '사건'의 폭력을 지금도 계속하여 겪고 있기 때문에, 그 사건에 대해 말할 수 없는 자들"[3]을 대신해서 기록하는 자임을 분명히 밝히고 있다. 그런 까닭에 그녀의 전쟁이야기는 국가가 공인하고 유통시킨 단일한 역사인 공적 기억 바깥에 놓여 있는 익명의 여성들이 발언하지 못한 전쟁의 파편적 기억이자 감정에 해당한다.

---

3   오카 마리, 김병구 역, 『기억·서사』, 소명출판, 2004, 149면.

2

한국문학에서 6.25전쟁은 어떤 의미를 갖는가. 한국문학에서 6.25전쟁('대한민국'에서는 '6.25', '6.25동란', '6.25사변', '6.25전쟁', '6.25한국전쟁', '한국전쟁' 등을 혼용되는데 공식명칭은 '6.25전쟁'이다. 한편, 북한에서는 '조국해방전쟁' '국토완정'과 같은 표현이 사용된다. 오늘날까지도 북한은 공식 역사에서 '미국과 남한의 침략에 대한 반침략전쟁'이라고 규정한다. 국제 정치학과 한국 역사학에서는 북한이 전쟁 발발의 주체였음을 명시하고 있다. 이렇듯 한국전쟁에 관한 한, 남북체제에서는 양립불가능한 전쟁의 의미규정을 둘러싼 여러 견해가 상존한다)은 엄청난 규모의 재난적인 상황만큼이나 동족간의 잔혹한 범죄행위로서 '원죄와 가치의 아노미 상태'로 공유하는 기억이다. 이 전쟁은 단일민족 간의 상잔相殘이라는 점에서, '영웅이 없는 전쟁'이었고 '전쟁만이 승리자이며 모두가 피해자'인 전쟁이었다.[4] 이 전쟁은 남북한 사회에서 식민지 경험과 함께, 치유되지 않고 덧나는 분단시대의 역사적 상처로 현존한다.

김윤식은 6.25전쟁의 문학적 의의를 '민족과 민족어의 재편성', '세계 전쟁문학과의 동시성', '정신사적 문제'라는 세 가지로 요약한 바 있다.[5] 해방 후 남한으로 귀환한 동포들의 수는 220만을 상회했고 월남민도 수백만을 헤아리며 인구의 도시 집중을 가속화했다. 이런 측면에서 '민족의 재편성'과 '민족어를 매개로 한 문학의 재편성'이 일어났다. 둘째, 6.25전쟁은 잔혹한 살육과 죽음이 일상화되는 현실로서, 6.25전쟁문학은 증언과 고발, 휴머니즘의 회복을 특성 일반으로 삼았다. 또한 6.25전쟁은 세계문학에서 제재로 삼는 경향과 동시적인 차원에 놓여 있었다. 한국의 전후문학은 서구의 제2차

---

4   홍성원, 「작가의 말」, 『6.25』, 서음출판사, 1975.
5   김윤식, 『한국현대문학사』, 일지사, 1976/1983증보판, 44-46면.

세계대전을 다룬 전쟁문학과 소통하기 시작한 것도 바로 그같은 동시성에서 연유한다. 전후 신세대 작가들은 프랑스의 실존주의 문학의 세례를 받고 증언과 고발을 문학적 모토로 삼았다. 셋째, 6.25전쟁의 정신사적 의의는 전쟁이 민족의 생존문제와 직결된 것이었기 때문에 깊은 죄의식을 낳은, 근대 이후 가장 가혹한 민족의 시련이었다. 전쟁이 지속되는 현실 또한 정신 사의 영역에 속한 문제적 상황인 셈이다.

전쟁이 한창이던 무렵, 시인은 전란의 상처를 이렇게 노래했다.

강물이 풀리다니
강물은 무엇하러 또 풀리는가
우리들의 무슨 서름 무슨 기쁨 때문에
강물은 또 풀리는가

기럭이같이
서리 묻은 섣달의 기럭이같이
하늘의 어름짱 가슴으로 깨치며
내 한평생을 울고 가려했더니

무어라 강물은 다시 풀리어
이 햇빛 이 물결을 내게 주는가

저 밈들레나 쑥니풀 같은것들
또 한번 고개숙여 보라함인가

황토언덕

꽃상여

떼 과부의 무리들

여기 서서 또 한번 더 바래보라 함인가

강물이 풀리다니

강물은 무엇하러 또 풀리는가

우리들의 무슨 서름 무슨 기쁨 때문에

강물은 또 풀리는가

-서정주, 「풀리는 한강 가에서」 전문

인용된 시에서 전쟁의 상처는 '설움'으로 나타난다. 폐허에서 자라난 "민들레나 쑥니풀"과 황토 언덕 위 상여와 그 뒤를 따르는 과부들의 울음을 겹쳐 놓은 것은 전쟁의 현실이 가진 절망과 절규의 현실 하나를 보여준다. 울음으로 가득한 일상을 목도한 화자는 목이 메인다. 전쟁의 고통은 고스란히 여성과 아이, 노인들처럼 남겨진 가족들의 몫이기 때문이다.

"서리 묻은 섣달의 기러기"는 전란 속에 응어리진 슬픔을 한평생 품고 살아야 하는 '떼과부들'의 심정을 매개하는 '객관적 상관물objective correspondence'이다. 화자는 폐허가 되어버린 삶의 터전에 무연히 쏟아져 내리는 햇빛과 유장한 강물을 지켜보며 "강물은 무엇하러 또 풀리는가"라고 반문한다. 이 태도는 어김없이 돌아오는 봄의 계절적 순환, 하늘과 땅에 차고 넘치는 인간들의 수많은 죽음과 깊은 슬픔 앞에서도 그 어떤 감정도 드러내지 않고 운행되는 '천지불인天地不仁'의 자연 이치에 투정부리기가 아닐 수 없다. 이 시는 자연의 무심한 이행과 황량한 초봄에 치르는 장례를 포개어놓아, 슬픔 가득한 전후사회의 풍경을 절묘하게 포착해 놓았다.

하지만, 이 시는 전쟁이라는 재난 속에서, '서러운' 현실과 계절의 무연한 이행과 관련지어 토로하는 감정의 상태에 놓여 있다. 시의 담론 상황은 범람하는 죽음과 도저한 불행 앞에서 미적 거리를 유지하기 어려운, 전쟁체험의 직접성을 보여준다. 좀더 정확히 말해 이 감정은 수난자, 희생자와 구별되지 않는 무력한 상태를 보여준다. 전후시의 이같은 사례는 한국문학이 6.25전쟁을 제재로 삼는 특징적인 면모 하나임을 말해준다. 전쟁의 폐허와 상처와 절망을 다루는 방식은 범람하는 비극 앞에 미적 거리를 유지하지 못한 채 '무력하게' 의식을 방기한 상태를 보여준다.

장용학이 포로수용소의 기사를 보고 세계문명을 비판하는 데 더없이 좋은 소재라고 흥분하며 이를 형상화했으나 그 작가적 열의와는 달리 소품으로 그치고 만 것도 같은 맥락이다.[6] "6·25전쟁의 직접적인 전쟁 체험세대가 만들어낸 1950년대 전후문학이라는 것이 대부분 이념적 대립에 의해 야기된 전쟁을 놓고 휴머니즘의 정신 추구로 결말내는 (……) 지극히 심정적인 접근"에 그치며, "남북대화 이후 이산가족 문제를 다루거나 6·25를 다룬 문학이 혈연 구조를 내세워 민족적 동질성의 문제에 접근하는 방법"[7]도 마찬가지라는 지적에서 자유롭지 못하다.

그러나 이같은 '심정성' 또한 한국사회가 가진 특별한 제약 조건과 무관하지 않다는 것, 더구나 그 집단심성은 작가들의 성향이라기보다 사회적 토대에서 생성된 것이라는 점을 간과해서는 안된다. 안수길의 다음 글을 함께 보기로 한다.

"외국인들이 '한국전쟁'이라고 부르는 6·25사변은 근대 한국사상 전 민족이 겪은 치열한 전쟁이요, 현역 작가들이 어떤 형태로든 체험한 것임은 새삼스럽게

6   장용학, 「작가의 감상적 발언」, 「한국전후문제작품집」, 신구문화사, 1964.
7   권영민, 「한국 근대문학과 이데올로기」, 『문학사상』, 1988.10.

말할 것도 없는 일이다. 그럼에도 이 좋은 소재를 다룬 세계적 걸작(?)을 한국 작가들은 왜 생산 못하고 있느냐? 이 물음에 대답하기처럼 괴로운 일은 없다. …… 한국전쟁에 관한 만족할 만한 대작이 나타나지 못했다고 한다면 거기 대해서 문인만이 작가적 의식구조로서 가지고 있는 결정적인 이유가 있는 것이다. …… 무엇보다도 '한국전쟁의 시대'는 진행 중에 있다는 사실을 지적해야 하겠다. 이데올로기에 근거된 타의에 의한 분단, 냉전에서 전쟁, 동족상잔 등등의 복잡한 함수 관계를 작가의 객관적인 안목으로 작품화하기 위해서는 아직도 뜨거움이 가시지 않고 있다는 이야기다."[8]

인용에서 인상적인 대목은 6.25전쟁에 대한 작가들의 부채의식이다. 안수길은 전쟁에 관한 '대작' 부재에 대한 '결정적인 이유'로 '전쟁이 지속되는 상황'을 꼽았다. 그가 말하는 '전쟁이 지속되는 상황'으로 인한 '복잡한 함수 관계'는 분단의 상황과 전쟁을 둘러싼 창작 환경의 제약을 우회적으로 지칭한다. 그 관계망에는 안수길과 같은 월남작가들이 체감한 반공의 굴레와 검열체제의 억압 같은 정치적 사안도 포함돼 있다.[9] 월남작가들에게 이 '함수관계' 중 하나로는 분단과 전쟁의 기간 동안 실재했던 전시 동원체제였을 터이다.

2000년대에 와서, 홍성원은 같은 맥락에서 6.25전쟁을 작품화하는 과정에서 직면하는 난제를 좀더 구체적으로 언급하고 있다. "우리가 적이라고 부르는 북측에 대해 외부에서 부단히 가해지는 표현상의 여러 가지 제약과 간섭" 역시 끝나지 않은 전쟁을 다루는 창작상의 고충이었다는 것이다.[10] 작가는

---

8 안수길, 「고향바다의 슬픈 해전기(海戰記)」, 『문학사상』, 1974.6.

9 이봉범, 「단정수립 후 전향의 문화사적 연구」, 『대동문화연구』 64, 2008; 전소영, 「해방 이후 '월남 작가'의 존재 방식」, 『한국현대문학연구』 44, 2014.

10 홍성원, 「작가의 말」, 『남과 북』, 문학과지성사, 2000개정판, 12-13면.

표현상 제약과 간섭이 남쪽의 시각만 반영한 반쪽짜리 이야기를 낳았다는 고백과 함께, 70년대에 연재했던 장편제목인 '6.25'를 '남과북'으로 바꾸면서 북쪽의 인물과 재중 동포들까지 포괄하는 대대적인 개작을 감행했다.[11] 작품의 제명이었던 '6.25'를 '남과북'으로 변경한 데에는 단순히 시야의 확장만이 아니라 반쪽의 이야기를 넘어 재중동포와 북한의 인물까지 포함시킨 온전한 복원의 의미가 담겨 있다.

반공의 제도적 실정력에 따른 작가의 표현상 제약이 좀더 과격하게 드러난 경우도 있었다. 80년대 중후반 『태백산맥』을 연재하던 도중에 작가는 반공 우익단체에게 내내 협박에 시달렸고 급기야 국가보안법과 반공법 위반 혐의로 고발당하기까지 했다. 사실 『태백산맥』의 공과는 '해방기 농지개혁을 둘러싼 농민들의 집단심성의 사실적 부조와 소설적 반영'(김윤식)에만 있지 않았다. 작품의 파급 효과는 반공의 심급을 타파한 것 외에도 반공주의라는 실정법을 무력화시킨 점을 꼽아야 한다.[12]

월남작가였던 안수길의 경우 국가이데올로기 장치는 검열을 통과해야 하는 조건 속에 작가 자신의 생존과 직결되는 문제이기도 했다. 홍성원의 경우도 마찬가지였다. 홍성원이 구조화된 반공의 제도적 실정력을 절감하며 북한체제의 인물과 이야기를 누락시킨 자기검열의 한 사례를 보여준다면, 조정래는 창작과정에 실제적으로 관여한 사회통념과 제도적 위력과 실제로 맞서야 하는 형편이었다.

작가에게 가해지는 반공국가의 완강한 실정력과, 그에 기반을 두고 구성된 전쟁의 공적 기억이 사회 통념이 되어 행사하는 폭력은 단순히 외부환경이었다고 하기는 곤란하다. 무언의 압력과 위협적인 제도, 그로 인해 작가들

---

11 한승주, 「홍성원 대하소설 '남과북' 30년만에 완전개작」, 『국민일보』, 2000.6.24.

12 권영민, 『태백산맥 다시 읽기』, 해냄, 2005.

은 자기검열 기제를 작동시켜야만 했고 그 결과 자동화된 대중검열의 기제는 사회통념으로 재구조화된 악순환이 '전쟁 이후의 전쟁'인 냉전체제의 견고함을 지속했던 셈이다. 끝나지 않은 전쟁이 빚어낸 음습한 환경은 '전쟁의 정치적 효과'였다(푸코는 클라우제비츠가 말하는 '정치란 다른 수단에 의해 지속되는 전쟁'이라는 유명한 정의를 '전쟁이란 다른 수단에 의해 지속되는 정치'라고 비틀어 표현했다).[13]

'전쟁의 정치적 효과'를 단적으로 드러낸 경우는 남정현의 '「분지」 필화'(1965)였다. 이 사건은 작가의 창작권이 반공의 국가이데올로기장치에 의해 어떻게 작가들의 내면을 재단했었는지, 작가의 자기검열 장치가 내면화되기 시작했는지를 잘 보여주었다. 이 사건은 휴전체제에 속한 한반도 현실, 반공을 국시로 삼은 근대국가의 실체를 생생하게 체감하도록 만들었다. '「분지」 필화'는 헌법에 보장된 '창작의 자유'조차 불온시하는 상황이 어떤 사태로 분출되는가를 강제로 학습하는 '공포 효과'를 낳았다.

'분지 필화사건'은 분단의 현실에 연루되면 실정법의 조치 가능성을 절감하도록 만드는 트라우마를 작가들의 의식 깊이 각인시켰다. 작가의 의도와는 관계없이, '북한의 교묘하고 파괴적인 역선전'에 말려들 수 있다는 위험을 연상시키는 '검열의 각인 효과'는 이후, 민감한 정치적 사안에 대한 회피, 우회, 침묵, 의도적인 망각을 스스로 검열하는 내적 장치를 작동시켰다.[14] '휴전체제의 지속'에 따른 '분단의 군사적 대치'는 전시 동원체제를 일상화했을 뿐만 아니라 전쟁에 관한 시야와 상상 자체를 크게 제약했다. 이 사회문화적 상황은 작가들의 창작과정에서 전쟁 기억의 많은 부분을 의도적으로 누락시키거나 침묵, 망각하도록 만드는 기억 왜곡의 원천이었다.

---

13 미셸 푸코, 박정자 역, 『사회를 보호해야 한다』, 동문선, 1998, 34면.
14 유임하, 「마음의 검열관, 반공주의와 작가의 자기검열」, 『상허학보』 15, 2005; 이봉범, 「반공주의와 검열, 그리고 문학」, 『상허학보』 15, 2005.

3

'6.25의 명명법'은 우리의 사고를 전쟁 발발의 시점으로 고정시켜 놓는다. 이 명명은 전쟁 발발의 책임 주체 여부가 중요함에도 불구하고, 전쟁을 숙고하고 전쟁의 모든 양상을 통찰하는 사유의 불온성을 제한하는 어떤 기제를 가동시킨다. 또한 '6.25의 명명법'은 '발발-후퇴-인천상륙작전과 서울 수복-중공군 참전과 1.4후퇴-휴전'으로 단선화하고 완결된 이야기의 플롯 안에 가두어버린다. 전쟁의 기억을 단선화시켜 완결된 구조로 구성된 이야기는 '공산주의자들과의 성전' '자유진영 국가들의 연합과 중소와 북한 괴뢰집단의 저지' 등등의 정의를 가능하게 만드는 동력이 된다.

반공 담론의 기원은 해방 직후인 1948년을 전후로 소급될 수 있다.[15] 반공 담론에 바탕을 둔 전쟁이야기의 등장은 6.25전쟁 기간중에 출현했다. 피난수도인 부산에서 국제보도연맹 명의로 간행된 『적화삼삭구인집』(1951)이 바로 그것이다. 이 책은 서울에 잔류하여 부역행위를 했던 문인들의 고백과 참회를 담은 반공수기집이다.

「서문」에서 '빨갱이 때려잡는 사상검사'로 유명했던 오제도는 다음과 같이 썼다. "공산당의 전략전술을 결백청렴한 우리 백의민족이 당초에 인식치 못한 것은 역사적인 사회환경에서 볼 때 무리가 없는 사실"이라 전제한 그는 혼란한 사회질서와 생활수준이 저하되어 일부 민심이 부동하는 사회상에 편승하여 "본래의 야망을 채울려 했었으나 결국 6.25침공을 계기로 적마赤魔의 생태는 적나라하게 폭로"되었다고 기술한다. 그런 점에서 이 책은 "새로이 감염되기 쉽고 때와 곳을 따라 방법을 달리하여 침투의 기회를 노리고

---

15   이하 내용은 유임하, 「이데올로기의 억압과 공포」, 『현대소설연구』 25, 2005; 유임하, 「정체성의 우화−반공 증언수기집과 냉전의 기억 만들기」, 『겨레어문학』, 2007 참고.

있는 적 공산당을 배격하는 데로 좋은 참고가 될" "하나의 산 역사"라고 썼다.[16] 오제도는 수기집 말미에 수록한 자신의 글 「민족 양심의 반영」에서 '잔류파 부역문인'들을 가리켜 "참다운 회한과 유감의 뜻을 또는 본의 아닌 행위와 행동을" 참회한 자들로 규정하면서, "타공멸공전에 용승하고 있는 유엔군과 국군장병에 보답할 수 있도록 전국민이 거족적으로 자진분발·총무장하여 타공전선의 강화"에 나선 것이라 명시해 놓았다.

『적화삼삭구인집』은 전시체제가 요구하는 반공에 기초한 전쟁체험담, 반공주의를 기반으로 한 공공 기억이 만들어지는 과정을 고스란히 보여준다. 양주동은 6.25전쟁체험을 '인공 치하에서 반공의 교훈을 얻는 계기'로 표현했다(양주동, 「공란의 교훈」). 그는 "남침 구십 일간에 공산주의가 민중에게 실제로 보여준 것은, 물질적으론 전체적인 기아와 대량적 인명의 살상, 정신적으론 극도의 암흑감과 간단없는 협박·초조·전율―이것 외에 아무것도 없었다."(6면)라고 기술하면서 전쟁을 역병 '마마'에 비유했다.

백철은 자신의 글 서두에 수록한 자작시에서 '(감시의) 검은 그림자가 뒤따르'는 불안, "붉은 담장 우에 모여든 까마귀"를 등장시킨다. 까마귀를 통해 학살과 만행의 음울한 분위기를 환기해낸 그는, "자애한 어버이 잃은/ 고아와 같이 (…)/ 날마다(…) 남쪽 자유의 하늘을" 그리워했다고 고백했다. 부역행위를 소극적으로 반성했던 손소희나 최정희의 사례를 제외하면, 양주동과 백철, 송지영과 장덕조는 자신의 부역행위를 고백하며 인민군 강제모집을 '공포정치'로 표현하며 그 속에서 살아 돌아온 '생환기'로 표현하고 있다.

이들은 체험담에서 인공치하에서 겪은 북한의 전시점령정책에 대한 경험을 '참여를 가장한 토론', '자발성을 가장한 궐기대회' '노역 동원', '상호감시의 두려움' 등등으로 기술함으로써 자유를 구속당한 자들의 끔찍한 소문

---

16   오제도 편, 『적화삼삭구인집』, 국제보도연맹, 1951, 서문. 이하 면수만 기재함.

들까지 끌어들여 '공포와 구속의 체험'이었음을 강조했다. 그 결과 인공 치하에서 이루어진 점령정책에서 인민재판, 전선원호사업, 구금과 체포, 보복 숙청, 토지개혁, 청년들을 전쟁에 동원했던 의용군 초모招募사업 등은 공산주의자들의 '씻을 수 없는' 죄악상으로 단죄된다. 양주동은 '적치 90일간 목격한 것'이 '공산주의 체제가 암흑과 허위, 기만과 선전으로 가득한 악의 세력'에 지나지 않는다고 썼다. 그는 점령자들이 "몸만 한쪽뿐, 정신은 돌아서 슬라브족이 된 사이비한인의 소행"(양주동, 「공란의 교훈」, 10면)이었다고 표현했다.

전쟁체험을 기술한 반공수기들은 전시의 공간에서 탈환한 서울에서 '피난하지 못한 문인들'을 '부역자'에서 '반공국민'으로 편입시키기 위한 기획의 파생물이다. 수기집에 수록된 '고백의 글쓰기'(서동수)[17]는 적대적 타자를 성토함으로써 자신의 사상적 결백을 증빙할 수 있었기에 인공치하의 모든 체험을 냉전의식에 바탕을 둔 부정적인 이미지들로 재구성했던 셈이다.

『적화삼삭구인집』의 경우, 이 텍스트의 간행시점은 인천상륙작전 이후 전세가 급격히 우리하게 전환되면서 '북진통일을 앞둔' 시기였다. 반공수기집은 '잔류파문인'들의 부역혐의로 공분을 일으킨 상황에서 기획되고 간행되었다. 수기는 부역혐의에 연루된 당사자들은 생존과 사회적 복귀가 불투명한 상황에서 자신의 과오를 반성하며 '반공의 대열'에 합류하는 조건 속에서 쓰여졌음을 감안할 필요가 있다. '잔류파 문인'들은 체험수기에 명시한 대로 '자유를 구속당한 지난날의 과오'를 반성, 고백하며 '타공打共 전선에서 일로매진一路邁進하겠다'라고 서약하며 대주체 국가로부터 인준 받는 절차를 통과해야만 했다. '도강파'와 달리 이들은 절박한 처지에서 사상 검열을 통과하여 살아남기 위한 고통스러운 고백의 글쓰기 절차를 밟았다. 이들의

---

17   서동수, 『한국전쟁기 문학담론과 반공 프로젝트』, 소명출판, 2012.

고백적 체험수기들은 전시체제하의 검열기제에 순응하는 '사상 전향'의 표본이 되었다.

한편, 반공에 입각한 전쟁 이야기는 국가기관의 주도하에, 혹은 유관 단체와 개인들이 주도해서 증식되는 재구조화의 면모를 보여준다. 전시체제에서는 국방부 정훈국과 공보처가 중심이 되어 정부의 공과와 치적, 전쟁의 교훈과 전공 미담, 전사군인들의 평전 등을 내용으로 한 '한국전쟁'의 공공 기억을 만들어냈다.[18] 또한 유관 단체들을 중심으로 포로체험과 탈출 생환기, 빨치산 및 북한군의 전향수기, 반공포로의 석방체험수기 등등 다양한 내용의 체험수기들이 유통되기 시작했다. 이들 수기는 공식전사와 공식의 역사를 구축하는 방향에다 체제의 우월성을 바탕으로 개인들의 학살 만행 목격담, 사회주의 이념에 환멸했다는 전향기를 교훈담의 구조에 담아내고 있다.

반공 담론의 유통방식을 살펴보면, 체험수기의 보급이 주였던 50년대에서, 전쟁의 공공기억을 다양한 집단과 개인들이 보충하며 보다 정교해지는 60년대를 거쳐, 70년대 유신체제하에서 반공교육은 정점으로 치달았다. 이미 5.16 직후인 1961년, 문교부에서 '반공교육 강화를 위한『교사용 지침서』'를 제작 배포한 바 있고, 이듬해에 내용을 대폭 보강한 국민학교용『도덕』교과서의 개편이 있었다.[19]

또다른 사례로는 문교부가 6.25발발 25주년에 발간한『6.25실증자료』(성문각, 1976)가 있다. 이 자료는 국가기관이 전유해온 반공 이야기의 범주를 민간 차원으로 확장시킨 70년대 반공교육의 전형 하나를 보여준다. 문교부

---

18   6.25전쟁 공식사료는 국방부 전사편찬위원회,『한국전쟁사』(전 11권, 1976-1978)과 육군본부,『한국전쟁자료』, 전 85권, 1985-1990. 민간 저술로는『민족의 증언』(총 6권, 을유문화사, 1972-1973)과『증보판 민족의 증언』(전 8권, 중앙일보사, 1983)이 있다.

19   한지수,「반공이데올로기와 정치폭력」,『실천문학』1989 가을호; 강준만·김환표,『속죄양과 죄의식』, 개마고원, 2004, 149-151면.

에서는 1975년 전국각지에서 인민군의 만행을 증언할 자료를 공모했다. 증언자료는 모두 660여 편이 수집되었다. 『자료집』은 피해사례에 따라 130여 편을 수정 가필하여 이듬해에 간행한 것이었다. 자료집 편목은 인명손실(17편), 박해·학살대상(20편), 피아격전(26편), 살상·재산피해(30편), 구사일생(22편), 항거·의거(21편) 등으로 구성되어 있다. 나머지 증언담은 각 시도 산하 교육청에서 지역별 자료집으로 발간하여 반공교육의 지침서로 삼도록 했다. 자료집 간행 작업은 1979년까지도 지속되었다.

한편, 전쟁의 공적 기억 주조과정에서 배제, 소외되는 것은, 앞서 보았던 김훈의 소설이나 스베틀라나 알렉시예비치의 사례처럼, 하위주체들의 증언이었다. 세대별로는 노인과 여성과 아동 등, 주로 사회활동을 하는 남성을 제외한 이들이다. 또다른 부류로는 상이군인, 월북자, 피납자, 좌익가족 등이 있다. 공식자료집에서 배제되고 소외된 존재들을 다룬 것이 바로 한국의 '분단소설'과 '한국소설 속 분단이야기'였다.[20]

반공국가에서는 전시체제에서 마련된 반공의 전쟁체험담을 복제하고 확산시키는 재생산구조를 구축한다. 특히 국가기관이나 관변단체에서 주도해서 수집한 반공 전쟁담론들은 전쟁을 '1950년 6월 25일'이라는 특정 시점으로 집중시켜 전쟁발발의 책임과 피해를 부각시키는 방식을 취한다. 개념의 확정과 사회 통념이 일단 마련되면 전쟁 그 자체보다도 '전쟁의 상태'를 표상하고 이를 유지, 관리하는 차원은 자동적으로 작동한다. 홉스가 말하는 '전쟁상태'는 바로 이러한 자동성과 결합된 현실정치의 국면이다. 홉스는 총탄을 난사하는 적과의 실제전투가 아니라 '표상과 현현, 기호, 과장되고 전략적이며 허위적인 표현'만 있는 표상게임인 '정치로서의 전쟁'을 언급한다.[21]

---

20   유임하, 『한국소설의 분단이야기』, 책세상, 2006.

월북과 탈북자, 좌익 가족의 전쟁이야기는 김원일·이문열·이문구·김성동 등의 소설 사례에서도 잘 드러나듯이 40년대를 전후로 한 세대의 작가들에게 필생의 글쓰기 대상이 되었다. 반면 여성의 목소리로 된 전쟁이야기는 그다지 활성화되지 못했다. 그 원인을 두고 남성작가들의 성적 환상이 여성들의 목소리를 왜곡했으며, 남성가부장제와 반공이데올로기의 억압이 전쟁체험에 대한 여성의 침묵을 초래했다고 보기도 한다.[22] 남정현의 '「분지」 필화사건'을 비롯해서, 안수길의 '6.25에 대한 대작 부재의 결정적 이유', 홍성원의 '창작상 여러 가지 제약과 간섭', 조정래가 겪은 고초를 일관하는 것은 문학이라는 제도 안팎을 통제한 것은 반공국가의 실정력, 국가폭력의 다른 이름인 '전쟁정치'[23]이었다.

4

　"그놈 또 왔다. 뭘 하고 있냐? 느이 오래빌 숨겨야지, 어서"

　"엄마, 제발 이러시지 좀 마세요. 오빠가 어디 있다고 숨겨요?"

　"그럼 느이 오래빌 벌써 잡아갔냐."

　"엄마 제발"

　어머니의 손이 사방을 더듬었다. 그러다가 붕대 감긴 자기의 다리에 손이 닿자 날카롭게 속삭였다.

　"가엾은 내 새끼 여기 있었구나. 꼼짝 말아. 다 내가 당할테니"

21　미셸 푸코, 박정자 역, 『사회를 보호해야 한다』, 동문선, 1998, 114-116면.

22　조은, 「차가운 전쟁의 기억: 여성적 글쓰기와 역사의 침묵 읽기」, 『한국문학연구』 24, 동국대 한국문학연구소, 2003.

23　김동춘, 『전쟁정치』, 도서출판 길, 2013.

어머니의 떨리는 손이 다리를 감싸는 시늉을 했다. 그때부터 어머니의 다리는 어머니의 아들이었다. 어머니는 온몸으로 그 다리를 엄호하면서 어머니의 적을 노려보았다. 어머니의 적은 저승사자가 아니었다.

"군관동무, 군관 선생님, 우리 집엔 여자들만 산다니까요."[24]

인용은 작가가 오랜 기간 전쟁을 이야기하면서도 드러내지 않았던 오빠의 죽음을 둘러싼 대목이다. 박완서 소설 속에서 고통스럽게 변주된 '오빠'의 존재는 해결되지 못한 역사의 망령처럼 수시로 출몰한다. 그의 죽음을 둘러싼 표현의 문제는 치유될 수 없는 상처와 깊이 연관돼 있다. 해결되지 못한 상처는 과거가 아닌 현재진행형의 현실이고 현재의 문제다. 이런 측면에서 인용대목은 인공치하 서울에서 보낸 20대의 체험에서 시작된 박완서 소설의 행로가 도달한 어떤 극점 하나를 보여준 것이다. 그것은 '전쟁을 어떻게 이야기해야 할 것인가'를 보여주는 빼어난 선례이다.

아들의 죽음에 대한 모성의 상처난 시공간은 인공치하 서울이라는 전쟁의 시절에 고정돼 있다. 진실이 발화될 수 없는 세계에서는 상처가 결코 치유될 수 없다는 것, 그렇기 때문에 이 장면의 재현 여부는 '전쟁을 이야기하기'와 관련하여 한 개인의 불행에 머물지 않는다는 것, 사태의 진상이 무엇인가를 놓고 인간과 사회가 규명해야 할 '이야기의 진실'은 사회문화 일반의 조건 성숙과 직결된 문제라는 것이다. 모성의 회한과 절규는 단순히 인민군으로 대변되는 반쪽국가의 군인으로 지칭하기보다 이데올로기와 명분으로 사회 성원들을 재단하고 광포하게 몰아간 국가폭력이 가한 상처였음을 담담히 제시한다.

박완서 소설에서 전쟁서사는 설화적 풍모를 띠는 고향과 결별하면서 시작

24   박완서, 『엄마의 말뚝』, 박완서전집 2권, 세계사, 2001, 95면.

된 서울에 뿌리내리기와 맞물린 가파른 생존담에 가깝다. 『나목』과 『엄마의 말뚝』연작에서 보았던 것처럼 그녀의 소설에서 '전쟁을 이야기한다는 것'의 정치성은 서둘러 피난을 떠나버린 정부에 대한 원망만으로 그치지 않는다. 그 정치성은 인공치하에서든 수복이후이든 부역혐의자를 색출하려는 국가폭력의 맹목성을 고발하는 한편, 이를 통해 그 어느 정치체도 자신과 가족의 안전을 보호해주지 않았던 정치체제의 부도덕함과 전쟁에서 내건 이념과 명분이 얼마나 허위였고 무참한 폭력이었는가를 비판하는 성찰의 치열함과 통한다.

'성찰의 정치성'은 「한씨연대기」에서 형상화했던 의사 '한영덕'을 삶을 철저하게 짓밟은 남북의 권력기제 비판으로 확장되거나 『손님』에서 '신천' 주민의 1/3이 학살된 역사를 다시 기억하며 '역사의 망령'들을 천도한 황석영의 작업으로 이어진다. 또한 '성찰의 정치성'은 근현대사로 시야를 확장해서 하층민들의 시선으로 6.25전쟁의 비극을 새로이 조망하는 조정래의 『태백산맥』으로 분화되어 거대한 이야기의 산맥을 이루었다. 또한 광주항쟁을 시민군과 피해자의 관점에서 서술해낸 임철우의 『봄날』, 지난 100년의 역사에서 학살당한 영혼들을 위로하고 천도한 임철우의 『백년여관』처럼 공식 역사에서 누락된 하위주체들을 기억하며 이들을 재배치하는 성찰의 귀한 성과이다.

소설이라는 이름으로 재현된 전쟁 이야기는 전쟁의 의미 탐색에서부터 전쟁은 왜 일어났는가의 문제로, 전쟁의 와중에 겪은 희생과 상처는 왜 이야기되지 못했는지에 대한 반성으로 이어졌다. 전쟁 이야기는 박완서, 황석영, 조정래의 사례처럼 국가폭력과 범죄를 고발하는 시야를 획득했고 역사의 망령과 상처 입은 자들을 불러내어 고통스럽게 상처를 현재화하며 천도하기도 했다. 이렇게 보면, 전쟁 이야기의 제재들은 한반도에만 걸쳐 있는 게 아니라 일제시기의 동아시아 일대, 남북전쟁기 베트남, 저 멀리 유럽과 북미에도 편재하는 셈이다.

'정치의 전쟁'이라는 관점에서 보면 사건의 세목들은 훨씬 더 많다. 근대 초기 의병, 중국 일대의 항일무장투쟁, 해방 이후 제주4.3사건, 여순사건, 6.25전쟁을 전후로 한 보도연맹원 학살, 전쟁기의 민간인 학살, 민청학련의 사법살인이나 5.18광주의 민간인학살, 가까운 세월호 사건까지 이토록 기나 긴 시간대에 펼쳐진 전쟁과 희생에 관해 소설이 수행해온 '이야기하기'와는 별개로, 한국사회가 지나쳐 버리는 무관심은 '전쟁을 기억함으로써 비극을 되풀이하지 않겠다'는 공동체의 합의 부재, 그에 따른 제도적 장치 부재와 통한다는 점에서 두렵고 기이하다.

학살과 희생은 여전히 살아있는 현실, '사실이 아닌 현실'이다. 그 기억은 강자들의 현실을 "거역해 지배적인 현실을 뒤집어엎는 것과 같은 '또하나의 현실'을 낳"는다. 때문에 "약자에게는 (기억) 그 자체가 투쟁이며 지배적인 현실에 의해 부인된 자신을 되찾는 실천"[25]이다. 동족학살의 기억은 지배문화에 속한 가해자들의 부인과 정당성의 강변 속에 봉인되고 은폐되어 왔다. 하지만 봉인된 기억이 발화되는 순간부터 가해자들이 담합하여 마련한 국가 이데올로기 장치와 그에 길들여진 사회성원들은 충격과 혼란에 빠진다. 그 혼돈은 희생을 강요하는 사회적 구조와 가해자의 침묵을 용인하는 현실정치에 맞서는 강력한 대항기억, 대항문화의 필요성을 역설한다.

"고통은 오로지 기억하는 자의 몫"[26]이라는 '기억의 윤리'는 거대서사와 결별한 문학의 행로에 일용할 양식과도 같이 필수적인 명제다. 문학은 가장 연약한 존재들의 낮은 목소리에 주목해야 하는데, 그 까닭은 시대현실의 폭력이 가한 상처가 대부분 이들에게 있기 때문이다. 문학은 왜 끝없이 전쟁

---

25   우에노 치즈코, 이선이 역, 『내셔널리즘과 젠더』, 박종철출판사, 1999, 179면.

26   임철우, 『연대기, 괴물』, 문학과지성사, 2017, 249면.

을 이야기하는가. 문학이 전쟁을 이야기한다는 것은 전쟁이 가진 거대한 폭력성과 그 자체가 지닌 반문명적이고 비인간적인 폭력행위를 환기하게 해주기 때문이다. 전쟁을 기억하며 평화를 상상하는 것이야말로 문학의 오래된 책무 중 하나다.

5

세계냉전 체제가 해체된 이후 이곳 한반도에서는 새로운 냉전의 분위기가 현실화되고 있다. 이같은 현실에서 전쟁과 관련해서 한국문학이 감당해온 소임은 각별한 의미를 갖는다.

해마다 맞이하는 6월이지만, 전쟁 발발 68주년의 시점(이 글이 발표된 시점이 2017년임-필자)에서 한국문학이 전쟁을 어떻게 이야기해 왔는가라는 문제는 여전히 새롭기만 하다. 한국문학에서 전쟁은 이 '반문명적이고 비인간적인 사태'와 대결하는 중심 논제의 하나였고, 이 논제와 대결하면서 인류 보편의 가치를 확보해왔다.

전쟁의 직접성에 노출되었던 '전후세대 작가'들은 수난자의 피해의식을 바탕으로 '증언과 고발의 문학'을 탄생시켰고, '성장체험 세대 작가'들은 '어린 화자'라는 소설 장치를 통해 개인과 가족의 비극을 초래한 민족의 현실에 주목했다. '성장체험 세대의 작가'들은 전쟁 자체만이 아니라 전쟁을 낳은 역사에 대한 조감력을 구비하면서 한국소설의 문학적 성과를 풍요롭게 만들었다. 이들 세대가 이룩한 소설적 공과는 한국사회가 이룩한 경제성장에 비견될 만큼 풍성한 성과를 거두었다. 자신들의 10대와 겹쳐진 전쟁기의 온갖 비극을 탐문하며 시작된 이야기의 제재와 행로는 근대 초기와 해방기로 소급하거나 60-70년대 중반 산업화시대로 외연을 넓혀 놓아 시민의식의 성장을 가능하게 만들었다. 이들 세대가 한국 현대문학을 인류의 보편 가치에 걸맞는 세계문학으로서의 면모를 갖추는 주역이 되었다.

한국사회는 전쟁의 재난과 혼돈을 산업화과정으로 넘어섰고 오랜 군부독재에서 벗어난 민주화의 성공적인 사례로서 세계인들의 존경을 받기 시작했다. 한국문학은 전쟁을 통해서 온갖 형태의 폭력과 비인간적인 상황에서도 평화를 꿈꾸는 법을 체득했다. 전쟁을 기억하는 한국문학의 사유와 실천은 일체의 폭력에 맞서서 불온한 사유를 감행하며 평화를 꿈꾸는 저항문화의 면모를 가지고 있다. 그런 까닭에 한국문학은 전쟁을 사유하며 평화를 열망하는 문학의 새로운 기원 하나를 만들어냈다. 이와 함께, 한국문학은 오늘날 세계 각지에서 온갖 명분을 내걸며 자행되는 전쟁과 내전, 인종 학살 같은 비인간적 상황에 대해, 전쟁에서 얻은 소중한 문학적 통찰과 사유를 지구촌 곳곳으로 발신하는 세계문학의 일부가 되었다.

(출전: 「전쟁을 이야기한다는 것」, 『문예연구』 93, 2017 여름)

역사의 밤을 비추는 이야기의 등불

김연수의 『밤은 노래한다』

1

이용악의 시 「낡은 집」(1938)은 일제 강점기 조선에서 상상하는 '만주' 이미지를 담아낸 작품이다.

> (1-2연 생략)
>
> 찻길이 놓이기 전
>
> 노루 멧돼지 쪽제비 이런 것들이
>
> 앞뒤 산을 마음놓고 뛰어다니던 시절
>
> 털보의 셋째 아들은
>
> 나의 싸리말 동무는
>
> 이 집 안방 짓두광주리 옆에서
>
> 첫울음을 울었다고 한다
>
> "털보네는 또 아들을 봤다우

송아지래두 붉었으면 팔아나 먹지"
마을 아낙네들은 무심코
차가운 이야기를 가을 냇물에 실어보냈다는
그날 밤
저릎등이 시름시름 타들어가고
소주에 취한 털보의 눈도 일층 붉더란다

갓주지 이야기와
무서운 전설 가운데서 가난 속에서
나의 동무는 늘 마음 졸이며 자랐다
당나귀 몰고 간 애비 돌아오지 않는 밤
노랑 고양이 울어 울어
종시 잠 이루지 못하는 밤이면
어미 분주히 일하는 방앗간 한구석에서
나의 동무는
도토리의 꿈을 키웠다

그가 아홉 살 되던 해
사냥개 꿩을 쫓아다니는 겨울
이 집에 살던 일곱 식솔이
어데론지 사라지고 이튿날 아침
북쪽을 향한 발자욱만 눈 위에 떨고 있었다

더러는 오랑캐령 쪽으로 갔으리라고
더러는 아라사로 갔으리라고

이웃 늙은이들은

모두 무서운 곳을 짚었다

(마지막 연 생략)

-이용악, 「낡은 집」, 『낡은 집』(1938)

폐가가 된 풍경을 바라보며 화자는 '털보네 세째 아들'인 '나의 동무'와 보낸 옛날을 떠올린다. 화자는 동무네 가난을 식민지 조선의 궁핍한 삶과 연관시킨다. 벗어날 가망이 없는 털보네의 가난은 아이의 탄생을 송아지만 도 못하게 입방아에 올리게 만들만큼 가장家長의 깊어가는 시름을 "저릎 등"(4연)처럼 절박하고 위태롭게 그린다. "찻길이 놓이기 전"(3연)에는 힘겨 우나 생계를 감당할 방도가 있었으나 새 생명이 태어나는 지금은 생계 자체 가 어려워진 상황이다. "늘 마음을 졸이며 (…) 도토리 꿈"(5연)을 키우며 성장 해온 '나의 동무'는 "아홉 살 되던 해" 일곱식구와 함께 사라져 버린다. "이 튿날 아침/ 북쪽을 향한 발자욱만 눈 위에 떨고 있"(6연)는 털보네 집에서 마을사람들이 지목하는 행선지는 "오랑캐령 쪽", "아라사"로 통칭되는 "무 서운 곳"(7연) 만주다. 시인이 호출한 만주는 이렇듯 '무서운 곳'으로 그려지 고 있다. 그 배경에는, 식민지 수탈경제를 견디지 못한 북쪽 변방 하층민의 삶이 마지막으로 결행한 이주의 역사가 자리잡고 있다.

시인에게 '만주'는 식민지 조선의 현실과 맞물려 암울한 현실을 그대로 확장시킨 공간이다. 시집 『분수령』(1937)에 수록된 구절에는 그러한 정황이 좀더 분명하게 드러나 있다. 시 「풀버렛소리 가득 차 있었다」에는, "우리집 도 아니고/ 일가집도 아닌 집/ 고향은 더욱 아닌 곳에서" "아버지의 침상寢床 없는 최후最後의 밤"은 "풀버렛소리 가득 차 있었다."(1연)라고 무연하게 발 언한다. 이는 만주 일대를 유랑하던 이주민 1세대의 비극적인 정경이다. 2연 에는 간결하게 소개되는 이주민 1세대 아버지의 삶은 곤고한 삶은 "노령露

領'에서 "아무을만灣의 파선"을 거쳐 "설룽한 니코리스크의 밤"에 걸쳐 있다. 그는 중국인 지주 밑에서 소작으로 연명하는 농민이 아닌 남루한 행상인이다. 이주민들은 만주 일대를 전전하면서도 가난과 궁상을 헤어나지 못했던 것이다.

일제의 엄혹한 검열이 상존하는 현실을 감안하면, 시인 이용악이 보여준 만주의 '무서운 곳'이라는 이미지는 동시대 식민지 조선인의 삶을 겹쳐놓은 매우 제한된 표현에 가깝다고 보아야 한다. 만주에 관한 한, 훨씬 더 많은 곡절이 존재하기 때문이다. '무서운 곳'이라는 함의를 이해하려면, 최서해의 체험을 반영한 신경향소설을 쉽게 떠올릴 수 있다. 최서해의 초기소설에서 재만 조선인들의 궁핍상은 한두 마디로 요약될 정도로 단순하지가 않다. 이들은 중국인들에게는 제국 일본의 2등국민이거나 일본인의 하수인으로 비추어졌다. 이들은 인종적 편견 속에 소작인으로 연명할 수밖에 없는 절대 빈곤의 처지에 놓여 있다. 이런 참상은 이용악의 시편 속 만주 이미지와 상당부분 겹친다. 만주족과 한족 사이에 전개되는 긴장된 관계만큼이나 조선 이주민들은 정치경제적 예속성에서 벗어나지 못한 채 한없이 절망하고 좌절을 거듭했다.

만주가 '무서운 곳'이라는 이용악의 시편 속 맥락 안에는 다양한 해석이 가능한 잉여의 지점이 있다. 1931년 9월 18일 관동군이 독자적으로 만주를 불법 강점한 '만주사변'을 두고 중국 국민당 정부와 서구 열강은 유럽 파시즘의 대두를 관망하며 미온적으로 대처했다.[1] 이러한 관망은 제국 일본의 팽창을 묵인, 방조하는 결과를 낳았다. 그리고 그 파장은 1930년대 국내 반일운동의 쇠퇴로 이어졌다. 국내 반일운동의 침체는 일제의 가중된 탄압 때문만이 아니라 무장투쟁과 독립의지가 꺾여버린 여파가 컸던 것이다. 일

---

1   한홍구, 「대한민국에 미친 만주국의 유산」, 『중국사연구』 16, 중국사학회, 2001, 240-241면.

제가 확보한 만주를 '신천지'로 여기며 일본 본토만이 아니라 식민지 조선에 서조차 '만주 열풍'을 불러일으켰던 것도 그런 연유에서이다. 만주사변 이후 의 만주국 건설은 일본의 내각이 지시도 먹혀들지 않았다. 관동군은 만주지 역의 실질적인 지배자로서 식민지와는 다른 근대국가를 표방했다는 점에서 제국 일본의 지배를 받지 않는 기묘한 관계를 이루었다.[2]

만주는 시기에 따라 다양한 의미를 가진 공간으로 변주된다. 만주는 가난 에 극한 절망 끝에 이주한 유랑민들에게는 최후에 선택한 종착지가 되기도 했고, 민족주의자들에게 만주는 민족 고대사의 영광이 잠든 내셔널리즘의 근원적인 상상 공간이 되기도 했다. '제국의 이데올로기를 내면화한 지식인' 에게 만주는 제국 일본의 후원 아래 한족과 토착민들과의 갈등을 헤쳐가며 다양한 인종들로 구성된 다민족국가 수립의 꿈을 실현하는 처녀지處女地였 다. 중국공산당에 소속된 공산주의자들에게 만주는 항일무장투쟁의 활동무 대이자 근거지, 해방구였고 남북한의 가장 위력적인 지도자의 탄생을 단련 시킨 지역이었다.

두아라의 말처럼 만주는 "내셔널리즘에서 제국주의를, 전통에서 근대성 을, 중심에서 변경을, 경계의 이념에서 초월의 이념을 떼어내기 힘들어진 역설의 장소"[3]였다. 만주는 제국 일본이 창출해낸 실험적인 다민족 근대국가 로서 '오족협화五族協和'와 '왕도낙토王道樂土' 건설의 기치 아래 20세기 근대 성의 모든 징후들을 보여주는 시공간이었고, 계획된 다민족국가로서 지도자 는 끝없는 지역 순시와 같은 국가 행사와 함께 위생과 계도의 전시행정을 보여주었다. 그러나 만주는 엄혹한 억압과 감시, 탄압과 저항으로 얼룩진 다민족 사회집단이었다.

---

2   한석정, 『만주국 건국의 재해석』, 동아대출판부, 2007개정판, 51-53면.
3   프레신짓트 두아라, 한석정 역, 『주권과 순수성』, 나남출판, 2008, 22면.

김연수의 장편『밤은 노래한다』(문학과지성사, 2008. 이하 인용은 면수만 기재함)는 이러한 만주를 배경으로 잊혀진 비극의 역사인 반민생단투쟁[4]을 다룬 역사 장편이다. 소재가 된 '민생단사건'은 동북 만주 일대에서 활동하던 조선인 공산주의 조직 내부에서 1932년 10월부터 1936년 4월 사이에 걸친 피비린내 나는 숙청사건을 가리킨다. 이 사건은 재만 조선인들끼리 서로 의심하고 오인하며 공포를 증폭시켜 고문과 학살을 자행하였고 집단적인 공황 상태로 치닫는 비극을 낳았다. 이로 인해 동북 만주 일대에서 활동한 중국공산당의 80%이상이었던 조선인 공산당원들이 중간간부 절반 이상 '민생단 첩자'로 몰려 살해되거나 조직에서 이탈했다. 이로 인해 동북 만주 일대에서 항일무장투쟁의 인적 기반은 붕괴되고 말았다.

지금의 시점에서 작가는 이 역사적 비극을 왜 불러낸 것일까. 그 궁금증은 역사적 사건을 다루는 소설 속 '담론'의 양상에서 비롯된다. 작품은 역사를 그대로 재현하는 방식을 취하지 않는다. 오히려 소설은 평온한 나날을 살아가던 평범한 조선인 청년을 서술자이자 주인공으로 내세운다. 또한 제국주의의 핏줄과도 같은 만주철도('만철')를 배경으로 용정 일대에서 살아가는 다양한 인간 실존들에 초점을 맞추고 있다. 이러한 인물과 배경, 서술방식은 썰물처럼 빠져나간 퇴적물 같은 비극의 역사를 복원하거나 장대한 민족 서사로 만드는 데 두지 않았음을 시사한다.

거대서사의 자장에서 벗어난 작품의 이야기 방식은 고대로부터 근현대에 이르는 만주의 다양한 함의[5]보다도 '반민생단투쟁'에 휩쓸린 상상적 개인들

---

4 신주백, 「1932-1936년 시기 간도지역에서 전개된 '반민생단투쟁' 연구」, 『사림』, 수선사학회, 1993; 윤휘탁, 『일제하 만주국 연구-항일무장투쟁과 치안숙정공작』, 일조각, 1996; 김성호, 『1930년대 연변 민생단사건 연구』, 백산자료원, 1999.

이 지향한 가치를 문제 삼겠다는 작가의 의도를 엿볼 수 있게 한다. 역사의 진실 규명보다 역사의 재현불가능함을 용인하며 개개인의 삶이 가진 심리적 정황과 국면들의 세부를 이야기하는 방식에서도 작가의 의도는 잘 확인된다. 『네가 누구든 얼마나 외롭든』(2007)에서 이같은 특징이 엿보인다. 이 작품은 식민지시대를 살다간 조부의 역사와 80-90년대 운동권 인사의 내면을 병치시켜 직조한 낯선 유형의 이야기를 만들었다.

작중인물의 배치와 이질적인 서사구도, 인물들의 서로 다른 체험이 빚어내는 이야기의 입체성은 다양한 각도에서 역사를 성찰하고 사유할 지평을 제공해준다.[6] '낭만romance'이라는 말에 담긴 서사narrative의 함의가 그러하듯, 낭만성은 연애서사의 섬세한 내면을 만들어내기도 하지만 '역사의 재현불가능성'을 바탕 삼아 추론과 상상으로 담론화된 유연하고 강력한 이야기 인자가 된다.

> "요즘도 나는 유격대 시절의 일들에 대해 마구잡이로 떠들어대는 사람들을 가끔 만난다. 그럴 때마다 나는 그들의 얘기를 의심할 수밖에 없다. 그날, 내가 겪은 일들은 모두 생생하게 내 몸 안에 남아 있다. 하지만 그건 논리적으로 회상되지 않는다. 어떤 일들이 일어났는지, 그리고 내가 무엇을 봤는지 말하려고 해도 도무지 앞뒤가 맞지 않는다. 내가 아무리 다시 말하려고 해도 그 전투에 관한 얘기는 어디까지나 그와 비슷한 어떤 일들에 대한 얘기일 뿐이지, 정확하게 그 일에 대한 얘기는 아니었다. 전투담의 본질은 거기에 있었다. 전투는 지금 일어나는 일에만 모든 것을 쏟아 부어야만 하는 너무나 강렬한 경험이라 절대로

---

5   만주는 민족의 탄생공간이고, 그렇기 때문에 원초적 민족주의를 자극함으로써 고대사를 논할 때 '재야'라는 이름의 연구자 가장 많은 시대 분야가 만주의 고대사이다. 신주백, 「분단과 만주의 기억」, 한석정·노기식 편, 『만주, 동아시아 융합의 공간』, 소명출판, 2008, 334면.
6   황광수, 「역사소설의 미래」, 『실천문학』 2008 가을, 242-245면.

재현되지 않는다."(264면)

유격대 시절의 '마구잡이식' 이야기에 대한 의심은 '역사의 재현불가능성'에 수용한 분명한 입장을 보여준다. 생생한 전쟁체험이란 사실 환원불가능한 체험이다. 전쟁의 체험은 발화되는 순간 사건의 본질로부터 끝없이 멀어진다. 이 '강렬한 경험'은 '논리적인 회상'을 통해 재현해내는 것이 불가능하며 해석 불가능한 개인의 체험이다. '체험'을 두고 벌이는 '서사의 경합'을 놓고 작품은 '역사화'와 '기억하기'라는 두 경로 중 '역사화'가 가진 '이데올로기적 허구성'을 배제하고 '개인의 기억을 다시 쓰는 방식'을 취하고 있는 셈이다.

작품은 전쟁과 폭력, 이데올로기, 개인적 체험이 가진 허위와 권력화를 신랄하게 고발한다. '고발'을 통해 인물들의 인간다움과 고귀한 지향들을 한껏 부각시켜 나간다. 작품은 '반민생단투쟁'을 소재로 삼았을 뿐 "국가와 민족보다는 인간의 조건에 더 매료된 자들"(22면)에 관한 새로운 방식의 '역사서사물'라 해도 과히 틀리지 않는다. 작품에서 주목한 '인간적 조건'이란 '모순도 없이 완벽한 진술서'와 같은 세계가 아니다. 그 세계는 사건의 주밀한 흐름이나 이야기의 건축적 구성과는 하등 관계없이 '해란강의 잔물결'과 '발목을 휘감으며 날리던 아카시아 꽃잎'처럼 "자신의 몸으로 세계를 재어보려는 욕망"을 실현하는 생생한 체험들로 감각화된다.

이야기는 만철 실지측량반 소속 조선인 기사인 서술자 '김해연'이 본사가 있는 대련에서 용정으로 파견되면서 시작한다. 김해연이 '이정희'와 만나 사랑을 속삭이다가 그녀의 돌연한 죽음으로 존재와 현실의 감추어진 이면을 발견하는 과정이 소설 전반부를 이루고, 여옥과 함께 시대의 격랑이었던 반민생단투쟁의 현장으로 휩쓸려든 과정이 작품의 후반부를 이룬다.

김해연은 경성고공京城高工 출신 공학도이자 습작시를 발표하기도 한 식민지 조선의 청년이다. 그는 나라가 강점되었던 국치國恥의 경술년에 태어나고 자랐으나, "독립이니 해방이니 하는 말들이 좀 시큰둥"(19면)한 평범한 식민지조선의 지식인이다. 경성고공을 졸업한 뒤 만철에 취업한 것을 으쓱댈 만큼 영락없는 청년이다. 그에게는 "국가나, 민족이 구체적으로 느껴질 리가"(19면) 만무하다. 소설에서는 민족과 국가의 공적 기억인 역사의 속박이나 '역사의 간지奸智'라는 초월적 이념도 아닌 '주관성으로 가득한 세계'를 살아가기에 적합한 인물을 내세운 것도 특색이라면 특색이다.

김해연은 역사소설의 그 어떤 주인공보다도 이념이나 객관성, 제반 이데올로기에 감염되지 아니한 색다른 부류의 인물이다. 그는 만주 간도땅으로 들어간 뒤, 제국의 평온한 노예적 삶을 벗어나 경험하게 된다. 그의 새로운 경험은 전임자인 일본 기수가 중국군 잔당에게 사살된 후 그를 용정으로 파견한 제국 일본의 권력의지와 판단에서 연유한 것이다. 그의 전출 결정은 "간도지방의 일이니 조선인 기수가 가야만 했던 게 아니라 그만큼 위험한 일"(18면)이었기 때문이다. 김해연은 제국 일본의 '2등국민'이나 그 어떤 '재만 조선인'보다 제국 일본과 일본인에게 더 가깝고 유용한 '인종적 자원'이다.

김해연을 제국의 인종적 속박에서 벗어나게 만드는 인물은 만주에 체류하는 일본인 '니시무라'와 '나카지마'이다. 니시무라는 '다이쇼 데모크라시'의 열풍 속에 일본 공산당에 가입해서 지하활동을 벌이다가 치안유지법으로 구속된 뒤 전향한 지식인이다. 그는 애인과의 정사情死에서 혼자 살아남아 국민의 공적公敵이 된 사생아의 출생 배경을 뒤로 하고 만철조사부로 자원해서 근무하고 있으나 중국 대륙을 공산주의로 도배하려는 포부를 가진 인간이다. 또한 나카지마는 간도 임시파견대의 중대장으로 평소 '렌세이鍊成'이라는 말을 애용하는 인물이다. 그는 "뜨거운 불(전쟁－인용자)에 단련되듯이 인간 역시 그런 과정을 거쳐야만 완성"(20면)되는 니체의 '최후의 인간'이라는 신념을 소유한 청년장교이다. 그는, 신발도 제대로 신지 않은 채 자기

눈을 응시하며 "공산당 만세!"를 외치며 죽어가는 공산주의자들과 전장 한복판에서 맞선다. 두 일본인은 제국 일본의 중심에서 벗어나 자신의 꿈을 실현하거나 생의 단련을 위해 만주로 온 존재이다. 이들은 '오족협화'를 표방하며 수립된 다민족 근대국가 '만주국'의 지향처럼 제국 일본과 거리를 둔다. 만주는 제국 일본에서도 소외된 지식인이 청년장교가 되어 못다이룬 꿈을 찾아나선 광야이자 새로운 낙토樂土이다.

두 일본인은 제국 일본이라는 국가와 민족을 넘어서려는 '최후의 인간'으로서 "자신의 혼을 증명하기 위해 변경으로" 나선 낭만적인 인간이기도 하다. 이들은 "국가와 민족에 대한 구체적인 개념 없"(20면)는 식민지조선 청년 김해연의 처지와 묘하게 어울린다. 나카지마는 자신처럼 헌신할 대상이 없는 김해연에게 흥미를 가지면서 용정에 가면 '여자를 사랑하라'고 권고한다. 나카무라가 그에게 호의를 베푸는 까닭은 무엇보다 "조선인 주제에 측량할 수 있는" 근대의 지식인이기 때문이다. 김해연은 "멍청한 것인지 용감한 것인지 일본인 장교를 향해 시종일관 말대꾸"하며 "때로는 가증스러울 정도로 일본말을 대단히 잘 알아듣는"(25-26면) 소통 가능한 존재이다.

김해연의 용정행은 제국 일본이 건설한 만주국에 속한 조선인들과는 다른 조건의 에스닉 집단과 접촉하는 계기가 된다. 그 첫 번째 접촉에서는 이정희와 아릿한 연애 감정을 격발하며 낭만적 사랑을 시작한다. 그러나 그녀는 김해연의 따롄 출장 중 홀연히 사라져 자살하고 만다.

이정희의 돌연한 죽음과 그녀가 남긴 편지 때문에 김해연은 평온한 낮의 세계에서 이탈하여 '감추어진 밤의 세계'로 들어선다. 그는 이정희의 죽음에 담긴 진실을 찾아 나서지만, 그녀의 감추어진 삶에 다가설수록 사랑의 정체를 알 수 없게 된다. 이로 인해 '사랑'이나 '혁명'이라는 말조차 매혹적인 유령처럼 모호한 단어에 지나지 않는다.

탐사의 이야기가 진행될수록 '이정희'의 정체는 반전을 거듭하고 그녀의 죽음마저 모호해진다. 애초부터 그녀의 삶에 진실이란 존재하지 않는 것처럼 보인다. 모호함을 하나둘 거두어가며 전개되는 이야기의 행보는 일상에서 직면하는 표상 저변에 꿈틀대는 이면들로 다가서는 추리소설 방식을 취하고 있다. 이야기는 독자들이 일상적 삶에서 당연하다고 믿고 의심하지 않는 통념과 표상을 배반하는 감정, 주목해서 살피지 않으면 이해불가능한 세계의 저변을 탐사해 나간다.

명신여학교 음악선생 이정희는 공산주의자 '안나리'와 같은 동일인이다. 그녀는 김해연이 연모하는 정인情人이나 용정의 대성중학 독서회 일원이기도 하다. 그녀는 다른 조직원보다 먼저 조선공산당에 입당한 공산주의자이며 '만철' 경호중대의 일본인 장교 나카무라에게 접근한 '동만특위' 공작원이다. 이처럼 다양하고 감추어진 이정희의 정체성은 작품에서 인간 존재의 유동적인 정체성과 일상적 시선이 가진 맹목성을 부각시켜준다.

이정희를 잃은 김해연은 충격과 한없는 절망으로 아편굴에서 피폐해지고 만철에서 해고당한다. 그는 용정에 돌아와 이정희가 죽은 '영국더기'가 보이는 가로수를 찾아 그곳에서 자살을 시도한다. 그러나 그는 혁명가들의 집합소인 '용정사진관'의 사람들에게 구출된다. 김해연은 실어증에 걸려 사진관 일을 도우며 연명하다가 '여옥'을 만난다.

여옥은 간도의 여성들이 겪는 슬픈 운명을 벗어나 혁명의 도리를 깨우친 '연락원'이다. 그녀는 이슬을 맞으며 밤새 산을 타고 다니며 임무를 수행하지만 신바람이 나서 끝없이 노래를 부르는 존재이다. 그녀의 신바람은 간도 여성에게 부과된 억압적인 운명을 벗어나 인간다운 고귀한 삶을 깨닫게 해준 '혁명의 도리' 때문이다.

여옥의 열정에 감화되어 김해연은 사랑을 느끼며 비로소 충격에서 벗어나 그녀를 데리고 경성으로 돌아갈 결심한다. 그의 경성행은 식민지 조선에서 '평온한 노예'의 일상으로 살아가려는 결정이며, 좀더 넓게 보면 제국의 호출에 부응하는 것이다. 여옥은 "나를 데려가우. 이번에는 진짜 바다를 내게 보여줍소. 사람은 무엇 때문에 살며 어떠한 사람으로 되며 사람으로 어떻게 해야 하는가."(173면) 하며, 자신도 경성에 데려가 달라고 부탁한다.

그러나 '유정촌'으로 군수품을 수송하는 도중, 마을 사람들과 사진관 사람들은 관동군의 토벌 전투에서 모두 죽고 여옥과 해연만 살아남는다. 한쪽 다리를 잃고 난 여옥은 '복수할 수 없는 절망' 속에서 '유격대 수선대원'으로 유격구에 남고 해연과 헤어진다. 김해연은 일본인 공산주의자 니시무라와 친한 '동만특위'의 중국인 간부에게 발견되어 유격대의 정치학습을 받으며 광풍처럼 몰아닥친 반민생단투쟁의 한복판에 서게 된다.

두 번에 걸친 낭만적 사랑의 좌절을 겪으면서 김해연은 혁명의 낭만성 속으로 미끄러져 들어간다. 그가 목격하는 것은 혁명을 향해 진군하는 '밤의 군대'의 모습이다.

김해연은 정치학습 도중 반민생단투쟁의 광기와 폭력을 목격하고 전율한다. 작품에 서술되는 반민생단투쟁의 면면은 "자기 몸처럼 사랑하는 인민들이 보는 앞에서 혁명의 배신자로 낙인찍힌 채, 그것도 어제까지만 해도 생사를 같이했던 동지들의 손에 죽어가"(220면)는 재난의 거대한 아이러니를 극적으로 보여주기 때문이다.

사람들아, 내 말을 들어보소. 혁명이란 무엇인가? 별다른 사람들이 하는 것인가? 아니네. 우리가 아무리 속을 썩여도 눈물과 한탄만으로는 빼앗긴 가족과 자식들의 원수를 갚을 길 없고 나라를 찾을 길 없다네. 앉아서도 죽고 서서도 죽고 싸우다가도 죽는다네. 왜놈의 앞잡이로도 죽고, 혁명가로도 죽는다네. 동무들은 어떻게 죽을 것인가! 동무들은 과연 어떻게 죽을 것인가! 의회주권이 왔다네. 노동계급의 낙원이라네. 인민들의 새 세상이라네. 혁명은 빌려준 돈을 받는 일이네. 혁명은 원수들에게 핏값을 요구하는 일이네. 이제 우리가 이 세상의 주인이라네. 승리가 바로 눈앞에 있다네. 나가라, 청년들아. 이 세상과 우주의 삼라만상이 모두 너의 것이니라.(255면)

인용대목은 장님 서금원이 바이올린을 연주하며 목청껏 부르는 노랫소리이다. 노랫소리는 유격구를 방어하며 사회주의 혁명을 꿈꾸는 재만조선인 소비에트 부락에서 자행되는 폭력과 광기가 용인하는 그로테스크함을 낭만화하고 있음을 보여준다. 한편으로는 사회주의 혁명의 이상을 되뇌는 것이지만, 눈먼 자의 노래는 '반민생단투쟁'이 가진 눈먼 현실을 보여준다. 간도조선인들로 구성된 항일빨치산이 처한 혹독한 현실은 그들이 세운 해방구에서조차 수많은 동료들을 광포하게 죽음으로 내모는 역설과 그것을 제어하지 못하는 기이함을 이룬다. 이들은 "매일 열리는 군중대회에서 사람들은 보이지 않는 민생단 분자들을 향해 자복할 것을 쉼없이 요구받고", "어떤 의미에서는 간첩임을 자복할 것을 자신에게 요구하는 것이나 마찬가지"(24면)인 상황으로 내몰린다. "소비에트를 만든 것도 그들이었고 계속되는 토벌에 시달리는 것도 그들"(201면)인 이 거대한 혼돈은 해방구에서조차 수많은 동료들을 광포하게 죽음으로 내모는 국면을 제어하지 못한다는 데 있다. 혼돈 속에 다시 구획되는 '혁명과 반혁명의 전선화', '동지와 원수의 전선화'는 동지들을 한없는 죽음으로 내모는 것이다.

'어랑촌 소비에트'의 비극은 국제주의자 '박도만'이 민족주의 노선을 취하는 '박길룡'에 맞서다가 처단되는 데서 정점을 이룬다. 박길룡은 도만의 처단한 뒤 민생단 분자들을 속속 처단해 나간다. 토벌대와 대치하는 상황에서조차 당의 명령에 절대복종했던 핵심분자들이 귀순자가 되고 당의 명령을 거부한 존재들은 마지막까지 유격구에 남아 토벌대와 맞서는 기이한 상황이 전개된다(304면). 이 전도된 상황과 전복적인 의미조자 사태의 진상과 내막을 명료하게 가늠하기 힘든 집단광기에 가까운 비극을 낳는 모호한 윤곽에 지나지 않는다.

어랑촌 우등불 밑에서 김해연은 박길룡에게서 이정희의 죽음에 대한 전말을 듣고 나서 용정으로 침투한다. 그는 나카지마를 인질로 삼아 박길룡과 호위대원, 여옥 등과 함께 관동군의 포위망을 뚫고 살아남는다. 박길룡은 붕괴된 어랑촌 소비에트를 떠나면서 중국공산당을 떠나 자신이 원하는 국가를 만들겠다고 꿈꾼다.

조선혁명군은 오직 조선 사람만을 위한 군대요, 조선해방만을 목적으로 하는 인민들의 군대가 될 것이오. 조선혁명군은 중국에 의해서도, 일본에 의해서도 지배받지 않을 것이오. 노을빛이 짙어지면서도 박길룡의 얼굴도 조금씩 붉어졌다. 그는 십만 명의 조선혁명군을 양성해 조국 진공 작전을 펼칠 것이라고 말했다. 그는 조선 땅에 가난한 사람들이 가장 행복하게 살아가는 낙토를 건설하겠다고도 말했다. 그러는 사이에 천천히 해는 천리봉을 넘어갔다. (…) 저녁을 먹은 뒤, 박길룡은 천리봉 너머에 있다는 한 마을에 대해 얘기했다. 천리봉 서쪽에 조선인들만 산중 마을이 있다고 했다. 거기에는 중국인과 일본인의 등쌀을 피해서 도망온 조선인들이 모여서 사는데 산등성이 높은 곳에서 내려다보면 골짜기가 온통 하얀색 물결이라고 했다. 억새밭이라고 거기에 비할까. 박길룡은 그 마을에 사는 소년들은 모두 글을 깨쳐 세상의 이치에 대해 모르는 바가 없으며 소녀들은 모두 맵시 좋고 현명하다고 했다. 남자와 여자는 모두 평등한 권리를 지녀 서로를 존중하며 부자도 가난뱅이도 없이 모두 같이 일하고 같이 먹는다고 했다. 그 마을의 곳간은 언제나 곡식으로 차고 넘치기 때문에 도둑이 있을 리 없으며 사람들은 늘 노래를 부르고 춤을 춘다고 했다. 그 마을 지키는 군대가 바로 조선혁명군이다. 박길룡은 중얼중얼 혼자서 얘기를 계속했다. 조선인들만이 사는 나라. 어쩌면 만주에서 억울하게 죽은 조선인들만이 갈 수 있는 나라.(305-306면)

박길룡이 꿈꾸는 나라는 그 어떤 외세에도 굴종하지 않고 조선인들만으로 이루어진 세계다. 이 나라는 만주 일대에서 품었던 꿈을 실현시킨 '북조선인 민공화국'을 연상시킨다. 반외세와 자주, 자립을 지향하는 주체사상이 뿌리 내린 곳, 허다한 항일무장투쟁의 역사를 오직 한 사람만의 '유일한 혁명전 통'으로 재배치하고 이를 방대한 분량의 국가이야기로 만들어낸 나라, 그 이야기로 인민들을 구속하는 나라……

박길룡의 꿈과 이상은 훗날 자주적인 사회주의 국가로 구현되지만, 그가 말한 '흰옷 입고 노래하는 낙토의 꿈'은 이루어지지 못한다. '항일빨치산 참가자들'에 관한 숱한 회상을 곧이곧대로 신뢰하기 어려운 이유가 바로 여기에 있다. "조선혁명군은 일단 여섯 명으로 창설해야 하겠군."(306면)이라 는 나카지마의 말처럼 '역사의 원본'은 남루하다. 은닉된 이야기 대본은 수 많은 죽음과 희생을 은폐하고 있기 때문이다.[7]

한편, 이야기는 반민생단 투쟁의 거대한 비극의 아이러니를 부조하는 것 외에, 1920년대 용정 일대에서 이정희를 중심으로 펼쳐진 청년사회주의 운 동이 이야기된다. 박도만이 해연에게 들려주는 회상을 통해 '동만청년총동 맹'의 영도를 받던 사회주의독서회 '평우동맹'의 일원이었던 '안세훈', '최도 식', '박도만', '이정희' 등의 실체와 윤곽이 드러난다. 20년대 간도의 청년학

---

7   『조선로동당략사』(『조선로동당략사1』, 조선로동당출판사, 1991)에는 다음과 같이 기술되 어 있다. '당시 김일성은 유격구를 해산하고 인민혁명군부대를 조직하여 광활한 지대로 진출하도록 하였다는 것, 이렇게 유격전 전구를 확대하는 새로운 전략적 방침은 당시의 주객관적 조건들에 비추어 무장투쟁을 중심으로 한 조선인민의 반일혁명투쟁을 더욱 높은 단계에로 발전시키기 위한 유일하게 정확한 방침이었다는 것, '요영구회의' 이후 유격구를 해산하는 사업이 전개되었다는 것, 유격구의 군중에서 청년의용군, 적위대, 반일자위대, 돌격대, 소년선봉대와 같은 반군사조직들과 그밖의 혁명조직들에서 교양되고 단련된 청장 년들을 조선인민혁명군의 대오에 편입시켰다는 것이다. 다른 한편 김일성은 다른 혁명군중 들은 적통치구역에 가서 혁명사업을 계속하도록 지시했고, 조선인민혁명군의 일부 부대를 북부조선 일대와 남만 일대로 진출시킨 다음, 주력부대를 이끌고 1935년 여름 북만 원정의 길을 떠났다.'

생들이 품었던 혁명의 이상과 꿈이 어떻게 좌절했고, 이들이 예전으로 돌아갈 수 없는 불가역성을 어떻게 체감했는지가 드러난다.

자유와 희망을 체현한 듯 후광을 발하는 이정희에게 안세훈을 비롯한 모든 조직원들은 연모의 감정을 숨긴 채 자신들이 품은 꿈과 이상을 밤새워 토론한다(이 열정적인 토론은 80년대 학생운동의 '고귀한 기억'을 떠올려준다). 그러나 이들의 청년들의 꿈과 이상은 식민권력의 가혹한 폭력으로 전락하고 퇴색하고 만다. 일본 경찰은 안세훈과 이정희를 체포하여 이들을 치정 관계로 몰아붙이면서 지하독서회의 운명은 끝이 난다. 안세훈은 석방후 지하독서회를 떠나 농촌야학에 투신하고 이정희는 부모의 강권으로 경성으로 떠난다. 안세훈이 떠난 조직을 박도만이 이끌게 되고 최도식은 박도만과 갈등 끝에 전향한다. 안세훈은 유정촌에 들어가 현장지도에 공력을 기울이며 여옥에게 '혁명의 도리'를 깨우쳐 주는 교사가 되었으나 관동군의 토벌로 목숨을 잃는다. 경성으로 간 이정희는 조선공산당에 입당한 후 용정으로 돌아와 비밀공작에 가담했다가 김해연에게 편지를 남기고는 죽어갔던 것이다.

간도청년 독서회원들의 투쟁과 죽음, 전향으로 점철된 행로는 김해연에게 "인간의 모든 것을 이토록 쉽게 앗아가는 (…) 잔혹한 세상"(234면)이 지닌 '주관적 의지'로 인식된다.

세계가 가짜일 때, 그리고 그 세계에 사는 사람들이 반쯤 죽어 있을 때, 폭력만이 최고의 가치를 지닌다. 누구도 주인이 아닌, 노예만의 세상에서 폭력은 예술이다. 단 한명이라도 죽어가는 노예가 있는 한, 세계를 바꾸기 위한 폭력은 불가피하다. 나는 폭력이 사라진 세계를 믿지 않게 됐다. 어느 세계에나 죽어가는 노예는 있을 테니까 어느 세계에서나 폭력은 예술이 될 것이다. 결국 유토피아란 없다. 유토피아란 폭력을 은폐하려는 자들의 거짓 관념에 불과하다.(291면)

인용은 김해연이 관동군 대열 속 앳된 이국청년들을 바라보면서 발화된 내면의 목소리다. 줄리앙 소렐의 「폭력론」에 기댄 그의 담화는 '노예의 삶'을 강요하는 세계, '그 누구도 주인이 아닌 세상'에서 용인되는 폭력에 관한 언급이다. 이 관점에 서면, 일본인 니시무라와 나카지마, 동만특위 '동세영', 평우동맹 조직원을 비롯한 수많은 조선인 공산주의자들에게 강요된 '노예의 삶'과 이를 혁파하기 위한 혁명의 명분과 당위와 폭력이 예술의 차원으로 용인된다. 그러나 작품은 유토피아가 수많은 이들의 죽음을 강요하고, 폭력을 정당화하며 인간의 고귀함마저 유린하며 "납득할 수 없는 일들"(176면)을 생산하는 거짓관념이라고 비판한다.

작품은 역사의 주관적 의지와 그 안에 내재한 광포한 폭력을 비판적으로 성찰하는 메타역사 서사다. 이야기는 인간 개개인 앞에 놓여 있었던 낭만적 사랑과 고귀한 열정이 빚어낸 수많은 선택지, 열정을 담아 헌신하고 희생하며 전락해간 개인들의 삶을 두루 살피고 있다.

3

『밤은 노래한다』는 시적 감수성과 낭만적 시선으로 어둡고 광포한 세계의 주관성과 맞서는 이야기일 뿐만 아니라 자의식으로 역사의 주관적 의지를 성찰하는 메타역사의 이야기다. 역사소설의 관습에서 벗어난 작품의 이야기 방식은 시적 상상을 통해 혁명의 맹목적 광기와 폭력과 대면하도록 만든다.

이야기의 기획과 의도는 "아우슈비츠 이후에도 서정시는 가능한가"라는 아도르노의 명제에 근접한다. 작품은 '어제의 동지가 오늘은 원수'가 되었던 '반민생단투쟁'의 거대한 아이러니의 역사를 성찰하면서 폭력이 용인되는 잔혹한 시대현실을 심문한다. 서정시가 가진 순수직관과 상상, 섬세한 의식과 감정을 동원한 이 작품은 만주라는 광활한 대지에서 제국-식민지의 다종 다양한 인종 집단을 껴안으면서 수많은 개인들의 다양한 층위들을 제시하는 성취를 이루고 있다.

이야기의 지평은 시적인 낭만성, 순수감정을 동원하여 죽어간 수많은 역사의 망령들을 '인간다움의 고귀함'이라는 등불을 비추며 이들의 기억을 재배치한다. 기억을 재배치하면서 이야기는 혁명의 맹목적 광기와 한없이 분식된 혁명의 당위에 의문을 품는 한편, 죽어가면서도 자신의 신념을 포기하지 않았던 이들의 고귀한 품성과 목소리를 되살리고 있다.

작품의 후반부에 등장하는 '이정희'의 편지는 목소리로 다시 환생한다. 그녀는 '옷의 얼룩처럼 남은 지나간 시절'의 꿈과 소망을 '김해연'에게 들려준다. 그 목소리는 몇 년 뒤 중국공산당 소속으로 활동하는 '김해연'이 용정에 돌아와 '최도식'을 처단하지 않고 방면한 것이나, 오른쪽 다리를 잃은 '여옥'이 새로운 삶을 살아가는 것이 암시하는 것은 인간의 '고귀한 소망과 몸짓'들을 긍정하도록 만든다.

'과거는 낯선 나라'(데이비드 로웬덜)라는 명제처럼, '과거'라는 낯선 나라의 모든 것들을 서사화하는 일은 불가능한 꿈이고 해묵은 욕망에 가깝다면, 작품이 재현하고자 한 것은 과연 무엇일까 자문해본다. 그 질문은 간도 일대 조선인 공산주의자들의 혁명을 향한 꿈과 좌절이, '역사의 밤'으로 호명되고 '유토피아 건설'을 위한 수령의 영도사 안에 편입되어 증식되는 오늘의 현실을 감안할 때 더욱 절실하다. 역사는 사회주의 혁명으로부터 민족과 국가, 수많은 개인들의 다양한 맥락에 따라 굴절되거나 심하게 왜곡될 수밖에 없는 운명을 가지고 있다. 북한의 혁명 이야기가 대표적이다.

북한에서 수령의 영도사는 역사를 수령 중심으로 재편한다. 1960년대 초반에 이르면 북한에서는 수많은 항일무장투쟁에서도 '김일성'이 이끈 동북항일연군을 '조선혁명군'으로 개칭하여 유일한 혁명전통으로 내세웠다. 전쟁 직후 남로당 일파에 대한 대대적인 숙청, 1956년 연안파와 소련파와의 대결에서 만주 출신 항일빨치산세력은 '종파투쟁'에서 승리하며 현실정치의 전면에 등장한다. 그와 함께 북한사회는 김일성 중심의 항일무장투쟁의 역사를 다시 쓰기 시작했다.

북한사회는 전쟁이 끝나가는 1954년 무렵부터 만주 항일무장투쟁 전적지를 답사했다.[8] 50년대 후반부터 간행되기 시작한 『항일빨치산 참가자들의 회상기』는 북한사회에 항일무장투쟁에 대한 관심을 고조시켰다. 그 연장선에 '김일성 중심의 항일무장투쟁'이 '유일한 혁명전통'으로 자리잡는다.

'8월종파사건'을 계기로 김일성 체제는 '보천보 전투'를 지원했던 국내파 공산주의자들마저 숙청하고 난 다음 1967년, 절대 유일의 권력체제를 출범시켰다. 1968년 새해 벽두, 4.15문학창작단을 결성하여 '총서 불멸의 력사'를 기획한 것도 이런 배경에서였다. '총서'의 기획은 간도 일대의 모든 항일무장투쟁의 상이한 맥락과 위계를 '김일성' 중심으로 재편하여 국가의 공적 기억으로 영속하는 국가사업이었다.[9]

'불멸의 역사 총서'는 해방 전후 편을 모두 합해 2006년 현재, 32편의 장편대작으로 총 4만 7천여 장에 이르는 방대한 양을 자랑한다. 이 국가서사는 항일무장투쟁을 국가 유일의 혁명전통으로 규정하고 북한사회의 성원들을 단일한 공공기억으로 구속하는 문화 정전의 구실을 하고 있다. '총서'에 담긴 모든 서사는 오직 '김일성'만이 그의 지위만이 절대적이고 유일한 가치를 누리며 '영속적인 기억'을 무한 반복하며 '수령형상문학'을 양산하기에 이른다.

북한정치의 역사적 기억 전유는 역사 지배를 통해 인민들의 사유를 완전

---

8 송영, 『백두산은 어데서나 보인다』, 평양, 민주조선사, 1956.
9 유임하, 「'총서 불멸의 력사' 기획의 의도와 독법」, 한국현대소설학회 학술회의 발표요지집, 2008, 192-193면.

히 구속하려는 국가권력의 괴물과도 같은 의지를 보여준다. 바로 이 지점에 간도의 조선인 공산주의자의 항일무장투쟁에 대한 남한 작가의 성찰적 메타 역사서사가 등장한 것이다. 이 작품에서는 무수한 개인들의 '발화되지 못한 채 망각된' 기억을 활성화시켜 때로는 모순되기까지 하는 '수많은 개인들의 기억'과 대비시킨다. 작품은 체험이 명징함이 가진 전모의 불투명성을 전제로 이데올로기적 허위를 벗어난 인간 보편의 지향이 무엇이었던가를 보여주고자 한다. '역사' 아닌 '과거'라는 대상으로 재배치하는 '역사에 관한 이야기'에서 혁명의 맹목성과 광기에 맞서는 가치의 기반은 '시적 낭만성'이다.

작가는 '시적 개인'의 '낭만성'을 통해 두 여인과의 낭만적 사랑은 물론, 혁명 대오에서 벗어나 변절한 '최도식'의 삶과 진실도 긍정하는 편에 선다. 작품은 '노예의 삶'에서 '폭력의 예술적 차원'을 용인하면서도 제국의 광포함과 혁명의 광기에 사로잡힌 맹목에 의문을 표한다. 그 의문은 최도식의 증언이 알려주는 바와 같이 '이정희'의 은폐된 죽음에 해답이 있다. '김해연'에게 모든 죄를 뒤집어씌운 다음 유격구로 데려가려는 '박길룡'의 지시를 '이정희'가 따르지 않았기 때문에 죽어간 것이다. '최도식'의 증언은 혁명의 맹목성과 광기에 사로잡힌 자들의 음모와 그들이 내세우는 명분으로부터 자유로운 변절자가 오히려 숨은 진실을 알고 있으리라는 잉여의 지점을 잘 말해준다.

과거를 호명하는 방식에서나 과거를 국가와 민족의 서사와는 다른 작품의 시도가 나름대로 의미가 있다는 것은 바로 이같은 가능성과 진실에 대한 감각 때문이다. '김해연'이 '나카무라'에게 접근하여 그를 인질로 삼아 어랑촌을 탈출하는 사건 전개나 '이정희'를 둘러싼 낭만적 사랑과 이미지의 과잉에도 불구하고, '이정희'의 죽음에 관한 진실을 두고 벌이는 '김해연'식의 시적이고 낭만적인 취향은 불투명한 현실과 가려진 진실에 다가서는 이야기에서 큰 흠결이 아니다. 또한, 시간대를 절편하여 서사 경로를 단절시키는

'의식의 흐름'이 기억의 흐름에 가까운 것임을 감안하면 이야기의 복합성은 더욱 두터워진다. 그런 점에서 이 작품은 논리적인 설명이 불가능하고 재현 불가능한 '반민생단투쟁'을 제재로 삼아 얽히고 설킨 1920년대 만주의 청년 사회주의 운동과 항일무장투쟁의 기억을 인간 실존의 '고귀함'으로 이야기함으로써 '역사소설'의 지평을 넓혀 놓았다는 말이 가능하다.

(출전: 원제 「기억하지 않는 역사의 밤에 참례하기
－김연수의 『밤은 노래한다』」, 『문학 선』, 2009 봄)

'재일'의 동아시아적 시좌와 제주4.3의 대작화

한글 완역본『화산도』읽기

1

이번에 간행된 한글 완역본『화산도』(이 책은 2015년 간행되었다―필자)의 작가 김석범 선생은, 남과 북 어디에도 소속되지 않은 미未 국적자 신분인 재일조선인으로서, 그 고적한 지점에 스스로를 위치시켜 문학적 정치적 신념을 감연히 지켜온 분입니다.

이 노老 작가는 남과 북의 분단 현실 속에서 패전 이후 일본을 거점으로 삼아 통일된 네이션-스테이트를 자신이 귀환하려는 이상적인 조국으로 상정해 놓고 있습니다. 그에게는 이 처절한 실존적 조건과 분단현실과 응전하는 것이 여전히 유효한 소설의 테마인데 왜냐하면 분단의 현실은 현재진행형의 상태이기 때문입니다.

선생의 이런 삶의 정향과 조건은 마치 마르쿠제(Herbert Marcuse, 1898-1979)를 떠올리게 만듭니다. 마르쿠제가 구 소련이나 미국, 동서 냉전체제의 두 축에게서 배척당했던 것처럼, 그 선례를 떠올려 주기에 족할 만큼 선생은 남과 북 어디에서도 환영받지 못합니다. 분단체제의 적대성은 어느 한쪽을 지지하지 않으면 상대를 적으로 간주합니다. 남북 체제 양쪽 모두에 의심받는 흑백논리 바깥의 회색지대에 머물러 있는 선생의 어려운 처지를 환기할 수 있습니다. 선생의 면모는 한때 해방정국에서 존재했으나 좌우 모두에 배척당한 '중간파'의 처지와도 흡사합니다.

하지만, 조금만 더 생각해보면 선생의 조건은 중간파의 이상과 처지와는 본질적으로 다릅니다. '중간파'는 좌우와 남북의 진영 대결에서 갈등을 조정하고 극한의 대결을 완충할 시대적 역할을 제대로 수행하지 못한, 분단의 역사적 현실에서는 패배자, 희생자였습니다. 중간파의 쇠퇴와 몰락은 미군정의 반공정책이 짠 일종의 프레임정치의 결과였습니다. 해방 직후 이북에서도 반공정책에 맞선 '반동 축출정책'이 해방직후 시작되어 한국전쟁 후에는 더욱 강화되었습니다. 사회주의 성향이 강했던 남한이 친미 자본주의 사회로, 보수적이고 민족적 성향이 강했던 북한이 사회주의 종주국이었던 소련 군정의 지원을 받아 좌익연합 정권을 수립하면서 중간파의 역할과 정치적 영향력은 크게 위축되었습니다. 이들 중간파는 점증하는 좌우 진영의 갈등을 조정할 입지와 정치적 동력을 얻지 못했습니다. 제국 해체 이후 공산당까지도 공인받은 전후 일본의 선례와는 너무나도 다른 형국입니다. 미소 군정이 주도한 냉전 구도가 한국사회에 관철되면서, 중간파의 높은 이상은 현실 정치의 장에서 무력할 수밖에 없었고 어느 진영에서도 환영받지 못하는 상황으로 전락하고 말았습니다.

남한사회에서 중간파는 자유 대한을 새롭게 건국했다고 믿는 월남 반공세력에게서 철저히 배제되었고, 생명의 위협을 느끼며 침묵하거나, 월북을 결행하거나 태평양 건너 미국 땅을 택하기도 합니다. 월북한 중간파는 토지개혁을 비롯한 민주개혁 조치 속에 남로당의 8월테제에 따른 좌우합작 기조를 수용하면서 통일전선의 과도적 노선에 동참하기 위해 북한체제를 택합니다. 이들은 북한 정권 수립에 많이 기여했지만 전쟁을 치르면서 전쟁 책임을 둘러싼 주도권 다툼에서 힘을 잃습니다. 1950년대 중후반부터 시작된 항일 빨치산 세력의 숙청작업은 60년대 초반에 이르면 거의 마무리됩니다. 항일 빨치산 세력들에게 축출당한 중간파 인사들(저는 '중간파'를 남북 통합 정부 수립을 외친 김규식, 조소앙, 안재홍, 김창숙, 김성숙, 장건상, 원세훈, 조완구 등 '해방정국'의 특정한 정파를 지칭하지만(김재명, 『한국 현대사의 비극-중간파의 이상과 좌절』, 도서출판 선인, 2003), 남로당 출신 인사들과 연안파, 소련파도 넓은 의미에서는 남북체제가 배제한 '중간파'로 볼 수 있다는 입장입니다)은 중국과 구소련으로 도피하고 망명을 택하지만 대부분 북한의 역사에서 지워지고 맙니다.

2

분단의 장기지속에 따른 남북한의 대치국면은 갈등과 화해, 냉탕과 온탕을 번갈아가며 극단을 오갔습니다. '서울 불바다론'과 같은 전쟁을 직접 언급하는 북한관료의 위협적인 발언에서 보듯 대내외적인 정치적 위기를 군사적 갈등과 충돌 가능성을 고조시키는 극한적 양상으로 표출되어 왔습니다. 분단의 폭력성이 가중되는 현실정치의 밑바닥에는 냉전구도의 관철과 함께 구조화시킨 반공주의/반동주의가 자동적으로 작동하는 시스템이 있기 때문입니다. 이 적대적인 남북 공존의 기묘한 시스템이 자동화되는 현실에는 광복 이후 남북사회에서 공통적으로 이루어진 중간파 배제로 인한 정치적 완충 구조의 부재가 큰 원인으로 지목됩니다.

해방된 지 70년을 넘어선 한국사회에서 분단의 가장 오래된 병폐의 하나는 여전히 흑백 논리로 재단되고 있는 현실정치의 국면일 겁니다. 하지만, 여기에는 놓쳐버린 공식 역사의 잉여, 곧 기억과 망각의 중간지대를 형성하는 유연하고도 다양한 시좌視座의 부재가 꼽힐 만합니다. 우카이 사토시鵜飼哲

선생의 표현을 빌려 말하면, '수많은 마이너리티에 대한 폭넓은 이해의 부재', "다른 역사적 경험, 다른 정치적 구조"(우카이 사토시, 「환대의 사유」, 신지영 역, 『주권의 너머에서』, 그린비, 2010)에 대한 포용력 있고 열린 사유야말로 지금의 한국사회에 절실하게 필요한 것이 아닐 수 없습니다.

남과 북은 공히 '분단의 망딸리떼'를 볼모로 정치경제적 기득권을 장악해 왔습니다. 남한의 반공체제가 사상적 검열을 통과한 사상공동체로서 국민의 삶과 앎을 전유해 왔고, 북한체제가 계급적 민족으로서의 인민을 전유하면서 중간파로 통칭되는 다른 사유와 실천의 방식을 거칠고 폭력적으로 배제해온 것이 현실이었습니다. 남한에서는 박근혜정부가 탄핵당하면서 지금껏 구축하고 작동시켜온 반공냉전의 의식구조에서 해방될 가능성은 높아졌지만, 그렇다고 해서 기득권의 사회의식 구조는 쉽사리 해체되지는 않을 것입니다. 구조화된 의식은 상당기간 내구력을 발휘하며 언제든지 재생될 여력을 가지고 있기 때문입니다.

실상, 해방기 때 '중간파'의 존재 여부는 그러니까 분단의 폭력적 현실에 대한 정치적 통합의 가능성과 상호존중, 더 나아가 정치가 지향하는 공공이익에 대한 보편적 가치와 직결되는 것이었습니다. 미소 군정이 시작되면서 시행한 지리적 분할은 곧바로 친미, 친소세력을 규합하면서 사회 내부에는 냉전적 구도를 가동하는 정치적 분단을 창안, 구조화하는 강제성을 발휘했습니다. 북한사회에서는 일사불란하게 당 조직을 구축하기 위해 '항일빨치산'들은 하방下方했고, 이와 함께 제도 개혁을 통해 식민 유제와 단절하는 급진적 정책을 시행하며 사회경제적 분단을 가동했습니다.

중간파의 감각이란 남북 사회가 공히 합의를 거쳐 통합적이며 단일한 민족국가를 이루는 것이었습니다. 어느 한쪽 체제가 개벽에 가까울 만큼 전격적으로 '민주개혁'을 단행하며 소련식 제도를 도입해 나가며 신속하게 변화했습니다만, 다른 한쪽 체제는 친미화되고 다시 식민지 상황에 예속되는 상황으로 이어졌습니다. 채만식과 「낙조」(1950)와 이태준의 「먼지」(1950)는 불안감 속에 전쟁을 예견했던 사례입니다.

바로 이러한 감각이 가동되는 첨예한 지점에 제주4.3이 자리잡고 있었습니다. 제주4.3은 분단체제의 등장에 맞선 최초의 발화점이자 명백한 동족학살이었습니다. 4.3의 해명이 여전히 유효한 까닭은 동족학살의 분출이 점차 확장되면서 전쟁으로 이어졌고 전쟁 이후 '국가폭력의 전쟁정치'는 더욱 은밀하고 광포한 체제유지 수단으로 전락해갔기 때문입니다. 한반도의 끝자락에 있는 제주는 육지로부터 고립되어 있어서 탈식민의 유제遺制가 관성을 잃지 않은 지역으로, 친일에서 친미로 이행해가는 정치사회의 변화를 첨예하게 드러낸 장소였습니다. 4.3의 비극은 이런 조건 위에 민족모순과 계급모순, 또 분단체제의 등장을 앞둔 시기에 결속한 섬사람들의 현실 인식이 중첩된 지점에서 일어난 사태입니다. 그 비극은 70년대 이후 한국소설에서 제주 출신의 작가들에 의해 높은 성취와 뚜렷한 성과를 축적해 왔습니다.

잘 알려져 있듯이, 제주4.3에 대한 사회적 인식 전환이 새로운 전기를 맞이한 것은 지난 2006년 4월 노무현 대통령의 공식 사과에서부터입니다. 현직 대통령의 공식 사과를 시작으로 제주4.3은 망각에서 공식 역사의 장으로 들어선 것입니다. 2여 년에 걸친 진상조사위원회의 활동과 4.3평화재단의 출범에 이르는 많은 가시적 성과에도 불구하고, 파편화되고 망각된 기억이 역사의 지평 안으로 들어서는 과정은 순탄하지만은 않은 게 지금의 현실입니다.

2015년 1월에 점화된 '역사 교과서 국정화' 논의는 '역사전쟁'이라 표현할 만큼, 보수정권의 주도 아래 역사의 퇴행을 보이며 점입가경의 상황입니다. 일본만 해도 아베 정권의 오랜 집권으로 인해 역사의식이 보수화되고 역사에 대한 시선이 협애한 방식으로 전유되면서 한국과 중국에서는 '반일' 무드가 고조되었습니다. 이런 상황 때문에 동아시아의 역사 지형은 빠른

속도로 뒷걸음치고 있습니다. 이러한 정세는 2015년 10월 한글 완역본 『화산도』의 완간과 함께 방한하려 했던 노老 작가의 입국 불허라는 실망스러운 조치로 나타났습니다. 작가의 입국 불발과 함께, 『화산도』 완간을 기념한 심포지엄의 축제 분위기는 역사에 대한 책무성을 성찰하는 자리로 대체되었습니다.

3

『화산도』는 일본 패전 직후 잠시 한글로 기술되었다가 표현 수단을 일본어로 바꿉니다. 민족의 언어를 획득한 해방의 자유를 만끽했지만 일본이라는 삶의 거처에서는 '자이니치'로서 일어로 된 문학의 정체성을 택할 수밖에 없었습니다.

제국으로부터 해방된 모국은 제국이 분할되는 대신 그 분할의 운명을 떠안는 비극을 겪습니다. 동서 냉전체제가 등장하고 한반도가 분할 점령되면서 하나 된 민족의 국가로 발돋움하지 못했습니다. 광복과 함께 일본에 거주하는 조선인 작가들은 남과 북, 어느 한쪽을 택해야 하는 상황을 맞습니다. 남북 체제의 어느 한쪽에 소속되기 위해 국민으로 등재하는 일은 곤혹스럽게도 재일조선인 사회를 냉전체제로 다시 분리 구획하도록 만들었습니다. 하지만 남도 북도 아닌 통일조국을 염원하며 스스로 식민지 이전의 '조선' 국적을 포기하지 않은 이들이 있었습니다. 민단 계열인 재일 '한국인'도, 총련 계열의 재일 '조선인'도 아닌 '재일 조선인'이 바로 그들입니다.

한 '재일 조선인' 작가에게는 주요한 공통점 하나가 있습니다. 이들에게 문학은 '일본어라는 기표 안에 모국 제주의 망탈리테라는 기의를 품은 문학'이라는 점입니다. 이번에 한글본으로 완역된 『화산도』 역시 이러한 '망명자'

에 가까운 정치의식에 기반을 두고 있습니다. 김석범 선생이 재현한 제주4.3
에 대한 이야기는, 방금 전 말씀드린 대로 '기표와 기의의 불일치'에도 불구
하고 한반도의 끝 제주에서 일어난 비극적 사태를 읽어나가는 데 조금도
어색하지 않습니다.

선생의 문체와 이야기 내용, 제기하는 문제의식은 작품을 읽는 내내 브레
히트가 망명해서 썼던 시 「스벤보르의 찬가」(베르톨트 브레히트, 김광규 역, 『살
아남은 자의 슬픔』, 한마당, 1999)에 나오는 시적 화자의 간절한 염원을 보여줍
니다. "벽에 못을 박지 말자/ 이곳에 익숙해지지 않기 위하여"로 시작되는
이 시는, 선생이 문학적 생애 전반을 일이관지一以貫之해온, 제주4.3에 대한
깨어 있는 의식과 그 항상성을 이해하는 데 필요한 망명자의 감수성입니다.

'기표와 기의의 불일치'는 근대 초기 공식 문어였던 한문과 구어인 한글이
혼용되어온 어문생활을 떠올릴 만큼, 제게는 한문투성이인 문어와 구어체
한글이 혼재된 상태 그 이상은 아니었습니다. 이건 무슨 의미일까요. 잠시
저는 해방 직후 귀환했던 작가들의 경우를 떠올려 봅니다. 일본식의 서툰
한문투 문체를 보인 김사량이나 식민지 시기의 작가들 정도 밖에는 이물감
도 크게 느껴지지 않았습니다. 이런 현상은 사변체 문투로 꽤나 이름 높았던
장용학이나 다시 일본으로 돌아가서 칩거한 손창섭 같은 이들에게서 느껴지
는 문체의 이물감과도 질적으로 다른 것입니다.

작품에서 두드러지는 첫인상은 제주에 대한 박물학적 지식이었습니다.
50년대 작가들에게서는 서양 실존철학에 대한 추상적인 이해와 수용이 대단
히 소박한데, 이건 6.25전쟁의 폐허상과 많이 닮아 있는 겁니다. 이들의 폐허
의식에는 도저한 허무주의 때문에 고향에 대한 깊은 애정과 이해란 깃들
여지가 별로 없습니다. 절망과 허무 속에 전후세대 작가들은 스스로 '6.25증
언세대'라 칭했습니다. 이들의 문학은 이어령 선생의 표현대로 '화전민 문
학'에 가깝습니다. 장용학은 "개화기 이후 그나마 일구어온 문명의 자취마저

한줌의 재로 변해버린" 현실에 절규하며 페시미즘이 범람하고 전쟁의 비극을 토로하기에도 벅찬 상황이었습니다.

4

제가 『화산도』를 읽으면서 느낀 소회의 하나는 제주4.3을 총찰摠察하는 독특한 '시좌視座'였습니다. 앞서 언급한 것처럼 『화산도』는 제주에 관한 동아시아 정세만이 아니라 그 안에 담긴 풍요로운 제주의 먹거리를 선명한 이미저리로 보여주고 있습니다.

이 생생한 감각의 조리개는 망국 이후 시작된 민족의 유랑과 타문화 이주가 낳은 역설이기도 합니다. 정세에 대한 판단이 보여주는 넓은 시야와 제주 음식에 대한 세부묘사는 타의추종을 불허하는 수준입니다. 고향에 대한 기억과 애정이 음식 문화로 집약되고 세세한 감정이 실린 표현으로 표출된 게 아닌가 싶습니다. '이방근'만이 아니라 '방근'의 형 '하타나카 요시오畑中義雄 또는 이용근李容根', 누이 '유원', '양준오'와 '남승지', '강몽구', 저 멀리 싱가포르 창기수용소에서 어렵게 귀환한 '한대용'에 이르기까지 대부분의 인물이 마주하는 음식의 풍경이 그러합니다. 고향을 벗어난 이주와 유랑의 경험을 간직하고 있을 뿐만 아니라 음식문화를 매개로 자신들의 정체성을 확인하기 때문이지요.

작품 속 음식문화의 함의는 제주의 지역적 정체성과 긴밀하게 연동됩니다. 민족사의 신고와 보조를 같이해온 삶의 이력에다, 묵묵히 제주를 지켜온 토속음식은 '부엌이'와 '제주할망'의 손길이 보태지면서 다양한 의미론적 변주를 불러일으킵니다. 이들이 차려낸 일용할 양식은 밥상 위 요리의 성찬과 술과 여흥 많은 삶으로 재현되는 것이지요. 제주 음식과 재일조선인들의 전통음식이 일본사회에서 자리잡은 것은 식민지 시기와 함께한다는 사실은 이미 널리 알려진 사실입니다. 하지만 김석범 선생의 음식 취향은 그 섬세한 묘사에 힘입어 지역문화의 고유한 정체성을 형성합니다. 이방근의 다채로운 음식 순례에서 보듯 그 깊이나 취향이 그리 간단치가 않습니다. 인물 개개인의 기호에 따라 등장하는 음식에 덧댄 풍부한 지식과 유래에 대한 묘사와 서술은 음식 편력자의 수준을 훨씬 넘어섭니다.

백석이 평북平北 방언으로 지역의 성찬들을 시로 담아냈듯이, 『화산도』에 서술되는 음식은 오늘날 '제주식 요리'나 '제주 음식'이라는 이름으로 '한류'의 개성 가득한 밥상의 다채로움으로 소개된 지 오래입니다. 작품에서 음식에 대한 기억은 이방근이나 양준오, 남승지, 이유원 같은 인물 어느 한둘에게 고정된 특징이 아닙니다. 제주 음식의 기억은 특히 모든 인물들의 입맛 당기는 후각과 미각, 청각을 공감각화하며 텍스트의 일부를 이루고 있습니다. 이는 '망명자'를 자처한 이들에게, 고향을 향한 간절한 염원과 결합된 가장 확실한 지역 정체성으로서의 문화적 기억에 해당합니다. '재일'이라는 위치에서 '제주'의 지역성과 보편적 가치를 동시에 이끌어내는 문화감각의 재현이야말로 『화산도』가 가진 각별한 미적 특질이 아닐까요.

작가는 미해결의 역사와 망각된 기억을 역사의 장으로 불어내어 기입하는 개인이고, 사회문화의 첨병이자 승자의 기억에 맞서 수많은 희생자와 약자들을 불러내어 천도하는 글쓰기의 주체입니다. 그런 점에서 『화산도』가 차지하는 분단문학으로서의 위상은 결코 작지 않습니다.

작품은 특히 한반도 내부에서 발신하는 분단이야기와는 다른 지점에서 창조된 문학적 사례이기 때문입니다. '일본'이라는 발화의 공간적 위치도 문제적이지만 제주4.3이 모국어로 발화되지 못하고 일본어로 발화되는 연유나 '기표와 기의의 불일치' 현상은 망명작가의 조건을 단적으로 보여주는 사례이기도 합니다. 하지만, 이는 '재일'(다케다 세이지, 재일조선인문화연구회

역, 『'재일'이라는 조건』, 소명출판, 2016)이 가진 정치적 입지가 얼마나 문제적인지를 잘 보여주는 대목입니다.

『화산도』가 분단문학임에도 불구하고 한국의 분단문학과는 다르게 성취한 대목은 무엇일까요. 그 성취의 하나는 분단문학의 시선과 경계를 동아시아라는 차원으로 확장한 것입니다.

한국의 분단문학은 기성세대와 전쟁체험세대, 전후세대를 거치면서, 남과 북의 적대성 해소와 사회정치적 폭력성을 극복해야 할 대상으로 삼았습니다. 이같은 소설사적 문제제기는 구조화된 분단현실이 가진 비인간성과 폭력적 현실이 가진 억압성을 고발하는 모습에서 볼 수 있듯이 사회 내부로 향해 있습니다. 탈북자들이 속출하는 현실에서조차 통일에 대한 소설적 상상은 디스토피아적 현실로 나타납니다. 남한 사회의 '반공주의'와 북한 사회의 '반동주의'는 정치체 자체가 지닌 사상적 심급이자 체제의 헤게모니를 지탱하는 적대적 타자의 배제 원리이기도 합니다. 민족을 강조하면서도 '비민족화된 타자들의 배제'를 통해 적대적인 '사상적 타자'를 만들어내는 시스템이 있습니다. 이 분단의 망딸리떼는 냉전구도의 관철에서 비롯된 특징을 이루기도 합니다.

'재일'은 남북 체제 어디에도 속하지 않으면서도 남북체제를 포괄하는 존재들입니다. 이들은 분단 이전, 근대 국민국가의 상상적 주체로도 포착되지 않는 고유한 지역성과 독특한 역사성을 가지고 있습니다. '재일'은 제국 일본과 피식민의 문제를 해결하지 못한 채 한반도 분단으로 생겨난 균열의 틈바구니에서 형성된 집단입니다. 이들은 일본의 영토 안에서 살아남고, 살아가기 위해 차별을 온몸으로 겪는 익명의 개인들로 형성돼 있습니다. 이들의 존재 자체가 남북한과 일본의 중첩된 모순 속에 경계인으로 살아가는 생생한 현실이고 극복되어야 할 미래의 주역이라는 가능성을 품은 경계인들입니다.

조정래의 『태백산맥』은 현존하는 분단문학의 정점 하나를 점유하고 있습니다. 여순사건 발발과 함께 시작된 이 장편대하소설은 한국전쟁이 휴전체제로 돌입하는 1953년 7월말, 대략 5년의 기간을 배경으로 삼고 있습니다. 작품은 한국소설사에서 그리고 분단문학의 역사에서 그 규모에서나 이야기가 성취한 함의에서나 문학적 대표성을 확보했습니다. 전남 일대에서 가장 문제적이었던 여순사건과 함께 분단의 생생한 현실을 재현하였기 때문입니다. 작품은 여수와 순천, 벌교라는 지역성은 저 멀리 동학혁명의 시간대로 소급되고 일제 강점기를 거쳐 해방의 혁명적 시간대와 전쟁의 시기를 다룹니다. 이야기는 남북의 분단체제가 성립하는 과정에서 농민과 지식인 청년, 좌익가족과 여성, 소년전사에 이르는 대단히 폭넓은 인물군을 등장시키고 있습니다.

작품을 좌경화된 텍스트로 읽기도 하지만 저의 생각은 다릅니다. 작품이 좌경화된 것이 아니라 '민중'의 시각에 토대를 둔 '아래로부터의 시선'을 채택했기 때문입니다. 『태백산맥』은 망각된 기억으로부터 해결되지 못한 역사의 망령들을 불러냅니다. 그 기억은 해방 직후부터 건국에 이르는 시기에 배제되고 침묵되었던 것들이죠. 여순사건에서 시작된 호남과 충청, 경상도에 포진한 지리산 일대의 빨치산으로 이어지는 이야기에서 만나는 수많은 개인들의 희생은 분단과 전쟁의 현실에서 어떤 의미를 갖는가를 줄곧 탐문하는 과정이라 봅니다.

『태백산맥』에서는 고립의 땅 제주에서 일어난 4.3이 여순사태의 기폭제였음에도 불구하고 이 사건을 전면화하지 않았습니다, 아니 할 수가 없었습니다. 제주4.3이 이야기의 경로에서 배제된 원인의 하나는 분단의 기원을 다루지 않은 작가의 한계가 아닙니다. 제주4.3이 대한민국의 근현대사에서 차지하는 문제성은 벌교의 지역성과는 전혀 다른 역사성을 가지고 있다는 점을 작가가 잘 알고 있었기 때문입니다.

분단체제의 현실에서 남북 사회는 미국과 구소련의 군정 하에서 서로에게 유리한 정권 수립에 매진합니다. 이견이 있을 수 있지만 남북의 건국 과정은 민족의 단일국가 수립이라는 역사적 과제와는 다소 거리가 있었습니다. 제주4.3은 여순사건의 근원이었을 뿐만 아니라 단일국가 수립이라는 대의와 어긋나기 시작하는 명백한 거부였습니다. 제주4.3은 친일세력 청산에 실패하고 식민유제에서 탈피하지 못한 채 친일에서 친미반공으로 기조를 바꾼 분단체제 작동을 거부한 민중들이 일으킨 '최초의 무장봉기'였다고 해도 과언이 아닙니다.

친일에서 친미반공으로 변환되는 일련의 과정은 일본 식민체제가 패전하고 난 뒤 '전후 일본'으로 이행하면서 한반도 외곽에다 탈식민의 상황적 유동성을 남겨 놓았습니다. 남북으로 나뉜 정치체에서는 완전한 흡수를 통한 독립국가 창출을 서로의 모토로 삼으면서 신탁정국 이후 '1948년체제'를 만들었고, 한반도는 점차 내전의 상태로 들어갑니다. 남한의 '북진통일론'과 북한의 '국토완정 조국해방론'이 한반도 담론장에서 서로 경합하면서 실제로 군사적 충돌이 빈발하고 급기야 국제전으로 돌입한 것이지요.

5

『화산도』에는 제주4.3에서 제기된 평화협정의 무산과 함께 급변한 결과가 상세하게 서술되고 있습니다. 1948년 여순사태 이후 국가보안법 공포(1948.12.1)와 함께, 다양한 사상 스펙트럼을 가지고 있었던 '비균질적인' 인민들은 혹독한 사상검증을 통해 반공국민으로의 과정을 거칩니다. 남한에서 좌우진영의 대립과 갈등이 고조되기 시작하는 시점이 앞서 '신탁정국' 이후라 언급했지만, 이후 좌우진영의 합작 분위기는 사라지고 서로 적대시하며 충돌하며 사회집단의 균열을 일으킵니다. 정세는 돌이킬 수 없을 만큼 '루비 콘강을 건넌 형국'입니다.

해방 직후 '인민'이 비균질적인 '정치적 주체로서의 개인'의 비균질적인 면을 강조한 것이었다면, '인민'의 사상적 핵분열은 민족과 반민족, 민중과 반민중으로 구획되었고, 양심적인 지식인들까지 좌우진영으로 다시 구획되고 재배치되면서 국민과 비국민으로 분할됩니다. 이 과정에서 자발적 비자발적인 체제 선택이 '월남'과 '월북'이라는 현상으로 나타난 겁니다. 북한사회에서 소련군과 함께 귀화한 대략 200명 내외의 항일무장 빨치산들이 소군정의 지원 아래 하방下方하여 북한 전 지역에서 북로당 조직화에 박차를 가하며, 반공 기독교세력과 자생적인 자본가 출신의 민족진영 인사들을 '반동세력' 혹은 '반민족세력'으로 규정하고 이들을 축출하기 이릅니다. 월남한 이들 반공세력은 맹목적인 공산적대세력으로 자신들의 정체성을 재정비합니다. 월남인들은 다양한 계층들로 구성돼 있었으나 일제 잔재와 친일세력 청산이 미흡한 남한에서 반공대열에 합류하여 든든한 보수세력과 그들의 친위대로 탈바꿈합니다. 한 연구에 따르면 서북지방 일대의 월남민들이 오늘날 반공을 국시로 삼은 친미적인 성향의 대한민국 수립을 주도한 중추세력이라고 규정하고 있습니다(김상태, 「근현대 평안도 출신 사회지도층 연구」, 서울대 박사논문, 2002).

이야기가 잠시 분단 상황에 대한 설명으로 곁길로 나갔습니다만, 이러한 남북의 정치적 사회적 현실이라는 관점에서 보면 제주4.3은 분단의 역사에서도 가장 비극적이고 조직적인 동족학살입니다. 제주4.3의 성찰에서는 오키나와 방어전의 패착 이후 제주라는 섬을 일본 본토의 최후방어선으로 삼았던 일제의 역사적 맥락을 짚어보아야 합니다.

일제 말 제주에서는 일제가 본토 사수를 준비하며 비행장과 수많은 방공호, 진지를 구축했습니다. 이렇게 축조된 시설들은 고스란히 제주도민의 학살에 사용하거나 입산자들의 방어진지로 활용되었습니다. 때문에, 제주4.3은 제2차 세계대전 혹은 태평양전쟁의 연장이라는 성격과 분단의 첫 전쟁이라는 성격을 함께 지니고 있습니다.

『화산도』의 공과는 바로 이 지점, 『태백산맥』에서조차 풍문으로밖에는 다룰 수 없었던 복잡다단한 비극의 역사를 남과 북이 아닌 동아시아의 시좌에서 재현해냈다는 데 의의가 있습니다. 특히 이 시좌는 한반도 내부의 시좌가 아니라 제국 일본과 분단조국의 중간지대라는 점에서 각별한 주의가 필요합니다.

저는 그리 긴 시간은 아니지만 분단문학을 논의해온 한 연구자로서『화산도』가 지닌 의의와 맥락을 어렴풋이 짐작합니다. 『화산도』의 성취 하나는 일본사회 한복판에서 일본어를 언어의 기표로 삼았으나 '조선'의 망딸리떼를 기의로 담아낸 텍스트라는 것입니다. 또한, 이 텍스트는 완성된 단일한 민족국가의 성원이기를 갈망하는 작가의 오래된 결의와 문학적 실천을 보여줍니다. 앞서 언급했듯이 '기표와 기의의 불일치'는 고스란히 제국의 잔영과 분단된 모국의 현실이 교차하는 문제적 상황과 '재일'이라는 문화적 위치에서 생성된 것이지요.

미군정 이후인 1953년, 친미정권인 '자민당 체제'를 지속해온 전후 일본사회에서, 작가의 위치는 전쟁책임을 배제한 일본사회의 잉여적 지대에 놓인 지식인, 망각의 장으로 밀어낸 제국의 청산되지 않은 역사에 포함된 망국민의 지위를 견지하도록 만듭니다. 다른 한편으로는 작가라는 개인은 일본 대신 분할통치의 고통을 겪는 한반도의 정세와 조건을 지켜보아야 하는 착잡한 상황이 이어집니다. '미완의 역사' '미해결의 역사'는 '망령'으로 나타난다는 점에서, 작가는 '고발과 증언'을 동시에 감행하지 않으면 안되는 고투 속에 놓입니다. 이 어렵고 수많은 장벽이 가로 놓인 남북일의 현실에서 작가는 문학적 행로를 개척해왔던 겁니다. "길은 항시 어데나 있고, 길은 결국 아무데도 없다"(「바다」)라는 미당의 시적 표현을 빌려 말하건대, 지향하는 목표가 있다면 길은 어디에나 있고 아무데도 없습니다. 길이 없다면 아무도 가지 않은 세계와 공간에서 작가는 글쓰기를 통해 그 길을 개척해온 것입니다. 그런 점에서 『화산도』는 필생의 역작이자 문학적 신화입니다.

한중일 학자가 한자리에 모여 호혜적인 시각을 공유하며 동아시아의 역사가 집필된 경우도 있지만(한중일 3국 공동역사편찬위원회,『한중일이 함께 쓴 동아시아 근현대사』전 2권, 휴머니스트, 2012), 한국소설의 경우 자국중심주의적 사고에서 벗어난 한반도 분단을 다룬 이야기 생산에 좀더 주의를 기울일 필요가 있어 보입니다. 이 작업은 민족과 지역에 걸친 문제적 상황, '지구상 마지막 남은 분단국가'(김원일, 「지구상 마지막 남은 분단국가」, 김우창 외,『제1회 세계문학포럼 요지집』, 민음사, 2000)라는 현재적 상황을 고려하는 것을 넘어 인류보편의 가치를 획득한다는 점에서 그러합니다.

잘 알려져 있듯이 분단국가의 태생적 한계로 인해 남과 북의 체제는 강력한 정치적 헤게모니를 확보하기 위해 사회내부에 관철된 냉전구조를 활용하고 재활용하는 통치방식을 선택했습니다. 안호상安浩相(1902-1999)이라는 인물이 있습니다. 그는 정부수립기인 1945-1948년에 이르는 시기에 반공 이데올로그로 활약합니다. 그는 주체철학을 고안하고 완성시킨 북한의 황장엽에 비견되죠. 해방 후 안호상은 대한민국의 교육이념을 '홍익인간'으로 삼는 것을 주도했고 이승만 정권에서 문교부장관을 역임하며 '일민주의'를 외치기도 했으나 50년대 중반 정권에서 축출당합니다.

국민보도연맹사건의 예를 들어볼까요. 역사학자의 성과를 참조해 보면(김기진,『국민보도연맹』, 역사비평사, 2002), 이들은 사상검열과정에서 좌익활동 경력을 가진 자이거나 그러한 가능성이 있었던 존재들을 조직화하여 국민화과정에서 배제하였고 6.25전쟁이 발발하자 서둘러 동족을 학살했습니다. 6.25전쟁 발발 다음날 종군에 나선 김사량이 작성한 「종군기」 제1신에 벌써 민간인 학살을 고발하는 내용이 나옵니다. 국가권력에 의한 민간인 학살은 남북이 공히 미해결의 역사입니다(신경득, 『민간인 학살－종군실화로 본』, 살림터, 2002). 명백히 국가권력에 의한 조직적인 동족 학살의 전쟁범죄였습니다.

동족학살의 시발은 제주4.3임에 분명합니다. 그러니까 6.25전쟁 이전, 브루스 커밍즈가 언급한 내전의 양상은 오늘날 수정주의적 시각으로 상당부분 극복되었지만 그렇다고 해서 문제적 측면이 완전히 해소된 것은 아닙니다. 관점에 달리해보면, 남북체제가 모두 분단을 놓고 진영화하면서 통일지향적인 중도적 성향인 사회 성원들을 반공과 반동의 미명하에 배제하고 축출했던 것이지요. 이는 제주4.3과 닮은꼴이고 '분단구조의 재구조화'라고 부름직한 현상입니다.

『화산도』는 재일조선인 문학이 지닌 '오래된 미래'에 가깝습니다. 작품은 분단조국에 대한 양립된 시각에도 불구하고 한국문학의 잉여가 아닌, 남북의 국가주의에 오염되지 아니한 원형질을 확보하기 때문입니다. 제주에서 발화된 이야기의 행로는 제주만이 아니라 한반도 전역과 일본을 포괄합니다.

작품을 읽어가다 보면 이야기의 방대한 규모와 독특한 구조, 문체의 독특한 미감, '이방근'이라는 인물의 매력에 빠져듭니다. 이야기는 1948년 2월부터 4.3사태가 완전히 잦아드는 이듬해 6월까지의 시공간입니다. 이야기의 장대함은 제주의 한적한 포구에서부터 목포, 서울, 여수와 순천, 부산에만 한정되지 않습니다. 일본의 도쿄와 오사카, 고베와 교토, 큐슈와 시코쿠 남단에 이르는 밀항 루트까지, 육로와 해로, 일본 연근해를 아우릅니다. 이들 공간에서 전개되는 이야기는 모두 제주4.3이 어떤 사건이었는지, 더 나아가 이 사건의 비극적 진상 해명으로 모아집니다.

제주4.3의 기억이 한국소설사에 등재된 것은 그리 오래되지 않았습니다. 한국소설사에서는 현기영의 「순이삼촌」(1978)이 첫걸음이었습니다. 4.3의 소설화가 전면화한 것이 70년대 후반이었다는 점을 기억한다면, 4.3의 문학화는 '재일'에서 먼저 시작된 셈입니다. 60년대 중반 '재일조선문학예술가동맹' 기관지에 한글로 연재되었던 『화산도』는 우여곡절 끝에 중단하고 맙니다. 이후 작품은 1976년부터 일본어로 연재하면서 근 30년만인 1997년, 마침내 400자 원고지 1만2천매 분량 일곱 권으로 된 소설집을 완간했습니다. 그런 점에서 이 작품은 한국소설보다 10여 년 이상 앞설 뿐만 아니라 이야기 분량에서나 등장인물에서도 다른 작품들을 압도합니다.

6

『화산도』가 펼쳐보이는 제주4.3의 장대한 서사 안에는 그 시기 제주의 지역성을 드러내는 문화적 시공간이 자리잡고 있습니다. 그 시공간은 나날의 삶을 영위하는 일상에서부터 정치경제와 사회, 음식문화에 이르는 다채로운 층위를 담아내고 있습니다. 또한 제주4.3의 시공간은 해방을 맞이한 후 가파르게 전개된 남북분단의 충격이 점차 고조되고 남한만의 단일정부를 수립하려는 움직임에 제동을 거는 진보세력과 제주 민중들의 광범위한 호응을 얻으며 어떻게 저 비극의 4.3으로 이행되어 갔는지를 보여줍니다. 방대한 규모에 걸맞게 이야기는, 세계냉전체제의 등장과 함께 관철된 남북분단의 여진이 어떻게 제주에서 분출되면서 동족학살의 비극으로 이어졌는지를 전면화하고 있습니다.

이야기를 읽어가다 보면 작가는 거대한 화산섬에 비견되는 이방근이라는 인물을 테마와 플롯으로 삼았다는 생각을 갖게 합니다. 4.3봉기로 치달아가는 긴박한 상황과 이를 예의주시하며 사태의 진상을 더듬어가는 이방근의 촉수는 이야기의 긴장과 속도의 완급을 조절할 뿐만 아니라 그가 플롯임을 보여줍니다. 이야기는 사건 중심이 아니라 인물이 중심을 이루고 있습니다.

그 중심인물은 '이방근'입니다. 그는 작중의 모든 인물들을 연결하는 그물코 같은 존재입니다. 모든 이야기가 그에게서 나오고, 모든 이야기가 그를 거쳐 전개되며, 모든 사건이 그를 통해 진전됩니다. 이야기와 인물 구성의 특별함은 '이방근'의 유연하고 넓은 시야에 비례합니다. 그는 술잔을 좌우 진영 인사들과 기울이면서도 인물과 사건의 맥락을 가늠하고 4.3의 안팎을 넘나들며 행동하고 있습니다.

'의식의 흐름' 기법으로 서술되는 '이방근'의 내면세계는 구체적이며 미감을 담아내기에 족한 장문의 양식을 취하고 있습니다. 그 문체는 '이방근'의 의식을 따라가며 민중의 삶을 관찰하고 가부장적 질서를 교란하고 있습니다. 미친 세월 속에 술잔을 기울이며 난세를 유영하는 모습은 슬프면서도 장엄합니나. 장문의 문체는 실타래처럼 뒤엉킨 해방 이후 제주의 산문적 현실을 유장하게 펼쳐보이며 죽어간 인물들의 삶을 깊이 있고 애정 가득한 시선으로 비추기에 족합니다.

'이방근'이라는 존재는 『화산도』가 창안한 가장 성공적인 인물로 판단됩니다. 그는 '햄릿'처럼 고뇌하는 인간상을 연상시켜 주기도 하지만 햄릿처럼 고뇌로만 그치지 않습니다. 그는 게릴라가 된 제주 인민들이 혹독한 소탕작전으로 죽어갈 때 이들을 구출하여 일본 밀항을 돕는 행동하는 지성이기 때문입니다.

'이방근'은 재혼해서 봉제사奉祭祀와 생육生育, 가업을 승계하라는 유교문화의 가부장제가 명하는 장자의 책무 일체를 거부하며 아버지와 대립하는 자유주의자입니다. 소학교 시절 그는 봉안전奉安殿에다 방뇨하고 제국의 의례인 궁성요배宮城遙拜를 위반하는 불온한 개인입니다. 그는 일제 말기에 사상범으로 검거됩니다. 그는 전향을 표명한 뒤 해방 후 일체의 사회활동을 사양하는 성찰적 개인이기도 합니다. '이방근'의 이런 면모는 해방 직후 투옥경력을 훈장처럼 내세우던 자들과 친일분자에서 반공주의자로 이행한 경우와는 크게 변별됩니다. 뿐만 아니라 그는 중간파의 정치감각과 실천력을 가지고 있습니다.

일본에서는 지난 이십 년간 『화산도』를 마르케스의 『백년의 고독』, 빅토르 위고의 『93년』에 비교하며 '일본어문학'이자 '세계문학'의 성과로 언급해 왔습니다. 이제 작품은 한국어로 완간되면서 한국의 독자들과 만나기 시작했습니다.

분단문학을 연구해온 제 경우에는 제 관점을 전면 수정하지 않으면 안 될 곤혹스러움에 빠뜨린 작품입니다. 그 곤혹스러움은 '제주4.3의 대작화'만으로 그치지 않고 남과 북, 제국 일본과 전후 일본, 그 어디에도 소속되지 아니하는 작가의 지점과 시야에서 온 것입니다. 이 지점과 시야는 그간 남한 중심주의에서 다루어온 남한의 수많은 문학작품들이 거둔 성과에 대한 재해석을 요구합니다. 『화산도』의 인간학은 인간에 대한 애정, 인간의 품격이 뿜어내는 향기를 지역성에 바탕을 두고 있어서 인류 보편적 가치 생산과 그에 따른 문학적 성취는 곤혹스러움이자 동시에 감동 그 자체입니다.

『화산도』라는 문화자산은, 향후 남북일 냉전구조가 변동을 일으키는 상황이 도래하고 남북 통합의 분위기가 무르익게 되면 반드시 참조해야 할 '오래된 미래'입니다. 『화산도』를, 작가의 문제의식을, 남북일이라는 동아시아의 지역성을 근거로 문화적 거점을 마련하여 분단의 문학적 역할과 가치를 모색해야 하는 까닭도 여기에 있습니다.

(2017, 미발표)

4부

비천함의 고백과 세상살이의 길찾기

김소진의 소설세계

1

김소진의 소설에 담긴 70년대 사회상은 남루할지언정 풍속사적 가치를 가질 만큼 내밀한 소재이다. 이 특징은 지난 한세대가 지녔던 변방의 감각에 주목함으로써 근대의 바깥을 체감하도록 만드는 성찰의 구조를 가지고 있다. 그의 소설 속 주요 배경의 하나인 미아리 산동네가 바로 그러하다. 분단과 전쟁의 소용돌이 속에 고향을 떠나 떠돌던 인생들이 겨우 터 잡고 나날의 삶을 연명하듯 살아가는 곳이 바로 미아리 산동네이다.

박완서의 연작 「엄마의 말뚝」에서 이미 보았듯이 미아리 산동네는 전근대의 설화가 지배하는 곳을 벗어나 감옥이 내려다보이는 언덕배기 '현저동'과는 다른 질감을 가지고 있다. 서울 한 귀퉁이에 자리잡고 '말뚝'을 내리려는 어머니의 안간힘과 생계를 다룬 서사는 6.25전쟁 속에 내던져진 딸의 서사로 이행한다. 딸의 서사는 인공 치하의 어둠 속에 아들을 잃고 생계를 떠맡고 전쟁통을 헤쳐나간다.

김소진 소설의 배경인 산동네 미아리는 모녀의 서사에 등장하는 서대문

언덕배기 산동네와 하등 다를 바가 없다. 그곳은 작가가 된 아들이 부모세대의 애환을 담아낸 소설 속 무대이기 때문이다.

도시 외곽 산자락에 둥지를 튼 이들의 주변적인 삶은 눈여겨 보지 않으면 쉽게 드러나지 않는다. 김소진의 소설에서 미아리 산동네 사람들의 남루한 일상은 말끔한 도시 공간과는 무관하다고 할 만큼 주변부에 속해 있다. 이곳의 형상은 「열린 사회와 그 적들」에 잘 드러나 있다. 병원 파업 현장을 다룬 이 작품은 전경과 대치중인 학생 사수대 및 노조 규찰대 그 어느쪽에도 가담하지 못한 채 의심받는 '밥풀때기'처럼 어정쩡한 위치에 서 있는 비루한 존재들에 눈길을 던지고 있다. 주류에 편입되지 못한 채 떠도는 자들이 작품에서는 주된 인물군이다. 이들은 사회 변혁세력이나 기득권층 어디에도 소속되지 못한 주변인이다. 이런 인물상은 근대화의 물결에서 퇴락한 채 소외되고 불안에 탐닉하는 소설의 자폐적인 경향과 크게 구별된다.

김소진 소설의 원점에 해당하는 「쥐잡기」는 가난하고 무능력한 아버지와 산동네 사람들의 일상을 대상으로 삼으며 자기만의 색깔을 처음 드러낸 작품이다. 반공포로였던 아버지와, 철원에서 인민소학교 교원으로 있다가 월남한 어머니는 포로석방 뒤 사고무친이었던 아버지와 결혼하여 가정을 꾸린다. 두 사람이 미아리 산동네로 흘러든 가족사는 그의 소설에서는 침묵 속에 전제된 시대적 환부에 해당한다. 아들은 부모의 인생유전을 체감하며 세상살이의 이치를 스스로 깨달은 명민한 존재다.

아들은 산동네에서 생활하면서 부모가 고귀한 신분계층이 아니라는 사실을 알아차린다. 그는 가난과 궁핍에 찌든 일상을 살아가면서 자기 앞에 놓인 삶의 무게를 일찌감치 깨달아버린 자전적인 존재다. 그의 소설은 작가가 된 아들로 등장하여 아버지와 어머니의 고단한 삶, 주변부 세계에 대한 이해를 거쳐 자신과 가족사에 담긴 거대한 비극의 실체를 하나둘 깨달아가는 '자아의 서사'의 면모를 가지고 있다.

가난한 부모는 아들의 성장에 어떤 보탬도 돼주지 못한다. 부모의 무능함은 아들을 조숙한 세상살이로 내몬다. 따사로운 양육의 손길을 누리지 못한 아들은 하천 둔치를 뒤져 주운 고철을 모아 고물상에 갖다주고 받아든 몇푼의 동전으로 허기진 배를 채우며 자라난다. 아들은 중학교 시절, 도색잡지를 파는 아르바이트로 군것질할 용돈을 쏠쏠하게 마련하다가 폭력 학생들에게 그 이권을 빼앗기도 하며 세상살이의 이치를 깨달아간다(「그리운 동방」). 그의 소설에서 그려지는 작가의 행로는 도시 변두리에서 성장한 어느 범속한 존재가 자신의 비루한 출생을 딛고 스스로 자신의 입지를 마련했다는 성장과 사회진입의 일화를 잘 보여준다. 그런 점에서 김소진의 소설은 공상이나 상상보다도 경험과 기억에 기대고 있다고 할 만하다.

김소진의 소설 속 등장인물들은 성장의 처소였던 서울 변두리 산동네에 거처를 두고 있고 사회적 존재로 성장한 뒤에는 대학생, 기자, 전업작가 등으로 모습을 드러낸다. 이 점은 작가의 일상 범주에서 크게 벗어나지 않는다는 것을 의미한다. 그의 인물들은 상상적 산물이 아니라 어린 시절부터 축적해온 일상적 기억 속 존재들이다.

김소진 소설의 등장인물에게는 어떤 견고함이 엿보인다. 그 견고함은 상상적 존재가 아니라 기억에서 추출해낸 '삶의 육체성'이 풍요로운 언어로 재현된 결과에서 비롯된 것이다. 성장기를 보낸 70년대 서울 변두리는 이제 사라진 세계, 부재하는 현실이다. 그가 응시하는 과거는 지금도 남루한 사회인에 지나지 않은 아들이라는 자기 정체성을 형성시킨 시공간이다. 이 세계는 어떤 존경도 표할 수 없을 만큼 누추한 밑바닥 삶이다. 이 삶이 기억을 통해 온전히 복원되는 것은 그 자체가 거대이념이 사라진 시대의 무력함을 딛고 나선 반성의 결과이다.

2

김소진 소설에서 자전적 화자가 '개흘레꾼' 아버지를 고백하는 이야기 상황은 충격적일 만큼 문제적이다. 그 고백은 글쓰기 주체가 스스로 자신의 부끄러움을 무릅쓰고 밝히는 비천한 태생에 관한 이야기이기 때문이다. 내세울 것 없는 집안 내력과 '부끄러운 아버지'는 전쟁과 그 여진이 남아 있던 1950년대와 60년대생이 가진 태생과 직결되는 공통의 감각이다. 이 감각은 분단과 전쟁의 소용돌이에 내몰린 부모세대의 혼돈과 상처를 침묵 속에 체감하며 동의하는 어떤 사회문화적 합의에 기초해 있다.

'전쟁에 내몰린 부모의 일화'를 들어본 적 없었던 아들딸은 도시 한 자락 산동네라는 주변부에서 성장한다. 아들딸 세대는 전쟁통에 자신의 의지와는 무관하게 고향의 견고했던 공동체 질서에서 풀려나온 부모세대의 누추한 일상을 접하며 자라난다. 이들의 성장은 어찌 보면 전쟁 이전 농촌세대의 경험 끝자락을 부여잡은 부모세대의 무능한 일상과 결별하는 수순을 밟는다. 압축성장으로 나날이 바뀌어가는 세상에서 소외된 부모세대의 가난과 무능력함이 산동네의 일상이기 때문이다.

도시 주변부에서 태어난 아들이, 그곳의 궁핍한 환경을 딛고 꿋꿋이 자라나 부모의 애환을 짐작하며 자신의 자전적 이야기 안에 아버지의 부끄러운 직업과 무능을 함께 밝힌다는 것은 그리 쉬운 일이 아니다. 아버지라는 존재에 대한 깊은 애정과 이해를 동반하지 않고서는 이야기 자체가 불가능하다. 그런 점에서 아버지에 대한 고백은 '자아의 서사'에서는 이야기의 핵심을 이룬다. 그 이야기는 실상 아버지에 관한 이야기이기도 하지만 자기 정체성을 밝히는 고백이기도 한데, 곧 주변부에 놓인 삶의 옹골찬 가치를 재발견하려는 '자기 재정립'의 노력과 다를 바 없기 때문이다.

그런 까닭에 김소진의 소설은 내면으로 침잠했던 90년대 소설과는 확연히 구별된다. 그의 소설은 그 자신의 자기정체성과 관련된 정직성에 바탕을 두고 있기 때문이다. 그 정직성은 자신을 구성하는 일체의 것들을 응시의 대상으로 삼았다는 것, 거대서사의 몰락에 따른 위기를 넘어서는 하나의 방책으로 자신의 신원을 문제 삼고 있다는 것을 의미한다. 김소진 소설이 가진 시간의 역방향성, 곧 과거로의 회귀는 전망에 대한 성찰과 진단을 위한 것이 결코 아니다. 이야기의 본질은 나는 누구이며 내가 성장해온 세계는 어떠했는가라는, 자기 정체성의 고백에 가깝다.

김소진 소설의 출발점이 아버지라는 것은 90년대식 "아버지 부재의 시대"에 각별한 의미를 갖는다. 참조할 이념의 부재에서 빚어진 불투명한 현실에서 그의 소설은 전망에 대한 부채를 덜어낸 남은 자리에 범속한 존재인 아버지를 배치하여 가족사에 드리운 삶의 무게를 재점검하며, 아버지를 통해서 자신이 숙원하는 세계를 꿈꾸며 동시에 자기의 정립을 시도해 나간다.「쥐잡기」에서 보여준 초라한 아버지에 대한 일화는 세상살이의 이치를 일찍 깨달아버린 작가 자신이 직면한 현실과 닮은꼴이다.

아버지에 관한 이야기는 김소진의 소설 전반에 폭넓게 펼쳐져 있다.「키작은 쑥부쟁이」,「고아떤 뺑덕어멈」,「개흘레꾼」(이상은『열린 사회의 그 적들』수록됨),『장석조네 사람들』,「아버지의 자리」(이상『자전거도둑』에 수록됨),「목마른 뿌리」,「쇠주」,「부엌」(『신풍근 베커리약사』에 수록됨) 등이 바로 사례다. 이들 작품에서 아버지는 북녘에서 갓 결혼하여 이름조차 짓지 못한 아들을 둔 채 포로가 된 존재, 거제도에 수용되었다가 좌우 세력간에 벌어진 피비린내 나는 참상을 몸소 겪은 존재이다. 그는 반공포로 석방때 남쪽을 선택하여 북녘의 인민학교에서 교사를 지내다가 월남한 여성과 재혼했고 아들에게는 한없이 무기력한 가장이다.

「쥐잡기」의 아버지도 '무능한 가장'이라는 범주에서 벗어나지 않는다. 작품에 등장하는 것은 말년의 아버지이다. 말년의 아버지는 그간의 무능함을 만회하기 위해 0.7평짜리 초라한 가겟방을 마련하고 남은 삶의 의욕을 불태운다. 그러나 수시로 출몰하여 진열대의 상품을 버려놓는 쥐 때문에 아버지의 의욕은 점차 사그러진다. 지상의 삶에 뿌리내리려는 아버지의 마지막 안간힘은 쥐잡기에 실패하면서 일방적인 패배로 끝난다.

데모대에 가담했다가 집에 돌아온 아들은 아버지와 합심해서 쥐잡기에 나서지만 영악한 암컷쥐에게 여지없이 농락당하고 만다. 쥐잡기에 실패한 부자의 좌절감이 단순한 해프닝으로 끝나지 않는 것은 아버지의 삶이 완벽하게 실패했다는 것, 아들 역시 현실 변혁에 엉거주춤하게 가담한 용렬한 존재임을 뼈아프게 절감하는 계기가 되었기 때문이다. 그러나 아들은 무능한 아버지를 따스한 시선으로 감싸안는다. 아들의 아버지 포용은 작가가 된 아들이 자전적 화자를 통해 이룬 자기정립에서 비롯된다. "애비는 종이었다"(서정주 「자화상」)라는 1930년대 시인의 패기만만한 선언과는 달리, 작가가 된 아들의 아버지 포용은 깊은 이해와 따스한 연민을 보여준다는 점에서 동질적이나 독자적인 가치를 갖는다.

「개흘레꾼」에서도 아버지는 비천하고 무력한 모습으로 등장한다. 아버지는 학교 운동장 저편에서 청소 수레를 끌며 아들을 멀리서 지켜보거나, 데모에 가담했다가 경찰서 유치장에 갇힌 아들을 면회 와서도 아들을 무한히 신뢰한다. 무능하고 무력하나 따스한 시선으로 아들을 보듬었던 아버지를 떠올리는 아들은 자신의 성장기에 품었던 아버지에 대한 절망과 부끄러움을 낱낱이 고백하며 아버지의 무한한 신뢰에 응답하는 작가가 된다.

> 나를 절망적이고 자포적인 몸짓으로 인도했던 것은 바로 아버지의 이런 행위들이었다. 수치스러웠다고 고백해야만 한다. 개흘레꾼이라니! 바로 내 아버지 얘기인 것이다.
>
> −「개흘레꾼」에서

아들의 고백에는 자신이 모델로 삼을 만한 그 어떤 품목도 남아 있지 않은 '개흘레꾼' 아버지의 초라한 형상과 함께, 그러한 아버지에 대한 아들로서의 깊은 불신과 자포자기의 내성을 키워간 성장기의 방황을 낱낱이 담고 있다. 아버지는 역사의 한 주체로서 좌익에 참여한 적도 세속적 성공을 거둔 적도 없는 범속한 개인이다. 아들에게 아버지는 우러러보며 극복해야 할 대상도, 자신의 성장 품목에 참조할 존재도 아니었다. 동네 모든 개들의 교미를 주선하는 일을 떠맡은 아버지는 아들에게 어떤 전범도 보여주지 못한 채 깊은 좌절과 정신적 방황만 조장한 비루한 개인에 지나지 않는다. 그러나 '개흘레꾼' 아버지임을 알리는 아들의 고백은 세상의 윤리나 도덕과 무관하게 엄청난 용기를 필요로 한다.

고백은 당사자의 약점과 죄과를 덜어냄으로써 자기구원에 이르는 고해성사로만 그치지는 않는다. 미셸 푸코는 "인간은 말하기 가장 곤란한 것을 가장 엄밀한 말로 표현하고자 계속 노력하는 것"(『성의 역사』 제1권)이라고 정의한 바 있지만, 김소진의 소설에서 '부끄러운 아버지에 대한 아들의 고백'은 아들 자신의 태생과 정신적 난경을 넘어 존재 자체를 긍정하며 확보하는 삶과 의식의 육체성과도 깊이 연관되고 있어서 대단히 문제적이다.

'보잘것없는 존재', 미천한 존재로서의 아버지를 고백하고 천명하는 과정에 깃든 내밀함은 숭고한 이념이나 역사의 교훈과는 도대체 대비조차 불필요한 너무나도 비천한 차원이다. 김소진의 소설에서 고백의 문제는 아버지라는 존재를 향해 쌓이고 쌓인 애증과 부정의 대상에 대한 자신을 돌아보기를 넘어, 가차없는 고해성사를 통해 은폐와 분식粉飾의 강렬한 유혹을 견디어내며 일상의 긍정, 삶의 남루한 진상을 있는 그대로 천명하려는 자기 참회의 의지적 성격을 가지고 있다. 그 고백은 그러니까 부끄러움이라는 원초적인 감정을 딛고 어떤 곤경과 냉소도 감당하겠다는 의지가 전제되지 않으면 결단할 수 없는 자기 표명에 해당한다. 이런 측면에서 고백은 성장기의 수치스럽고 내밀한 상처를 드러내며 나르시시즘에 함몰되지 않는, 건강하고 정직한 자기정립의 면모를 가지고 있다.

3

보잘것없는 아버지에 대한 자전적 화자의 고백은 스스로 발견한 가치가 없다면 허무에 가까운 일화를 빛나는 '자아의 서사'로 확장하는 힘을 발휘한다. 시대의 혼돈 속에 모색하는 아들의 가치 탐색은 그 어디에서도 통용된 적 없었던 새로운 이야기의 길을 열어젖혔다.

'부끄러운 아버지'를 고백한 이후 아들은 아버지에 대한 낭만적인 이해를 감행해 나간다. 아버지는 개 접붙이기에도 나름대로 이치가 있다고 말한다. 아버지의 발언은 비천하나마 나름대로 얻은 삶의 경험의 일단을 보여준다. 이 남루한 경험조차 아들에게 전락을 거듭해온 보잘것없는 아버지에게서 발견하는 인간다움의 밑천이자 품격으로 이야기된다.

이제 아들은 도전盜電을 일삼거나 남의 집 쓰레기통을 뒤지는 초라한 행색의 잡일꾼, 동네 개들의 교미를 자임하고 나서는 개흘레꾼이라는 꼬리표를 아버지에게서 떼어낸 다음, 역사적 상처를 지닌 온전한 개인으로 다시 이야기해 나간다. 그런 점에서 "아버지는 테제도 그렇다고 안티테제도 아니었다."(「개흘레꾼」)는 구절은, 아버지 이야기에 관한 한 핵심에 해당한다.

아들에게 아버지는 애초부터 극복의 대상이 아니라 연민의 대상으로 다시 이야기되기 때문이다. '자신을 한없는 절망과 자포자기로 내몰았던 존재', '아들의 중학 등록금을 털어 첫아내를 닮은 뜨내기 여자와 동침하는 파렴치한 존재', '어머니 몰래 북녘에 두고온 첫아내를 그리워하는 못난 가장'에서 '분단과 전쟁의 소용돌이에 휩쓸려 상처 입은 개인'으로 다시 이야기된다.

그 결과 아버지는 '북녘에서 갓 결혼한 아내', '이름조차 짓지 않은 갓난 아들을 두고 내려온 스물여덟 살의 포로', '거제도 수용소에서 목숨과도 같던 동지들의 돈보따리를 지킬 정도로 주위의 신망을 얻은 사람'으로 다시 발견하는 것이다.

아들은 이러한 '발견'을 통해 아버지를 분단과 전쟁통에 인간다움을 지켜낸 존재로 다시 '쓴다'. '다시 쓴 아버지 이야기'에서 아버지는 동지들의 신망과 무관하게 재물을 탈취하려는 무리들이 끌고 온 군견 앞에서 알몸이 된 채 '동지들의 돈과 자신의 남성을 선택하도록 끔찍한 폭력을 겪는 존재'이다. 이 일화는 총 쏘는 법조차 모르던 평범한 개인이 전쟁의 틈바구니에서 포로가 되면서 겪을 수밖에 없었던 야만의 시절을 불러내고, 인면수심人面獸心의 물욕 앞에 노출되었던 아버지의 깊은 상처이다.

아들은 아버지의 환부를 발견하면서 자신의 성장을 침해해온 무력한 아버지에 대한 편협한 이해방식에서 벗어나 재물과 거침없는 욕망을 두려워한 아버지를 이해할 수 있게 된다. 아들은 광포한 시대의 폭력적 선택지 앞에 동지들의 재물을 지켜낸 만큼 최소한의 자긍심을 잃지 않은 존재로서의 아버지를 발견하고 이해의 길로 접어든다. 아들이 이해한 것은 아버지에게 가해진 세계의 폭력과 그로 인한 상흔이다. 아들은 재물에 대한 두려움을 재물에 대한 무관심으로 이겨냈고 남성성의 상실과 무능한 가장으로 된 아버지의 생으로 다른 이야기를 만들어낸 셈이다.

아버지가 겪은 수용소 일화는 김소진의 소설에서 경제적으로 무능한 아버지가 살아온 생의 알리바이 이면에 감추어진 인간다움을 추출해낸 작은 단서의 하나이다. 그 일화는 아들 또한 자본의 위력에 절망하며 세계변혁의 꿈을 접었던 것과 맞먹는 절망을 겪은 자신을 다시 일으켜 세우는 제재이고, 아버지의 전락을 초래했던, 분단과 전쟁의 자욱한 시절에 처한 삶의 위기와 곤경을 되새김질하게 해주는 반성의 핵심질료이다.

그러나 집요한 회유와 폭력으로 얼룩진 세계의 적대성이 평범한 개인을 회복불가능한 몰락으로 이끌었다는 알리바이는 아버지의 경제적 무능력을 반전시키기에는 턱없이 모자란다. 하지만 그 '아버지'가 이념이나 헤게모니를 주도해온 세력들이 아니라 가엾게도 국가주의자들의 술수와 이데올로기의 폭력에 노출된 여린 존재의 한 사람이고, 광포함을 닮은 근대화의 경로에서 주변화된 채 가정과 자신의 삶을 가꿀 의욕을 잃어버린 수많은 개인들 중 한 사람으로 거론될 때 문제는 전혀 달라진다. 이 문제적 차원이야말로 아들의 고백을 통해 도달한 아버지 이해로 확장시킨 경계가 가진 숨은 가치의 한 부분을 이룬다.

부끄러움이 은폐의 의장意匠을 작동시키는 자기방어의 심리기제라면, 고백은 부끄러움의 개방을 통해 자기를 확대시켜 나가는 예술적 기제에 가깝다. 「쥐잡기」, 「첫눈」, 「아버지의 자리」, 「자전거 도둑」, 「길」, 「목마른 뿌리」, 「부엌」, 「개흘레꾼」에 산재한 아버지에 대한 부끄러운 고백은 자신의 성장을 이끌어주지 못한 아버지를 넘어 수많은 개인들의 범속한 아버지들의 일상세계로 이행하며 새로운 지평을 연다.

4

『장석조네 사람들』은 아버지와 자신이 속한 가난한 이웃들의 세계로 시선을 확대시킨 세계다. 그의 첫 장편 『장석조네 사람들』은 미아리 산동네의 셋방 사람들의 일상적 편모를 담아낸 10개의 연작이다.

작품에는 집주인 장석조네를 중심으로 모두 아홉 가구의 애환 가득한 일상이 담겨 있다. '양은장수 최씨', 전기공 '겐짱 박씨' 부부와 화가지망생인 동생 '작은 겐짱', 육손이형 '강광수'와 똥지게를 지는 '광수 애비', 폐병쟁이

'진씨'와 공장 다니는 딸, 늦은 살림을 차린 목수 '오영감'과 그의 아내 '성금네', 고물장수 '고영만씨' 내외, 함경도 욕쟁이 '또순이 아즈망 홍남댁' 등등이 바로 그들이다. 이들의 생활 면면에 걸친 희로애락을 바라보는 관찰자는 아들이다. 장성한 아들이 90년대에 되살려낸 세계는 소득 재분배나 이데올로기와는 별반 관련이 없는 성장기의 시공간이다.

작품 속 인물 대부분은 도시 변두리의 초라한 70년대의 군상이다. 이 변두리 산동네는 이들 인물이 살아가는 생활세계이며 가족의 삶과 결부된 공간이다. 산동네의 활력은 가난의 끝자락을 마지막으로 경험한 세대의 감각 때문만은 아니다. 그 활력은 도처에서 유전하던 인생들이 부대끼며 살아가는 삶의 체취에서 비롯된다.

장석조네 세든 사람들의 면면은 인간 이하의 행태를 넘나드는 데서 오는 실재하는 인간들의 삶을 보여준다. 일상에서 빚어지는 소란스러움은 사소한 다툼에서 시작되어 그 안에 깃든 슬픔의 내력을 일순간 드러내며 만들어내는 생생한 소음이다. 시골 머슴 출신으로 상경한 뒤 돌산 자락에서 자그만 농사를 꾸리는 '둘남 아배 박씨', 달아난 젊은 아내를 기다리며 상처를 달래는 '목수 오영감', 양공주 딸이 혼혈의 손자를 데리고 미국에 건너가 행복하게 살아가기를 염원하는 '홍남댁'……, 이들에게서 발견되는 온갖 애환은 불과 10-20년 전에 일어난 분단과 전쟁의 재난 상황, 산업화가 낳은 도시집중과 농촌 붕괴의 추세에 휩쓸린 인생유전에 해당한다. 산동네의 고단한 세상살이는 식민지시기부터 전쟁에 이르는 동안 하층민들이 겪어야 했던 빈궁한 삶이 이월 반복된 질감을 가지고 있다. 산동네의 일상에서는 사회적 역사적 상흔을 품고 거듭되는 전락 속에 도시로 이주해온 아버지와 어머니들의 사연과 삶의 체취가 담겨 있다.

작품 속 이야기들은 정치와 역사와는 무관한 외관을 가지고 있다. 가장 정치적인 색채를 띤 「빵」만 해도 취로사업 수당으로 배급되는 밀가루를 둘러싸고 벌어진 사태를 소재로 삼고 있으나 씁쓸한 해프닝으로 마무리되는 시대의 삽화에 가깝다. 동회 창고 앞에 모인 사람들이 밀가루 배급을 한나절 이상 기다린 원인은 동회직원 '곽서기'와의 뒷거래에서 손 떼려는 집주인 '장석조' 씨 탓이다. 동회로 몰려간 산동네사람들의 분노는 겉으로는 대단히 심각하지만, '상호'의 결기나 고물장수 '고영만' 씨의 시위조차 현실의 개선과는 크게 관련이 없다. '고영만' 씨가 벌인 소란은 '장석조' 씨와 '곽서기'가 밀가루와 뒷돈으로 입막음하면서 잠잠해진다. '상호'의 결기 또한 '길노인네' 며느리 '혜련 엄마'의 눈빛에 쉽게 풀어진다. 동네사람들의 농성 대열조차 '혜련 엄마'가 쪄낸 빵을 함께 먹으며 쉽게 해산하는 국면에서 보듯, 이들의 소란과 농성은 이해관계로 짜여진 권력의 유혹을 거부하기에는 너무나 소박해서 본능과 작은 이익에도 자주 무너져 내린다.

산동네 사람들의 품성은 쉽게 명분에 휘둘리지 않는다. 이들은 새벽시간 공동변소 앞에서 벌어지는 번잡한 풍경처럼 구멍가게 앞에서는 술추렴이 일상인 사람들이며, 셋방사람들의 날선 다툼처럼 쉽게 분통을 터뜨리고 쉽게 화해하는 일상세계의 주인공들이다. 이 세계는 흐트러지고 소란스러우나 가식이나 중산층 시민의 교양과는 거리가 먼 '날 것 그대로의 삶', 웃음을 자아내는 건강함을 소유하고 있다.

첫 번째 연작 「양은장수 끝방 최씨」에 등장하는 분란도 '쑥대머리 피마자 씨'의 분배를 둘러싸고 일어난 사소한 사건이다. 분란이 사소한 만큼 갈등도 쉽게 해소된다. 다툼 때문에 생겨난 미움도 선뜻 건네오는 선의에 쉽게 녹아 내리면서 분란의 국면은 단순한 해프닝으로 마무리된다. 갈등이 쉽게 해소되는 국면만큼이나 함께 살아가는 이들의 삶은 상처 가득한 인생과 다른 이들의 묵은 생채기까지 헤아릴 줄 아는 선량한 넉넉함이 아름다운 관계를 이루며 일상이 흘러간다. 이들의 호혜적 관계는 상처를 딛고 일상적 삶으로 복귀하여 그 삶을 튼튼하게 영위하도록 해주는 활력을 불어넣는다. 젊은

'성금어미'와 늙은 목수 '오영감'이 뒤늦게 살림을 차렸으나 호색한이었던 집주인 '장석조' 씨가 '성금어미'를 유혹하며 결딴나버리고, 출분한 '성금어미'를 양은장수 최씨가 보쌈해서 집에 돌아오게 만든 삽화는 그런 점에서 인상적이다. 이 삽화는 자칫 가진 자의 욕망과 약자의 설움으로 그려질 법하지만, 작품에서는 다음날 아침 아무 일 없었던 것처럼 평온한 일상의 한 장면으로 그려낼 뿐이다.

김소진의 소설이 섣불리 권력관계나 인간 욕망의 누추함에 연계된 이이야기를 그리는 대신, 일관되게 그리고 무덤덤하게 주목하는 이야기로 만들어내는 근저에는 바로 이같은 산동네 주민들의 일상을 응시하는 애정 어린 시선이 있다. 그가 그려낸 일상의 세계는 사회적 약자들이 서로 부대끼며 혹독한 현실에도 쉽사리 굴복하지 않는 하층민들의 강인한 생활력을 드러내며, 이념의 매끄러운 논리로는 예단하기 어려운 삶의 중층적인 국면들을 포괄한다. '겐짱 박씨'가 아내와 동생 사이를 의심하다가 종국에는 단란한 가정을 깨뜨린 것이나 한참 뒤 '작은 겐짱'이 산동네 시절을 그리워하며 언저리를 배회하는 것도 산동네 특유의 온기를 품은 일상에서 연유한다.

산동네는 허물 많은 인간들 스스로 일으킨 오해와 시비, 그로 인한 전락 같은 온갖 불행에도 불구하고 서로 안부를 묻는 일상의 공간이며 수평적인 관계와 교류가 가능한 관용과 이해가 흘러넘치는 세계이다. 이곳은 대도시 서울의 변방에 위치해 있고 자본과 권력의 비정한 거래와는 격절한 공동체의 세계이다. 동네 사람들이 쉽사리 타인들의 삶을 관용하거나 묵인, 방조하는 것도 그들 자신이 터득한 일종의 생존술, 자기방어적인 지혜의 너그러움에서 비롯된다. 이곳은 역사의 주체, 사회적 정합성과는 하등 상관없어 보이지만, 나날의 삶을 걱정하며 살아가는, 부정할 수 없는 일상의 현장으로서 인간다움에 기초한 유대와 온기를 간직한 처소이다.

하층민들의 넉넉한 인심과 일상의 풍속사적 가치는 자료에서는 접하기 힘든 구체적 '체험의 육체성'을 가지고 있다. 생활세계와 가족, 변두리 동네를 둘러싸고 일어나는 사회적 정당성이나 타당성과는 거리가 먼 이곳에는, 일상보다 높은 차원의 거대서사에 대한 질문이 필요 없다. 이야기의 밀도는 원인과 결과에 따른 플롯의 짜임새보다 가난한 일상에 담긴 애환들을 환정換情하는 효과를 통해 보다 견고해진다.

김소진의 소설세계에서는 모든 인물들이 관계 안에서 혹은 관계를 통해 기구한 전락의 사연을 말하거나 들으면서, 해결되지 못한 역사의 부채가 가진 무거운 절망의 무게를 나누어 공감하는 원리가 작동한다. 이야기를 이데올로기나 정치의 차원으로 섣불리 비약시키지 않는 것도 일상이 가진 무게를 침묵 속에 공명하는 서사적 진실의 한 부분이다. 그런 까닭에, 인물들은 선악의 판단기준과는 아랑곳없이 신뢰에 바탕을 둔, 소통가능한 수평적 관계를 형성할 수 있게 된다.

5

장성한 아들이 작가로서 비루한 가족사와 성장체험을 이야기한다는 것은 김소진 소설이 가진 정직성과 자기정체성과 관련이 깊다. 지적 몽상의 유희적 경박함이나 자재로운 몽상 대신, 그가 축조한 이야기 세계는 아버지에 대한 깊은 이해를 가능하게 만드는 누추한 산동네 기억에 뿌리를 두고 있다. 아버지의 수치스러운 행각과, 만나고 헤어지고 다시 만나 일상을 꾸려나가는 일용노동자 가족들의 면면을 호명한다는 것 자체가 90년대와 지금의 시점에서는 과연 어떤 의미를 갖는 것일까.

작가는 90년대 벽두 국가사회주의의 붕괴 이후 전망을 상실한 한국사회가 그러했듯 암중모색의 과정을 거치고 있었다. 「혁명기념일」에서는 운동권 선배, 동료들의 세속화와 환멸 가득한 후일담의 세계를 보여주고 있으며, 「임존성 가는 길」에서는 어처구니없는 필화를 겪은 선배 기자의 잠적 사건을 통해 시대의 상처를 다스리는 법을 터득하려는 심리적 현실을 그려놓았다. 이런 이야기 양상에서 보듯, 김소진 소설이 불러낸 '70년대 미아리 산동네'는 어떤 전범도 사라져버린 90년대를 가로질러 극복하기 위해 선택한 자전적 시공간일지도 모른다.

'과거로의 회귀'는 겉보기에 자신을 낳은 가족과 주변세계로의 후퇴일지는 모르나, 드높은 구호의 시대와 혁명논리를 유비시켜 변혁하려 했던 현실정치의 장을 괄호로 묶은 다음, 그로부터 배제한 삶의 육체성에 다가서려는 노력의 일단을 보여준다. 어제와 오늘처럼 변함없이 되풀이되는 일상과 온기 가득한 삶을 떠올리며 그러한 삶의 원점을 응시하는 몸짓 반대편에는 실적을 강요하는 조직사회의 매끈한 근대세계가 자리잡고 있다. 그의 소설에서 응시하는 하층민의 일상은 빛나는 실적과 전략과는 무관한 듯 하루하루를 생존 자체를 위해 힘겹게 살아가는 세계다. 그 세계는 성장기에는 착잡했고 부끄러움과 방황을 낳은 시공간이었으나 이제는 어떤 삶을 살아가야 할 것인지를 묻는 질문을 앞에 놓고 성찰하는 존재가 참고해야 할 세상살이의 한 국면이다. 미아리 산동네는 지금 여기의 불투명성을 걷어내는 데 필요한 세상살이의 원점이었던 셈이다.

그런데 나는 왜 구린내가 진동하는 깨진 항아리 속에서 똥을 누는데 울고 싶어졌을까? 늙은 어머니와 아내 그리고 이제 막 초콜릿 맛을 안 네 살배기 아이, 이렇게 세 사람의 식솔을 거느린 가장이 비록 속눈썹이나마 이렇게 주책없이 적셔서야 되겠는가, 아아. 하지만 여태껏 나를 지탱해왔던 기억, 그 기억을 지탱해온 육체인 이 산동네가 사라진다는 것이 아니겠는가, 나를 이렇게 감상적으로 만드는 게. 이 동네가 포크레인의 날카로운 삽질에 깎여가면 내 허약한 기억도 송두리째 퍼내어질 것이다. 그런데 나는 기껏 똥을 눌 뿐인데…… 그것 밖에 할 일이 없는데……

　　　　　　　　　　　　　　　　　　　　　-「눈사람 속의 검은 항아리」에서

소설 속 화자는 이제 늙은 어머니, 아내, 네살배기 아이를 거느린 가장이다. 그는 지난날의 기억을 간직한 그곳, 미아리 산동네에 서 있다. 철거된 잔해 더미에서 그는 과거의 자욱한 기억과 결별할 준비를 하며 잠시 감상에 젖는다. 그 감상은 잘린 나무의 밑둥처럼 잔해와 무수한 쓰레기더미로 변해버린 철거 직전 산동네와 완전히 결별하고 오래된 기억들을 가슴 한켠에 온전히 묻어야 하는 순간에 찾아든 미련에서 생겨난 감정이다. 성장의 처소가 폐허가 되어 기억의 한켠으로 사라진다는 것은 그의 소설에서 근원이 되었던 배경 하나가 지상에서 사라진다는 것을 의미한다.

인용은 폐허 위에서 불러낸 기억과 그에 따른 신체반응을 담은 구절이다. 눈 내리는 어느날 새벽, 화자는 소변을 참지 못해 변소를 다녀오다 그만 이웃집의 살림 항아리를 깨고, 어린 마음에 두려움 끝에 항아리를 눈사람으로 만들어놓고 집을 나온다. 한나절이나 배고픔을 참아내며 질척거리는 도시 한켠의 매음굴을 떠돌다 탕자처럼 집으로 돌아온 그 아련한 기억. 하지만 장석조네 세든 집 어디에서도 아이의 잘못을 꾸지람하는 조짐은 보이지 않는다. 집안에 깃든 기묘한 침묵은 모두가 생계의 터전으로 나간 탓이기도 하지만 아이에게는 타자에 대한 관용과 인간에 대한 신뢰로 느껴진다.

일상의 침묵이야말로 타자에 대한 이해와 공감으로 이끌며 자신을 성장시킨 동력이었음을 뒤늦게 깨닫는다. 철거중인 산동네를 둘러보는 자전적 화자는 이제, 사람들이 떠난 어느 집 마당 깨진 항아리 안에다 똥을 누며 생각한다. 이 화자는 자신의 소설이 가난했으나 전력을 다해 살아가는 일상의 기억을 생리적 욕구처럼 자연스레 풀어낸 것임을 이제서야 알아차린다.

기억의 장소가 도시 재개발과 함께 사라진다는 것은 필연적으로 김소진의 소설세계가 새로운 출발 지점에 서 있음을 의미한다. '포크레인'으로 상징되는 자본의 막강한 위력과 무한 개발 앞에서, 지금까지는 기억에 의존하여 왔으나 앞으로는 그 위력적인 현실 속으로 들어가 그 안에 우뚝 서야 한다는 세상살이의 이치를 깨닫는 것, 이것이 김소진의 소설을 읽고 난 뒤 갖게 되는 구체적인 느낌이다. 그 세상살이는 운동권 동료들의 세속화, 자본주의의 허상, 인간 소외, 노동자의 산재 문제들을 다룬 『양파』에서 모색의 일단을 드러내고 있다. 그 현실은 가까운 배우자마저 이해하지 못할 세계일지 모르며 그래서 더욱 고독한 세계일지 모른다.

김소진이 남긴 미완의 장편 『내 마음의 세렝게티』에서 접하는 세상살이는 한결 무거워 보인다. 회사조직에서 탈락한 이들이 연수교육을 받는 소설 속 삽화는 무한경쟁 체제에 내몰린 이들의 우울한 삶과 생존의 어려움을 보여준다. 서술자인 나 역시 연수원교육생이 되어 가혹한 집단 경쟁에서 살아남기 위해서 몸부림친다. 하지만 자본주의의 생리를 깨달아버린 외환딜러 출신의 최기석은 아프리카의 야생 초원 세렝게티를 열망한다. 톰슨가젤이 뛰놀고 홍학이 화려하게 군무를 하는 그곳은 숨막히는 조직 속에 억압받는 주체를 견디게 해주는 원망공간이다. 세렝게티는 그의 소설이 거대조직과 자본의 위력에 환멸한 뒤 숨고르며 동경하는 원초적 세계이지만, 거기에도 정글법칙과 황량한 현실이 가로놓여 있다.

「쥐잡기」에서 시작된 김소진의 소설세계는 『양파』, 『내 마음의 세렝게티』를 거쳐 세상으로 들어섰으나 그의 문학은 애석하게도 「눈사람 속의 검은 항아리」에서 창작의 행보를 멈추고 말았다. 안타까움은 그의 때이른 생의 마감으로 그치지 않는다. 90년대 소설의 유행에서 비껴나 '아버지'를 포함한 도시빈민들의 질척한 일상과 곡절 많은 인생유전을 한국 소설사 안에 편입시킨 다음 펼쳐야 할 이야기의 수많은 가능성을 잃어버렸기 때문이다.

김소진의 소설이 보여준 70년대 도시 빈민들의 일상과 구체적 심성은 80년대를 온통 휩쓸었던 '사회개량의 신화'와 '도구적 이성'에 대한 맹목적 신뢰가 사라진 지점에서 발견한 득의의 영역이었다. 그가 보여준 도시빈민들의 일상은 퉁명스럽고 적대적인 현실에 대한 겸허하고 정직한 자기 성찰의 토대였다. 부끄러움을 딛고 범속한 아버지에 대한 고백에서 출발했던 그의 소설이 도시빈민들의 일상을 응시하며 찾아낸 세계는 누추하고 남루하지만 침묵 속에 이해와 관용을 베푸는 공동체의 삶이었다. 거대조직과 자본에 맞서기 위한 대안을 모색하는 가운데 수립한 환멸과 비판적 시선을 선보이는 바로 그 지점에서 그의 소설은 행보를 멈추었다. 사회 주변부의 일화들이 곡진하게 이야기될 기회는 이로써 사라졌다.

김소진이 펼친 미아리 산동네의 기억은 국가주의나 어설픈 이념으로는 수렴하기 힘든 다양성과 통제 불가능한 사회적 약자들이 만들어낸 일상의 시공간이다. 이 세계는 이념과 명분을 인간의 호의와 선행으로 가볍게 무너뜨리며 화해시키는 새로운 가능성을 가진 약자들의 평화로운 일상세계이다. 그의 소설세계는 사회적 약자에 대한 이해, 일상이 가진 생생한 생활정치의 가능성, 인간다움의 발견이라는 과제를 남겼다.

(2003, 미발표)

역사의 그림자

김원일의 『전갈』

1

김원일의 소설을 즐겨 읽는 독자들이라면, 이 중견작가의 웅숭깊고 지속적인 소설 창작의 행보에 경탄하지 않을 수 없다. 그의 소설은 근현대사에 관한 한, 마르지 않는 이야기의 화수분에 가까워 보인다. 이 말은 결코 과장이 아니다. 작가의 성실성은 근현대사의 비극과 뒤엉킨 민중들의 하고많은 곡절과 마주서면서 이야기의 풍성한 숲을 일구어 놓았기 때문이다. 『늘 푸른 소나무』, 『불의 제전』은 이미 한국소설사에서 고전의 반열에 오른, 근현대사의 성찰을 담은 대작들이다. 초기작 「어둠의 혼」을 비롯해서 『노을』, 『바람과 강』, 『마당 깊은 집』, 「손풍금」, 『푸른 혼』 등은 가파른 근현대사를 거치며 겪은 가족사적 비극을 승화시킨 역작들이다. 그 안에는 민족사의 고난, 좌우이데올로기 투쟁, 국가폭력 등으로 인해 상처난 개인들과 가족 성원들의 절망이 아로새겨져 있다.

『전갈』도 이러한 소설의 계보에서 크게 벗어나지 않는다. 하지만 이 작품은 일제 말기에서 근대화의 시기, 그리고 오늘에 이르는, 삼대에 걸친 개인들의 기억을 되살렸다는 점에서 소재로나 기법상으로도 변별적인 가치를 갖는다. 작가의 원숙한 손끝으로 빚어낸 민초들의 처연한 밑바닥 삶은 무뚝뚝함을 가장한 객관적 묘사 때문에 더욱 핍진해지고, 그에 따라 역사의 그림자에 묻혀 있어서 발견되지 못한 삶의 국면들이 이야기로 다시 태어난다.

『전갈』은 망각의 저편에 방치된 민초들의 '침묵된 기억'을 '자유연상'의 기법으로 이끌어내 서사화한 작품이다. 기억 저장고에서 불려나온 기억의 조각들이 한데 엮이면서 이야기는 퍼즐처럼 시대의 하위텍스트를 더욱 풍성하게 만든다. 영웅들과 승자의 편에서 구성된 역사의 공적 기억과는 달리, 이들 기억은 공적 기억에서 배제된 채 망각과 침묵을 강요당해온 수많은 하위주체들의 기억이다.

역사적 망각에서 벗어나 활성화되는 수많은 개인들의 증언은 역사의 공적 기억과는 다른 낯선 지평을 열어젖힌다. 이 지평은 우리의 역사 인식이 얼마나 단순 무지했고 우리의 역사 반성이 얼마나 일천했던 것인가를 일깨운다. 또한 우리의 안락한 삶과 풍요가 얼마나 많은 존재들의 희생과 고난 위에 세워진 것인지를 고통스럽게 각성시킨다. 역사의 후광과 위의威儀가 사라진 지금, 역사조차 구성된 것이라는 의구심을 불러일으키는 지점에서 소설 속 이야기가 시작되는 셈이다.

조부와 아버지, 아들로 이어진 삼대의 삶은 역사의 아이러니와 폭력 속에 파행하는 민초들의 모습으로 이야기된다. 이야기는 저 멀리 근대 초반 일제 강점기로부터 시작하여, 6-70년대 산업화시대의 격랑을 굽이돌아 80년대 민주화시기를 거치고, 정보화시대의 어두운 뒷골목으로 흘러든다. 시대의 넓은 지평도 지평이려니와, 작가 스스로 밝힌 것처럼 이야기는 '자유연상'에 따라 시대의 흐름을 자유롭게 넘나든다.

손자 '재필'의 출감에서 시작되는 이야기 행로는 몇 가지 특징을 가지고 있다. 그 특징의 하나는 근대 초기와 일제 강점기 이래 산업화의 시대를 거치면서, 대를 물려 불행이 이월되는 역사의 음화陰畵를 보여준다는 점이다. 극한의 간난과 운명의 질곡을 감내해온 민초들의 이야기 행로는 역사의 장에서 드러날 여지가 별로 없었다는 점에서 문학의 소임을 재확인하게 해준다. 오직 소설만이, 이야기된 기억만이 민초들의 간고한 역사적 경험과 운명적 시련을 다루었기 때문이다. 그런 점에서 『전갈』은 기억의 활성화를 표방하는 구술사의 부상浮上과 '아래로부터의 시선'이라는 문화적 추세에 부응한 작품이다.

2

작품의 주요 인물이자 서술자인 '재필'은 기업형 폭력조직의 사주를 받아 3년 전 '분당 노부부 납치사건'을 주도한 인물이다. 그는 중국에 도피했다가 귀국하자마자 검거되어 감옥에서 시간을 보낸다. 감옥은 그에게 조부의 삶에 대한 궁금증을 갖게 만드는 학교와도 같은 처소가 된다. 감옥에서 그는 독서에 빠져들어 입시반에 들어가고 마침내 조부의 삶을 알고자 하는 욕망을 품기 때문이다. 청부폭력배였던 이가 감옥에서 삶의 전환을 꿈꾼다는 인물 설정은 다소 설득력이 떨어질지 모르나, 출옥한 뒤 그가 폭력계로의 복귀를 미루면서까지 조부의 삶을 탐문하려는 남다른 의지는 독립운동가였던 조부가 불구로 전락한 호기심과 자기 정체성을 확인하려는 강한 열망 때문이다.

'조부는 청산리 전투에 참전한 독립군이었는데 피치 못할 사정으로 반병어리가 되어 일본군 부대에 근무했다'는 사실을 확인한 '재필'이 조부의 삶에 담긴 곡절을 탐사하려는 욕망은 역사의 뒷전에 놓여 있던 한 독립운동가의 굴곡진 생애의 복원이라는 함의를 넘어선다. 이야기는 전대의 불행을 되새기는 한편, 그 불행이 산업화시대를 관통하면서 자신에게 대물림되었다는 사실을 확인하는 행로를 거친다. 이야기는 오늘의 한국사회가 앓고 있는 환부와 증상의 근원을 찾는 방식을 '아래로부터' 발화하게 만들어 조부에게서 시작된 불행이 왜 세대를 넘어 이월되었는가를 탐문한다.

조부 '강치무'는 근대 초반 독립운동에 투신하였다가 식민지 후반 일제의 주구走狗로 전락한 비참한 상처를 안고 고향 마산에서 은둔하며 생을 마감한 인물이다. 그는 『바람과 강』에 등장하는 '이인태' 노인을 연상시킨다. '강치무'에 대한 일화는 '이인태'와 달리, 일제 말기를 어떻게 살아냈는지 구체적으로 서술되어 있다. 그는 1919년 이후 10여 년 동안 생사를 함께한 동지가 죽음을 맞이하자 죄의식과 절망 속에 자신의 혀를 잘라 자살을 기도한다. 강치무의 자살 시도는 실패하고 이후 '혀짜른소리' 때문에 일제 말기를 문맹자 행세를 하며 하층민으로 살아간다. 그는 관동군 방역급수부에서 노역하는 짐승의 시간을 살아가다가 행랑살이 하던 조선인 여자를 맞아들어 살림을 차리고 아들 '천동'을 얻는다.

해방을 맞아 귀국길에 오른 '강치무'는, 향리 마산에서 새나라 건설을 둘러싼 뜨거운 해방정국에서 자신의 죄의식을 털어내려는 듯 다시 한번 열정을 불태우지만 반공의 광기 어린 폭력 앞에 다시 상처를 입는다. 그는 동족간의 반목과 폭력적 대결에 환멸하여 가장의 역할과 의무도 방치한 채 낚시로 소일하다가 삶을 마감한다.

2대인 '강천동'은 아버지의 오랜 부재와 방랑 속에 방치된 채 홀로 성장한다. 그는 부모의 살뜰한 보살핌도 받지 못한 채 적빈의 성장기를 거치면서 아버지를 저주하며 산업화 시대에 들어선 인물이다. 그는 반항심과 주체할 길 없는 육체의 활력을 밑천 삼아 자립의 길에 나선다. 한때 그는 정미소를 다니며 단란한 가정을 이루겠다는 소망을 품기도 했으나 그저 완력 하나만 믿고 공단 노동자로 길을 택하면서 범속한 삶을 내던져 버린다. 산업화의 가파른 시류가 청년의 마음을 이끈 것이다. '천동'은 날로 달라지는 공업단지의 외양과 도처에 널린 일자리의 유혹을 받아들이면서 자신의 완력으로 세상을 멋지게 살 수 있다고 생각한다. 하지만 그는 프레스공장에서 손목을 잃고 만다. 노동자에게 신체의 훼손은 치명적인 결함이다. 그는 공단 처녀를 완력으로 범하고 신접살림을 차렸으나 자신의 불행을 넘어선 단란한 가정을 이루지는 못한다. 급기야 그는 '개 밀도살업자'로 살아가며 어렵사리 번 돈마저 엽색 행각과 도박, 난봉질로 탕진한다. 그의 방황은 아내와 겁 많은 아들에게 어둠과 광기와 폭력으로 끝없는 생채기를 만들며 자신마저도 파괴한다. 조부 '강치무'의 사회적 죽음이 역사와 삶으로부터의 '자기거세'였다면, 아들 '강천동'의 죽음은 산업화에 상처 입은 자의 '자기파탄'이라는 형국이다. '강천동'은 아버지를 저주하며 성장한 뒤 자신은 물론 아내의 삶까지도 무너뜨리며 배다른 남매와 '재필'을 남겨둔 채 생을 마감한다.

3대인 '재필'은 아버지의 광기와 폭력 속에 우람한 체구로 자라나 완력을 행사하며 중학 시절부터 교도소를 드나든다. 그는 극심한 조울증에 시달리며 절도범으로 혹은 마약사범으로 전전하다가 폭력계로 빠져든다. 그의 조울증은 자신의 삶 밑바닥에서 분출되는 욕망과 결핍에 뿌리를 두고 있다. 조부의 언어능력 거세가 독립운동에서 받은 상처와 죄의식이 낳은 몸의 파괴적 징표이고, 아버지의 손목 거세가 산업화 시대의 폭력과 파국의 사회적 징표라면, 손자의 조울증은 자기조절의 한계를 넘어선 후기 산업사회의 결핍과 욕망이 낳은 신체의 병리현상이다. 다른 한편으로 '재필'의 조울증은 식민지시대와 해방기를 거쳐 산업화시대에 이르는 동안, 민초들에게 가해진 생채기와 대물림하는 비극이 후기산업사회에 이르러 욕망과 결핍으로 나타난 병리증상이기도 하다.

『전갈』은 근현대사의 하고많은 곡절들이 어떤 관점과 어떤 상징으로 새로운 지향을 마련해야 할 것인지를 숙고하게 만드는 이야기의 전범 하나를 제공해준다. 역사의 상흔이 대물림하며 변주되어온 사회 일화의 근원과 내력은 결국 국가 영웅의 일화에서부터가 아니라 주변부의 삶으로부터 밝혀내야 한다는 점, 삼대에 걸친 비극의 일화들은 공식의 역사에서 배제된 자들의 상처가 무엇인지를 재정의해야 한다는 점을 말해준다.

『전갈』을 통해서 소설의 사명은 역사와는 다른 지점에서 망각의 지평을 넘어서는 새로운 이야기를 창조해야 한다는 낯익은 명제를 환기해준다. 이 작품은 정보화 시대에 진입하면서 망각해버린 발화되지 못한 하위주체들의 간고한 경험을 이야기로 풀어낸다. 그 결과 '말할 수 없는 주체들'의 기억으로부터 역사에 등재되지 못한 이들의 다양한 비극이 세대를 넘어서도 이월되고 있다는 것, 삼대에 걸친 전락과 비참한 삶을 통해 과연 역사는 진전되었고 사회는 발전했는가라는 무거운 질문들을 이야기로 풀어내고 있다. 소설은 인간과 역사, 시대와 운명적인 삶으로 뒤엉킨 공동체의 빛나는 역사 뒷편도 주목하는 확장된 시야를 확보해야만 '비극과 상처의 세대 이월'을 넘어설 수 있음을 보여주고 있다.

폭력배로 전락한 손자가 감옥에서 조부의 삶을 탐문하면서 드러난 가족사의 비극적 진실은 독립운동의 대열에서 동료를 지키지 못한 조부의 죄의식에서 시작된 불행이 좌우로 갈린 해방기 민족의 분열상을 거쳐 더욱 심화되었다는 데 있다. 해방기 조부의 방황은 아들 세대에 산업화가 낳은 비극으로 이어지며 손자에게는 가족사적 불행이 더욱 증폭되었던 셈이다. 이야기는 근대초기에서부터 지금의 후기근대에 이르는 시간대에서 과연 '우리 사회는 사람다운 삶을 지향하고 그것을 쟁취하며 발전했는가'라는 반문과 함께, 수

많은 개인들의 상처는 여전히 지속되고 있음을 재확인시켜준다.

『전갈』은 특정한 지역과 시대를 넘어 역사의 교지狡智가 수많은 민초들의 삶에 관여하며 비극을 대물림해온 음화를 양각해내며 미시적인 해부와 거시적 통찰을 함께 시도한 작품이다. 이 능란하게 조율하며 펼쳐내는 이야기의 조리개는 작가의 원숙함을 보여주지만, 다른 한편으로는 역사의 승자와 영웅들이 아니라 철저히 밑바닥 삶의 극한을 경험한 주변적인 존재들의 침묵해온 기억들을 펼쳐 보이는 데 적절하다.

선악의 이분법으로는 구별하기 힘든, 역사의 주변부에 속한 이 일상적 개인들이야말로 침묵 속에 상처를 가슴에 품은 채 살아가는 이 땅의 수많은 익명의 하위주체들이다. 이들의 기억이야말로 가공으로 축조된 역사를 재규정하고, 자신들의 기억을 동원하여 새로운 집단 기억을 재구성하는 소설의 풍요로운 원천에 해당한다. 소설이 하위주체들의 기억을 통해 역사의 뒤안길에서 침묵하며 망각의 운명에 놓인 이들의 비극과 불행을 되살린 이야기로 '비극의 반복'을 절연하기 위해 성찰과 문화적 의례를 수행하는 것은 문학이 가진 문화 실천의 주요한 역할 중 하나다.

(『내일을 여는 작가』, 2007 겨울)

상처와 절망에게 내미는 손길

공선옥의 『명랑한 밤길』

1

'IMF 이후 한국사회가 비로소 자본주의의 냉혹한 현실로 진입하게 되었다'는 어느 사회학자의 표현은 결코 빈말이 아니다. 극심한 양극화와 함께 빚어지는 사회 현실은 도시와 주변부를 끝없이 구획하며 인간의 모든 욕망을 돈으로 귀착시킨다. 미디어는 자본이 만들어낸 판타지와 이미지들을 하염없이 유통시키며 소수의 성공담과 경제적 가치에 몰입하게 만든다.

IMF사태 이후 기업화된 한국사회는 체질적으로 그 어느 때보다도 더욱 철저하게 효율과 실적을 중시하는 성공담과 함께 단련되고 있다. 이러한 사회 정황에서 인간에 대해 말하고 인간적 가치를 사유하며 인간다운 삶을 상상하는 문학의 효용은 더욱 커져가지만 문학이 설 자리는 줄어드는 역설에 무력하다. 이것이야말로 오늘의 한국사회가 겪고 있는 아노미 상태의 본질이자 또한 문학이 겪는 고충이다.

사회의 밑바닥으로 떨어진 존재들에 대한 일화는 유통되는 정보와 뒤섞여 희석되면서 사회적 관심사로 부상하지 못하는 시대가 되었다. 이러한 사회문화적 상황은 한국사회의 역량이 더욱 취약해졌다는 사실을 반증한다. 문학조차 구성체 내부에 존재하는 다양한 가치와 사고를 수렴하는 데 극히 취약한 모습을 보여준다.

지금의 문학 현실처럼, 개인에 국한된 자기 위안의 담론만을 고집해서야 '잘 사는 법'을 소비하는 온갖 문화산업의 행태와 다를 바 없다. 사회문화적 난맥상을 앞에 놓고 문학이 더욱 고심할 필요가 있다. 문학의 역할이 인간다운 삶을 꿈꾸며 비인간적 삶을 강요하는 온갖 폭력과 억압에 맞서는 노력과 인문학적 성찰의 증대에 있으나 그 목소리는 크게 미약하다.

실패와 좌절 끝에 상처입고 생존 자체로 절박한 힘없는 소수자들과 다수의 상처받은 사회 성원들에게 주목함으로써 그 존재 가치를 고양시켜온 것은 지난 시대의 문학이 보여준 면모였다. 오늘의 문학도 이러한 역할과 관습과 무관하지 않다. 효율과 경제적 가치를 내걸고 맹목적으로 돌진하는 기업화된 사회적 관행과 대결하는 것만큼이나 사회 전체를 소생시키기 위해 '인간다운 삶'에 몰입하여 고뇌의 깊이와 넓이를 확보하기 위한 치열함을 회복하는 것은 포기할 수 없는 문학의 존재 가치이기 때문이다.

2

공선옥의 『명랑한 밤길』(창작과비평사, 2007, 이하 인용은 면수만 기재함)은 상처와 좌절을 겪으며 살아가는 밑바닥 삶을 다룬 12편의 소설을 묶은 것이다. 각 편에 실린 사회적 일화는 IMF의 충격에서 벗어나지 못한 한국사회의 상처와 질병을 잘 보여준다. 가장의 실직으로 인한 경제적 파탄과 오랜 병고, 재난으로 인한 갑작스러운 죽음이 자주 등장한다. 이 모습은 밑바닥 삶으로 추락하여 회생의 가망이 없는 절대 빈곤의 소외된 존재들의 비참상을 보여준다. 일상을 영위하는 처소인 집은 황폐하고 가족 성원들은 상처와 절망에 줄곧 시달린다. 고단한 삶은 집을 "서로가 서로를 도와주는 것을 가지고 앙심을 품은 사람들이 사는"(「꽃 진 자리」, 9면) 암울한 처소로 만들어버린다. 오랜 병고 끝에 남편을 잃은 상가(「영희는 언제 우는가」), 느닷없는 수해에 휩쓸려 돌아오지 않는 남편을 기다리며 절규하는 모자가 버려진 집(「아무도 모르는 가을」)이 이를 잘 말해준다.

집 내부로 들어가 보면 가족들의 정상情狀은 더욱 암담하다. 아버지의 장례를 치룬 뒤 치매에 걸린 엄마, 신용불량자인 두 명의 오빠, 이혼한 뒤 모자가정의 가장으로 살아가는 언니의 소망없는 일상이 펼쳐지고 있다(「명랑한 밤길」). 또한, 가장인 남편은 직장에서 퇴출되고 난 뒤 마련한 자영업을 접고 나서 하루하루 연명하듯 살아내고 있고, 아내는 여성성을 상실한 채 투병중이며 아들은 오토바이를 훔쳐 며칠째 집으로 들어오지 않는 상태이다(「빗속에서」).

가정의 이러한 면면은 청춘 시절 품었던 소망과는 아득히 먼 현실이다. 명절날 함께 모인 일가 친척은 대면하자마자 서로의 감정을 건드리고, 매운 독설과 욕설로 서로 상처를 주고받는다(「비오는 달밤」). 가족과 집의 안팎에 범람하는 황폐함은 가족과 이웃, 직장과 사회에 걸쳐 있는 공동체가 철저하게 파괴되고 극심한 가난과 궁상에 시달리며 꿈 없는 나날에서 연유한다. 가족 구성원들은 모두 근친과 이웃 간에 마주치는 일상사마다 서로 충돌하고 상처를 입힌다. 그 충돌은 각자 자신들의 생계조차 위태로운 상태에서 비롯된 희망 없는 현실의 다른 모습이다.

공선옥의 소설은 타자들 중에서도 남성들과 인척, 이웃사람들의 가부장적 폭력과 이기심을 비판적으로 본다. 「영희는 언제 우는가」에 등장하는 '영희' 남편의 병고와 죽음, '나'의 남편의 도박 중독과 폭력은 다른 작품에도 드물지 않게 등장한다. 결혼 전 임신과 해외 입양의 경험을 가진 여성이 남편에게 버림받는 것이나(「79년의 아이」), IMF 이후 거듭된 사회적 전락 속에 시댁을 나와 아이와 함께 생계를 꾸려가는 여성가장에게 가하는 남편의 가부장적 비열함이 그러하다(「별이 총총한 언덕」).

공선옥 소설에서 반복적으로 등장하는 남성 가장의 역할 상실은 그들의 실직 상태나 사회적 인간적 전락과 함께 가정 해체로 이어진다. 남성들은 경제적 파탄과 함께 꿈을 상실하면서 아내와 자녀, 가정을 지켜낼 능력과는 무관한 경우가 자주 등장한다. 남성이 가정을 버리면서 여성의 삶은 경제적 토대를 상실하고 슬픔과 고독으로 피폐해진다.

이번 작품집은 공동체 몰락의 저변에 놓인 문제들을 짚어가며 상처 난 인생의 곡절들을 하나하나 일화로 구성해내는 집요함을 보여준다. 인물들의 일상 공간은 어렴풋하게 이항대립의 도식으로 구획해볼 수 있다. 남성/여성, 정착민/이주민, 도시/시골, 제도의 안/바깥, 풍요/가난, 소망/절망의 대립적인 이항에서 공선옥의 소설은 주변적이고 열등한 세계의 일화들을 담아나간다. 요컨대 그녀의 소설은 제도의 중심에서 밀려나 퇴락하고 물질적으로 결핍된 주변부의 구체상을 펼쳐보이는 것이다.

그렇다고 해서 작품집의 일화들이 가난과 궁상, 상처와 절망을 반복하는 것만은 아니다. 작품들은 절망에 빠지고 곤경을 처한 존재들이 서로를 보듬고 지친 자에게 기댈 어깨를 내주는 따스한 배려를 보여준다. 도박증에 빠진 남편의 거듭된 가출과 등쌀에 몸살을 앓으면서도 남편 잃은 친구의 집으로 문상 가는 '나'의 모습(「영희는 언제 우는가」)이 그러하고, 전남편의 외국인 아내가 그의 전처였던 한국인 여자에게 도움을 청하며 내미는 절박한 손길(「도넛과 토마토」)이 또한 그러하다. 상처 받은 자가 상처 입은 자를 위로하고, 상처 입은 자가 상처 낸 자를 배려하며 손 내미는 모습은 도처에서 발견된다.

「지독한 우정」도 그 연장선에 있다. 이 작품은 이십 대의 딸이 중년 어머니가 남자친구와 동행하는 여행길에 따라 나섰다가 어머니의 여성성을 되새기는 이야기이다. 딸은 어머니가 남자친구에게서 사랑과 아이 중 택일을 강요받자 '미역국'을 준비함으로써 모녀간 오래고 지독한 우정을 공표한다. 장애를 가진 어머니가 딸을 출산하고 나서 '미역국'도 먹지 못했던 일화를 떠올리며 딸은 어머니에게 '미역'을 준비한다. 편의적인 남성들의 사랑 대신 생명을 선택하도록 돕는 딸의 모습은 여성성의 긍정으로 통하면서 어머니와 딸 사이의 오랜 우정을 보여준다. 그 우정이란 모녀간의 인간애가 혈육애를 넘어 여성성을 긍정하며 만들어가는 수평적 관계를 지칭한다.

「도넛과 토마토」는 고단하게 살아가는 밑바닥 인생들이 서로 연대하고 제휴하는 아름다움을 보여주는 작품이다. 이야기에는 전남편의 외국인 아내를 전처가 거두어주어야 하는 슬픈 현실 하나가 등장한다. 힘겨운 생계잇기를 해나가는 처량한 처지에도 '문희'는 전남편의 어린 외국인 아내가 필사적으로 매달리자 그에게 손을 내민다. 어린 외국인 아내는 아이와 함께 이국땅에서 살아남기 위해서 문희에게 혼신을 다해 구원을 요청한다. 문희는 자신의 무거운 세상살이의 짐을 지면서도 그녀를 보듬는다. 그 배려와 온정은 전철 안에서 남루한 노숙자에게 자신의 어깨를 빌려주고 함께 잠드는 대목에서도 잘 드러난다.

고된 삶에 지친 자들이 어깨를 빌려주며 함께 잠드는 평온한 모습은 밑바닥 삶이 보여줄 수 있는 최소한의 온정이자 최대치의 배려이다. 「명랑한 밤길」에 등장하는 외국인 노동자들의 대화 장면에도 온정과 배려가 등장한다. 한국인과 결혼해서 살아가는 누이를 언급하는 외국인노동자의 발언에는 밑바닥 삶의 사회경제적 현실이 이미 자국민으로만 한정되지 않고 전지구적 차원에서 성찰되어야 할 현실을 절감하게 해준다.

『명랑한 밤길』은, 작가의 말처럼 '불안정한 삶의 조건 속에 놓인' 이들의 사회경제적 위치와, 이들에게서 포착한 이 시대의 상처와 고통에 대한 자화상에 가깝다. 작가의 자의식은 불안정한 삶의 조건에서 연유하는 숱한 사람들의 육성을 담아내려는 따스함과 완강함을 보여준다. 그 중에서도 작가가 그려낸 오늘의 사회적 비정상성은 반복되는 남자 가장의 무기력과 오랜 부재, 병고와 죽음으로 변주된다. 이 세계는 IMF 이후 한국사회가 비정한 자본주의 체제로 진입하면서 다수의 사회 성원들과 가족 공동체가 겪는 상처와 고통을 보여준다.

같은 맥락에서, 해외입양과 이혼의 전력을 가진 모자 가정의 부상은 작가가 가장 병리적이고도 첨단의 현상을 맥락화한 것이다. 여기에는 여전히 작동하는 남성 가부장적 폐해와 그로 인해 상처 입는 여성들의 모습이 양각되어 있다. 이렇게, 작품집 『명랑한 밤길』은 밑바닥 삶의 상처와 고통에 관한 일화를 통해서 억압과 폭력, 냉대와 질시를 딛고 '어떻게 인간다운 삶을 살 것인가'를 성찰한다. 성차(gender)와 국적, 인종을 넘어선 타자에 대한 온정과 배려야말로 공선옥 소설이 가진 미적 가치에 해당한다. 오늘의 소설이 눈여겨보지 않는 낮고 남루한 현실을 주목하며 재현해낸 사회적 일화들은 그녀의 소설이 이룬 드문 성취에 해당한다. 소외된 자들의 삶이 가난과 궁상에도 마멸되거나 훼손되지 않는 인간다움을 고양시키고, 상처받은 자들이 서로를 향해 손길을 내밀고 어깨를 빌려주는 모습이 바로 그것이다.

작가의 길이 인간으로서의 가치와 인간다움의 가치 모색이라고 할 때, 한국소설에서 공선옥이라는 작가의 존재 가치는 각별하다. 무엇보다도 이 작가는 주변적인 삶을 온몸으로 살아내며 주변인들의 애환에 주목하여, 상상과 체험 어느 한 쪽에 치우친 작품화가 아니라 주변적 삶에 던지는 시선과 눈높이를 가지고 있다. 그 문제의식은 여느 작가들과는 달리, 21세기에 접어든 오늘의 상황에서 '세계화'로 인한 밑바닥 삶의 곤경은 더욱 심화되었다는 점에서 빛을 발한다.

(『내일을 여는 작가』, 2008 겨울)

기억의 풍경

정지아의 『봄빛』

1

정지아의 두 번째 작품집 『봄빛』은 세월의 퇴락한 먼지로 켜켜이 쌓인 산골 외딴집과 오솔길로 안내하고 눈부신 봄볕 내리쬐는 툇마루에서 지난날을 응시하는 노년의 내면으로 이끈다. 꽃잎 휘날리는 신생의 계절에 겹댄 노년의 시간대는 마침내 고단한 인생유전을 뒤로 하고 소멸을 앞두고 있다. 이 시간대는 침묵해온 기억들이 발화하는 때이며, 후기 근대의 현실에서 인간다운 세상을 향한 열망으로 가득했던 역사의 망령과 대면하는 성찰의 순간이어서 빛난다. 작품집에서 반복해서 등장하는 것은 상처로 얼룩진 부모 세대의 슬프고도 아름다운 기억의 풍경이다. 이는 작가의 첫 작품집 『행복』(2004)에서 보여준, "소망 하나로 견뎌왔던 부모의 유령과 같은 삶"을 천착해온 가운데 더욱 진전된 대목이기도 하다.

두 번째 작품집 『봄빛』에서 작가는 중년의 감각으로 역사를 대하는 한결

---

1   김영찬, 「해설—불행한 의식의 현상학」, 『행복』, 창비, 2004, 250면.

원숙해진 시선을 드러낸다. 과거를 향한 노년의 응시를 통해 작가는 젊은 날의 '순정'을 추체험하기 때문이다. 이 추체험은 후기 근대의 주변부에서 발화되지 못한 하위주체들의 낡았으나 작고 오래된 전망을 환기한다. 침묵해온 기억과 억압당한 기억들은 '지금 여기', 전망이 부재하고 '멜랑콜리로서의 과거가 향유되는 현실'[2]에 저항한다. 그 기억들은 지금의 현실을 "낡은 것은 사라지고 있지만 새로운 것이 아직 생겨나지 않았다는 게 바로 위기", "공백기"로 규정하는 한편, "다양한 병적 징후들"[3]을 넘어서기 위해 우회하는 경로이기도 하다.

2

『봄빛』에 수록된 열한 편의 작품은 굳이 계열화시켜 보면, 노년의 기억 풍경을 담아낸 경우(「못」, 「봄빛」, 「풍경」, 「순정」, 「길 1」, 「길 2」, 「세월」 등)와, 여성 화자를 내세워 후기근대의 삶과 정체성을 다룬 경우(「소멸」, 「양갱」, 「스물셋, 마흔셋」, 「운명」)로 나누어진다.

「못」은 홀로 된 늙은 숙모와 살아가는 반병신 노인 '건우씨'의 지난 육십 년 회상을 서사의 뼈대로 삼고 있으며, 「봄빛」은 치매 선고를 받은 아버지의 젊은 시절과 노년의 낯설음을 아들의 눈으로 포착한 작품이다. 「풍경」은 치매 걸린 백세 모친을 모시고 살아가는 늙은 홀아비의 시선으로 죽음을 앞둔 모친의 아들딸에 대한 간절한 기억의 분출을 지켜보고 있으며, 「순정」은 지리산 산사람으로 고향집에 왔다가 귀환하지 못한 죄책감을 평생 안고

---

2   하비 케이, 오인영 역, 『과거의 힘』, 삼인, 2004, 40면.
3   안토니오 그람시, 하비 케이, 위의 책, 27면 재인용.

살아온 노인의 회한서린 내면을 보여준다. 「길 1」은 피난길에서 "동생을 죽이고, 살아 있는 동생을 버리고 얻은 (…) 세상의 길"로 나섰던 인물의 자기반성을, 「길 2」는 한평생을 산에서 보내며 죽은 형제들과는 달리 은둔하며 살아온 자의 회상이 주를 이룬다. 이처럼 노년이란 삶이 죽음처럼 드러나고 죽음이 산 자들에게 깃드는, 과거의 빛나던 시절에 대한 회억을 통하여 못내 이룬 꿈과 발화되지 못한 기억을 표출하는 복수의 시간대이다.

이 복수의 시간성은 "자신이 길인지 뭔지도 모를 가시덤불을 헤쳐 길을 만들어왔다고 자부"(「길 1」, 185면)하며 살아온 의사의 회한처럼, 온몸으로 살아온 자가 고백하는 삶에 대한 근본적인 성찰이며, "노동자, 농민이 이 세상의 주인이라는 믿음"과 "민중이 힘을 모두면 그런 시상을 앞댕길 수 있다는 (…) 역사에 대한 믿음"(「순정」, 101면)을 가졌던 지난 세대의 열망을 곱씹게 만든다. 이렇듯, 늙음의 모티프는 후기 근대의 무력한 삶을 환유한다. 노년의 시간대는 역사에 대한 오래된 믿음과 그것을 포기하지 않고 침묵 속에 삶을 살아온 자들의 속 깊은 사연을 불러내는 작가의 '정치적 무의식'이 일렁이는 거점이다. 「순정」에서 그려지는, 고향집으로 귀가한 뒤 다시 산으로 돌아가지 못한 존재의 회한과 좌절된 순수의지가 그러하고, 「세월」에서 늙은 아내의 발화 안에 담긴 사연이 그러하다.

「봄빛」에서는 겨우 여덟 살에 가장의 역할을 떠안은 아버지가 등장한다. 치매 선고를 받은 아버지는 어린 시절, 산후 조리로 병든 어머니와 갓난쟁이, 누이와 동생까지 책임져야 하는 가장으로서의 의무감에 사로잡힌다. 이를 깨달은 여덟 살 이후 참으로 치열하게 살아온 아버지를 이해하는 아들이 서술자로 등장한다. 그 아들은 아버지를 바라보며 "여덟살에 그 어둠속에서 생에 대한 강렬한 의지를 끌어냈던 아버지가 죽음을 앞둔 지금은 무엇을 끌어낼 것인지"(46면)를 곱씹는다. 그 생각은 "고리대금업자와 같은 비정한 세월"을 느끼는 한편, "아버지와 어떤 세월을 보냈든 그는 아버지의 자식으로 태어나 아버지의 품안에서 하나의 인간으로 성장했다."(47면)는 자각을 낳는다. 생의 긍정이 "개나리며 진달래가 짙어가는 봄빛"(48면)과 병치되는 것은 우연하지 않다. 봄빛은 세월과 함께 시들어가는 생의 빛바랜 풍경을 소생시키기 때문이다.

「풍경」 또한 마찬가지이다. 육십의 홀아비는 지금 "아이, 참말 이상하지 야. 아궁지 속을 들에다보고 있으면 세상 근심이 다 없어져야."(51면) 하던 어머니의 오래전 속삭임을 떠올린다. 그는 지금 "여전히 어머니의 치맛자락을 휘어잡은 채 죽음 같은 시간의 강을 건너는 중"(52면)이다. 어머니 또한 삼십년 전에 치매가 시작되면서 홀로 남아 모친의 곁을 지켜온 아들의 기억을 모두 잃어가면서도, 그 옛날 산사람 시절을 기억한다(53면). 어머니는 여수 14연대를 좇아 입산한 큰아들을 육십의 작은아들로 착각하며 마지막 힘을 다해 남아 있는 기억을 분출한다. 서른 줄이었던 큰아들은 다시 삼십년을 더 칠십 노모와 함께 "세상이었고 동무"로서 살아온 마당에 임박한 죽음을 앞두고 기억에서 환생한 것이다. 이 장면은 기억 메커니즘의 진실 여부와는 아무런 관련이 없다. 살아온 세월 동안 가슴 깊이 묻어두었던 기억을 "영원처럼 느리게, 그러나 쏜살같이 빠르게"(69면) 흘러가는 시간 앞에서 혼신의 힘을 다해 모성의 위엄을 드러내고 있기 때문이다.

「세월」 또한 「풍경」에 못지 않게 기억의 풍경을 곡진하게 보여주는 아름다운 소품이다. 남편을 따라 산사람이 된 아내는 먼저 하산하여 감옥에 갇힌 남편을 수발하며 평생을 함께해온 애환을 노경에 이르러서야 풀어놓는다.

이녘이 그리 되고야 알았어라. 이녘이 우리 아부지 매를 막고 나선 그날부텀 나는 이녘 등만 바라봄시로 살았그만이라. 미음조차 삼키지 못하는 환자라 이녘 곁에 못 있고 도로 산을 내레왔지만, 밤이면 군인들 피운 모닥불이 귀신불처럼 훤한 지리산 능선을 봄시로 마음을 달랬어라. 저그 워딘가에 이녘이 있을 것잉게라, 지리산 자락을 나는 이녁 보디끼 봤그만이라. 이녁이 멀리 감옥에 있을 적에도 나는 눈을 뜨면 이녁 있는 먼 서쪽 하늘을 올레봤어라. 긍게 이녁은 곁에 없었어도 곁에 있었어라.

(「세월」, 231면)

회상은 늙은 아내가 남편을 향해 품었던 오래 묵은 신뢰를 더욱 돋보이게 만든다. 회상된 것들은 오랜 동안 가슴에 품고 있었던 세월만큼이나 정체된, 침묵해온 기억이다. 발화되는 사연들은 그 곡진함만큼이나 후기근대와는 멀리 떨어져 있는, 망각된 역사의 주변 기억들이다. 이 기억들은 속도와 경쟁의 흐름 속에 잊혀진 인간의 온기와 소망하는 삶을 불러낸다.

변혁의 열망이 세월 앞에 잦아드는 노년의 삶을 후기 근대의 삶과 병치시켜 곡진하게 풀어내는 이야기의 가치는 무엇일까? 전망이 부재하고 혼돈의 현재를 살아가는 후기 근대에, 소외되고 망각된 기억과 오래된 트라우마를 드러낸 이야기의 효용은 저항과 비판의 문화적 위치를 재확인시켜준다는 데 있다. 작품집에는 노년의 삶만큼이나 밑바닥 삶의 혹독함을 겪어온 다음 세대의 삶과 정체성이 등장한다. 부모의 상처 난 삶을 응시하며 살아온 아들딸 세대는 부모의 상처와 침묵 속에 응시하며 가난과 소외된 삶을 '운명'이라 이름 붙인다.

「운명」은 세상으로부터 소외된 성장체험과 도시에서의 삶이 서로 불화하는 모습을 담은 작품이다. 대학동창 K는 외모에서부터 선의의 운명과 함께 자라난 도시의 아들이다. '나'는 "사채업자처럼" 모진 방식으로 꿈같은 평화를 차압당하며 가혹한 운명을 헤쳐나온 존재이다. 그런 까닭에 '나'는 운명만큼 비정한 사회에서 "특별한 행운을 바라지 않"고 "예측 가능"한 삶을 살아가면서 "운명의 마수로부터 벗어났다는 안도감"(165면)을 겨우 갖는다.

이 안도감이야말로 현실 비판을 가능하게 해주는 의식의 발판이다. 우연히 마주친 많은 순간들을 '선의의 운명'으로 여기며 '나'를 좇아온 K에 비해, '나'는 그 운명을 선의로 여기거나 "사랑의 환상"(172면)을 신뢰하지 않는다. 부산으로 가는 기차여행 중에 다시 만난 K에게 '나'는 잠시 달콤한 환상에 빠지기도 하지만 그의 품을 빠져나와 바다와 잡풀숲에 널린 '오물'과 '망초 꽃'을 바라본다.

> 나는 왠지 덜 삭은 콩나물 대가리 몇개 삐죽 솟은 오물에서 시선을 떼지 못했다. 누군가는 난간에 기대어 괴로운 삶의 찌꺼기를 토하고, 꽃은 그 오물을 거름 삼아 무성히 자라나고, 누군가는 그렇게 자란 꽃과 바다를 바라보고, 누군가는 오물을 바라본다. 바다와 꽃과 오물이 어우러진 똑같은 자리에서. 이것이 바로 운명이라고, 득도의 순간인 양 감탄했으나, 생각해보니, 그 자세 또한 운명이거나 운명으로부터 비롯된 것일 터, 아무것도 달라진 것은 없었다.
>
> (「운명」, 175면)

'오물'과 꽃을 바라보는 화자의 모습에는 삶과 운명을 균형 있게 사유하는 면모가 담겨 있다. 삶에 대한 냉연한 응시는 치매 걸린 노인들의 죽음에 임박한 순간 '삶의 찌꺼기'와도 같은 열망을 발견하는 것처럼, '인식론적 거리 두기'를 통해 인간의 생애에서 다채로운 맥락을 추출할 수 있게 해준다. '현실에 대한 응시'는 과거라는 기억으로의 여행과 짝을 이루며, 「양갱」에서처럼 삶의 운명성이나 자기정체성의 해명, 고모에게서 인간다움을 발견하는 것과 같은 이야기의 행로를 열어젖히는 힘을 발휘한다. 「소멸」에서처럼 '얼음눈' 같은 냉연함으로 자신이 처한 현실을 객관화하여 세밀하게 관찰하는 힘을 확보하게 되는 것이다.

이 관찰의 시선이야말로 온전히 작가의 개성에 속한다. 그 시선은 후기 근대의 광포한 현실을 견디어내며 "행복하니?"라는 질문과 "살아야 하니까.

그게 사람이니까"(82면)라는 답변을 동시에 구사할 수 있는 넓이와 깊이를 확보하는 원천이기도 하다. 그리하여 작가는 "소멸을 의식함으로써 똑, 딱, 하는 소리와 함께 흘러가는"(89면) 삶의 순간을 더욱 생생하게 관찰할 수 있게 된다. 이 감각은 소멸의 인식을 통해 후기 근대의 시뮬라크르를 비판적으로 거리를 유지하는 개성이자 역량인데, 그런 점에서 "괴로운 삶의 찌꺼기"인 '오물'과 그것을 자양분 삼아 무성히 피어나는 꽃을 바라보는 화자가 자각하는 '작가로서의 운명'은 향후 소설에 대한 기대를 품게 만든다.

3

정지아의 두 번째 작품집에는 중년에 이른 작가의 세대감각이 돋보인다. 늙어간다는 것, 안정된 삶을 소망한다는 것을 자각하며 발랄한 청춘에 찬탄하거나(「스물셋, 마흔 셋」), 유년 시절 조카에 대한 너그러움으로 살아온 고모의 인간애를 재발견하고(「양갱」), 노년의 아버지를 이해에 도달하는(「봄빛」) 이야기의 행로는 모두 중년의 감각에서 연유한다.

작품집에서 접하는 것은, 부모 세대의 오래된 상처와 자긍심, 회한과 반성이 빛바랜 기억의 행로는 상처에만 한정되지 않고 그 상처를 보듬는 모성적 존재들을 내세워 글쓰기의 외연을 넓히고 있는 모습이다. 부모의 기억들은 후기 근대의 현실을 가로지르며 그 삶에 깃든 비극적인 운명성만이 아니라 치열했던 삶과 인간적 소망의 효용과 가치를 반복해서 보여준다.

작품집의 표제어인 '봄빛'은 소멸과 생성이 반복되는 계절 이미지로 전망 부재의 현실을 관통하는 말이다. '봄빛'은 역사적 기억을 지칭하는 시적 이미지이자 '혼돈과 위기'의 소멸을 거쳐 새로운 탄생으로 이어지는 '계절'을 비유한 감각이다. 또한 이 감각은 '역사 발전에 대한 믿음'을 아지랑이처럼 피어오르는 기억을 소재로 삼아 과거와 현재를 중첩시켜 나간다. 그와 함께 작가는 거대서사가 사라진 환멸과 부정의 현실의 자리에 상처 난 이들의 작고 미약한 이야기들로 채워 넣고 있다.

(『내일을 여는 작가』 2008 여름)

맹목의 현실과 가능성의 통찰

손홍규의 『봉섭이 가라사대』

1

손홍규의 소설은 '타락한 현실에서 문제적 주인공을 통해 타락한 방식으로 추구하는 진정한 가치'라는 오래된 명제가 여전히 유효함을 보여주는 사례 중 하나다. 그의 소설은 오늘의 사회가 지닌 폭력성이 가족과 수많은 개인들에게 가해지는 구조적 차원과 그로 인해 생겨난 상처를 '타락한 방식'으로 탐사하기 때문이다.

그의 소설이 '냉정한 시선'과 그 안에 담긴 '정신의 무게'를 바탕으로 삼아 보여주는 또다른 특성의 하나는, 사회적 빈궁의 오랜 내력을 진지하게 통찰한다는 점에 있다. 전망이 사라지고 그 어떤 낙관도 보장할 수 없는 후기 근대의 불투명한 현실을 응시한다는 것은 고통스러울 수밖에 없다.

그의 소설은 부모 세대의 가난과 상처 난 삶을 원경으로 배치하고 아들딸의 타락한 삶을 근경으로 삼고 있다. 같은 세대의 작가들이 화려무비한 대중문화의 물신성에 침윤되는 모습을 보여주는 것과 차별화되는 드문 경우다. 더구나 그의 소설은 이야기꾼의 풍요로운 자질을 보여준다. 또한 그의 소설은 폭력적인 현실을 다채롭게 요리하며 그에 저항하는 이야기를 축조해 가고 있다.

작가의 두 번째 작품집 『봉섭이 가라사대』는 아버지 시대의 상처들을 핍진하게 담고 어머니들의 한숨과 생의 고통을 감내하는 모습을 새겨놓고 있을 뿐만 아니라, 그 아들딸들이 도시 주변부에서 자립적으로 살아가며 겪는 애환들에 관한 일화들로 채워 놓았다. 부모세대는 농경사회의 성원에서 산업화를 거치면서 전락을 거듭하며 상처입은 가족사의 침묵된 불행을 안고 살아온 사회적 존재이다. 아들딸 세대는 가난한 소설가 지망생, 도시노동자, 탈영병과 무직 청년들로, 기성사회에 진입하지 못한 채 변방에서 밑바닥 삶을 살아가는 중이다.

작중현실은 어제의 소설이 주목했던 빈궁과 전락의 외연을 더욱 확장시켜 오늘의 사회가 감추고 있는 비인간적인 삶과 조건을 잘 보여준다. 작가는 암울한 삶의 조건들에 대한 감상이나 과장, 근거 없는 낙관을 일단 배제한다. 그는 암울한 현실과 그 조건을 의뭉스러운 입담과 위트로 우울한 세계에 생기를 불어넣으며 새로운 빈궁과 전락의 일화들을 만들어내고 있는 것이다. 소설 속 일화들은 그러니까 동시대의 현실과 호흡하고 있는 구체적인 증거인 셈인데, 이는 그의 소설이 현실과 격절된 상상을 거부하고 비인간적인 조건들을 성찰하고 있음을 여실히 보여준다.

작가의 이야기 방식은 '총체성'이라는 고전적 명제를 멀리 벗어나 있다. 손홍규의 소설은 통일된 체계로 수렴되지 않는 후기 근대의 모순이 중첩된 현실에 맞서 사건의 차원보다는 이야기의 어떤 국면에 집중한다. 이야기는 '상식'이 통용되지 않는 폭력적인 질서에 고통받는 작중현실을 냉정하게 객관화하거나(이 경우 관찰자의 거리를 철저하게 유지한다) 인간 존재를 파탄으로 몰아가는 비인간적인 현실을 의뭉스럽게도 에둘러 말하는 방식을 취한다(이 경우 의뭉스럽기까지 한 입담은 한껏 고양된다).

2

손홍규의 이번 작품집에서는 한국사회가 가진, 중첩된 모순들이 분비해낸 다양한 상처들이 한껏 부각되고 있다. 그중에서도 주목되는 것은 전락을 거듭해온 '아버지'의 무기력한 모습이다. 소설 속 '아버지들'은 "산업역군이라는 소리를 듣기도 했으나 이제는 건달로, 건달에서 다시 따라지나 다름없는 신세로"(13면) 전락했고(「상식적인 시절」), 평생 소를 키우며 살아온 까닭에 소인지 인간인지 구별이 불필요한 존재가 되었다(「봉섭이 가라사대」). 아버지는 또한 이무기를 잡기 위해 평생을 마을 위 저수지에서 웅크린 채 살아가며(「이무기 사냥꾼」), 광주에서 죽어간 아들의 복수를 위해 테러를 결행하려다 실패하고 마는 존재이다(「최초의 테러리스트」). 아버지의 다채로운 형상에는 전락을 거듭해온 기성세대들의 몰락과정에서 가족과 아들딸에게 고스란히 전가된 삶의 부채에 대한 애증이 담겨 있다. 그 애증은 5공 시대 공무원의 전횡에 맞서다가 결딴나는 상황(「상식적인 시절」)이나, 평생을 우직하게 소를 키우며 살아왔으나 아내에게나 자식들에게 호감을 주지 못하는 모습(「봉섭이 가라사대」)에서 잘 확인된다. 그의 소설에서 아버지는 더이상 전통적인 가부장의 지위를 유지하지 못하는 존재이다.

「이무기 사냥꾼」에서 그려지는 아버지 형상은 더욱 흥미롭다. 빨치산의 딸이었던 어머니를 받아들여 양육한 내력을 모르는 마을사람들이 어머니와 결혼한 아버지를 두고 오누이 사이에 상피붙은 것으로 비난하며 가정을 파괴하려든다. 삽화 속 아버지 형상은 좌우를 넘어선 인간애가 어떻게 냉전의 잘못된 통념 속에서 추문화되고 폭력의 구조를 갖게 되는가를 문제적으로 보여주는 반공시대의 우화이다. 아버지는 마을사람들에게 상처입은 뒤 마을 저수지에서 이무기를 잡기 위해 칩거하며 세상과 담을 쌓고 살아간다. 「푸른 괄호」에 등장하는 아버지는 겨우 국민학교를 마치고서 입대하여 하사관으

로 지내다 귀향해서 농사짓는 인물이다. 그는 농사에 실패하고 나서 부채만
잔뜩 짊어진 채 외지를 전전하고, 급기야 산업재해를 입어 운신하지 못한
채 어머니와 이혼하고는 가족과 단절되는 존재이다. 「뱀이 눈을 뜬다」의
아버지 또한 크게 다르지 않다. 그는 선로원으로 일하다가 핸드카가 탈선하
며 오른쪽 다리를 잃어버린 채 해고되고 아내마저 집을 나간 뒤 무기력하게
살아가는 존재다.

손홍규 소설에서 '아버지 형상'은 아버지 상실의 정신사에서 크게 벗어나
지 않지만, 밑바닥 삶을 살아온 아버지 세대가 겪은 핍절한 가난과 훼손된
육신에서 보듯 애초의 소망과는 아무런 상관없이 가족 전체의 삶에 온갖
결핍과 저주, 가난과 슬픔을 낳은 가족 비극의 원천이다. 아버지가 살아온
시대는 공권력이나 사회적 관행이라는 이름으로 자행된 폭력과 억압이 일상
화된 산업화시기였다. 아버지는 더이상 사회적 동력을 제공할 수 없을 만큼
퇴락한 존재, 남은 생을 무기력하게 살아가며 찌꺼기처럼 찌든 소망이 아들
의 시선에 비추어진다. 그러니까 작가는 파열한 가족이 가진 환부와 문화적
주변성을 이야기의 중심 테마로 배치해놓은 셈이다.

다른 한편으로, 손홍규의 작품집에서 '무기력한 아버지'는 연민과 부정을
거쳐 힘겹게 자립하려는 '아들 딸'에게 자신들의 시대를 열어주는 징후적
존재이기도 하다. 아버지의 상처와 신체적 결손에 가해지는 부당한 억압과
폭력을 보고배운 아들딸들이 그 폭력성에 맞서는 모습이 다채롭게 구현되기
때문이다. 아들딸들의 저항은 타락한 현실에서 가장 타락한 방식을 취하면
서도 '상식의 복원'을 꿈꾸고 있다. 「상식적인 시절」의 '아영'처럼 자신에게
가해진 폭력을 맞서서 '눈에는 눈, 이에는 이'의 방식으로 복수하며 '비상식
이 범람하는 현실'을 정화해 나간다.

"아영이 세상 자체를 광야로 여겼다 해도 아영이 찾는 광야는 그런 곳이 아니

었다. 눈에 보이지 않으나 상식이 통하는 세상으로 가는 길을 품고 있는 곳. 그게 바로 아영이 찾는 광야였다. 아영은 그렇게 찾아헤매던 구체적이고 실제적인 광야를, 사실은 오래전부터 거닐고 있었음을 깨달았다."

(「상식적인 시절」, 31면)

'아영'의 깨달음은 '상식'과 '일상'이 어긋나게 만드는 세상의 무수한 폭력과 대면하면서 얻어낸 결론이다. 상식이 통하는 삶을 지향해 왔다는 인식은 중요한 의미를 갖는다. 삶에 대한 자기발견이자 자신의 정신적 지향이 세계와 불화하는 지점으로 나아가면서 생겨나는 비판은 정치적 미적 가치를 확보하기 때문이다. 미적 저항성은 '타락한 현실에 대해서 타락한 방식으로 맞서는 것'이 '진정한 가치'를 추구한다는 뜻과 통한다.

진정한 가치의 획득은 '아영'이 '소읍의 성녀'로 다시 태어나는 모습에서도 잘 나타난다. '아영'은 '비상식'의 선을 넘어서기 위해 일탈을 감행한다. 그 일탈은 종교적 맹목성과 온갖 '비상식'과 도전하는 일이다. '지극히 상식적인 현실로 되돌리는 사건'은 부흥회에서 일어난다. '인간에 대한 사랑'과 기적을 바라는 우중愚衆의 삶은 '아영'의 상식적인 행동과 발언을 통해 변화의 계기를 마련한다. 선과 악, 윤리와 비윤리, 사기술과 기적 등의 경계는 다시 설정되고 '상식'으로 세계를 교정하는 전설이 만들어지는 것이다. 온갖 비상식으로 가득찬 현실에서 '상식'을 무기로 삼은 손홍규의 소설은 상식과 윤리를 가장한 위선을 무너뜨리며 '상식적이고 인간적인' 온기를 되찾는 '저항'의 실천을 담고 있다.

「상식적인 시절」에서처럼 위악함으로 '상식'의 승화를 이끄는 이야기는 실상 '라블레식' 서술로만 가능한, '상상 속 승리'에 지나지 않는다는 점에서 허구적 이야기에 지나지 않는다. 아들딸이 살아가는 지상의 세계에는 타락의 추문들이 넘쳐나기 때문이다. 「이무기 사냥꾼」에서 전직 인민해방군 장교였던 조선족 '장'은 '북조선과 남조선이 전쟁을 하면 다시 인민군에 들어가서 북을 도와 남을 쓸어버리고 싶다'라는 발언도 외부자를 차용한 대항담론의 하나다. '장'의 발언은 남한사회의 비인간적 처우에 분개한다. "짐승도 이보단 낫지 않갔어? 보라우, 우리는 배가 고파도 사람을 그렇게 짐승 취급은 안해."(89면)라는 그의 절규는 '상식'이 허용되지 않는 현실을 비판하고 있다. '장'의 외침은 '죽은 시늉'으로 한국인 고용주에게서 위로금을 갈취하는 파키스탄인 노동자 알리 또한, "죽으니까 풀려났어요. 죽으니까 공장 안가도 됐어요. 죽으면, 고통에서, 풀려나요. 그래서 살아남아요. 죽고, 살고, 다 하나예요."(100면) 하는 현실의 고통과 맞물려 있다.

외국인노동자들의 절규와 넋두리는 타락한 현실에서 살아가는 '문제적 주인공'의 분열된 일단을 잘 보여준다. 작가는 '문제적 주인공'의 형상을 '타락한 현실'에 맞게 등장시키고 있다. 타락한 현실에서 '장'은 복막염으로 죽어가고, '고향땅에서 몸 파는 누이'에게 돈을 보내는 '알리'를 사냥감으로 삼아 그에게서 돈을 갈취하려는 '용태' 또한 타락한 현실이 낳은 문제적 인물이자 악한이다.

손홍규의 소설에서는 '아들딸' 역시 타락한 자의 형상으로 등장한다. 표제작 「봉섭이 가라사대」에서 그 모습은 "본래 사람의 얼굴이었으나, 평생을 소와 더불어 살다보니 얼굴마저 소를 닮게"(107면) 된 소싸움꾼 '응삼'의 아들 '봉섭'이다. 이 의뭉스러운 이야기꾼의 인물 설정은 아버지의 소 아홉 마리를 판 거금을 품고 서울로 가출했다가 돈을 모두 탕진한 뒤 귀향한 아들, 온갖 비행과 타락으로 세상에서 패배한 존재다. '봉섭'은 그토록 경멸해온 순하디 순한 아버지에게서 위악한 방식으로 아버지의 모든 것을 빼앗는 인물이다.

'봉섭'은 고향에 다방을 차려 매춘업을 하다가 단속에 걸려 도망치고 뒷수습을 아버지 '응삼'에게 맡긴다. 그런 아버지에게 '봉섭'은 "제 신세를 바꾸는 밑천은 아비의 소밖에 없다는 결론을 내고" 고향 마을을 찾아든다. 고향에 돌아온 봉섭은 "아들 왔어라. 죽지 않고 살아 기신 걸 본게 그놈의 명줄 참말로 질기요. 오래오래 사시겄소. 제에길, 이게 사람인지 손지."(112면) 하며 퉁명스럽게 문안을 드리면서 아버지에게서 마지막 약탈을 거침없이 감행한다. 평생 소를 키우며 살아온 아비의 순량한 마음이 아들에게 여지없이 짓밟히는 것은 죽어가는 아내의 몰이해만큼이나 타락한 현실의 본질을 잘 드러낸다. 아들 '봉섭'에게 아버지는 그저 황소로 비칠 뿐이다. 작가가 '봉섭'을 통해 그려낸 것은 부자간의 관계조차 삶의 밑천으로 치환되는 폭력적인 자본의 냉엄한 현실법칙이다.

3

손홍규의 소설에는 "증오도 원망도 복수도 사라졌고 고통받는 사람들"(「최초의 테러리스트」, 259면)이 발휘하는 삶에의 긍정 또한 돋보인다. 이는 "가난한 자들이 사는 방식"(「테러리스트들」, 299면)에 대한 관찰에서 얻은 결론에 해당한다. "누군가에게 축하할 만한 기쁜 일이 생기는 경우는 드물었지만, 위로해줘야 할 일은 끝없이 생겨"(298면)나는 현실 속에 그의 소설은 "고추 판 돈 삼십만 원을 들고 비장한 표정으로 상경한 아들의 금의환향을 바라고 있을 고향의 부모님"(64면)을 생각하는 소설가 지망생의 정신과 육체의 남루한 자취가 어른거린다. 이 자전적 화자가 가진 소설가의 꿈은 "소설가가 되기 전에는 누구도 소설가가 떳떳한 사람이라고 여기지 않지만, 소설가가 되면 누구나 자신을 떳떳하게 여기게 된다."(「매혹적인 결말」, 65면)는 서정주의 시 「자화상」 속 오연한 자립적 주체에 대한 열망을 보여준다.

작가지망생이 쓰는 글은, "아무짝에도 쓸모없는, 소설이라 우기는, 소설

비슷한 그 무엇뿐"(69면)에 지나지 않는다. 문학이 후광을 잃어버린 시대에 자전적 화자가 갖는 소설에 대한 절망과 회의의 자의식을 보여준다. 작품집에서 백미白眉로 꼽을 만한 한 대목은 "그래 악마는 되지 말아야지"(70면)라는 구절이다. 이 말은 영혼을 팔아먹는 물신화된 세계와 맞서는 작가의 윤리적 척도이자 의지의 거점에 해당한다.

작가에게 세상은 양가적인 의미를 가지고 있다. 그 세상은 '자신의 내부를 열어보이는' '풍요롭고 고즈넉하고 활기차고 건강하지만'(57면) 여전히 일원으로 편입될 가능성 없는 낯선 곳, '선행으로도 개선할 수 없고 악행으로도 더 나빠질 게 없는'(186면) 현실세계이다. 작가는 "그럼에도 불구하고 끊임없이 선과 악을 구분짓고, 미덕과 악덕 사이에서 갈등하는 건, 포기할 수 없는 어떤 가능성"(「도플갱어」, 186면)을 포기하지 않는다. "태양을 향해 한번 짖고, 인간들이 사는 마을을 돌아보며 한번 짖고, 마지막은 아마도 자신을 위해"(301면) 짖는 '불개'는 그 가능성에 도전하는 작가 자신을 지칭하는 상징에 가깝다.

(『내일을 여는 작가』, 2008 가을)

작가 김주영_대담

참석자: 김주영(작가), 주병율(『학산문학』 주간), 유임하(문학평론가)
일시: 2005년 8월 9일(화) 오후 1시 30분~2시 40분
장소: 서울 장충동 소재 파라다이스 빌딩내 파라다이스문화재단 이사장실

김: 내가 이거 대담을 하면 좀 부담스러워, 내가 뭐랄까, 농담은 하지만 진담
   은 좀 서툴러요. 내가 인터뷰 하자면 부담이, 부담스러워.(모두 웃음)
주: 공식적으로 대담을 시작하겠습니다. 선생님 작품 세계라든가, 앞으로 구
   상하시는 작품이라든가 하는 것은 유임하 선생이 질문을 드리면서 대담
   을 시작하도록 하겠습니다. 먼저 외국 얘기부터 좀 풀어주시죠. 제가 듣
   기로는 작품 구상 때문에 나갔다 오셨다고요.
김: 천삼백 년 쯤 고구려가 망하고 난 다음에, 고구려의 유민遺民들이 당나라
   군사들에 이끌려서 수백 명이 당나라 노예로 잡혀갑니다. 그 후손 중에
   노예로 잡혀간 후손 중에, 고선지高仙芝(?~755)라는 사람이 있었어요. 이
   사람이 말하자면 요새 같으면 서역을 평정하는 책임지는 장군의 자리에
   있었죠. 당 현종 시대에 말이죠. 근데 이 사람이 이미 그 실크로드silk

road라는 게 개척이 되어 있었지만 그때는 실크가 아니고 이전엔 '옥玉의 길'이라고 그랬죠. 옥 말입니다. 그게 나중에 실크로드가 됐는데, 그걸 확장시킨 사람으로 봐야죠. 개척한 사람은 아니고 그 사람이 발달시켰다 이겁니다. 한 달 동안 여행을 했는데, 육로로만 출발해가지고 안동安東으로 해서 심양瀋陽으로 해서 북경北京, 서안西安, 난주蘭州, 장애, 그 다음에 신강성 전부. 그래 가지고 신강성 맨 끝에 가면 카스Kashi 喀什라는 데가 있습니다. 카스에서 키르키스탄으로 넘어가서 그 다음에 우즈벡스탄, 카자흐스탄 거쳐서(그게 바로 실크로드 서역에 해당하는 지역이죠) 그 지역을 답사하고 왔는데 소설로 한번 구상을 해보려고 자료를 모으는 중에 고선지라는 사람이 나타나서 답사하고 소설을 한번 해보자는 제의를 신문사에서 받았지요. 그런데 이게 『천산북로』라고 해서 유현종 씨가 고선지 얘기를 쓴 적이 있습니다(유현종의 『천산북로』를 가리킨다–대담자 주), 옛날에 『경향신문』에. 그런데 어떻게 나올지…… 우선 답사하는 거부터 신문에 연재하고 난 다음에 소설로 쓰려고 하고 있지요.

주: 선생님의 건강은 어떠세요.

김: 건강합니다. 지금 내 나이가 예순 여섯인데, 우리 나이로는 육십 일곱이죠. 최근 한 달 동안 음식을 제대로 못 먹고, 단 하루도 한 곳에 머문 적이 없어요 연거푸 그러니까 이틀을 머문 적이 없어요. 강행군을 했죠. 이를테면 서른여섯 시간 동안 차를 탄 적도 있고 그렇게 갔다 와서, 계속 그렇게 못 먹고 차타고 계속 가기만 하고 비포장도로에 시달리고 했는데 별로 피곤한 게 없는 걸 보면, 앞으로 한 십년은 활동할 수 있다는 자신감도 생기고 그러네요.(웃음)

주: 예. 그런데 이 작품도 『객주』에 버금가는 분량과 스케일로 구상하셨습니까?

김: 그런데 이게 천 삼백년 전 일이란 말예요. 저는 그렇습니다. 다른 분들도

역사 소설을 많이 쓰고 있지만, 『객주』에서처럼 다른 어떤 역사소설들을 지금까지 제가 읽었던 대선배님들의 역사소설을 보면, 소설에 나오는 사람들의 정치는 분명한데 이게 누구라는 정치는 분명한데, 뭘 먹고 사는지, 집에 들어가면 무슨 음식을 먹는지 또 나와서는 뭐 어떤 옷을 입고 지내는지, 이런 문제들은 상당히 소홀히 다루었던 감이 없지 않습니다. 저는 오히려 그런 거, 그 사람의 정치를 밝히는 것보다도 그 사람이 뭘 먹고 살았나, 무슨 말을 썼나, 같은 물건도 요새 지칭하면 또 다르지만 그때는 어떻게 불렀나, 이런 것을 탐구해가면서 소설 쓰는 즐거움을 같이 느끼게 되는데요.

예를 들면 우리말에, 옛날에 고려시대 때 보면 응방鷹坊이란 게 있습니다. 매를 기르는 국가 기관이죠. 매를 길러가지고 사냥할 때 개 말고 개 대신으로 사냥 도구로 썼으니까요. 거기 보면 부표를 달아놔요. 매 마다, 매의 깃털에다가 부표를 답니다. 누구누구의 새라든지, 뭐 이런, 임자 이름을 적어 넣거나 얇은 깃을 깎아가지고 깃털에다가 매어 놓아요. 근데 이게 끊어져 나가는 때가 있단 말이죠. 그리고 훈련을 많이 시켰지만 다른 사람, 매를 기르는 다른 사람에게 잡혀가지고 그 집 매가 되기도 하죠. 그래서 그 부표 이름을 시치미라고 하거든요.

유·주: 네에.

김: 시치미라고 하는데 우리말에 '시치미 잡아뗀다'라는 말이 있단 말이죠. 시치미 잡아뗀다, 이 시치미라는 게 도대체 뭔가 해서 찾아보니, 이게 부표란 말이죠. 고려 시대 때 매사냥 하던 사람이 있었다는 걸, 한 방언을 통해서도 우리 역사를 찾아 볼 수 있는, 벽창호라든지 뭐 이런, 그런 재미가 있어요. 그런데서 오는 성취감도 있고 말이죠. 저는 이렇게 생활을 어떻게 했느냐 하는 문제가 중요하다고 보고, 그런 것을 탐구를 하다 보니까, 고선지도 천삼백 년 전의 사람이 어떻게 살았나 하는 게 그게

내 과제입니다. 그 사람이 서역에 가서 그곳 사람들과 부족 국가들을 평정하고 무술에 능숙하고 당나라에 충실한 한 장수로서의 겉으로 나타난 사람의 모습은 다 살펴보고 또 눈으로 확인하고 왔지만 생활하는 모습은 내가 풀어야 할 과제다 이겁니다. 내가 주로 그런 걸 이야기해야 하는데, 그게 문제 중의 하나죠.

주: 『객주』 같은 경우가 일반적으로 보면 선생님의 대표작으로 인식되고요, 또 많이 회자가 되고 있거든요. 그 부분에 대해서 좀……

유: '화석화된 언어의 환생'이라고 할까, 『객주』는 보부상 이야기이지만 사실은 그 이전까진, 선생님만큼 보부상에 대한 문제를 발로 뛰어서 취재한 소설은 한국 소설에서 거의 유일해 보이고 처음 시작된 경우라고 생각됩니다. 처음 소설을 쓰기로 작정하셨을 때 어려움이 꽤 있었을 텐데요.

김: 보부상에 대한 얘기를 쓰겠다, 이런 생각을 할 수 있었던 것이, 아주 옛날에 돌아가셨습니다만, 연세대학교의 상과대학에 재직하셨던 어떤 교수님의 「객주」라는 책이 하나 있었어요. 성함을 공교롭게도 잊어버렸네요, 유명하신 분입니다. 연재를 할 적에 그분이 나한테 밥도 사주시고 그랬죠. 이런 데 관심을 가져줘서 고맙다고 일부러 불러내서 밥도 사주시고 그랬어요. 그분이 학생들 가르치는 교과서용으로 만든 「객주」라는 책이 있었습니다. 그걸 우연히 제가 입수했죠. 아, 보부상이라는 단체가 있었구나 하고 소설로 한번 써 보자 마음을 먹었습니다.

그래서 조상이 보부상이었던 사람을 찾아다녔습니다. 그런데 자료가 전혀 없어요. 왜냐하면 보부상이 천민이었거든요. 그분들은 모두 천민 취급을 받았습니다. 서울에는 시전 상인이라고 있었습니다. 그러니까 종로지요 종로에 가게를 놔두고 물건을 팔게 하면서 궁중에서 필요한 물건을 이 사람들이 조달할 수 있도록 길을 열어 주었죠. 그 대신 여기서 장사를 해라, 이랬죠. 점포를 가지고 하는 사람들을 시전市廛 상인이라고

하고, 그 외에 사대문 밖에, 안으로는 못 들어오는 이런 상인들을 보부상 褓負商이라고 했어요. 시전 상인의 행수는, 행수 한 사람만 도포를 입고 갓을 쓸 수 있었죠. 행수는 궁중에 출입해야 하니까. 상것들 차림으로는 드나들지 못하고 특전을 줬죠. 그 외의 보부상들은 갓을 못 썼습니다. 패랭이를 썼죠. 아주 천민 취급을 했습니다. 나룻배 젓는 사공이나 이런 사람들처럼. 그렇기 때문에 조상들이 할아버지대나 윗대에서 남겨놓은 것들을 흐지부지 불태워버리고 숨겨버렸습니다, 상놈이니까. 장군이라도 되고, 선비라도 되고, 다만 고을의 원이라도 했으면 갓이니 도포니 다 보관해놓지만……. 그런 것에서 굉장히 어려움을 많이 겪었는데 그러면서 곳곳에 다니며 구술로 내가 옛날에 이런 경험을 했다, 내가 보니까 그런 사람들이 보부상들이 아니었나, 그런데 이런 사람들이 있더라, 보부상들은 노인이 되어도 장가 못 가면 땋은 머리를 하고 다녔거든요. 그 머리를 보니까 보부상 이었다, 뭐 이런 얘기를 주워듣고 그 다음에 해방 직후에 나온 군지郡誌들 있잖습니까. 분단되기 이전에 나온 군지들은 헌 책방에 가면 많이 있었어요. 그걸 수집해 가지고 보부상에 관한 이야기가 안 나오느냐 개성 상인에 대한 이야기가 안 나오느냐 수집하는데 애를 먹었습니다. 또 하나는 『객주』에서 점검해 봐야 할 게…….

제가 이런 글을 읽은 적이 있습니다. 지금도 살아계십니다만, 그 선배 문인 한 분이 쓴 역사 소설에서 어떤 대목을 봤냐 하면 왕이 판서를, 이조판서를 새로 임명하고 난 다음에 왕이 묻습니다. 이조판서에 제수됐으니까 앞으로 어떻게 할지 청사진을 한번 제시해보라고, 이런 질문을 하는 대목을 제가 읽었어요. 그런데 그거는, 역사소설을 쓰는 제1장 제1과에서 그런 말을 하면 안 된다 그거죠. 청사진이 설계도 아닙니까. 그런데 왕이 (근대에 나온 말인) 청사진을 말한다는 게 말이 안 되잖아요. 그건 왕이 그런 말을 하면 안 되죠. 그걸 쓰는 선배 문인을 보고, 아 이건

안 되는데 그 당시 사람들이 어떤 말을 했나 어떤 말을 썼나, 내 능력이 닿는 한까지 캐내서 그때 쓰던 말을 소설에 도입하는 것이 작가가 해야 될 일종의 하나가 아니냐, 그래서 이제 사전을 뒤지기 시작했죠. 옛날 소설들, 장바닥에서 파는 『장화홍련전』 같은 이런 언문 소설들, 딱지본 있죠, 왜. 이런 거 다 수집해서 보고.

유: 딱지본……

김: 예, 예. 그래서 내 말이 어린 시절에 들었던 기억이 난다 싶으면 그걸 작품에 반영했죠. 내가 마침 산 곳이 산중이었으니까. 개화가 늦었기 때문에, 옛날 말을 들으면서 살았던 게 내 자산이었죠. 청송靑松이란 데가 아직까지도, 기차보다도 비행기가 더 많이 다니지만, 그런 오지에서 살았기 때문에 개화가 엄청 늦었다 이거예요. 서울에 전기가 들어온 지 오십 년 후에 전기가 들어온 데니까. 문명의 전달이 그만치 문명의 전달이 늦었죠. 개화가 늦었다 이거에요. 그런데서 살았기 때문에 옛날 소설에 나온 그런 얘기들을 알고만 있었는데, 그런 게 있었지, 하고 뽑아내서 사전과 비교해서 아 이런 게 있었구나, 이런 작업을 하는 게 쓰는 시간보다 몇 배 더 걸렸죠. 자료 조사하고 그런 게.

유: 피땀으로 쓰신 느낌이 듭니다. 정말 진한…… 저는 선생님의 『객주』와 같은 장편 역사소설이 70년대라는 상황에서 역사를 바라보는 전망과 관련된다고 생각됩니다. 『객주』의 성취 부분에 대해 질문을 드리고 싶은데, 70년대 후반에 역사의 시선에서 조선조 후기사회를 바라본다는 게 대단히 정치적인 거죠. 선생님께서 『객주』 말미에다 말씀을 하셨지만, 왕조사나 정치적이 아니라 민중의 시선으로 보시겠다는, 화석화된 관점과 의지가 반영된 게 아닐까 합니다. 저는 여기서 궁금한 게, 살아 있는 말들이 천행수와 관련된 개성의 언어를 중심으로 쓰여진 연유에 관해서 입니다. 보부상들의 행로가 삼남 지역과 경기 일원, 북한 지역에까지 이

르는데, 이에 따른 사투리가 덜 반영된 것으로 보이는데요…….

김: 반영이 덜 되었다 봐야지요. 그게 말하자면 보부상들이 매일 이동하죠. 경상도, 전라도, 충청도 쭉 이동을 하는데 전라도에 갔을 적엔 전라도 말이 나오고 충청도에 가면 충청도 말이 나와야 되고, 서울에 가면 서울 말이 나와야 되고, 강원도에 가면 강원도 말이 나와야 되고……. 그걸 다 나누어서 새로 표기해 나가는 게 나한텐 상당히 버거웠죠. 나중에 전라도 말의 억양에 관심이 있어가지고 전라도 말의 맛, 맛깔스러움을 찾아서 두 달 동안 답사를 한 적이 있죠. 그러나 경상도는 북부지방 그 다음에 중부 한 서너 군데 지방에 말이 좀 다르지, 전라도는 산 하나만 넘어도 말이 달라요. 강 하나만 넘어도 말이 달라요. 그걸 내가 다 어떻게 소화하겠어요. 나한텐 시간을 엄청 들여야 되고, 아니면 사람들 놉을 사 가지고 '니들이 가서 조사해 와라' 해야 하겠지만, 이런 능력도 나한텐 없었고……. 해서 많은 사람들이 접근하기 쉬운, 개성, 경기도 말, 경기도 말로 통일을 하자, 그게 고심 고심하다 내린 결정이죠. 근데 그게 사실, 지적된 바와 같이 사투리가 덜 반영된 게 그 소설이 가진 하나의 흠일 수도 있습니다.

유: 그럼에도 불구하고, 이 소설에는 다른 역사소설이 따라올 수 없는 부분이 있습니다. 하층민들에게서 발언되는 상말들 말이죠. 속어와 그런 에로티 시즘이 아주 짙은 언어에서부터 그 사회 상층부의 언어들까지, 그 층위가 상당히 넓거든요. 저는, 선생님께서 발로 뛰어 일군 것이라고 하셨는데도 『객주』가 보여주는 여러 계층에 속한 언어들, 상층언어의 전아함과 하층 민들의 음담이, 이를테면 고상한 상층부의 언어와 하층민의 언어를 조합 하시는 능력이 십분 발휘된 것 같습니다.

김: 그런데 그 이후에 우연의 일치인지는 모르겠습니다만, 『객주』가 나온 후에 많은 사전들이 쏟아졌어요. 이를테면 『상말 사전』이라든지 『이조

어 사전』이라든지, 이렇게 세밀하게 분류된 사전들이 많이 쏟아져 나왔어요. 지금 말씀하셨다시피, 말이 가지고 있는 그런 전통적인 우리들의 생각 혹은 이미지 이런 것들을 『객주』에서 어느 정도 구체화시킬 수 있는 자리를 깔아놓지 않았느냐 하는 그런 생각들을 가지고 있어요. 그 이후에 나온 사전들은 거의 전부 제가 다 가지고 있습니다. 『상말사전』이라든지 속담 중에서도 분류를 해가지고 『상말 속담 사전』이라든지, 『주색잡기 사전』이라든지, 이런 식으로 말의 계층 간에, 말이 가지고 있는 체질적인 문제 같은 것을 탐구할 수 있는 자릴 깔았지 않았나 하고 생각합니다. 내가 참고로 한 건 사전이나 혹은 답사해서 발굴해낸 것이 대부분이고 그 다음에 상류층, 왕실에서 쓴 그런 언어들은 숙명여대 교수를 지낸 김용숙 선생의 『궁중어 사전』을 참고를 많이 했죠. 그분은 상당히 연구를 해가지고 궁중에서 쓰던 언어를 아주 구체적으로 제시해 주고 있어요. 그걸 많이 참고 했죠.

유: 선생님과 선생님 연배에 계신 분들이 특히 민중의 삶과 구체성 그 언어 부분에, 습속 부분에 많은 관심을 갖고 계셨던 것 같습니다. 아마 선생님께서 성취하신 부분이, 따라올 수 없는 게 바로 그런 부분인 것 같아요. 저는 선생님 연배에 대한 문학에 관심이 많은데, 이문구 선생이나 또 서정인 선생, 언어에 대해서 편집증에 가까운 집착을 하시는 것으로 보입니다.

예전에 제가 선생님 글을 보다가 선생님이 소설 쓰실 때가 되면 사진을 가지고서 원경에서부터 근경으로, 또 근경에서 원경까지 이르는 사진을 죽 배열해 놓고 소설을 쓰신다는……

김: 예, 제가 사진 찍길 좋아해가지고……

유: 그런 점에서 선생님 소설 초기부터 한번 더듬어 봤으면 좋겠는데요. 제가 새로 이렇게 이번에 본 바로는 선생님이 칠십 년대 초반에 작품을 시작하

시면서요.

주: 『객주』에서 궁금한 점이 하나 있거든요. 작품을 하나의 구조로 놓고 보면 중심인물을 한 사람 세우고 주변 인물들을 형성해서 하나의 사건화를 시키고 이렇게 해서 완성해 나가는 게 특징이거든요. 그런데 객주는 아주 다양하게, 딱히 누가 중심인물이랄 수도 없이 중심인물들이 이동을 해요, 선생님께서 어떤 생각을 가지고 이렇게 하셨는지.

김: 저는 이제 많이 얘기한 부분 중에 하난데, 말하자면 내가 어디에다 초점을 맞추는가 하면 하층민의 생활과 생각에다 늘 초점을 맞춰요. 『객주』 뿐만 아니라 저의 다른 소설도 거의 그렇습니다. 말하자면 역사의 공간에서 배제된 사람들, 호적을 들춰야 겨우 이름이 나오는 사람들, 평소에는 자기 이름도, 쉽게 말해 우리 어머니 때에 가면 자기 이름을 한 번도 못 들어보고 죽은 사람이 많이 있습니다. 최순녀 하면, 최순녀, 이렇게 불러주는 사람 없이 그냥 호적에만 올라 있을 따름이지 그 이름을 한 번도 못 들어 보고 죽은 사람들 많이 있죠. 그런 사람들의 생각을 어떻게 살았고 어떤 생활을 했나 하는 것을 소설로 쓰고 싶었죠. 그리고 『객주』 이외의 다른 소설도 다 그렇고요. 『화척』도 백정 이야기고. 그래서 주인공을 둔다는 게 그런 생각을 가지고 쓰면 상당히 어렵게 되죠. 그런 생각을 가지고 소설을 쓰면 주인공을 만들기가 어렵고, 말하자면 소설 속에 영웅이 없어야 그런 소설이 가능하다는 얘기죠. 역사 소설 하면 세종대왕, 을지문덕, 이순신, 강감찬, 뭐 이런 얘기 아닙니까. 장길산도 하나의 영웅이죠. 장길산이라는 인물 하나에 모든 소설이 완성되고, 뭐 대원군, 전부 다 뚜렷한 인물을 하나 가지고 그 인물을 중심으로 얘기가 전개되는데, 생각이 그러하니까 말하자면 호적 초본에 겨우 이름이 올라있는 그런 사람들의 이야기를 쓰려다 보니까 영웅이 없어야 했다 이 말이지요. 이유가 그렇습니다. 그래서 주인공이 없는, 말하자면 『객주』가 바로 그거죠.

유: 그럼에도 불구하고 비판적으로 보는 경우에 『객주』에서 전반부에는 그 남성적 기질(여성주의자들은 요새 '마초'라고 그러죠), 곧 마초적 경향이 대단히 강한데, 이런 보부상 집단의 이미지가 후반부에 가서는 시각이 약간 바뀌는 거 같아요. 3부 부분에서 특히 그 천소례가 금강산에서 나와 가지고 송파 쇠살주인 조성준을 만나는 대목부터 그런 경향이 드러납니다. 예를 들면 매월이라든지 월이의 행각이 빈번하게 출현하는 것도 그렇고

김: 맞아, 맞아.

유: 또 천봉삼이 이를테면 신의를 외치면서 길소개를 구하려고 자기의 몸을 불 속으로 뛰어드는 이런 부분들은 이전의 긴장에서 뒷부분에 관념적으로 흐르는 것 같기도 하고요.

김: 그런 생각은 했죠. 소설 쓰는 도중에 여성의 문제와 마주쳤죠. 제가, 조선 시대 여성상, 어떻게 얘기되어야 하느냐 하는 문제를 가지고 상당히 고민을 했죠. 망설이고 이랬는데. 우리가 보통 알게 모르게 혹은 알았던 게, 조선시대 여인상은 다소곳하고 정숙하고…… 유교에서 바라보거나 기대하고 있는 그런 옷 밖으론 얼굴도 내밀지 않는 모습, 외출을 해도 꼭 밤에 장옷을 뒤집어쓰고 외출을 하는 모습, 그런 숨어사는 이미지 말이예요. 남성이라고 하는 그 가정의 등 뒤에 숨어사는 그런 사람의 이미지가 조선 시대 여인상이 아니었나 이렇게 생각하고 있었는데, 그런데 책을 보니까 사실은 그게 아니었다 이겁니다. 조선 시대 사람들은 상당히, 정치는 아니었다 할지라도 사회 각계에 영향력을 끼칠 그런 여건을 갖고 있었다는 겁니다. 한 예를 들자면 사당패가 있습니다. 이들이 마을에 들어옵니다. 사당패가 마을에 들어오면 잘 차리고 사는 집에 가서 연회를 올리죠. 연회를 올리고 나면 주인이 방문을 열고 여기서 놀아라, 허락은 사랑채에서 하죠. 그런데 그 사람들을 어떻게 대접을 해야 하는지, 곡식을 얼마나 줘야 하는지, 돈을 얼마나 줘야 하는지 말하자면 일종의 기생

화대처럼 그런 결정은 안에서 했다 이거죠. 그리고 요새같이 남편이 사랑 채에서 안 사람한테 들어와 가지고 아내에게 말 함부로 안 했죠. 공대를 했다 이거죠. 그래서 여성들의 자질을 업그레이드 시키자, 좀더 개성 있 는, 자기 나름대로의 개성을 가진 여성들을 소설 속에서 구현시켜 보자 하는 생각을 중간에 갖게 됐죠.

유: 아, 그래서였군요. 그럼에도 불구하고 작품 전반부에서 인상적이었던 여 성 인물들이 많습니다. 매월이라든지, 월이라든지, 강경댁 같은.

김: 『객주』에서는 여자들의 삶이 강하게 부각됩니다. 『객주』에는 고생하고, 구박받고, 이러면서도 살아남으려는 풀뿌리 근성, 밟혀도 자꾸 일어서는 그런 근성을 가진 사람들이 몇몇 있죠.

유: 저도 독자 중에는 고급 축에 속하는데 참 예견할 수 없는 플롯, 그 부분에 대해서 한번 여쭙겠습니다. 선생님이 애초에 플롯을 짜실 때 선생님께서 는 짜 두시고 원고를 쓰시는 편인지……

김: 중간에 가면서.

유: 아, 대단히 유동적인?

김: 상인들 있지 않습니까. 사실은 상인들만큼 권모술수가 난무하는 그런 곳도 없어요. 공방에 있는 사람들은 죽자 사자 망치만 두드릴 줄만 알았 지 권모술수가 필요가 없는 곳이죠. 물건을 만들어서 이익을 남기면 되 었지, 그 사이에 술수가 들어설 수가 없지요. 하지만 상인들은 처음부터 끝까지 권모술수지요. 이백 원에 사놓고 이천 원에 샀다고 하고 말이죠. 그래서 소설에 그런 게 많이 나오게 되는데. 미리 그런 걸 짜놓고 하기에 는 너무나 긴 소설이기 때문에 그때그때 상황을 봐서 하였지, 미리 짜놓 을 수가 없었지요.

근데 내가 그 소설 쓰면서 일체 메모를 안했어요. 메모를 안 했다구요. 이를테면 A라는 사람이 있으면 나이는 몇이고 말이지, 어디 출신이고,

싫어하는 품목은 뭐고, 지금 어디에 가있고 뭐 이런 걸 보통 메모합니다. 긴 장편 쓰시는 분들은 메모를 하지요. 보고 쓰고 하는데. 근데 난 메모 안했어. 왜, 그거 자꾸 의도하다 보면 들고 다녀야 하잖아. 난 소설 한 자리에서 안 씁니다. 대구에서 반년 있었습니다, 여관방에. 그런데 내가 여행을 워낙 좋아해서. 여행을 또 다녀야 되고, 그 소설을 쓰려면. 여행지, 여인숙, 뭐 여관방에서 쓰는 경우가 굉장히 많습니다. 근데 메모에 자꾸 의존해서 쓰려면 그거 붙어있는 데로 가야 하니까. 그래서 머릿속에다 넣어놓고 했지요.

유: 그러면 선생님, 원고는 어떻게 수발을 어떻게 하셨습니다.

김: 보통 우편으로 부치고, 나는 하루하루 부치는 않았거든요. 보통 일주일 분, 열흘 분 부쳤죠, 화가한테. 그때는 화가한테 부치면 화가가 그림을 그려서 신문사에 갖다 주던 시절입니다. 그런데 또 내가 게을러질까봐 메모 안하고, 여러 가지 이유로 메모를 안했어요. 메모를 안한 것이 소설을 머릿속에 넣고 굴리면서 자꾸 생각하는 데 도움이 많이 됐죠. 메모를 해 놔두면 갇혀 버립니다.

유: 『객주』에 대해서 한두 가지 좀더 말씀을 듣고 싶은데요. 『객주』를 보면 아시다시피 농민하고 동학교도와 같은, 이슈가 될 만한 다른 집단들, 상인 집단과 관련해서 어쨌거나 이슈가 될 수 있는 농민이나 동학교도와의 소통 같은 것들이 없다는 지적이 하나 있고, 또 하나는 이용익 같은 인물 묘사가 역사적 사실과 배치되는 지적도 있는데, 선생님께서 작품에 구현하고 싶었던 의도가 있었다면 말씀해 주시기 바랍니다.

김: 여기 나오는 이용익은 우리가 익히 알고 있는 이용익과 다르죠. 그런데 진실이라는 것은(소설 속에 얘길 가지고 진실이니 뭐니 좀 우습기도 합니다만), 나는 이용익이 그 체제 속에 들어가서 덕을 본 사람이라고 봅니다. 보부상이라는 근본 자체부터가 반체제적이거든요. 사대문 안에 들어와서 장

사할 수 없는 그런 집단이었으니까요. 괄시 받는 집단이었죠. 그런데 이용익은 체제 안에 들어와서 체제에 순응하면서 돈을 번 사람이다, 뭐 이런 생각 때문에 나 그 소설에서 보부상이 주인공이 되어야 하니까 부정적으로 볼 수밖에 없었죠.

유: 농민과 동학교도에 대한 언급이 없는 것에 대한 문제도 함께 말씀해 주셨으면 합니다.

김: 네, 그런 문제도 내가 많이 고심했던 부분인데 농민을 보니까 내가 거기까지 어떻게 들어갈 힘이 있었겠어. 아, 그렇잖아도 동학 문제를 다루지 않았다는 걸 많은 사람들이 얘기했어요.

유: 그런데, 조금 아쉽긴 해요. 그러나 저는 끝부분에서 천소례와 월이가 천봉삼을 기다리는 대목에서 마무리하는 것이 좋았는데, 마무리 부분에 이를 때도 민중들의 낙관적인 희망을 보여주는 데 그러나 그 추동력 속에는 묘하게도 쉽게 체념하거나 순응하는 부분들(강인함이 있음에도 불구하고)이 선생님의 초기 소설에서부터 아마 이어지는 것 같아요. 그걸 과연 뭘까, 저도 곰곰이 생각해 보았는데 『홍어』나 『멸치』에서 보게 되는 어린 시절의 고통스런 성장기에서 기다림 같은 것으로 변주된다거나, 혹은 역사소설 속의 수많은 민초들을 소설로 환생시킨다거나 하는 과정에 순응과 체념, 기다림이 담겨 있다는 말이지요. 그런데 왜 역사는 발전하는 모습이 아닌가, 왜 그 표현들은 빠지지 않는지, 안하시는 거 같아요. 안하시는 것일 수도 있고 선생님의 역사관이 지극히 현실이라고 하는 것에 대한 긍정, 이 자체가 사실은 절망과 현실과 좌절이 뒤섞여 있는 거 같아요. 그게 아마도 팔십 년대 민중 문학과 구별되는 점일 듯한데요 선생님의 역사관이라고 할까, 그런 것에 대해 말씀을 해주시면 좋겠습니다.

김: 아까 말씀을 드리려고 했습니다만, 우리가 문득 알고 있기를 왕조사만이 우리의 역사다, 그런 것에는 쉽게 동의할 수 없지요. 왕조사, 권력 있는

사람의 역사가 표면적으로는 그래 보이지만 사실은 그런 사람들의 역사는 아니다, 역사는 역사책에 나오지 않는 사람들의 역할로 이루어지는 거지, 몇몇 잘난 사람들에 의해 역사가 만들어지는 것이 아니지 않느냐 하는 생각입니다. 우리가 문득 아주 얕팍한 지식으로 한글은 세종대왕이 창조하셨다 생각하지만 세종대왕 때 창조되었다고 하면 모르지만 세종대왕 혼자 한글을 만든 게 아니잖아요. (웃음) 역사라는 것은 황희 정승이, 을지문덕이, 강감찬이 만든 게 아니고, 그 사람들이 있게 해준 밑바탕의 역사가 진짜 역사다, 이렇게 보지요. 사실 저는 역사가 그냥 두려워요. 내가 역사 공부를 한 적도 없고, 덜컥 역사소설을 쓰겠다고 한 것부터가 긴장이 됩디다. 상당히 두려웠죠. 서민의 역사가 올바른 역사다, 서민의 역사를 파헤치는 것이 내 역사에 대한 도리고 의무라는 생각 이외에 내가 올바른 역사관을 가지고 있느냐, 하면 미천하죠. 그게 걱정이죠. 안다고 해봐야 소설 쓴다고 할 때 그 정부가 어떤 정부였고, 어떤 왕이었고 이조 판서가 누구이고 그 정도만 알고 쓴 소설인데, 다른 사람에게 귀감이 될 만한 역사 소설을 쓸 수 있는지. 나는 지금까지도 혼란을 느끼죠, 항상 역사 문제에 있어서. 자꾸 분류를 해서 그런데, 사실 역사 소설 아닌 게 없죠, 다 역사 소설이지. 우리나라만 역사 소설을 따로 분류하는데 역사 소설 아닌 게 도대체 뭐가 있습니까. 오늘이 바로 역사죠. 역사라는 걸 과거라고 생각하기 쉬운데 저는 그렇게 생각하지 않습니다. 오늘 이 시간도 바로 역사죠. 그렇기 때문에 항상 혼란이 있기 마련이죠. 바로 오늘이 역사라고 생각하기 때문에. 정의되지 않은 거.

유: 그래서 큰 틀을 하나…… 저는 역사 소설에 관한 관심이라고 하셨지만 민중의 삶이라는 것이 역사 소설로 드러나는 것이기도 하고. 그 위치에 대한 선생님 자신에 대한 존재론적 근원, 그 유년이 장성해서 살아가는 사회에 대한 그게 바로 세태, 풍자, 이런 소설들로 초기 소설들이 사회와

의 긴장을 보여줬다면 초기 소설에서는 서울사람들의 도시인들과의 부대낌, 그 불화가 아무래도 칠십 년대 삶의 풍경이라는 생각이 듭니다.

김: 똑바로 얘기하면 초기 소설은 사람들이 굉장히 비웃었습니다. 말하기 좋아서 풍자지, 사실은 비웃은 거죠. 비웃음에 기저에 깔려있는 게 뭐냐 하면 사회가 극심한 산업화, 아주 급속도의 산업화를 겪으면서 빚어지는 참 웃기는 이야기들입니다. 내가 소설을 쓰면서 세상을 비웃는 거죠. 인간성의 상실이라든지 벼락출세한 사람들의 웃지 못할 얘기라든지 말입니다. 한때, 남자들이 커다란 금반지를 손가락에 낀 거 보면 구역질나 잖아요, 말하자면 그런 얘기들이죠. 그런데 그런 얘길 쓰면서 작가 자신이 참 쾌감을 느낍니다. 독자들도, 그래, 이따위 놈들이 있지, 하고 웃고 마치 세상 참 웃기게 돌아가고 있네, 라는 식의 이야기를 만들어주는 작가가 있구나 하고 말이죠. 그게 칠십 년대인데, 술좌석에서 가만히 생각해보니, 내가 웃기는 소설만 써서 되겠나, 그런 생각이 들더라고. 진실성이 자꾸 벗겨져 나가는 거야. 사람을 보는 인생살이를 보는 사회를 보는, 사회 전체를 떠돌고 있는 분위기를 보는 작가의 시선이 뭐랄까 진실성을 잃어간다는, 불안함이 들더라고요. 내 스스로에게 자꾸 그렇게 물어봤죠. 좋게 말해서 풍자라는 것도 한계가 있는 거 같고 언제까지 풍자 소설, 이런 분위기를 끌고 갈 거냐, 언제까지 웃기는 사회가 전개될 거냐, 웃기는 사회가 진행되다가 웃기지 않는 사회가 반드시 온다, 그땐 그러면 소설은 어떻게 되나 하는 불안감, 그런 생각 한 거지요. 그 다음에 아까 말씀 드린, 자꾸 이런 웃기는 소설 쓰니까 자꾸만 진실성이 떨어진다, 세상을 보는 사람을 보는 진지함. 몇 번인가 다시 한번 생각해보는, 이것이 옳은가 저것이 옳은가, 어떤 빛깔인가 노란색인가 붉은 색인가 하는 문제를 성급하게 결정하지 않는 그런 시야를, 그런 시선을 가져야 하지 않겠나 하는 생각을 하게 되었죠.

유: 그게 그 시점이 선생님, 78년경에 『아들의 겨울』 이후인 거죠?

김: 예, 한 삼년 썼습니다.

유: 결국 그게 선생님의 작가적인 성찰의 한 일단이라고 정리를 할 수 있겠습니다. 사회와의 긴장을 역사와 존재론적인 어떤, 존재의 근원에 해당하는 이 두 가지 부분으로 분화해 가는 것 같아요. 『객주』가 시작이 되고 『아들의 겨울』처럼 유년기를 탐험하는 소설로 분화되다가, 『객주』라 우뚝한 모습이 보이고 말이죠.

　　성장 소설에 대해 한두 가지만 여쭙겠습니다. 선생님의 성장소설에는, 평론가들이 지적했습니다만, '아버지의 부재'라는 소설적 상징과 그 속에 어머니 삶이 가진 고초와 강인함을 보여주고 있습니다. 이전에 선생님이 쓰신 자전적인 에세이를 봤습니다만 거기에는 수많은 어머니들, 어머니에서부터 시작해서 역사적인 어머니를 바라보는 시각이 피력되어 있었습니다. 『객주』와는 달리, 성장소설에는 여성적인 모습이 많이 발견됩니다. 그래서 선생님의 소설에 있는 남성적인 강인함, 남성주의적이라고들 얘기하지만 저는 남성성과 여성성 이 두 가지가 선생님의 소설에서 병행되는 듯합니다. 소설 속에서 유년기에 대한 빛나는 감수성은 매우 서정적인데, 『홍어』나 『멸치』에 이르는 이런 흐름에 대해서 성장소설이라고 이야기하지만 저는 성장소설이라는 테두리 안에 가둘 수는 없다고 생각됩니다.

김: 지적보다는, 내 생각인데 한 사람이 세상에 태어나면 제일 많이 경험하는 대상이 어머니죠, 그에 대한 아, 내가 작가라면 내가 태어나서 제일 많이 상대한 사람, 좋은 걸 가르쳐주든 나쁜 걸 가르쳐주든 제일 많이 가르쳐 준 사람, 밥을 준 사람, 젖을 준 사람, 어딜 갈 때마다 나와 동행한 사람, 빈도수가 제일 많은 게 어머닌데 작가라면 한번쯤 생각해 봐야 하지 않나 싶고. 또 제일 많이 경험했기 때문에 손쉬운 부분이죠. 그런 어머니가

나에게도 있었다는 거 그런데 또 하나 특별한 건 어머니야 말로 현실이 그렇습니다만, 우리 어머니야말로 가장 가진 게 없었던 분이면서 내게 가장 많이 주었다고 생각합니다, 이 나이 들어서 생각하기를. 한때는 많이 원망도 했지만(지금도 살아계십니다만), 주머니에 돈 한 푼 없고, 글자 못 읽고 자식에게 '너 이렇게 해라'라고 얘기할 아무런 교양지식도 없는 그런 여자가 내가 보기엔 상당히 많은 부분을 통째로 나에게 주었거든요. 그러니까 그래서 어머니에 대한 얘기를 지금도 자꾸 하고 있다고 생각합니다. 한 사람도, 이 세상에서 가장 잘 알고 있는 어머니에 대한 이야기도 다 못쓰고 죽는 게 작가 아니냐 그렇게 생각합니다.

유: 선생님, 이제 미진한 것만 몇 가지 말씀드리고 마무리 하겠습니다. 선생님 글 속에서 유년기 체험 가운데 '폐정廢井에서 나뭇잎을 띄우는 시절', 그 시절과 소설 쓰기가 정신분석학적으로 연계되는 부분이 있어 보이거든요. '존재의 고독을 이겨내기 위한 글쓰기', '거짓된 삶을 구출하기 위한 사랑으로서의 글쓰기' 등등이 말입니다. 선생님의 성장소설이 가진 이런 특징은 우리 소설사에서 성장 소설의 범례가 귀한 현실에서는 원형질에 가깝습니다. 부르주아적 인격 형성이라는 문화 이념에 따른 서구의 성장소설 개념은 우리 소설에서는 거의 발견되지 않는다는 말씀을 김병익 선생님도 예전에 하신 적이 있는데, 선생님의 소설과 김원일 선생님의 소설은 40년대를 전후에 태어난 분들에게 해당되는 성장소설의 원형적 요소가 선생님의 소설에 있는 것 같아요. 가난이라고 하는, 아버지의 부재, 전쟁의 상처, 선생님 앞으로도 그런 부분에 관해 소설을 구상하시고 있으신지 궁금합니다.

김: 말이 나왔으니 말인데 유년시절, 왜 자꾸 그쪽으로 자꾸 수순을 돌리게 되는 게 아니냐, 성장과정을 얘기하는 소설로 자꾸 가는 게 아니냐, 솔직한 말로 그런 책이 있었죠. 내가 배울 것은 유치원에서 다 배웠다, 뭐

그렇듯이. 감수성이 가장 예민할 때가 어린 시절, 가장 아름답고 그때 모든 가르침을 다 받는다고 봅니다. 사회에서는 성장해서 많은 사람들과 함께 사는 건, 사는 기술을 배우는 거지, 영혼을 키워주는 걸 개발하진 못하죠. 어린시절은 모든 걸 흘러가는 물, 떨어지는 나뭇잎, 저 멀리서 들려오는 말소리, 소 울음소리까지도 내 영혼을 맑게 해주고 영혼을 살찌 우는 소리들이었고 광경들이었다고 봅니다. 그렇기 때문에 아주 사소한 것들 하나까지도 나를 만들어준 하나의 원형질 같은 성격을 가지고 있는 환경이었다고 생각하거든요. 그래서 그런 이야기들이 많은 사람들에게 전달됨으로써 똑같은 감동을 받게 되고, 그 상황이 나를 통해 이야기됨으 로써 많은 사람들에게 문학의 가치를 전달하고 개발하게 되는 건데요. 그래서 자꾸 내 유년시절을 말하게 되는 것이지요. 내 유년시절의 팔할은 가난이었다, 그 가난이 나를 어떻게 만들었나, 내가 극심한 가난을 겪었 는데 그 가난이 나를 비겁하게 만들었나 나를 용기 있게 만들었나, 그 가난을 같이 경험한 어머니는 비겁한 여자였나, 용감한 여자였나, 무식했 지만 아주 위대한 여자였나, 위대한 여자였지만 무식했나…… 뭐 이런 식의 진단들, 자꾸 이렇게 해서 나란 인간이 가지고 있는 완성도가 어디 까지일지 탐구해 보는 거 아니겠어요. 그러니까 그런 식의 유년 이야기 는, 기회 있으면 또 한 번 해봐야지요.

유: 네, 더 좋은 작품을 기대하고요. 최근의 소설들을 보면 체험보다는 정보 와 상상력에 의존하는 경향들이 짙다고 생각합니다. 그런 게 선생 연배에 가지고 계셨던 자연과의 어떤 소통, 가난했지만 가난 속에서 많은 내밀한 정서들의 어떤 교환, 교감 이런 것들이 빠지고 정보와 이를테면 몽상에 가까운 것들로 이동해 가는 아주 큰 단절과 변화를 겪고 있는 것 같은데 후배 작가들에게 어떤 관점을 가지고 계신지.

김: 제일 난처한 그런 해답을 바라는 말씀이신데. 난 그 문제에 대해 깊이

생각해 본 적이 없어요. 왜, 솔직히 말씀드려서 왜 그러냐 하면 내가 후배 작가라고 생각하는데.(웃음)

유: 끝없이 변하신다는 말씀이시고.

유: 최근에 문화재단 이사장 맡으시고 김동리기념사업회 회장도……

김: 맞습니다.

유: 공사다망하신 거 같은데 그 직함과 역할에 대해 말씀해 주시죠.

김: 제가 지금 이문구 선생이 맡아 하던 세 가지 직책이 있어요. 첫째는 경기대학 교수였는데 하나는 '문학사랑'이라는 단체의 회장이었죠. 그 중에서 돈을 안 받는 두 개를 제가 맡았죠. 돈 받는 건 경기대 교수인데(웃음), 그건 이문구 선생이 맡아 하시다가, 내가 두 개 다 떠맡은 걸 굉장히 내가 기쁘게 생각하고 그 직무를 아주 충실히 수행하고 있습니다. 이문구 선생처럼 그런 덕목은 내게 없지만 걸어 다니고 뛰어다니는 덴 지장이 없으니까 열심히 할 작정이고요. 문화 재단도 파라다이스라는 곳의 업종이 좀 특별한 곳이어서 문화 사업을 많이 해라 그리고 모든 육영사업이라든지 문화사업이라든지 복지부분에 많이…… 복지 재단이 두 갭니다. 학교도 있고 현대문학관도 있고, 그래서 이런, 사회가 별로 좋아하지 않는 뭐 이런 걸로 돈을 많이 버니까, 사회사업도 고민을 합니다. 사회사업에도 돈을 많이 투자해라 하는. 이문구 선생께서 얼마 전에 돌아가셨지만, 돌아가시고 난 다음에 지원을 많이 해 줘요. 특수한 업체다 보니까 광고는 안 돼요. 이번에 엄홍길 대장도 지원했습니다만, 2억원이라는 돈을 쓰면서도 광고 못 내게 해요. 그러나 예술 활동 부분에 상당히 돈을 많이 투자합니다. 사회와 아름다운 사회와 예술과 이 사회를 접목시키는 그 중간 역할을 제가 하려고 합니다.

유: 문학 쪽으로도……

김: 현대문학관도 활성화시켜서 세미나도 많이 하고, 전시회도 많이 하고

할 겁니다.

주·유: 선생님, 오늘 귀한 시간을 할애해 주셔서 감사합니다.

*후기 1: 작가 김주영 선생과의 대담은 8월 9일, 서울 장충동에 있는 파라다이스 빌딩 3층에 위치한 파라다이스문화재단에서 오후 1시 20분부터 2시 40분까지, 1시간 20분 가량 이루어졌다. 그는 점심식사를 마치고 나서 예의 서글서글한 눈매를 가진 6척 장신의 몸매로 사무실로 성큼 들어선 다음 우리 일행에게 격의 없이 차를 권했다. 김주영 선생은 광고에도 출연할 만큼 문단에서는 미남으로 알려져 있다. 필자는 이번 기회에 김주영 작가의 소설 전반을 검토해볼 기회가 되었고, 자연스러운 대담이 되도록 준비해간 설문 내용을 무시한 채 대표작 『객주』를 중심으로 그의 문학세계 전반에 관해 이야기를 나누었다.

*후기 2: 대담이 끝난 뒤 필자는 작가의 즐거운 농담도 들을 수 있었다. 최근에 눈에 띄는 후배작가, 좋아 하는 작가가 누구인지를 질문했고, 그 답변으로 "소설은 좀 재미가 있어야" 한다는 평소 지론과 함께, 성석제 같은 입심 좋은 소설이 좋다는 생각을 들을 수 있었다. "소설이 재밌다 그러면 좀 천한 거 아니냐 좀 그렇게 낮춰 보는 그런 경향이 있는데, 그건 안 돼요. 재미가 사람들을, 독자들을 끌어나가거든요. 재미없으면 끝까지 읽지 않죠."

그런 다음 김주영 선생은 "작가는 일단 소설은 두 가지 조건을 갖춰야 해요. 첫째는 건강해야 돼. 한 이틀 밤새우고 계속 술을 마셔도 끄덕없는, 건강을 유지해야 되고 두 번째는 구라가 세야 돼." 입담 하면 황석영 작가와 함께 손에 꼽히는 작가의 평판을 잘 알고 있지 않은가? 입담 좋은 황석영 작가를 언급하자마자 똑바로 김주영 선생은 "황석영 씨 구라는 너무 소문이나가지고 늘 들으면 똑같은, 똑같은 구라예요. 요새 그, 새로운 구라를 개발을 못하는 거 같아." 하고 품평한 다음 최근 중국여행에서 건진 Y담 하나를 들려주었고 우리는 파안대소로 화답했다.

김주영 선생은 어느 소설가가 술자리에서 도덕군자인 척 하면 안된다는, 툭 던져주신 말이 기억난다고 하면서, 다음과 같이 자신의 소설론, 작가론을 밝히면서 대담을 마무리했다.

"소설은 누구 가르친다는 것도 곤란해. 소설은 누구 가르치기 위해서 쓰면 소설은 경직돼 버립니다. 대학교수들이 멀쩡한 소설가가 대학 들어가면 소설 못 쓰는 거랑 마찬가지야. 왜냐하면 자유롭지 못하거든. 몸이 자유롭지 못하면 영혼도 같이 따라갑니다. 육체와 영혼이 따로 떨어진 게 아니고 똑같이 가. 항상 같이 다녀. 아무것도 아닌 것 같지만 천만에 말씀. 안 그래. 영혼과 육체는 항상 같이 다녀야 돼. 살아보면 안 그렇다고."

(『학산문학』 49, 2005 가을)

찾아보기 ─ 작품명

찾아보기 — 용어

유임하(柳壬夏, cultura@hanmail.net)

1962년 경북 의성 출생
동국대학교 국문학과 및 동 대학원 국문학과 졸업. 문학박사
한국체육대학교 교양과정부 교수

대표 저서
『개작과 검열의 사회문화사』(전 2권, 공저, 박문사, 2022)
『반공주의와 한국문학』(글누림, 2020)
『이태준전집』(전 7권, 공편, 소명출판, 2015)
『북한의 우리 문학사 인식』(공저, 소명출판, 2014)
『근대 국어 교과서를 읽는다』(공저, 도서출판 경진, 2014) *문화관광부 학술우수도서
『조정래: 민족의 삶과 역사적 진실』(편저, 글누림, 2010) *문화관광부 우수문학도서
『북한의 문화정전, 총서 '불멸의 력사'를 읽는다』(공저, 소명출판, 2009)
『새민족문학사강좌』(공저, 창비, 2009)
『북한문학의 지형도』(공저, 이대출판부, 2008)
『반공주의와 한국문학의 근대적 동학』(전 2권, 공저, 한울아카데미, 2008-2009)
『한국소설과 분단이야기』(책세상, 2006/2022)
『한국문학과 불교문화』(역락, 2005) *문화예술위원회 문학우수도서
『기억의 심연』(이회, 2002) *문화관광부 문학우수도서
『분단현실과 서사적 상상력』(태학사, 1998) 외 다수.

대표 논문
「전후 북한지식인의 동독 방문과 교류경험－조령출의 '독일기행'」(2022)
「재난으로서의 전쟁과 전쟁을 기억하는 방식－'적치(敵治) 평양의 전시경험'과 "대동강"(한설야) 다시 읽기」(2021)
「북한의 문화정전을 어떻게 읽고 수용할 것인가」(2019)
「정기종의 "운명"과 김정은 시대의 국가서사」(2019)
「1955년 북한사회의 베트남 방문과 베트남이라는 심상지리의 탈식민적 구성」(2018)
「월북 이후 이태준 문학의 장소감각」(2015)
「'전승 60주년'과 북한문학의 표정」(2013)
「월북 이후 이태준 문학과 '48년 질서'」(2013)
「총서 '불멸의 력사'의 기획 의도와 독법」(2009) 외 평론 다수.

작가의 신화

한국소설과 이야기의 사회문화사

초판 1쇄 인쇄 2022년 12월 20일
초판 1쇄 발행 2022년 12월 30일

지은이 유임하

펴낸이 이대현

편집 이태곤 권분옥 임애정 강윤경

디자인 안혜진 최선주 이경진 | **마케팅** 박태훈 안현진

펴낸곳 도서출판 역락 | **등록** 1999년 4월 19일 제303-2002-000014호

주소 서울시 서초구 동광로46길 6-6 문창빌딩 2층(우06589)

전화 02-3409-2060(편집부), 2058(영업부) | **팩스** 02-3409-2059

전자우편 youkrack@hanmail.net | **홈페이지** www.youkrackbooks.com

ISBN 979-11-6742-435-8 93800